LE GRAND FEU

DU MÊME AUTEUR

LE BONHEUR EST UNE FEMME (Les Amants de Talcy), *Casterman. (Epuisé.)*

LA DAME DE BEAUTÉ (Agnès Sorel), *Editions de La Table Ronde.*

TRÈS SAGE HÉLOÏSE, *Editions de La Table Ronde.*
Ouvrage couronné par l'Académie française.

LA CHAMBRE DES DAMES *(préface de Régine Pernoud), Editions de La Table Ronde.*
Prix des Maisons de la Presse 1979.
Grand Prix des lectrices de « ELLE » 1979.

LE JEU DE LA TENTATION (tome II de LA CHAMBRE DES DAMES), *Editions de La Table Ronde.*
Prix Renaissance 1982.

LES RECETTES DE MATHILDE BRUNEL, *Flammarion.*
Prix de la Poêle de fer.
Prix de Charles Moncelet.

JEANNE BOURIN

LE GRAND FEU

roman

LA TABLE RONDE
40, rue du Bac, Paris 7ᵉ

À MON PÈRE, DONT UN ANCÊTRE
FUT, AU ONZIÈME SIÈCLE, BÂTIS-
SEUR DE CITÉS, À MA MÈRE, FILLE
DES BORDS DU LOIR,

IN MEMORIAM.

Le Seigneur a mis devant toi l'eau et le feu, étends la main vers ce que tu préfères.

*Livre de Sirac Le Sage,
15, 15-20*

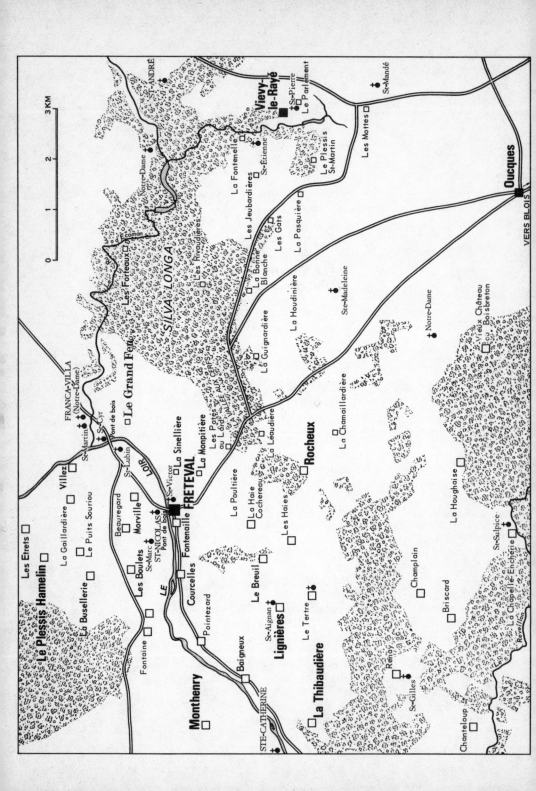

PRINCIPAUX PERSONNAGES
PREMIÈRE PARTIE.

GERVAIS-LE-VAVASSEUR. 42 ans. Vigneron du baron de Fréteval.

PERRINE. 36 ans. Femme de Gervais-le-vavasseur.

AVELINE. 16 ans. Fille de Gervais et de Perrine.

ROLAND. 19 ans. Neveu du vavasseur et frère aîné d'Isambour. Moine.

ISAMBOUR. 15 ans. Nièce du vavasseur. Sœur de Roland.

BERNOLD. 24 ans. Maître verrier. Normand.

MAYEUL. 23 ans. Imagier. Ami de Bernold.

FOUCHER DE MESLAY. 56 ans. Baron de Fréteval.

HILDEBURGE. 40 ans. Épouse de Foucher de Meslay.

NÉVELON. 23 ans. Leur fils aîné.

BENOÎT-LE-MANGEUR. 54 ans. Meunier de Fréteval.

GILDAS. 17 ans. Son fils.

DAIMBERT. 23 ans. Sergent fieffé de la forêt de Silva Longa.

ADÈLE DE BLOIS. 14 ans. Épouse d'Étienne de Blois et fille de Guillaume le Conquérant.

MABILE. 65 ans. Mère de Perrine.

RICHILDE. 67 ans. Mère de Gervais.

FRÉMIN-LE-TORD. 60 ans. Oncle de Gervais. Bossu.

AUBRÉE. 32 ans. Épouse de Garin-le-monétaire.

HELVISE. 15 ans. Leur fille.

THIBAUD III. 50 ans. Comte de Blois.

ERMENGARDE. 80 ans. Tante de Foucher de Fréteval.

MAHAUT. 60 ans. Sa fille.

DEUXIÈME ET TROISIÈME PARTIES.

BERNOLD. 42 ans. Maître verrier, époux d'Isambour.

ISAMBOUR. 33 ans. Femme de Bernold.

ALIAUME. 17 ans. Leur fils aîné. Travaille avec son père.

GRÉCIE. 13 ans. Leur fille aînée.

PHILIPPA. 7 ans. Leur deuxième fille.

AUBIN. 5 ans. Leur deuxième fils.

DOETTE. 18 mois. Leur dernière fille.

OGIER. Nouveau-né.

ROLAND. 37 ans. Moine infirmier de Marmoutier. Frère d'Isambour.

AVELINE. 34 ans. Cousine d'Isambour. Brodeuse de la comtesse Adèle.

GERVAIS-LE-VAVASSEUR. 60 ans. Vigneron. Père d'Aveline.

PERRINE. 54 ans. Sa femme.

MAYEUL. 41 ans. Maître d'œuvre. Ami de Bernold.

GILDAS. 35 ans. Meunier.

BASILIE. 31 ans. Sa femme.

JULIANE. 13 ans. Leur fille adoptive.

DAMIEN. 11 ans. Leur fils adoptif.

DAIMBERT. 41 ans. Sergent fieffé.

ADÈLE DE BLOIS. 32 ans. Comtesse régnante.

ÉTIENNE DE BLOIS-CHARTRES. Comte régnant, son mari.

AUBRÉE. 50 ans. Femme de Garin-le-monétaire. Amie d'Isambour.

GARIN-LE-MONÉTAIRE. 52 ans. Monétaire de la cour de Blois. Mari d'Aubrée.

ODON-LE-TAPISSIER. 45 ans. Artisan normand.

ADELISE. 15 ans. Fille d'Odon-le-tapissier.

JEHAN-LE-SECRÉTAIRE. 30 ans. Homme de confiance de la comtesse Adèle.

SALOMON DE FRÉTEVAL. Tuteur du jeune héritier de la seigneurie de Fréteval en l'absence de son père Névelon II, parti en Terre sainte.

AGNÈS DE GUERCHE. Femme de Salomon.

PERROT-LE-JARDINIER. 48 ans. Jardinier du Grand Feu.

MARGISTE. 43 ans. Sa femme. Servante d'Isambour.

SANCIE. 15 ans. Leur fille. Chambrière.

BERNARDE. 39 ans. Veuve. Mère de Rémi-l'apprenti.

RÉMI. 17 ans. Apprenti de Bernold.

GERBAUT-LE-MAISNÉ. 42 ans. Souffleur de verre.

AMALBERGE. 40 ans. Sage-femme. Épouse de Gerbaut-le-maisné.

HAGUENIER. 20 ans. Leur fils. Aveugle et musicien.

PREMIÈRE PARTIE EN MANIÈRE DE PROLOGUE

LA CHAPE DE FEU
Juin 1081

I

La vieille Ermengarde s'éveilla la première. Avec l'âge, le sommeil s'amenuise. Elle se dressa sur un coude et huma l'air à petits coups, en dressant le nez vers les solives du plafond, comme font les chiens qui flairent le vent.

La mesnie [1] et les hôtes de son neveu, Foucher de Meslay, seigneur de Fréteval, dormaient d'un sommeil épais. Les mets et les vins servis durant le souper avaient alourdi les corps, embrumé les cervelles.

Ermengarde s'essuya le front. Il faisait chaud. Trop chaud pour un début juin. Pénétrant dans la pièce par trois hautes fenêtres étroites, une légère haleine, que la nuit tiédissait à peine, ne suffisait pas à combattre les relents de sueurs nocturnes ni les remugles d'ail et de vin.

En dépit des joncs aromatiques et des iris d'eau répandus sur le sol, malgré les brassées de menthe disséminées le long des murs, des odeurs corporelles stagnaient autour des couches.

Transformant le donjon de bois en fournaise, le soleil avait chauffé tout le jour les planches et les madriers de chêne avec lesquels on avait construit au début du siècle la forteresse et ses dépendances. L'intérieur de la tour en conservait la touffeur.

Il sembla à Ermengarde qu'une senteur de roussi se faufilait jusqu'à elle. D'où pouvait-elle venir ? On n'allumait plus de feu dans la grande salle du premier, située sous la

---

1. *Mesnie* : ensemble de ceux qui habitent la maison : famille, obligés, serviteurs.

chambre, depuis près de deux semaines, et, par précaution, la cuisine avait été bâtie dans la cour, à l'extérieur du donjon.

Cependant, cloisonné par des tapisseries et des tentures mobiles, pendues à des perches pivotantes, le second étage était divisé en plusieurs compartiments qui recélaient toutes sortes de recoins.

Ermengarde sentit son cœur s'affoler avant d'avoir compris pourquoi. Elle fit avec précipitation plusieurs signes de croix. À côté d'elle, dans le grand lit carré, Mahaut, sa fille, veuve déjà mûre, et les deux cousines qui l'avaient accompagnée au souper du baron, reposaient paisiblement.

La vieille femme voulut se persuader de son erreur. Tout était si tranquille. Ronflements, paroles indistinctes balbutiées au plus profond du sommeil, mouvements instinctifs des dormeurs, composaient l'habituel partage des nuitées, la rumeur familière à qui couchait depuis toujours dans les chambres communes des donjons.

Venant de l'extérieur, Ermengarde pouvait même distinguer le pas régulier du guetteur qui, du haut du parapet, montait la garde sur le chemin de ronde.

Elle devait rêver...

Pourtant, l'odeur s'accentuait, se précisait. Le roussi, bien reconnaissable à présent, s'imposait.

Ermengarde secoua sa fille par l'épaule.

– Mahaut ! Mahaut ! De par Dieu ! Réveillez-vous !

Presque en même temps, un cri jaillit des profondeurs de la vaste pièce :

– Au feu ! Au feu !

Comme un serpent de lumière, une courte flamme rampa sur la crête d'une tapisserie. La lueur soudaine, les appels qui s'élevaient nombreux, réveillèrent ceux qu'une digestion pesante tenait encore endormis.

Machinalement, Ermengarde cherchait la chemise qu'elle avait roulée et glissée la veille au soir, en se dévêtant, sous son oreiller, pour l'y reprendre au matin.

– Par tous les saints ! Il s'agit bien de vous habiller !

Nue et massive, ayant pour unique vêtement la bande de toile nouée au moment du coucher autour de sa tête, Mahaut tirait sa mère hors du lit dont elle expulsait en même temps ses cousines à demi somnolentes, arrachait le drap de lin, en enveloppait la vieille femme.

Une agitation désordonnée succédait autour d'elles à la

paix du sommeil. Elles hésitèrent un instant sur la conduite à suivre.

— Allons, trancha Mahaut en se drapant dans le dessus de lit, il faut sortir au plus vite d'ici !

Réveillés en pleins songes, les occupants du donjon surgissaient les uns après les autres d'entre tentures et tapisseries. On s'interrogeait, on appelait, on jetait des ordres, on criait.

Hommes, femmes, enfants, affolés, nus ou vêtus à la diable de la première étoffe tombée sous la main, tournoyaient au milieu de la fumée qui se répandait, des crépitements de l'incendie, des clartés mouvantes des flammes.

— Descendez, par le Christ, descendez tous !

La voix autoritaire du seigneur de Fréteval tentait de couvrir le bruit de la panique.

— Courez au puits !

Grand, maigre, la cinquantaine largement dépassée, le baron Foucher de Meslay, en simple chemise, mais l'épée à la main, abattait tout autour de lui à violents coups de lame, les molles cloisons de laine que le feu attaquait.

— Gare à l'échelle ! Pas de bousculade !

Pour rejoindre la grande salle de l'étage inférieur, il fallait emprunter une lourde échelle qui reliait la chambre commune à la vaste pièce d'apparat où s'était déroulé un peu plus tôt le souper.

Engourdis ou agités, apeurés ou déterminés à sauver leur vie coûte que coûte, les familiers, les hôtes et les serviteurs du baron se pressaient autour de l'ouverture.

Déjà impérieux en dépit de sa jeunesse, plus étoffé que son père, mais aussi grand que lui, Névelon le fils aîné de Foucher organisait la descente. Un des bâtards du château, Odon de Fréteval, qu'une longue balafre reçue au combat défigurait, le secondait.

— Place aux vieillards, aux femmes avec leurs enfants, aux malades ! Laissez-les passer !

— Prenez des couvertures ! cria Odon-le-bâtard. Tâchez d'étouffer le feu !

Alertés, la dizaine de soldats formant la garnison, qui étaient cantonnés au troisième et dernier étage de la forteresse de bois, dégringolaient par une autre échelle, arrivaient à leur tour.

— Veillez à cè que personne ne pousse son voisin, ordonna le baron Foucher. Soutenez les faibles !

La fumée s'épaississait. La chaleur devenait suffocante.

– De l'eau ! Il nous faut de l'eau ! hurla un homme jeune, planté et charpenté comme un des hêtres de la forêt, qui tentait à l'aide de couvertures d'aveugler les foyers d'incendie qui se multipliaient.

– Au nom de Dieu, Bernold, descendez, descendez ! répéta Foucher. Vous êtes mon hôte, votre vie m'est précieuse !

Des valets qui couchaient à l'extérieur de la tour, dans une cabane près de la cuisine, parvenaient justement au bas de l'échelle avec des seaux remplis. Ne pouvant monter car l'évacuation continuait, ils les firent circuler de main en main jusqu'aux soldats.

Bernold s'empara de l'un des seaux et en jeta à la volée le contenu sur un lit qui se trouvait à sa portée. Les matelas de laine ou de fougères sèches, les couettes de plumes, les oreillers s'enflammaient les uns après les autres. Les joncs et les iris qui couvraient le sol commençaient, eux-mêmes, à roussir.

– Mayeul ! s'écria Bernold, Mayeul, méfiez-vous ! La perche sous laquelle vous êtes va vous tomber sur la tête !

D'un bond, celui auquel il s'adressait et qui cherchait, lui aussi, à éteindre les flammes rampantes à l'aide d'étoffes arrachées n'importe où, recula, évitant de justesse le morceau de bois embrasé qui s'abattit sur le plancher dans une explosion d'étincelles.

Moins grand que Bernold, agile, souple comme un furet, Mayeul déployait la mobilité et l'adresse d'un animal sauvage.

– Descendez vite, mes amis, descendez tous deux, reprenait Foucher de Fréteval. Descendez ! On ne peut plus rien sauver !

À ce moment, et malgré le grondement de plus en plus obsédant de l'incendie, des hurlements de terreur percèrent le tumulte.

– Écoutez ! On appelle au secours !

Sans hésiter, Bernold et Mayeul s'élancèrent vers l'endroit de la salle d'où s'élevaient les cris.

Au milieu des flammèches qui volaient partout, de la fumée épaisse comme une nuée d'orage, gênés par les meubles et les objets que les occupants de la chambre avaient rejetés, bousculés dans leur affolement, les deux jeunes gens progressaient à grand-peine. Sous l'effet de l'atroce chaleur, le bois des murs, du plafond, du plancher, des lits, des sièges, des coffres, craquait, se fendait, éclatait autour d'eux. Rouge comme le sang, jaune comme le soufre, le feu teignait la pièce ardente de ses rutilements infernaux.

Ils parvinrent cependant près d'une fenêtre dans l'embrasure de laquelle s'étaient réfugiées deux adolescentes. Elles avaient dû croire possible de s'enfuir en sautant par cette ouverture, mais la hauteur du deuxième étage rendait irréalisable tout espoir d'évasion.

À demi nues, coincées derrière une lourde banquette renversée dont le dossier brûlait déjà, elles avaient renoncé à se faire entendre. Agenouillées, serrées l'une contre l'autre, elles priaient à haute voix, implorant Dieu et Notre-Dame.

– N'ayez plus peur !

Unissant leurs forces, les deux amis réussirent à repousser le meuble encombrant dont le chêne ciré prenait mal et qu'on pouvait encore manier.

Isambour se détacha alors de sa cousine Aveline.

Surgissant de l'enfer, une sorte de géant blond, à la nuque rasée selon la mode normande, s'avançait vers elle. Le visage noirci de suie n'était éclairé que par l'éclat des dents, et, en dépit de l'irritation due à la fumée, par un regard clair qui évoquait l'eau de la rivière au milieu de la fournaise.

« Dieu Seigneur ! On dirait l'archange saint Michel en personne ! » se dit Isambour.

– Venez.

Hors d'elle, ses longues nattes brunes battant ses cuisses, l'adolescente s'élança.

À cet instant, une des tentures utilisées afin de calfeutrer la fenêtre en hiver, et qui se trouvait rabattue contre le mur durant les beaux jours, se détacha de son support calciné pour tomber, flamboyante, sur la jeune fille qu'elle recouvrit d'une chape de feu.

Bernold se précipita. Il arracha le tissu ardent qui menaçait de transformer en torche vive celle qu'il masquait, et, pour conjurer la menace d'embrasement de la chevelure ou du léger vêtement qu'elle portait, enveloppa Isambour de la cape dont il s'était lui-même revêtu au réveil.

Ils se retrouvèrent tous deux enroulés l'un contre l'autre dans le manteau flottant.

Tandis que Mayeul, de son côté, entraînait la mince et longue fille blonde qui opposait au danger un visage farouche, Bernold, tenant serrée contre lui celle qu'il venait de sauver, entreprit de retraverser en sens inverse la pièce où l'incendie qu'on avait renoncé à combattre faisait rage. Les poutres et les solives du plafond commençaient à céder. Des pans de bois carbonisés menaçaient d'en choir, barrant le passage.

À travers les tourbillons de fumée, les débris enflammés dont la chute s'accompagnait de nouvelles traînées de feu, suffoquant, à demi aveuglé, la gorge desséchée par l'air incandescent, le Normand avançait pas à pas.

De son corps en nage, d'amers effluves de transpiration se dégageaient, qui, mêlés à l'âcre odeur du bois brûlé, emplissaient les narines d'Isambour.

Maintenue pressée contre la poitrine nue de cet homme qui n'avait eu que le temps de passer ses braies rouges sous son ample manteau, l'adolescente, épouvantée, sentait sa propre peau coller à celle de l'étranger, sa propre sueur se mêler à la sienne...

Ils arrivèrent enfin à l'endroit où commençaient les degrés.

– Par mon âme ! Je vous croyais perdus tous deux ! s'écria Névelon, dont la gorge, râpée par la fumée, émettait une sorte de toux rauque. L'échelle est tombée avec tous ceux qui étaient dessus, blessant pas mal de gens. On vient de la relever. J'allais partir à mon tour, en désespérant de vous revoir ! Ce n'est plus tenable ici !

En dépit des quintes qui le secouaient, on le sentait fier de son endurance. Son père le baron Foucher, l'ayant eu sur le tard, et devenant vieux, ce serait bientôt lui, le fils aîné, qui serait le seigneur. L'occasion lui semblait bonne de l'affirmer.

– Je pense pouvoir descendre toute seule, souffla Isambour.

– Avoir failli périr brûlée vive ne vous suffit donc pas ? Vous souhaitez aussi tomber de ce perchoir ? demanda Bernold sans desserrer son étreinte. Ce serait folie ! Laissez-moi vous porter encore.

La tenant toujours contre lui avec son bras gauche, tout en s'aidant du droit pour descendre, il parvint sans encombre à l'étage inférieur.

Au pied de l'échelle, des soldats de la garnison avaient apporté des seaux d'eau pour essayer d'empêcher le feu de gagner le premier étage.

– Ils n'arriveront à rien, affirma Bernold. Allons-nous-en.

Aidé de plusieurs serviteurs, Foucher de Fréteval s'affairait à retirer de la pièce aveugle du rez-de-chaussée, profondément enfouie dans le sol sous le plancher de la grande salle et qui communiquait avec elle par une trappe, des objets précieux qu'il voulait sauver du désastre. Un coffre à deniers, des armes, des paniers pleins de vaisselle d'argent et d'étain, des barils de vivres, étaient transportés à l'extérieur par des serviteurs qu'encadraient les deux frères cadets de Foucher. Un jeune chevalier, confié par un seigneur voisin au sire de Meslay afin qu'il pourvoie à son éducation, s'était chargé du lourd crucifix de bronze pendu au-dessus du fauteuil à haut dossier du baron et le transportait avec dévotion.

Auprès de l'unique porte de la salle, qui donnait sur la nuit, Aveline et Mayeul attendaient.

– Vous voici enfin ! s'écria Aveline en s'élançant vers les arrivants.

– Que Dieu soit béni qui nous a accordé de nous retrouver sains et saufs ! murmura Mayeul.

Avant d'emprunter la passerelle permettant de franchir le fossé, les quatre jeunes gens respirèrent un instant avec gourmandise l'air de juin qui, au sortir de la fournaise, leur paraissait miraculeusement léger et amical.

Isambour repoussa doucement les bras qui la tenaient encore.

– Grand merci pour votre aide, dit-elle en glissant à terre. Sans vous, nous étions perdues !

Elle ne portait que la chemise de fine toile enfilée au sortir du lit où elle avait dormi avec sa cousine et la troisième apprentie de leur atelier de broderie, invitée, comme elles deux, par la dame du château. Elle avait l'impression d'être nue. Trempé de sueur, déchiré, sali, le tissu adhérait à son corps, révélant ses formes plus qu'elle ne l'aurait souhaité.

Bernold passa à plusieurs reprises ses mains enfumées sur sa face noircie, comme pour en effacer les traces de ce qu'il venait de vivre.

– Il s'en est fallu de peu que vous ne grilliez, dit-il simplement à Isambour. N'avez-vous aucune brûlure ?

– Mes cheveux sentent le roussi et les épaules me cuisent assez bien, mais je crois que c'est tout.

– Quand j'ai vu la tenture enflammée tomber de la

fenêtre, s'écria Aveline, j'ai cru votre dernière heure venue, j'ai voulu m'élancer pour l'arracher...

– Dieu merci, j'ai pu vous en empêcher ! intervint Mayeul. Mais vous vous êtes débattue comme une diablesse !

Son ton, teinté d'admiration, était flatteur.

– Vous ne la connaissez pas encore, dit Isambour, mais tout le monde vous le répétera ici : Aveline, c'est la forte tête de la famille !

La passerelle franchie, les quatre jeunes gens se dirigèrent vers la cour de la forteresse où s'étaient regroupés les rescapés de l'incendie.

Derrière eux, ainsi qu'une ruche géante en folie, le feu ronflait. Des explosions le ponctuaient.

Construit sur une motte de terre rapportée et tassée à mains d'homme, le donjon de bois dressait, à la lisière de la forêt, sa tour carrée par les fenêtres de laquelle s'échappaient maintenant d'immenses flammes et d'épaisses volutes noires. Sa haute silhouette flamboyante se détachait, telle une vision infernale, sur la clarté innocente du ciel où continuaient à brasiller paisiblement des myriades d'étoiles.

Dans la cour, tout était confusion et désolation.

Portes ouvertes, la chapelle, les granges, la cuisine, servaient de refuge. Des blessés gémissaient, se lamentaient ou lançaient des imprécations. Frappés d'effroi, des enfants pleuraient sans fin. Débordées, plusieurs mères tentaient en vain d'apaiser les plus impressionnés.

Dame Hildeburge, l'épouse de Foucher de Fréteval, qui avait pu descendre de l'étage en feu parmi les premiers fugitifs, dirigeait avec compétence les secours. Dans la petite bâtisse des étuves, où elle les entreposait toujours, elle avait pris ses coffrets d'élixirs et d'onguents, pour en distribuer le contenu à tous ceux qui en avaient besoin.

Ses traits ingrats, sans charme aucun, exprimaient une grande fermeté et cette sorte de bonté austère qui est le propre de certaines femmes dénuées de beauté. On la savait attentive à tout et à tous.

Conseillées par elle, plusieurs autres dames fabriquaient des pansements avec des draps déchirés, posaient sur les plaies des compresses de plantes médicinales, oignaient de pommade les brûlures, lotionnaient d'eau pure, puisée à la source, les yeux irrités.

Traversant les groupes à pas pressés qui soulevaient à peine sa robe de bure, frère Régnauld, moine détaché de l'abbaye de Bonneval afin de desservir la chapelle castrale, réconfortait, bénissait, priait.

La lueur fauve de l'incendie, teintant choses et gens de ses reflets sauvages, donnait un aspect démoniaque et irréel à tant de malheurs.

Dans la chapelle, au pied de l'autel, Mahaut, prostrée, récitait son chapelet auprès du corps sans vie de sa mère. Sanglant et noirci, le drap qui recouvrait la dépouille de la vieille Ermengarde était celui-là même dans lequel elle avait dormi un moment plus tôt.

— Qu'est-il arrivé à la tante du baron ? demanda Aveline.

— Elle est tombée de l'échelle avec plusieurs autres personnes et a été écrasée sous leur poids, répondit avec un sanglot une femme qui aidait à soigner les blessés.

— Elle ne peut que s'être rendue tout droit en paradis ! Elle était si vaillante, si gaie ! ... Nous la connaissions bien, expliqua Aveline à ses compagnons. Elle travaillait aux ouvrages de broderie avec nous, dans la chambre de la dame de Meslay. Malgré son grand âge, elle se montrait toujours d'une grande habileté.

— Elle nous contait des histoires...

Après une courte prière, les quatre jeunes gens sortirent de la chapelle.

— Comment nous rendre utiles ? demanda Isambour. Nous ne pouvons pas demeurer sans rien faire parmi tous ces gens qui souffrent.

Bernold lui jeta un regard curieux.

— C'est plutôt vous qu'il faudrait soigner, dit-il. Vous avez des brûlures aux épaules.

— C'est peu de chose. Je me soignerai plus tard.

Un cri d'effroi, jailli de dizaines de poitrines, déchira soudain la nuit. Recouverte de peaux de bœufs pour protéger la tour de la foudre ou des brandons qu'auraient pu y envoyer d'éventuels agresseurs, la toiture de planches du donjon n'avait pu résister au feu intérieur qui la dévorait. Dans un jaillissement monstrueux de particules enflammées et de débris incandescents, elle s'écroula d'un seul coup.

— Gare aux flammèches ! cria quelqu'un.

On reflua loin du second fossé.

Une enceinte extérieure, enfermant pour la défendre en cas de besoin la motte castrale ainsi que sa cour, avait été édifiée sur une levée de terre surmontée de palissades, elle-même précédée d'un premier fossé. Les dépendances de la forteresse, chapelle, étuves, cuisine, ateliers divers, écuries, granges, étables, le four banal et la fontaine, s'y trouvaient rassemblés.

Apeurés par les cris, le fracas de l'incendie, l'agitation, les reflets de l'énorme brasier, les animaux s'agitaient derrière les portes closes de leurs abris. Les chevaux frappaient les bat-flanc à coups de sabots ; les chiens hurlaient à la mort dans le chenil ; les ânes, mulets, bœufs, vaches, moutons, brebis et porcs beuglaient, bêlaient, grognaient à qui mieux mieux. Les volailles du poulailler caquetaient, gloussaient, jargonnaient, piaulaient...

— Faites-les taire, mais, surtout, fermez bien les portes ! ordonna Névelon aux valets chargés des animaux domestiques. Si certains d'entre eux s'échappaient, c'est vous qui seriez fouettés !

— Ne craignez-vous pas que ces bâtisses ne flambent à leur tour ? interrogea Mayeul.

— Il n'y a pas de danger. Le fossé qui nous sépare du donjon est assez large pour servir de coupe-feu, assura le fils aîné de Foucher.

Venus de l'extérieur, de l'autre côté de l'enceinte couronnée de palissades, des sons de trompe, rauques et répétés, se firent entendre, transperçant le bruit de la cour.

— Je suis sûre que c'est mon père qui appelle ! s'écria Aveline. Je reconnais sa manière de sonner du cor ! De chez nous, il aura aperçu les lueurs de l'incendie ou entendu les cloches de la chapelle.

« Cette grande fille blonde a quelque chose de décidé, d'audacieux, mais aussi d'autoritaire, de vaniteux qui la rend bien différente de sa cousine », songea Bernold.

Durant le souper, il avait remarqué le groupe formé par les jeunes filles de l'ouvroir et n'était pas mécontent d'avoir eu l'occasion de porter secours aux deux plus plaisantes d'entre elles.

« Aveline ressemble à une épée tirée au clair, toujours brandie, se disait de son côté Mayeul. Isambour, elle, serait plutôt une lame encore au fourreau. »

— Va-t-on ouvrir la grande porte à ceux qui viennent de l'extérieur ? demanda-t-il.

— Certainement. Bien que personne ne puisse plus rien pour le donjon, répondit avec amertume Salomon de Fréteval, fils d'Odon-le-bâtard.

Ce cousin de Névelon, un peu plus jeune que lui, avait

néanmoins partagé les jeux d'enfant puis la rigoureuse adolescence du fils que Foucher élevait sans complaisance. Plus encore que leurs liens familiaux, le service de page, puis d'écuyer, accompli par eux conjointement chez le comte de Blois, les avait unis comme des frères. Marié depuis peu, Salomon demeurait le plus fidèle ami de l'héritier du nom, récemment adoubé. Il arrivait dans la cour avec ceux qui avaient aidé au transport des objets arrachés aux flammes.

– Le portier ouvre à ceux qui sont dehors, remarqua Isambour.

– Allons voir qui arrive, proposa Aveline.

Gervais-le-vavasseur [1], père de l'adolescente, n'était pas seul. Une troupe de villageois, de tenanciers et de laboureurs, suivait le petit homme roux, à l'air tout aussi décidé que sa fille.

– Je ne m'étais pas trompée en vous annonçant, mon père ! s'écria Aveline.

– Par le manteau de saint Martin, votre mère était folle d'angoisse ! Mon devoir de vassal m'appelait ici, mais le souci que nous nous faisions pour vous deux m'a fait courir, vous pouvez m'en croire ! N'avez-vous rien, ni l'une ni l'autre ?

– Nous avons été sauvées ensemble par deux des invités du baron, dit Aveline. Sans eux, nous aurions péri ! Nous leur devons une fière chandelle !

– Où sont-ils ? Il faut que j'aille les remercier, reprit Gervais.

– Je ne sais où ils sont allés. Ils étaient avec nous il y a un instant, mais je ne les vois plus, répondit Aveline en cherchant des yeux autour d'elle.

– Ce sont deux nouveaux venus dans la région, des Normands de la suite de la princesse Adèle, la fille du Conquérant, expliqua Isambour.

Depuis son récent mariage avec le prince Étienne, fils aîné et héritier du comte Thibaud de Blois, la future comtesse avait, au su de tous, fait venir à Blois beaucoup de ses compatriotes.

– Ils ne sont pas chevaliers, ajouta Aveline. L'un est maître verrier, l'autre tailleur d'images en pierre.

Le vavasseur aperçut alors le seigneur de Fréteval qui

1. *Vavasseur* : homme pourvu d'un arrière-fief ; vassal d'un vassal.

sortait de la chapelle en compagnie de son fils aîné. Il se dirigea vers lui tandis qu'un garçon de seize à dix-sept ans, embarrassé d'un corps trop grand qui achevait tout juste sa croissance, se détachait du groupe mené par Gervais. Il s'approcha des deux cousines.

— Que le bon saint Laurent, qui protège du feu, soit béni de vous avoir sauvegardées, dit-il d'une voix enrouée. Vous auriez pu brûler dans l'incendie !

— Vous, ici, Gildas ! s'exclama Isambour. Je ne pensais pas que, des bords du Loir, on eût pu voir ce qui se passait sur le plateau !

— On ne le voyait pas non plus, mais quand Tybert-Belle-Hure est arrivé devant notre moulin en criant que le château flambait et que j'ai vu le ciel tout rouge de ce côté, j'ai eu grand-peur ! Si peur, que j'ai cru rendre l'âme, termina, en baissant le nez, qu'il avait proéminent, le garçon dégingandé.

— Avez-vous tremblé pour nous deux, sire meunier, ou seulement pour Isambour ? s'enquit Aveline en riant.

— Pour vous deux, bien sûr !

— Menteur ! J'aurais bien pu m'en aller en fumée sans que vous vous en trouviez mal pour autant !

Elle haussa les épaules avec désinvolture.

— En revanche, je constate que Daimbert, mon cher fiancé, n'a pas jugé utile de se déranger pour si peu, ajouta-t-elle sans la moindre amertume, mais en témoignant, au contraire, d'une sorte de jubilation. Il doit encore courir la fille !

— Sa charge de sergent fieffé [1] de la forêt l'oblige à faire sans cesse des tournées d'inspection dans les bois. Il n'est pas étonnant qu'il soit absent, tenta d'expliquer Gildas.

— Taisez-vous donc ! Vous cherchez toujours à blanchir ceux qu'on accuse ! lança Aveline. Ce qui n'a rien d'étonnant quand on patauge toute la journée dans la farine !

Elle se mit à rire, mais retrouva vite son sérieux.

— Peu importe, conclut-elle. Par tous les saints du paradis, il y a autre chose à faire ici et maintenant que de se soucier de Daimbert !

Le donjon achevait de brûler. Construit en un bois qui avait eu tout le temps de sécher depuis des dizaines

---

1. *Fieffé* : doté d'un fief.

d'années, il avait pris feu et avait flambé comme une torche de cire. L'air, chargé des émanations fuligineuses, nauséabondes, de tout ce qui avait été consumé dans la tour, aurait été irrespirable, sans le vent d'ouest qui venait de se lever en chassant une grande partie de la puanteur vers la forêt.

— Comment l'incendie a-t-il pris ? demandait Gervais-le-vavasseur à son seigneur.

— On ne sait. Il est possible qu'une chandelle ou qu'une lampe à huile se soit renversée ou ait coulé sur une tenture... Nos constructions de bois sont à la merci du moindre incident de ce genre.

— Peut-être, mais elles sont aisées à relever. En y mettant une centaine d'hommes et un bon charpentier, nul doute qu'on parvienne à reconstruire le donjon en quelques semaines.

— Entre-temps, nous utiliserons les dépendances pour nous loger... et nous irons visiter nos principaux vassaux.

Seigneur d'importance dans sa région, Foucher de Fréteval tenait un assez haut rang parmi les barons du comte de Blois pour envisager sans trop d'inquiétude le sinistre qui venait d'anéantir le cœur de sa forteresse.

— Mon père, dit alors Névelon, pourquoi ne profiteriez-vous pas de cette occasion pour rebâtir la tour en pierre plutôt qu'en bois ? Notre voisin, Bouchard-le-jeune, n'a-t-il pas procédé de la sorte à Vendôme ?

— Les vassaux de la maison d'Anjou font à leur guise, mon fils, nous à la nôtre. Les comtes de Blois et d'Anjou sont rivaux. Je ne veux en rien imiter un des adversaires de mon seigneur.

— La pierre a de tels avantages !

— Elle est aussi beaucoup plus onéreuse et moins facile à élever, répondit sèchement Foucher de Meslay. Moi vivant, on ne construira à Fréteval qu'en bois !

— Avec vos serfs, vos tenanciers, vos artisans, le donjon sera vite remis debout, affirma Gervais-le-vavasseur. D'ici là, ce serait un honneur pour ma maison que vous acceptiez de venir habiter quelque temps à Morville.

— Nous verrons, Gervais, nous verrons. À l'heure présente, ramenez toujours chez vous votre fille et votre nièce auxquelles notre invitation aurait bien pu coûter la vie !

Comme il avait autre chose à faire que de s'attarder plus longtemps en compagnie d'un obscur vavasseur, le baron se retourna vers son fils, lui prit le bras, et l'entraîna vers la cuisine où chacun s'affairait. On y préparait des tartines de fromage, on distribuait du lait, du vin, du jambon à tous ceux qui en demandaient.

La nuit s'achevait. À l'est le ciel devenait plus clair. Une sorte de douceur frileuse précédait le jour. Des oiseaux, que l'incendie n'avait pas dérangés, se mettaient à chanter comme à l'ordinaire. Les animaux domestiques, calmés, s'étaient tus. Seuls les coqs se faisaient à présent entendre.

– Voulez-vous, dame, que nous vous aidions ? demanda Isambour à Hildeburge qui passait, portant entre ses bras un nourrisson à la tête enveloppée de pansements.

– Merci, ma fille, l'essentiel est fait maintenant. Les femmes d'ici ont l'habitude de soigner les plaies les plus diverses. Elles connaissent les secrets des plantes... Retournez plutôt à Morville où la pauvre Perrine doit être plus morte que vive dans l'ignorance où elle est de votre sort à toutes deux.

– Il faut vous obéir, dame, dit Gervais-le-vavasseur. Cependant, s'il nous est possible de vous servir...

– Je sais, Gervais, je sais. Nos vassaux sont fidèles et nous pouvons compter sur eux. Les hommes que vous nous avez amenés nous seront très utiles. Ils suffiront.

Au milieu des allées et venues désordonnées, un peu folles des habitants de la forteresse, arrachés à leurs habitudes pour être précipités dans l'horreur, parmi tous ces gens qui s'activaient afin de retrouver un semblant d'ordre, le vavasseur, les deux adolescentes, Gildas, après avoir cherché en vain Bernold et Mayeul, demeurés introuvables, quittèrent le château. La grande porte étant embouteillée, ils passèrent par une des poternes qui donnait accès au chemin du village.

Située à une courte distance du donjon, perchée sur une plate-forme qui terminait de manière abrupte le plateau boisé juste au-dessus de la vallée du Loir, la communauté villageoise de Fréteval, resserrée autour de son sanctuaire dédié à saint Victor, était entourée d'une enceinte défensive qui la protégeait de toute attaque inattendue.

Gervais et ses compagnons longèrent cette levée de terre sommée de pieux, descendirent ensuite vers la rivière par un sentier qui sinuait jusqu'au pied de la falaise. Non loin de là, un pont de bois permettait de gagner l'autre rive.

Le moulin de Benoît-le-mangeur, père de Gildas, s'élevant au bord de la rivière, un peu plus à l'ouest, à l'endroit où un ancien affluent avait creusé un étroit vallon, le jeune garçon quitta le groupe avant d'atteindre le pont. Personne n'avait encore parlé. Sous le coup des événements qui venaient de se produire, chacun se taisait.

— À bientôt, Gildas, dit le vavasseur. Je passerai un de ces jours au moulin.

— Nous serons toujours heureux de vous y voir, répondit le fils du meunier en s'éloignant.

Sur le pont, l'odeur de la rivière, de ses plantes aquatiques, des feuillages trempant dans son eau verte, mêlée à celle des hautes herbes de juin dont les prés regorgeaient, donna aux deux adolescentes l'impression d'un bain lustral. Leurs esprits fiévreux s'en trouvèrent rafraîchis.

De la rive gauche du Loir, à cause du recul et parce qu'on s'éloignait du coteau escarpé qui faisait écran, on voyait nettement flotter, au-dessus de l'endroit où était situé le château, un nuage de fumée qui souillait l'aube naissante.

— Pendant que nous montions vers la forteresse, dit soudain le vavasseur d'un air entendu, ce petit meunier était dévoré d'anxiété. Il m'a paru, ma belle nièce, que vous n'étiez pas étrangère à son tourment.

— Son père et lui sont de nos amis, mon oncle. N'est-il pas tout naturel qu'ils partagent vos inquiétudes dans un moment comme celui-ci ?

— Il ne s'agit pas de nous, ma perle blanche, vous le savez bien ! s'écria Aveline. Ce garçon est amoureux de vous et aurait préféré périr lui-même dans les flammes plutôt que de vous savoir en danger !

— Par pitié, ma belle, ne vous emballez pas si vite ! Vous partez, vous partez... Votre affection pour moi vous aveugle, vous fait prendre des sentiments innocents pour tout autre chose. Gildas nous aime bien, vous et moi, parce que nous sommes tous trois amis d'enfance.

— Les meuniers sont bien pourvus en deniers, reprit le vavasseur sans tenir compte de ces interruptions. N'oubliez pas que j'ai promis à mon pauvre frère, avant son départ pour le combat qui lui a coûté la vie (que Dieu ait merci de son âme !) d'assurer votre avenir, le moment venu.

— Rien ne presse...

— Vous allez sur vos quinze ans, Isambour. Il faut songer à vous établir.

— Je n'ai pas la tête à m'intéresser à de pareilles choses

aujourd'hui. Je suis trop retournée par ce que nous venons de subir.

— Nous attendrons donc... mais pas trop longtemps...

— Par ma foi, vous ne rêvez donc qu'à nous marier, mon père ! lança Aveline. Vous m'avez déjà promise à Daimbert, qui est bien le sergent le plus coureur de toute la comté [1] ! Et voici que vous jetez à présent votre dévolu sur ce petit Gildas sous prétexte qu'il est épris d'Isambour ! Mais il n'est pas le seul, que je sache !

— Taisez-vous, mauvaise graine ! Vous épouserez Daimbert ! Je lui ai donné ma parole, il n'y a pas à revenir là-dessus ! Quant à votre cousine, je suis meilleur juge que vous sur ce qui lui convient ! Je ne veux que son bien !

— Je ne ferai jamais que ce que j'ai décidé de faire ! cria Aveline, rouge de colère. Ni vous, ni personne ne me briserez !

— Par tous les saints du ciel, la voici, à peine sortie du brasier, qui recommence à me défier ! Rien ne pourra donc jamais vous faire changer ? Taisez-vous, tête de mule ! ou vous passerez la journée au cachot, pour vous apprendre à braver votre père !

Aveline murmura quelques mots inaudibles entre ses dents tout en marchant d'un pas rageur auprès du petit homme roux qu'elle dépassait de plusieurs pouces, bien qu'il se redressât autant que le lui permettaient sa fureur et la brièveté de sa taille.

Habituée à calmer sa cousine, Isambour la prit par le bras et lui caressa doucement le poignet comme on flatte une pouliche trop nerveuse qui menace de lancer des ruades.

C'est ainsi que le trio parvint au bout du chemin qui, entre prés et vignes, conduisait à la demeure du vavasseur.

Vigneron du baron, Gervais habitait avec les siens une maison forte entourée d'un étroit fossé de douze pieds de large seulement et de faible profondeur, que surmontait une rangée de palissades. Construite au milieu des vignobles, à bonne distance de tout village, la maison de bois, plus haute que celles des paysans de la région, et dont le portail se trouvait coiffé d'une petite tourelle de guet, était, en dépit de ses modestes dimensions, un immense sujet de fierté pour le vavasseur ainsi que pour sa famille.

---

1. *La comté :* on mettait au Moyen Âge comté au féminin. Il nous en reste la Franche-Comté.

Les aboiements de deux molosses, qu'on laissait libres d'aller et venir dans la cour durant la nuit afin de garder la maisonnée et qu'on y avait oubliés en ce début mouvementé de journée, saluèrent le retour du maître.

Une femme assez corpulente, qui attendait manifestement les arrivants, se précipita à leur rencontre, dès qu'ils eurent franchi l'épaisse porte de bois cloutée de fer.

Dans la lumière nouvelle dont les premiers rayons du soleil inondaient la vallée, la cour paisible où se dandinaient des canards, était l'image même de la sécurité.

– Sainte Vierge ! Les voici enfin toutes deux, saines et sauves ! J'ai tant prié pour les revoir vivantes !

Dans un même embrassement, Aveline et Isambour furent serrées sur la poitrine généreuse de Perrine, l'épouse de Gervais-le-vavasseur. L'odeur de linge propre, de plantes potagères, de laitage qui avait imprégné leur enfance, les enveloppa derechef.

– Je crois pouvoir affirmer que, telles des salamandres, elles ont traversé l'épreuve du feu sans rien y laisser d'elles-mêmes, remarqua Gervais en faisant la grimace. La peur ne les a pas transformées !

– Mais je n'ai pas eu peur ! protesta Aveline, toujours prête à contredire son père.

– Je n'en dirais pas autant, ma tante, dit Isambour en souriant. J'ai bien cru ma dernière heure venue...

– Mais comment avez-vous pu échapper aux flammes, mes petites colombes ?

– On nous y a aidées, répondit Aveline, soudain laconique.

– Nous avons eu de la chance, ajouta Isambour.

II

Le surlendemain de l'incendie, après l'enterrement de la pauvre Ermengarde, dame Hildeburge fit dire à Perrine que, dès le jour suivant, l'atelier de broderie serait provisoirement transféré chez elle, à Morville. Depuis sa fondation, quelques années auparavant, l'ouvroir se tenait dans la chambre haute de la forteresse. Le donjon détruit, en attendant que la nouvelle construction qui devait le remplacer fût édifiée, il fallait bien installer les brodeuses quelque part.

Comme tout le monde aux alentours, Perrine savait que la dame tenait beaucoup à un certain ouvrage qu'elle faisait exécuter avec le plus grand soin, allant jusqu'à y travailler elle-même. Deux de ses parentes, trois parmi les plus adroites de ses femmes, Aveline et Isambour, dont elle estimait fort l'habileté, et une jeune apprentie, nommée Basilie, fille du forgeron de Fréteval, composaient le petit groupe de ses ouvrières.

Si l'épouse du baron attachait tant d'importance à la toile de lin qu'elle faisait broder de laines multicolores, c'était qu'elle avait l'intention de l'offrir en don de bienvenue à la princesse Adèle de Normandie.

En dépit de ses quatorze ans, la princesse, appelée à devenir comtesse de Blois, à la mort de son beau-père, passait en effet pour s'intéresser très vivement aux arts et aux lettres. On vantait son goût et la qualité de son esprit. On disait qu'elle alliait les dons d'organisation de son père, Guillaume le Conquérant, roi d'Angleterre, à la finesse de sa mère, la reine Mathilde. Née dans une des cours les plus brillantes de la chrétienté, Adèle souhaitait encourager tous ceux qui œuvreraient à l'amélioration des mœurs de sa nouvelle patrie. La jugeant trop rustique, elle comptait y porter remède en créant à Blois une cour plus raffinée.

Par ailleurs, le bruit était venu de Normandie qu'un travail de tapisserie, beaucoup plus ambitieux et important, avait été réalisé peu de temps auparavant, en hommage au Conquérant, par des religieuses anglaises. Il devait décorer la nef de la cathédrale de Bayeux.

Dame Hildeburge avait alors pensé que la nouvelle mariée serait heureuse, elle aussi, d'en posséder un du même genre dans sa résidence blésoise. En lui restituant les grands moments de son récent passé, il ne pourrait que lui être agréable. Commencé depuis plus de six mois, l'ouvrage ne devait pas être interrompu si on voulait le terminer pour les fêtes de la Noël, date à laquelle il serait opportun de l'offrir.

Perrine fut enchantée de voir sa demeure choisie par l'épouse du baron pour une si importante affaire. C'était un honneur auquel toute la parenté du vavasseur serait sensible.

– Par ma foi ! dit Aveline à Isambour, mon père va éclater de vanité ! Ce n'est pas rien que de recueillir sous son toit un cadeau destiné à la future comtesse de Blois !

Assises toutes deux sur des coussins en tapisserie de Reims bourrés de paille et répandus tout autour du grand lit où elles dormaient ensemble, les cousines faisaient leurs nattes.

Élevées comme des sœurs, elles avaient pris l'habitude de se brosser mutuellement les cheveux avant de les tresser chacune pour soi.

Aveline était fille unique. Après sa naissance, Perrine, demeurée inexplicablement stérile en dépit de multiples pèlerinages, avait pris en charge et élevé comme les siens les deux enfants que lui avait confiés, après son veuvage, le frère de son mari : la jeune femme du pauvre garçon avait été emportée par une mauvaise fièvre à la suite de ses secondes couches. Isambour et son aîné, Roland, devenu moine depuis, avaient trouvé auprès de leur tante la tendresse et les soins dont ils avaient besoin. N'ayant pas ou peu connu leur mère, ils avaient tout naturellement reporté sur Perrine des sentiments filiaux qu'elle méritait amplement par son dévouement ainsi que par l'attachement témoigné sans compter à son neveu et à sa nièce. Leur père, n'ayant plus le courage de continuer à vivre à Morville après la mort de sa femme, s'était mis au service d'un seigneur voisin dont le penchant pour la guerre n'était un secret pour personne. Quelques mois plus tard, il avait, à son tour, trouvé la fin qu'il recherchait sans doute sur un obscur champ de bataille, au cours d'une échauffourée opposant son nouveau maître à un autre baron.

— Il est curieux de constater qu'un malheur aussi grand que l'incendie du donjon change assez peu l'existence de tous les jours, remarqua Isambour. On commence déjà à déblayer les décombres pour reconstruire une tour neuve, et dame Hildeburge se soucie toujours autant de son travail de broderie !

— Vous oubliez les blessés, ma perle blanche, et la mort de la pauvre Ermengarde !

— Je ne les oublie pas, mais je suis frappée par la puissance de la vie. Elle triomphe de tout !

— Le feu, lui, a bien failli triompher de votre peau ! répliqua la fille du vavasseur en riant.

Elle désignait les traces de brûlures qui marquaient en plusieurs endroits les épaules de sa cousine.

Nues toutes deux, au sortir du cuvier où elles s'étaient baignées ensemble selon une coutume qui remontait à leur enfance, elles terminaient leur toilette avant de se rendre en famille à la messe quotidienne.

— Grâce aux compresses d'oignons écrasés que votre mère a eu la bonne idée de m'appliquer dès notre retour, je n'ai plus mal, dit Isambour, mais j'espérais que les marques disparaîtraient en même temps que la douleur.

— Il ne faut pas demander l'impossible, mon cœur. Bientôt il n'y paraîtra plus. C'est l'affaire de quelques jours.

— Il me restera toujours la ressource d'aller trouver Roland dans l'infirmerie de son couvent, reprit Isambour. Avoir un frère capable de soigner tant de maux est une grande chance.

Souple comme une herbe de la rivière, elle se leva pour enfiler sa chemise blanche. Son corps mince, aux rondeurs naissantes, n'était plus celui d'une enfant, sans être tout à fait celui d'une femme. Il en tirait une grâce ambiguë de fruit vert.

En se cambrant pour passer le vêtement de toile plissée,

elle fit saillir avec complaisance ses seins menus mais prometteurs.

Cependant, deux grains de beauté jumeaux les marquaient chacun d'une lentille brune qui chagrinait l'adolescente.

– Je regretterai toujours de ne pas être blonde comme vous, dit-elle en nouant de minces galons rouges aux bouts de ses nattes. Vos cheveux et votre teint sont bien plus jolis que les miens.

Dorée et blanche, Aveline, plus grande, plus imposante, plus proche du type féminin à la mode, était, sans vouloir l'avouer à sa cousine, ravie du bleu de ses yeux, de sa carnation de lait.

Pour ne pas blesser celle dont elle s'était déclarée la protectrice, en raison de l'année qu'elle avait de plus, elle prit le parti de s'indigner.

– Que racontez-vous là ? s'exclama-t-elle. Vos cheveux ont la couleur de la châtaigne mûre, vos prunelles le gris argenté des écailles de l'ablette ! Vous n'avez rien à regretter.

– Si ! Votre blondeur !

– Taisez-vous donc ! Tout le monde ne peut pas être pareil. Vous êtes très bien ainsi. La preuve en est que vous plaisez aux hommes, acheva-t-elle avec un clin d'œil malicieux, tout en enfilant ses chausses.

– Oh ! ce pauvre Gildas...

– Il n'y a pas que lui...

Des appels venus de la cour interrompirent la conversation.

– Aveline ! Isambour ! Qu'êtes-vous encore en train de raconter au lieu de vous tenir prêtes pour la messe !

Tout en échangeant des grimaces complices, les deux cousines passèrent à la hâte leurs bliauds [1] de fine toile, l'un rouge garance et l'autre vert. Elles en avaient brodé elles-mêmes le col, le bas, les poignets. Les manches évasées, plus larges que celles de la chemise qu'elles laissaient apparaître, leur tombaient le long des hanches, jusqu'aux genoux.

Des chaussures de cuir souple, un long voile de lin qui les protégerait du soleil, dans lequel elles s'envelopperaient

1. *Bliauds :* longues tuniques.

étroitement la tête et le buste avant de pénétrer dans l'église, terminèrent leur ajustement.

Le vavasseur et sa maisonnée partirent aussitôt pour Saint-Lubin, paroisse la plus proche de Morville.

Gervais serrait le bras de son épouse. Avec ses cheveux roux, son nez pointu, il ressemblait à un goupil conduisant une poularde. Cette femme opulente, dont la tranquille robustesse compensait la nervosité de son mari et à laquelle Aveline ressemblait en plus énergique, en plus jeune, était, de son côté, à la dévotion de son petit époux. Elle acceptait placidement la tyrannie, les jalousies, l'agitation du compagnon despotique, mais toujours épris, dont elle partageait l'existence depuis qu'elle était sortie de l'enfance.

— Je ne puis quitter ou regagner Morville, mon amie, sans éprouver de la fierté, dit Gervais. Posséder une terre comme celle-là est une vraie bénédiction !

— La terre et la maison, compléta Perrine.

La disposition de leur demeure était semblable, en plus modeste, à celle du donjon du baron. Deux pièces la composaient. Au-dessus du rez-de-chaussée qui servait de réserve à vivres, la salle. On y pénétrait par une rampe mobile, escamotable en cas de danger. Au second, la chambre haute, où tout le monde couchait. Des courtines [1] pendues entre les lits les séparaient les uns des autres.

Dans la cour, orgueil et raison d'être du vavasseur, un bâtiment assez vaste où se trouvaient pressoir et cellier. Sous ce bâtiment était creusée une grande cave voûtée. Quelle que soit la saison, une odeur vineuse flottait alentour. Au temps des vendanges, la vis du pressoir devenait la clef de voûte de tout le domaine.

Une grange, une écurie, une étable, une porcherie, un poulailler, un puits, complétaient l'ensemble. À l'arrière de la maison, un potager et un verger avaient été gagnés sur l'étendue des vignobles environnants.

Mi-fief, mi-ferme, cette tenure [2] de médiocre importance permettait cependant à Gervais de marcher la tête haute. Les arpents de terrain, qui lui venaient de son père, lui donnaient en effet le droit de fournir aide et conseil au baron dont il cultivait les vignes.

Sa mère, sa belle-mère, déjà âgées, veuves toutes deux,

1. *Courtines* : tentures.
2. *Tenure* : domaine.

vivaient chez lui, ainsi que Frémin-le-tord, un de ses oncles maternels, vieux garçon bossu et effacé, qui faisait peu de bruit mais beaucoup de besogne.

La maisonnée comportait encore deux servantes et un valet. Le travail de la vigne nécessitait par ailleurs plusieurs brassiers [1].

Sitôt la messe entendue, Perrine fit hâter le déjeuner matinal afin que la salle fût nettoyée et rangée avant l'arrivée des brodeuses. Elle avait également veillé à ce que le sol fût jonché de genêts en fleur. Leur lourd parfum sucré emplissait toute la pièce.

Vers l'heure de tierce, on vit arriver, dans la lumière triomphante du matin, dame Hildeburge et ses parentes, montées sur des mules. Suivaient à pied, portant des paniers d'osier, les trois femmes de sa maison, formées depuis des années par la dame aux secrets de la broderie. Beaucoup plus récemment admise dans le petit groupe, la jeune Basilie fermait la marche.

– Le baron est à Blois où il a été convié par le comte, dit Hildeburge en pénétrant dans la cour du vavasseur. Je pense qu'il y restera quelque temps.

Il ne semblait pas qu'elle souhaitât le voir revenir trop vite.

– Il demeurera sans doute absent tant que le donjon ne sera pas reconstruit, hasarda Perrine, toujours intimidée devant la dame.

– C'est probable et c'est bien ainsi, admit Hildeburge. Notre campement dans les granges et les dépendances n'a rien de bien commode.

On la savait tout à fait capable de gérer le fief en l'absence du baron. Le cas s'était plusieurs fois produit durant les départs du seigneur de Meslay pour l'host [2] du comte. Chaque fois, elle s'était imposée comme femme de tête et de sang-froid. La calme amitié qu'elle portait à son époux survivait aussi bien au temps qu'à la distance. Au fond, le plaisir d'agir à sa guise, de commander seule, l'emportait chez elle sur les désagréments de l'absence.

Foucher n'était pas non plus homme de caractère facile. Cadet, il avait débuté dans la vie en recevant la cléricature afin de devenir prêtre. La mort de son frère aîné, tué lors

1. *Brassiers* : journaliers.
2. *Host* : armée.

d'une attaque de la forteresse de Fréteval par des bandes adverses, l'avait ensuite amené à quitter le service de Dieu pour celui des armes. De nature autoritaire, il avait conservé de sa première vocation un sens très strict de ses devoirs, mais également de ceux des autres. Aussi exigeant pour lui-même que pour ceux qui dépendaient de lui, il se montrait le plus souvent juste mais inflexible.

– Nous serons parfaitement bien ici, reprit Hildeburge en se dirigeant vers les métiers à broder qu'elle avait fait porter par des serviteurs, la veille au soir, à Morville.

Elle salua de la tête la mère et la belle-mère de son hôtesse, deux vieilles aux cheveux blancs, jaunis par la fumée du foyer, qui se tenaient assises près d'une des fenêtres ouvertes, filant la quenouille. Elle prit place ensuite dans le fauteuil à haut dossier que lui présentait Perrine.

– Grâce à votre hospitalité, reprit-elle, notre ouvrage ne souffrira pas trop de nos malheurs.

Elle eut un sourire rapide, qui tira à peine ses lèvres, sans atteindre ses yeux profondément enfoncés sous l'arcade sourcilière.

Ses parentes, Helvise de Mondoubleau et Placentia de Montoire, s'installèrent auprès d'elle, sur des sellettes. L'une était une femme d'une quarantaine d'années, blonde et grasse. L'autre, sensiblement plus jeune, toute en os, blonde aussi, mais tirant sur le roux. Violet et bleu, leurs bliauds surchargés de galons étaient en tissus de prix.

Les servantes d'Hildeburge, ayant disposé les paniers ouverts aux pieds des dames, y puisèrent quatre larges carrés de toile de lin bise, sur lesquels des figures et des personnages, préalablement dessinés par leur maîtresse, racontaient les fiançailles, le mariage à Breteuil, puis l'installation à Blois d'Adèle et d'Étienne. Le tracé des corps, des visages, des mains, était fait au point de tige. Les vêtements, les cheveux, les palais, les églises, les animaux, eux, étaient exécutés au point de couchage qui, remplissant les volumes, offrait une très vivante impression de relief et d'épaisseur. Des écheveaux de laine teinte à la toison, de diverses couleurs, et des aiguilles de bronze furent ensuite distribués aux brodeuses.

On enfila les aiguilles et on se mit au travail.

– Vous qui avez la plus jolie voix d'entre nous, Isambour, dit la dame, faites-nous donc entendre pour commencer une de ces chansons que vous connaissez si bien.

Tout en s'activant, les femmes avaient coutume de chanter à tour de rôle des couplets composés au fil des jours par les unes ou par les autres. Depuis le temps qu'elles cousaient ensemble, tout un fonds de chansons se trouvait constitué. Il ne restait qu'à y puiser.

Malgré sa jeunesse, Isambour possédait un timbre grave, chaud, qui manquait encore d'assurance mais promettait beaucoup.

Un peu avant l'heure de sixte [1], on interrompit la broderie pour prendre le repas du milieu de la journée.

Dans un autre coin de la pièce, les servantes de Perrine avaient mis des tréteaux sur lesquels elles avaient ensuite disposé de longues planches, qu'elles recouvrirent d'une nappe blanche.

– Ce sera un dîner sans prétention, déclara Perrine en sortant de la cuisine située dans un petit appentis de bois accolé à la maison. Je sais, dame, que vous n'êtes point gourmande.

– Trop manger alourdit, acquiesça la dame. C'est mauvais pour l'agilité des doigts.

Les brassiers qui travaillaient à sarcler les vignes et à biner les jeunes plants rentrèrent du travail, s'assirent au bas-bout de la table. L'oncle bossu les dirigeait.

Au haut-bout, Gervais céda sa cathèdre à l'épouse de son baron et prit place à sa droite. Le reste de la famille et des serviteurs occupa les places restées libres.

On commença par des cerises et du pain blanc, puis on se partagea une oie rôtie à la sauge, un pâté d'anguilles en pot, du fromage de brebis. Des beignets de fleurs de sureau terminèrent le repas.

On s'accorda une courte sieste, puis chacun reprit son ouvrage.

La chaleur pesait. Les chants des brodeuses cessèrent peu à peu. Au cours d'une pause, on but du lait d'amandes et on croqua quelques dragées.

– L'orage menace, annonça Mabile, celle des deux aïeules qui était la mère de Perrine. Je souffre de ma jambe droite. Le temps va changer. Depuis que je suis tombée aux alentours de mes dix ans d'une souche où j'étais grimpée pour cueillir des mûres, je sais toujours un peu à l'avance

---

1. *Heure de sixte* : midi.

le temps qu'il fera. Voilà au moins un service que m'aura rendu cette maudite cassure !

Si, au jugé, on pouvait considérer les deux vieilles femmes comme assez semblables, il devenait vite évident en les observant qu'il n'en était rien. Mabile était grasse, bavarde et un peu familière. Richilde, moins loquace, avait un visage fin, volontaire, avec un nez pointu. Chacun la respectait comme une créature remplie de sagesse. Gervais, son fils, la traitait d'ailleurs avec tant de ménagement que personne ne se serait avisé de faire autrement.

— Je ne sais si le ciel vous donnera raison, dit-elle pendant que ses doigts encore agiles tordaient le fil et que le fuseau descendait lentement, mais j'espère qu'il ne pleuvra pas avant demain. N'oubliez pas que Gaudry est parti ce tantôt dénicher les jeunes éperviers que nos filles dresseront pour la saison prochaine.

Fils du tonnelier de Morville, Gaudry avait treize ans. Sa minceur et son agilité le désignaient pour aller quérir au nid les petits éperviers. On ne disposait, pour cet enlèvement, que de très peu de temps au début de juin. Il fallait en effet prendre les oisillons dans les deux ou trois jours qui suivaient leur naissance. C'était là une besogne délicate dont dépendait le sort futur de la chasse aux perdreaux et aux cailles.

— J'ai demandé qu'on me prévienne dès qu'il sera de retour, dit Aveline. Je tiens à voir le plus vite possible les nouveaux éperviers.

— Êtes-vous donc seule à les nourrir et à les soigner ? demanda avec surprise Hildeburge.

— Non pas, dame. Ma cousine m'aide. Mais c'est une tâche que j'aime mieux accomplir qu'elle !

Peu de temps après, la dame et ses femmes repartirent comme elles étaient venues. Pour ce jour-là, le travail de broderie était terminé.

— Puisque vous attendez le retour de Gaudry, dit alors Isambour à Aveline, je vous laisse. Moi, je vais dans les prés cueillir des glaïeuls sauvages pour en joncher notre coin de chambre.

— Si je le peux, mon cœur, j'irai vous rejoindre... à moins que Daimbert (que le diable l'enfume !) ne me fasse la grâce de venir prendre de mes nouvelles. J'ai appris qu'il était revenu de sa tournée d'inspection dans la forêt. Il ne peut plus, à présent, faire mine d'ignorer l'incendie où nous avons failli périr grillées.

Dans les yeux bleus, étroits, fort écartés de la racine du nez, une lueur de défi s'alluma.

— S'il ne vient pas, c'est qu'il se désintéresse totalement de ce qui peut m'arriver... Peut-être pourrai-je trouver là une occasion de rompre, ajouta-t-elle à mi-voix, les dents serrées.

— Allons, allons, ma chère fille, dit Perrine tout en rangeant les sièges de la salle, ne vous montez pas la tête. Vous savez combien votre père tient à ce mariage. Daimbert est sergent du baron... son père et le vôtre étaient amis d'enfance... enfin, cette union est arrangée depuis toujours...

— On l'a arrangée sans me demander mon avis ! jeta l'adolescente d'un air rageur. C'est pourtant moi, et personne d'autre, qui me retrouverai mariée à ce coq de village, si je n'y mets pas le holà !

Bien qu'elle connût le peu d'estime que sa cousine portait au fiancé choisi par le vavasseur, Isambour fut surprise de la véhémence du ton d'Aveline. Spontanément, elle lui passa un bras autour des épaules et l'embrassa en lui chuchotant qu'il ne servait à rien de se mettre en colère, qu'il valait mieux temporiser. Mais, les pommettes empourprées, les yeux durs comme des lames, Aveline secoua la tête assurant qu'elle préférait la guerre ouverte plutôt que de se laisser conduire au lit du sergent comme la génisse au taureau.

— Je vous savais violente, ma fille, dit Perrine troublée, mais à ce point !...

— C'est que je ne suis plus une enfant qu'on mène à son gré en lisière !

Il y eut un silence. Les deux aïeules filaient leur quenouille sans mot dire. Mabile soupirait. Au bout d'un moment, Richilde leva un menton décidé.

— Je parlerai à Gervais, dit-elle. Mon fils m'écoute toujours....

— Dieu vous inspire ! murmura Perrine, déchirée depuis des années entre les volontés opposées de son mari et de sa fille.

— S'il s'entête à vouloir ce stupide mariage, je me battrai, répéta, en tapant du pied, Aveline exaspérée. Je me battrai !

On entendit alors des bruits de voix dans la cour.

— Seigneur ! Voici votre père qui rentre ! Ne restez pas

ici, allez dans la chambre, je vous en prie, supplia Perrine. Ne l'abordez pas dans l'état où vous voilà !

L'adolescente hésita un instant, puis s'élança vers l'échelle conduisant au second étage. On l'entendit bientôt qui donnait des coups de pied dans son coffre.

Isambour connaissait les fureurs d'Aveline et savait qu'elles retombaient aussi vite qu'elles s'étaient enflées.

– Je vais cueillir des glaïeuls, répéta-t-elle, et elle sortit.

Dans la cour, elle croisa son oncle qui revenait, traînant derrière lui cinq ou six garnements du village. Il lui fit un signe amical avant de se diriger vers la salle en criant :

– Perrine ! Faites préparer du pain et du fromage pour ces petits ! Par le manteau de saint Martin, leurs mères les nourrissent bien mal !

Ces manières ne surprirent pas Isambour. Elles lui étaient familières. Si le vavasseur, en effet, ne manquait pas de générosité, il éprouvait aussi le besoin de faire savoir jusqu'où allaient ses largesses. Il était dans son caractère de se complaire dans une certaine ostentation.

La porte de la maison forte une fois franchie, l'adolescente traversa le sentier qui reliait Fréteval au village voisin de Morée, et gagna les prés bordant la rivière.

Des haies vives les séparaient, quadrillant les rives, transformant ces parcelles en autant de chambres vertes où il était interdit d'envoyer paître les animaux domestiques avant la fenaison.

Une barrière de branches entrelacées fermait chaque enclos. Isambour poussa l'une d'entre elles. Après la touffeur du jour, à l'approche du soir, la fraîcheur venue du Loir était de nouveau sensible.

Une odeur vivifiante montait de l'herbe si épaisse qu'elle ressemblait à une chevelure soyeuse et lustrée, décorée de mille fleurs, qu'un souffle d'air faisait ondoyer par moments.

Des boutons d'or, des sauges bleues, des campanules, des véroniques azurées, les fleurettes roses des becs-de-grue, les ombelles blanches des grandes boucages et une multitude de fleurettes aux noms inconnus, y prospéraient.

Isambour huma la brise, respira longuement, voluptueusement les senteurs de sève, de pollen, de miel que le printemps libérait. Le long des haies d'un vert intense qui cernaient le pré, elle reconnaissait le parfum discret, comme timide, des larges fleurs de sureaux, celui, plus insistant et vaguement amer, des beaux aubépins, la présence délicatement fraîche des églantiers, les exhalaisons aquatiques des joncs, des roseaux, des nénuphars...

– Dieu Seigneur, soyez béni pour la beauté du monde ! Soyez remercié de ce cadeau sans prix que Vous nous avez fait... Si Vous ne l'aviez voulu, les fleurs auraient pu être laides !

Une émotion nouvelle lui serrait soudain le cœur. Elle avait déjà vécu quatorze printemps, mais, jamais encore, elle ne s'était pareillement sentie concernée. Il lui semblait, que, à la ressemblance des corolles qui s'offraient au soleil, sa jeunesse s'ouvrait à une découverte sans précédent, essentielle. Quelque chose, en elle, était en train de naître...

Elle emplissait jusqu'au vertige sa poitrine des effluves généreux de la terre fécondée.

Depuis toujours, elle avait ressenti la moindre odeur avec une précision que n'éprouvaient ni sa cousine, ni sa famille, ni ses amies. Elle distinguait toutes les nuances, toutes les variétés, tous les mystères de ce qu'on respire, de ce qui sent bon, de ce qui empeste. Ses souvenirs étaient toujours issus d'une rencontre avec une émanation brusquement ressurgie. Elle reconnaissait les diverses senteurs de tous les lieux où elle avait vécu, où elle était passée. Le moindre recoin, chaque arbre, toutes les plantes, la terre elle-même en ses différents sols, avaient leur bouquet propre, identifiable, irremplaçable. Les yeux fermés, elle se serait retrouvée dans la maison, les dépendances, le jardin, les vignes, les prés de Morville, sans risque de se tromper jamais, en se fiant uniquement à un sens si développé chez elle.

Cette fois-ci, il suscitait dans son être une sorte de griserie. Une folle envie de rire et de pleurer en même temps la gagna. Pour la première fois, son corps participait, non plus seulement par l'odorat, mais aussi par sa substance la plus intime, au délire sensuel et parfumé de la nature. Elle eut l'impression d'être emportée, roulée, par une énorme vague sauvage. Il lui semblait qu'une présence jeune, drue, joyeuse, mais également impérieuse et cruelle, l'envahissait, l'asservissait.

Elle se laissa tomber dans l'herbe, y enfouit son visage. Une sensation de connivence indicible avec la fête végétale qui l'environnait la submergea.

Elle mordit dans une touffe de menthe pour en éprouver le goût vivant et poivré dans la bouche, saisit à pleines mains des poignées de tiges fraîches, juteuses, qu'elle froissa entre ses doigts.

Venu des entrailles de la glaise humide, un plaisir inconnu montait en elle.

D'une hanche sur l'autre, elle se roula, se vautra, au mitan de la couche herbue qui se creusait sous son poids. L'écrasement des brins d'herbe, remplis de sucs, dégageait des arômes encore plus puissants, enivrants comme le vin, comme l'amour...

« L'amour, ce doit être cet élan, cette fièvre, partagés avec un autre, songea Isambour. Ce qui m'arrive n'est qu'une façon différente, nouvelle, d'aimer la vie. J'épouse la terre, je me donne à elle comme je me donnerais à un homme... J'aime sa beauté, sa vigueur, ses pouvoirs... »

À l'ivresse végétale, s'ajoutait la joie aiguë de se sentir seule et libre.

Elle éprouvait pour la solitude le même goût que pour les odeurs. Toutes les fois qu'elle le pouvait, elle allait la chercher au fond des caches ombreuses que le printemps multipliait sous les branches. Dissimulée par des feuillages, enfouie au milieu des hautes herbes, elle avait ressenti, depuis son enfance, de précieux moments de jubilation muette, au sein d'un monde grouillant de vies révélées à elle seule. Les abords de la rivière, où les senteurs de l'eau s'ajoutaient à celles des prés et des bois, lui avaient souvent procuré un supplément de jouissance secrète qui l'enchantait en la troublant encore davantage.

Autour d'elle, nul ne partageait ce besoin de solitude qui la prenait comme une maladie. Perrine s'en inquiétait, Gervais s'en moquait, Aveline le lui reprochait.

Ce rappel l'éclaira. Elle comprit soudain que ses épousailles avec la nature révélaient son être le plus caché, la marqueraient à jamais de leur sceau indélébile.

Elle venait de subir une métamorphose et n'était plus celle qui entrait, un moment plus tôt, dans le clos. Comme la couleuvre qui laisse derrière elle l'enveloppe froissée de sa précédente apparence, pour repartir, lustrée, vers une autre existence, Isambour sut qu'elle venait de conclure avec les puissances de la terre une alliance indissoluble...

« Marie, Vierge Sainte, Mère du Dieu Vivant, protégez-moi ! Ne me laissez pas envahir par ce besoin païen de jouissance dont je viens de découvrir la violente présence en moi ! Ne me privez pas des joies de ce monde, je vous prie, mais aidez-moi à les discipliner ! »

L'exaltation qui l'avait possédée décrut lentement, pour faire place à une sorte de lassitude qu'elle ne connaissait pas.

La promiscuité inévitable des chambres hautes des donjons, où les tentures ne suffisaient pas à étouffer les échos de certains jeux nocturnes, lui avait appris depuis longtemps ce que l'amour physique était pour les autres. Elle percevait maintenant ce qu'il serait pour elle.

Encore toute secouée par la révélation qu'elle venait de recevoir, elle demeura un moment immobile et rêveuse. Étendue sur l'herbe froissée, à demi enfouie sous les rameaux d'un aulne qui la couvrait de son ombre, elle écoutait dans une sorte de torpeur le chant des oiseaux, le clapotis de l'eau.

Elle ne rapporterait pas à sa tante les glaïeuls sauvages qui lui avaient servi de prétexte à quitter Morville. Tant pis ! La lassitude qui la tenait était trop délicieuse pour qu'elle pût éprouver la moindre envie de se lever afin d'aller chercher les roides fleurs jaunes qui poussaient plus loin.

Elle perçut soudain des bruits de voix, une agitation imprévue qui brisaient ces instants de plaisir secret.

Sachant qu'on ne pouvait pas déceler sa présence tant qu'elle ne bougerait pas, elle se contenta d'écarter imperceptiblement les branches, afin de voir sans être vue.

Elle aperçut un homme sortant de la rivière, puis un second qui le suivait. Nus, ruisselants, ils s'ébrouèrent en riant avant de se rouler dans l'herbe pour se sécher.

Isambour reconnut Bernold et Mayeul qu'elle n'avait pas eu l'occasion de revoir depuis la nuit de l'incendie.

Elle savait pourtant ce qu'ils étaient devenus durant ces trois jours. Rien qu'en écoutant le bavardage des brodeuses, sans avoir eu à poser de question, elle avait appris que les deux Normands s'en étaient allés en forêt de Silva Longa. Ils y avaient rencontré un maître verrier qui avait bâti dans une clairière, au bord d'un étang, un atelier où il fabriquait des vitraux pour les moines de Marmoutier. La réputation d'habileté du vieil homme était parvenue jusqu'en Normandie. En ayant entendu parler, Bernold avait tenu à le rencontrer. Il avait ensuite décidé de demeurer un temps chez son nouvel hôte dont il estimait avoir beaucoup à apprendre. D'après ce qu'on disait, cette visite était la raison de la venue à Fréteval des deux jeunes gens qui avaient, semblait-il, projeté de s'installer dans la région.

— Par Dieu ! L'eau de cette rivière est merveilleuse ! s'écria Mayeul. Douce et fraîche comme une pucelle.

— Douce et dangereuse aussi, dit Bernold. Ne vous y fiez pas, ami. Certains s'y sont perdus !

Planté sur des jambes solides comme des troncs, avec ses épaules musclées, ses hanches étroites, sa tête rieuse surmontée d'une épaisse chevelure blonde que l'eau n'empêchait pas de friser, le Normand donnait une impression de robustesse, de santé, de vitalité, qui saisit Isambour.

Près de lui, brun de poil, brun de peau, les yeux sombres et luisants, mince, souple, agile, Mayeul ressemblait à un pin à côté d'un chêne.

— Puisque le baron est à Blois, reprit Bernold en se frottant la poitrine avec une poignée d'herbe, nous ne pourrons pas nous attarder bien longtemps sous son toit en compagnie de son épouse.

— D'autant plus que le campement actuel dans les dépendances ne se prête nullement à nos travaux, admit Mayeul.

— Avant de retourner à Blois à notre tour, nous aurions pu passer quelques jours de plus chez notre vieux maître de la forêt, reprit Bernold, mais...

Il se mit à rire, de ce rire tout éclairé par l'éclat de ses dents, dont se souvenait très précisément Isambour.

— Par les cornes du diable ! mon ami, vous avez raison ! Il y a un mais, un fameux mais... !

— Qu'allons-nous faire ?

— Tenter de les revoir.

— Comment ?

— Dieu y pourvoira. Fiez-vous à Lui. Rien, jamais, n'est le fait du hasard. Vous le savez bien. Si nous avons sauvé, vous et moi, ces deux filles qui nous plaisent, c'est bien pour que chacun de nous pût ensuite courir sa chance auprès de l'une et de l'autre.

— Sans doute... encore que chercher à percer à jour les projets du Seigneur me paraisse toujours audacieux... Cependant, tout comme vous, je Lui fais pleine et entière confiance et me déclare son homme lige [1]. Ma question n'en demeure pas moins : comment nous y prendre pour revoir nos pucelles ?

— Nous savons maintenant où elles habitent. Présentons-nous chez elles sous couleur de prendre de leurs nouvelles... et séduisons-les !

— Aisé à dire, Mayeul ! Mais celle qui vous intéresse est fiancée, ne l'oubliez pas. Quant à celle que je convoite, elle a aussi, d'après ce qu'on nous a dit, un jeune amoureux qui pourrait bien lui être promis.

— Fiançailles ne sont tout de même pas noces !

— Pas loin, ami, pas loin.

— Eh bien ! s'écria Mayeul en faisant une pirouette, eh bien ! Nous les enlèverons ! En attendant, je retourne me baigner. Il faut toujours profiter des bons moments qui nous sont donnés !

Il courut vers la rivière et s'y jeta, dans un jaillissement étincelant de gouttelettes.

Bernold demeura immobile, à réfléchir, dans la lumière adoucie de la fin de journée. Sa peau blanche semblait pailletée d'or par le poudroiement des rayons du soleil que tamisaient les branches de saules.

Sans trop savoir ce qu'elle voulait, Isambour, d'un coup de reins, se redressa, pour écarter sans autre précaution les ramures qui l'abritaient.

Si léger qu'il fût, le bruit alerta Bernold, qui se retourna.

Au-dessus d'un bliaud rouge, il vit, encadré de longues nattes de bronze, et noyé dans le feuillage, un visage gracile, évoquant celui de quelque ondine des anciens âges, arrachée à son sommeil millénaire, pour venir troubler le cœur des mortels...

Aussi médusés l'un que l'autre, sans un geste, ils se regardèrent un moment, à distance...

Transportés hors du temps, ils ne surent jamais ce qu'avait duré cet échange silencieux.

Leurs vies s'offraient, se liaient, s'unissaient, en cet instant, par la seule force du désir reconnu et accepté.

De loin, et mieux que s'ils s'étaient jetés dans les bras l'un de l'autre, ils découvrirent la perfection d'un don absolu, que rien ne laissait prévoir un moment plus tôt.

---

1. *Homme lige* : qui doit à son seigneur une fidélité absolue.

C'était comme l'embrasement d'une conversion, comme la révélation de la seule Vérité.

Enfin, Bernold recula pas à pas, sans quitter des yeux le mince visage de l'ondine, puis, d'un bond, se précipita dans l'eau et, nageant comme un perdu, s'éloigna.

III

Bien qu'il ne fût pas beau, Daimbert ne comptait plus ses succès féminins.

Un large torse, mais des jambes courtes, des yeux bleus, petits et perçants, un nez trop gros, un front bas surmonté d'une chevelure brune assez mal plantée, ne paraissaient pas, au premier abord, le destiner à une carrière de séducteur. On le considérait pourtant comme tel à Fréteval et aux environs.

Dès que passait à sa portée une femme, belle ou laide, jeune ou déjà sur le retour, avec laquelle il n'avait pas encore forniqué, une lueur gourmande, une manière très particulière d'« allumer » son regard, signalait à l'intéressée que le sergent fieffé l'avait remarquée.

Beaucoup s'y laissaient prendre. On chuchotait que telle ou telle s'était fait renverser par lui derrière une haie, dans le foin, sur une couche de feuilles sèches ou, plus banalement, chez elle, dans le lit conjugal.

— Je ne pense qu'aux femmes et au vin, avait-il proclamé une fois où il était un peu éméché, à Morville, en présence de sa fiancée. Il n'y a rien d'autre, sur terre, qui mérite qu'on s'en soucie !

Ce soir-là, quand Isambour rentra du pré, Daimbert était installé dans la salle en compagnie du vavasseur et du meunier, Benoît-le-mangeur. Ils buvaient tous trois du vin herbé tout en conversant avec animation. Lorsque l'adolescente pénétra dans la pièce, ils se turent avec un bel ensemble.

– Je croyais trouver ici ma tante et Aveline, dit-elle précipitamment pour cacher sa gêne.

– Elles doivent être en train de s'occuper des jeunes éperviers, dit Gervais. Gaudry en a rapporté deux qui sont déjà assez forts.

Entre la cuisine et l'écurie, un petit local avait été réservé à l'élevage des oiseaux destinés à la chasse au vol. Une étroite fenêtre grillagée n'y laissait d'ordinaire filtrer qu'un peu de jour. Mais, à cette heure, les rayons du soleil, obliques et dorés, s'y glissaient suffisamment pour qu'Isambour distinguât tout de suite ce qui s'y passait.

Penchée sur deux nids d'étoffe, d'étoupe et de duvet, qu'elle avait fabriqués de ses mains les jours précédents, Aveline gavait, avec des gestes attentifs, précis, deux petits éperviers. Debout à côté de sa fille, Perrine tenait une écuelle de bois à demi pleine d'un hachis sanglant. L'odeur de fiente, de viande crue, de plumes, était écœurante.

Isambour s'approcha de la cage en osier tressé, grande ouverte, où avaient été aménagés les nids.

– Ils sont beaux, remarqua-t-elle pour dire quelque chose.

Elle se sentait encore si troublée par ce qu'elle venait de vivre au bord du Loir qu'elle avait l'impression de se mouvoir dans une nuée.

– Ils seront beaux si nous les élevons convenablement, assura sa cousine.

– Et s'il ne leur arrive pas malheur ! renchérit Perrine qui était de nature inquiète.

– Ils ont l'air de ne pas se laisser trop mal nourrir.

– Les premiers jours ne sont jamais faciles, mais je leur donne là de la chair d'alouette dont ils sont friands.

Du bout des doigts, Aveline déposait au fond des becs grands ouverts de petits morceaux de viande grossièrement hachés.

Isambour admira une fois de plus combien la passion du dressage transformait sa cousine. La nature impétueuse, emportée, d'Aveline était capable, dans des occasions comme celle-ci, de se montrer patiente et persévérante.

– Je voudrais qu'ils aient déjà mué, afin de pouvoir leur rogner les ongles, leur coudre les paupières, leur attacher une clochette au pied, reprit l'adolescente. Les nourrir, les baigner est beaucoup moins intéressant que de les dresser.

– Vous avez tort, ma fille. Tout fait partie du dressage, corrigea Perrine. Habituer un oiseau à vous reconnaître en lui donnant à manger et en le levant est tout aussi important que de l'accoutumer à se tenir sur son perchoir, ou de lui mettre les gets [1], la longe et les sonnettes, avant de le prendre sur le poing.

— Moi, ce que je préfère, dit Isambour, c'est lui apprendre à reconnaître les sifflements auxquels il devra obéir. En tout cas, c'est ce que je réussis le mieux.

— Votre goût pour le chant y tient la plus grande part, déclara Aveline en continuant à donner alternativement à manger aux deux éperviers. L'oisellerie est pourtant une des plus nobles besognes que nous ayons à accomplir !

On frappa à la porte. Haumette, la plus jeune des servantes, entra pour dire que le vavasseur réclamait la présence de son épouse, de sa fille et de sa nièce. Il avait à les entretenir.

— Il attendra que j'aie fini de nourrir les petits éperviers ! répliqua Aveline, l'œil agressif. Il sait pourtant que ce n'est pas une tâche qu'on peut interrompre pour un oui ou pour un non !

— Si votre père vous demande, ma fille, c'est sans doute qu'il a des choses d'importance à vous communiquer, protesta Perrine.

— Nous verrons bien !

— Il a dit que je pourrais terminer votre travail, hasarda Haumette.

— Par ma foi ! Il est devenu fou ! A-t-on jamais vu une servante s'occuper d'élevage d'éperviers ? N'est-ce pas le propre de la femme ou de la fille du domaine ?

— Bien sûr, Aveline, bien sûr...

Isambour songea tout d'un coup à la conversation qu'elle avait interrompue un moment plus tôt entre son oncle, le meunier et Daimbert. Une angoisse lui serra le ventre.

— Votre fiancé et Benoît-le-mangeur s'entretenaient avec lui quand je suis remontée du pré, dit-elle. Ils avaient l'air de gens qui complotent.

— Daimbert est ici ! s'écria Aveline, le visage durci. Dans ce cas, il faut aller voir ce qui se passe ! Mon père et lui s'entendent comme larrons en foire !

En se hâtant, elle acheva toutefois sa besogne, puis les trois femmes quittèrent l'appentis après s'être assurées que

---

1. *Gets :* courroies pour tenir les serres de faucon.

les oisillons étaient au chaud dans leurs nids d'étoffe et que la cage fermait bien.

Dans la salle, les trois hommes buvaient toujours ensemble. Leurs visages rougis, leurs yeux brillants, leurs voix plus hautes, témoignaient de fréquentes libations. Devant eux, sur une table basse, trônaient trois coupes d'étain et un pichet de grès.

– Par le manteau de saint Martin ! ma femme, vous nous avez fait attendre ! s'exclama Gervais, moitié grondant, moitié riant. Nous avons pourtant pris tous trois, ce tantôt, de grandes décisions. N'avez-vous pas hâte de les connaître ?

– Mais si, mon ami, mais si...

Non sans un léger flottement dans la démarche, le vavasseur se leva pour aller se placer entre ses deux compères.

À cause de la chaleur, il n'était vêtu que d'un bliaud court de couleur verte. C'était sa couleur de prédilection. Aussi n'en portait-il pas d'autre. Il exigeait en plus que son épouse et sa fille fissent de même. Avec sa petite taille, sa minceur, ses traits aigus, il avait l'air d'un adolescent précocement marqué de rides.

– Notre ami Benoît est venu me trouver pour me soumettre une requête des plus flatteuses, commença-t-il en appuyant avec un mélange de familiarité et de considération sa main gauche sur l'épaule du meunier.

Fort grand, mais sans qu'un pouce de graisse alourdît son immense carcasse, celui-ci souriait aux anges. L'appétit insatiable qu'il avait toujours manifesté lui avait valu son surnom de Benoît-le-mangeur, mais cet ogre n'était nullement ventripotent. Capable d'engloutir d'énormes quantités de victuailles, il ne se laissait pas pour autant alourdir par elles. Presque chauve, la cinquantaine proche, il avait un visage aux traits mal taillés surtout remarquable par un nez agressif, planté comme un couteau dans une pomme. De chaque côté de cet appendice démesuré, deux yeux marron, observateurs et pétillants de moquerie, avaient l'air de se rire de cette disgrâce.

– J'ai, en effet, eu l'honneur de demander pour mon fils Gildas la main de votre charmante Isambour, déclara le meunier en inclinant son rostre en direction de Perrine.

Prise au dépourvu, celle-ci s'inclina à son tour en murmurant que c'était là une proposition qui la charmait.

— Les noces auront lieu après les vendanges, annonça le vavasseur.

Il y eut un silence. Tout le monde observait Isambour.

Muette, la tête basse, fort pâle, elle ne disait rien. Son regard demeurait fixé au sol.

— Eh bien ! ma nièce, reprit Gervais. N'êtes-vous pas heureuse d'apprendre une telle nouvelle !

Une sorte de plainte sortit des lèvres de l'adolescente, qui éclata brusquement en larmes et sortit de la pièce en courant. Perrine fit mine de la suivre. D'un geste, son mari lui ordonna de rester.

— Vous voilà satisfait, je pense ? lança Aveline, empourprée. Ne comprendrez-vous jamais rien ? Gildas est pour elle un ami, bien sûr, mais ne sera jamais davantage !

Le vavasseur se redressa autant qu'il le pouvait. La taille de sa fille était pour lui une source jamais tarie de mortification. Il se serait sans doute mieux entendu avec elle si elle avait été plus petite.

— De quoi vous mêlez-vous ? cria-t-il. Par les cornes du diable ! Faudra-t-il toujours que vous vous mettiez en travers de mes projets ?

— Isambour n'épousera pas Gildas ! cria à son tour Aveline dont la voix pouvait monter aussi haut que celle de son père.

« Ce n'est pas le mari qu'il lui faut !

Benoît-le-mangeur leva une main apaisante.

— Tout doux, ma belle, tout doux ! dit-il. Nous n'épouserons pas votre cousine de force, soyez-en sûre. Seulement, mon pauvre Gildas est assoté d'amour pour elle et j'espérais que c'était réciproque... Si je me suis trompé, mettons que je n'aie rien dit.

— Par le ventre de la Vierge ! cette fille me rendra fou ! hurla Gervais. Voyez comme elle se mêle de tout ! La voici qui entend à présent faire la loi ici, dans ma propre maison ! A-t-on jamais rien vu de pareil ?

Il écumait.

— Laissez-moi faire, maître Gervais, dit alors Daimbert qui ne s'était pas encore manifesté. Laissez-moi faire, je vous prie.

Il se leva, alla se planter devant Aveline, jambes écartées, poings sur les hanches. Tout en fixant sa fiancée d'un air goguenard, il l'évaluait en même temps de l'œil connaisseur du maquignon qui jauge une future poulinière.

– Votre père n'a pas eu le temps de vous annoncer une autre nouvelle qui vous concerne davantage, dit-il avec assurance. Nos noces à nous sont fixées après les foins, c'est-à-dire très bientôt, vers la Saint-Martin-le-Bouillant. C'est pour cette raison que celles de votre cousine ont été repoussées aux calendes d'octobre.

L'intervention de son fiancé accrut la colère d'Aveline. Elle devint cramoisie, mais, lèvres serrées, fit de toute évidence un grand effort pour se contenir.

– Deux mariages la même année ! s'exclama Perrine. Ce sont là bien des frais, mon ami ! Y avez-vous songé ?

– Où croyez-vous donc que j'aie la tête ? bougonna le vavasseur. Puisque Dieu notre sire a jugé bon de nous éprouver en nous donnant deux filles à établir, il nous faut bien en passer par là !

– Je refuse cette union, déclara alors Aveline d'une voix vibrante en dépit des tentatives qu'elle faisait pour conserver une apparence de calme. Vous n'avez pas le droit de me marier contre mon gré. Vous savez bien qu'il n'y a mariage que s'il y a consentement mutuel. Nous ne sommes plus au temps des Romains, mon père, et vous ne m'unirez pas de force à un homme dont je ne veux pas !

Daimbert tenta de rire :

– Par tous les diables ! faut-il que ma promise soit une des rares filles à qui je ne plaise pas ! dit-il en bombant le torse avec suffisance. Il va falloir changer d'avis, ma poulette, parce que nous sommes déjà fiancés, nous deux, ne l'oubliez pas !

– On nous a fiancés quand j'étais encore une enfant, lança Aveline, incapable de garder son sang-froid plus longtemps. Je ne savais pas ce que je faisais !

– Je le savais, moi ! cria Gervais et je ne m'en dédis pas. Ce mariage se fera, Daimbert, vous pouvez en être certain, même si je dois enfermer cette damnée mule au cachot jusqu'à la cérémonie !

Saisissant avec rage le pichet de vin, il le jeta violemment à terre où il tomba en projetant une giclée vineuse qui colora de rouge les fleurs de genêts.

– Vous pourrez m'enfermer, hurla Aveline en s'emparant d'une des coupes qu'elle lança à son tour sur le sol en manière de défi. Mais il faudra bien me tirer du cachot pour me conduire à l'église, et là, devant le porche où le prêtre nous attendra, je clamerai la vérité ! Je dirai à tout le monde que vous voulez me faire épouser un homme que je n'estime pas, que vous n'en avez pas le droit, que jamais je n'y consentirai, jamais !

Voyant que son père, furieux, défaisait sa ceinture de cuir pour la frapper, l'adolescente repoussa brutalement Daimbert, toujours planté devant elle, fit un bond de côté pour éviter les coups, et se sauva hors de la salle comme un animal traqué.

Les éclats de voix avaient attiré tous les occupants de la maison forte dans la cour, sauf les deux aïeules occupées à filer dans la chambre haute.

Aveline écarta nerveusement les curieux.

— Où s'en est allée Isambour ? demanda-t-elle.

Son grand-oncle, le bossu, sortit alors du groupe où il se trouvait pour s'approcher d'elle. Il posa sur le bras de la révoltée sa large main noircie par le soleil.

— Venez, ma belle-nièce, dit-il. Venez avec moi.

Aveline savait pouvoir faire confiance au vigneron qui ne parlait que fort peu, mais toujours à bon escient. Elle le suivit.

Ils traversèrent le potager où, mêlés aux iris, aux sauges, aux verveines, aux roses, aux lys, poussaient toutes sortes de légumes : épinards, fèves, poireaux, laitues, aulx, courges, fenouils, oignons, mâches, raves, carottes, choux verts et choux blancs, bettes, pois, panais, et des herbes aromatiques comme la sarriette, le persil, le serpolet, le romarin, le thym. Chaque carré, fumé et biné avec soin, était encadré de planches plates afin d'en cerner proprement les contours. L'enclos lui-même, comme tout le reste du domaine, était protégé par un fossé surmonté de solides palissades.

Au bout du jardin potager, et lui faisant suite, se trouvait le verger. Sur un lit de cresson, une source prenait naissance, à l'abri des branches basses d'un gros châtaignier qui l'abritait du soleil. Des arbres fruitiers foisonnaient tout autour. Leurs masses feuillues tranchaient sur les vignes tirées au cordeau qui couvraient la plaine et les flancs des coteaux limitant la vallée vers le nord. Au-delà, la forêt régnait sur le plateau.

Assise dans l'herbe près de la source, Isambour bassinait avec l'eau fraîche recueillie entre ses mains ruisselantes son visage rougi par les larmes.

— Alors ? demanda-t-elle sombrement.

– J'ai fait comme vous, mon cœur : je me suis enfuie de cette maudite salle ! Mon père est fou de rage !

– Dieu Seigneur ! Qu'allons-nous faire ?

– Continuer à refuser des projets de mariage dont nous ne voulons ni l'une ni l'autre !

– Ce n'est pas suffisant, dit le bossu. Il faudrait agir.

– Comment ?

– En allant trouver dame Hildeburge, par exemple. Bien que ce ne soit pas nécessaire, Gervais, par déférence, sollicitera certainement l'avis du baron. Son épouse pourrait peut-être intervenir en votre faveur auprès de lui. Comme votre père est son vassal...

– Sans doute, sans doute, admit Aveline sans paraître bien convaincue. Mais rien ne dit que dame Hildeburge nous soutiendra. Elle pourrait fort bien se ranger au côté de son vigneron et de son forestier.

– Eh bien, moi, j'irai ! s'écria Isambour, dont le regard gris, étrangement lumineux, s'éclaira d'un seul coup. J'irai trouver la dame ! Je lui parlerai !

Si le sentiment tout neuf qui l'habitait lui faisait repousser Gildas, la certitude que ce sentiment était partagé lui donnait force et courage pour défendre son secret.

Elle se leva d'un bond.

– Demain matin, si Dieu le veut, je me rendrai au château, reprit-elle d'un air résolu. Je saurai bien quoi dire !

Soudain, elle se sentait envahie par une détermination véhémente capable de lui faire accomplir des actes qu'elle ne se serait jamais crue destinée à seulement entreprendre. Elle sut qu'elle mettrait tout en œuvre pour obtenir l'homme qui provoquait en elle un semblable bouleversement. Depuis la scène du pré, son cœur contenait quelque chose d'exaltant qui se gonflait et se dépliait comme un bourgeon de mars, avec une douceur impérieuse et irrésistible...

La barrière donnant accès au verger grinça, s'entrouvrit. Haumette courut jusqu'à la fontaine.

– Par les yeux de ma tête ! Venez ! Venez vite ! cria-t-elle. On vous demande !

La petite servante paraissait tellement agitée que le bossu s'alarma.

– Que se passe-t-il ? interrogea-t-il. Allons, par tous les saints ! Parle ! Explique-toi !

– Les Normands ! Les Normands ! bredouilla Haumette.

Isambour lui saisit le bras.

– Quoi ? Quoi ! Que dis-tu ?

– Je dis que les deux étrangers qui soupaient chez notre baron le soir de l'incendie viennent d'arriver. Ils ont demandé à être reçus par votre oncle. Ils ont aussi parlé de vous !

– Qu'ont-ils dit ?

– Je ne sais ! Venez !

En pénétrant dans la salle, Isambour sentait ses jambes trembler sous elle. Son cœur battait si fort dans sa poitrine qu'elle craignait de ne pouvoir rien entendre d'autre.

Benoît-le-mangeur n'était plus là. Daimbert se tenait à l'écart devant une des deux fenêtres. Gervais et Perrine s'entretenaient avec Bernold et Mayeul. Personne ne s'était encore assis. Tous semblaient mal à l'aise.

– Vos sauveurs se sont donné la peine de venir jusqu'ici pour prendre de vos nouvelles, dit Gervais. C'est un grand honneur pour notre famille.

Isambour prit la main d'Aveline, la serra de toutes ses forces. Elles demeurèrent l'une près de l'autre, immobiles, ne sachant que dire.

– Nous attendions votre arrivée à toutes deux, belles amies, dit alors Bernold, pour exposer à vos parents notre double requête.

Son regard croisa un instant celui d'Isambour. Depuis qu'il l'avait découverte sous les ramures de l'aulne, au bord du Loir, il n'avait pensé qu'à la retrouver pour s'en saisir et l'emporter.

Pas une seconde, il n'avait hésité, rusé avec lui-même. Une évidence s'était imposée à lui en cet instant et il savait qu'elle était partagée. Il le savait avec tant de clarté, une telle certitude, qu'il ne pouvait que s'y soumettre. On ne discute pas une évidence.

– Par le cœur Dieu, reprit-il en s'adressant au vavasseur, nous sommes venus, mon ami et moi, vous rendre visite dans un but précis qu'il ne serait pas loyal de celer plus longtemps. À quoi bon tergiverser ? Notre plus cher désir, à l'un et à l'autre, est que vous acceptiez de nous donner comme épouses, votre fille, pour lui, votre nièce, pour moi.

L'écrasement du plafond sur le sol n'aurait pas produit un plus grand effet de surprise que cette déclaration.

Perrine porta devant sa bouche une main crispée. La face de Gervais devint aussi rouge que ses cheveux. Daimbert se retourna tout d'une pièce, comme une toupie sous le coup de fouet qui la lance.

Isambour ferma les yeux. Son cœur éclatait, ses nattes glissaient sur ses joues comme des caresses.

Aveline devint aussi pâle que son père était empourpré. Elle eut un frisson puis tomba par terre, pâmée. Sa chute rompit l'enchantement. Perrine se précipita et entreprit de bassiner les tempes de sa fille avec ce qui restait de vin dans une des coupes abandonnées sur la table.

— Vous voyez, dit simplement le vavasseur. Vous voyez !

— Nos demandes sont peut-être un peu subites, convint Mayeul, qui s'était approché de l'adolescente évanouie qu'il contemplait d'un air anxieux, mais nous ne pensions pas vous surprendre à ce point.

— Les circonstances qui nous ont rapprochés tous quatre furent elles-mêmes si exceptionnelles, ajouta Bernold, que seule une façon de faire exceptionnelle, elle aussi, nous a paru convenir.

Aveline retrouvait ses esprits. Elle redressa le buste, s'assit parmi les plis malmenés de son bliaud, regarda Mayeul debout à ses pieds, et se mit à pleurer.

Isambour s'agenouilla auprès d'elle.

— Amie, sœur, dit-elle, ne pleurez pas ! Je vous en prie, ne pleurez pas ! Il n'y a rien de terrible dans ce qui nous arrive. Le même jour, deux hommes demandent chacune de nous en mariage. Ce n'est pas un malheur, au contraire, c'est une grande chance !

— Il faudrait pouvoir choisir, murmura Aveline.

— Vous entendez ? reprit le vavasseur. Elles viennent de vous donner réponse : elles ne sont plus libres. L'une est promise, l'autre fiancée.

— Nous le savions, admit tranquillement Mayeul, mais nos intentions n'en sont en rien modifiées.

Daimbert se fit menaçant :

— Que dites-vous ?

— Une promesse n'est pas un engagement, assura Bernold.

— Il est arrivé à des personnes parfaitement honorables d'être conduites à rompre des fiançailles, compléta Mayeul.

— Je voudrais bien voir ça ! s'exclama Daimbert.

Le vavasseur se redressa de toute sa courte taille.

— Fiançailles sont promesses formelles, trancha-t-il. Qui s'en dédit perd l'honneur et s'expose en plus aux poursuites

de celui qui a été bafoué. Daimbert, que voici, est sergent
fieffé du baron de Meslay, son père était mon plus ancien
ami, nos enfants sont destinés l'un à l'autre depuis le
berceau. Pour flatteuses qu'elles soient, vos demandes ne
changent rien à de tels faits. Je suis au regret de devoir vous
refuser la main de ma fille, tout comme celle de ma nièce,
termina-t-il d'un ton sans réplique.

Bernold, qui paraissait un géant à côté du petit homme,
fit un pas vers lui.

— Votre nièce n'est pas fiancée, elle, reprit-il en s'efforçant
à une patience qui ne semblait pas lui être habituelle. Vous
venez de le reconnaître. Acceptez au moins de considérer
son cas comme différent de celui de sa cousine... et
donnez-la-moi pour épouse.

— L'exemple serait trop mauvais, dit Gervais. Je connais
Aveline. Si Isambour devenait votre femme, la vie, sous ce
toit, ne serait plus tenable.

Aveline se releva en défroissant d'un geste nerveux les
plis de l'étoffe verte.

— Vous vous trompez du tout au tout, mon père,
assura-t-elle. Donnez Isambour à Bernold. Pour moi, je me
retirerai dans un couvent.

— Par le manteau de saint Martin ! vous êtes aussi faite
pour être nonne que moi pour être pape ! s'écria le
vavasseur. Avec votre caractère, on ne vous garderait pas
trois jours, dans un monastère.

Daimbert vint se placer au côté de l'adolescente.

— J'ai un droit sur vous, ma chère, dit-il avec une
expression de gravité soudaine qui donnait à ses traits de
jouisseur quelque chose d'inquiétant. Vous semblez
l'oublier. Mais je tiens absolument à exercer mon droit.

— Je vous déteste ! cria Aveline. Jamais, entendez-vous,
jamais je ne vous épouserai !

Un rire gras lui répondit.

— C'est en quoi vous vous abusez, ma chère ! Vous serez
à moi, bel et bien, affirma le sergent. Jusqu'à ce jour, Dieu
me damne, aucune femme dont j'ai eu envie ne m'a
échappé !

Mayeul se rapprocha d'Aveline.

— Si vous touchez seulement à un cheveu de ma fiancée,
je vous saigne comme un porc ! lui cria Daimbert dont le
teint devenait violet.

– Je ferai ce qu'elle décidera, répondit Mayeul, mâchoires crispées.

– Elle n'a rien à décider. J'entends qu'elle m'obéisse au doigt et à l'œil, comme un cheval bien dressé ! hurla le sergent en repoussant d'une bourrade le jeune Normand.

Mayeul bondit. Sans que personne ait pu s'interposer, les deux hommes s'empoignèrent. Une haine mutuelle les tenait. Ils se frappaient sauvagement, à coups de poing, à coups de pied, avec des cris rauques. À peu près du même âge, ils se seraient trouvés sensiblement à égalité, l'un grâce à sa force, l'autre à sa souplesse et à sa rapidité, si Daimbert n'avait pas été armé. Sa charge lui en donnait le droit. Dans un fourreau de cuir, il portait au côté gauche un large coutelas à manche de corne.

Soudain, il glissa sur les tiges de genêts qui jonchaient le sol encore humide du vin renversé, et tomba brutalement à genoux. Mayeul s'élança vers lui. Plus rapide que le Normand, le sergent se redressa d'un bond, tira l'arme de chasse dont il avait coutume de se servir pour égorger les bêtes sauvages, et se rua comme un furieux sur son adversaire qu'il frappa.

Jusque-là, Bernold n'était pas intervenu afin qu'on ne pût pas leur reprocher, à Mayeul et à lui, de s'être mis à deux pour rosser un homme seul. Sitôt qu'il vit briller la lame du coutelas, il fonça, saisit Daimbert par le col de sa broigne de cuir, et lui aurait fracassé la tête contre le mur le plus proche, si le vavasseur, le bossu et le solide valet de la maison, accouru aux cris, ne l'avaient ceinturé pour l'empêcher de venger son ami qui s'écroulait à terre en perdant son sang. Maintenu par les trois hommes qui avaient bien du mal à le maîtriser, il ressemblait à un sanglier coiffé par des chiens de meute.

Daimbert essuya la lame de son coutelas sur la semelle d'une de ses bottes, avant de se diriger, d'un pas volontairement lent, vers la porte près de laquelle il se posta.

– Il respire ! cria Perrine après avoir palpé la poitrine du blessé évanoui. Je vais le soigner. Qu'on m'apporte ce qu'il faut.

Aveline se précipita vers le placard de planches où sa mère conservait des onguents, des huiles médicinales, des plantes séchées, pendant qu'Isambour tirait d'un coffre à linge des bandes de toile enroulées, et qu'Haumette courait à la cuisine chercher du vin.

Perrine déchira le bliaud et la chemise de Mayeul. La plaie saignait beaucoup, mais était nette et franche.

– La lame a dû glisser sur les côtes, dit-elle enfin. Aucun organe ne semble lésé. Si Dieu le veut, il se remettra vite.

– S'il arrive malheur à Mayeul, je ne le pardonnerai jamais à Daimbert ! souffla Aveline.

Sur le qui-vive, attendant la suite des événements, le sergent demeurait près de la porte. Il jeta à sa fiancée un regard de rancune, mais ne bougea pas.

Sous l'effet d'une sollicitation invisible, Isambour leva les yeux. Au milieu de l'agitation qui régnait, Bernold la regardait. Toujours maintenu, il semblait vouloir lui transmettre un message muet. Dans son regard, un éclat comme si son cœur avait pris feu. L'adolescente se sentit submergée par une immense vague d'espoir. Cet homme-là ne renoncerait pas à elle. Rien, jamais, ne l'y contraindrait. Une allégresse d'alouette à l'aube d'un beau matin l'envahit. Tout demeurait possible...

Avec un gémissement, Mayeul revint alors à lui.

– Ami, lui dit Bernold, vous ne semblez pas gravement atteint. Dieu en soit remercié. Bientôt vous serez de nouveau sur pied. En attendant, quittons une maison si peu hospitalière.

Plus mollement retenu, il put se dégager, s'approcher du blessé.

Le vavasseur rejoignit Daimbert, toujours aux aguets près de la porte. Il lui saisit le bras tout en lui parlant d'un air courroucé à voix basse, puis le poussa dehors. Le sergent disparut.

Perrine achevait de poser des compresses de toile imbibées d'huile de millepertuis sur la blessure lavée avec du vin.

– Frère, dit Bernold en se penchant vers son ami étendu par terre, vous sentez-vous capable de marcher jusqu'à la cour et de monter à cheval ? Je vous soutiendrai autant qu'il le faudra.

– Je crois que c'est possible.

– Allons donc.

Il s'inclina davantage pour aider le blessé à se mettre debout. Ce faisant, il frôla Isambour agenouillée auprès de sa tante et de sa cousine.

– Attendez-moi. Je reviendrai bientôt, dit-il entre ses dents à l'oreille de l'adolescente.

Puis, soutenant Mayeul, il se redressa. Le jeune homme vacilla, mais, sans pouvoir retenir une grimace, parvint en se cramponnant à son compagnon à rester droit.

— Dieu m'est témoin que nous étions venus ici avec les meilleures intentions du monde, dit alors Bernold au vavasseur. Vous nous avez traités comme des ennemis. Tant pis pour vous ! Ne soyez pas surpris de ce qui pourra vous advenir de fâcheux par la suite !

Son ton était si menaçant que personne ne trouva rien à lui répondre.

L'un appuyé à l'autre, les deux hommes traversèrent la pièce dans un silence absolu et sortirent.

Demeurée agenouillée près de l'endroit où avait reposé le blessé, Aveline se releva enfin, s'essuya les yeux du revers de la main et se dirigea, sans un regard pour son entourage, vers l'échelle menant au second étage.

— Amie sœur ! s'écria Isambour en s'élançant vers elle. Ne désespérez pas. Rien n'est perdu !

Avec un sanglot sec, la fille du vavasseur secoua la tête et commença de gravir les premiers échelons.

Décontenancée, ébranlée mais pourtant vibrante d'espoir secret, Isambour hésita à suivre sa cousine. En lui demandant de l'aider à ranger avec Haumette la pièce en désordre, Perrine décida à sa place.

— Nous serons bien en retard pour le souper, ce soir, constata la brave femme en refermant le coffre à linge.

Gervais haussa les épaules.

— Il y a plus grave qu'un souper retardé, ma pauvre amie ! Il y a offense infligée sous notre toit à deux protégés de la princesse Adèle ! Je m'attends au pire !

— Par Notre-Dame ! Que pouviez-vous faire d'autre ? demanda Perrine. Daimbert a bel et bien reçu votre promesse formelle.

— Ce n'est pas une raison pour tirer son coutelas comme il l'a fait ! répondit avec impatience le vavasseur. Par le manteau de saint Martin, on ne frappe pas un homme qui appartient à la maison de Blois comme on trucide un vulgaire gibier !

Isambour n'entendait plus ce qui se disait. Elle ne prêta pas attention à la sortie de sa tante ni à son retour avec les servantes qui dressaient à nouveau la table...

Sa besogne terminée, elle regardait, accoudée à une des fenêtres ouvertes, la cour de la maison forte. Mais elle ne

voyait rien. Son esprit retournait sans cesse aux derniers
événements de la journée...

Que signifiaient les paroles de Bernold ? Comment
pourrait-il revenir après avoir quitté comme il l'avait fait la
demeure de Gervais ? Jusqu'à quand faudrait-il l'attendre ?

Le soir descendait, teintant de rose l'eau contenue dans
l'auge de pierre où buvaient les chevaux. On entendait les
cloches des vaches, les sonnailles des brebis qui rentraient
à l'étable. Criant comme des enfants qui jouent, des
martinets se poursuivaient au-dessus des toits.

En juin, les jours n'en finissent plus de s'éteindre. La nuit
met si longtemps à venir que ceux qui l'attendent pour se
réfugier dans son ombre, comme l'adolescente au cœur en
mal d'amour, ont l'impression douloureuse qu'elle ne
descendra jamais pour les soustraire à l'angoisse.

IV

Personne ne dormit beaucoup cette nuit-là à Morville.
Pourtant, au lever du soleil, selon son habitude, Gervais se
lavait dans un cuveau de bois placé à l'angle sud des toits
sous la gouttière qui récoltait les eaux de pluie et alimentait
également la citerne proche.

Qu'il pleuve, qu'il vente, qu'il gèle, ou que la chaleur
tiédisse l'eau comme c'était le cas, le vavasseur, par tous
les temps, se lavait ainsi, au saut du lit, dans sa cour.

Après quoi, pour faire circuler le sang, il se fustigeait avec
des branches de saule, puis s'habillait.

Le reste de la maisonnée procédait, à l'intérieur, à des
ablutions moins ostensibles, mais tout aussi sérieuses. Il le
fallait bien : le maître avait l'habitude, avant de partir pour
la messe, de vérifier la propreté de ses serviteurs. Alignés
au bas de la rampe d'accès à la salle, ils étaient tenus de
montrer à l'œil critique du vavasseur leurs oreilles, leur cou,
leurs mains.

– L'eau ne coûte rien. La saleté n'a pas d'excuse, avait
coutume de répéter Gervais, à sa manière tranchante.

En dépit des soucis qui le tourmentaient depuis la veille,
il inspecta comme à l'accoutumée la tenue de ses gens et
renvoya le valet se nettoyer les oreilles.

On partit ensuite ouïr la messe à Saint-Lubin.

Construite sur un léger tertre, dans la plaine, toute proche
de la rivière, et entourée de son vieux cimetière, l'église de
Saint-Lubin était la plus ancienne de la vallée. On y venait
d'un peu partout dans la région, attiré par le renom de

sainteté de l'ancien évêque de Chartres qui, depuis le sixième siècle, protégeait le sanctuaire.

De Morville, pour s'y rendre, on empruntait le chemin menant de Fréteval à Morée. Le très court trajet de quelque quatre cents toises était plaisant. On allait entre vignes et prés, et les rives du Loir n'étaient jamais bien loin.

En ce matin de juin, l'air frais, que les premiers rayons du soleil n'avaient pas encore réchauffé, baignait l'étendue. La lumière rasante argentait l'herbe drue, couverte de rosée, illuminait certains buissons, certains arbres en fleurs, tandis que des pans entiers de boqueteaux demeuraient plongés dans une ombre glauque.

Les oiseaux déliraient. Un martin-pêcheur traversa le sentier comme un éclair d'acier, une grosse couleuvre à collier déroula ses anneaux gris et noirs dans une ornière profonde. Rajeunies par le retour du jour, des odeurs d'eau, de feuillage, de terre grasse, de fleurs, pénétraient les poitrines, revigoraient les esprits.

Isambour marchait à côté d'Aveline. La veille au soir, quand elle était montée se coucher, elle avait trouvé sa cousine, qui n'était pas descendue pour souper, comme pétrifiée entre ses draps. Lèvres serrées, regard durci, elle était l'image même de la colère et du désespoir. On aurait dit le gisant du Refus. Il avait fallu passer un bon moment à l'apprivoiser.

Enfin redevenue confiante, Aveline n'avait parlé que de son dégoût envers Daimbert et de sa décision irrévocable de ne jamais devenir sa femme. De Mayeul, elle n'avait presque rien dit, le plaignant seulement pour sa blessure. Qu'en pensait-elle intimement ? Qu'éprouvait-elle pour un homme qu'elle connaissait si peu, mais dont la demande l'avait pourtant bouleversée ? Le savait-elle ?

De son côté, Isambour n'avait soufflé mot de la scène du pré. Jusqu'alors, les cousines n'avaient jamais eu de secret l'une pour l'autre. Elles se racontaient sans fin les menus incidents de leurs vies innocentes.

Les choses venaient de changer. Pouvait-on exprimer ce qu'on entrevoyait soi-même si mal ? Pouvait-on songer à faire partager une émotion si profonde qu'elle concernait à la fois le corps et le cœur, la chair et l'âme ?

Dans le vaste lit commun, les deux adolescentes avaient donc chuchoté un petit moment, sans pour autant se communiquer l'essentiel de leurs impressions. Les événements inouïs qu'elles venaient de vivre pesaient trop sur elles pour leur laisser la liberté d'en discourir. Leur double inexpérience ne leur permettait pas encore de démêler l'écheveau des espoirs, des craintes, des audaces, des souhaits, des prudences, des tentations qui, les assaillant en même temps, embrouillaient leurs jeunes cervelles.

Cependant, une décision était née des demi-aveux échangés. Durant la messe quotidienne qu'elles suivraient comme d'habitude à Saint-Lubin, elles prieraient le saint pour qu'il les protège et les guide durant les jours à venir. En échange elles lui promettraient d'accomplir ensemble un pèlerinage à Chartres où il avait été évêque et où il avait fait des miracles.

Prête à se battre contre la terre entière s'il le fallait pour conserver sa liberté de choix, Aveline demanderait à saint Lubin la force de ne jamais céder. Isambour, qui ne savait qu'une chose, le nom de l'homme auquel elle voulait appartenir, le supplierait de le lui accorder.

Elles cheminaient donc, côte à côte vers le sanctuaire, préparant leurs oraisons et frôlant du bas de leurs bliauds les tiges alourdies des hautes herbes humides de rosée. Devant elles, Gervais et Perrine marchaient d'un pas pressé, sans échanger un mot. Suivait à quelque distance un troisième groupe, formé des deux aïeules, du bossu et des serviteurs.

Soudain, rompant le calme champêtre, on entendit, venant de Fréteval, le galop d'un cheval. Comme le chemin faisait maints détours, on ne pouvait voir qui survenait. Par précaution, chacun se rangea sur le talus.

Du dernier tournant, surgit alors un cavalier monté sur un coursier gris pommelé qu'il menait à vive allure.

Sa haute stature, sa nuque rasée sous l'épaisse chevelure blonde, le bliaud rouge qu'il portait la veille, le court mantelet de même couleur, gonflé par le vent de la course et agrafé sur l'épaule droite, ne pouvaient laisser aucun doute sur son identité.

Isambour eut le temps de remarquer que le visage de Bernold semblait durci par une détermination farouche et qu'en parvenant à sa hauteur, il retenait son cheval. Puis elle se sentit saisie, soulevée, jetée en travers de la selle, maintenue par une main ferme, emportée... En dépassant le vavasseur, figé sur le bord de la route, le ravisseur cria :

— Vous me l'avez refusée... Je la prends !

Lancé à folle allure, le coursier s'éloigna, emmenant dans un tourbillon de poussière le cavalier et sa captive.

Suffoquée, la figure criblée de gravillons arrachés au sol pierreux par les sabots du cheval, éperdue, Isambour n'était plus que tremblement, qu'effroi...

Une forte odeur de cuir et de sueur animale l'enveloppait. Pleurant, mais le cœur bondissant déjà d'excitation, elle ressentait dans tout son corps, dans les pulsations de son propre sang, le rythme martelé d'une fuite qui la détachait à jamais de son tranquille passé, pour la précipiter dans l'inconnu. Il lui semblait que ce galop haletant était l'image même de son destin depuis quatre jours... Sa vie s'élançait à présent, comme la monture de Bernold, sur des sentiers incertains...

Au bout d'un assez long moment, la chevauchée débridée s'apaisa, se changea en trot, en pas, puis s'interrompit.

Isambour ouvrit les yeux. Elle reconnut un pré éloigné...

Bernold la redressa, l'assit devant lui, l'appuya contre sa poitrine, essuya avec des gestes maladroits les larmes et la poussière qui souillaient ses joues.

— J'ai besoin de vous, dit-il en enfermant entre ses paumes le visage éperdu de la jeune fille. Ô ! j'en ai tellement besoin !

Puis il l'enlaça. Comme durant l'incendie, elle se retrouvait serrée entre les bras du Normand. Elle reconnaissait l'odeur de sa sueur, celle de son haleine... Sur la face qui se penchait vers elle, Isambour remarqua pour la première fois une fine cicatrice qui partait de la forte mâchoire pour rejoindre l'oreille gauche.

— Je vous veux à moi, toute à moi, mais pas en tant que simple concubine, disait Bernold d'une voix rauque. Je tiens à vous épouser, à vous faire mienne devant Dieu, devant tous... Y consentirez-vous ?

Tout se brouillait dans l'esprit de l'adolescente : l'attrait ressenti, la peur de l'homme, la sagesse inculquée, le désir si neuf, l'horreur du mal, la sourde certitude que le bien était là, dans les claires prunelles qui l'observaient avec anxiété...

Elle respira à fond et finit par incliner la tête en signe d'assentiment, tout en se sentant rougir jusqu'aux épaules.

L'étreinte se resserra, la respiration de Bernold se précipita. Une bouche affamée se posait sur ses tempes, ses cheveux, son cou, là où battait son sang, sur ses lèvres, enfin, encore malhabiles, dont Bernold semblait ne pouvoir se repaître...

– Je craignais que ce rapt ne vous effraie, avoua-t-il, en interrompant à regret ses baisers. En Normandie, c'est une fort ancienne coutume. Nos femmes en sont plutôt fières... mais, ici, vous êtes différents...

– Une coutume interdite à présent par l'Église, souffla Isambour, et qui est considérée comme un grave péché !

Le rire éclatant qu'elle commençait à connaître retentit tout près de ses oreilles.

– C'est interdit quand la fille n'est pas consentante, qu'elle est enlevée contre son gré, répliqua joyeusement Bernold. Mais, amie, belle amie, vous voici consentante, n'est-il pas vrai ? Vous l'êtes ! Vous l'êtes !

Comme il avait l'air heureux...

– Quant au péché, disait-il encore, tout dépend des intentions. Les miennes sont irréprochables puisque je veux que notre union soit bénie !

– Mon oncle... murmura Isambour.

– Votre oncle sera mis devant le fait accompli et n'aura plus rien à dire. Il n'avait qu'à accepter ma demande... Oublions-le, amie, oublions-le... Ce soir, vous serez ma femme et je serai votre mari !

Chaude, douce, mais audacieuse aussi, la bouche aux lèvres sensuelles s'enhardit, suivit les tendres veines de la gorge, descendit vers les seins frémissants sous la toile... L'adolescente se sentit défaillir.

– Pour l'amour de Dieu, Bernold, épargnez-moi, chuchota-t-elle.

Le Normand se redressa, ferma un instant les yeux, se forçant à respirer lentement.

Jamais encore Isambour n'avait eu l'occasion de voir les traits d'un homme altérés par le désir. Cette découverte l'effraya et la chavira en même temps.

– Où allons-nous, maintenant ? demanda-t-elle pour rompre le cercle des tentations.

– À Blois. J'ai tout préparé hier soir après avoir quitté Morville. Il faut vous dire, mon amour, que, depuis notre rencontre au bord de la rivière, je ne pense plus qu'au moment où je vous prendrai...

– Si vous voulez être mon ami, je vous en prie, Bernold, patientez encore un peu...

– Dieu m'assiste... Vous avez raison. Nous n'avons plus

longtemps à attendre... J'ai prévenu un prêtre et la princesse Adèle a accepté de nous servir de témoin. Mayeul, que sa blessure n'empêchera pas d'être présent à notre mariage, et le baron de Meslay, également acquis à notre cause, nous assisteront tous deux.

– Mais... Aveline, mon frère Roland, ma tante... j'aurais aimé les avoir près de moi aussi... J'ai l'impression de rêver, murmura Isambour en passant sur son visage ses mains tremblantes comme pour en écarter une toile d'araignée.

– C'est bien un rêve, mais un rêve qui va se réaliser, que nous allons vivre à deux, mon amie, mon cœur, ma belle espérance, vous qui êtes tout ce que je désire ! Il durera autant que nous, croyez-moi ! Quant à votre famille, elle finira bien par s'incliner devant une alliance qui, après tout, n'a rien d'humiliant pour vous !

– Je ne m'inquiète pas de ce qui pourra se passer plus tard mon doux ami, mais d'être privée, maintenant, des présences qui me sont chères...

– Une fois mariés, nous aviserons. Tout autant que vous, je souhaite que ce différend cesse aussi vite que possible. Vous l'ignorez, mais, de mon côté, je n'ai plus personne. Les miens ont été massacrés dans le sac de notre ville lors de la guerre contre la Bretagne... tous ont péri... la maison a été rasée, le domaine morcelé, distribué aux vainqueurs... Seul mon jeune âge m'a permis de m'échapper et de m'enfuir pour me réfugier à la cour de notre duc Guillaume dont mon père avait été un fidèle... Mais ne parlons plus de mon passé. Je ne veux penser qu'à notre avenir.

Il se dégageait de cet homme une telle impression de force, de certitude qu'Isambour capitula.

– Je vous donne ma foi et ma vie, dit-elle tout bas. Je m'en remets à vous pour tout.

Le baiser qui suivit était don et offrande.

– Maintenant, dit Bernold, il nous faut repartir. Guidez-moi, vous qui êtes fille de cette vallée. Comment, d'ici, rejoindre Blois ?

– Il faut traverser le Loir à un passage à gué tout proche où je vais vous conduire. Ensuite, nous gagnerons la forêt de Silva Longa, sur le plateau. Enfin, par la Vallée aux cerfs nous rejoindrons le chemin qui conduit à Oucques. Une fois là nous rattraperons sans difficulté la route des Comtes, qui va de Chartres à Bourges, en passant par Blois.

– Dieu nous aide et nous dispense des mauvaises

rencontres, dit Bernold en se signant. À présent, belle amie, appuyez-vous sur moi et calez-vous le mieux possible. Mon coursier est vif, je n'ai pas l'intention de le retenir.

– Laissez-le donc aller son train, ami, et, même, au besoin, poussez-le ! Plus tôt nous serons rendus, mieux cela vaudra pour nous...

Isambour se sentait maintenant tout à fait en sécurité entre les bras de son ravisseur. Elle ne voulait plus être attentive qu'à la joie qui ruisselait en elle. Cet homme, ce bel homme qu'elle avait choisi en secret, dont elle savait depuis la veille qu'elle lui appartiendrait un jour, eh bien ! il l'avait élue, enlevée, il allait l'épouser ! Une allégresse émerveillée, qu'il fallait apprivoiser comme une présence fabuleuse, comme la licorne des légendes, faisait sa place au plus profond de son cœur... Bernold et elle s'étaient mutuellement choisis, ils s'apprêtaient à lier leurs vies pour toujours. Le reste importait peu...

Elle sourit en appuyant sa joue contre le bliaud rouge. Le trot du cheval la berçait. Au-dessus de son front, elle sentait le menton du Normand qui, bien que soigneusement rasé, lui piquait un peu la peau. Leurs corps se touchaient... Fugitivement, elle songea qu'elle était sans doute en train de goûter la meilleure journée de toute son existence, mais les promesses de la nuit à venir étaient si troublantes qu'elle s'en faisait à l'avance une autre félicité...

Restaient son oncle et sa tante... Le vavasseur devait se trouver dans un état de fureur épouvantable... Tant pis. Il se calmerait. Quand il saurait que l'héritière de la maison de Blois avait, en personne, donné sa caution à leur mariage, il ne pourrait s'empêcher d'en tirer gloire.

Bien entendu, il aurait été préférable de célébrer leur union en grande pompe, selon les traditions, avec toute sa parenté autour d'elle... Perrine, émue et affairée, lui aurait préparé un bliaud de fine toile pourpre brodée de fils d'or, les amies d'enfance l'auraient entourée, Aveline l'aurait embrassée en l'assurant de son affection...

Rien de tout cela ne se produirait. Mais elle avait Bernold, elle serait dans son lit ce soir...

Isambour rejeta la tête en arrière.

– Où habiterons-nous, ami ? demanda-t-elle.

Le Normand, qui la croyait assoupie, profita de la question pour l'embrasser avec une voracité gourmande...

– Pendant quelque temps, nous logerons à Blois, où je

partage une simple maison avec Mayeul, dit-il ensuite. Mais, très vite, nous nous installerons près d'ici. J'ai l'intention d'exercer mon métier non loin du nouveau monastère que les moines de Marmoutier sont sur le point de fonder dans cette vallée. Ils ont de vastes projets auxquels, si Dieu le veut, je serai associé, car ils auront besoin de nombreux vitraux.

— Je serai donc l'épouse d'un maître verrier, murmura Isambour, rêveuse.

— Vous verrez, belle, c'est un métier béni qui utilise la lumière du ciel comme premier matériau !

Ils traversèrent des prés, un coin de forêt où des troupeaux de vaches, de moutons ou de chèvres paissaient sous les branches, tandis que des porcs fouissaient l'humus pour y trouver leur glandée habituelle. Des bergers saluaient gaillardement les cavaliers au passage et retournaient bien vite à leur cueillette de fruits sauvages ou à leurs menus travaux.

Après Oucques, la route des Comtes, qui menait à Blois par le plateau de Beauce, s'ouvrit devant eux.

Beaucoup de gens y circulaient. Le cheval ne put avancer qu'au pas. Des marchands, pourvus de charrettes, de mulets ou d'ânes, formaient des groupes organisés et armés, plus aptes à offrir au voyageur voulant se joindre à eux un peu de sécurité, que les moines voyageurs, les clercs, les mendiants, ou les pèlerins qui marchaient en chantant, sans se soucier d'autre chose que du but de leur pèlerinage.

Bernold suivit donc un convoi de drapiers qui venaient de Chartres et se rendaient à Blois afin d'y vendre des balles et des trousseaux de beaux draps de Châlons.

Quelques propos furent échangés avec ces « pieds poudreux » souvent accusés de ne chercher que leur profit et qu'Isambour avait toujours entendu traiter avec mépris par son oncle.

Le soleil devenait plus chaud.

En approchant de Blois, les champs de blé, de seigle, d'orge ou d'avoine, succédaient régulièrement à des cultures de choux, de pois, de lentilles ou de haricots. Divisée en trois parts, chaque pièce de terre comportait une portion ensemencée en céréales, une autre plantée en légumes et la dernière laissée en jachère afin de permettre au sol de se refaire.

— Voyez, amie, nous arrivons !

Bâtie sur un éperon rocheux qui dominait à la fois la vallée de la Loire, au sud, et le plateau de Beauce, au nord, la forteresse de Blois se profilait de loin sur le ciel. Les clochers de Saint-Solenne et de l'abbaye de Saint-Lomer s'y découpaient également au-dessus des toits de la cité.

– Notre petit logis est situé non loin du fleuve, au Bourg Moyen, dit Bernold. Il n'est pas bien grand, mais Mayeul et moi avons tout de même pu y entreposer le matériel dont nous avons chacun besoin pour travailler. C'est l'essentiel.

– Je connais un peu Blois, repartit Isambour. J'y suis venue trois fois avec mon oncle à l'occasion des cours plénières du comte Thibaud. C'est une belle ville !

– Elle sera encore plus belle lorsque notre princesse y aura apporté les améliorations qu'elle projette, assura Bernold avec fierté. Les gens de par ici n'ont pas idée de ce que nous sommes capables de bâtir, nous autres, Normands !

En le sentant si pénétré des mérites de ses compatriotes, Isambour pensa que lier sa vie à celle d'un étranger ne serait pas chose simple. Il lui faudrait toujours y songer si elle voulait éviter de blesser cet homme, né sur un autre sol, et dont les sentiments lui étaient devenus, en si peu de temps, plus précieux que tous autres.

– Après notre mariage, nous irons une fois en pèlerinage au Mont-Saint-Michel, dit-elle. Vous en profiterez pour me faire découvrir votre duché ainsi que ses habitants !

Le grand rire réconfortant jaillit de nouveau.

– Avoir un époux normand suffit, ma belle amie, pour connaître les défauts et les qualités des gens de mon pays ! s'écria Bernold comme ils arrivaient aux portes de la ville. Toutefois, si vous y tenez, nous pourrons nous rendre plus tard en pèlerinage au Mont.

Après avoir franchi le large fossé défendu par les très hautes palissades qui cernaient la ville, isolée, face au fleuve, sur son éperon rocheux, Bernold et Isambour pénétrèrent dans Blois par la porte Chartraine.

L'agitation commença aussitôt.

Bien située au confluent de la Loire et d'une petite rivière appelée l'Arrou, ce qui facilitait les échanges, aisément défendue par son escarpement naturel, la cité des comtes de Blois-Chartres, qui regroupait trois bourgs, jadis distincts, était prospère.

Lors de leur premier séjour dans la capitale de la comté,

Gervais avait longuement expliqué à sa fille et à sa nièce, comment des professions, issues du château aussi bien que de l'abbaye voisine, avaient peu à peu exercé leurs activités hors des murs castraux. Comment certains artisans, qui avaient commencé par travailler pour le seigneur comte ou pour l'abbé, avaient fini par essaimer vers d'autres pratiques.

« Parce que de nombreux étrangers, séduits par les agréments de notre région, se sont fixés ici, et, aussi, à cause du grand nombre d'enfants nés depuis une ou deux générations, le nombre des clients possibles s'est beaucoup accru, avait encore dit le vavasseur. Plus nombreuse, la population a eu besoin de davantage de fournisseurs. À présent, on trouve à Blois, comme à Chartres ou à Tours, toutes sortes de marchands. Nous avons des tanneurs, des foulons, des drapiers, aussi bien que des selliers, des cordonniers, des savetiers, des bourreliers, sans compter les forgerons, ferronniers, armuriers et même orfèvres ! Pour loger ces gens, on a été amené à construire. Les maçons, couvreurs, serruriers, charpentiers ont trouvé à s'employer. Enfin, il a fallu nourrir tout ce monde. Bouchers, boulangers, poissonniers, cabaretiers, ont été nécessaires. Notre comte a même fait venir des monétaires, puisqu'il bat monnaie comme tout seigneur qui se respecte ! »

Isambour gardait dans l'oreille l'accent satisfait avec lequel son oncle avait énuméré ces différents corps de métiers, à croire que l'opulence de la cité rejaillissait sur lui...

— La présence de nos Normands est une grande source de richesse pour cette ville, assurait cependant Bernold. Elle est, grâce à eux, en plein essor !

En dépit des enthousiasmes successifs du vavasseur et de son nouveau compagnon, Isambour ressentait trop intimement la complicité qui la liait à la nature pour se plaire vraiment dans les cités. Leurs rues bruyantes et malodorantes, l'impossibilité d'apercevoir les jardins dissimulés par les façades des maisons, les encombrements, les rencontres étranges qu'on pouvait y faire ne lui inspiraient que méfiance. Elle s'y sentait perdue, mal à l'aise.

— J'aime mieux Morville, dit-elle d'un petit air têtu.

Bernold sourit et l'embrassa sur le coin des lèvres.

— Vous changerez d'avis, belle douce amie, dit-il avec assurance. C'est ici que va commencer notre vie commune. Elle sera si merveilleuse que vous verrez bientôt Blois d'un

tout autre œil. En attendant, je vous conduis chez une dame
dont le mari, monétaire [1] du comte Thibaud, est fort estimé
de lui. Elle vous servira de second témoin et a accepté, à
cause de l'amitié qui me lie à son époux, de vous recevoir
un moment sous son toit avant l'heure prévue pour la
cérémonie de nos noces.

— Vous allez m'y laisser ?

— Par tous les saints ! amie, ne craignez rien. Vous y serez
en excellente compagnie. On y prendra soin de vous
pendant que je réglerai les derniers préparatifs de notre
mariage.

Le cheval se frayait lentement un chemin parmi les
piétons, les cavaliers, les marchands ambulants, les troupeaux qu'on menait à l'abattoir, les porcs errants à la
recherche de détritus, les convois de tonneaux ou de foin,
les charrettes ou chariots transportant des matériaux de
construction... L'adolescente remarquait que beaucoup de
chantiers s'étaient en effet ouverts un peu partout depuis
son précédent passage à Blois. Bernold avait dit vrai. On
construisait force maisons de bois, de torchis ou même de
pierre, sans compter chapelles et églises...

— La dame qui vous offre l'hospitalité, continuait Bernold,
loge auprès de l'Hôpital. Les pauvres malades ne sont certes
pas un voisinage bien gai, mais vous ne resterez pas
longtemps chez elle.

— Comment une personne dont le mari fait partie de la
maison du comte peut-elle avoir choisi un tel endroit pour
habiter ? s'étonna Isambour.

— Parce que, frappant monnaie, cet homme exerce là un
métier qui met l'âme en péril. Aussi cette bonne épouse
consacre-t-elle deux jours entiers par semaine au service de
l'hôpital, pour contrebalancer par sa charité les dangereuses
activités de son seigneur et maître !

Ils parvenaient devant une riche demeure construite en
pierre. Bernold frappa du heurtoir le vaste vantail clouté
de fer qui s'ouvrit sans tarder. Le cheval pénétra dans une
cour assez étroite et peu claire.

Un valet attrapa la bride que lui jeta le Normand en
sautant à terre, avant de saisir Isambour entre ses bras pour
l'aider à descendre. Il l'y garda si étroitement serrée qu'elle

---

1. *Monétaire* : responsable de la frappe des monnaies.

en perdit le souffle. Ce fut un couple enlacé, rieur, que la maîtresse du lieu découvrit en arrivant pour recevoir ses hôtes.

— Par Notre-Dame ! voici une charmante demoiselle ! dit la dame en souriant. Je comprends mieux maintenant, sire Bernold, votre folle aventure et votre hâte à vous marier !

Isambour s'empourpra.

— On me nomme Aubrée, dit l'épouse du monétaire. J'espère que nous deviendrons vite d'assez bonnes amies pour nous appeler par nos noms de baptême.

Elle pouvait avoir une trentaine d'années, mais ses cheveux étaient déjà blancs. Totalement blancs. Ce qui faisait ressortir la fraîcheur de son teint, lui donnait à la fois un aspect très jeune et un air plein d'expérience. Des paillettes dorées dansaient dans ses yeux verts, griffés au coin des paupières par les ans ou les soucis.

D'emblée, avec l'élan de son âge et un très sûr instinct, Isambour sut qu'elle pourrait compter sur cette femme, lui donner son amitié.

— J'ai une fille de quinze ans, comme vous, reprit Aubrée en soupirant. Mais elle est malade et n'a pu descendre à votre rencontre. Nous irons la voir plus tard.

La salle où ils pénétrèrent alors était tendue de nombreuses tapisseries. Sur les meubles de chêne ciré, de la vaisselle d'argent luisait doucement. Jonché de verveine, le sol était recouvert de nattes de paille tressées avec art. Des coussins de peau y étaient disséminés.

Isambour observait tout avec curiosité. Elle pensait que les demeures citadines étaient bien plus raffinées que les logis campagnards de sa connaissance et que le baron lui-même n'avait rien de comparable dans son donjon. Elle préférait cependant Morville et sa rusticité à tout ce luxe. Loin du Loir, de sa vallée, elle se sentait à l'étroit.

— Puisque vous avez eu la bonté de bien vouloir héberger ma future épouse, chère dame, dit Bernold, je vais la laisser un moment à vos bons soins, car j'ai encore certaines dispositions à prendre.

— Vous me quittez ! s'écria l'adolescente.

Deux éclats de rire lui répondirent.

— Pour très peu de temps, amie, assura le Normand. Je vous promets qu'ensuite plus rien ne pourra nous séparer !

— Nous mettrons à profit cette courte absence, reprit Aubrée pour vous habiller et vous parer comme il sied à une épousée digne d'un homme de la suite princière. Croyez-moi, les heures s'écouleront sans que vous vous en aperceviez.

Elle disait vrai.

Dans la chambre où elle introduisit son invitée après le départ de Bernold, des vêtements de prix se trouvaient disposés sur un lit en bois tourné, décoré d'incrustations en ivoire et recouvert de nombreux coussins.

Aidée d'une servante à l'air avenant, Aubrée fit retirer à Isambour sa chemise et son simple bliaud. Frictionné pour commencer avec une eau de senteur au romarin, le mince corps dévêtu fut ensuite enduit par la chambrière du contenu odorant d'une pomme d'ambre [1] en argent ciselé. Sur la peau ainsi parfumée, elle passa une chemise de soie plissée aux manches collantes.

Le col, les poignets, l'ourlet du bas, étaient ornés de broderies multicolores disposées en guirlandes, qui se détachaient avec beaucoup d'élégance sur l'éclatante blancheur du tissu. Par l'encolure arrondie, la servante lui fit revêtir ensuite un bliaud de cendal [2] vermeil décoré de fleurs et de rinceaux. Gaufré sur la poitrine, galonné d'orfroi [3], il était ceinturé d'une cordelière de soie dorée dont les extrémités frangées tombaient sur les chaussures de cuir rouge pointues et à hauts talons qu'elle avait également préparées pour la future mariée.

— C'est la première fois de ma vie que je vais porter des talons de cette taille ! s'exclama Isambour, ravie.

Au lieu de la honte qui aurait dû l'accabler après un enlèvement comme celui dont elle venait d'être la victime consentante, il lui fallait bien admettre qu'elle ne ressentait que plaisir et émerveillement. Jamais elle n'aurait pu imaginer qu'une action aussi répréhensible l'amenât à tant de joie éblouie.

— Si je m'étais mariée chez ma tante, j'aurais porté de la toile fine, mais pas de soie, reprit-elle avec une expression comblée, à peine teintée d'un rien de confusion.

Non sans mélancolie, Aubrée contemplait sa protégée.

— Ces vêtements, dont les tissus ont été achetés à Byzance,

1. *Pomme d'ambre* : petit vase rond contenant de l'ambre.
2. *Cendal* : étoffe de soie.
3. *Orfroi* : galon tissé d'or.

avaient été cousus pour le mariage de ma fille, l'an dernier, dit-elle tristement. Elle est à peu près de votre taille...

Isambour l'interrogea du regard.

— La veille de ses noces, après une soirée consacrée à de trop nombreuses libations, son fiancé est parti au petit matin avec des amis se baigner dans la Loire. Ils étaient ivres, la nuit n'était pas encore entièrement dissipée... On ignore ce qui s'est passé, mais il semble qu'il se soit égaré vers des bancs de sable... Il s'y est enlisé à jamais. Son corps n'a pas été retrouvé. Ses compagnons l'ont recherché en vain. Helvise, ma fille, ne s'en est pas consolée...

Elle soupira.

— Il faut que vous sachiez que notre famille n'en était pas à sa première épreuve.

Elle fit quelques pas, comme pour fuir le souvenir de sa peine, et s'arrêta devant un coffre où était posé un miroir d'étain poli qui lui renvoya son image.

— Vous avez dû vous étonner de me voir, à mon âge, avec ces cheveux blancs, reprit-elle au bout d'un instant. Ils ont blanchi en une nuit. La dernière nuit d'une semaine maléfique durant laquelle nous avons successivement perdu nos trois jeunes fils... trois beaux petits garçons âgés de quatre à dix ans. Ils sont morts d'une horrible maladie contre laquelle les médecins sont demeurés impuissants. Une fièvre terrible les brûlait. D'épaisses peaux blanches qui se reformaient au fond de leur gorge au fur et à mesure qu'on les crevait les empêchaient de respirer... Ils criaient, ils suffoquaient et ont péri étouffés dans d'atroces douleurs... Il ne nous est resté que notre fille qui était à Tours, chez une de ses aïeules, cet hiver-là...

Spontanément, Isambour s'approcha de son hôtesse, s'empara d'une des mains abandonnées dans les plis du bliaud violet et la baisa.

— En échange de tout ce que vous avez fait pour moi en ce jour, dit-elle, bouleversée, je voudrais tellement vous apporter, avec mon amitié, un peu de paix et de réconfort. Que puis-je faire pour vous aider ?

— Demeurer la fraîche enfant que vous êtes, répondit Aubrée en se redressant. La somme de nos joies et de nos tourments concourt, dans une mesure que nous ignorons, au vaste projet de Dieu sur nous. Nous ne pouvons pas le comprendre, nos cervelles sont trop étroites pour en contenir l'immensité, mais nos destinées tissent au fil des siècles la tapisserie de la Création. Il faut des laines de toutes couleurs, vertes, rouges, blanches, mais aussi grises et noires, pour composer l'ensemble. L'œuvre ne nous sera révélée, dans toute la splendeur et la complexité de sa plénitude qu'après son achèvement... Nous n'en sommes pas là ! conclut-elle avec un sourire tristement moqueur, comme pour se faire pardonner la gravité de ses propos.

« Allons, reprit-elle en s'emparant d'une brosse à manche d'ivoire que la chambrière venait de sortir d'un coffret en bois sculpté. Allons, ne perdons plus de temps en confidences. Il nous reste à vous coiffer. »

Défaits, les cheveux d'Isambour la recouvraient jusqu'aux genoux. Épais, bruns mais moirés de reflets de cuivre, ils lui composaient un manteau sauvage et soyeux qui enveloppait complètement son corps menu.

– Les hommes aiment ces chevelures foisonnantes, déclara Aubrée. La vôtre est fort belle. Le pelage de certaines martres du nord que porte la princesse Adèle est presque de la même nuance.

– Je ne sais si elle plaira à Bernold, dont je connais encore si mal les goûts, dit Isambour en rougissant une nouvelle fois, mais je la trouve bien lourde ! Il m'arrive d'avoir des maux de tête insupportables à cause du poids de mes nattes !

Brossés, lustrés, parfumés, les longs cheveux étaient à présent séparés par une raie médiane. La chambrière entreprit alors de les tresser en y entremêlant des rubans de couleur brodés de fils d'or. Puis elle en décora les extrémités de grands nœuds soyeux qui tombaient jusqu'aux chevilles d'Isambour.

– Pour fêter un jour si beau, permettez-moi de vous offrir ce bandeau d'orfroi orné de perles, ajouta Aubrée, en tirant son présent d'une niche creusée dans le mur, à la tête du lit, et dissimulée par un court rideau. Il tiendra votre voile. Vous le conserverez ensuite en témoignage de l'affection que, déjà, je vous porte.

Isambour se jeta dans les bras de son hôtesse.

– Je voudrais connaître votre fille, chuchota-t-elle.

– Suivez-moi, répondit simplement Aubrée.

Elle souleva une courtine qui séparait la pièce d'un petit oratoire aux murs nus. Un crucifix de buis, au pied duquel était déposée une natte de paille, et, sur une console, une statue de la Vierge en bois peint, en étaient les seuls occupants.

Derrière l'oratoire, se trouvait une seconde chambre dont la fenêtre donnait sur la cour. Assise au milieu de coussins empilés au chevet de son lit, une adolescente chantonnait, tout en caressant d'un geste machinal une poupée de bois articulée. Deux corneilles apprivoisées picoraient des graines à côté d'elle.

La pauvre fille était si maigre, si pâle, qu'on était surpris de constater qu'elle était toujours en vie. Noyé dans une masse de cheveux d'une blondeur exténuée, évoquant les rayons d'un soleil hivernal, qui tombait en cascade jusque sur des mains décharnées, le visage aux yeux cernés était atone.

— Helvise, ma belle enfant, voici Isambour qui vient vous voir, dit Aubrée. Vous êtes toutes deux du même âge.

Aucune réaction n'indiqua qu'elle avait été entendue. La malade continuait à caresser le jouet qu'elle avait sur les genoux comme si elle se trouvait seule.

— Voici bientôt un an qu'elle est ainsi, murmura d'une voix tremblante la pauvre mère. On dirait que son âme s'est perdue dans les sables mouvants où a disparu le corps de son fiancé.

Isambour s'approcha d'Helvise.

— J'aimerais tant devenir votre amie, dit-elle en se forçant à parler d'un ton naturel.

Perdu dans les mèches folles, le regard clair remonta lentement des fines chaussures à la tête ceinte du bandeau nuptial.

Ce n'était pas sa visiteuse que fixait soudain, avec une expression où affleurait quelque chose qui ressemblait à de la nostalgie, la pauvre Helvise, mais les vêtements dont celle-ci était parée. Elle tendit un index hésitant vers l'étoffe vermeille, la frôla, puis retira sa main qu'elle se mit à contempler amèrement. Sans qu'elle semblât s'en apercevoir, des larmes commencèrent à couler en douceur, de manière irrésistible, sur ses joues où la peau était collée aux os.

— Elle a reconnu ses habits de noces ! gémit Isambour, horrifiée.

— Je l'avais espéré, avoua Aubrée.

Elle s'agenouilla près de sa fille, la prit dans ses bras, la berça comme un petit enfant.

Isambour n'osait bouger.

Un long moment s'écoula. Helvise considérait sa mère

de l'air surpris d'un dormeur qu'on vient de tirer du
sommeil. Elle pleurait encore, mais, à présent, elle le savait.
Son regard avait changé. Avec le chagrin, la conscience était
de nouveau apparue.

Écartant la toison folle qui la cachait comme un voile,
Aubrée embrassa sa fille sur le front.

– Vous revenez à vous, ma douce, dit-elle tendrement.
Vous nous revenez en même temps. Votre mémoire n'est
pas morte. Elle n'était qu'évanouie. Dieu vous sauve ! S'il
le veut, votre pensée refleurira !

Elle se releva.

– Je reviens sans tarder, dit-elle encore. Attendez-moi.

Puis elle prit Isambour par la main, l'entraîna hors de la
chambre.

– Venez, souffla-t-elle. Vous ne pouvez demeurer ici
davantage. Bernold va venir vous chercher. Laissons Helvise
se retrouver et prions le Seigneur qu'Il achève de lui ouvrir
l'esprit... Voyez-vous, depuis la mort de celui qu'elle aimait,
elle n'a jamais versé une larme. Elle ne pouvait pas pleurer.
C'était comme si l'eau de son cœur était gelée. Maintenant,
cette affreuse glace vient de céder. En vous montrant à elle
ainsi vêtue, j'espérais je ne savais quoi... l'impossible ! Votre
apparition l'a fait sortir de sa léthargie.

– Mais elle souffre !

– Je préfère la voir s'éveiller à la souffrance, qui est source
de grâces, plutôt que de la retrouver, chaque jour, comme
une plante privée de soleil !

Les deux femmes s'arrêtèrent un instant dans le petit
oratoire pour une prière fervente, puis regagnèrent la pièce
où Isambour s'était changée.

– Vous me demandiez comment me remercier pour le peu
que j'avais fait en vous accueillant chez moi ? reprit Aubrée.
Les pleurs de ma fille sont un cadeau sans prix. Vous l'avez
sauvée du noir anéantissement où elle avait sombré. Soyez
bénie !

Des bruits de pas précipités retentirent dans la cour,
parvinrent dans la salle voisine.

Comme un furieux, Bernold entra dans la chambre.

– Votre oncle veut me perdre ! cria-t-il. Il n'y parviendra
pas. Par le cœur Dieu ! Il n'y parviendra pas !

Il tremblait de rage.

– Sainte Vierge mère ! que se passe-t-il ?

— Votre oncle accompagné d'un de ses amis, qui est, paraît-il, meunier, sont arrivés, voici peu, chez le comte. Ils demandent vengeance et réparation. Ils prétendent que je vous ai enlevée contre votre volonté ! Que vous ne deviendrez ma femme que sous la contrainte ! Qu'une union consécutive à un rapt ne saurait, en aucun cas, être valable !

— Il fallait leur dire que j'étais consentante !

— Par tous les saints ! Je n'ai pas cessé de le leur répéter ! Ils ne me croient pas !

— Fort bien. Je vais le leur faire savoir moi-même !

Frémissante, transformée par l'indignation et la nécessité d'agir, Isambour prenait tout d'un coup conscience d'une force neuve qui la soulevait. Jetant sur ses épaules le léger manteau de cendal préparé par Aubrée avec le reste de sa tenue, elle prit la main de Bernold.

— Allons trouver mon oncle et le comte, ami, dit-elle, ne tardons pas. Allons les trouver pour leur dire la vérité.

Le comte Thibaud III de Blois-Chartres occupait, dans l'enceinte fortifiée du château, un palais cerné d'un terrain herbu, tout à côté du donjon. Une chapelle, des logements pour ses chevaliers, ses clercs, ses domestiques et de vastes dépendances, étaient dispersés aux alentours, soit dans la haute-cour, soit dans la basse-cour.

Bernold et Isambour furent introduits dans la salle d'apparat où le comte rendait la justice.

Une cheminée dans laquelle on pouvait brûler des troncs entiers, quatre fenêtres fort hautes, voûtées en plein cintre, agrémentées de petites banquettes de pierre recouvertes de coussins, des murs en partie peints à la fresque, en partie recouverts de tapisseries historiées, un sol dallé et jonché de peaux de bêtes sauvages, composaient un décor imposant.

Cette belle salle était principalement meublée de grands coffres sculptés, de longs bancs à dossiers, de bahuts de chêne foncé, de petites tables basses. Un dressoir chargé de pièces rares d'orfèvrerie et de vaisselle d'or luisait comme une châsse.

Assis sur un siège dont les montants croisés étaient terminés par des têtes de lion en cuivre émaillé, Thibaud, qui avait, lui aussi, quelque chose de léonin dans ses traits majestueux et sa crinière grise, était entouré de seigneurs, de chevaliers, de prêtres et de clercs. Le baron de Fréteval se tenait près de lui.

La cour de justice était sur le point de se terminer. Le dernier justiciable saluait son seigneur. Un peu à l'écart, Gervais-le-vavasseur s'entretenait avec Benoît-le-mangeur.

Bernold les ignora et conduisit Isambour vers le comte.

— Sire comte, dit-il en pliant le genou, voici la demoiselle qu'on m'accuse d'avoir enlevée de force. Elle a tenu à venir, elle-même, témoigner de la fausseté de ces imputations, et vous assurer de son plein consentement à notre mariage.

— Par mon saint patron ! qu'elle parle, dit le comte. Si elle vous justifie, j'assisterai en personne à vos noces !

Isambour salua, se redressa, et, tendue par cette force nouvelle qui croissait en elle, parla d'une voix assurée.

— J'ai à faire savoir, Sire, à vous et à tous ceux qui sont ici, que j'accepte de tout mon cœur, en parfaite connaissance de cause, une union que je souhaite et qui comblera mes vœux, dit-elle en redressant fièrement sa tête parée du bandeau nuptial.

— Sire comte, ne la croyez pas ! Elle ment ! Par saint Martin, elle ment ! cria le vavasseur, qui s'était rapidement approché de sa nièce. Elle doit épouser le fils de mon compère, Benoît-le-mangeur, qui a déjà eu l'occasion, ce tantôt, de confirmer mes dires, devant vous et notre baron ! Pas plus tard qu'hier, cet homme de bien m'a demandé sa main. Sur ma vie, je la lui ai accordée !

— Je m'en porte garant, affirma Foucher de Fréteval. Mon vigneron m'a clairement expliqué son histoire qui m'a été confirmée par le meunier.

— Ils ont négligé de vous dire, Sire baron, que je n'avais jamais acquiescé à un tel projet, protesta Isambour, animée d'un courage tout neuf pour faire triompher son amour.

Elle se tourna vers Gervais.

— Je prends Dieu et sa Sainte Mère à témoin que je ne voudrais pas, mon oncle, passer à vos yeux pour une nièce ingrate ou dénaturée. Je tiens à vous remercier ici, hautement vous et ma tante, du soin avec lequel vous avez éduqué et entretenu les orphelins que nous étions, mon frère et moi. Je ne l'oublierai jamais ! Je vous en resterai toujours reconnaissante, sachez-le bien. Mais c'est une chose que de vous savoir gré de vos bienfaits. C'en est une autre de me laisser marier contre ma convenance !

Tête baissée, le vavasseur se mordait les lèvres d'énervement.

— Vous vous conduisez comme une écervelée ! jeta-t-il

avec rancune. Ce Normand vous a tourné la tête ! Je ne vous reconnais plus pour celle que j'ai élevée !

— De toute façon, je n'aurais jamais accepté de devenir la femme de Gildas, continua Isambour qui se défendait avec une véhémence d'autant plus vive qu'elle s'en découvrait capable pour la première fois et que cette découverte la grisait. Je ne m'y serais jamais résolue ! Jamais ! Même avant d'avoir rencontré Bernold ! À plus forte raison, maintenant que je sais vers qui me porte mon cœur ! termina-t-elle en adressant à celui qu'elle désignait ainsi un regard brûlant.

Le comte Thibaud observait cette fille si déterminée avec un mélange de considération et d'amusement.

— Votre ravisseur vous a donc conquise sans vous faire violence, ma belle enfant ? demanda-t-il en s'adressant à Isambour d'un air intéressé. Apparemment, vous ne lui en voulez pas le moins du monde d'un rapt auquel vous consentez de façon évidente et vous me semblez toute prête à le prendre pour époux.

— Vous dites vrai, Sire comte, assura la jeune fille. Il m'a sauvé la vie lors de l'incendie du donjon de Fréteval où ma cousine et moi avons failli périr brûlées vives. Depuis lors, je sais que je serai à lui.

Le comte se mit à rire.

— Par saint Solenne ! Voilà qui est clair ! s'écria-t-il. Nul ne peut plus soutenir que cette pucelle a été enlevée de force !

— Elle est devenue folle ! s'indigna le vavasseur. Folle à lier !

— Soyez de bonne foi, vassal ! ordonna le comte. Votre nièce refuse le mari que vous lui destiniez et proclame son désir d'épouser l'homme que voici. Ni vous ni moi n'y pouvons rien. Acceptez de bon cœur ce que vous ne pouvez empêcher.

— On nous l'a changée ! protesta Gervais. D'une enfant timide et douce, on a fait une créature agressive et obstinée ! Par le manteau de saint Martin, elle a été envoûtée !

— Des envoûtements comme celui-ci sont légion ! Ils se produisent chaque fois que garçons et filles se rencontrent et se plaisent, trancha le comte Thibaud, qui passait pour être lui-même assez porté sur la galanterie. Allons, allons, vassal, il vous faut céder et venir avec votre femme, ce soir à leurs noces. La princesse Adèle a consenti à leur servir de premier témoin. Vous ne pouvez faire moins que de vous incliner devant leur mutuelle volonté de s'unir quand l'exemple vous en est donné par une personne de sa qualité !

– La fille de mon frère, se marier avec un étranger ! grogna le vavasseur avec rancune.

– Le prince Étienne, mon fils, a bien, lui aussi, épousé une Normande, répliqua le comte avec bonne humeur. Il ne s'en trouve pas plus mal pour autant !

L'assemblée éclata de rire tout autour de lui. Isambour sourit, fit la révérence, baisa la main du comte. Sa cause était gagnée !

Bernold s'inclina profondément.

– Sire comte, merci, dit-il. Nous n'oublierons jamais ce que nous vous devons !

– L'affaire est entendue. Il convient que chacun s'en montre satisfait, reprit Thibaud III en lançant un regard impérieux à Gervais. Ce serait félonie que de se comporter autrement.

Sur ces mots, il se leva de son siège, pour indiquer la fin de la cour de justice.

L'oreille basse, Gervais se dirigea vers la porte.

Bernold pressa le pas pour le rejoindre.

– Je ne voudrais pas que les parents de ma future femme me prennent pour un barbare, dit-il au vavasseur renfrogné. Je tiens à vous faire savoir qu'Isambour recevra de moi, avant le mariage, le douaire auquel elle a droit en don d'épousailles. Elle aura, par moitié, la jouissance de tous mes biens présents et à venir. J'ai déjà réglé cette question. Votre nièce ne sera pas sans avoir.

Gervais haussa les épaules.

– Faites à votre guise, dit-il avec aigreur. Toutes vos belles promesses ne changeront rien au fait que vous l'avez enlevée et qu'elle se mariera sans honneur !

– Par la mort Dieu ! C'est bien votre faute ! Je suis venu vous la demander en bonne et due forme, ce me semble ! s'écria Bernold, échauffé. Qu'avons-nous reçu en échange, mon ami et moi-même ? Refus, menaces, horions !

Les deux hommes se dévisageaient avec une hostilité qui risquait de mal tourner. Foucher de Meslay, qui les surveillait à distance, le comprit à temps. Il vint se placer entre eux.

– N'avez-vous pas ouï, l'un et l'autre, ce qu'a dit le comte, notre sire ? Il entend que chacun accepte sa décision sans rechigner. Tenez-vous-le pour dit et faites la paix. C'est un ordre auquel nul ne peut se dérober.

Thibaud III s'était emparé, pendant ce temps-là, de la main d'Isambour.

Il la conduisit devant une table de chêne ciré, sur laquelle, à côté d'un jeu d'échecs, étaient posées deux coupes d'argent massif aux pieds décorés d'émaux cloisonnés.

– Dieu vous donne honneur et joie durant une longue vie, charmante pucelle, dit-il en prenant les coupes et en les lui tendant. Acceptez en présent de noces ces objets où vous pourrez boire tous deux, votre époux et vous-même, jusqu'au bout de votre existence commune. Conservez-les en mémoire de ce jour. Je vous souhaite une union féconde ainsi que la paix du cœur en compagnie de celui que vous avez choisi si délibérément. Comme vous, nous l'apprécions et l'estimons. N'oubliez pas, cependant, que les Normands sont coursiers sauvages qui supportent avec impatience qu'on leur passe le mors... Gare aux ruades !

DEUXIÈME PARTIE

LA CHAPE DE VERRE
Septembre 1099 – Octobre 1101

I

– Quel bel été nous aurons eu cette année ! dit Isambour.

Sur son bliaud écru, elle portait un épais devantier en toile de chanvre qu'elle avait tissé elle-même. De solides gants de cuir lui protégeaient les mains.

Margiste et Sancie, les deux servantes qui l'aidaient à carder la laine de ses moutons, étaient équipées de la même manière.

Assises sous le fort tilleul qui ombrageait le centre de la cour carrée bordée par les bâtiments d'habitation, les ateliers de la verrerie et les dépendances, les trois femmes travaillaient en causant. Posé entre elles sur le sol, un drap propre recueillait la laine cardée. Les toisons, préalablement lavées à l'eau du Loir, attendaient dans des paniers d'osier le moment d'être démêlées. Le cardage se faisait à l'aide de chardons à foulon récoltés chaque année au revers des talus ou dans des pâtis pierreux. Isambour trouvait qu'ils peignaient mieux la laine que les brosses à pointes de fer utilisées par certains.

– Il n'y a pas un souffle d'air, reprit Margiste, grosse femme d'une quarantaine d'années, aux gestes rapides et assurés, qui aimait parler. Aucun flocon ne voltige. Pour nous autres, c'est une chance, mais près des fours il doit faire une chaleur infernale !

– On comprend que les verriers aient choisi saint Laurent pour patron, remarqua sa fille, Sancie, dont les quinze ans rieurs s'amusaient de tout. Quand ils sont par trop rôtis d'un côté, il ne leur reste, comme lui sur son gril, qu'à se retourner de l'autre !

– C'est une dure besogne, reconnut Isambour, mais la beauté, l'éclat et la renommée de leurs œuvres les récompensent de leurs maux. Bernold dit toujours que Dieu, qui est Ordre et Lumière, doit aimer tout particulièrement ceux qui illuminent ses églises de leurs verres de couleur.

D'un revers de main, elle essuya la sueur qui coulait sur son front.

Retenues par un linge noué autour de sa tête afin de les préserver des brins de laine qui auraient pu s'y accrocher, ses nattes ainsi rassemblées pesaient encore plus lourd que d'ordinaire et lui tenaient chaud.

Sous cette coiffure, la peau très claire du visage conservait une fraîcheur dont Isambour ne laissait pas de se sentir fière. Ainsi épurés et dépouillés de leurs rondeurs d'autrefois, ses traits, plus fermement modelés, révélaient à présent un caractère où décision et fermeté n'excluaient pourtant ni sensualité ni une certaine violence intime. La bouche aux lèvres charnues compensait un nez un peu trop mince. Les yeux gris, élargis, éclairaient les joues aux pommettes saillantes que de fines rides striaient aux coins des paupières.

Par terre, contre le banc de bois circulaire entourant le tronc du tilleul, sa dernière née, Doette, âgée de dix-huit mois, dormait dans un berceau d'osier.

D'un mouvement du pied, Isambour pouvait bercer la petite fille dont les boucles rousses étaient collées sur le front par la transpiration.

Tout près d'elle aussi, mais de l'autre côté, Philippa, sa deuxième fille, assise sur un coussin en peau de chèvre bourré de paille, jouait avec des liserons blancs et des feuilles de fougères. Elle les avait posés dans un petit panier d'écorce qu'elle transportait partout avec elle.

En cette enfant-là, Isambour retrouvait son propre goût pour les contes ou les histoires imaginaires. Elle lui en racontait le plus souvent possible et constatait avec satisfaction que Philippa semblait parfaitement à l'aise dans l'univers des légendes qu'elle avait elle-même tant aimées. Cependant, tout en se félicitant de voir sa seconde fille douée pour le rêve et la fantaisie, elle tenait à lui faire sentir la nécessité de retrouver la réalité, au-delà des fables.

– Ma chère fille, lui dit-elle soudain, sans interrompre pour autant son ouvrage, ma chère fille, je vous ai déjà souvent expliqué que, sur terre, tout était signes et symboles. Connaissez-vous, par exemple, la destination de chacun de vos doigts ?

Elle désigna de son poing ganté la main déliée de Philippa qui secouait la tête en signe d'ignorance.

Les larges yeux de l'enfant semblaient toujours éclairés de l'intérieur par quelques-unes des particules d'or que son père mêlait au verre de ses vitraux pour obtenir le rouge rubis qu'il réussissait mieux que tout autre.

– L'auriculaire, reprit Isambour, symbolise la foi et la bonne volonté. L'annulaire, la pénitence. Le médius, la charité, c'est-à-dire l'amour. L'index, la raison qui nous montre le chemin. Et le pouce, qui est seigneur, représente le principe divin.

– Je ne savais pas qu'il y avait tant de choses dans mes doigts, observa Philippa, qui avait sept ans. Ils font si souvent des bêtises !

Quand elle souriait, l'or s'égayait dans ses prunelles.

Isambour l'attira contre elle et l'embrassa fougueusement. À sa naissance, cette enfant-là avait reçu un privilège exorbitant. Elle était la grâce, la finesse mêmes, disait toujours ce qu'il fallait dire, faisait ce qu'il fallait faire, possédait le don inné de plaire, séduisait le plus innocemment du monde. Auprès d'elle, on prenait conscience d'un bien étrange mystère : celui du charme.

Un bruit de grelots retentit soudain en provenance du chemin de Fréteval. Pierreux, mais bien tracé, il longeait le pied du coteau et passait derrière les bâtiments de la verrerie groupés autour de la cour qu'ils enserraient sur trois côtés.

De l'emplacement où se tenaient les cardeuses, on ne pouvait rien voir de ce qui provenait de cette direction. En effet, les trois femmes tournaient le dos aux arrivants. Installées face à l'espace non bâti ouvert sur le potager, le verger, la chènevière, le pré, et, tout au bout de l'étendue herbue qui descendait en pente douce vers la rivière, le lavoir au toit de chaume enfoui sous les saules et les trembles, elles ne reconnurent les visiteuses qu'à leur entrée dans la cour.

Deux ânes gris, montés respectivement par Perrine et Haumette, s'avancèrent de leur pas sec et martelé jusqu'au puits qui se trouvait devant la maison d'habitation.

Depuis que Bernold et Isambour étaient venus s'installer

non loin de Morville, sur la rive opposée du Loir, des relations étroites s'étaient renouées entre la nièce et la tante. En revanche, et malgré les dix-huit années écoulées, Gervais-le-vavasseur continuait à tenir rigueur au couple des conditions dans lesquelles s'était conclue une union qu'il s'entêtait à juger malencontreuse en dépit de la prospérité survenue par la suite. Si les ponts n'étaient pas rompus avec l'oncle rancunier, les rapports de famille restaient à son égard empreints de beaucoup de réserve.

— La canicule ne vous a pas fait hésiter à venir jusqu'ici, à ce qu'il paraît, ma tante, dit en souriant Isambour qui s'était levée pour aller accueillir les nouvelles venues.

— Par ma foi, j'aime mieux filer ma quenouille en votre compagnie qu'en celle de ma belle-mère ! Depuis la mort de ma pauvre mère (que Dieu la garde !) elle se montre de plus en plus tatillonne et autoritaire. Je ne supporte pas de la voir tyranniser sous mes yeux notre pauvre oncle bossu, tout perclus de douleurs par l'âge et le travail aux champs ! répliqua Perrine en descendant de sa monture.

Haumette en fit autant, conduisit les deux ânes à l'écurie où une place leur était réservée et vint rejoindre les cardeuses. Deux sellettes furent rajoutées aux sièges déjà occupés. Les nouvelles venues y prirent place.

— Vous avez de beaux enfants, constata Perrine après avoir embrassé les deux petites filles.

— Hélas, ma tante, il y a ma pauvre Grécie !

— Avant le malheureux accident qui lui est arrivé, elle était aussi avenante que Philippa.

— Différente, bien différente... Elle ressemble tant à son père...Mais vous avez raison, elle était jolie.. et si fraîche...

— Moi, je n'aurai jamais de petits-enfants, soupira Perrine qui suivait son idée. Aveline restera fille.

Elle s'épongea le front avec un pan de son voile de lin. Depuis son retour d'âge, elle était la proie de bouffées de chaleur qui l'incommodaient à tout moment. Son teint s'enflammait soudain, sa grosse face ronde se congestionnait, et il lui fallait s'éventer avec le premier objet qui lui tombait sous la main.

— Si l'entêtement de mon oncle et le sien n'avaient pas prolongé ses fiançailles stupides au-delà de ce qui est raisonnable, reprit Isambour, il y a longtemps qu'elle en serait dégagée et qu'elle aurait pu nouer d'autres liens. Il faudra bien, un jour ou l'autre, qu'elle finisse par rompre. Sur mon salut, une telle situation est tout à fait incongrue !

— Dix-huit ans ! Par tous les saints, qui a jamais entendu parler d'une chose pareille ! s'exclama Margiste qui aimait bien s'apitoyer sur le sort d'autrui.

— C'est en effet sans exemple, du moins à ma connaissance, admit Perrine. Je me serais volontiers passée qu'une telle étrangeté se produisît chez moi !

— À présent qu'Aveline loge à Blois et dirige l'atelier de broderies de notre comtesse Adèle, sa vie semble fixée, continua Isambour. Il est plus que temps pour elle de reprendre sa parole quoi que puisse en penser son père. Personne ne devrait encore faire mention d'un projet manqué, vieux de tant de lustres !

— Je ne cesse de le répéter à Gervais, assura Perrine en piquant dans le creux de son bras le bâton de son fuseau garni de la boule de laine et en se mettant à tordre le fil avec rancune, mais vous le connaissez ! Il a décidé que ce mariage aurait lieu, même si Aveline, avant de céder, devait atteindre un âge canonique ! Satan lui-même ne parviendrait pas à le faire renoncer à son idée !

— Que tout condamne, ma tante, tout ! Daimbert le premier. Ne vit-il pas depuis des années en concubinage avec une fille de Marchenoir ?

— Avec celle-là et beaucoup d'autres, soit dit sans mentir, glissa Sancie en étouffant un fou rire.

— En voilà un qui aura passé son existence à courir après les femelles ! s'écria Haumette, mariée quant à elle au valet de Morville depuis plus de dix ans et bien aise de l'être.

— Tout lui est bon... ce n'est pas un parti pour une demoiselle comme votre fille, conclut Margiste.

Perrine haussa les épaules.

— Tu prêches une convertie, dit-elle d'un air douloureux. Mais que veux-tu que j'y fasse ? J'ai le mari le plus têtu du monde !

Elle soupira derechef.

— Nous n'aurons pas de descendants à qui laisser Morville et Gervais ne cesse de parler des petits-fils sur lesquels il comptait. L'idée de mourir sans héritier le mine. Pensez donc, ses vignes tombant en des mains étrangères ! Il n'en dort plus et se lève la nuit pour aller se promener parmi ses jeunes plants ! Cette déconvenue le rendra fou !

— Mais pourquoi, aussi, s'acharner à vouloir Daimbert

pour gendre ! Avec un époux de son choix, Aveline pourrait encore avoir des enfants. Elle n'a qu'un an de plus que moi, après tout ! À trente-quatre ans, une femme n'a pas dit son dernier mot.

— Sans doute, ma nièce, mais si elle refuse de se marier avec Daimbert, elle ne parle non plus de personne d'autre et ne semble pas désireuse de s'unir à qui que ce soit. Elle est si jalouse de sa liberté qu'elle pourrait bien préférer vivre fille et seule plutôt que de dépendre d'un homme, si bien fût-il !

— Je n'en suis pas aussi certaine que vous, ma tante... Il est vrai que je ne la vois plus guère, que nous demeurons de longs mois sans nous rencontrer. Ah ! ce n'est plus comme autrefois... depuis mon mariage, nos rapports ont changé. Non pas que nous nous aimions moins. Non, ce n'est pas cela. Mais tout est différent. Elle vit seule. Moi je suis dévorée par les enfants, la maison, Bernold... Je ne suis plus disponible...

Isambour laissa tomber ses mains sur ses genoux. À ses pieds, la laine cardée se gonflait comme un nuage d'été.

Philippa continuait à jouer avec ses liserons et ses feuilles de fougère transformés par son imagination en dames et chevaliers.

— Aubin voulait tout à l'heure m'emmener chez Haguenier parce qu'il s'est mis en tête de m'apprendre à jouer du pipeau, dit-elle dans le silence qui avait suivi la déclaration de sa mère. J'ai refusé. Je n'aime pas la musique autant que lui. Je préfère rester ici à me raconter des histoires.

Tout en parlant, elle inclinait la tête sur son épaule et une fossette creusait sa joue droite.

— Votre petit frère est fort bien avec Haguenier, ma colombe, dit Isambour. Il ne peut avoir meilleur maître pour le guider.

Elle recommença à manier avec dextérité le gros chardon sur la toison laineuse dont l'odeur de suint subsistait en dépit du lavage à la rivière.

— Je me reproche, ma tante, reprit-elle en s'adressant cette fois à Perrine, de trop aisément me complaire en la compagnie de cette petite fée, alors que je ne sais plus comment me comporter avec Grécie. Malgré tous mes efforts, je ne parviens pas à trouver un terrain d'entente avec cette pauvre enfant. Elle a tellement changé en deux ans.

— Elle a des excuses...

— Dieu sait que je ne l'oublie pas et que je fais tout pour éviter de la blesser ! Mais ce grand malheur qui lui est advenu paraît l'avoir détachée de nous. Je ne comprends pas pourquoi. Elle fuit notre logis et passe son temps, sous prétexte de perfectionner son goût pour le dessin, chez la femme de notre curé qui lui donne des leçons.

— Le chien qui l'a défigurée était le vôtre, dit Perrine. Peut-être vous en veut-elle simplement pour cette raison-là.

— Quelle chose affreuse ! murmura Sancie. Je la reverrai toujours après que Tiran lui eut à moitié dévoré le visage... C'était pas beau à regarder... Tout le monde ici croyait qu'elle n'y survivrait pas.

— J'ai tant prié, tant prié, reprit Isambour, tant supplié Notre Dame !... A présent, je ne sais plus si cette guérison qui l'a laissée abîmée à jamais fut un bien... Si je dois remercier la Mère du Sauveur de m'avoir exaucée.

— Dieu vous l'a laissée. C'est qu'elle a une tâche à accomplir parmi nous, affirma Perrine. Ceux qu'Il reprend dans leur enfance sont ses anges et ne font que traverser nos vies.

— Je sais, dit Isambour, les lèvres soudain tremblantes, je sais...

Sur les neuf enfants qu'elle avait portés en dix-huit ans, cinq lui restaient. Deux de ses fils et une fille étaient morts de maladies enfantines, en bas âge, trop petits pour qu'elle les ait véritablement connus, mais déjà suffisamment siens pour que leur perte ait été souffrance... Cependant, la pire des douleurs, celle qu'elle n'était parvenue à surmonter, au prix d'une peine infinie, que bien longtemps après, avait été la fin brutale d'Hendri...

— Vous pensez à votre cadet, ma nièce.

— Hélas ! Dieu me pardonne, je ne m'habituerai jamais à l'idée de ne plus le revoir !

Tombé d'un arbre où il était grimpé dénicher des œufs de pies, le petit garçon s'était tué sur le coup. Son frère aîné, Aliaume, l'avait retrouvé, plus tard, au pied du frêne, les bras en croix, les yeux vides, des brindilles arrachées au nid entre les doigts. Un filet de sang coulait de sa bouche. Un si bel enfant, si joyeux, si vivant... Bernold disait de lui qu'il était un vrai Normand. Il en était très fier...

À cette époque-là, Aliaume et Hendri avaient douze et

dix ans. Maintenant, Aliaume allait sur ses dix-sept ans, son cadet en aurait quinze...

Isambour se baissa pour chasser loin de Doette une guêpe qui tournait au-dessus de la tête rousse coiffée d'un bonnet de toile.

— À quoi bon vous torturer, ma nièce ? Votre second fils est parti là où il n'y a plus de larmes. Le Mal y est sans pouvoir sur lui. Il est passé du côté du Bien.

— Vous avez raison, ma tante. J'en arrive à me dire que son sort est préférable à celui de Grécie.

Après le second accident survenu à l'un de ses enfants, Isambour avait traversé des moments cruels. Bernold se trouvait souvent absent. Ses chantiers se multipliaient. On construisait des églises partout. Le maître verrier recevait davantage de commandes qu'il n'en pouvait exécuter.

— Pourtant, à tout prendre, dans l'ensemble vous êtes plutôt à envier qu'à plaindre, affirma Perrine, avec le simple bon sens qui avait toujours été le sien. Votre foyer est fécond et, dans sa profession, votre mari est parvenu à une solide renommée. C'est un bon métier que le sien. On n'y est soumis ni à la taille, ni à la dîme, non plus qu'aux droits de banalité, on a même le privilège de pouvoir couper bois et fougères sans redevance et on gagne bien sa vie. N'oubliez pas non plus, ma chère nièce, que la comtesse de Blois vous a gracieusement concédé ce terrain afin que vous puissiez y faire construire la verrerie et les ateliers. C'est un présent de prix, sans parler de la protection de cette haute et puissante dame qui vous est toujours acquise. En outre, les vitraux de votre époux sont recherchés par les plus illustres de nos bâtisseurs. Votre oncle lui-même a bien été obligé de reconnaître une réussite à laquelle, au début, il ne croyait pas. Que voulez-vous de plus ?

— Vous êtes la sagesse même, ma tante, mais, vous le savez, je ne suis pas aussi raisonnable que vous. Ma nature est sans doute trop exigeante, trop possessive... Je reconnais avoir beaucoup reçu... Il m'a aussi été permis de beaucoup donner... J'ai un bon mari. Mais le succès de son entreprise et son œuvre de verrier me privent trop souvent de lui. Il lui arrive couramment de s'absenter pour des semaines, quand ce n'est pas pour des mois, vers de lointains chantiers. Ces séparations me coûtent de plus en plus... J'en viens à penser qu'il aurait été préférable pour moi qu'il réussît moins bien mais que nous demeurions davantage ensemble.

– Allons, allons, Isambour, taisez-vous donc ! Il ne faut pas tenter Dieu... non plus que le diable ! Vous rêvez de l'impossible. Tant de femmes souhaiteraient se trouver à votre place avec une belle maison, des enfants nombreux et un homme comme le vôtre pour époux !

Elle se mit à rouler en pelote la laine filée.

– C'est tout de même ici, au Grand Feu, qu'il travaille de préférence, fit remarquer Margiste d'un air entendu.

– Il est vrai, reconnut la jeune femme. Nul endroit n'est mieux adapté que celui-ci au travail du verre.

Situé non loin de la forêt de Silva Longa, là où le Loir amorçait une large boucle d'est en ouest, l'emplacement choisi par Bernold répondait parfaitement à ses besoins. Le sable de la rivière et la cendre de hêtre n'étaient-ils pas les deux ingrédients qui lui étaient indispensables ? Il les trouvait ici sans avoir à se déplacer beaucoup. À portée de main.

– Je n'oublierai jamais la joie que nous avons éprouvée en nous installant dans cette maison, quand fut terminée l'édification des ateliers, des fours et des dépendances, reprit Isambour, tournée vers ses souvenirs. Bernold exultait.

C'était ce soir-là, une fois terminé le repas de fête clôturant la journée de l'emménagement, que la petite Béatrix avait été conçue... elle n'avait vécu que quelques jours... Mais, plus puissant que le regret causé par la disparition d'un nouveau-né (tous les foyers n'en perdaient-ils pas plusieurs avant que les enfants eussent atteint une dizaine d'années ?), l'impression dominante restait l'amour ardent et joyeux, l'entente charnelle si violente, qui les rapprochait tous deux depuis leur nuit de noces, en des étreintes dont ils ne se lassaient pas.

Même après dix-huit ans, en dépit des heurts dus à l'affirmation de leurs caractères que l'âge rendait plus sensible et qui les dressait parfois l'un contre l'autre en de subites querelles, il leur arrivait, encore frémissants de colère, de se trouver entraînés vers des réconciliations où le désir se nuançait de rancune.

Le plus souvent, Dieu merci, il ne s'agissait que de l'amour fort vif et sans histoire d'un couple uni comme deux troncs enlacés.

Cependant, le vieux comte Thibaud, mort depuis long-temps, n'avait pas eu tort, jadis, de mettre en garde la future mariée. Jusque dans la sécurité de l'union conjugale, un

Normand demeure un coursier au sang prompt dont il n'est pas aisé d'éviter les écarts.

Isambour leva les yeux de son ouvrage, sourit machinalement à sa tante. En dépit de certaines nostalgies, la paix régnait autour d'elle et dans son cœur, toujours épris.

On était au tout début de septembre. L'été allait vers son déclin. Dans la douceur lumineuse et comme fruitée de la lumière, le Loir, en contrebas, étalait son cours de bronze. Entre prés et coteaux, cette eau d'un vert aussi profond que les feuilles qui s'y reflétaient ajoutait au paysage un calme, une sérénité, une nuance d'éternité, qui apaisaient l'âme.

Sur l'autre rive, parmi les vignes et les boqueteaux, le clocher de Saint-Lubin pointait entre les branches.

Au Grand Feu, quand le vent soufflait du nord, des odeurs de nénuphars, d'herbes, de plantes aquatiques se mélangeaient à celles des foyers de chauffe, du plomb fondu, des écuries et des étables, composant un amalgame si familier qu'Isambour ne le remarquait plus qu'à peine.

— Au fond, reprit-elle avec amusement, au fond, en dix-huit ans, je n'ai fait que traverser l'eau ! Avant mon mariage, je vivais sur la rive droite du Loir, et me voici à présent sur sa rive gauche !

— Sans doute, ma nièce, mais que de changements dans la vallée durant ce temps !

— Nous aurons vu plus de transformations en cette fin de siècle que toutes les générations précédentes. Bernold dit que le monde actuel est possédé d'une frénésie de construction. On défriche, on bâtit à tour de bras. La forêt recule partout dans la plaine, avec les deux villes nouvelles qu'on y édifie. Même sur le plateau, derrière le château...

— Parlons-en du château ! coupa Perrine d'un ton outré. Pourquoi diable notre jeune baron, Névelon II, a-t-il jugé bon de choisir son cousin, Salomon de Fréteval, pour administrer sa seigneurie en son absence ? Et comment ont-ils pu, tous deux, songer à élire pour y élever leur nouveau donjon, le site de l'ancien bourg fortifié dont il leur a fallu expulser les habitants ? Partir délivrer le tombeau de Notre-Seigneur Jésus-Christ est une sainte entreprise, personne ne peut le nier, mais le devoir d'un baron n'est-il pas, d'abord, de protéger ses gens ? Les villageois, obligés de quitter leur nid d'aigle pour aller se réinstaller au pied de la falaise, ne sont pas contents. La proximité de la rivière, pas plus que la protection assurée du prieuré de Saint-Nicolas, ne suffisent à les consoler.

— On les comprend, mais on comprend aussi le baron Salomon, plaida Isambour. C'est justement la situation de la plate-forme couronnant le coteau et dominant la vallée, qui explique son choix. Ainsi que vous le dites, c'est une aire de défense comme il y en a peu. Isolée au nord par le Loir et à l'ouest par la gorge qui fracture si opportunément le rocher, c'est un endroit idéal pour édifier une forteresse, ma tante ! Le nouveau donjon contrôlera un immense territoire. Comme un guetteur, il veillera sur nos biens pour les protéger des Angevins. N'oubliez pas que nous demeurons à une portée d'arbalète de certaines de leurs possessions.

— Par tous les saints ! Je ne risque pas de l'oublier ! C'est l'antienne que va répétant à tous vents Salomon de Fréteval.

— C'est un homme sage et de bon jugement, souffla Margiste.

— Sans doute, mais ce n'est pas notre seigneur ! Pourquoi a-t-il fallu que la perte de son épouse, cette pauvre dame Eustachie, ait poussé Névelon à prendre la Croix au lieu de rester ici nous gouverner ? continua Perrine avec rancune.

— Ursion, son fils, qui a sept ans déjà, lui succédera dès sa majorité, si, toutefois, notre baron n'est pas de retour avant. Vous retrouverez votre suzerain naturel, ma tante, d'une manière ou de l'autre !

— Partir en Terre sainte était le plus pressant des devoirs, renchérit Sancie. Pour que l'Église ait absous de leurs péchés ceux qui s'en sont allés là-bas, il fallait bien que leur mission ait été voulue par le Dieu tout-puissant en personne !

— Vous en parlez à votre aise, vous qui dépendez de Blois et non pas, comme nous, du bon vouloir de Salomon de Fréteval !

Isambour se mit à rire, tout en prenant dans un des paniers une nouvelle toison à carder.

— Vous ne l'aimez pas, ma tante, parce que mon oncle a eu maille à partir avec lui. Reconnaissez cependant que votre époux n'en veut faire qu'à sa tête. On peut d'ailleurs dire qu'il n'a jamais cessé de regretter le baron Foucher, qui était son premier maître. En se retirant, après son veuvage, au prieuré de Saint-Martin-de-Chartres, dans l'intention de vivre ses dernières années sous l'habit monastique, notre vieux seigneur a causé une sorte de préjudice à ceux qui restaient attachés aux anciennes coutumes.

– Hélas, vous avez raison, mais ressasser sans fin la disparition du pauvre cher homme ne sert à rien. Il est à présent dans la lumière du seul véritable Suzerain des hommes et certainement bien plus heureux que nous autres. Je me tue à le répéter à Gervais quand il pique des rages contre le tuteur du petit Ursion.

– Ce sera donc cet enfant qui habitera dans le donjon de pierre tout neuf qu'on est en train de construire à la place où s'élevaient les maisons du village, continua Isambour. C'est un beau présent que son père lui a préparé là avant de rallier l'armée du Christ.

– Le baron Névelon sera peut-être revenu quand il sera habitable, son donjon ! suggéra Margiste qui se taisait depuis longtemps.

– À ce qu'on dit, nous ne sommes pas près de revoir ceux qui sont partis délivrer le tombeau de Notre-Seigneur, dit Haumette.

Perrine activait sa quenouille. Elle prit un air plein de sous-entendus pour glisser :

– Il y en a pourtant un, et pas des moins illustres, qui s'est arrangé pour regagner ses terres avant les autres.

Il y eut un silence. On n'entendit plus que les clochettes des vaches qui paissaient dans le pré et le chant des oiseaux.

Un vague sourire aux lèvres, les servantes maniaient les chardons à foulon avec une attention exagérée.

Du pied, Isambour berçait le sommeil de Doette.

Chacune pensait à Étienne de Blois. Le retour dans sa comté d'un si haut et puissant seigneur avait consterné ou indigné les gens du pays. L'époux de la comtesse Adèle avait, en effet, quitté le camp des Français durant le siège d'Antioche. Après avoir déconseillé à l'empereur de Byzance, Alexis Comnène, qui hésitait à se porter au secours de l'armée en péril, de se fourvoyer dans une entreprise qu'il décrivait comme perdue, Étienne avait regagné la France.

Celui que les princes les plus valeureux avaient nommé à la tête du Grand Conseil, chef et administrateur de toutes les affaires de l'armée, celui-là, en personne, s'était prétendu malade et avait abandonné le siège de la place forte avec une partie de ses effectifs !

– Il paraît que notre comtesse, qui, elle, est vaillante, a été accablée de honte quand elle a découvert la couardise de son époux, dit Isambour. Être la propre fille du Conquérant et se voir marier à un déserteur, quelle humiliation ! Bernold qui se rend souvent à Blois pour son travail assure qu'elle ne cesse, d'après les bruits qui courent, de faire des reproches au comte en lui montrant où est son devoir. C'est une bien étrange situation.

– Dieu me pardonne, voilà un ménage où c'est l'épouse qui serait digne de porter les braies ! s'écria Sancie en pouffant. Ce n'est pas aussi rare qu'on pourrait le croire !

Les cinq femmes se mirent à rire.

– Le plus courageux de tous, dit alors Philippa qui suivait à sa façon la conversation, c'est Aliaume. Il tue les vipères et les rats d'eau !

Isambour se pencha pour embrasser les fins cheveux de sa fille.

– Savez-vous comment Roland appelle sa nièce, quand je vais avec elle le visiter en son monastère ? demanda-t-elle à Perrine qui les observait toutes deux avec indulgence. « Ma petite salamandre ! » Parce qu'elle vit au Grand Feu et a des yeux d'or !

– Oncle Roland m'a guérie quand je me suis tordu la cheville, l'an dernier, expliqua Philippa avec son désarmant sourire. Je l'aime bien.

Depuis que les moines de Marmoutier, avec la protection du comte et de la comtesse de Blois, avaient fondé un prieuré à Saint-Nicolas-de-Fréteval, dans la vallée, au pied de la falaise, Isambour y avait gagné de voir bien plus souvent son frère que du temps où il était à Tours. L'installation des villageois délogés de leur enceinte-refuge et venus se regrouper par la suite sur les terres du monastère, avait naturellement transformé en église paroissiale la chapelle conventuelle. Chacun venait à présent se faire soigner à l'infirmerie du couvent.

– Roland a tant à faire pour répondre aux diverses demandes de soins, reprit Isambour, que le Prieur vient de lui adjoindre une aide supplémentaire. Les deux serviteurs qu'il avait ne suffisaient plus à la tâche.

– Votre frère a l'âme droite, opina Perrine avec satisfaction. Je suis fière de l'avoir élevé. S'il l'avait voulu, il aurait pu devenir sous-prieur, et, qui sait ? prieur, un jour. Pour l'amour du Christ qui était humble et pauvre, il a préféré rester simple infirmier. Il ne souhaite rien d'autre que de soulager les maux de ses prochains. Si tous les moines en faisaient autant, ce serait grande merveille !

– Hélas, ma tante, vous n'avez pas tort... mais, écoutez donc... Écoutez !

Les cloches de Saint-Lubin, puis celles de Saint-Nicolas dont il venait d'être question, celles de Saint-Victor, dans l'enceinte castrale, celles de Saint-Martin au bourg neuf de Francheville, du côté opposé, enfin, plus éloignées, celles de Saint-Hilaire, au milieu des vignes, se mettaient, les unes après les autres, à sonner, à carillonner.

– Dieu Seigneur ? Que se passe-t-il ?

Un galop retentit sur le chemin de Fréteval. Des cris, une rumeur, s'élevèrent.

Isambour laissa tomber sur la laine déjà cardée le chardon qu'elle tenait. Suivie de Philippa et de Sancie, elle courut vers le chemin.

Accompagné de gens qui sortaient de partout, un chevaucheur arrivait.

– Bonnes gens, cria-t-il, bonnes gens ! Sachez-le, Jérusalem est délivrée ! Victoire ! Victoire des nôtres sur les Infidèles ! Saint-Sépulcre ! Saint-Sépulcre ! Jérusalem la sainte est reconquise !

De bouche en bouche, la nouvelle s'était répandue à une vitesse inouïe.

Les paysans dans leurs champs, les défricheurs au milieu des essarts, les carriers, maçons, charpentiers, couvreurs, sur les chantiers de construction, les bûcherons de la forêt, les pêcheurs dans leurs barques, tout un peuple d'ordinaire disséminé aux alentours des deux villes nouvelles, ou bien dans la vallée, se trouvait averti, arrivait sur le chemin.

Ils criaient, chantaient, remerciaient Dieu, se congratulaient. Certains tombaient à genoux.

– Jérusalem, la cité sainte, est délivrée ! Les nôtres l'ont reprise aux Sarrasins ! Dieu aide ! Dieu aide ! Dieu nous a aidés ! Béni soit son Nom ! Jérusalem ! Le tombeau de Notre-Seigneur est libéré de ses ennemis ! Gloire à Dieu au plus haut des cieux ! Gloire à Dieu !

Suivi d'un apprenti, Bernold apparut à la porte d'un de ses ateliers. Sa carrure s'était encore élargie. Ses cheveux, qui n'étaient plus coupés à la normande, comportaient bien quelques fils blancs, mais n'ayant guère engraissé depuis son mariage, le maître verrier n'avait pas beaucoup changé.

– Pourquoi tout ce remue-ménage ?

Sur de courtes braies à jambes larges et des chausses maintenues par des bandes de toile entrecroisées jusqu'aux genoux, il ne portait qu'une chemise de lin flottante à laquelle il s'essuyait les doigts. Il devait être en train d'enduire à la craie des planches où il reproduirait ensuite ses premières esquisses, car ses mains étaient saupoudrées d'une fine poussière blanchâtre.

Isambour s'élança vers lui.

– Ami, mon ami ! Jérusalem est reconquise ! Enfin ! La terre où Jésus répandit son sang est revenue aux chrétiens ! Dieu nous a exaucés ! Qu'Il soit glorifié à jamais !

– Bénie soit également la messagère d'une pareille nouvelle ! Le Créateur et sa créature, Celui qui a permis une si grande victoire et celle qui me l'apprend !

Fameux dans toute la vallée, le rire éclatant de Bernold retentit comme une fanfare.

Il saisit Isambour par la taille, la souleva, et l'entraîna dans un tourbillon désordonné.

– À moi, maintenant ! À moi ! criait Philippa en battant des mains.

Son frère aîné, qui travaillait avec leur père, sortit à son tour du deuxième atelier où il était en train de découper à l'aide d'un fer rouge des morceaux de verre pour de futurs vitraux. Il en tenait encore un à la main, qu'il déposa aussitôt sur la marche de pierre qu'il venait de franchir.

– Jérusalem ! cria-t-il. Jérusalem ! et il sautait de joie.

Philippa courut vers lui.

– Aliaume, dit-elle, en l'honneur de Jérusalem, faites-moi tourner comme notre mère, je vous prie.

Le garçon de dix-sept ans jouissait d'un immense prestige aux yeux de la petite fille que, de son côté, il traitait ainsi qu'un chiot attendrissant.

– Par tous les saints du paradis, vous n'êtes guère lourde, ma levrette, s'écria-t-il gaiement. Je vais vous faire virer comme une toupie de buis !

À la stature de son père, il ajoutait les cheveux bruns et les prunelles grises d'Isambour. Un nez gourmand, aux narines largement ouvertes, apportait à ses traits, par ailleurs un peu trop débonnaires, la touche de hardiesse dont ils avaient besoin.

– Notre fils est toute confiance et don de soi, ce qui le

prédispose aux déconvenues, avait confié un jour Isambour à Bernold. Je crains qu'il soit mal armé pour la vie.

– À son âge, être ouvert et bienveillant me semble une bonne chose, avait répondu Bernold. Ne voudriez-vous pas qu'il fût défiant ou égoïste ? L'expérience lui viendra avec les années.

Pour le moment, Aliaume faisait tournoyer sa sœur qui s'étranglait de rire.

Sortis en même temps que le maître verrier et son fils, Gerbaut-le-maisné, souffleur de verre au Grand Feu, et Rémi, l'apprenti, s'étaient mêlés à ceux qui continuaient d'affluer sur le chemin. Avec Bernold et Aliaume, ils composaient l'équipe des faiseurs de vitraux. Si les quinze ans de Rémi le laissaient mince et déluré, Gerbaut, de son côté, promenait devant lui une énorme panse distendue qui trahissait son penchant pour la cervoise [1]. Sur son front, cuit par la chaleur, des veines saillaient, comme si les efforts qu'il accomplissait pour souffler dans la canne de métal avec laquelle il cueillait le verre en fusion, les avaient démesurément gonflées. Un linge torsadé, noué à la racine de ses cheveux, lui enserrait la tête afin d'empêcher la sueur de lui couler dans les yeux. Ses pupilles, d'un bleu si pâle qu'elles semblaient décolorées par le reflet des flammes, demeuraient rougies, irritées, en dépit des compresses de plantes émollientes que lui posait chaque soir Amalberge, son épouse, qui était sage-femme et savait soigner. Ils habitaient, avec leur fils Haguenier, aveugle et musicien, dans une maison basse adossée aux ateliers, à l'ouest, du côté des prés.

– Quand nous en aurons terminé avec la commande de vitraux que nous sommes en train de confectionner, s'écria Bernold, nous en composerons un pour célébrer la prise de Jérusalem. Il sera magnifique.

Après être allé prévenir ceux de Francheville, le chevaucheur revenait. Il s'arrêta devant la verrerie.

– Demain sera jour chômé, annonça-t-il. Après la messe de Te Deum, un grand festin sera offert au château de Blois. Vous tous, gens du Grand Feu, y êtes conviés par le comte et la comtesse auxquels Dieu prête longue vie !

---

1. *Cervoise* : nom de la bière au Moyen Age.

— Grand merci, dit Bernold. Nous nous y rendrons avec joie.

— On dansera sur toutes les places ! Des tonneaux seront mis en perce à tous les carrefours ! continua le messager. Que chacun vienne ! Demain doit être journée de fête et de liesse pour tout le monde !

Isambour, qui s'appuyait à l'épaule de son mari, murmura que le comte Étienne, qui avait si laidement quitté le camp chrétien, aurait sans doute moins de liesse que de regret, mais seul Bernold l'entendit.

Une grande animation régnait toujours sur le chemin. Les cloches continuaient à sonner, multipliant les échos de la joie de tous. Autour du chevaucheur, on s'agitait, on parlait fort, on louait Dieu et ceux qui s'en étaient allés si vaillamment en Terre sainte...

Quand l'homme repartit vers Fréteval, ceux qui l'entouraient ne se résignèrent pas à le quitter. Ils s'élancèrent à sa suite en courant.

— Je retourne à Morville, dit Perrine. Il me faut décider votre oncle à m'emmener demain à Blois. Ce n'est pas tant les réjouissances annoncées qui m'attirent que l'espoir de revoir ma fille !

— Nous partirons tous ensemble, ma tante, et irons embrasser Aveline en même temps que vous, proposa Isambour.

— Espérons-le ! Rien n'est sûr. Vous connaissez Gervais !

Sa quenouille sous le coude, elle grimpa sur son âne et s'en fut, suivie d'Haumette.

— Grécie sera-t-elle du voyage ? demanda Isambour à son époux en lui prenant le bras pour rentrer dans la verrerie.

— Pourquoi ne viendrait-elle pas ? N'a-t-elle pas treize ans révolus ? L'occasion qui s'offre à nous de la sortir, de lui faire rencontrer de nouvelles connaissances me paraît bonne. Ne devra-t-elle pas, fatalement, un jour ou l'autre, en arriver là ? Autant que ce soit durant une fête...

Depuis l'accident qui avait défiguré Grécie, ses parents lui avaient toujours évité d'entrer en contact avec des gens ignorant sa disgrâce. Comme elle ne quittait jamais la vallée, elle n'avait à faire qu'à des personnes prévenues, habituées à la rencontre. Comment supporterait-elle les regards et les commentaires d'inconnus ? Mais son père venait de décider que le moment était venu de l'arracher à son isolement... Sans doute avait-il raison.

– Où est-elle ? s'enquit Bernold.

– Chez notre curé, répondit Isambour en soupirant. Vous savez bien, mon ami, qu'elle se plaît mieux là-bas qu'ici.

Ainsi qu'il l'avait fait autrefois pour Aveline et sa cousine, le curé de Saint-Lubin avait appris à lire aux enfants du couple.

Dès qu'elle avait pu recommencer à sortir, Grécie, qui paraissait désireuse de fuir le toit familial, était retournée chez le prêtre, dont l'épouse semblait lui apporter aide et secours.

– Allons, allons, ma chère femme, cessez de vous tourmenter de l'éloignement passager de cette pauvre petite, dit Bernold. Si elle préfère maintenant la prêtresse, c'est parce qu'ici tout lui rappelle son malheur. Pardonnez-lui. Il faut la comprendre.

Isambour savait que son mari supportait mal l'évocation d'une infortune à laquelle il ne parvenait pas à se résigner. Elle n'oubliait pas la furie avec laquelle il s'était précipité sur le chien responsable de l'agression, la façon sauvage dont il l'avait abattu... non plus que le désespoir qui l'avait accablé devant le cher visage à moitié détruit...

En effet, si Bernold portait à ses deux fils, Aliaume, l'aîné, et le petit Aubin, âgé seulement de cinq ans, une considération qui s'adressait aux hommes qu'ils deviendraient un jour, il ne s'était jamais caché d'éprouver pour Grécie un certain faible. Il disait qu'elle ressemblait à sa défunte mère... Cette préférence était si sensible que l'enfant l'avait très vite ressentie. Entre son père et elle, s'étaient nouées des relations privilégiées. Elle s'en montrait fière jusqu'au jour où elle était devenue la victime du molosse avec lequel elle jouait...

– Hélas, j'essaye de la comprendre, répondit la jeune femme, mais je crains que votre tentative soit un peu hasardée.

– Nous verrons bien, amie. Nous ne pouvons laisser passer la chance qui s'offre à nous. Nous devons tout faire pour rendre notre fille à une vie normale.

– Normale !

– Oui. Je sais. Mais il ne convient pas de lui donner l'impression qu'on la traite comme une pestiférée.

Ils étaient parvenus devant le puits.

– Laissons cela, enchaîna Bernold sur un tout autre ton.

Suivez-moi un instant dans mon ouvroir. J'y ai quelque chose à vous montrer.

Plus long que large, l'atelier assez vaste bénéficiait de fenêtres munies, comme celles des chapelles, de petits vitraux transparents qui permettaient au jour d'entrer, même durant la mauvaise saison.

De grandes feuilles de vélin, sur lesquelles Bernold avait esquissé des projets de composition, pendaient, accrochées à des cordes tendues sous les poutres du toit. Posées sur des tréteaux, des planches blanchies à la craie offraient leurs surfaces vierges au futur tracé qui reproduirait les esquisses. Une table longue et étroite servait de support à tout un fouillis de craies, de baguettes et de rognures de plomb, de règles, de fers à diviser, de plumes d'oie, d'encriers, de grattoirs, de godets de peinture avec leurs pinceaux, de chiffons. Contre ses pieds, un coffre de voyage clouté débordait de rouleaux ayant déjà servi. Sur des planches fixées aux murs, s'alignaient de nombreux casiers remplis de poudres de toutes les couleurs, dont certaines fort précieuses, faites de pierres fines pulvérisées. Sur d'autres rayonnages, des morceaux de verre coloré attendaient d'être utilisés.

C'était dans l'atelier voisin que la délicate opération de la cuisson du verre avait lieu, dans des fours à l'odeur de chauffe et au ronflement obsédant.

— Regardez, dit Bernold en conduisant Isambour devant une des esquisses réalisées par lui à l'encre et à l'aquarelle. Regardez.

Il lui désignait le centre du futur vitrail. Dans un lieu verdoyant, très schématisé, trois femmes contemplaient avec stupéfaction un tombeau ouvert et vide. Près de l'une d'entre elles, Celui qu'elle prenait pour un jardinier se tenait debout, une main levée.

— Ne remarquez-vous rien ? demanda Bernold.

— Si je manquais de modestie, je dirais que votre Marie-Madeleine me ressemble bien un peu...

— Comment cela, un peu ? Par le cœur Dieu, c'est votre portrait tout craché !

Il s'inclina en mimant un geste d'offrande :

— Permettez-moi, mon âme, de vous faire don de cette ressemblance comme présent personnel. Je tiens à ce que vous demeuriez, dans l'église neuve de Francheville, à laquelle ce projet est destiné, comme le symbole même de la créature fidèle, élue par Notre-Seigneur, à laquelle fut, en premier, révélé l'immense mystère de la Résurrection.

— Heureusement que c'était une pécheresse, remarqua Isambour dont la voix tremblait un peu. Je ne me serais pas sentie digne de prêter mes traits à Marie !

Entre le sourire et l'émoi, face à face et se tenant par les mains, ils se dévisagèrent un moment, sans rien dire, tout proches.

— Voyez encore, reprit enfin Bernold. Je lui ai mis sur les épaules une chape de couleur rouge rubis. La teinte même du sang de l'Alliance, le symbole de l'Amour divin. Je tenais absolument à vous en revêtir.

— On dirait le mantel de cendal que je portais pour nos noces, souffla Isambour. C'est son exacte réplique, mais celui-ci est en verre. Rien ne pourra l'user !

— Les générations à venir vous verront de la sorte toujours jeune et glorieusement vêtue. N'est-ce pas bien ainsi ?

Il posa un baiser léger sur les lèvres de sa femme, puis, pour briser l'émotion, l'entraîna dehors.

— En l'honneur de la merveilleuse nouvelle que nous venons d'apprendre, dit-il après avoir frappé dans ses mains afin d'attirer l'attention de ses gens disséminés dans la cour, je propose qu'on arrête sans plus tarder le travail pour aujourd'hui.

— À votre gré, mon père, mais il y a certaines précautions à prendre avec les fours, remarqua Aliaume en s'approchant.

— Nous y veillerons tous deux, répondit Bernold. Quant à vous autres, continua-t-il en s'adressant à Gerbaut-le-maisné et à Rémi, vous autres, allez donc vous rafraîchir et vous préparer en vue du souper. Par Dieu ! J'entends qu'on fête dignement chez moi la prise de Jérusalem ! Ce n'est pas une mince victoire ! Notre repas, ma chère femme, doit se montrer digne d'un exploit si considérable !

— Il sera fait selon votre volonté, mon doux beau sire, répondit Isambour en souriant. Ce sera d'autant plus aisé que nous attendions déjà Gildas et Basilie ce soir. Il suffira d'étoffer un peu plus le menu en considération des événements. Laissez-moi, cependant, le temps de voir tout cela de près et, aussi, celui de me changer afin de me faire belle...

— Vous l'êtes toujours à mes yeux, vous le savez bien, lança Bernold du ton tranquille d'un époux assuré d'une entente que, depuis de longues années, il ne remettait plus en question.

Il prit le bras de son fils et retourna avec lui vers les ateliers.

– Sitôt le travail mis en ordre, je te propose de venir piquer une tête dans le Loir en ma compagnie, dit Gerbaut-le-maisné à Rémi. L'eau nous décrassera le cuir !

II

Le soleil commençait à baisser sur l'horizon, mais la touffeur demeurait.

Dans le pré qui descendait vers le Loir, les vaches recherchaient l'ombre. Les pâturages n'avaient d'herbe fraîche qu'au plus près de l'eau. Tout le haut du terrain, décoloré ou roussi par des semaines de sécheresse, offrait l'aspect d'une natte de paille usagée.

Un seau de bois cerclé de fer dans chaque main, Bernarde, la vachère, se dirigeait vers le troupeau agglutiné sous les branches d'un chêne dont les frondaisons se déployaient au-dessus de la haie d'épine noire.

De la cour où elle était revenue prendre Doette, Isambour regardait la petite femme maigre progresser de sa démarche raide vers les bêtes qui l'attendaient en beuglant.

« Comme elle a l'air sévère, songea la jeune mère. Il est vrai que la vie n'a pas été coulante avec elle... »

Le mari de Bernarde, maçon de son état, avait été écrasé, cinq ans plus tôt, sous le chargement d'une charrette de pierres qui s'était renversée sur lui. Restée seule avec son fils Rémi, apprenti au Grand Feu, et une fille plus jeune, la veuve était venue demander si elle pouvait travailler à la verrerie. Elle avait entendu dire au village qu'on y cherchait quelqu'un pour s'occuper des bestiaux. Elle voyait là une occasion de demeurer avec ses enfants. Rémi aimant bien ce qu'il faisait pourrait continuer auprès d'elle son apprentissage.

Isambour l'avait engagée comme vachère et la petite

Constance, sa fille alors âgée de sept ans, comme gardeuse d'oies.

Ils logeaient depuis tous trois, à côté du souffleur de verre et de sa famille, dans une maisonnette adossée aux principaux bâtiments du domaine.

« J'ai presque honte, parfois, de me voir si heureuse, si protégée, alors que l'existence de tant de gens est d'une telle dureté, pensa encore Isambour. Peut-on avoir des remords d'être tout simplement ce que l'on est, quand on n'a, pourtant, fait de tort à personne ? »

Sous le tilleul, elle constata que ses servantes avaient noué le drap contenant la laine cardée, pris les paniers où il restait des toisons non peignées, et emporté aussi les petits bancs à l'intérieur de la maison.

De son côté, Philippa avait suivi Aliaume et leur père dans l'atelier.

Isambour se retrouvait seule sous les branches qu'aucun souffle d'air ne faisait remuer. L'odeur de feuilles chauffées par le soleil s'exacerbait, se mêlait aux relents de poussière qu'aucune pluie n'avait abattue depuis longtemps. La cour sentait la sève chaude et le silex.

Perchée sur un toit, une tourterelle se mit à roucouler.

Tant de paix autour d'elle et dans son cœur pouvait-elle être reprochée à une créature de Dieu ?

« Je ressens en moi une telle joie de vivre, un si profond accord avec la nature, avec l'air que je respire, le pain que je mange, l'amour que je fais... C'est comme si tout mon être participait à l'élan de la Création. N'est-il pas bon qu'une plante fleurisse quand il lui a été demandé de fleurir ?... Je suis si heureuse ici, dans cette maison, entre Bernold et les enfants... Seigneur, ne m'imputez pas ce bonheur à charge, mais donnez-moi de savoir le faire rayonner, pour leur plus grand bien, sur ceux qui m'approchent.. qu'il soit partage et non satisfaction égoïste ! »

Un panier débordant de choux et de salades à la main, Perrot, le jardinier, sortit du potager pour se diriger vers la cuisine. L'époux de Margiste passait son temps à arroser la terre assoiffée afin d'assurer la survie des légumes qui lui étaient confiés. Les bras écartés du corps, sa grosse tête enfoncée dans les épaules, il allait d'un pas lourd. Son bliaud court, ceinturé d'un tablier, découvrait d'épais mollets engoncés dans des chausses basses dont les semelles étaient protégées par des patins de bois. Une coiffe de toile, attachée sous le menton, lui couvrait la tête jusqu'aux oreilles. Il avait posé dessus un chapeau de paille bosselé.

Isambour lui sourit, puis, soulevant le léger berceau où Doette, assommée de chaleur, continuait à dormir, emporta sous son bras l'enfant dans sa couchette.

Elle allaitait ses derniers nés jusqu'aux environs de deux ans, ce qui était commode et avait l'avantage d'espacer ses grossesses. En outre, cet usage possédait à ses yeux le mérite de conserver intacts entre elle et son nourrisson des liens intimes qui prolongeaient le temps de la gestation. Aussi voyait-elle chaque fois avec mélancolie et appréhension venir le terme de ses allaitements.

Tenant toujours Doette dans sa berce, elle rentra chez elle où elle aurait à surveiller les apprêts du repas.

Couverte en tuile, construite en pisé enduit d'un lait de chaux et soutenu par des pans de bois, la maison, qui n'avait qu'un étage sur un soubassement de pierres, se situait à l'ouest de la cour. Au sud et à l'est, les ateliers, les étables, les dépendances occupaient la place restante. Le petit bâtiment des étuves se trouvait isolé à l'un des angles du quadrilatère de terre battue, non loin de l'ouverture donnant sur le jardin, les prés, la rivière, la plaine, qui offraient au nord une large perspective. De solides pieux délimitaient le pourtour du Grand Feu.

Bernold avait tenu à ce que sa demeure soit aussi vaste que celle de ses parents en Normandie. Il avait veillé lui-même, durant la construction, au moindre détail.

Le rez-de-chaussée s'était vu consacré au cellier, à la resserre de vivres, au fruitier. Plusieurs marches conduisaient au premier où se trouvait la salle, assez spacieuse pour que toute la famille pût s'y réunir à l'aise. La grande nouveauté de cette installation, celle dont le verrier était le plus satisfait, était la cheminée circulaire, placée au centre de la pièce, permettant à tous de se chauffer sans qu'il y ait d'exclus.

Si la récente découverte du conduit d'évacuation autorisait à présent, dans les villes et les villages neufs, la construction de cheminées à foyers au lieu de simples trous à fumée de naguère, la plupart d'entre elles étaient placées à l'angle des murs ou au milieu de l'un d'eux. En hiver, bien peu pouvaient bénéficier pleinement de la chaleur. Beaucoup se trouvaient refoulés loin de l'âtre.

Bernold s'était passionné pour une innovation qui

apportait un supplément d'aise à chacun. Grâce à l'ingéniosité des nouveaux bâtisseurs, tout le monde avait part au rayonnement des flammes.

Au-dessus de la grande pierre plate du foyer, la hotte en forme de pyramide était faite de briques réfractaires soutenues par des traverses de bois.

En pénétrant chez elle, Isambour songea que l'automne approchait, que, bientôt, il faudrait renoncer à passer les soirées dans la cour ou au jardin et qu'on allait retrouver les veillées autour de cette cheminée ronde dont elle s'émerveillait toujours.

Si Bernold avait tenu à diriger la construction de leur logis, sa femme, en revanche, s'était vu octroyer la haute main sur l'agencement intérieur des pièces. Dans la salle et dans les chambres avoisinantes, qu'à la manière normande, on avait séparées les unes des autres par des cloisons de planches et non plus par des tentures, c'était Isambour qui avait décidé de tout.

Les coffres, bahuts, lits, banquettes ayant autrefois appartenu à ses parents lui étaient revenus grâce à la générosité de Perrine.

– Il est normal, ma nièce, avait dit celle-ci, que vous les preniez. Votre frère n'a besoin de rien dans son moutier. Votre oncle et moi possédons du mobilier à notre suffisance et, quand nous ne serons plus là, Aveline se retrouvera à la tête de bien trop de choses !

Après le séjour de quatre ans fait à Blois au début de leur mariage, Bernold et Isambour avaient également rapporté avec eux, au moment de leur nouvelle installation, certains objets auxquels ils tenaient. En premier lieu le grand lit de bois sculpté, au matelas moelleux, à la couette de plumes, aux couvertures doublées de peaux d'écureuils, aux coussins de fin duvet. Il était pour eux le complice de tant d'ébattements, de chaudes nuitées...

Mais ce n'était pas le moment de se complaire à de telles réminiscences ! Il était urgent d'aviser au souper.

Isambour déposa le berceau dans un coin de la salle et gagna la cuisine attenante, séparée de la vaste pièce par une simple cloison de planches.

Margiste était en train de sortir du panier apporté par Perrot les plantes potagères qu'elle rangeait au fur et à mesure sur la lourde table de chêne occupant le centre du local. Une petite fenêtre, qui était ouverte, et une cheminée à double crémaillère de fer, à hotte assez peu volumineuse, mais au foyer encombré de landiers, marmites, pelles, grils et poêles, s'y faisaient face. Dans un coin, une large pierre plate creusée, à usage d'évier, perforée à l'une de ses extrémités pour permettre l'écoulement des eaux grasses vers l'extérieur. Dans un autre coin, une huche pouvant contenir le pain d'une semaine. Près de la cheminée, un buffet bas, où l'on voyait par une porte entrebâillée pots, cruches, écuelles, gobelets, en étain ou en bois, boîtes à épices. Deux escabeaux à quatre pieds, des bassines, des chaudrons, de petits balais pour les cendres, des couteaux dans un panier plat, des crocs à piquer la viande, des essuie-mains, et des essuie-vaisselle pendus au mur près de l'évier, achevaient de donner à la cuisine un aspect encombré et actif à la fois.

— J'avais prévu deux beaux pâtés de palombes aux oignons frits ainsi que des perdrix aux choux, dit Margiste dès qu'Isambour l'eut rejointe. Avec des crêpes au cerfeuil et du fromage de brebis, mon souper était fait. Mais ce n'est pas assez pour un repas de fête.

— Aliaume n'a-t-il pas pêché deux ou trois brochets ce matin, à l'aube ? demanda Isambour.

— J'y pensais ! Je vais les faire rôtir sur un lit de romarin, avec du vin rouge et du verjus. On s'en léchera les doigts !

— Les enfants aiment les beignets à la sauge. Puisque Perrot vient de t'en apporter, ne l'épargne pas. Fais-nous ensuite une grosse salade avec cette laitue et la mâche que voilà.

— Croyez-vous que ce sera suffisant ?

— N'es-tu pas de cet avis ?

Margiste redressa le menton.

— Si fait. Soyez sans crainte. Au besoin, je rajouterai un rien de mon invention. Pour aller plus vite en besogne, je vais demander à Bernarde de me donner un coup de main. Avec elle et Sancie, tout ira bien.

— Il me faut maintenant nourrir Doette qui doit mourir de faim, reprit Isambour. Dès que j'en aurai fini avec elle, je reviendrai vous aider toutes trois.

Selon une habitude qui lui était chère, elle alla s'installer avec l'enfant devant la porte de la salle, en haut des marches conduisant à la cour, sous la petite logette que formait une avancée du toit de tuiles.

Supporté par deux gros madriers, cet auvent recouvrait

un étroit emplacement dallé. Le mur de fondation, qui était surbaissé à cet endroit, formait de la sorte, sur un de ses côtés, une baie ouverte d'où on pouvait voir ce qui se passait dans la cour. Protégé de la pluie et du soleil, cet abri plaisait fort à Isambour qui s'asseyait souvent sur le banc de bois adossé au mur haut, face à l'ouverture donnant vers l'extérieur.

Selon la saison, elle disposait sur la solive de chêne qui bordait la partie basse de la baie, des pots de myosotis, de giroflées, de soucis, de bruyères ou de trèfles. En cette fin d'été, des trèfles blancs et roses égayaient le rebord de bois rugueux.

Doette se réveillait. Son regard hésita un instant, puis se fixa sur sa mère et un sourire ravi étira sa bouche largement fendue.

Isambour la sortit du berceau et souleva à bout de bras le petit corps maintenu dans ses langes par d'étroites bandelettes croisées. Il allait bientôt falloir les supprimer, car la petite fille commençait à marcher et supportait de plus en plus mal d'être ainsi entravée durant son repos.

Moins jolie que ses sœurs, mais plus robuste, elle se montrait d'humeur joyeuse et avait un appétit d'ogresse.

La confiance, l'abandon, le don sans restriction que les enfançons témoignent à celle qui les nourrit de son lait, émouvaient toujours Isambour. Elle se mit à embrasser amoureusement les joues encore chaudes de sommeil, le nez menu, le cou gracile dans les plis moites duquel l'odeur enfantine de sueur légère et d'eau de senteur, se nuançait, sous les boucles rousses, d'un léger fumet qui évoquait à l'odorat de la jeune mère celui des plumes de perdrix encore chaudes au retour de la chasse.

Doette éclata de rire. Elle avait des yeux brun clair couleur de noisettes mûres.

Posant sa fille sur ses genoux, Isambour délaça le devant de son bliaud, puis celui de sa chemise. Les deux grains de beauté qu'elle avait sur chaque sein s'étaient élargis. Ils marquaient de leurs lentilles sombres la peau blanche où, à présent, sur la chair épanouie, courait à fleur d'épiderme un lacis de veines bleutées.

Afin d'empêcher les dents toutes neuves de mordre et de blesser le mamelon qu'elles enserraient, Isambour maintenait d'un doigt l'écartement de la petite mâchoire avide.

Penchée sur Doette qui tétait avec frénésie, elle n'entendit pas venir Grécie.

Une ombre, allongée par la lumière rasante du soleil, se projeta soudain sur la mère et l'enfant.

Isambour leva les yeux.

— Savez-vous la nouvelle, ma fille ? s'enquit-elle aussitôt. Jérusalem est délivrée !

— Je sais. Tout le monde en parle. À Fréteval, on danse devant l'église. Le baron Salomon a fait mettre en perce plusieurs tonneaux de vin sous la halle neuve.

Tout en répondant, Grécie caressait avec douceur une hermine apprivoisée qu'elle portait agrippée à son épaule gauche. De ce côté-là, ses traits avaient conservé leur pureté : transparence de la peau, netteté des sourcils, mousse blonde des cheveux, eau des prunelles. De l'autre côté, tout était dévastation...

— Le comte et la comtesse de Blois nous ont conviés demain à un festin qui aura lieu au château, après une grand-messe d'action de grâces, dit Isambour. Votre père a décidé de nous y emmener tous.

— Même moi ?

— Bien sûr, ma petite fille ! Pourquoi pas ?

— Pour rien... Je vais aller retrouver Constance qui vient de rentrer avec ses oies. Je l'aiderai à donner à manger aux oiseaux de la volière.

Elle disparut en courant.

« Que faire, Vierge sainte, que faire ? Comment réparer un tel préjudice ? Que donner, ô Notre-Dame, pour que ma fille retrouve son beau visage intact ? Je sacrifierai sans hésiter dix ans de ma vie si je pouvais, par là, obtenir sa guérison. Je ne cesse de vous le répéter... mais sans doute ai-je tort de m'obstiner dans ce genre de supplique. La véritable prière, dit Roland, est celle qui tend à fondre notre volonté en la Volonté du Seigneur, non pas celle qui, dans son ignorance, le sollicite à des fins trop humaines. Lui seul sait ce qui est bon pour nos âmes et ce qui ne l'est pas. Je le reconnais, et, pourtant, je ne cesse d'espérer un miracle... »

Une chanson jaillit soudain au bas des marches, signalant l'arrivée d'Aubin. À cinq ans, le petit garçon était déjà fou de musique. Il passait ses journées à jouer du pipeau ou de la flûte avec Haguenier, le fils de Gerbaut-le-maisné.

Vivant pour son art, le musicien aveugle aimait à l'enseigner à qui partageait sa passion.

Seul descendant de la lignée à ressembler à son aïeule maternelle, la mère d'Isambour, qui avait été brune aux yeux noirs, Aubin était bien différent du reste de la famille. On disait qu'au temps de l'invasion des Maures, un de ses ancêtres avait converti, puis épousé une jeune beauté sarrasine... C'était peut-être une légende. Nul ne le savait. Toujours était-il que les Poitevins qui composaient la parentelle de la défunte grand-mère d'Aubin comptaient parmi eux un certain nombre de personnes au teint basané et à l'œil sombre.

— Je vais faire une chanson pour la fête de demain, déclara l'enfant en s'élançant vers Isambour sur les genoux de laquelle il s'abattit en riant. Vous verrez, ce sera très joli.

Intelligent comme un chat, dont il possédait aussi l'indépendance, il avait déjà des idées bien à lui.

— Mon petit prince, dit Isambour qui aimait l'appeler ainsi parce qu'il ressemblait à l'un des rois mages que Bernold avait reproduits sur un de ses vitraux, mon petit prince, je vous en prie, n'écrasez pas cette pauvre innocente !

En dépit des soubresauts causés par les mouvements désordonnés de son frère, Doette continuait son repas avec le même appétit. Sans tenir compte d'elle, Aubin roulait dans le giron maternel sa tête aux cheveux épais et bouclés comme la toison d'un agneau noir.

— J'ai trouvé un air gai, très gai, si gai, répétait-il en chantonnant, si gai, si gai...

Venant des ateliers et portant Philippa sur ses épaules, Aliaume grimpa deux par deux les marches conduisant à la logette.

— Ma pauvre mère, votre plus jeune fils finira jongleur ! s'écria-t-il en déposant Philippa auprès du banc de bois. Je ne vois pas ce qu'il pourrait faire d'autre avec un pareil amour de la musique !

— Devenir moine et chanter les offices en son moutier, répondit en souriant Isambour. Ce serait grande merveille que d'avoir un enfant consacré à Dieu !

— Dans ce cas, il lui reste à progresser en sagesse, reprit Aliaume. Par mon saint patron et le sien, il a du chemin à faire !

Philippa s'était penchée pour regarder boire Doette. D'un doigt, elle effleura les boucles rousses.

– Mon parrain vient-il souper avec vous, ce soir ? demanda-t-elle en se redressant.

– Sa femme et lui ne vont pas tarder à arriver.

Devenu maître meunier depuis que son père, paralysé des jambes, ne pouvait plus s'occuper du moulin, Gildas était un des meilleurs amis de Bernold. Il venait souvent passer la soirée au Grand Feu. Sa femme, Basilie, la fille du forgeron qui avait travaillé, jadis, dans l'ouvroir de dame Hildeburge, l'accompagnait toujours. Il l'avait épousée plusieurs années après le mariage d'Isambour. Plus personne ne faisait désormais allusion à son malheureux amour de jeunesse. A la suite de plusieurs fausses couches, il était apparu que Basilie ne pourrait pas avoir d'enfant. Le couple avait alors adopté deux orphelins Juliane et Damien dont les parents, devenus lépreux, s'étaient vus contraints d'abandonner fils et fille avant de se retirer dans une maladrerie des environs d'où ils ne ressortiraient jamais plus.

À l'heure du souper, quand Gildas et Basilie pénétrèrent dans la salle où la table avait été dressée, Isambour, qui venait tout juste de troquer son bliaud de grosse toile contre un autre d'écarlate et de lisser ses cheveux sur son front avant de les recouvrir d'un voile de lin blanc, se dit une fois encore en les accueillant, que son amoureux d'antan avait bien changé.

Il ressemblait de plus en plus à son père, Benoît-le-mangeur. Même carcasse puissante, mêmes gestes amples et calmes, mêmes traits sans beauté, au nez saillant, mêmes yeux marron, où, cependant, l'indulgence remplaçait la moquerie, et l'attention, une attention constante aux autres, la curiosité.

À trente-cinq ans, le meunier était homme d'importance. Nommé prévôt de la ville neuve par le prieur de Saint-Nicolas-de-Fréteval, qui ne manquait jamais de lui manifester, en public comme en privé, l'estime qu'il lui portait, Gildas passait pour riche. En dépit de la sagesse dont témoignait sa façon de vivre, cette réputation lui valait animosité et malveillance de la part de quelques-uns.

– Que voulez-vous, disait-il avec fatalisme, les meuniers ne sont pas aimés ! C'est de notoriété publique. Quoi qu'ils fassent, on leur reprochera toujours l'argent gagné sur la vente d'un aliment si nécessaire que les gens simples le voudraient gratuit... Au fond, soupirait-il, ils ont peut-être raison. Ne demandons-nous pas chaque jour au Seigneur de nous *donner* notre pain quotidien ?

Mais en ce jour de victoire la conversation ne tourna qu'autour de la prise de Jérusalem, des conséquences qu'elle ne manquerait pas d'entraîner pour les pèlerins, de la gloire qui en rejaillirait sur toute l'armée des Francs, de la fondation probable d'un royaume chrétien en cette contrée où était né, avait vécu et était mort le Christ avant sa Résurrection.

Installés autour de la table de planches longues et étroites, famille, compagnons, serviteurs, amis, ne songeaient qu'à se réjouir.

Bernold présidait avec Isambour à sa droite et Basilie à sa gauche.

Plus maigre que mince, l'épouse de Gildas offrait aux regards un visage étroit qu'on aurait dit coincé entre les nattes blond cendré qui l'encadraient. Au premier abord, elle paraissait effacée, mais, dès qu'elle parlait, ses phrases précises, émises d'une voix ferme bien que discrète, amenaient ses interlocuteurs à réviser leurs jugements à son endroit.

Isambour, qui la connaissait depuis l'enfance, savait que Basilie était de celles qui cachent une volonté bien trempée sous une apparence fragile. Ce qui demeurait pourtant vulnérable en elle était l'attachement sans faille qu'elle vouait à son époux. Au moindre propos du meunier, elle levait sur lui les larges yeux saillants dont la nature l'avait pourvue avec tant de tendresse admirative qu'elle ressemblait alors à une orante à l'écoute de son Dieu.

— La seule chose qu'on puisse regretter à propos d'un si prodigieux événement, d'une conquête d'une telle importance, dit-elle en entamant les crêpes au cerfeuil, est que le très saint pape qui a présidé à la mise en route de toute cette entreprise, se soit justement éteint si peu de temps avant d'apprendre la réalisation de son grand rêve.

— Par mon âme ! vous dites vrai ! reconnut Bernold. À quelques semaines près, Urbain II aurait vu couronner son règne de la plus enviée des tiares : celle des murailles de Jérusalem !

— Tout comme Moïse mourant au seuil de la Terre Promise, il s'en est allé avant que l'orgueil humain ne soit venu gâcher sa juste démarche, dit Gildas. Il semble sûr que le Seigneur éloigne du péché de vanité ceux qui se sont montrés ses meilleurs intendants sur la terre.

– Il les garde de toute complaisance envers eux-mêmes parce qu'il y a bien peu de créatures capables de s'en défendre lorsque la réussite est aussi éclatante... ajouta Isambour. Demeurer humble en certaines circonstances demande de la sainteté !

Bernold lui glissa un regard mi-interrogateur, mi-amusé, et partit d'un grand rire en réclamant du vin de Loire.

Dans la chaleur de la pièce où flottaient de riches odeurs de victuailles mêlées à celles de la maison, à ces exhalaisons propres à chaque demeure où se confondent relents de feu de bois, de chandelles, d'épices, de cire, de nourritures anciennes, Isambour éprouva tout à coup une bouleversante impression de plénitude.

Tous ceux qui se trouvaient là étaient siens à des titres divers. Ils partageaient avec elle toutes sortes de sentiments, de souvenirs, de projets, de tâches. Ils formaient sa famille, son groupe, sa mesnie. Elle fut alors transpercée, comme elle ne l'avait jamais été, par l'évidence d'une solidarité d'échange et de protection entre elle et ses convives.

Elle prit la main de Bernold qu'elle serra de toutes ses forces, et, parce qu'elle se sentait soudain comblée au-delà de l'exprimable, des larmes lui montèrent aux yeux...

Mais, en même temps, un remords s'insinuait en elle. Comment pouvait-elle éprouver une joie si aiguë à la découverte d'une telle surabondance, alors que Grécie, là, tout près d'elle, lui offrait alternativement, selon qu'elle tournait la tête à droite ou à gauche, un profil de vitrail ou un profil de cauchemar ? Était-elle donc égoïste au point de pouvoir oublier ce malheur et l'absence d'Hendri ? Son âme lui parut superficielle, son cœur trop étroit.

– La lumière des chandelles est-elle seule responsable du scintillement de vos prunelles, amie, ou bien aurait-il une autre cause ? s'enquit Bernold à son oreille.

– Je ne sais, mon cher mari, je ne sais... la douceur de certains instants est si violente qu'elle en est douloureuse.

– Voilà une douleur que je vous ferai bientôt passer, Dieu me pardonne, pour la transformer en une tout autre sensation...

Elle lui connaissait ce regard filtrant entre les cils comme un rai de soleil dans une pièce obscurcie...

– Attendons... Ce n'en sera que meilleur, dit-elle dans un souffle.

Puis elle se tourna vers Gildas qui était à sa droite, et entreprit de lui parler de la fête du lendemain.

Placé entre Basilie et Amalberge, la sage-femme, Aliaume s'entretenait avec chacune d'elles tour à tour. S'il se sentait à l'aise avec l'épouse du meunier dont il goûtait les remarques drôles, Amalberge lui procurait en revanche une impression de gêne qu'il avait toujours ressentie à son sujet.

Grande et lourde, avec des seins énormes et un ventre distendu comme si toutes les femmes accouchées par elle lui avaient laissé en partage un peu de leur embonpoint, elle se trouvait affligée d'une bouche d'ogresse. Un menton protubérant projetait sa lèvre inférieure bien au-delà de sa lèvre supérieure. Aussi, dès qu'elle disait quelque chose, une quantité de dents plates et tranchantes comme des pelles apparaissaient, prêtes, semblait-il, à dévorer toute chair fraîche qui se présenterait.

En réalité, c'était une excellente ventrière qu'on mandait bien au-delà de Fréteval. Il n'y avait guère de marmot dans la vallée qu'elle n'eût aidé à venir au monde.

Aliaume avait beau savoir que, depuis qu'elle habitait au Grand Feu, sa propre mère avait toujours eu recours à Amalberge pour l'assister durant chacune de ses couches, il se félicitait néanmoins d'être né à Blois, du temps où ses parents ne connaissaient pas encore Gerbaut-le-maisné et sa forte moitié.

Comment ces deux êtres massifs avaient-ils pu engendrer un fils comme Haguenier? C'était un mystère aussi incompréhensible que la course du soleil ou le retour des saisons dans leur ronde immuable.

Aliaume jeta un coup d'œil vers le bout de la table opposé à celui où se tenait son père.

Assis entre Sancie, qui se déplaçait sans cesse pour aider sa mère, à la cuisine ou autour des convives, et Constance, la gardeuse d'oies, qui était fort timide, Haguenier était silencieux. Aveugle de naissance, il ne s'intéressait qu'à la musique. Pour compenser, sans doute, tout ce dont son infirmité le privait, il avait été gratifié d'un sens musical quasi miraculeux. C'était lui qui faisait danser les noces à dix lieues à la ronde. Il n'y avait pas de fête dans la vallée sans qu'il s'y trouvât avec sa flûte, son pipeau ou sa musette.

D'oreille plus juste que la sienne, on n'en connaissait pas dans tout le Blésois.

– Que vas-tu nous composer en l'honneur de la prise de Jérusalem, Haguenier ? demanda Aliaume en se penchant sur la table. Je gagerai ma part de paradis que tu es en train de nous fabriquer un hymne à ta façon !

– Par sainte Cécile, patronne des musiciens, vous êtes dans le vrai. Je crois avoir trouvé les accords que mérite une telle victoire !

En dépit de sa maigreur, de son long corps dégingandé, de sa cécité, Haguenier était habité par une telle passion que son visage tout en os, transfiguré par le sentiment d'ouïr et de transmettre des accents sans pareils, semblait éclairé du dedans, mystérieusement anobli. Ses yeux opaques ne parvenaient pas à obscurcir ce rayonnement.

De l'autre côté de la table, Amalberge considérait son fils avec un mélange d'anxiété et d'admiration.

– Dieu m'assiste, dit-elle, j'ai mis au monde plus d'enfants qu'il n'y a de puces dans les poils de ma chienne, et il a fallu que le seul qui soit à moi semble égaré en ce monde, loin de son ciel !

Grécie, qui avait pris place entre Gildas et Rémi, se trouvait en face de la sage-femme.

– Si j'étais vous, dit-elle, je ne m'en plaindrais pas ! Votre fils a bien de la chance, il ne voit pas les laideurs qui l'entourent... Il entend déjà les harmonies qui comblent les bienheureux !

Gildas se pencha vers elle.

– Vous chantez aussi dans les chœurs d'enfants, à Saint-Lubin, dit-il, où votre voix passe pour très pure.

– Quand on chante à plusieurs, on se sent soutenu et guidé, répondit Grécie. Mais tout mon art s'arrête là. Je suis bien incapable de composer.

– On ne peut être doué pour tout ! s'écria Rémi. Si vous ne savez pas inventer des airs nouveaux comme Haguenier, vous savez dessiner. L'un compense l'autre.

Grécie se tourna vers lui. Comme il se trouvait à sa droite, il était placé du côté détruit de son visage et de l'œil crevé.

– J'aime bien dessiner, reconnut-elle. Mon père m'a appris quand j'étais toute petite.

Avec deux doigts, elle prit un morceau de la perdrix aux choux que Sancie venait de déposer, toute découpée, dans l'écuelle commune aux deux jeunes gens.

– Mais ce n'est pas la même chose, acheva-t-elle ensuite. La musique aide à oublier le monde.

Il y avait de l'amertume dans sa voix. Elle allait avoir treize ans, et, parmi les adolescentes de son âge qu'elle connaissait dans la vallée, plus d'une se préparait déjà au mariage.

Remué par l'aveu qu'elle venait de laisser échapper, Rémi posa une main compatissante sur le mince poignet qui émergeait de la manche d'une chemise de lin que le tissu du bliaud jaune safran laissait apercevoir.

– Vous savez que je suis votre ami, et que j'admire votre talent, dit-il en mettant dans son accent toute la chaleur possible.

Il avait des yeux limpides et un sourire contraint. Ne sachant trop comment manifester à sa voisine de table la bonne volonté qu'il ressentait à son égard, il se désolait à part lui de la platitude de ses propos. De trois ans seulement son aîné, il se jugeait à la fois plus mûr et moins intelligent qu'elle.

L'admiration, la déférence, qu'il vouait au verrier se répercutait sur toute la famille de celui-ci. Il aurait souhaité porter secours à la fille d'un homme pour lequel il s'était pris d'une dévotion de disciple à maître.

Austère et même farouche, sa mère, Bernarde, qui participait aussi au repas, mais, selon son habitude, sans desserrer les dents, l'avait élevé dans le culte du père disparu. La mémoire de ce mort pesait fort lourd sur la jeune existence de Rémi. Il lui semblait parfois que la présence d'un homme vivant, quel qu'eût été son caractère, lui aurait parue plus aisément supportable que l'ombre d'un défunt que sa fin tragique parait de toutes les vertus.

Au fil des jours, l'apprenti avait transféré sur Bernold des sentiments filiaux sans emploi. L'accident survenu à Grécie deux ans plus tôt l'avait horrifié. Depuis lors, il la considérait comme une créature persécutée par le Mal et à laquelle il devait, en témoignage d'allégeance à Bernold, protection et soins.

– Le dessin me permettra de travailler plus tard avec Aveline, à Blois, pour la comtesse Adèle, reprit Grécie. Broderies et tapisseries doivent être d'abord reproduites sur parchemin avant d'être exécutées.

– Vous songez à partir...

– Sans doute, puisque je ne me marierai pas.

Le ton était définitif. Gildas en saisit au vol l'âpreté.

– Ne décidez pas ainsi, petiote, en lieu et place de Celui qui est tout-puissant, intervint-il. Que savons-nous de notre avenir ? Bien souvent il est à l'opposé de ce que nous avions imaginé.

– Le mien ne peut être que solitaire, affirma Grécie. Qui voudrait encore de moi ?

– Il y a des gens capables de s'intéresser au cœur ou à l'esprit de ceux que la vie a frappés.

– Je n'accepterai jamais la pitié de personne !

Elle avait élevé la voix. Chacun l'entendit. Un silence gêné suivit.

– Ma petite fille, dit Isambour, je vous en prie, ne vous faites pas de mal en nous en faisant à nous aussi. Tout le monde vous aime autour de cette table, vous le savez bien.

– Vous m'aimez, mon père et vous, parce que vous êtes mes parents, et, ici, il n'y a que des familiers, mais les autres ? Tous les autres ?

Son visage avait pâli, ce qui ne faisait que davantage ressortir la couleur malsaine des chairs boursouflées, des cicatrices violacées, de son côté droit.

– Par le Dieu de Vérité, vous trouverez bien un garçon capable d'apprécier vos qualités. Elles sont grandes, assura Bernold, qui, lui aussi, était devenu fort pâle.

– Avec cette face d'épouvantail ? cria Grécie en se dressant tout d'un coup sous l'effet d'une vague irrépressible de désespoir. Regardez-moi, mon père ! Regardez-moi donc ! Vous détournez toujours les yeux quand nous sommes ensemble. Comme ceux que je croise, comme ceux qui sont ici ! Si vous ne pouvez pas, vous, soutenir ma vue, croyez-vous réellement qu'un homme venu d'ailleurs y parviendra ?

– Je vous en supplie, ma chère fille, je vous en supplie, calmez-vous, dit Isambour. Pourquoi préjuger de l'avenir ? Pourquoi douter de la miséricorde divine ?

– Dieu m'a peut-être marquée pour vous punir de la façon dont vous vous êtes mariée ! lança Grécie d'une voix dure. Il a voulu, par là, vous signifier Sa réprobation et Son désaveu !

Dans la salle, la gêne se changea en consternation.

– Il n'y a pas un de nous qui ne comprenne votre chagrin, intervint Basilie, conciliatrice. Depuis longtemps, nous avons tous mesuré ce que devait vous coûter de tourment et d'humiliation cet horrible malheur, mais nous avons aussi admiré votre courage. Ne vous en départez pas maintenant en vous retournant contre votre mère, en lui faisant porter la responsabilité d'un accident dont, vous le savez, elle est tout à fait innocente.

— Je ne sais rien d'autre que ce que je lis avec horreur dans les yeux de ceux qui me regardent ! hurla Grécie. Quoi que vous en disiez, personne, personne, entendez-vous, ne peut savoir combien c'est abominable !

D'un seul coup, ses nerfs lâchèrent. Elle s'écroula sur la table en sanglotant.

Amalberge se leva alors lourdement de sa place. Elle fit le tour de la table, écarta d'un geste ferme Bernold et Isambour qui hésitaient sur la conduite à suivre mais s'étaient approchés de l'enfant accablée, et s'adressa à eux en premier.

— Laissez-la, dit-elle à mi-voix. Laissez-la. Je sais quoi faire. Elle n'est pas la première que je trouve sur mon chemin en piteux état. Le malheur court le monde... Je vais l'emmener chez moi et la calmer.

Elle se pencha sur le jeune corps secoué de spasmes, posa ses larges mains d'accoucheuse sur les épaules qui tressautaient.

— Venez, ma petite, venez, dit-elle d'un ton volontaire. Nous avons à parler toutes les deux. Je connais une tisane qui vous apaisera.

Grécie se redressa, et, le visage caché par son bras replié, quitta son banc pour suivre Amalberge.

Quand elles furent sorties, Gildas se tourna vers Isambour :

— Ne vous laissez pas assombrir par les paroles de cette pauvre enfant, conseilla-t-il. Elle ne savait plus ce qu'elle disait.

— Par Dieu ! J'aurais dû la gifler pour l'aider à se reprendre, dit Bernold, mais elle était si pitoyable...

— Vous avez bien fait de vous en abstenir, mon ami. Nul ne peut savoir comment elle se serait comportée si vous l'aviez corrigée...

Toute joie envolée, Isambour se rassit. Décidément, rien n'était plus fugace que les instants de bonheur !

— Nous ne devons pas tenir compte des sottises débitées par notre fille, reprit Bernold après avoir regagné sa place. Elle est trop jeune pour surmonter une épreuve que bien des adultes seraient incapables, eux-mêmes, de supporter.

Pardonnons-lui ses accusations inconvenantes. En raison de sa souffrance faisons comme si elle n'avait rien dit.

Chacun s'efforça de reprendre le cours des conversations interrompues, mais la gaieté était forcée. La fin du souper manqua d'allant.

Après les beignets à la sauge et les dragées, la veillée se traîna.

Seul l'air de flûte qu'Haguenier interpréta sur un motif improvisé en l'honneur de la prise de Jérusalem apporta un peu de divertissement à une soirée où chacun se sentait mal à l'aise.

Assez tôt, Gildas et Basilie se retirèrent, prétextant l'heure matinale à laquelle ils devaient se lever le lendemain. Comme les jours raccourcissaient beaucoup en ce début de septembre, ils s'en allèrent, dans la nuit noire, en s'éclairant d'une lanterne.

Gerbaut-le-maisné, guidant son fils aveugle, Bernarde, Rémi et Constance, regagnèrent leurs logis respectifs.

Perrot, le jardinier, avait rejoint Margiste dans la cuisine. Il l'aidait à ranger plats, écuelles, gobelets, pendant que Sancie et Aliaume défaisaient la table.

Bernold sortit vérifier les fermetures des portes.

Assise près d'un coffre sur lequel on avait servi de l'hypocras et du lait d'amandes, Isambour, d'ordinaire si active, restait, les mains abandonnées sur les genoux, les yeux dans le vague, sans même penser à remettre en place les pichets et les coupes vides. Les reproches de Grécie l'avaient frappée au vif. Elle ne cessait d'y songer.

« Ceux que nous aimons détiennent sur nous le singulier pouvoir de nous faire souffrir plus que quiconque, pensait-elle. Dans cet ordre-là, mes enfants viennent tout de suite après Bernold. Quand il s'agit d'eux, tous les coups portent ! Dieu Seigneur, faut-il que l'amour soit pourvoyeur de souffrances ? Nos sentiments doivent-ils devenir des armes tournées contre nous-mêmes, et ceux qui nous sont le plus chers, nos plus proches bourreaux ? Je ne me sens pas coupable devant Vous d'une union que Vous avez bénie en son début et n'avez cessé de favoriser par la suite en lui permettant de devenir si féconde... Non, ce mariage ne peut être la cause du malheur de ma fille. Son accusation est sans objet, mais ses attaques ne m'en ont pas moins déchirée... »

Aliaume avait achevé de transporter les planches et les

tréteaux dans la resserre. Il s'approcha d'Isambour, toujours prostrée.

— Grécie était hors de son bon sens, souffla-t-il. Elle ne croyait pas elle-même à ce qu'elle disait. Ma mère, ma chère mère, je vous en prie, ne soyez pas malheureuse !

— Hélas, répondit Isambour, je savais depuis longtemps que votre sœur remâchait des griefs à mon sujet. Je ne les devinais pas. À présent, je ne peux plus les ignorer. Dans ce qui lui est arrivé, elle voit les effets de l'union que nous avons contractée, jadis, votre père et moi. Rien de tout cela ne tient debout, mais sa rancune est réelle. J'en suis épouvantée.

— Il ne faut pas l'être, ma mère ! Ce n'était que paroles en l'air. Ne gâchez pas, pour si peu, un jour comme celui-ci. Grécie a peur de l'avenir... de son avenir. Elle ne supporte pas la perte de sa beauté.

— Son sort est si cruel, mon fils !

— Dieu juste ! Je le sais bien et, comme tout le monde ici, je tente de le lui faire oublier. Il y a cependant des limites à tout. Je plains ma sœur très sincèrement, mais sa souffrance ne suffit pas à justifier la manière dont elle vous a prise à partie en plein souper.

— Elle s'est délivrée de ce qu'elle avait sur le cœur avec la soudaineté d'un abcès qui crève. Cette violence même trahit la profondeur de son mal.

Bernold rentrait.

— Notre fille dort chez Amalberge, dit-il. J'en viens. Elle repose dans le calme. J'ai pensé qu'il était préférable qu'elle passât la nuit là-bas. Demain, avant de partir pour Blois, je lui parlerai pour tâcher de lui faire entendre raison.

Isambour secoua la tête.

— Peut-on être raisonnable, à son âge, quand on a subi un tel coup du sort ?

— Si elle ne l'accepte pas de bon gré, il lui faudra bien s'y soumettre par force, soupira Bernold. Nous devons l'en persuader.

— Elle ne nous écoutera pas. Elle ne croirait qu'une personne extérieure à la famille et jouissant à ses yeux d'un grand prestige.

— J'y pense, s'écria Aliaume en frappant dans ses mains, cette personne existe ! C'est sa marraine !

— Aubrée ? Il est vrai qu'elles s'entendent bien toutes deux, admit Bernold.

Isambour réfléchissait.

– Une entente certaine existe entre Grécie et notre amie, reconnut-elle. Vous êtes dans le vrai, mon fils, en pensant qu'Aubrée peut nous aider. J'aurais dû y songer. Les désastres personnels qu'elle a subis l'ont prédisposée plus que tout autre à comprendre l'âme troublée de Grécie...

Isambour se revoyait, au printemps de sa vie, dans la belle demeure du monétaire, découvrant le malheur au fond d'une chambre, où une fiancée-veuve, qui n'avait pas su oublier, végétait comme une plante fanée...

– Puisque nous allons demain à Blois, dit Bernold, pourquoi ne pas en profiter, ma chère femme, pour laisser Grécie quelque temps chez sa marraine ? Aubrée l'accueillera avec joie.

– Certainement. À présent qu'Helvise est partie au loin, sa mère consacre son existence à tous ceux qui ont besoin de secours. Ils sont légion. Notre fille ne pourrait trouver plus franche amitié, ni meilleure conseillère.

Helvise ne s'était jamais mariée. Sa lente guérison l'avait longtemps tenue à l'écart des jeunes gens de son âge. Une fois rétablie, elle avait d'abord cherché à s'occuper des malades de l'hôpital proche de sa demeure, où sa mère se rendait si souvent. Mais sa nature délicate n'avait pu supporter le spectacle de tant de misères. Elle s'était de nouveau repliée sur elle-même jusqu'au jour où lui était parvenue, comme un souffle exaltant, la nouvelle du départ en masse de ceux qui allaient libérer le tombeau du Christ. Urbain II était passé par Chinon, Vendôme, Tours, durant le long périple qu'il avait entrepris à travers le royaume de France pour appeler le peuple de Dieu à la délivrance de la ville occupée par les Infidèles. Helvise l'avait entendu prêcher. Elle s'était révoltée en apprenant les sacrilèges commis dans les Lieux saints et avait été persuadée de la nécessité de prendre la Croix. Partout où passait le pape l'effervescence était immense. Hommes, femmes, enfants délaissant ce qui avait constitué leur vie jusque-là se décidaient à partir sur-le-champ, à partir pour Jérusalem ! Comme tant d'autres, Helvise avait été touchée par la grâce. Elle avait annoncé à ses parents sa volonté irrépressible de se joindre à un groupe de vierges et de veuves qui avaient fait serment de ne jamais se quitter tant qu'il ne leur serait pas donné de fouler ensemble le sol qui avait porté jadis le Seigneur Jésus.

Depuis son départ, on avait eu, par des rapatriés, deux ou trois fois de ses nouvelles. Elle allait bien et avait traversé toutes sortes de tribulations sans trop de dommages. Elle faisait dire aux siens qu'elle prierait pour eux au Saint-Sépulcre, quand elle y serait enfin parvenue.

On ne savait rien de plus.

« Fait-elle partie de ceux qui sont arrivés, après tant de souffrances, de trahisons, d'alarmes, au but de leur voyage ? se demanda Isambour. Le terrible climat, les privations, les épidémies, dont font mention ceux qui sont de retour au pays, sans parler des Infidèles qui persécutent nos chrétiens, n'ont-ils pas eu raison de sa fragilité ? Est-elle à présent récompensée d'avoir osé tout risquer sur un appel ? »

La jeune femme se leva.

– Il est tard. Il nous faut dormir, dit-elle. La nuit nous aidera à prendre une décision.

Comme elle tenait à le faire chaque soir, elle se rendit dans la cuisine pour s'assurer que le feu était bien recouvert de cendres dans l'âtre où il attendrait ainsi le lendemain matin. Elle rejoignit ensuite son fils et son époux.

– Heureusement que Philippa et Aubin avaient été couchés avant le souper, dit-elle à Bernold quand ils se retrouvèrent dans leur chambre. J'aurais beaucoup souffert de les voir assister à la scène que nous a faite Grécie.

Autour du couple, dans la lueur calme de la chandelle posée sur un tabouret au chevet du large lit aux couvertures tissées à la maison, la pièce se refermait comme un œuf.

Contrairement aux habitudes de la région, les enfants ne partageaient pas la chambre de leurs parents. Aliaume et Aubin, d'une part, Grécie et Philippa, de l'autre, dormaient dans de petites cellules séparées par des cloisons de bois.

Seule Doette avait encore droit à un coin proche de la couche maternelle. Isambour alla se pencher sur le sommeil de sa dernière-née, et resta un long moment à la contempler.

– Je suis à votre merci, murmura-t-elle en se retournant vers son mari qui se déshabillait. Totalement à votre merci. À la vôtre, en premier, mon cher amour, à celle de ceux que nous avons conçus ensuite. Comment les fruits de notre propre chair peuvent-ils, un jour, devenir si amers ?

Bernold disposait ses vêtements sur une longue perche horizontale fixée au mur le plus proche du lit afin d'y recevoir les effets qu'on quittait pour la nuit. Habitué à ce que sa femme s'occupât de Doette avant de se préparer

elle-même, et la croyant apaisée, il n'avait pas prêté attention
à sa station prolongée devant le berceau. Le ton de sa voix
l'alerta.

– Par mon âme, je ne veux pas vous voir demeurer ainsi
triste et dolente, amie, ma belle amie, dit-il en allant vers
elle. Je ne le supporterai pas.

Il la prit contre lui.

– Oubliez, je vous en conjure, les sottises que vous avez
entendues ce soir. Oubliez-les ! Ce ne sont qu'égarements
sans importance.

Isambour appuya son front sur la poitrine de son époux.
Entre ses bras, elle se sentait d'ordinaire protégée de tout.
L'odeur de ce corps, sa chaleur, étouffaient d'habitude en
elle le souvenir de ce qui n'était pas cet homme, suffisaient
à affermir le pouvoir qu'il conservait sur elle, en dépit des
ans.

Ce soir-là, toutefois, elle ne parvenait pas à éloigner
l'image intolérable de leur fille dressée contre elle.

– Je vais me coiffer pour la nuit, dit-elle en se détachant
de lui.

Près du profond coffre sculpté où ils rangeaient l'un et
l'autre leurs plus riches vêtements, préalablement roulés et
saupoudrés d'aromates, une table avait été installée tout
exprès pour Isambour. Brosses et peignes en os ou en corne,
mais aussi onguents, lotions, parfums, dont elle se servait
pour protéger son teint du soleil, entretenir sa chevelure,
sentir bon, voisinaient sur le dessus de chêne ciré avec un
coffret de cuir où elle enfermait quelques pièces d'argent
et les bijoux assez simples qu'elle possédait.

Elle s'assit sur le tabouret placé devant cette table et se
mit en devoir de défaire ses nattes.

C'était, chaque soir, comme un rite entre eux. Bernold
prenait une des sellettes se trouvant là, s'y installait. Il
contemplait ensuite sa femme pendant qu'elle brossait
longuement ses cheveux défaits, en signe d'offrande et
d'intimité. C'était là une faveur que nul autre, sauf lui, ne
pouvait espérer obtenir.

Aubrée avait eu raison, à Blois, le jour du rapt, de dire
à sa protégée que les hommes raffolaient de ces grandes
toisons odorantes et sauvages. Bernold s'y était fort souvent
noyé avec délices.

Une fois encore, leur senteur ambrée réveilla en lui un
désir qui n'était plus à présent aussi facile à provoquer

qu'autrefois. Les événements de la soirée devaient avoir leur part dans l'élan qui le porta vers son épouse.

Il se leva et vint se placer derrière elle, puis il lui embrassa les épaules à travers le voile mouvant et glissant des longues mèches aux reflets de châtaignes mûres. Enfin, d'un mouvement impulsif, il la releva et la retourna contre lui.

Penché sur le visage offert, il le considéra un instant avec, entre ses paupières plissées, une petite lueur qu'elle connaissait bien.

Fugitivement, elle se demanda quelle était la part de la tendresse, en une telle conjoncture, s'il avait plus envie de la distraire de son chagrin, qu'envie d'elle tout simplement, mais il délaçait son bliaud, le faisait tomber en entraînant la chemise, mettait à nu le corps dont il connaissait à l'avance l'acquiescement...

Isambour n'avait plus le loisir de se poser des questions. Bernold caressait ses seins, la poussait vers le lit...

Tout chavirait... Elle s'abandonna alors sans résistance au goût qu'elle avait de l'amour avec lui, à cette faim qu'elle éprouvait toujours à son égard, et dont, lui semblait-il, elle ne se lasserait jamais...

III

Après la fête donnée à Blois par le comte et la comtesse, la vie reprit son cours.

Il plut beaucoup pendant les deux premières semaines de septembre, ce qui permit à la terre de se gorger d'eau. La végétation y gagna un regain de vigueur et l'herbe reverdit dans les prés.

À la mi-octobre, les arbres commencèrent tout juste à être touchés par l'automne.

C'est à ce moment-là qu'Isambour fut certaine de commencer une nouvelle grossesse.

« Ce sera l'enfant de notre victoire à Jérusalem », se dit-elle, partagée entre un nouvel espoir et l'ennui de se voir si vite reprise.

Doette, qui n'était pas en avance, se mettait enfin à marcher et touchait à tout au grand dam de sa mère. Un jour qu'Isambour faisait fondre de la cire pour boucher les cruchons de grès où elle venait de verser le vin de noix édulcoré au miel qui était une de ses spécialités, la petite fille renversa de la cire brûlante sur son poignet et se mit à hurler.

Sancie appliqua une couche de citrouille râpée sur la brûlure, mais l'enfant continua à se plaindre.

– Je vais la conduire à Roland, dit Isambour à Margiste qui filtrait le liquide noirâtre, obtenu après une assez longue macération des coques de noix vertes écrasées et pilées, dans du bon vin. On ne peut pas la laisser souffrir ainsi !

Construit au pied de l'éperon rocheux sur lequel on édifiait peu à peu un puissant donjon de pierre et ses dépendances, le prieuré de Saint-Nicolas était situé aux confins du village neuf de Fréteval, sur la rive droite du Loir.

Délogés par ordre de leur baron, les villageois, tels des poussins autour d'une poule, s'étaient regroupés aux portes du monastère afin de bâtir leurs nouvelles maisons le plus près possible de l'enclos sacré.

Si beaucoup d'entre elles étaient déjà terminées, l'afflux de colons attirés par les chartes de franchise que les moines octroyaient à ceux qui s'installaient dans le bourg neuf entraînait sans cesse l'ouverture d'autres chantiers. Aussi une grande effervescence régnait-elle aux alentours.

Après avoir franchi la porterie, Isambour, portant Doette dans ses bras, traversa le jardin médicinal où poussaient les simples et pénétra dans l'infirmerie qui avait été placée hors de l'enceinte claustrale, afin que les malades laïques eussent la possibilité d'y venir sans troubler le recueillement des frères.

Ce bâtiment comptait plusieurs salles. Deux d'entre elles contenaient chacune huit lits pour les malades, une autre servait de salle de bains, une quatrième de cuisine. Dans la dernière, chauffée dès l'automne et munie de bancs, on pratiquait les saignées, on administrait les potions, on faisait les pansements.

Roland ne s'y trouvait pas. Seuls ses aides, circulant parmi les lits, officiaient dans le chauffoir.

Accolée à l'infirmerie, une petite maison avait été prévue pour recueillir les malades gravement atteints, qu'on ne pouvait pas laisser avec le tout-venant. Réservée à l'herboristerie, une de ses pièces recélait l'armoire à médicaments. C'est là qu'Isambour trouva son frère.

Roland tenait à la main un pot de pommade qu'il tendait à un habitant du bourg.

– La graisse d'ours, appliquée sur la tête, constitue le meilleur remède contre la chute des cheveux, disait-il à son interlocuteur. Frottez-vous-en énergiquement le cuir chevelu matin et soir. Vous verrez les résultats.

Dès qu'il aperçut sa sœur et sa nièce, il prit congé de l'homme, puis, d'un pas tranquille, alla vers elles.

– Dieu vous garde toutes deux. Est-il arrivé malheur à notre Doette ?

En dépit du don de sa vie au Seigneur et à ses créatures souffrantes, il aimait sa famille d'une tendresse pleine de pudeur dont Isambour connaissait la profondeur ainsi que le dévouement.

S'il ressemblait un peu à sa cadette, ses traits épais, son nez trop large, sa bouche lippue, ses yeux semblables à des grains de raisin sec enfoncés sous l'arcade sourcilière en faisaient la caricature de celle-ci. Pas très grand, mais solide, il portait sur des épaules musclées, dont le tissu noir de la coule ne parvenait pas à atténuer la vigueur, une grosse tête à la peau grêlée.

Il s'exprimait d'une voix assourdie, posée, en coupant ses phrases de silences qui déconcertaient souvent ses auditeurs.

— La brûlure semble avoir entamé la chair en profondeur, dit-il après avoir examiné le bras de l'enfant. Je vais lui faire une application de pétales de lys macérés dans de l'huile d'amandes douces. Elle en sera soulagée et la plaie se cicatrisera rapidement.

Pendant qu'il la soignait, il donna une pâte de coing à la petite fille qui se laissa faire sans difficulté.

Tout autour de la pièce, des étagères supportaient pots d'onguents, d'emplâtres, de baumes divers, burettes d'huile, fioles de sirop, cruchons d'argile cuite contenant électuaires ou eau de fleurs, et corbeilles de vannerie où s'entassaient feuilles, corolles, ombelles, capitules, racines et tiges de plantes médicinales conservées par dessiccation. Sur une table, étaient répandues des herbes fraîchement cueillies qui achevaient de sécher.

Plusieurs mortiers, imprégnés à l'intérieur des diverses couleurs des préparations qu'ils contenaient, s'alignaient sur le rebord de la fenêtre.

De toutes ces plantes, ces pommades, ces épices, se dégageait une odeur douceâtre et médicamenteuse qui entêtait.

— Me voici de nouveau enceinte, dit Isambour à Roland quand il eut achevé de panser la petite fille. J'aurais préféré attendre encore un peu, mais, puisque Dieu le veut, je n'ai rien à dire. Vous serez bon de me préparer un flacon de ce vin d'oignon au miel de romarin que vous me donnez à boire chaque fois que je suis grosse. Je m'en trouve fort bien.

— Soit loué le Seigneur pour une semblable nouvelle, ma sœur ! Heureusement que vous vous employez à perpétuer et à multiplier notre famille. S'il n'y avait que moi pour le faire ce serait grande pitié !

Il eut un rire silencieux qui lui ferma les yeux et les réduisit à deux fentes étroites.

Isambour sourit.

On entendait gémir un malade dans la pièce voisine.

Une cloche sonna soudain pour annoncer aux pauvres gens du village que le moment était venu de la distribution quotidienne des tourtes de trois livres et des fromages de chèvre que les moines répartissaient entre eux à l'heure de sixte [1].

— Je dois encore avoir de ce vin d'oignon tout prêt dans un flacon, reprit Roland. Vous allez pouvoir l'emporter sans plus attendre.

Il se dirigea vers un placard creusé dans le mur, l'ouvrit. Une grande quantité de fioles, cruches, pichets, pots, bouchés à la cire et parfaitement rangés, apparut.

— J'ai ouï dire que l'ami de votre époux, ce Mayeul qui est à présent maître d'œuvre, avait été mandé par le baron Salomon pour venir aider les maçons qui construisent le nouveau donjon, annonça le moine, tout en enveloppant dans un linge blanc le flacon qu'il venait de prendre parmi d'autres.

— Mayeul ! Sur mon salut, il y a des lustres que nous ne l'avons vu ! Il est resté quelque temps à Blois, avec nous, après notre mariage, puis a décidé un beau jour de s'en aller, sans que nous ayons jamais compris la raison de ce départ.

— Il commençait pourtant, dès cette époque, à acquérir une bonne réputation en tant que tailleur de pierres et imagier.

— Certes. Il a pourtant préféré rallier la suite du prince Henri Beauclerc, le plus jeune fils du Conquérant, qui est d'ailleurs bien le seul à posséder certaines vertus de son père ! C'est en sa compagnie qu'il s'est embarqué pour l'Angleterre. Il doit y être demeuré depuis.

— Ne vous a-t-il jamais donné de ses nouvelles ?

— Rarement. À l'occasion du passage par ici de maçons qui le connaissaient, nous avons su qu'il n'était toujours pas marié. Il semble aussi qu'il ait fait du beau travail

1. *Sixte :* midi.

outre-Manche. C'est tout. C'est peu. Bernold va être fort heureux de le revoir...

Le retour de Mayeul fut la première chose qu'Isambour apprit à son mari, ce soir-là, en allant au-devant de lui, quand il revint de l'atelier où il ne cessait de façonner le verre qu'au coucher du soleil.

— Par Dieu, je n'espérais plus le voir en ce monde ! s'écria Bernold. Vous savez pourtant qu'il était pour moi comme un frère ! Je peux bien vous avouer que son absence me pèse souvent. Il n'est de jour où je ne pense à lui.

— C'est sans doute que vous vous connaissiez depuis toujours et que vous êtes Normands tous deux.

— Vous dites vrai. Mon pays d'origine me manquerait moins si je ne me trouvais pas seul, ici, de mon espèce, loin d'une terre où reposent tous les miens.

Debout devant la fameuse cheminée circulaire où brûlait un bon feu, Bernold semblait perdu dans ses souvenirs.

Isambour, qui travaillait à son métier à tisser, passait des fils de couleur dans la chaîne pendant que Sancie et Margiste dressaient la table du souper. Elle considéra son époux avec surprise.

— Je vous croyais tout à fait blésois à présent, dit-elle vivement. Il y a tant d'années que vous avez quitté votre duché !

— C'est la preuve que je vieillis, soupira le maître verrier. On assure qu'avec les ans les souvenirs d'enfance ne cessent de s'affirmer davantage. Je dois être arrivé à ce moment-là !

— Ne parlez pas de vieillesse, mon ami ! Regardez-vous un peu ! N'êtes-vous pas en pleine force ?

— Je n'ai pas dit que je me sentais vieux, ma belle, mais que je commençais à être sur le retour. C'est indéniable.

— Si vous allez par là, on commence à prendre de l'âge à partir du moment où on naît !

— Hélas oui, et c'est bien triste. Mais n'en parlons plus. Savez-vous quand Mayeul compte arriver ?

— Je l'ignore. Roland ne parlait que par ouï-dire.

— Il ne faudrait pas que son retour coïncide avec mon départ pour l'abbaye de Fleury où je dois absolument me rendre en novembre. Je ne m'en consolerais pas.

Il repoussa du pied des braises qui s'écroulaient, remit une bûche dans l'âtre.

Philippa et Aubin entrèrent alors en tenant de chaque côté l'anse d'un panier rempli de châtaignes.

— Nous sommes allés les ramasser avec Constance qui gardait ses oies du côté de la forêt, dit Philippa. On en a trouvé beaucoup. Notre panier n'était pas assez grand.

— Je ne comprends pas pourquoi les marrons qui sont si bons ont été mis dans des enveloppes qui piquent tellement les doigts, remarqua Aubin en faisant des grimaces. J'aime mieux ramasser des alises ou des nèfles !

— Cessez donc de vous plaindre ! Vous êtes à l'aube de votre vie et même pas encore jeune ! s'écria Bernold en saisissant son plus jeune fils qu'il fit sauter en l'air. Qu'importent les piquants des châtaignes alors que vous avez de si longues années devant vous que vous n'en voyez pas le bout !

Le petit garçon jeta à son père un regard étonné, mais, préférant renoncer à comprendre, se mit à rire.

Isambour, qui continuait à passer sa navette sous les fils de la chaîne, envoya les deux enfants à la cuisine porter leur cueillette, puis, délaissant le tapis à dessins commencé durant l'été, elle s'approcha de Bernold qui s'était replongé dans la contemplation du feu. Elle lui passa les bras autour du cou pour le forcer à se retourner et leva vers lui un visage véhément.

— Qu'importe, plutôt, de vieillir quand on a la chance de marcher à deux, la main dans la main, sur la route qui mène à la vie éternelle ! dit-elle d'une voix contenue où vibrait un ardent reproche. Qu'importent, en vérité, les ans, quand on a l'amour !

— Bien sûr, admit Bernold, bien sûr, et il embrassa sa femme.

Cette nuit-là, dans le grand lit où il s'était endormi sitôt couché auprès d'elle, ainsi que cela lui arrivait assez souvent à présent, Isambour demeura longtemps éveillée, à retourner dans sa tête ce qui s'était passé avant le souper.

« Pourquoi cette appréhension d'une vieillesse encore lointaine chez un homme en pleine maturité ? Il a quarante et un ans. En paraît moins. Je suis à sa dévotion. Les enfants vont bien, et, depuis que Grécie réside à Blois chez Aubrée, notre vie de famille est sans histoire. Vierge sainte, éclairez-lui le cœur ! Faites-lui comprendre que c'est une grande chance que d'avoir échappé jusqu'ici aux maux qui ravagent un monde où il y a tant de malheureux ! Que c'est manquer de sagesse que de se tourmenter du passage du temps ! »

Novembre arriva. Mayeul restait absent. Par un maçon qui travaillait au château de Fréteval, Bernold avait eu confirmation du prochain retour de son ami, sans, pour autant, qu'une date ait été avancée.

Comme le maître verrier devait partir peu après la Saint-Martin pour l'abbaye de Fleury, sous Orléans, où il resterait plusieurs mois à exécuter des vitraux destinés à l'église abbatiale dont la reconstruction était en voie d'achèvement, il s'impatientait.

Ce fut la veille de la fête du grand saint, au matin, qu'un cavalier frappa au portail de la verrerie.

Sec et ensoleillé dans la journée, l'automne, cette année-là, réservait ses brumes aux nuits qui commençaient à devenir froides. À l'heure où Mayeul parvenait enfin au Grand Feu, un brouillard fort dense effaçait les lointains, ouatait la vallée du Loir, la forêt proche. On ne distinguait plus les clochers familiers ni le cours de la rivière. Les flamboiements d'or et de cuivre des arbres n'étaient plus, eux-mêmes, perceptibles. Une buée épaisse recouvrait les feuilles tombées au sol, l'herbe décolorée des chemins.

La cour où le cavalier pénétra était envahie par cette exhalaison bruineuse et le tilleul, enveloppé de vapeur, n'apparaissait plus que sous la forme vague d'un immense fantôme blond.

Ce fut comme dans un rêve que Bernold reconnut son ami dans l'homme à la chape de pluie alourdie d'humidité qui sautait de cheval. Il ordonna aussitôt à Aliaume de prendre par la bride le bai de Norvège, de le conduire lui-même à l'écurie afin de le bouchonner, puis de lui donner du foin et de l'eau.

Une fois dans la salle, Mayeul rejeta le manteau dans les plis duquel traînaient des effluves d'automne et les deux Normands se dévisagèrent en riant avant de se donner l'accolade.

Isambour, les enfants, les serviteurs, les entouraient de respect, de curiosité joyeuse.

– Dieu me pardonne ! Je ne me souvenais plus que tu étais si grand ! s'exclama Mayeul quand les embrassades furent terminées. Une des tristesses de la séparation est d'en arriver à oublier les particularités et jusqu'aux traits de nos meilleurs amis.

– Il y a si longtemps que nous ne nous sommes vus, dit

Bernold, que, de mon côté, je t'imaginais toujours aussi brun que du temps de notre jeunesse. Mais tu grisonnes, frère, tu grisonnes !

— Eh oui ! Que veux-tu, la vie ne nous épargne guère !

— Point de mélancolie en un tel jour ! trancha Isambour. Nous ne devons être occupés que de joie !

— Il est dit dans l'Évangile que le père de l'enfant prodigue fit tuer le veau gras pour fêter le retour de son fils, reprit Bernold en riant. Ce ne nous sera pas nécessaire, car tu arrives à pic ! Nous avons dans la lardoire un porc bien gras dont tu me diras des nouvelles. Regarde ses jambons, en train de se fumer sous le manteau de la cheminée !

— Je vais vous préparer un fameux dîner, assura Margiste. Avec un rôt de cochon farci au gingembre et des châtaignes, on a toujours de quoi fêter le voyageur.

Isambour approuva.

— Du temps que nous logions à Blois dans la petite maison de nos débuts, ajouta-t-elle, vous aimiez les tourtes aux noix, me semble-t-il. Je vais vous en confectionner une sur-le-champ.

Mayeul souriait d'aise.

— Vous ne pouvez pas savoir, tous deux, combien je suis heureux de vous retrouver. Le temps que j'ai passé hors de France m'a permis de mieux mesurer ce que représente réellement la communauté d'origine. Les Saxons n'ont pas nos façons d'agir ni de penser.

Il s'informa des divers membres de la famille, des amis, des noms que portaient les enfants, voulut visiter la maison et les ateliers.

— Je savais que tu t'étais fait un nom, dit-il à Bernold quand celui-ci lui eut montré les derniers vitraux qu'il achevait d'exécuter. Mais, devant de telles merveilles, je te salue comme un des meilleurs verriers de ce temps. Un des plus grands.

— J'aime ce métier, tu le sais. Je m'y donne tout entier. Mais toi-même, de ton côté, tu es devenu maître d'œuvre, m'a-t-on dit.

— J'ai beaucoup travaillé en Angleterre. Le prince Henri Beauclerc, qui est puissant et connaisseur, a mis à ma disposition d'excellentes équipes de carriers, tailleurs de pierres, maçons, forgerons, charpentiers. Grâce à sa protection, j'ai pu réaliser d'assez belles choses.

Il secoua la tête.

— Cependant, ce pays m'a vite ennuyé. Autant j'avais été désireux de m'en aller vers d'autres cieux, autant j'ai ressenti l'envie, au bout d'un certain temps, de me retrouver ici. Tel est l'homme ! Quand ton baron m'a fait demander de venir diriger son chantier où il avait des difficultés, je n'ai pas hésité. Seulement, j'ai tenu à m'entourer de certains de mes ouvriers normands. Je ne pourrais plus me passer d'eux. Aussi me suis-je arrangé pour qu'ils aient la possibilité de faire venir un peu plus tard leur famille.

— À propos de famille, te voici toujours célibataire, ami, à ce que je vois.

— Eh oui ! Je n'ai pas eu ta chance ! J'attends encore la femme qu'il me faut.

Isambour entra dans l'atelier.

— Le dîner sera bientôt prêt, dit-elle. Auparavant, j'ai pensé qu'un bain chaud vous ferait plaisir, Mayeul. L'étuve vous attend. Bien entendu, la nuit prochaine, vous couche-rez ici.

— Si vous acceptez de loger un pied poudreux de mon espèce.

Il avait toujours la même façon alerte de se mouvoir, le même sourire qui illuminait ses traits d'un seul coup.

— Je félicitais votre époux pour son œuvre, reprit-il. Ses verres colorés sont dignes de la lumière céleste qu'ils filtreront un jour. Le plus beau, à mon avis, est celui de la Résurrection.

Isambour reconnut que c'était un des mieux réussis.

Bernold terminait le montage des vitraux conçus pour l'église de Francheville dont la construction avait pris du retard. Aussi les conservait-il par-devers lui en attendant de les mettre en place après son retour de Fleury. En son absence, Aliaume terminerait les soudures minutieuses des attaches.

— En Madeleine, vous êtes aussi belle que vraie, dit encore Mayeul. On ne pouvait trouver visage plus confiant ni plus aimant pour figurer cette sainte femme.

Comme si elle avait toujours quinze ans, Isambour s'empourpra.

Elle était fière, émue, un peu gênée, que Bernold ait eu l'idée de la prendre pour modèle d'un tel personnage. Comme elle savait que les baguettes de plomb qui enserraient les morceaux de verre colorés et peints étaient épaisses, robustes, car elles avaient été coulées dans des moules en bois de mélèze, elle pouvait raisonnablement penser que ce vitrail résisterait aux intempéries, traverserait les siècles.

— Cette image durera beaucoup plus longtemps que nous, assura Bernold au même moment, comme s'il lisait dans l'esprit de sa femme. Elle rendra perdurable votre enveloppe charnelle, mon amie, et fera encore l'admiration des générations futures alors que nous ne serons plus que cendres !

Ils restèrent un moment, tous trois, à contempler l'œuvre qui était présentée dans un cadre de bois placé devant une des fenêtres afin qu'on pût juger de sa luminosité.

Soudain, le manteau rutilant qui couvrait les épaules de Marie-Madeleine s'éclaira, resplendit.

— Le soleil a dissipé le brouillard comme s'il voulait nous permettre de mieux apprécier la beauté de votre travail, constata Mayeul. C'est vous, Isambour, sous cette chape de verre cramoisie, qui devenez la messagère du beau temps que nous envoie traditionnellement le grand saint Martin ! Je vois là un heureux présage.

— Dieu vous entende ! Allez toujours vous laver et vous remettre de vos fatigues dans l'étuve. Nous dînerons ensuite.

Durant trois jours, le maître d'œuvre demeura chez ses amis. Trois jours charmants, consacrés à l'amitié, pendant lesquels le temps semblait aboli, la jeunesse revenue, la vie à ses débuts... Puis il regagna Fréteval où le réclamait le baron Salomon.

Peu après, Bernold partit pour Fleury. Il n'emmenait pas son apprenti, Rémi, avec lui, mais le laissait à Aliaume. Cependant, comme il lui fallait un aide, il avait choisi un des verriers qui avaient travaillé autrefois à ses côtés chez le vieux maître de la forêt. En dépit de son âge avancé, celui-ci continuait à former des compagnons qui s'en allaient ensuite porter leurs connaissances là où on avait besoin d'eux.

Épaulé par Rémi et Gerbaut-le-maisné, Aliaume aurait à se débrouiller sans le secours de son père, ce qui achèverait de le former. Comme Bernold lui avait préparé la besogne, et que la perspective de devenir le responsable de la verrerie l'excitait, les choses se présentaient bien.

Cependant, Isambour redoutait les longs mois de séparation qui la tiendraient éloignée de son mari, d'autant plus que, cette fois-ci, sa grossesse la fatiguait beaucoup.

– Que Dieu vous garde, dit-elle au maître verrier déjà monté auprès de son nouveau compagnon dans la lourde charrette transportant le matériel qui lui était nécessaire. Mais qu'Il me garde aussi. Le temps va me durer sans vous, mon cœur.

– Je serai de retour vers la fin de l'hiver, amie. Ce ne sera pas très long. Vous avez assez d'occupations et d'amitié autour de vous, sans parler de votre cher fardeau, pour remplir vos journées. Vous verrez, tout se passera bien.

– Ainsi soit-il, dit-elle en s'efforçant de sourire, mais quand la voiture franchit le porche d'entrée du Grand Feu, des larmes emplirent ses yeux.

Après un bel été de la Saint-Martin, durant lequel on brûla et on replanta la vigne sur l'autre rive du Loir, ce qui parfuma de fumées odorantes toute la vallée, le temps changea de nouveau.

Un ciel gris pesa sur la plaine. Un vent coupant emporta dans sa froide colère les feuilles rousses ou blondes qui avaient tenu sur les arbres jusque-là. Puis une petite pluie tenace abattit le vent, s'installa.

Comme chaque fois que Bernold était absent, Isambour sentit peser sur elle les responsabilités et les tâches habituelles à qui gère un domaine, alourdies par le départ de celui qui les partageait d'ordinaire avec elle.

À cette époque de l'année, ce manque était d'autant plus sensible qu'il fallait, avant l'hiver, approvisionner le cellier, la cave, le grenier, prévoir le nécessaire pour toute la maisonnée, bêtes et gens, durant les longs mois de mauvaise saison.

Comme il n'y avait pas de vignoble sur leurs terres, c'était au vavasseur que Bernold et elle-même achetaient le vin qui leur était utile. En dépit de ses rancunes obstinées, le vigneron se faisait un point d'honneur de fournir ses neveux et nièces en tonneaux de son cru. Il est vrai qu'il ne leur en faisait pas don, mais le leur vendait à un prix honnête.

Chaque année, après que le baron, usant du droit de

banvin [1] qui lui revenait, eut vendu par priorité ce qui lui
convenait de la récolte, un chariot rempli de barriques
traversait le pont sur le Loir pour apporter à la verrerie son
chargement. En manière de cadeau, Gervais joignait
toujours à son envoi un demi-muid de verjus afin qu'Isambour pût y faire mariner jambons et fromages à son gré.

Avec ce qui restait du vin de l'année précédente, on faisait
alors du vinaigre, conservé, lui aussi, dans de petits fûts.

L'automne et le début de l'hiver étaient donc de rudes
saisons pour la maîtresse du Grand Feu qui ne disposait
plus d'un instant de répit.

Elle se rendait à la resserre où elle rangeait avec l'aide
de Margiste jarres d'huile, sacs de farine, de haricots secs,
de pois, de fèves, de lentilles, claies d'oignons et d'aulx, pots
de grès contenant ses confitures à base de miel et le miel
lui-même ; puis elle allait au fruitier où elle triait en
compagnie de Sancie coings, nèfles, prunelles, châtaignes,
cromes, baies d'églantiers, et autres fruits tardifs qui
venaient s'ajouter sur les rayonnages de bois aux pommes,
poires, noix, noisettes, cueillies à la fin de l'été.

Il lui fallait, comme d'habitude, surveiller la cuisson du
pain, la fabrication du beurre et des fromages faits avec le
lait de ses vaches ou de ses brebis, mais, en plus, présider
à la salaison des poissons, des quartiers de viande, du lard
qu'on ne fumait pas sous le manteau de la cheminée. Elle
aidait à la confection du boudin, des saucisses, des cervelas,
des rillettes, des pâtés, qui nourriraient, avec le gibier et
la volaille comme appoint, toute la maisonnée durant la
mauvaise saison.

En plus de ce labeur de fourmi, Isambour devait aussi
tenir les comptes des achats faits à l'extérieur : objets
ménagers impossibles à façonner sur place, torches, chandelles, flambeaux, épices, sel, et, parfois, de la viande de
boucherie.

Il lui fallait également veiller à ce que le chanvre et le
lin fussent rouis, lavés, battus, tissés, à ce que les pièces
d'étoffe obtenues après tissage fussent teintes grâce au
vermillon, à la garance ou à la guède.

Elle était présente quand Bernarde, dont c'était aussi la
charge, tannait les peaux qui serviraient ensuite à doubler

---

1. *Banvin :* droit qu'avait le seigneur de vendre son vin en premier.

manteaux et couvertures. Il lui arrivait souvent d'avoir à y mettre la main elle-même, tout comme sa servante.

Elle filait, cousait, brodait, essayait de terminer sa tapisserie, sans cesser pour autant d'avoir un œil sur Doette, Aubin et Philippa auxquels il y avait tant à apprendre.

En outre, il ne lui était pas possible d'ignorer les travaux de jardinage effectués par Perrot au potager et au verger, ni la façon dont Constance nourrissait poules, chapons, oies, canards.

Mille petites choses venaient enfin s'ajouter à tant de tâches, comme la fabrication du savon, fait avec de l'huile extraite des pépins de raisin ou bien avec du suif et des cendres de hêtre, pour que ni l'étuve ni les cuveaux ne s'en trouvent dépourvus à l'heure des ablutions.

Faire régner l'ordre, la bonne entente, parmi les membres de la famille, des ouvriers de la verrerie et des domestiques, n'était pas non plus chose toujours aisée...

Aussi, certains soirs, quand tout le monde était couché, Isambour, rompue, les nerfs à vif, se laissait-elle aller à pleurer, longuement, dans le grand lit où Philippa occupait sans la remplir la place de son père.

Le corps léger de la petite fille, qui creusait à peine la couette de plumes, reposait avec l'insouciance de son âge, au côté de sa mère. Une telle présence, bien que précieuse, ne suffisait pas à réconforter l'esseulée, ni à combler le vide de ses bras, le froid de son cœur...

Ce n'était pourtant pas, loin de là, la première fois qu'Isambour se retrouvait seule pendant que Bernold travaillait sur un lointain chantier, mais, cette fois-ci, elle se sentait plus désorientée qu'à l'ordinaire, lasse, si lasse, accablée de soucis et de besognes.

Le lendemain matin, néanmoins, elle se levait avec un nouveau sursaut de courage, bien déterminée à ne plus se laisser abattre par des broutilles alors qu'elle possédait l'essentiel.

Elle allait alors voir Roland ou Basilie, faisait demander à Perrine de venir au Grand Feu, s'occupait de ses enfants avec un regain de tendresse, se persuadait que seule une grossesse difficile expliquait ces moments de découragement.

Les semaines passaient...

Mayeul vint trois ou quatre fois rendre visite à l'épouse de son ami, mais il ne s'attardait guère et ne semblait pas désireux, durant ces rencontres, d'aborder le moindre sujet tant soit peu personnel.

L'Avent, cette année-là, fut pour Isambour un véritable temps de pénitence.

Réduit aux poissons et aux légumes, seuls admis sur les tables en périodes de jeûne, le régime alimentaire de sa maisonnée n'y fut cependant pour rien. Une difficulté nouvelle à surmonter, les charges qui lui incombaient, tourmentait en secret la future mère, plus éprouvée que d'ordinaire par son état.

Tout changea le jour où sa tante lui apprit qu'Aveline comptait venir passer chez ses parents les douze jours des fêtes de Noël.

– Elle n'était pas à la maison l'an dernier, et, bien qu'il se soit gardé farouchement de le déplorer, Gervais en a souffert autant que moi, confia Perrine à sa nièce. Je suis donc parvenue sans trop de mal cette année à le persuader de mettre, pour une fois, son orgueil de côté afin de recevoir dignement notre unique enfant. Je suis certaine qu'au fond il en est enchanté.

Assise à même le sol jonché de foin bien sec, sur un gros coussin, devant la cheminée où flambait un feu de sarments et de vieux ceps tordus, Isambour taillait sur ses genoux des chemises pour Aliaume. La toile de lin écrue, tissée auparavant de ses mains, était encore un peu raide.

En face d'elle, l'épouse du vavasseur avait pris place sur une banquette à dossier. Elle offrait aux flammes les semelles humides de ses socques de frêne pour les faire sécher.

– Je serais si contente de revoir Aveline, dit la jeune femme. Si contente... La dernière fois que nous nous sommes rencontrées à Blois, lors de la fête donnée par le comte et la comtesse en l'honneur de la prise de Jérusalem, les heures que nous avons passées ensemble m'ont semblé beaucoup trop courtes. Lorsqu'il nous a fallu nous séparer, j'avais l'impression d'être à peine arrivée !

– Elle paraît toujours bien aise, elle aussi, de revenir au pays et de nous y retrouver tous, autant que nous sommes, assura Perrine en caressant d'un geste machinal la tête du chien de chasse couché devant le foyer de pierre, à ses pieds. Vous la connaissez. Vous savez qu'elle n'aime pas se plaindre. Depuis qu'elle habite Blois, elle prétend que son travail et ses amies suffisent à remplir son existence.

Comment la croire ? Une fille seule n'est pas heureuse ! Elle a beau soutenir que rien ne lui fait défaut, je continue, moi, à penser qu'il lui manque un homme au bras... et dans son lit !

– Vous devez avoir raison, ma tante. Nous avons besoin des hommes... Je lui en parlerai cette fois-ci. Il est temps d'intervenir. Elle ne pourra pas rester éternellement dans la situation ridicule où Daimbert et elle se sont mis. Elle doit enfin régler cette affaire pour recouvrer sa liberté !

Isambour leva les yeux de son ouvrage.

– L'acharnement que mon oncle et elle-même ont apporté dans leur mutuel entêtement l'a acculée à une attitude de refus qui a paralysé les prétendants possibles. Il va bien falloir qu'elle change de contenance. Le plus curieux à mes yeux est qu'elle ne semble pas pressée de le faire. Je me demande pourquoi, avec le caractère que nous lui connaissons, elle ne prend pas de décision. On dirait qu'elle se complaît à faire traîner les choses. Comme si ça l'arrangeait...

Les interrogations d'Isambour ne devaient pas tarder à recevoir une réponse.

Selon la coutume, le baron de Fréteval tint, pour Noël, des assises solennelles auxquelles il convia ses vassaux. Des fêtes furent données à cette occasion, des conflits arbitrés, la justice rendue, les redevances en nature fournies par les manants des environs.

L'état d'Isambour ne lui permit pas d'assister aux festivités où elle avait été invitée, mais elle s'en consola en décorant sa maison comme elle l'avait toujours vu pratiquer autour d'elle et ainsi qu'elle le faisait elle-même depuis son mariage.

Des guirlandes de houx, de gui, de feuillage, des tentures neuves, des nœuds de galons aux couleurs vives, furent accrochés aux solives, aux poutres, suspendus aux murs de la salle et au-dessus des portes.

Puis chacun revêtit des habits neufs le vingt-quatre décembre au soir.

Après avoir mis dans la cheminée une énorme bûche, choisie expressément pour sa taille, on se rendit ensemble à l'église de Fréteval. Il était indispensable que la bûche brûlât pendant toute la nuit de Noël, à petit feu, afin qu'on pût en conserver des tisons qui auraient ensuite la propriété, durant l'année entière, d'écarter de la maison les risques d'incendie dus aux orages et à la foudre.

– J'en recueillerai aussi les cendres pour les répandre dans le potager, expliqua Isambour à Philippa qui s'intéressait beaucoup aux agissements de sa mère. Grâce à elles, nous n'aurons pas de pucerons sur nos jeunes plantes au printemps prochain.

Au milieu de la foule très dense qui se pressait devant le porche de Saint-Nicolas, ceux du Grand Feu retrouvèrent ceux de Morville.

Aveline accompagnait ses parents. Arrivée dans la journée, elle n'avait pas eu le temps de se rendre à la verrerie dans l'intervalle. Les deux cousines s'embrassèrent avec effusion avant de pénétrer dans l'église côte à côte.

Aveline n'était plus aussi mince que jadis, ses traits s'étaient accusés, sa mâchoire durcie, mais elle était toujours aussi blonde et conservait une façon de dresser le menton qui prouvait que son cœur intrépide n'avait pas changé.

Isambour, qui s'appuyait au bras d'Aliaume, se dit que si Bernold s'était tenu auprès d'elle, comme son fils, elle aurait goûté de nouveau à un de ces instants pleins et denses qui emplissaient son cœur de rayons.

Mais son époux était au loin. Il devait, à Fleury en compagnie des moines, s'apprêter à suivre les offices de Noël. Seules leurs pensées pourraient se rejoindre à l'ombre de la Nuit sainte.

La messe de minuit, celle de l'aurore, celle du jour, se succédèrent, coupées par le défilé des prophètes qui, dans l'Ancien Testament, avaient annoncé la venue du Messie, puis par l'entrée de Balaam, monté, pour la plus grande joie des assistants, sur une ânesse, enfin par des chants et de la musique.

Isambour pensait également à Grécie, qui paraissait avoir reconquis une certaine paix en vivant sous le toit d'Aubrée. À cette même heure, à Blois, elle chantait certainement des cantiques de sa voix pure...

Ce fut au sortir de l'église où la chaleur des corps et leurs effluves, mêlés à la senteur de l'encens, finissaient par incommoder la future mère, que les deux cousines se trouvèrent soudain proches de Mayeul.

Elles ne l'avaient pas remarqué durant la cérémonie, mais l'église était bondée. On ne pouvait distinguer que ses voisins les plus immédiats.

– Dieu vous garde, dit-il.

Ce fut tout, mais ce fut assez pour que le bras d'Aveline se mît à trembler sous celui d'Isambour.

On les bousculait.

Ils furent entraînés par la foule jusqu'à la place, et se virent tous trois, un court moment, séparés du reste de leur famille et de leurs compagnons.

– Je n'osais pas espérer vous retrouver, dit encore Mayeul.

– Je n'ai pas cessé d'attendre cet instant, murmura Aveline.

Isambour les dévisageait. À la lueur des dizaines de torches de cire ou d'écorce de bouleau que les fidèles allumaient les unes aux autres, au fur et à mesure qu'ils sortaient de l'église, on voyait assez bien. Éclairée de surplus par la lune et les étoiles qui brillaient dans le ciel froid de décembre, la nuit était sans nuage.

Il sembla soudain à la jeune femme que, sous forme de buées tremblantes, les haleines de sa cousine et de Mayeul s'unissaient au sortir de leur bouche, comme attirées irrésistiblement l'une vers l'autre.

Après avoir échangé quelques mots avec des amis ou des voisins rencontrés dans la bousculade, Gervais-le-vavasseur, Perrine, Aliaume, Philippa et le reste des deux maisonnées, arrivaient, rejoignaient le trio.

Mayeul salua, s'éloigna.

– En une telle circonstance, on ne peut se fâcher contre personne, grommela le vavasseur, mais je n'aime pas du tout cet imagier qui, par ma foi, n'a pas manqué d'audace en profitant de la presse pour venir vous rejoindre ici !

Comme elle le faisait autrefois en leur adolescence complice, Isambour serra à le meurtrir le poignet d'Aveline. Elle parvint à la faire taire.

– Je vais rentrer, dit-elle ensuite. Je me sens lasse. À demain.

Elle embrassa sa tante et sa cousine, prit congé de son oncle, des serviteurs de Morville où elle irait le lendemain dîner ainsi que le voulait la tradition familiale, puis s'en alla, en compagnie de ses gens, appuyée au bras d'Aliaume et tenant Philippa par la main.

Une fois au lit, Isambour dormit peu, partagée qu'elle était entre le regret de l'absence de son époux, et l'excitation où la plongeait ce qu'elle venait de découvrir.

Dans le silence de la nuit d'hiver, sous ses couvertures en peaux de renards, pelotonnée sur le côté, tenant ses paumes appuyées sur son ventre qui s'arrondissait, elle revivait la scène si brève qui s'était déroulée sous ses yeux.

Près d'elle, Philippa dormait sans bruit.

« Ainsi donc, ces deux-là, chacun dans son coin, escomptaient des retrouvailles bien improbables mais cependant si fortement espérées qu'ils se sont parlé, d'emblée, comme des êtres qui s'aiment et qui le savent. Dieu Seigneur, aidez-les ! Puisque c'est au jour anniversaire de votre venue sur cette terre qu'ils se sont rapprochés, bénissez-les. Rendez leur union possible. Assouplissez, Vous qui pouvez tout, l'esprit rigide de mon oncle, défaites les liens qui retiennent encore Aveline prisonnière ! »

Au petit matin suivant, Isambour alla trouver son fils aîné comme il sortait de l'étuve.

— Dès que vous serez restauré, lui dit-elle, vous monterez à cheval. Vous irez au château de Fréteval chercher Mayeul. Je dois lui parler.

— On ne travaille pas aujourd'hui, ma mère. C'est Noël. Il n'y aura personne sur le chantier.

— Le maître d'œuvre et ses compagnons logent dans les dépendances de l'ancien donjon. En vous y rendant à cette heure matinale, vous êtes certain de les cueillir au gîte.

— Sur mon âme, c'est bien pour vous faire plaisir..., soupira le jeune homme qui s'éloigna sans enthousiasme.

Isambour attendit avec impatience son retour.

Quand elle entendit le pas des deux chevaux qui franchissaient le porche, elle sentit une sourde anxiété lui serrer le cœur.

Mayeul entra seul dans la salle. Il y trouva la maîtresse du domaine, en simple tenue du matin de laine blanche, sur laquelle elle portait un pelisson fourré de peaux d'écureuils. Elle achevait de donner à Doette sa bouillie d'avoine.

Assis à côté de leur mère, devant le feu crépitant qu'on venait de relancer, après avoir pieusement recueilli les débris de la bûche de Noël, Philippa et Aubin buvaient du lait chaud miellé, tout en mangeant des fouaces.

— Votre fils m'a dit que vous me demandiez ?

— J'ai à vous entretenir, Mayeul, veuillez vous installer près du feu, je vous prie.

Margiste se vit confier les trois enfants qui s'en allèrent

à sa suite dans la cuisine. Isambour vint s'asseoir sur la banquette à dossier.

— Depuis que je vous ai quitté, je n'ai pas cessé de m'accuser d'aveuglement, commença-t-elle aussitôt. Je ne me doutais de rien, et pourtant !

Elle se pencha vers le maître d'œuvre. Encadrant son visage aux traits tirés par la fatigue, ses nattes glissaient de ses genoux jusqu'au sol.

— J'aurais dû comprendre, reprit-elle. Quand vous l'avez demandée en mariage, voici dix-huit ans, Aveline s'est pâmée et, hier, au sortir de l'église, elle s'est mise à trembler de tout son corps, dès qu'elle vous a reconnu.

— Nous ne nous sommes jamais parlé seul à seule, dit Mayeul. Nous ne nous sommes rien avoué, rien promis.

Isambour haussa les épaules.

— Peu importe, assura-t-elle. L'évidence crève les yeux. Que comptez-vous faire ?

— Je me le suis demandé toute la nuit.

Il se leva, passa près du chien couché sans paraître le voir, se mit à marcher de long en large.

— Depuis mon arrivée à Fréteval, je me suis renseigné. Votre cousine est toujours fiancée à cette brute de sergent, jeta-t-il entre ses dents. Rien n'a changé en dix-huit ans !

— Détrompez-vous, Mayeul. Seules les apparences demeurent. En réalité, mon oncle souffre de s'être enfermé dans une situation qui le prive d'une descendance à laquelle il aspire chaque jour davantage.

Elle se redressa, alla vers son hôte, lui posa une main sur le bras.

— C'est pour vous en parler que je vous ai demandé de venir, dit-elle avec une conviction intime qui la rendait crédible. Je suis persuadée que ce vieil homme buté et tyrannique mais qui souhaite si ardemment avoir des petits-enfants pour leur transmettre ses terres, est maintenant, sans se l'avouer, disposé à composer. Allez le trouver. Parlez-lui hardiment. Insistez, bien entendu, sur la fidélité de votre attachement envers Aveline, mais n'hésitez pas non plus à lui faire savoir votre réussite professionnelle. Il n'y restera pas insensible. Un maître d'œuvre réputé vaut bien un sergent fieffé !

— Avant d'entreprendre une démarche comme celle que vous me conseillez là, soupira Mayeul, je voudrais être sûr que votre cousine partage mes sentiments. Les quelques mots échangés hier soir suffisent-ils à justifier une demande qui engagera tout son avenir, tout le mien ?

– J'ai mis longtemps à comprendre, mais je suis certaine, maintenant, d'être dans le vrai.

– Dieu vous entende !

– Il m'entendra.

Comme pour donner raison à Isambour, la porte s'ouvrit. Aveline entra. Enveloppée dans une cape fourrée à capuchon, elle avait le visage rougi par le froid, les yeux rougis par les larmes.

Elle s'immobilisa près du seuil.

– Je n'épouserai pas Daimbert, déclara-t-elle tout à trac. Au retour de l'église, nous avons eu une explication, mon père et moi. Je lui ai dit que, quoi qu'il pût advenir, j'étais résolue à rompre des fiançailles que je n'avais jamais acceptées. Il est entré dans une colère effrayante, s'est mis à hurler, puis, tout d'un coup, il est devenu violet et s'est écroulé !

– Seigneur !

– Nous l'avons aussitôt saigné, ma mère et moi. Nous lui avons tiré une pinte de sang. Après quoi, j'ai pensé à lui poser des sangsues aux pieds et aux oreilles. Il est revenu à lui, il a pu dire quelques mots. Ensuite, ma mère lui a fait boire une tisane confectionnée avec des simples de sa connaissance. Il va mieux. Si Dieu veut, il s'en tirera sans grand dommage.

Isambour avait passé un bras autour des épaules de sa cousine, l'avait conduite doucement jusqu'à la banquette où Aveline se laissa tomber.

Mayeul, qui avait tout écouté sans bouger, vint alors se placer derrière celle qu'il n'avait pu oublier et posa ses mains sur les épaules frissonnantes.

– Votre père a-t-il accepté la rupture de vos fiançailles avec cet homme ? demanda-t-il d'une voix rauque.

– Oui. Il m'a dit que l'approche de la mort qu'il venait d'éprouver lui avait fait comprendre que l'unique chose qui importait réellement était de sauver son âme. Qu'il redoutait de se voir damné s'il me poussait à quelque acte funeste. Qu'il ne voulait pas en porter la responsabilité devant le Dieu vivant. Enfin, qu'il me déliait d'une promesse faite alors que j'étais trop jeune pour en mesurer la portée.

Elle parlait en regardant les flammes.

– Par ailleurs, je pense qu'il n'a pas été mécontent de

trouver enfin une manière honorable de mettre un terme
à une affaire dont il ne savait plus comment se dépêtrer.

D'un mouvement brusque, elle se retourna vers Mayeul,
lui prit les mains, leva vers lui ses prunelles qui pouvaient
étinceler comme des lames, mais qui brillaient soudain ainsi
que gouttes de pluie au soleil.

– Je suis libre ! s'écria-t-elle avec on ne savait quoi de
cassé, et, pourtant, de triomphant dans la voix. Libre !
entendez-vous, ami, libre !

IV

Aliaume détacha le linge épais noué à la racine de ses cheveux, le tordit pour l'essorer, puis le remit en place.

Hiver comme été, la chaleur demeurait torride dans l'atelier de fabrication du verre, autour des quatre fours en maçonnerie doublée de briques.

Gerbaut-le-maisné, Aliaume et Rémi y travaillaient en simples chemises courtes flottant sur leurs chausses.

L'apprenti, ce matin-là, lavait puis séchait à la fumée les bûches de hêtre et le sable du Loir qu'il fallait calciner avant de procéder au mélange intime de ces deux composants initiaux du verre.

Aliaume triait des débris de verreries anciennes ou de mosaïques prélevées dans les ruines de temples païens délaissés. Ces fondants, incorporés à la préparation précédente en même temps que des colorants variés, lui permettraient d'obtenir la teinte recherchée.

Il s'occupait également de remuer à l'aide d'une longue cuiller de fer le liquide en ébullition afin de retirer les scories qui montaient à la surface des creusets réfractaires.

Comme la matière incandescente ne laissait pas voir sa couleur, il était nécessaire, pour contrôler l'évolution des nuances désirées, de surveiller très étroitement l'allure des fours. Il lui arrivait même, parfois, de laisser refroidir certains creusets afin de mieux vérifier leur contenu.

Dans un autre four de travail à température à peine plus basse, Gerbaut-le-maisné, de son côté, à l'aide d'une tige creuse de métal, cueillait le verre en fusion. Il portait ensuite ce tube à ses lèvres, puis soufflait légèrement avant de l'éloigner pour le tenir contre sa joue, car il ne fallait pas attirer de flammes dans sa bouche.

Au bout de sa canne de souffleur, naissait alors une grosse boule de verre coloré. Il la faisait tourner, la réchauffait au moment voulu devant la porte béante du four, et répétait l'opération autant de fois qu'il lui semblait nécessaire avant d'obtenir un manchon de forme et de poids déterminés, sans cesser un instant de faire tourner la paraison à l'extrémité de la tige.

– Contrairement à ce que bien des gens croient, ce n'est pas de souffler le verre qui est vraiment pénible, disait toujours Bernold. Il suffit pour cela de savoir diriger son haleine avec adresse, sans forcer le moins du monde. Non, ce qui est dur, c'est le mouvement continu de rotation de la canne sur elle-même et le balancement simultané qu'il faut exécuter dans les tranchées creusées auprès des fours. Mis bout à bout, le tube et le manchon pèsent bien quarante livres ! L'effort est d'autant plus éprouvant que la température est infernale car le verre se solidifierait tout de suite en perdant sa chaleur.

Depuis le départ de son père, Aliaume se sentait, pour la première fois de sa vie, comptable de tout ce qui se passait dans les ateliers. Auparavant, Bernold, quand il devait s'éloigner, faisait venir de chez son ancien maître de la forêt un verrier expérimenté qui le remplaçait le temps de son absence. À présent que son fils aîné avait terminé ses années d'apprentissage, il avait préféré le laisser à lui-même, en le mettant devant ses responsabilités.

Aussi le jeune homme avait-il à cœur de tout surveiller autour de lui.

Il vit ainsi, du coin de l'œil, Gerbaut-le-maisné, une fois son manchon parvenu à la taille voulue, en couper la partie inférieure, puis déposer un cordonnet de verre incandescent autour de l'extrémité de sa canne afin de l'en détacher. Ensuite, d'un pas lourd, le souffleur de verre alla déposer sur une table, à côté d'autres manchons déjà prêts, celui qu'il venait d'achever.

Rémi en garnit aussitôt l'intérieur de sciure de bois, avant de passer un long fer rougi au feu au milieu du cylindre ouvert. Le verre se rompit aussitôt, suivant une ligne bien nette et droite.

L'apprenti plaça ensuite les manchons ouverts sur de

petits chevalets, et maintint l'ouverture béante grâce à de minces coins de table.

Aliaume les reprit alors un par un, les introduisit dans le four d'étendage pour qu'ils se ramollissent, puis, à l'aide d'une tige de fer, rabattit vers l'extérieur les deux faces de chacun d'eux, avant qu'elles ne s'effondrent. Il ne lui resta plus qu'à aplanir les feuilles de verre ainsi constituées en forme de carreaux. Par la suite, il les réintroduirait dans un four spécial.

Cette partie de la recuisson demeurait d'ailleurs l'étape la plus délicate de la fabrication. Sachant qu'il fallait sans cesse la contrôler, Aliaume s'en chargeait.

D'ordinaire, son labeur le passionnait. Voir naître les bulles colorées où s'irradiait si bellement la clarté du jour, suivre leur évolution, utiliser ensuite les morceaux de verre, nés d'un travail commun qu'il aimait, pour confectionner des vitraux, l'enchantait. Dans une telle œuvre créatrice, tout lui plaisait.

Mais, si son goût pour le métier de verrier demeurait, depuis quelque temps, une autre préoccupation, encore plus absorbante, avait supplanté en lui l'amour de l'art.

Aussi, ce jour-là, dès son labeur terminé, courut-il à la maison pour se laver, se changer, mettre un bliaud propre, se recoiffer.

On était un samedi. Toute activité professionnelle cessant en fin de matinée, le jeune verrier se trouvait libre avant même le dîner.

— Vous ne prenez même pas le temps de manger quelque chose avec nous, mon fils ? lui demanda Isambour en le voyant traverser la salle d'un pas pressé.

— Mayeul m'a demandé de venir l'aider à préparer avec ses compagnons la fête de demain, répondit le jeune homme. Il y a tant à faire, là-haut, que je n'ai pas un instant à perdre.

Il posa à la diable un baiser sur la joue de sa mère et se sauva.

Février se terminait dans la grisaille. Il faisait assez peu froid, mais l'humidité suintait de partout. Du ciel bas, de la terre renfrognée où l'herbe rabougrie et pisseuse avait triste mine, des branches noirâtres, de l'eau bourbeuse.

Le Carême venait de commencer. La couleur du temps convenait parfaitement à cette période de pénitence.

Mais Aliaume ne remarquait rien. Il marchait en bondissant ainsi qu'un chevreau de l'année. Son cœur brillait en lui comme un soleil. Cette grande lueur qui l'éclairait au dedans projetait sur ce qui l'entourait des reflets aveuglants.

Il parvint à la poterne de l'enceinte fortifiée qui ceignait le château neuf, sans même s'être rendu compte du chemin parcouru.

Grâce au savoir-faire et à l'organisation de Mayeul, les travaux d'édification, qui, de prime abord, avaient donné de la tablature aux maçons du baron, s'étaient vus menés à bien.

À présent terminé, le donjon de pierres dressait au sommet de l'éperon rocheux qui surplombait la vallée ses trois hauts étages circulaires couronnés d'un parapet protégeant le chemin de ronde.

Ses murs épais, au gros œuvre en durs rognons de silex roux, cassés en deux, la cassure étant placée en parement, étaient égayés d'un damier alterné de grisons et de blanches pierres de tuffeau, qui ornaient les ouvertures, portes et fenêtres. Une galerie de bois courait à l'extérieur de la tour, au niveau du second étage, là où se trouvait le logement du baron et de sa famille.

L'hiver qui s'achevait n'ayant pas connu de gelées sérieuses, la construction n'avait pas été interrompue par les méfaits du froid.

Tout se trouvant ainsi terminé, le baron Salomon avait décidé de fêter joyeusement la fin des travaux.

Le dimanche des brandons, premier dimanche de Carême, tombant le lendemain, il fallait en profiter. Selon la coutume, on allumerait des feux dès la tombée de la nuit, on se promènerait le long des remparts avec des torches enflammées, puis on ferait ripaille et on danserait.

La mesnie du seigneur, le maître d'œuvre et ses meilleurs compagnons, certains habitants de Fréteval, quelques vassaux proches, avaient été conviés à un festin dans la grande salle toute neuve du premier étage.

Aliaume y pénétra par la rampe d'accès mobile qui y conduisait. La presse était grande sur l'étroite passerelle. Le jeune verrier dut se faufiler au milieu des allées et venues de tout un peuple d'artisans et de serviteurs.

Comme il le prévoyait, une agitation de veille de fête régnait dans l'immense pièce circulaire dont les hautes fenêtres munies de feuilles de parchemin soigneusement poncées et huilées, donnaient sur les quatre points cardinaux.

En cette journée d'hiver, peu de clarté filtrait à travers elles, aussi un feu de reculée flambait-il dans la vaste cheminée à hotte saillante, que flanquaient, de part et d'autre, deux longs placards latéraux. Des appliques en fer forgé où brûlaient des torches de cire, et, suspendu aux énormes solives de châtaignier, un lustre muni de chandelles rouges, achevaient d'éclairer la salle. C'était à leur lumière que des compagnons, grimpés sur des échelles, accrochaient à des perches mobiles les courtines de couleurs vives destinées à diviser en compartiments le trop grand espace disponible.

– Venez donc nous aider, Aliaume ! cria un homme maigre, au visage buriné, qui suspendait aux murs, en compagnie de deux aides, des tapisseries multicolores aux armes de la famille du baron et de ses principaux vassaux.

– Je viens ! répondit le jeune homme avec élan.

Odon-le-tapissier était arrivé à Fréteval à la suite de Mayeul. Originaire de Fougère, en Normandie, il avait fait venir depuis peu sa femme et ses trois filles, qui logeaient avec lui dans les dépendances de l'ancien château.

– Prenez donc un marteau et des clous, conseilla-t-il au verrier. Vous allez m'aider à placer cette tenture derrière le siège d'honneur du baron.

Il s'agissait de clouer une bande de toile armoriée sous une lourde épée incrustée d'or, une lance, et un bouclier blanc orné de merlettes en orle, qui étaient les armes des seigneurs de Meslay. On les avait fixés au-dessus d'une cathèdre de bronze recouverte de bandes en tapisserie.

Le fils d'Isambour s'empara d'une échelle, l'appliqua contre le mur de pierre, y grimpa lestement.

Odon-le-tapissier glissa vers lui une baguette de bois qu'il convenait de clouer solidement avant d'y poser le tissu brodé de laines. Ce fut bientôt fait et un des aides tendit alors au jeune homme l'extrémité de l'étoffe destinée à être pointée.

– Dieu vous garde, Aliaume ! dit alors derrière lui la voix de Mayeul. Vous serez certainement récompensé en Son paradis pour être venu nous prêter main-forte en un tel moment !

Du haut de son échelle, le jeune verrier salua le maître d'œuvre, qui le considérait en souriant.

Depuis que ses épousailles avec Aveline avaient été décidées, le Normand faisait preuve d'une bonne humeur que rien ne semblait pouvoir entamer. Ni les difficultés de la construction entreprise, ni le retard apporté à son mariage par la maladie du vavasseur.

Resté diminué après l'attaque qui avait failli l'emporter le matin de Noël, Gervais ne se remettait pas aussi vite que ses proches l'avaient tout d'abord espéré. Aussi n'avait-on pas osé lui apprendre un projet qui ne l'enchanterait sûrement pas. Bien qu'il n'ait jamais reparlé de Mayeul, tout laissait à penser qu'il demeurait mal disposé à son égard.

Perrine avait donc demandé aux futurs époux d'attendre Pâques avant d'aviser le père d'Aveline de leur décision et de fixer la cérémonie.

Les quarante jours de Carême durant lesquels on ne se mariait pas serviraient d'ultime épreuve à ces fiancés de la longue patience.

Aveline était retournée à Blois où Mayeul allait lui rendre visite aussi souvent qu'il le pouvait.

– Le baron Salomon ne pourra qu'être satisfait des travaux d'aménagement qu'il nous a enjoint d'accomplir en un temps record, dit le maître d'œuvre. La salle a fière allure avec toutes ses décorations, et la chambre de l'étage seigneurial, au-dessus, est encore plus belle !

– Il sera mieux logé ici que dans le vieux château de bois ! remarqua Aliaume.

– Pas si vieux que vous le croyez, jeunot que vous êtes ! protesta Mayeul avec amusement. Il y a à peine dix-huit ans qu'il a été reconstruit. C'était juste après l'incendie qui avait anéanti le précédent donjon. Date mémorable où Dieu a permis que nous rencontrions, votre père et moi, nos futures épouses !

– Je sais, dit Aliaume, mais il avait l'air soudain distrait.

Le laissant se remettre au travail, le maître d'œuvre s'éloigna.

La vaste salle retentissait de coups de marteaux, d'interpellations, d'ordres donnés et des crépitements du feu dévorant deux énormes troncs d'arbre. Des odeurs de pierres fraîchement taillées, de sciure, de paille, de chanvre, de suint, se mêlaient à celles des bûches flambant dans l'âtre.

Entre la cheminée à hotte et la porte d'entrée, s'ouvrait un puits profond. On l'avait creusé à l'intérieur même de l'édifice par souci de commodité, mais aussi pour en disposer sans avoir à s'aventurer au-dehors, en cas de siège.

Sa margelle de grès poli résonnait du heurt des seaux de bois cerclés de fer que des femmes manœuvraient pour y puiser de l'eau.

Soudain, l'une d'entre elles poussa un cri qui frappa les oreilles d'Aliaume en train de descendre de son échelle.

Laissant tomber clous et maillet, le jeune homme s'élança vers le puits.

– Êtes-vous blessée, Adelise ? s'écria-t-il.

Les trois filles d'Odon-le-tapissier aidaient leur père en participant, elles aussi, aux préparatifs de la fête. Les deux aînées entouraient à présent la plus jeune qui venait de se faire coincer la main entre la corde du seau qu'elle remontait et la paroi de pierre. De la peau écorchée, le sang coulait goutte à goutte sur le sol jonché de paille.

– Ce n'est pas profond, assura Mahiette, la cadette, qui allait sur ses dix-huit ans. Trempez votre main dans l'eau froide, ma sœur. Pendant ce temps, je vais quérir des pansements et un baume à la maison.

Elle partit en courant pendant que l'aînée, Guirande, approchait de l'adolescente une petite seille à demi pleine.

– Souffrez-vous ? demanda Aliaume.

– Un peu.

Elle eut une moue tremblante qui bouleversa le garçon.

– Par Dieu qui me voit, je donnerais volontiers une de mes mains pour que la vôtre ne soit pas écorchée !

– Ce serait un mauvais marché, souffla Adelise. Je gage que vous ne tarderiez pas à vous en repentir.

« Jamais, songea Aliaume, jamais je n'aurais cru possible d'être à ce point ému par une présence. Qu'a donc cette pucelle pour me troubler de la sorte ? »

Depuis qu'il était allé chercher Mayeul, le matin de Noël, sur l'injonction de sa mère, sa vie avait basculé. Ne sachant où habitait le maître d'œuvre, il était entré dans une des dépendances de l'ancien château où il pensait le rencontrer. Mais il s'était trompé de logis. La porte poussée, il s'était alors trouvé face à face avec une créature mince, mais à la gorge ronde et dont les seins déjà épanouis bougeaient librement sous la toile du bliaud. Blonde comme une fille du Nord, elle levait sur lui de larges yeux clairs où couraient des risées azurées comparables à celles que la brise soulève en été sur les eaux de la Loire.

Moqueuse et grave en même temps, femme enfant, elle participait de l'innocence de l'un et des pouvoirs de l'autre.

Depuis lors, le temps n'existait plus qu'en fonction de leurs rencontres et l'avenir se parait d'un unique visage.

– Que se passe-t-il ? demanda Odon-le-tapissier, qui venait de terminer son travail. A vous voir courir comme un possédé, mon garçon, j'ai cru qu'il était arrivé un grand malheur.

– Ce n'est qu'un petit malheur, murmura en haussant les épaules Guirande, qui n'était pas jolie.

– J'ai cru avoir la main broyée, protesta Adelise.

Aliaume se retourna d'un coup vers le tapissier.

– Puisque Dieu le veut et qu'il est question de cette main-là, justement, en ce moment-ci, lança-t-il tout d'un trait, permettez-moi de vous la demander, pour moi, en mariage.

– Quoi ? Quoi ? Que voulez-vous dire ? bafouilla l'artisan, ahuri.

– Je vous ai dit que je vous demandais la main d'Adelise à laquelle je désire m'unir en justes noces, répéta le fils d'Isambour d'une voix claire. Je l'aime depuis la Noël et n'ai pas encore osé le lui dire. Aussi, je saisis l'occasion qui se présente, car je ne puis pas attendre plus longtemps !

– Vous êtes fou !

– Pourquoi ? J'ai dix-sept ans, elle en a quinze. Je travaille avec mon père à la verrerie et lui succéderai plus tard. Ne suis-je pas un bon parti ?

– Sans doute, sans doute...

– Que souhaitez-vous de plus ? J'aime votre fille. Accordez-la-moi. Nous serons bientôt mari et femme !

– Vous allez, vous allez... J'ai deux filles plus âgées à caser avant Adelise, moi ! Et savez-vous seulement si vos parents seront d'accord ? Leur en avez-vous déjà touché un mot ?

– Pas encore. Mon père a été absent tout l'hiver. Mais je vais en parler à ma mère sitôt redescendu à la maison. J'en fais mon affaire.

– Vous vous emballez comme un poulain dans un pré et ne me laissez même pas le temps de me retourner ! protesta encore, mais plus mollement, le tapissier.

Aliaume s'adressa alors directement à l'adolescente qu'il n'avait pas eu le courage de regarder jusque-là.

– C'est à vous, Adelise, de trancher, dit-il. Oui ou non acceptez-vous de devenir mienne ? M'aimez-vous un peu ?

L'adolescente leva vers lui des prunelles troublées par une émotion où entrait moins de surprise que de joie. Une sorte de fièvre les faisait scintiller comme l'eau du fleuve au grand soleil de juillet.

— Si personne ne s'y oppose et si c'est la volonté du Seigneur Dieu, murmura-t-elle en s'empourprant, je ne serai pas ennuyée de vous épouser, Aliaume. Non, sur mon âme, je ne le serai pas...

Le garçon sentit son sang l'étouffer. Il dut s'appuyer à la margelle du puits dont la fraîcheur le ranima. Tout son corps tremblait.

— Eh bien ! répétait Odon-le-tapissier, eh bien !

Ce fut le moment que choisit Salomon de Fréteval pour faire son entrée dans la salle. Il venait constater l'état d'avancement des travaux.

Entouré de certains de ses frères, de ses cousins, des chevaliers attachés à son service, de leurs épouses, d'hommes d'armes et de valets, le baron donnait le bras à sa femme, dame Agnès de Guerche, tout en poussant devant lui ses deux plus jeunes fils.

— Par le Créateur ! ce nouveau donjon est plus digne que le précédent de loger notre famille, constata-t-il avec satisfaction, tout en se plantant devant la cathèdre de bronze. Ses murs de pierre nous protégeront bien mieux de la froidure, sans parler de la perfidie des Angevins !

— À son retour de Terre sainte, votre cousin ne pourra que se montrer satisfait d'habiter en un pareil endroit, renchérit dame Agnès. Avec un château comme celui-ci et un fils robuste comme le petit Ursion, l'avenir de sa race semble assuré.

Le baron Salomon fit la grimace. Il avait un visage mobile, ouvert, une solide tête carrée posée sur le corps musclé d'un chasseur et d'un guerrier. Prompt au rire comme à la colère, il savait se montrer bon vivant quand il le fallait, mais personne n'aurait osé lui tenir tête.

— Je regretterai toujours que Névelon ait jugé bon de confier son fils unique à la garde d'une de ses sœurs plutôt qu'à moi-même, remarqua-t-il d'un ton dépité. Je suis le tuteur en titre de cet enfant, que diable ! J'aurais préféré le garder près de moi... Mais enfin je dois veiller sur lui, même de loin ! C'est pourquoi je tiens à ce qu'il puisse s'installer ici, plus tard, en toute sécurité. Cette forteresse sera son plus sûr abri.

Chacun savait que le baron Salomon acceptait mal d'être le fils d'un des nombreux bâtards de la famille seigneuriale et que son amour-propre n'en était que plus chatouilleux.

– Ursion vous devra beaucoup, soupira dame Agnès de Guerche, comme si cette constatation lui était douloureuse.

Maigre et pâle, avec un visage qui trahissait on ne savait quel sens tragique de l'existence, l'épouse de Salomon s'exprimait tout naturellement de façon pathétique. Il semblait qu'en elle quelque chose aimât et recherchât les situations critiques.

– Nous verrons comment il se comportera à sa majorité, déclara le baron que les jérémiades de sa femme agaçaient et qui ne se gênait pas pour le montrer.

« Allons, reprit-il en s'adressant, cette fois, à Odon-le-tapissier, allons, il n'y a pas de temps à perdre si nous voulons que tout soit prêt demain. Rappelez-vous que je tiens à ce qu'on fixe mes plus beaux massacres de cerfs et de daims au-dessus de la cheminée. Ils achèveront de la décorer et doivent être mis en place pour le banquet.

– Ils y seront, mon seigneur, ils y seront, vous pouvez y compter.

– Votre fille est-elle blessée ? demanda la dame du château en désignant, de loin, Adelise.

Contrairement à la tradition établie par les châtelaines qui l'avaient précédée à Fréteval, elle n'avait pas coutume de soigner ses gens, car elle redoutait la vue du sang.

– Ce n'est qu'une égratignure, répondit le tapissier qui avait eu le temps de juger son monde. Ce ne sera rien. Guirande et Mahiette s'en occupent.

Le baron et sa mesnie se dirigèrent alors vers les degrés de bois qui permettaient d'accéder au second étage du donjon.

– Je dois suivre le seigneur de Fréteval, chuchota Odon à Aliaume. J'ai des instructions à lui demander au sujet des tapisseries de sa chambre. Attendez-moi. Je n'en ai pas pour longtemps.

Mahiette revenait avec une bande de toile usagée et un petit cruchon d'argile cuite. Elle essuya le sang qui continuait à suinter des écorchures, puis versa sur la peau tuméfiée un peu de liquide contenu dans le récipient.

– C'est une décoction d'herbe-aux-coupures, dit-elle. Notre mère m'a assuré qu'on ne peut rien trouver de mieux.

Elle entreprit ensuite de bander la main tremblante.

Quand ce fut terminé, Aliaume s'en empara à son tour pour la porter à ses lèvres. Il retira ensuite d'un de ses doigts un anneau d'or qui lui venait d'Aveline, sa marraine, et le passa à l'annulaire de l'adolescente.

— Vous serez ma femme, dit-il tout bas. Ma femme ! Nous nous marierons dès que mon père sera de retour.

— Je ferai comme il vous conviendra, murmura Adelise. Je puis vous assurer qu'il n'y aura pas de difficulté du côté de ma famille. Mon père fait tout ce que je veux. Il ne vous reste qu'à convaincre vos parents... Je ne suis pas une riche héritière... Peut-être le regretteront-ils...

— S'ils s'opposaient à notre mariage, nous pourrions toujours nous passer de leur consentement, s'écria Aliaume. Mais je ne pense pas que nous aurons à en arriver là ! Ils ne sont pas intéressés et vous aimeront quand ils vous connaîtront.

Le soir même, dès qu'il fut redescendu à la verrerie, Aliaume chercha Isambour afin de la mettre au courant de son projet.

Il la trouva dans la laiterie, occupée à garnir de fromages de chèvre des séchoirs en fer forgé dont elle suspendrait ensuite les plateaux carrés par des chaînettes sous le manteau de la cheminée, afin de sécher et de fumer les fromages en même temps.

L'odeur de lait et de crème fraîche dont la petite pièce était imprégnée apportait à ceux qui y pénétraient une sensation qui avait quelque chose de calme, de rassurant, de maternel.

En y entrant, Aliaume sut aussitôt que la nouvelle qu'il avait à annoncer serait bien reçue par sa mère.

Isambour l'écouta tout en continuant à remplir les séchoirs.

— Eh bien ! mon fils, dit-elle, quand il se fut tu. Eh bien ! vous voici donc, déjà, sur le point de fixer votre vie...

Elle s'essuya les doigts à un linge pendu à un clou, et posa ensuite une main sur l'épaule d'Aliaume, tout en redressant de l'autre une mèche brune qui retombait sur le front du garçon.

— Bien que votre décision puisse paraître bien hâtive, je serais mal placée pour vous en blâmer, reprit-elle avec tendresse. Je suis allée encore plus vite que vous en besogne, jadis, et ne m'en suis jamais repentie ! Cependant, êtes-vous bien certain de ne pas confondre amourette et véritable attachement ? Êtes-vous tout à fait sûr de votre cœur ? Certains se trompent si cruellement...

Du vieux bliaud qu'elle portait pour travailler dans la laiterie et que son ventre distendait, émanait une odeur un peu aigre de laitage et de sueur.

Aliaume eut pour elle un regard désarmant de sincérité.

— Je l'ai vue et aimée le matin de Noël, dit-il avec force. Depuis, je n'ai pas cessé d'être habité par cet amour. Je puis vous assurer qu'il est planté au plus profond de moi, qu'il fait partie de mon être comme l'arbre du terrain où il pousse !

— Je vous crois, mon fils, je vous crois. Mais vous êtes le plus pur de nous tous. C'est à cause de cette candeur même que je tiens à vous mettre en garde contre un entraînement qui ne serait que passager...

— Par Dieu qui me voit, ma mère, je vous jure que je ne me trompe pas.

— Je suis toute disposée à vous faire confiance, Aliaume, soyez-en persuadé. À partir du moment où vous m'assurez de la solidité de vos sentiments, sachez que je ne me mettrai jamais en travers. J'ai trop pâti de la façon brutale et tyrannique dont mon oncle a agi lors de mes propres noces. Votre choix doit être bon. Cette jeune Adelise ne peut qu'avoir de solides qualités pour que vous l'ayez remarquée. Et puis, n'est-elle pas Normande ? C'est à mes yeux une vertu de plus, vous le savez !

Elle souriait à présent avec malice. Aliaume se sentait délivré d'un grand poids.

— Il ne nous reste plus, maintenant, qu'à faire connaissance toutes deux, à apprendre à nous aimer l'une l'autre, conclut Isambour. Amenez-la-moi donc demain, après le festin du baron, avant le défilé aux flambeaux. Mon état m'empêche de me rendre au château, mais vous pouvez être assuré que je lui ferai bon accueil.

En dépit de ses traits tirés, de sa taille alourdie, elle semblait soudain redevenue joyeuse et vive comme elle l'était avant cette grossesse plus fatigante que les précédentes.

— J'ai pensé que nous pourrions nous marier dès que mon père sera revenu parmi nous, avança Aliaume.

— Pourquoi pas ? Il ne tardera plus beaucoup à présent. Le retour du printemps et le sien coïncideront sans doute cette fois-ci de très près.

Une gravité soudaine transforma l'expression d'Isambour.

— Agenouillez-vous devant moi, mon fils, dit-elle. Je dois vous bénir en une circonstance aussi importante que celle-ci. À l'aube de cette vie nouvelle où vous allez vous engager, il est bon que vous receviez avant toute autre la bénédiction de votre mère.

Sur le front offert, elle traça avec le pouce un signe de croix, tout en priant Dieu de protéger l'enfant désarmé qu'était Aliaume.

« La fille de ce tapissier normand est-elle bien l'épouse qui convient à un garçon comme le mien ? se demanda-t-elle plus tard, après le souper, quand sa maisonnée fut allée se coucher. Sera-t-elle digne de lui ? Comprendra-t-elle qu'avec un mari aussi confiant, la moindre trahison serait dévastatrice ? Notre-Dame, protégez-les tous deux ! Ayez pitié, Vierge Sainte, de leur jeunesse ! »

Le lendemain, après son lever, elle passa un long moment dans l'étuve en compagnie de Sancie. Elle se fit laver les cheveux, puis frictionner tout le corps d'essence d'herbes odorantes recueillies durant l'été dans son jardin et dans les prés.

— Il faut que je sois présentable pour recevoir ma future bru, confia-t-elle à sa jeune servante. Que dirait-elle d'une belle-mère mal entretenue, mal coiffée ?

— Elle regardera surtout votre fils, dit la petite en riant. Vous l'intimiderez. Elle n'osera seulement pas lever les yeux sur vous.

Sancie se trompait.

Quand Aliaume introduisit Adelise dans la grande salle jonchée de paille fraîche où brûlaient, mêlées aux bûches du foyer, des branches de romarin qui parfumaient l'air, Isambour reçut en plein visage un regard si lumineux, si assuré, qu'elle en ressentit un choc.

Derrière leur mère, Philippa et Aubin détaillaient, sans bienveillance excessive, le clair visage encadré par le capuchon de la chape fourrée de lièvre, les longues nattes d'un blond si pâle qu'elles semblaient mêlées de fils d'argent, la petite taille, la minceur de celle qu'Aliaume introduisait sous le toit familial.

— Entrez, mon enfant, entrez dans cette maison qui sera peut-être vôtre un jour, dit spontanément Isambour. Mon fils avait raison : nulle ne peut être plus charmante que vous !

Sans confusion aucune, l'adolescente fit une petite

révérence, prit la main de son hôtesse, et la baisa. Elle sut ensuite la remercier avec grâce, sourire à Aubin, louer les fossettes de Philippa.

On s'installa près de la cheminée circulaire, de l'autre côté de laquelle Margiste et Sancie, qui se chauffaient en faisant griller des châtaignes, ne perdaient rien d'une visite qui les intéressait tant.

En bavardant, on mangea des rissoles aux raisins secs, des noix confites au miel, on goûta aux châtaignes, puis on but des coupes de vin de mûres.

Adelise se montrait gaie, naturelle, point sotte, curieuse de tout.

Isambour s'en félicitait, en s'étonnant néanmoins qu'une fille aussi jeune pût être si sûre d'elle-même et de ses pouvoirs.

Philippa, qui s'était assise sur un coussin aux pieds de sa future belle-sœur, paraissait enchantée de ce qu'elle découvrait en elle et s'intéressait affectueusement au pansement qui protégeait les éraflures de sa main gauche.

Quand la lumière du jour commença à baisser, Adelise dit qu'il lui fallait rentrer. La nuit serait bientôt là. Ses parents attendaient son retour pour partir avec elle au défilé des torches. Bien qu'Aliaume l'accompagnât, ils ne seraient tout à fait rassurés que lorsqu'elle aurait regagné le château.

— Avant de vous en aller, acceptez ce présent en don de bienvenue au Grand Feu, lui dit alors Isambour en lui tendant un bracelet d'argent incrusté d'hyacinthe qu'elle avait jusque-là conservé dans son aumônière. Il a appartenu à ma mère. Je serais heureuse que vous le portiez.

— Je ne m'en départirai jamais, dame, vous pouvez en être certaine, affirma Adelise. Je le vénérerai puisqu'il me sera venu de vous !

Quand les deux jeunes gens furent sortis, les langues se délièrent. Les servantes firent part de leur bonne impression.

Philippa loua son frère d'avoir choisi une si gracieuse pucelle.

— Quand je serai grand, c'est moi qui l'épouserai, dit Aubin. Aliaume sera trop vieux à ce moment-là !

— Décidément, cette petite enchanteresse séduit tous les hommes de la famille ! remarqua Isambour en riant. Je suis certaine qu'elle ne déplaira pas non plus à votre père et qu'il donnera de bon cœur son consentement à un tel mariage.

Toutes ses pensées s'attachaient à présent au prochain retour de Bernold.

Ce long hiver l'avait éprouvée plus qu'aucun autre. Elle ressentait à en crier le besoin de retrouver son mari, de se reposer sur lui de ses responsabilités, de goûter de nouveau sa protection et sa chaleur.

Trois semaines s'écoulèrent, qui lui parurent se traîner. La mi-carême passa. Les merles recommencèrent à siffler avec leur frénésie printanière. Les premiers bourgeons reverdirent sous-bois et jardins. De la terre réveillée, une sorte d'effervescence sensuelle, gaie, tonique, montait aux cœurs et aux corps des humains.

Vint un soir de mars rempli des rumeurs du vent d'ouest. Le crépuscule commençait à obscurcir le ciel échevelé où se poursuivaient des nuages.

Le portail de la cour s'ouvrit. Un homme enveloppé d'une loque en guise de chape pénétra dans la cour. Il fit quelques pas, chancela, et roula sur le sol, privé de connaissance.

Les deux chiens de chasse et le molosse qui jouaient devant la maison s'élancèrent vers lui en jappant doucement. Ils tournèrent d'abord en le reniflant autour du corps étendu, puis se mirent à lécher les pieds nus et ensanglantés, les cheveux remplis de boue, les mains inertes.

Alerté par les plaintes des chiens, Aliaume sortit de la verrerie, s'approcha de la forme allongée par terre.

– Dieu de gloire ! Que vous est-il arrivé, mon père ? s'écria-t-il en reconnaissant le maître verrier.

Mais Bernold n'était pas en état de lui répondre.

Le jeune homme courut alors chercher Gerbaut-le-maisné.

À eux deux, ils soulevèrent et portèrent le blessé dans un des ateliers, puis le couchèrent sur la table de planches qui servaient à la reproduction des premières esquisses.

Le souffleur de verre chassa les chiens, s'empara d'un seau d'eau qui se trouvait là, en jeta le contenu sur la face sans couleur. Ensuite, à petits coups, il frappa les joues souillées.

Bernold suffoqua, s'agita, ouvrit les yeux.

– Mon père ! Mon père ! Répondez-moi ! Parlez-nous, je vous en prie ! criait Aliaume.

– Sauvé... je suis sauvé, murmura le Normand.

– Sauvé de qui ? Sauvé de quoi ? questionna Aliaume. Je ne comprends pas. Où est votre aide ?

– Ils l'ont tué, souffla le verrier en secouant la tête.

– Tué ! Mais qui ? Qui donc ?

– Des larrons fossiers, des briseurs de chemins, qui nous ont cernés et attaqués du côté de la Vallée aux Cerfs... Ils étaient peut-être une dizaine.

Bernold s'interrompit, voulut se redresser, mais retomba en arrière sur les planches.

– Ils m'ont roué de coups, gémit-il.

La porte s'ouvrit. Comme si une bourrasque l'avait projetée dans la pièce, Isambour, le ventre en avant, entra.

– Que vous est-il arrivé, mon cher amour ? Vous êtes blessé ! s'écria-t-elle.

– Je crois ne rien avoir de cassé puisque j'ai pu me traîner jusqu'ici. Je suis rompu, amie, rompu... mais n'ai que des plaies au cuir. Les os ont tenu bon.

Penchée sur son époux, Isambour prit entre ses mains le visage où poussière, écorchures, eau boueuse, se mêlaient pour composer un masque pitoyable, et le baisa aux lèvres.

– Vous voilà vivant ! dit-elle. Vivant ! Dieu soit béni ! C'est tout ce qui m'importe ! Je vais vous laver, vous panser, vous guérir, mon bel amour... Vous serez bientôt sur pied !

– Frobert, mon aide, est mort, la charrette a été volée avec tout ce qu'elle contenait. Il ne me reste rien. Ni argent, ni outils. Ces larrons puants ont pris nos vêtements et jusqu'à nos chausses ! Ensuite, ils m'ont jeté cette guenille en signe de dérision, gronda Bernold dont la colère renaissait avec les forces.

– Mon ami, mon aimé, ne vous agitez pas ainsi...

– Tout chrétien que je suis, je les aurais volontiers occis si je l'avais pu, continua le blessé, dont la mémoire revenue réveillait la fureur. Je marchais sans armes sur moi, près du cheval que je tenais par la bride pour le guider dans le sentier boueux, quand ils ont fondu sur nous. Frobert, qui suivait la charrette, avait, lui, un bâton à la main. Il s'en est servi pour se défendre autant qu'il a pu, mais ils lui ont fendu le crâne avec une massue... Je l'ai vu tomber... Bien que je me sois battu à coups de pied, de poing et en ai blessé deux ou trois, ils sont parvenus à me maîtriser. Ils m'ont alors attaché à un tronc d'arbre après m'avoir dépouillé... Pour rompre mes liens, après leur départ, il m'a fallu des heures...

— Vous vous fatiguez, Bernold. Je vous en supplie, cessez de vous rappeler ces affreux moments. Plus tard, quand vous vous serez reposé, vous nous raconterez plus en détail ce qui vous est arrivé, intervint Isambour. Gerbaut et Aliaume vont vous porter maintenant à la maison où vous vous restaurerez pendant qu'on préparera l'étuve.

Aidé de son fils et du souffleur de verre, le blessé parvint à gagner la grande salle où ils l'installèrent devant la cheminée, sur une banquette à coussins.

Aussi impressionnées l'une que l'autre, Philippa et Sancie lui servirent des œufs lardés avec du vin chaud à la cannelle et au miel.

Pendant qu'il mangeait, Isambour, aidée de Margiste, allumait le feu dans l'étuve. Elle avait demandé au souffleur de verre d'aller quérir Amalberge, plus experte qu'elle-même en remèdes de toutes sortes, mais l'accoucheuse n'était pas chez elle. Elle devait assister une femme en gésine dans quelque coin de la vallée.

Après avoir rempli d'eau chaude le large cuveau de bois, l'avoir doublé d'un drap épais afin d'éviter les échardes, puis vérifié la chaleur des dalles plates sur lesquelles le blessé prendrait place, Isambour retourna vers la maison.

Un lourd nuage cendreux passait au-dessus de la plaine. Une averse rageuse se mit à strier les rafales de vent. De ses lanières cinglantes, la pluie fouettait le sol de la cour, les toits de tuiles, les branches qui commençaient à reverdir.

Au milieu des bourrasques, il fallut de nouveau aider Bernold à gagner la petite bâtisse octogonale de l'étuve.

— Laisse, Margiste, laisse, dit alors Isambour à la servante qui se proposait de demeurer pour la seconder. Je n'ai besoin de personne quand il s'agit de mon époux !

Restée seule avec celui dont elle se voulait l'unique assistante, elle lui retira la chape fourrée, dont, tels les enfants de Noé, Aliaume avait recouvert la quasi-nudité de son père. Puis, avec beaucoup de précautions, elle le soutint pour qu'il s'étende sans dommage sur l'épaisse toile matelassée, posée à même les dalles de pierres chaudes.

Des sillons sanglants, des contusions, des traces laissées par les cordes qui l'avaient maintenu, marquaient de leurs stigmates le grand corps blond étendu devant elle.

En un geste d'amour instinctif, de dévotion éperdue, elle s'agenouilla alors près de lui et posa ses lèvres sur le ventre plat aux muscles durs, là où une longue balafre sinuait.

– Dieu, que je vous aime ! dit-elle d'une voix sourde. Votre souffrance est ma souffrance. Il me semble que c'est ma propre chair qui a été meurtrie !

Bernold posa une main sur la tête inclinée de son épouse.

– Pour revenir jusqu'ici, j'ai eu à faire des efforts très durs, avoua-t-il. Très durs. Mais je voulais me retrouver chez moi... près de vous... C'est cette volonté-là qui m'a permis d'arriver jusqu'à notre cour...

Les lèvres d'Isambour se posèrent sur le cœur de son mari, s'y attardèrent. Contre sa bouche, elle sentait les pulsations sourdes qui étaient sa vie...

– Allons, je dois vous laver avant toute autre chose, dit-elle en se relevant avec difficulté à cause de sa taille alourdie. Ensuite je vous panserai de mon mieux.

Elle aida Bernold à entrer dans le cuveau, à s'y asseoir, puis, à l'aide d'un savon au miel, elle entreprit de laver de ses souillures ce corps qu'elle vénérait.

Avec douceur et attention, elle savonna, rinça, essuya la peau rendue fragile par les coups, avant de reconduire son mari vers les dalles chauffées.

D'un petit coffre que Roland avait coutume de regarnir chaque fois qu'elle en avait besoin, elle retira des pots d'onguent, des flacons d'élixirs.

Au milieu de la buée qui s'élevait des pierres fumantes, dans l'odeur d'embrocation et de vinaigre aromatisé, Bernold se mit à parler. Il raconta comment Frobert et lui avaient été assaillis alors qu'ils revenaient de Fleury en coupant au plus court par une sente forestière. Comment il lui avait fallu des heures, par la suite, pour user contre le tronc rugueux où il avait été attaché, les cordes usagées mais encore solides qui le ligotaient.

– Je craignais que des loups ou des ours, attirés par l'odeur du sang, ne vinssent m'attaquer avant que j'aie pu me libérer, dit-il. Dieu merci, je n'ai vu que des écureuils, une laie qui est passée non loin de moi avec ses marcassins, plusieurs hardes de daims et de cerfs, mais aucune bête fauve.

Il soupira.

– J'étais épuisé. Par moments, je désespérais. Je pensais ne jamais vous revoir, ni vous ni les enfants...

Il se redressa sur un coude avec une grimace de douleur pendant que les mains adroites d'Isambour continuaient à l'oindre, à le masser.

– J'ai bien cru ma fin venue, reconnut-il sans fausse honte. Oui, sur mon âme, j'ai senti que je pouvais mourir ! D'abord au fort de la mêlée, quand ces damnés chiens me cognaient avec leurs gourdins... Ensuite, contre ce tronc, quand j'imaginais ne jamais parvenir à me détacher avant la nuit.

– Mon ami !

Bernold serra les lèvres, resta un moment songeur, secoua la tête.

– Jamais encore, reprit-il, non, jamais, je n'avais vraiment arrêté ma pensée sur la fin qui m'attend...

– C'est Dieu qui nous attend, mon bien-aimé, dit Isambour d'une voix tremblante. C'est vers Lui que nous partons...

– Sans doute, mais la chair est faible, ma femme, très faible. L'épouvante me tenait aux tripes... J'ai eu peur, je ne puis le nier, une peur affreuse...

– Vous étiez protégé par les prières incessantes que j'adresse pour vous au Seigneur ! Vous ne pouviez pas mourir ainsi !

– Vous devez avoir raison, amie, mais dans des moments comme ceux que j'ai vécus ce matin, on n'est plus que frayeur. On se sent comme une bête traquée... et puis j'avais vu tomber mon pauvre compagnon... J'ai entendu sa nuque se briser sous les coups qu'il recevait... Jamais je n'oublierai ce craquement... c'était comme si mon propre cou s'était rompu...

Dans le silence qui suivit, Isambour embrassa avec passion le visage aux yeux clos qui reposait sur son épaule.

– Plus tard, reprit la voix douloureuse, plus tard, quand je me suis libéré des cordes qui me liaient à l'arbre assez éloigné du chemin où ces damnés porcs m'avaient attaché, je n'ai pas retrouvé le corps de mon compagnon. Ils ont dû l'emmener pour s'en débarrasser dans quelque fossé profond où personne n'ira le chercher...

– Dès demain, il faudra prévenir le sergent du château. Le baron a droit de haute et basse justice sur la partie de la forêt où vous avez été attaqués. Les gens d'armes feront des recherches.

– J'y compte bien, quoique je ne me fasse guère d'illusion sur les résultats qu'ils pourront obtenir... La futaie est si vaste... Néanmoins, je ne dormirai pas en paix tant qu'on n'aura pas tout tenté pour que Frobert repose en terre bénie.

– Nous ferons dire des messes à Saint-Lubin pour le repos de son âme.

Après les baumes, les huiles, les essences de simples qu'elle avait employés tour à tour, Isambour rasa Bernold, le coiffa.

– Vous voici redevenu le bel homme que rien ne vous empêchera jamais d'être, remarqua-t-elle en souriant. Dans quelques jours, vous ne vous ressentirez plus de tout cela.

Debout devant elle, il achevait de passer sa chemise. Avec élan, elle noua ses bras autour du cou puissant, solidement rattaché aux épaules par une seule coulée de muscles lisses, et baisa longuement son mari sur la bouche.

Ce fut lui qui se détacha d'elle le premier. Il la repoussa avec douceur, mais fermeté.

– Nous sommes encore en Carême, et vous êtes enceinte à pleine ceinture, amie, dit-il. Ce serait un grave péché que de passer outre.

– Vous avez raison, admit-elle en soupirant. Certes, vous avez raison, mais c'est bien dommage !

Il sourit.

– N'y pensons plus. Nous nous rattraperons plus tard. Aidez-moi plutôt à revêtir ce bliaud que vous avez, j'en suis sûr, tissé, teint, cousu tout exprès pour moi durant mon absence, termina-t-il d'un ton volontairement léger. Il est fort beau.

– Vous aurez peut-être bientôt l'occasion de le porter pour une cérémonie familiale, remarqua Isambour, qui s'était ressaisie.

– Que voulez-vous dire ?

– Notre fils aîné a rencontré le jour de Noël une jeune pucelle qui lui a tourné la tête. Il compte vous la présenter le plus vite possible...

– Par Dieu ! N'a-t-il pas le temps ? À dix-sept ans, je ne songeais guère à me marier ! Je courais de fille en fille...

– Sans doute est-il différent de vous.

– Quand je pense que Mayeul a attendu la quarantaine pour parler épousailles !

– Vous l'avez vu ?

– Il est venu me rendre visite, un jour, à Fleury, pour me mettre au courant de ce qui lui arrivait. En nommant Aveline, il brillait de joie comme un astre !

– Eh bien ! Notre fils brille pareillement quand il se trouve près d'Adelise...

— Joli nom ! Est-elle digne de le porter ?

— Je pense qu'elle ne vous déplaira pas.

— Il reste qu'Aliaume est un innocent qui ne possède nullement la cervelle nécessaire pour fonder un foyer.

— C'était ce que mon oncle prétendait aussi de moi, quand il s'opposait à notre union.

— Sur mon âme, je ne m'oppose à rien du tout ! Si le cœur lui en dit, après tout, que ce béjaune épouse qui bon lui semble !

Amorti par les vapeurs épaisses qui emplissaient la petite pièce, le grand rire retrouvé résonna de nouveau.

— La mort m'a frôlé de trop près, ma chère femme, pour que j'attache, ce soir, de l'importance à autre chose qu'au fait d'être vivant ! Par le Créateur, être vivant est une grâce dont on ne s'émerveille pas assez. C'est un présent sans prix qui nous a été fait là !

V

Ainsi qu'Isambour l'avait prévu, Bernold se remit vite de ses contusions et blessures superficielles, mais il en fut tout autrement de son esprit, qui demeura troublé et anxieux assez longtemps.

La semaine qui suivit l'agression, les sergents du baron finirent par retrouver, au fond d'une combe forestière, le corps de Frobert, à moitié dévoré par les bêtes sauvages.

Le maître verrier put donc faire enterrer son aide comme il le souhaitait, dans le petit cimetière qui entourait l'église Saint-Lubin. Il ne retira cependant pas de cette cérémonie l'apaisement escompté.

Pour la première fois de sa vie, il avait cru mourir et conservait de cette rencontre avec la peur dernière une angoisse jusque-là étrangère à sa nature. Son travail, la vie familiale retrouvée, lui apportaient bien l'équilibre dont il avait coutume de se satisfaire, mais sans combler l'impression d'insécurité qui rôdait en lui maintenant.

Mars se terminait. La pluie et le vent, qui n'avaient guère cessé d'y sévir, firent soudain place à un temps clair, frais, parcouru de souffles sentant l'herbe nouvelle et les jeunes pousses. Parfumée de renouveau, la nature embaumait comme une femme amoureuse.

Pâques approchait.

Sur les talus reverdis, Philippa cueillait des primevères ou des violettes parmi les feuilles mortes de l'année passée. Elle s'en confectionnait des couronnes et des guirlandes qu'elle entremêlait à ses tresses.

Aliaume demanda à son père, dont la santé paraissait

rétablie, la permission de faire venir Adelise au Grand Feu, le samedi suivant, veille des Rameaux. Sur le conseil d'Isambour, il lui avait déjà fait part de ses projets de mariage, et brûlait du désir de lui présenter sa future femme.

– Il ne serait pas convenable de la recevoir ici officiellement, avant d'avoir fait notre demande, dit Bernold. Venez en passant, comme par hasard, dans l'après-midi, une fois le travail achevé. Nous boirons une coupe d'hydromel et mangerons des galettes. Vous ne vous attarderez pas.

Ce samedi matin-là, le maître verrier se mit à ranger des esquisses dont son fils s'était servi en son absence. Aliaume était parti avec Rémi chercher du sable aux rives du Loir. Ils en avaient pour plusieurs heures et ne reviendraient à l'atelier qu'une fois la charrette pleine.

Parmi les feuilles de vélin qu'il classait, Bernold tomba soudain sur des morceaux de parchemin de plus petit format. C'étaient des chutes qu'on conservait pour des croquis de moindre importance. Il y en avait six ou sept. Sur chacun d'eux, une forme féminine, mince et cependant épanouie, s'offrait au regard, sous plusieurs angles différents. Debout, assise, de face, de trois quarts, de dos, mais se retournant, c'était toujours la même silhouette gracile, langoureuse, fine et sensuelle à la fois.

« Ce doit être là cette Adelise dont notre fils est assoté, songea le père. Il ne pense qu'à elle... Elle lui a fait perdre son bon sens ! Si le dessin ne la flatte pas, il est certain qu'elle est... »

Il ne trouva pas de mot pour qualifier l'adolescente et demeura debout, un bon moment, les croquis à la main, plongé dans ses réflexions, considérant, les sourcils froncés, l'image renouvelée du jeune corps si aisément décelable sous les légers vêtements dont Aliaume ne semblait l'avoir revêtue que par simple convention.

Comme Gerbaut-le-maisné allait et venait dans l'atelier voisin, Bernold remit les dessins de son fils à leur place, parmi les esquisses de vitraux, puis reprit ses rangements.

La matinée s'écoula. L'heure du dîner arriva.

Revenu de la rivière, Aliaume parlait à tort et à travers, riait fébrilement, ne cessait de s'agiter.

– Paix ! lança soudain Bernold. Calmez-vous, mon fils ! Par ma tête, ne dirait-on pas que nous allons recevoir la reine de France elle-même !

Isambour sourit. Le garçon piqua du nez vers l'écuelle qu'il partageait avec sa mère.

– Pourquoi vous tourmenter ? demanda celle-ci. Tout se passera bien. Votre père ne demande qu'à vous donner raison. Telle que je connais notre future bru, ce sera bientôt chose faite !

Sitôt le repas terminé, le jeune homme partit comme s'il avait le diable aux trousses.

Bernold se rendit alors dans le pré, où, aidé de Bernarde, et profitant du beau temps, Perrot, le jardinier, tondait les moutons du domaine. Le maître verrier y resta un bon moment. Sa forte poigne était préférable à celle d'une femme pour maintenir les grosses brebis ou les béliers qui tentaient d'échapper aux ciseaux du tondeur.

Ce fut durant cette occupation que Philippa vint le quérir.

– Mon père ! Mon père ! Aliaume et sa pucelle sont arrivés !

– C'est bon. Je viens.

Quand Bernold entra dans la salle dont seulement quelques traînées de soleil, issues des fenêtres ouvertes, striaient le demi-jour, il ne vit d'abord rien, tant la clarté du dehors lui emplissait les yeux.

– Voici Adelise qui vient nous rendre visite, mon ami.

Isambour poussait vers son époux une forme souple qui franchit d'un pas léger la limite de la pénombre pour se trouver brusquement dans une des coulées lumineuses épandues sur les dalles jonchées de foin.

– Soyez la bienvenue !

Surgie dans la lumière printanière, et comme l'émanation, elle-même, du renouveau, vêtue d'un bliaud turquoise, ses nattes aux reflets d'argent, entremêlées de pâquerettes en guirlandes, son visage rosi par l'émotion levé vers l'arrivant, la jeune fille sourit, salua, voulut s'emparer de la main de son futur beau-père pour la baiser.

– Que non pas, dit-il. Embrassons-nous à la normande !

Il l'attira vers lui, posa ses lèvres sur la bouche charnue... Ce fut comme si les quatre fours de ses ateliers s'allumaient en même temps dans ses veines. Un torrent ardent incendia son sang... le submergea. Il demeura un instant, penché en avant, comme un homme pris de vertige, suspendu au-dessus d'un précipice, puis releva un visage bouleversé qu'il chercha à dissimuler en y passant plusieurs fois une main tremblante.

– Venez donc boire une coupe d'hydromel avec nous, mon ami, dit (fort loin sembla-t-il à Bernold, comme issue d'une brume irréelle) la voix d'Isambour. Venez !

« Que m'arrive-t-il ? Dieu, que m'arrive-t-il ? Suis-je possédé ? Cette pucelle est promise à mon fils... à mon fils. Elle est presque déjà ma fille ! »

Il se demanda s'il n'allait pas tomber, là, aux pieds d'Adelise qui le dévisageait de ses prunelles élargies.

– Je ne me sens pas très bien, finit-il par dire d'un timbre étouffé. La tête me tourne. Je suis resté dans le pré, en plein soleil, pendant longtemps...

– Que vous êtes donc imprudent, mon ami ! s'écria Isambour. Vous auriez dû rabattre sur votre tête le capuchon de ce chaperon ! Vous savez bien que le soleil de mars est dangereux !

– On dit même qu'il rend fou ! ajouta Aliaume en riant.

– Buvez sans moi, jeta le maître verrier. Je vais aller m'allonger.

Il traversa la salle comme un somnambule, gagna la chambre conjugale, se laissa tomber sur le lit, enfouit sa tête dans un des gros oreillers...

Quand Isambour vint le rejoindre, après le départ d'Aliaume et d'Adelise, il n'avait pas bougé et paraissait somnoler. Elle s'approcha du grand corps étendu, se pencha sur lui.

– Bernold !

Il ne répondit pas.

« Sans doute s'est-il endormi. C'est ce qu'il pouvait faire de mieux, pensa la jeune femme. Qu'il repose. Un bon somme le remettra d'aplomb ! »

Elle sortit doucement de la pièce pour se rendre dans le jardin. Aidée par Philippa et Doette, qui ramassaient de petites branches, elle coupa des rameaux de buis qu'elle ferait bénir le lendemain matin à la messe. Leur odeur douce-amère devait à jamais demeurer liée dans son souvenir à ce moment-là.

– Aliaume et Adelise ne sont pas restés longtemps, remarqua Philippa.

– Si votre père n'avait pas été pris de malaise, les choses se seraient passées autrement, ma petite fille. Que voulez-vous, il n'a pas été prudent. Le soleil lui a fait du mal.

– Maintenant, il connaît Adelise, continua Philippa. Je voudrais bien savoir ce qu'il pense d'elle.

– Il nous le dira ce soir, au souper.

Mais, le moment venu, Bernold se plaignit de toujours souffrir de la tête. Il ne voulut pas manger.

– Je vais vous faire une tisane de feuilles et de fleurs de basilic, proposa Isambour. C'est souverain pour les maux comme ceux-là !

– Si vous voulez.

Assis près du feu, il fixait les flammes jaunes d'un air sombre.

Après avoir bu le breuvage préparé par sa femme, il retourna se coucher en recommandant qu'on ne se soucie pas de lui.

– Mon père vous a-t-il parlé d'Adelise ? demanda Aliaume à Isambour, une fois le souper terminé, quand chacun se fut retiré.

– Ma foi non. Il n'est pas bien et semble trop abattu pour s'intéresser à autre chose qu'à son mal. Nous allons laisser passer ce dimanche, mais, s'il ne va pas mieux lundi, il ira trouver Roland qui saura quoi faire pour le guérir.

– Espérons qu'il n'a rien de grave...

Aliaume était décontenancé.

– Adelise n'a pas voulu, elle non plus, me faire savoir ce qu'elle pensait de lui, reprit-il. Elle prétend qu'elle ne l'a pas assez vu pour avoir une opinion.

– Je la comprends. Ils n'ont pas échangé dix paroles !

– J'aimerais tant savoir si mon père compte donner son consentement à notre mariage... Viendra-t-il avec nous aux matines ?

– Je ne sais. Tout dépendra de son état de santé.

Bernold décida pourtant de se rendre, à jeun, comme toute sa maisonnée à Saint-Lubin où les fidèles assistaient traditionnellement à l'office des matines en cette veille des Rameaux.

Les lanternes que chacun tenait à la main ponctuaient l'obscurité de leurs petites lueurs vacillantes. Ces lumières égrenées le long des chemins convergeant vers l'église ressemblaient aux grains brillants d'un chapelet mouvant répandu dans la plaine au cœur de la nuit printanière.

Durant l'office, Isambour fut frappée de la ferveur obstinée avec laquelle priait son époux.

Il revint ensuite au Grand Feu en marchant seul, sans desserrer les dents, en tête de leur petit groupe où bavardaient compagnons et serviteurs.

Une fois au lit, il se plaignit de nouveau de migraine, se tourna sur le côté et demeura silencieux.

Pendant toute la journée du dimanche, il resta obstinément enfermé dans sa chambre sans presque se nourrir, sans mot dire.

Aliaume partit après le dîner avec Philippa pour Fréteval où des ménétriers jouaient de la cornemuse sur la place afin de faire danser la jeunesse. Ils en revinrent tout dépités, car Adelise, qui avait pris froid à ce qu'affirmait sa mère, ne s'était pas jointe à eux. Sans elle, il n'y avait pas de divertissement possible pour le jeune homme. Philippa dut supporter la mauvaise humeur de son frère jusqu'à l'heure des vêpres.

Toute la famille revenait de ce dernier office dominical lorsque Mayeul franchit le portail du Grand Feu.

Il sauta de cheval avant même que celui-ci fût immobilisé, jeta les rênes à Rémi.

— Mes amis ! Mes amis ! s'écria-t-il en s'élançant vers Bernold et Isambour qui se trouvaient près du tilleul. Ce jour est un jour béni ! Le père d'Aveline a enfin accepté de me recevoir ! Nous avons longuement parlé ensemble... Il vient de m'accorder la main de sa fille ! Ma ténacité semble l'avoir impressionné. Le mariage est fixé au lundi de Quasimodo, le lendemain des Pâques closes !

Il rayonnait. Isambour lui saisit les mains, les serra :

— Comme je suis heureuse pour vous deux ! Vous touchez tout de même au bout de vos peines ! Aveline va être au comble du bonheur !

— Je vous souhaite à l'un et à l'autre toute la félicité possible, dit Bernold, les dents serrées. Pour tardive qu'elle soit, votre union n'en sera peut-être que meilleure !

— Dieu me pardonne ! n'oubliez pas, ami, que je me suis mariée à quinze ans et que je ne m'en trouve pas malheureuse pour autant ! protesta Isambour en riant.

— Ce n'était pas ce que je voulais dire...

— Je le sais bien, Bernold. Je vous taquinais... Allons, Mayeul, ne restons pas dans la cour. Entrons chez nous pour y vider une coupe de vin gris en votre honneur !

— Ce serait bien volontiers, mais je repars tout de suite pour Blois. Je tiens à annoncer la bonne nouvelle à... ma fiancée, le plus tôt possible !

— Elle comptait venir pour Pâques, remarqua Isambour.

— Nous avions, en effet, songé à profiter de ce jour saint

pour convaincre le père d'Aveline de nous accorder son consentement. Grâce à l'adresse de votre tante, qui a su utiliser l'amélioration ressentie par son malade pour plaider notre cause, tout a été plus vite que prévu. Nous y avons gagné une semaine !

Ses dents blanches éclairaient son visage à la peau mate, où mille petites rides joyeuses s'inscrivaient autour des yeux.

Il donna l'accolade à ses amis et repartit comme un tourbillon.

– Voilà au moins un homme heureux ! constata Bernold d'un ton ironique. Il aurait dix-huit ans qu'il ne serait pas plus naïvement ravi !

– Je vous trouve soudain bien sévère envers votre ami, reprocha doucement Isambour à son époux. D'ordinaire, vous êtes si proche de lui... Que vous arrive-t-il donc, mon cher cœur ?

– Je souffre sans cesse, ce qui me rend d'humeur morose, dit le maître verrier. Donnez-moi donc à boire de cette nouvelle préparation de coques d'amandes qui fait dormir en dépit des douleurs.

– Si vous n'allez pas mieux demain, mon ami, il vous faudra consulter Roland. Il trouvera bien le moyen de vous soulager.

Le lendemain matin, Bernold se rendit en effet au prieuré de Saint-Nicolas-de-Fréteval. Il passa d'abord voir son beau-frère, qui lui donna un élixir de sa façon, en l'assurant qu'il en ressentirait sans tarder les bienfaits, puis, quittant l'infirmerie, il gagna l'enceinte monastique et fit demander le Père Abbé. Il avait coutume de se confesser à lui.

– J'ai besoin de votre aide, mon Père, lui dit-il en l'abordant. Mon âme est en danger.

La confession fut pénible. Quand Bernold se retira, il n'avait pas reçu l'absolution et savait que le feu qui le brûlait était un reflet de celui de l'enfer. Néanmoins, il n'avait pas trouvé en lui le courage de s'engager à un renoncement que l'abbé voulait définitif.

« Un si grave péché... la rupture du sacrement de mariage, d'un sacrement librement donné, librement reçu, se répétait-il en suivant la route qui le ramenait chez lui. Un tel péché... mais si tentant ! Seigneur, il ne fallait pas la mettre sur mon chemin, cette fille qui est la jeunesse, le charme, la chair en fleur... Elle est ma dernière chance... À mon âge, une rencontre pareille rend fou ! La tentation est trop forte... d'autant plus que je sais, sans avoir rien eu à lui dire, qu'Adelise partage mon trouble, qu'elle a été, elle aussi, prise de vertige durant ce baiser, qu'elle est consentante... Que je n'ai qu'un geste à faire... Comment voulez-Vous que je résiste ? Je ne supporte pas l'idée qu'un autre puisse la prendre, et surtout pas mon fils... D'ailleurs, ils ne sont pas encore mariés, même pas fiancés, à peine promis, puisque ce tapissier et moi n'avons toujours parlé de rien... Il n'en est pas moins vrai qu'Aliaume, lui, a engagé sa parole... Que faire ? Dieu tout-puissant, que faire ? Je ne pourrai même pas communier dimanche, jour de Pâques ! Que dira Isambour ? Comment lui expliquer l'impossibilité où je me trouverai d'approcher de la Sainte Table ? Ne suis-je pas dès à présent damné ? Le Père Abbé vient de me dire que celui qui commet l'adultère en pensée l'a déjà perpétré. Si Vous devez, de toute façon, me rejeter, Dieu de justice, autant que ce soit pour une véritable faute ! Si je dois me perdre, que je me perde entre les bras blancs d'Adelise... Mais alors, j'entraînerai avec moi cette enfant dans la damnation éternelle ! »

Il se laissa tomber par terre, sur le revers d'un talus. L'air était doux, l'herbe neuve, encore rase, ressemblait à un tapis de fine laine verte. Des oiseaux s'égosillaient dans les arbres dont les bourgeons éclataient de toutes parts. Gorgée de sève, la campagne se livrait voluptueusement au printemps.

L'air perdu, Bernold fixait de petites anémones sauvages, blanches et rosées, qui étoilaient le rebord du fossé, là où commençait la haie d'épines noires.

« Vous qui nous avez créés et connaissez nos faiblesses, Dieu, prenez pitié de moi ! Prenez pitié ! Cette folie peut m'amener au pire ! À cause d'elle, je serais capable de délaisser femme et enfants, de quitter Isambour, qu'en dépit de tout, je continue à aimer... mais autrement... Je renierais la foi que je lui ai engagée et notre passé... car il me faudrait partir... Je ne suis pas baron, moi, pour installer une concubine sous le toit conjugal... De toute manière, la présence d'Aliaume rend la chose impossible... Je me perdrais, Seigneur, je me perdrais, corps et âme ! Éloignez de moi cette pucelle ! Qu'elle tombe malade... que sa famille soit obligée de partir... Trouvez un moyen ! Je Vous en conjure !... Mais que deviendrai-je si elle s'en va ? Pourrai-je jamais vivre comme avant ? Elle s'est logée dans ma tête, dans mon cœur, dans mon sang, comme un très doux poison. Je ne peux plus le rejeter sans rejeter ma vie ! »

Durant certains de ses voyages, il lui était arrivé de tromper Isambour. Ces brèves aventures étaient demeurées sans importance, sans suite. Aucune n'avait menacé le cours de son existence. Cette fois, avant même que rien ne se soit passé, il était pris, lié, subjugué. Sans avoir encore touché Adelise, sans l'avoir possédée, il savait quel pouvoir elle détenait sur lui, quelle démence elle ferait lever en lui...

Il resta un long moment prostré, au bord du chemin. Quand il se redressa, il était convaincu que, seul, un miracle pourrait le sauver.

La semaine sainte, que certains nommaient semaine d'angoisse, s'écoula pour cet homme aux abois comme un cauchemar.

Autour de lui, sa famille respectait son silence, portait au compte du malencontreux coup de soleil son air tourmenté, son mutisme.

Il ne pouvait rester en place, ne se trouvait bien nulle part, n'avait de goût à rien. Ses ateliers, où d'ordinaire il travaillait dans la joie, lui étaient devenus prisons.

Il partait, marchait à travers prés et chemins creux, suivait le cours du Loir, sans but, sous la pluie revenue et le ciel maussade. Les bourrasques le laissaient insensible. S'il frissonnait, ce n'était pas de froid.

Le jour du vendredi saint, il suivit, pieds nus, en chemise, et se flagellant, la procession des pénitents qui cheminaient à travers les rues neuves du village de Fréteval, à la suite de la grande croix de bois portée par l'un d'entre eux.

Le soir venu, il dit à Isambour qu'il avait décidé de passer la nuit en prières, qu'il connaissait dans la forêt un ermite auprès duquel il allait se rendre afin de faire oraison en sa compagnie jusqu'au lendemain.

Peu habituée à de telles manifestations de mysticisme chez un être dont la foi, toute simple et droite, n'avait d'ordinaire point besoin de semblables recours, Isambour préféra cependant acquiescer.

L'attitude de Bernold l'inquiétait bien un peu depuis le samedi précédent, mais elle se persuadait que seule l'appréhension d'un mal qui le tourmentait de manière si durable pouvait expliquer le changement incompréhensible de son mari.

Ainsi que tous les hommes, il détestait souffrir, et

n'acceptait pas cette maladie sournoise dont aucun remède ne semblait pouvoir venir à bout.

Elle le laissa donc partir sans trop de crainte en se contentant de lui souhaiter une retraite salutaire.

Il ne réapparut pas le lendemain matin, non plus qu'à l'heure du dîner.

Le samedi saint, jour d'attente par excellence, jour de recueillement, de méditation pour toute la chrétienté, s'écoula sans qu'on ait de nouvelles du maître verrier.

Selon la tradition, les enfants du village vinrent, crécelles en mains, réclamer les œufs teints et les menues piécettes qu'on leur partageait la veille de Pâques.

Manger des œufs étant défendu durant tout le Carême, les gens de la vallée en possédaient à foison. Ils ne se faisaient pas prier pour en donner aux petits quêteurs.

Comme chaque année, Isambour leur distribua une partie de ses réserves, mais sans y trouver l'amusement habituel. Une inquiétude sournoise la taraudait.

Elle avait bien songé à aller trouver sa tante pour lui confier le malaise qu'elle ressentait devant l'étrange comportement de Bernold, mais Gervais-le-vavasseur et Perrine étaient absents. Ils s'étaient rendus à Blois pour voir Aveline.

Un travail de broderie, que la comtesse Adèle jugeait urgent, tenait en effet attachées à leurs métiers les ouvrières du château comtal. Obligées de demeurer sur place, en dépit des fêtes, elles n'avaient pu s'éloigner de leur ouvroir ainsi qu'elles le faisaient d'ordinaire.

Partis pour plusieurs jours, l'oncle et la tante d'Isambour avaient décidé de profiter de leur déplacement pour faire dans la cité blésoise les achats indispensables au mariage de leur fille et de Mayeul, fixé au lundi de la semaine suivant celle de Pâques.

Passant d'un extrême à l'autre, Aveline ne connaîtrait pas, cette fois-ci, de longues fiançailles. La brève cérémonie prévue à cet effet aurait lieu très simplement durant le séjour de ses parents chez elle.

Isambour déplorait de ne pouvoir se trouver auprès de sa cousine en cette occasion, mais son état ne lui permettait plus de se risquer sur les routes. Puisque les noces auraient lieu, comme il se devait, à Saint-Lubin, paroisse de l'épousée, elle pourrait toujours y assister.

« Pourvu que Bernold soit de retour pour ce lundi de

Quasimodo, songeait la jeune femme. Et pourvu qu'il soit guéri ! »

Elle savait qu'une fois leur union célébrée, Mayeul et Aveline s'installeraient à Blois. Le comte et la comtesse avaient en effet demandé au maître d'œuvre, qui en avait terminé avec le donjon de Fréteval, de venir travailler pour eux à l'édification de remparts en pierres qu'ils avaient décidé de faire élever autour de leur ville. En outre, ils projetaient d'y faire construire un nouveau sanctuaire et plusieurs autres édifices. L'ouvrage ne manquerait pas.

Aveline et son mari trouveraient donc tous deux à s'employer à l'ombre du château. Désormais, Isambour aurait encore moins qu'auparavant l'occasion de rencontrer sa cousine. Elle le regrettait, mais aimait assez cette dernière pour se dire que le bonheur si longtemps attendu qu'Aveline allait enfin connaître, justifiait bien des sacrifices de la part de ceux qui lui étaient attachés.

Les pensées d'Isambour se partagèrent donc entre Bernold et Aveline, durant la messe du Feu nouveau qu'elle suivit à Saint-Lubin, le samedi saint au soir, entourée de ses enfants et de ses gens.

Allumée sur la place, à quelques toises du porche de l'église, il y eut d'abord la flambée de bois sec à laquelle le prêtre enflamma le grand et lourd cierge pascal qu'il venait de bénir. Puis les fidèles, un à un, vinrent lui emprunter symboliquement le feu nouveau pour leurs propres luminaires. Tout le monde pénétra ensuite dans le sanctuaire plongé dans l'obscurité où les lueurs mouvantes de tant de cierges apportaient peu à peu la lumière, image de la Résurrection.

C'était la première fois que le maître verrier ne se trouvait pas présent avec les siens en cette fête de l'Espérance, la première fois qu'il ne reçut pas, des mains de son curé, le flacon d'eau bénite, renouvelé chaque année après la bénédiction des fonts baptismaux.

« Quand va-t-il revenir ? se demandait Isambour. Faites, mon Dieu, qu'il ne lui soit rien arrivé ! Que ses maux n'aient pas empiré ! En cette cérémonie qui célèbre un de Vos plus grands mystères, permettez-moi de Vous demander la guérison de mon époux. N'acceptez pas qu'il tombe plus gravement malade. Retirez-lui le mal dont il se plaint. Guérissez-le, Seigneur, guérissez-le, je Vous en prie ! »

Au retour de l'église, Isambour trouva dans la cour de

sa maison, Aliaume, qui avait préféré se rendre à la messe de Fréteval pour y rencontrer Adelise.

Il avait posé sa lanterne sur la margelle du puits, et, autant qu'on pouvait en juger à la maigre clarté qui vacillait devant lui, il paraissait accablé.

— Que se passe-t-il, mon fils ? demanda Isambour, le cœur battant. Pour l'amour du ciel, qu'est-il arrivé ?

— Adelise a disparu !

— Comment cela, disparu ?

— Je ne sais pas, ma mère ! Je ne sais rien !

Il pleurait.

Isambour confia à Margiste, en lui recommandant de les coucher au plus vite, Philippa et Aubin qui tombaient de sommeil, puis elle se sépara de ses gens.

— Venez, Aliaume, dit-elle ensuite à son fils. Venez.

La nuit était froide. On ne pouvait rester dehors sans risquer de prendre mal. Ils entrèrent donc tous deux dans un des ateliers de la verrerie.

Posées sur une table de planches, leurs deux lanternes éclairaient faiblement, à travers les fines lames de corne transparente qui laissaient passer la lumière des bougies, les vitraux entreposés dans leurs cadres de bois et le désordre habituel à ce lieu de travail.

Aliaume se laissa tomber sur un tabouret. La tête entre les mains, il sanglotait comme un enfant.

Isambour s'approcha de lui.

— Pleurer ne sert à rien, dit-elle, non sans un léger agacement. Reprenez-vous, mon fils ! Racontez-moi plutôt comment les choses se sont passées.

Après quelques derniers soubresauts, le grand corps de l'adolescent se calma peu à peu. D'un revers de main, il s'essuya les yeux, puis il se redressa.

— Je n'ai guère vu Adelise, ces derniers jours, dit-il. Elle souffrait d'un refroidissement. En outre, elle ne tenait pas, durant la semaine sainte, à ce que nous nous rencontrions trop souvent. Elle attendait Pâques.

— Ne m'avez-vous pas dit ce matin l'avoir saluée, hier au soir, à la sortie de l'Office des Ténèbres ?

— Si fait. Elle se trouvait avec sa famille à Saint-Nicolas.

— Alors ?

— Alors, je lui avais justement proposé de me rendre chez elle ce tantôt, pour parler tous deux de nos projets. Elle avait accepté...

La voix du garçon buta, se cassa.

Isambour resserra autour de son cou le voile de lin blanc qui lui enveloppait la tête.

— Allons, allons, mon fils, continuez !

— Il n'y a pas grand-chose à dire. Quand je suis arrivé chez les parents d'Adelise, vers l'heure de none, elle ne s'y trouvait pas. Ils m'ont appris que, tout de suite après le dîner, un enfant du village était monté lui dire que Juliane, la fille adoptive de Gildas et de Basilie, l'attendait. Elles sont amies et se voient assez souvent... J'ai patienté.

— Vous ne vous êtes pas rendu au moulin ?

— Je m'y suis décidé après un bon moment. Personne n'y avait vu Adelise. Juliane ignorait tout de leur soi-disant rendez-vous.

— C'est un malentendu. Ces enfants se seront mal comprises. Adelise aura rendu visite à une autre de ses compagnes.

— Fréteval n'est pas si grand... J'ai entrepris le tour de tous les endroits où elle aurait pu se trouver.

— Au château neuf ?

— On ne savait rien.

— Qu'avez-vous fait ensuite ?

— Je suis retourné chez elle. Ses parents commençaient à s'inquiéter. Son père et moi sommes partis à sa recherche dans les environs, à Morville, à Saint-Lubin, à l'orée de la forêt, aux bords du Loir. Partout. Elle n'était nulle part.

— On ne disparaît pas comme ça !

— Je ne cesse de penser aux larrons qui ont attaqué mon père et son aide...

— Ce sont des voleurs. Une fille sans argent ne les intéresse pas... à moins qu'ils en aient à sa vertu... Mais si cette chose affreuse s'était produite, votre amie serait revenue.

— Par le ventre de la Vierge ! si un tel malheur arrivait, je n'aurais de cesse de retrouver et d'occire ces porcs !

— Calmez-vous, mon fils ! La réalité doit être plus simple. Je suis persuadée que demain vous saurez à quoi vous en tenir, que tout s'éclairera.

— Dieu vous entende, ma mère !

— J'espère bien, également, qu'après cette retraite prolongée, votre père reviendra guéri et de belle humeur.

— S'il se trouvait ici à présent, je suis certain qu'il m'aiderait.

– En vérité, je crois qu'il vous conseillerait surtout de rester calme. Allons, il faut aller vous coucher et tenter de dormir. Veiller inutilement ne rime à rien. La nuit est déjà avancée. Nous ne pouvons pas espérer apprendre quoi que ce soit de neuf à une heure pareille.

– Je sens que je ne vais pas fermer l'œil un instant. Je préfère demeurer ici pour attendre.

– Ce n'est guère raisonnable, Aliaume. Que voulez-vous qu'il se produise durant le temps qui nous sépare de l'aube ? Cette nuit-ci est sainte et vouée au mystère. Laissons-la s'écouler sans troubler son déroulement sacré.

Cependant, Aliaume ne suivit pas sa mère qui regagna seule sa maison pour tenter de trouver le repos. Il resta dans l'atelier où il finit par s'assoupir, enveloppé dans sa chape, sur le foin qui recouvrait le sol de terre battue.

Le soleil se levait au-dessus de la vallée, dans un ciel où s'étiraient de longs nuages gris et safranés, quand on frappa avec force au vantail de la grande porte d'entrée.

Aussitôt réveillé, Aliaume se précipita dans la cour où l'air piquant du petit matin acheva de le tirer du mauvais sommeil où il avait sombré en dépit de ses résolutions.

Le portail ouvert, le jeune homme se trouva devant Gildas.

– Vous ! À une pareille heure ! s'écria-t-il.

– Je dois parler à votre mère, répondit le meunier d'un air préoccupé. C'est très important. J'ai un message pour elle.

– Un message ! De qui ?

– Je ne puis vous le dire. Il faut que je voie Isambour en premier.

– Bon. Suivez-moi.

Les servantes commençaient tout juste à ranimer le feu dans la cheminée quand les deux hommes entrèrent dans la salle.

Sur un coffre, plusieurs corbillons d'œufs teints en vert, en jaune, en rouge, en violet, en rose, au moyen de sucs de diverses plantes, attendaient d'être distribués aux enfants du logis en ce matin de Pâques.

Après s'être lavée dans le cuveau posé comme à l'accoutumée au pied de son lit, avoir refait ses tresses, puis s'être habillée avec l'aide de Sancie, Isambour donnait à présent à Doette son bain matinal. La petite fille tapait de ses mains l'eau tiède qu'elle projetait en riant sur le devantier dont sa mère s'était enveloppée.

Aliaume entra dans la chambre.

– Gildas demande à vous parler, ma mère.

– À cette heure-ci ?

– Il dit que c'est important.

Isambour rappela Sancie à qui elle confia Doette.

Dans la salle, elle trouva le meunier, debout devant la cheminée, l'air tourmenté.

– Par ma foi, que peut-il bien se passer, mon ami, pour que vous veniez nous surprendre ainsi, au saut du lit ?

Lèvres serrées, Gildas considéra un instant la femme au ventre distendu qui se tenait devant lui. Elle achevait de s'essuyer les mains au tablier qu'elle venait de dénouer et tenait à présent comme une serviette.

– Asseyez-vous, Isambour, dit-il avec gêne.

D'instinct, Aliaume vint se placer derrière sa mère qui s'installait sur la banquette à dossier.

– Par mon âme ! Parlez, Gildas, parlez ! De quoi s'agit-il ? demanda Isambour que toutes ces précautions mettaient de plus en plus mal à l'aise.

– Voici. Hier, en fin de matinée, Bernold est venu me voir, au moulin. Si son ami Mayeul ne s'était pas rendu à Blois auprès de votre cousine, c'est à lui qu'il se serait adressé, m'a-t-il dit. En son absence, il avait pensé que je serais le plus indiqué pour venir vous trouver...

– Me trouver ? En quoi mon mari a-t-il besoin d'un intermédiaire entre lui et moi ?

– Ce qu'il avait à vous faire savoir est si grave, ma pauvre amie, si douloureux...

Il s'interrompit une nouvelle fois pour frotter longuement, d'un air malheureux et hésitant, son grand nez rougi par l'air vif du dehors.

Les yeux fixes, Isambour le dévisageait.

– Je vous écoute, dit-elle brièvement.

Gildas écarta les pans de sa chape et tira un parchemin roulé de la large ceinture de cuir qui serrait son bliaud à la taille.

– Lisez ceci, dit-il. Ce sera plus simple. Il me l'a remis pour vous.

Les mains qui délièrent le lien de soie rouge tenant le rouleau fermé tremblaient si fort qu'elles durent s'y reprendre à plusieurs fois avant d'y parvenir.

Isambour,
Au terme d'un combat contre moi-même qui a duré une semaine,
je pars avec Adelise. Je n'ai pas d'excuse et ne cherche pas à m'en
trouver. Le Mal me tient. Pourrez-vous jamais me pardonner ? Je
vous laisse tous mes biens. Que Dieu vous garde !

Bernold.

Penché au-dessus de l'épaule de sa mère, Aliaume avait pris
connaissance en même temps qu'elle du contenu de la lettre.

Il poussa une sorte de plainte rauque, puis se laissa tomber
par terre en frappant de ses poings fermés les dalles
jonchées de foin. Des sanglots secs le secouaient. Des
injures, des imprécations, tout un délire verbal sortait de
sa bouche tordue de dégoût et de chagrin.

Insensible, pour la première fois de sa vie, à la douleur
d'un de ses enfants, Isambour s'était laissée aller en arrière,
la tête appuyée au coussin de tapisserie qui recouvrait le
dossier de la banquette.

Les yeux fermés, pâle comme si elle était évanouie, elle
demeura un moment immobile. Rien de ce qui l'entourait
n'avait plus d'existence. Elle n'était attentive qu'à l'éclosion,
à la montée, d'une spirale de souffrance, issue de son ventre
et qui s'élevait jusqu'à sa poitrine en produisant en elle une
sensation d'abîme intérieur, de gouffre intime, qu'elle
reconnaissait. Cinq ans plus tôt, pendant qu'elle courait vers
l'arbre sous lequel gisait, mort, son second fils, Hendri, elle
avait éprouvé cette même impression de peur, d'horreur,
de désastre irréparable.

— Mon amie, ma pauvre amie, répétait Gildas, affolé, ne
sachant que faire.

Au bout d'un moment, Isambour, sans changer de
position, rouvrit les yeux.

— Fornicateur, adultère, et, pourrait-on dire, incestueux,
puisqu'il s'agit de la presque-fiancée de son fils, il va se
damner, murmura-t-elle d'une voix détimbrée.

Elle ne pleurait pas. Une sécheresse terrifiante
l'envahissait.

— Que vous a-t-il dit ? demanda-t-elle enfin à Gildas.

— Il a été bref, répondit sobrement le meunier. En
quelques mots, il m'a expliqué ce qui lui arrivait, m'a confié
ce parchemin et a insisté pour que je ne vous le remette
que ce matin.

— Pourquoi, ce matin seulement ?

– Sans doute pour se donner le temps de mettre son projet à exécution et prendre du champ... J'ai tenté de lui parler comme à l'ami qu'il était pour moi, j'ai voulu l'empêcher de se ruer à sa perte... J'ai dit ce que j'ai cru devoir dire pour le retenir près de vous et de vos enfants... Il n'y a rien eu à faire. Il ne m'écoutait pas... Je sais à présent ce que c'est qu'un possédé... Il m'a quitté sans rien vouloir entendre, presque en courant.

Isambour sentit soudain, au fond de ses entrailles, tressaillir et s'agiter avec violence l'enfant à naître.

– Il ne faut pas que le petit que je porte subisse le contrecoup de cette infamie, dit-elle en posant ses paumes sur son ventre agité de tressaillements. Il ne le faut pas. Puisque son père nous abandonne et se désintéresse de cette nouvelle vie qu'il a fait germer en moi, je deviens son unique protectrice.

– Vous ne manquez pas de courage, Isambour, dit Gildas avec respect.

– Ne croyez pas cela. Je me connais. Quand le malheur me frappe, je fais d'abord bonne contenance, car je ne perçois que lentement la réalité des choses. J'ai l'air vaillante, mais ce n'est qu'illusion. Au fil des heures, la vérité s'infiltre en moi, me pénètre, me fait de plus en plus souffrir. Elle finit toujours par me vaincre. C'est à ce moment-là que j'aurai besoin d'aide, Gildas, quand j'aurai vraiment compris ce qui m'arrive !

Elle se redressa, se leva, alla vers Aliaume qui sanglotait toujours à même le sol.

– Levez-vous, mon fils, continua-t-elle, levez-vous ! Nous voici trahis tous deux en même temps, dépouillés en même temps. Tâchons de faire front ensemble.

Aliaume tourna vers sa mère un visage meurtri, ruisselant, décomposé.

– Je les tuerai, les chiens ! Je les tuerai ! cria-t-il. Je les chercherai partout, partout ! Et, quand je les aurai trouvés, rien ne pourra m'empêcher de me venger !

Il martelait le sol à coups de poing.

– Taisez-vous, ordonna Isambour. Taisez-vous donc. Vous ne savez plus ce que vous dites.

Elle se sentait lasse, lasse, incapable de chapitrer Aliaume comme il l'aurait fallu.

– Voulez-vous venir vous installer chez nous ? proposa Gildas.

– Non, mon ami. Merci. Je resterai ici. Pour le moment, du moins. Tant que je n'aurai pas accouché. Je tiens à ce que cet enfant sans père naisse au moins dans sa propre maison.

« Pourquoi ? se demandait-elle en même temps. Pourquoi s'accrocher à une chose pareille ? Quelle importance cela a-t-il en réalité ? »

Un sentiment d'effondrement, de gâchis irréparables, l'écrasait.

Elle se dirigea vers la fenêtre ouverte sur la jeune lumière d'avril. L'air sentait bon.

Soudain, toutes les cloches de la vallée se mirent à sonner joyeusement pour annoncer la première messe matinale de la Résurrection.

Par bandes tournoyantes, leurs carillons firent s'envoler pigeons, moineaux, merles, sansonnets... Les ailes claquaient, les cloches tintaient, le soleil brillait. Il semblait à Isambour, qu'au même rythme qu'à celui de son cœur rompu, battants et oiseaux scandaient sans fin un seul nom, toujours repris et répété : « Ber-nold, Ber-nold, Bernold... ».

VI

– Je vous ai tous réunis chez moi, dit Gervais-le-vavasseur, parce que l'injure a été publique, et que la vengeance doit être prise en charge par tout notre lignage.

Revenus de Blois le vendredi, Gervais et Perrine avaient tout de suite été informés par la vieille Richilde, mère du vigneron, de l'abandon dont Isambour et ses enfants venaient d'être les victimes. Le sang du vavasseur n'avait fait qu'un tour. Il était accouru chez sa nièce en l'assurant qu'il prenait les choses en main, que la traîtrise dont son mari s'était rendu coupable ne demeurerait pas impunie.

– Je ferai justice ! s'était écrié le petit homme, si satisfait de pouvoir enfin entrer en lutte ouverte avec Bernold, tout en ayant le bon droit pour lui, qu'il en était comme rajeuni.

– Je vous en prie, mon oncle, avait dit Isambour, ne vous mêlez de rien. Je suis seule concernée. Je saurai agir, selon les circonstances, au mieux de mes intérêts et de ceux de mes enfants.

Mais sans vouloir l'écouter, le vavasseur avait convoqué à Morville, pour le lendemain, tous ceux auxquels l'attachaient des liens de parenté.

Dans la salle de sa demeure se trouvaient donc réunis ce samedi-là, autour de lui, sa femme, sa mère, Frémin-le-tord, son oncle, tout recroquevillé par les rhumatismes, Aveline et Mayeul, arrivés le matin même de Blois pour préparer leurs noces et fort contristés de ce qu'ils venaient d'apprendre.

Isambour avait pris place près d'Aliaume. On ne savait lequel était le plus blessé. Accompagné de ses deux fils jumeaux, Jofroi et Onfroi, deux colosses blonds âgés d'une vingtaine d'années, un cousin éloigné de Gervais, Thiégaud de Marchenoir, gros homme roux à la face bouffie des bons buveurs, avait lui aussi répondu à l'appel.

— Je vous ai réunis, commença le vavasseur, pour organiser notre vengeance entre parents. La faide [1] est une obligation sacrée à laquelle nul ne peut se dérober. Je sais que vous m'offrirez tous de grand cœur votre aide pour laver l'outrage infligé à ma nièce et à ses enfants par le mari indigne qui vient de les abandonner, sans même tenir compte de la grossesse de son épouse !

Il y eut un silence. Dans la cheminée, le feu dévorait un tronc d'arbre. De la cour, montaient les caquetages des volailles.

— Je suppose qu'en tant que chef de notre maison, dit alors Thiégaud de Marchenoir, vous êtes tout désigné pour devenir le chevetaigne [2] de la guerre promise à votre neveu félon.

— Je serai fier de pouvoir me considérer comme tel, assura Gervais.

Redressé sur son siège, drapé dans son manteau de serge verte, la mine passionnée, le vavasseur ne montrait plus trace du mal qui l'avait terrassé à la Noël. Il revivait.

— Je ne veux pas entendre parler de guerre entre ma famille et celui qui demeure, en dépit de ses fautes, l'époux auquel me lie le sacrement du mariage, dit Isambour en sortant soudain du silence dans lequel elle s'était enfermée depuis le début de la réunion. Je tiens à répéter devant vous tous que je ne demande rien à personne, que je n'ai pas souhaité ce conseil, que je ne réclame pas réparation.

— Soyez généreuse autant que vous le voudrez, ma nièce, s'écria Gervais, mais l'injure dépasse votre personne pour éclabousser tout votre lignage. Vous ne nous empêcherez pas d'agir comme nous le devons.

— Moi, lança Aliaume d'une voix sourde, moi, je veux me venger !

— Mon fils ! protesta Isambour, mon fils, songez qu'il s'agit de celui qui vous a donné la vie !

— Justement ! Il m'a tout pris, lui qui me devait, au

---

1. *Faide* : vengeance d'un crime exercée par les parents de la victime.
2. *Chevetaigne* : chef.

premier chef, aide et protection ! Il est doublement coupable envers moi !

— Vous savez, mon enfant, dit alors Frémin-le-tord, que votre père est issu d'une race où les hommes, avant que l'Église n'y mette bon ordre, étaient habitués à répudier leurs femmes pour un rien, et à multiplier les concubines à leurs foyers. Il faut tenir compte de ces origines païennes encore proches, chez ceux qui ne sont pas aussi ancienne-ment convertis que nous au christianisme.

— Ces coutumes barbares sont depuis longtemps proscri-tes par le pape et les évêques, trancha Gervais. Ce n'est pas à nous de remettre en question leurs décisions.

— Il ne s'agit pas de cela, voulut expliquer le bossu, mais...
Thiégaud de Marchenoir lui coupa la parole.

— N'oubliez pas, notre oncle, que le roi de France Philippe Ier, lui-même, a été jugé et excommunié voici quatre ans, à Clermont, par le pape Urbain II, pour un crime comparable. L'Église n'a jamais admis qu'il ait répudié sa première épouse, Berthe de Frise, pour se lier par des noces scélérates à Bertrade de Monfort, du vivant du mari de celle-ci, Foulques-le-Réchin, notre voisin, le comte d'Anjou !
Le gros homme hochait la tête d'un air sévère.

— Le royaume de France mis en interdit à cause de l'inconduite de son roi ! soupira Perrine. Quelle honte ! Quelle misère !

— Ce n'est pas la première fois qu'une telle chose se produit et ce ne sera certainement pas la dernière, soupira le bossu. La chair est faible. Monter sur un trône n'y change rien !

— Sans doute, sans doute, reprit le vavasseur, mais nous nous éloignons de notre propos. Il s'agit de nous unir par serment dans le but de rechercher le mari adultère de notre nièce, jusqu'à ce que nous le retrouvions pour le châtier.
Ses yeux vifs brillaient d'excitation.

— Par Dieu ! Où comptez-vous donc aller ? demanda Jofroi, qui, des jumeaux, était le plus loquace, son frère se contentant de l'approuver par de vigoureux hochements de tête. A-t-on idée de l'endroit où il peut se dissimuler avec cette fille ?
À ces mots, Aliaume émit une sorte de plainte sourde qui déchira Isambour.

— Nul ne sait où ils se terrent, répondit Gervais. Mais j'ai des amis un peu partout dans la région et je connais fort bien un des sergents de la forêt de Silva Longa. Si je le lui demande, il fouillera chaque combe, chaque fossé, chaque hallier.

— N'oubliez pas qu'ils sont Normands tous deux, fit alors remarquer Richilde, que son extrême vieillesse n'empêchait pas de conserver l'esprit clair. S'ils sont retournés dans leur duché, vous pourrez toujours battre la campagne par ici !

— Il est vrai, opina le bossu, que le plus sûr moyen pour eux de rester hors d'atteinte est bien de gagner la Normandie ou même de passer en Angleterre.

Le vavasseur haussa les épaules.

— Par mon chef, ce ne sont là que suppositions gratuites ! affirma-t-il d'un ton tranchant. Il est beaucoup plus vraisemblable que nos deux complices sont demeurés dans les environs.

— Et pourquoi donc ? demanda Isambour. Aucun de vous ne peut savoir combien Bernold gardait de nostalgie de son pays. Tout comme ma grand-tante, je crois que vous perdrez votre temps à traquer dans la vallée ou les bois ceux qui sont déjà, sans doute, fort loin de chez nous.

— Oh ! vous, ma nièce, vous ne souhaitez qu'une chose, c'est que nous laissions votre mari se vautrer tranquillement dans son adultère ! s'exclama avec humeur le petit homme obstiné. Si on vous écoutait, Dieu me pardonne, on ne bougerait pas ! On laisserait faire !

Aveline, qui était assise entre son fiancé et sa cousine, tenait une main de celle-ci entre les siennes. Elle la serrait par moments de toutes ses forces.

Demeuré jusque-là silencieux, la tête basse, la mine grave, Mayeul intervint après que le vavasseur se fut tu.

— De nous tous, je suis sans doute celui qui connaît le mieux Bernold, dit-il posément. Nous sommes amis d'enfance, lui et moi. Je puis vous assurer qu'il n'est pas mauvais au fond de lui-même et que jusqu'ici c'était un juste. Ce qui vient de lui advenir me demeure inexplicable, mais prouve qu'il a perdu la raison. Je suis persuadé qu'il doit déjà regretter cette folie... Par le Dieu de Vérité, je jurerais qu'il ne va pas tarder à rentrer chez lui, repentant. Je vous demande de lui laisser le temps de se reprendre, de ne pas le poursuivre avant de lui avoir accordé un délai de contrition suffisant.

Il y eut un nouveau silence. Le regard qu'Isambour adressa à Mayeul n'était que gratitude.

— L'Église recommande en effet que les parents de l'offensé attendent quarante jours avant d'user de représailles envers les coupables, reconnut Thiégaud de Marchenoir. Beaucoup s'y conforment. C'est le délai jugé nécessaire pour que les lignages poursuivis soient dûment avertis du danger.

— Dans notre cas, il n'y a pas de lignage à prévenir, lança Gervais avec irritation. Le mari d'Isambour n'a plus de famille. Tous les siens ont été décimés au cours des guerres intestines entre Bretons et Normands.

— Je trouve néanmoins, mon ami, dit Perrine, que notre futur gendre a raison. Bernold peut encore se repentir, venir à résipiscence. Dieu ne veut pas la mort du pécheur. Ne soyons pas plus intransigeants que Lui. Laissons à celui dont Satan a égaré le cœur le temps de regretter sa faute et, peut-être, de la réparer.

— Comment pourrait-il jamais réparer le mal qu'il a fait ? jeta Aliaume. Il a souillé Adelise, trahi sa foi envers ma mère, et m'a désespéré. Peut-on effacer de tels crimes ? Les parents d'Adelise crient à l'enlèvement, clament leur fureur, demandent réparation. Je leur ai promis de m'en charger.

— Par la Vierge Sainte ! Mon fils, taisez-vous ! s'écria Isambour. Quoi qu'ait pu commettre votre père, il demeure votre père ! Vous n'avez pas le droit de le condamner ! N'oubliez pas, je vous en conjure, que nous serons jugés comme nous aurons jugé. Que le Seigneur vous demandera compte de vos agissements envers celui auquel vous devez, dans tous les cas, respect filial et soumission.

— On ne peut respecter que ceux qui restent respectables, protesta sombrement le jeune homme. Mon père n'est plus des leurs. Ses forfaits sont tels que nul ne songerait à exiger une once de déférence envers un malfaiteur comme lui !

— Eh bien, moi, son épouse, moi qui suis concernée par ses actes autant et même plus que vous, Aliaume, je lui conserve cependant mon estime. Je ne me permets pas d'accabler de mon mépris un homme que le Mal, seul, a pu égarer à ce point !

Pâle et les yeux cernés de bistre, Isambour s'était redressée. Elle se tenait très droite sur son siège, la tête haute.

– Je demande donc, moi aussi, à cette assemblée, reprit-elle, de repousser à quarante jours l'ouverture des hostilités envers mon époux. Nous sommes plusieurs, ici, à penser qu'il faut lui laisser le temps de se repentir. Ce délai une fois révolu, si Bernold n'est pas de retour, nous nous réunirons à nouveau, mon oncle, pour décider de la marche à suivre. Auparavant, je vous supplie tous de ne rien tenter pour le traquer. Attendons seulement, attendons, et prions Dieu d'amener cette âme à repentance.

– Il a droit à ce délai, convint le bossu. Nous devons le lui accorder.

Le vavasseur se grattait la tête avec indignation.

– Vous donnez ainsi au félon loisir de gagner la Normandie, grommela-t-il, furieux.

– S'il a jamais eu l'intention de retourner dans son pays natal, il doit déjà y être rendu, remarqua Thiégaud de Marchenoir avec lassitude. Ou bien il est parti depuis une semaine et nous n'avons aucune chance de le rattraper, ou bien il se cache quelque part dans la région et nous le dénicherons au gîte une fois les quarante jours révolus.

Aveline se pencha vers sa cousine.

– Vous avez obtenu gain de cause, amie, dit-elle, mais je vous trouve bien magnanime. À votre place, je n'aurais de cesse de me voir vengée ! Au besoin, j'agirais par moi-même, et je vous prie de croire que rien ne m'empêcherait de faire justice !

– Hélas, soupira Isambour, hélas ! le châtiment infligé à l'adultère a-t-il jamais consolé personne ?

– Certes oui ! s'écria Aveline. Se venger efface l'offense et rend l'honneur !

– Pour moi, murmura Isambour en secouant le front, pour moi, ce n'est pas une question d'honneur, c'est une question d'amour...

Les hôtes du vavasseur quittaient leurs sièges, changeaient de place, s'entretenaient par petits groupes.

Voyant que Mayeul était allé saluer le bossu, Perrine vint rejoindre sa fille et sa nièce, toutes deux assises sur un coffre, près d'une fenêtre ouverte.

– Qu'allez-vous faire, à présent, Isambour ? demanda-t-elle.

– Je ne sais, ma tante... non, vraiment, je ne sais...

– Pensez-vous demeurer au Grand Feu ?

– Je préfère y rester pour le moment. Après la naissance de mon enfant, j'aviserai.

Elle passa la main sur ses yeux.

– Depuis huit jours, je vis dans une sorte de brume, avoua-t-elle. Je n'arrive pas à croire au reniement de Bernold. Cela lui ressemble si peu... J'attends. J'espère son retour... Il ne peut pas s'en être allé pour bien longtemps. Il me semble toujours qu'il va pousser la porte de la salle et venir me demander pardon... C'est pourquoi je suis très reconnaissante à Mayeul de ce qu'il a dit. Il est vrai qu'il n'y a aucune méchanceté dans le cœur de mon pauvre fou de mari ! Le démon l'a séduit, c'est tout. Il ne peut pas ne pas se reprendre... nous étions si unis, si heureux ensemble !

Elle pliait les épaules comme sous l'excès d'un poids insupportable.

Aveline s'empara d'une des mains de sa cousine, la porta à ses lèvres.

– Vous voir si douloureuse, amie, sœur, est horrible, dit-elle, et me fait mal à en crier !

– Je ne veux surtout pas que mon épreuve vous détourne de la joie qui doit être vôtre, reprit vivement Isambour en se redressant. Vous vous mariez lundi avec un homme excellent. Ne vous souciez pas du reste !

– Comment le pourrais-je ? Vous savez combien je vous aime !

– Justement. Vos noces sont bien le seul événement qui puisse encore m'apporter un peu de douceur, affirma Isambour. Savoir que vous allez, enfin, connaître la satisfaction d'être la femme de celui que vous avez si longtemps attendu, me redonne courage. Cela prouve au moins que nos prières finissent, un jour ou l'autre, par être exaucées !

Elle eut un pauvre sourire.

– Laissez-vous aller à goûter un bonheur si mérité, reprit-elle avec conviction. Il serait trop triste que mon chagrin l'assombrît.

Mais Isambour avait surestimé ses propres forces.

Comme elle était le témoin de la mariée, il lui incomba, le lundi suivant, de tendre avec l'aide de Salomon de Fréteval, témoin du marié, le voile de pourpre au-dessus de la tête des nouveaux époux, pendant le chant de bénédiction.

Elle parvint à le maintenir le temps voulu, mais, quand elle en eut fini, ses jambes se dérobèrent sous elle. Elle vacilla et perdit connaissance.

Gildas et Jofroi de Marchenoir l'étendirent dans le fond de l'église, sur un banc adossé à l'un des murs. Basilie lui fit respirer des aromates qu'elle conservait dans une petite boîte d'ivoire enfouie dans son aumônière.

Revenue à elle, Isambour se mit à pleurer. C'était ses premières larmes depuis le matin de Pâques.

En dépit de ses efforts, elle ne parvenait pas à les arrêter. Sur son visage défait, les pleurs coulaient, pressés, comme les flocons de neige qui, en ce matin d'avril, tombaient sur les pruniers et les cerisiers en fleur.

— Voulez-vous que nous vous reconduisions chez vous ? demanda Basilie.

— Non, merci. Il ne faut pas gâcher le mariage d'Aveline.

Une boule d'angoisse l'étouffait, un poids lui écrasait la poitrine, la conscience d'une perte irréparable l'aveuglait enfin.

Ce ne fut qu'à la fin de la cérémonie qu'elle parvint à se maîtriser, mais la détresse qui l'avait si cruellement envahie ne se dissipa plus.

Dehors, il neigeait toujours. Il sembla à Isambour que ce retour imprévu du froid correspondait mystérieusement au sentiment de désespoir qui lui glaçait le cœur.

Le long repas de noces offert à Morville par le vavasseur et Perrine lui fut un supplice.

Ne voulant à aucun prix troubler la fête, elle tenta de dissimuler sa douleur aux invités de son oncle et de faire bonne contenance, mais personne ne sut ce qu'il lui en coûtait. Elle parvint même à sourire une fois ou deux à Aveline qui la regardait avec inquiétude, et prit l'air intéressé quand les bateleurs venus de Blois se livrèrent à des acrobaties, à des sauts périlleux, à des jongleries, avant de divertir les convives de chants gaillards et de morceaux de musique.

On ne dansa pas. Aveline avait souhaité qu'on s'en abstînt par respect pour le malheur arrivé à Isambour et aux siens.

En dépit de cette attention, la fête nuptiale apportait inexorablement à la délaissée l'évidence de l'état d'abandon qui serait désormais le sien.

Parmi les fumets des viandes, les odeurs d'épices ou de

pâtisseries, à travers les éclats de rire, le bruit des conversations et des coupes entrechoquées, au milieu des refrains repris en chœur par l'assemblée, Isambour mesurait davantage l'étendue de la solitude qui l'attendait et les conséquences désastreuses du départ de Bernold.

Heureusement pour elle, la fête fut de courte durée. La comtesse Adèle avait demandé à sa meilleure brodeuse de reprendre son travail dès le mardi matin. Les nouveaux mariés se virent donc obligés de quitter Morville à la fin du banquet. On ne prolongea pas les festivités plus avant.

Sur le point de monter à cheval pour suivre Mayeul, Aveline, enveloppée dans une chape de drap cramoisi fourrée de loutre, serra sa cousine dans ses bras.

— Promettez-moi, sœur, de venir nous rejoindre à Blois sitôt après vos couches, lui dit-elle. Vous ne pourrez rester au Grand Feu une fois délivrée.

— Nous verrons... nous verrons... Ne vous souciez pas de moi. Tout ira bien.

Elles s'étreignirent.

— Longue vie à tous deux, parvint à articuler Isambour. Que Dieu vous garde !

Perrine s'essuyait les yeux. Le vavasseur souriait dans le vague. Il songeait à ses futurs héritiers.

Rassemblés dans la cour de la maison forte, sous l'averse continue des flocons, les invités, trop bien nourris et abreuvés pour souffrir du froid humide de ce jour d'hiver égaré en avril, lancèrent des vivats enthousiastes et accompagnèrent le départ des époux de longues acclamations.

— Nous allons nous en aller, nous aussi, déclara ensuite Isambour à sa tante. Je me sens lasse.

— Je comprends, ma chère nièce, je comprends, soupira Perrine. Rentrez bien vite chez vous. J'irai vous voir sans tarder.

Amalberge, qui avait été conviée aux noces avec Gerbaut-le-maisné et leur fils Haguenier, s'approcha d'Isambour.

— Vous avez mauvaise mine, dame, lui dit-elle. Ménagez-vous. Songez à votre état.

— J'y songe, Amalberge. J'y songe.

Dans les yeux de la sage-femme, profondément enfoncés sous l'arcade sourcilière, compréhension et apitoiement se lisaient.

– Je vais chercher Philippa qui joue dans la chambre du haut avec d'autres petits, déclara-t-elle sans insister. Je n'en ai pas pour longtemps.

Dans la charrette bâchée qui les ramenait un peu plus tard à la verrerie, Isambour serrait Philippa contre elle, autant pour la protéger du froid que par besoin de sa présence. Heureusement, elle avait cette enfant-là !

Trop jeunes, Aubin et Doette ne lui étaient pas d'un grand secours. Aliaume, quant à lui, l'inquiétait beaucoup. Il avait refusé d'assister au mariage d'Aveline et devenait chaque jour plus nerveux. Il se nourrissait à peine, travaillait de moins en moins à l'atelier, disparaissait des journées entières. Où allait-il ? En une semaine, il avait vieilli de plusieurs années.

Sa mère ne reconnaissait plus le garçon confiant et joyeux de naguère. Elle avait toujours pensé que sa nature sincère, dénuée de méfiance, l'exposait plus qu'un autre aux déconvenues de l'existence, mais elle n'avait su prévoir une aussi totale et rapide transformation.

Devenu la proie d'une obsession, il devait passer ses journées à rechercher les traces des fugitifs, sans tenir compte du délai que chacun s'était engagé à respecter, lors de la réunion tenue chez le vavasseur. Gardait-il une chance de retrouver son père et son amie ? Étaient-ils trouvables ? Isambour ne le pensait pas. Son cœur déchiré avait ressenti leur éloignement avant qu'elle ne l'admît.

– Avez-vous froid, ma mère ? Vous tremblez, dit Philippa.

Fanée à présent, la couronne de pervenches et de primevères qu'elle portait depuis le matin pendait autour de son visage aux sourcils froncés par l'inquiétude.

– Je n'ai pas très chaud, en effet, ma petite fille. La neige me glace toujours le sang, reconnut Isambour. Et puis, je suis fatiguée.

Gerbaut-le-maisné, qui conduisait la jument pommelée, émit une sorte de grognement. Amalberge et Haguenier, assis à l'arrière de la voiture, sur une banquette qu'on avait rajoutée à leur intention, se taisaient tous deux. Sur les genoux de l'aveugle, reposait la petite harpe dont il s'était servi durant le banquet pour accompagner les jongleurs.

Devant la charrette, obsédants par l'abondance de leur chute monotone et légère, les flocons blancs rayaient le ciel sans couleur. Les champs, les prés, les arbres, si verts la veille encore, avaient retrouvé leur linceul hivernal. Les vergers aux pétales enneigés semblaient s'être trompés de saison.

L'attelage cahotait sur le chemin qui longeait le Loir. Le bruit crissant des roues broyant les cristaux de glace dans les ornières profondes accompagnait seul le pas assourdi du cheval.

— Par ma foi, c'est un drôle de temps, grommela Amalberge comme la voiture franchissait le pont de bois reliant les deux rives de la rivière. Je n'aime pas ces retours de la froidure... Il ne faudrait pas que les gelées tardives nous privent de prunes et de cerises, cette année.

— *N'y a pas si gentil avril*
Qui n'ait son chapeau de grésil ! chantonna Haguenier à mi-voix.

— Tant qu'on est en avril, les retours de l'hiver sont à craindre, commenta Gerbaut-le-maisné. On fait trop confiance au printemps. Il n'est pas toujours bon bougre !

Isambour n'ignorait pas que le souffleur de verre, son épouse et son fils ne parlaient ainsi que pour meubler le silence et l'arracher à ses pensées. Elle leur en était reconnaissante comme à tous ceux du Grand Feu qui, depuis le départ de Bernold, l'entouraient de sollicitude.

Le plus atteint avait été Rémi qui vouait à son maître une sorte de vénération. Mais il était de nature trop dévouée pour ne pas avoir trouvé de parade : la responsable ne pouvait être qu'Adelise. C'était elle qui avait détourné le verrier de son devoir. C'était donc sur elle, sur elle seule, qu'il convenait de faire retomber mépris et imprécations. S'il se contenait en présence d'Aliaume, il se rattrapait en son absence. Il avait fallu, plusieurs fois, le faire taire, car les injures qu'il déversait sur « la catin, l'horrible traîtresse, la puante scélérate qui avait assoté un homme de bien comme le maître », risquaient de parvenir jusqu'aux oreilles des enfants.

Dans la charrette, la conversation roulait toujours sur les caprices du temps.

« Que m'importe à présent les plantes, les fruits, les récoltes du domaine ? se demandait Isambour. Sans Bernold toutes ces choses auxquelles j'accordais, voici encore si peu de jours, une grande importance, sont dénuées d'intérêt pour moi. Je m'aperçois que notre entente, et elle seule, colorait à mes yeux les instants de la vie. Privée de cette complicité-là, je n'ai plus goût à rien... »

– Est-ce que Grécie va revenir maintenant avec nous à la maison ? demanda soudain Philippa, toujours enveloppée dans la chape de pluie de sa mère et serrée contre elle.

Isambour se mordit les lèvres. Jusqu'à présent, elle avait évité d'envisager la façon dont sa fille aînée se comporterait en apprenant la conduite de son père. Mais Aveline venait de lui proposer, avant de partir pour Blois, de mettre elle-même l'adolescente au courant. L'idée avait paru bonne à Isambour. Il fallait bien que Grécie soit prévenue un jour ou l'autre de ce qui était advenu. Autant que ce soit par les soins d'Aveline.

Avec son caractère imprévisible, comment l'enfant préférée de Bernold prendrait-elle une semblable nouvelle ?

– Je ne sais pas encore, ma chère fille, soupira Isambour. Irons-nous la rejoindre à Blois, ou, au contraire, viendra-t-elle nous retrouver ? Je n'ai rien décidé...

Elle se sentait sans courage, incapable de faire face aux responsabilités si diverses qui allaient lui échoir.

« Je me croyais vaillante, songeait-elle tristement en pénétrant chez elle un moment plus tard, mais ce que je prenais pour une certaine force d'âme n'était que l'assurance où je vivais de ne jamais manquer de soutien. Ce qu'on nommait autour de moi sérénité n'était, au fond, que la quiétude d'un cœur qui se croyait aimé et, je puis bien me l'avouer, préféré à tout autre... J'avais tout misé sur la fidélité de Bernold ! Maintenant, je me sens perdue... je ne suis plus la préférée de personne ! »

Ce soir-là, dans le lit veuf de celui qui aurait dû légitimement l'occuper, auprès de Philippa endormie, Isambour pleura sans plus se soucier de rien. Un désespoir absolu l'écrasait. Tout en elle s'effondrait. Allongée sur le dos, immobile dans le noir pour ne pas réveiller sa fille, les bras étendus le long de son corps que plus personne, désormais, n'étreindrait, elle laissa ses larmes couler sur ses joues, mouiller l'oreiller et le drap, sans tenter de les essuyer. Une impression si totale de désastre l'envahissait qu'une peur sourde lui serrait le cœur, lui tordait le ventre, comme si elle se sentait tomber au fond d'un gouffre...

« Comment vais-je pouvoir vivre sans lui, sans compter le revoir, moi qui supportais déjà si mal ses absences momentanées ? »

Au petit matin, elle sombra dans une somnolence

douloureuse, après avoir songé avec un déchirement supplémentaire à sa cousine qui découvrait au même moment les ivresses d'une nuit de noces entre les bras de son mari...

Dans les jours qui suivirent, Isambour comprit que le mariage d'Aveline resterait pour elle le véritable début de sa nouvelle condition de femme délaissée.

À son insu, une évolution s'était accomplie en elle. Une sorte de lucidité accablée avait remplacé l'hébétement initial. Ayant cessé d'attendre à chaque instant le retour de Bernold, elle se voyait acculée à admettre qu'il ne reviendrait sans doute pas. Elle ne se demandait plus avec horreur où il pouvait bien dissimuler ses amours adultères. Qu'importait le lieu ? Seules comptaient sa disparition et une absence dont elle concevait à présent qu'elle pourrait bien être définitive.

Comme un acide qui creuse peu à peu un trou dans le plus résistant des cuirs, la conscience de la perte irréparable qu'elle venait de subir avait mis une semaine à pénétrer son esprit. Elle découvrait enfin avec effroi l'étendue du saccage... Amputée d'une complicité de près de vingt ans, elle se sentait tellement diminuée qu'il lui semblait être devenue une ombre sans épaisseur et sans réalité.

Les attentions de ceux qui l'entouraient, pas davantage que la tendresse de ses enfants, ne lui apportaient de véritable réconfort. Quant à sa foi... Elle s'aperçut avec stupeur qu'elle ne priait pas, qu'elle n'en éprouvait plus le besoin, qu'elle n'y songeait seulement pas. Selon la coutume et pour ne pas troubler son entourage, elle continuait à se rendre chaque matin à la messe en compagnie de ses gens, mais elle y assistait sans y participer autrement que des lèvres. Un mannequin de paille aurait aussi bien fait l'affaire.

Une sécheresse désertique remplaçait la source d'eau vive où, auparavant, son âme s'abreuvait.

Avec l'amour de Bernold, l'amour qu'elle vouait au Seigneur s'en était allé. Elle s'avisa que, pas une fois depuis le mariage de sa cousine, elle n'avait eu recours à Dieu. Étrangement, la ruine de sa vie conjugale entraînait avec elle l'anéantissement de toute relation avec le Créateur. Elle n'aurait su expliquer pourquoi, mais elle le ressentait ainsi. Quelque chose, en elle, s'était rompu. Des morceaux épars de son cœur, ne pouvait plus sortir que poussière morte...

Elle ne se révoltait pas, pour autant, contre Celui qui était à l'origine de toutes choses. Une morne apathie l'habitait. Elle ne se détournait pas de Lui avec fureur. Elle en détachait simplement sa pensée. Il avait cessé d'occuper son ciel. Vide était devenue son âme, vides également les cieux.

Reconnaissant la gravité de ce nouveau mal, elle se décida à aller trouver son frère.

Roland ne parut pas surpris de ce que sa sœur lui confiait. Consterné lui-même par la forfaiture de Bernold, il connaissait trop bien l'intensité des sentiments qu'Isambour portait à son mari pour s'étonner d'un tel aveu.

— Vous êtes ébranlée jusqu'au tréfonds de votre être, lui dit-il après l'avoir entendue. Quand la terre tremble et vomit sa lave, tout est brûlé aux alentours. Il en est de même pour vous. Ce grand bouleversement de votre existence a calciné jusqu'à votre confiance en Dieu. Mais l'herbe finit par reverdir sur les flancs pelés du volcan. Votre foi fera comme elle. Croyez-moi, les racines tiennent bon, même lorsque tiges et feuilles sont détruites.

Ils allaient, l'un près de l'autre dans le jardin aux plantes médicinales du monastère, et c'était tout naturellement que Roland, en cette fin d'avril, parlait à sa sœur de la puissance des germinations.

Le beau temps revenu permettait à la nature de se livrer une fois de plus avec exubérance à son travail d'enfantement. Comme chaque année, on ne pouvait que s'émerveiller de sa vitalité, de sa jeunesse toujours renouvelées.

Dans leur floraison, pommiers et poiriers succédaient aux cerisiers et aux pruniers. La campagne foisonnait de buissons éclatants. À travers prés, pâtures, sous-bois, chemins creux, un tapis vert, dru et soyeux se déroulait.

— Rien pourra-t-il jamais reverdir en moi comme en ce jardin ? murmura Isambour. Je ne suis que décombres...

Plongé dans un de ces silences qui lui étaient coutumiers, Roland avança un moment sans parler aux côtés de la jeune femme.

— Je voulais vous demander quelque chose, dit-il enfin. En voulez-vous à la pucelle qui a séduit votre époux ? Lui portez-vous des sentiments de haine ?

Il avait l'air plus préoccupé par la réponse qui allait lui être faite que par ce qu'il avait entendu jusque-là.

— Si je ne la connaissais pas, je pense que je la haïrais,

répondit Isambour. Mais, comment pourrais-je reprocher
à la jouvencelle qu'Aliaume m'a présentée un jour de
m'avoir volé mon mari ? Elle n'a pas manœuvré dans
l'ombre pour l'attirer. J'étais présente au moment fatal où
ils se sont rencontrés. Elle ne lui a rien dit, l'a tout juste
salué... Non, mon frère, voyez-vous, je ne puis la tenir pour
responsable. Tout comme Bernold, elle est victime du Mal !
Tout comme lui, elle a été captivée, ensorcelée, perdue,
arrachée à elle-même et aux siens... emportée comme un
fétu par la tourmente !

Le moine soupira de soulagement.

– Dieu soit béni ! Vous pratiquez le pardon des offenses,
ma sœur, en dépit de l'engourdissement de votre foi. Là
est le plus important. Je redoutais pour vous que les effets
pernicieux de la jalousie vous aient dressée contre votre
rivale. Un tel sentiment aurait mis votre salut en péril. Restée
pure de toute animosité, vous demeurez dans l'amitié du
Seigneur. D'autant plus que vous montrez de la pitié
envers les coupables...

– Ce n'est pas de la pitié, rectifia Isambour. C'est une
sorte d'obligation où je me trouve d'admettre qu'ils n'ont,
ni l'un ni l'autre, décidé ou voulu ce qui est arrivé...

De l'allure appesantie des femmes enceintes, elle marcha
un moment en silence. Son bliaud de laine écrue balayait
les bordures d'oseille et de thym.

– Sans y rien comprendre, j'ai assisté, pendant plusieurs
jours, au débat de conscience qui a déchiré Bernold,
reprit-elle au bout d'un moment. Je mettais sur le compte
des maux du corps ce qui était en réalité lèpre de l'âme,
mais je puis vous assurer qu'il était torturé et qu'il se
débattait contre la tentation. Comment pourrais-je nier,
dans ces conditions, qu'il a été envoûté par l'Adversaire,
abusé par lui ?

Ils longeaient à présent les poiriers taillés en cordons qui
cernaient des carrés où la sauge, la guimauve, le millepertuis, l'arnica, le sénevé, l'angélique, la menthe, l'armoise,
le basilic et bien d'autres simples bourgeonnaient ou
commençaient à fleurir.

– En vérité, mon frère, continua Isambour, je n'éprouve
pas de haine parce que je ne me sens pas humiliée.
Dépouillée, oui, humiliée, non. Je l'aurais été si Bernold
m'avait quittée par caprice ou goût du changement, s'il

m'avait rejetée après s'être lassé de moi. Je crois pouvoir affirmer sans me tromper que ce n'était pas le cas. Je suis certaine qu'il m'aimait encore avec tendresse, qu'il aurait continué à le faire sans la rencontre qui l'a transformé. Une force plus impérieuse que sa volonté, plus puissante que ses sentiments pour moi, l'a envahi... C'est un état d'emprise démoniaque ! Voyez-vous, Roland, mon époux est possédé !

Le moine inclina sur sa poitrine la grosse tête sans beauté qui émergeait du capuchon de son froc noir.

— C'est justement pour conjurer de telles aliénations que l'Église enjoint de plus en plus d'imposer le sacrement du mariage à la place de la simple bénédiction dont on s'est si souvent contenté dans le passé, expliqua-t-il. Le sacrement est à la fois barrière contre le démon et soutien aux époux consacrés. Beaucoup sont retenus par cette aide spirituelle et par cet interdit. Pour que votre mari se soit laissé circonvenir en dépit de la sainteté du lien qui l'attachait à vous, il a fallu que le Mal déploie contre lui tous ses artifices. Bernold était un homme loyal. Ce fut sûrement un dur combat. C'est pourquoi vous avez raison de ne pas le maudire. Il n'a dû capituler qu'à bout de résistance. Il est plus à plaindre qu'à blâmer, ma sœur. Il faut prier sans cesse pour qu'il soit secouru.

— Je ne puis.

— Je le ferai pour vous et demanderai à tous les frères de ce moûtier de se mettre en oraison dans la même intention. La prière, voyez-vous, est plus forte que le Mal, bien sûr, mais, aussi, plus forte que la colère de Dieu puisqu'elle parvient souvent à la conjurer.

— C'est ce que me dit et me répète la femme de notre curé. Elle vient fréquemment me voir depuis le départ de Bernold. Je la laisse dire...

— Je demanderai en plus à Notre-Dame-de-Chartres de vous soutenir et de vous aider à retrouver l'amour du Seigneur.

— Qu'elle vous entende, mon frère !

Isambour quitta Roland sans avoir puisé de véritable apaisement dans l'affection et l'attention qu'il lui portait. Elle n'était pas en état d'échapper à son malheur.

Les jours s'écoulèrent. La vie se déroulait selon les habitudes établies, mais l'épouse délaissée continuait à se sentir isolée parmi les siens. Ses mains s'activaient, sa pensée demeurait ailleurs.

« Que fait-il en ce moment ? Comment vit-il ? Il a dû reprendre son métier de verrier... Il ne sait rien faire d'autre et y réussit si bien. Pense-t-il parfois à nous ? Regrette-t-il ? Non, il ne doit rien regretter... »

Tout lui était amer.

Les quarante jours de rémission accordés à l'adultère passèrent sans fournir le moindre renseignement sur ce que Bernold avait pu devenir. Aucun message, aucun signe.

Il y eut une nouvelle réunion chez le vavasseur. Il y fut décidé que les membres du lignage pouvaient, désormais, se mettre en quête du coupable pour le prendre et le châtier.

Ce qui atteignit Isambour plus qu'une menace dont elle ne pensait pas qu'elle pût être exécutée fut l'attitude implacable de son fils aîné.

Le temps écoulé, ni les tentatives de consolation prodiguées aussi bien par sa mère que par Rémi ou Gerbaut-le-maisné, sans parler de Roland, rien ni personne, n'avait pu calmer la vindicte d'Aliaume. Il ne rêvait que vengeance et représailles.

— Ma mère, dit-il à Isambour, au retour de la seconde réunion punitive de Morville, ma mère, je vais vous quitter. J'ai acquis la quasi-certitude que ceux que nous recherchons ne se sont pas réfugiés par ici. Ils doivent avoir gagné la Normandie. Il me faut les y poursuivre.

— Mais, enfin, mon fils, que comptez-vous donc faire ? Vous n'allez tout de même pas porter la main sur votre père !

— Celui qui a renié nos liens de parenté, ce n'est pas moi ! jeta le jeune homme avec rage. Le parjure, le renégat, ce n'est pas moi !

— Le parricide, ce serait vous ! Et, vous le savez bien, aucun crime n'est plus abominable !

— De toute façon, ma vie est gâchée, perdue, condamnée ! Quand je me serai vengé, je partirai à pied pour les Lieux Saints, où durant le temps qui me restera à souffrir, je me mettrai au service des pauvres pèlerins de Dieu !

Isambour se prit la tête entre les mains.

— Décidément, aucun de ceux que j'ai tant aimés n'aura pris pitié de moi, dit-elle d'un ton douloureux. Ni votre père, ni vous n'avez, un seul instant, songé à m'épargner.

— Ne me mettez pas au même rang que celui qui est à l'origine de tous nos malheurs ! Je suis une victime, comme vous !

– Est-ce une raison pour lui appliquer la peine du talion, ainsi que des païens ? Ne vivons-nous pas sous une charte d'amour, de pardon et d'oubli des injures ?

– Je suis donc un mauvais chrétien ! Mais, là encore, ma mère, à qui la faute ? J'étais loyal et confiant avant d'être trahi !

– Croyez-vous que le pardon des offenses ne s'applique qu'à des peccadilles ? Ne savez-vous pas que, plus grave est l'outrage, plus nécessaire est la merci ?

– Autrefois, je le pensais, en effet. Mais vous ne pouvez savoir combien j'ai souffert, combien je souffre !

Il se laissa tomber au pied du lit sur lequel Isambour, qui filait sa quenouille, était assise.

– Je suis malheureux à en crever ! gémit-il en enfouissant son visage dans les plis de la courtepointe qui recouvrait la couche. J'ai espéré que mon cœur éclaterait... mais il doit être solide... Que voulez-vous que je devienne si je ne tente pas de calmer ma peine en rendant coup pour coup ?

– Vous ne calmerez rien du tout, mon fils ! Rien du tout ! Croyez-moi, le crime commis ne changera pas la situation où vous vous trouvez. Vous n'y gagnerez qu'un surcroît d'horreur envers vous-même !

Aliaume se redressa, contempla sa mère d'un air égaré, s'abattit en sanglotant sur son épaule.

– Perdu ! Perdu ! Je suis perdu ! gémissait-il en une litanie désolée. Mère ! Ma mère ! Secourez-moi !

Ainsi qu'elle le faisait quand il était enfant, Isambour caressait les cheveux indisciplinés de son fils en lui parlant tout bas.

Dans son ventre, le petit à naître s'agitait. Elle songeait combien Bernold s'était montré léger et égoïste en s'en allant comme il l'avait fait, sans se soucier le moins du monde de ceux qu'il laissait derrière lui, de ceux dont il saccageait le présent et compromettait l'avenir...

Aliaume demeura un long moment enfoui dans la chaleur maternelle, abandonné à son deuil. Lorsqu'il releva son visage tuméfié, il lut tant de compréhension, d'amour, d'angoisse dans les yeux d'Isambour, qu'il en fut tout remué.

– Dieu me pardonne ! dit-il, je ne pensais qu'à moi ! Vous êtes pourtant encore plus à plaindre, hélas ! si c'est possible... et, malgré tout, vous accordez miséricorde ! Mais comment faites-vous ? Comment y parvenez-vous ?

– Vous savez aussi bien que moi qu'ils ne sont responsables ni l'un ni l'autre, dit doucement Isambour. Vous savez qu'ils se sont, tous deux, débattus contre l'emprise de l'Ennemi. Il les a pourtant forcés à l'écouter pour les soumettre enfin à ses lois criminelles... Pouvons-nous les condamner sans appel, nous qui sommes, comme eux, pécheurs et sensibles à la tentation ?

– Mais nous y résistons !

– En toute bonne foi, mon fils, me jureriez-vous que vous vous seriez détourné d'Adelise si elle avait déjà été mariée quand vous l'avez rencontrée ?

Aliaume baissa la tête.

– Vous voyez, conclut Isambour, vous voyez bien ! Qui peut se vanter de ne pas tomber dans le péché ? Personne. Nous nous montrons toujours si lâches devant le désir !

Elle posa sa quenouille et son fuseau sur la courtepointe à côté d'elle et, d'un geste que ses enfants connaissaient bien, elle se rejeta en arrière tout en portant la main à ses reins, douloureux depuis qu'elle approchait du terme de sa grossesse.

Aliaume considérait sa mère avec confusion et repentir.

– Je vais attendre que vous ayez mis au monde cet enfant, dit-il. Je ne puis vous laisser sans protection en une pareille affaire.

Isambour lui adressa un regard ému.

– C'est bon, reprit-il. Je reste jusqu'à la naissance. Ensuite, je verrai.

– Nos parents vont peut-être retrouver votre père avant mes couches, remarqua-t-elle. Je ne le souhaite pas, mais je préférerais cela plutôt que de vous savoir conduit à commettre un acte irréparable. S'ils le prennent, ils le traduiront sans doute devant un tribunal ecclésiastique qui lui infligera une lourde peine, mais lui laissera la vie. C'est pour moi l'essentiel.

Aliaume s'agenouilla devant sa mère et lui baisa les mains.

– Vous abandonner, ma mère. Une femme telle que vous ! Dieu juste, est-ce pardonnable ?

– Ce sont nos affaires, à votre père et à moi. Personne, hors nous deux, ne peut en juger. Pas plus vous qu'un autre, mon fils !

Elle se leva.

– Il est l'heure d'aller souper, dit-elle. Venez, Aliaume, donnez-moi votre bras. Je suis de plus en plus lourde.

La Pentecôte arriva, avec ses processions, ses guirlandes de fleurs tendues entre les maisons des villages, ses lâchers de colombes, ses danses populaires.

Au Grand Feu, on suivit les offices, mais on évita les réjouissances. L'absence du maître verrier pesait sur tout le monde. Il n'y avait pas jusqu'à ses chiens qui ne l'attendaient et ne le cherchaient en gémissant. La gaieté n'était plus de mise. Les enfants eux-mêmes se montraient moins insouciants. Philippa se tenait le plus souvent possible auprès de sa mère, faisant taire Aubin et Doette quand ils criaient trop fort.

Ce fut le soir du lundi de Pentecôte, un soir chaud, grondant de menaces orageuses, qu'Isambour ressentit les premières douleurs de l'enfantement. Elle achevait de bercer Doette, qui avait mis beaucoup de temps à s'endormir et reposait enfin.

Constatant que les spasmes se produisaient à un rythme beaucoup plus rapproché que les autres fois, elle appela Sancie et lui enjoignit de courir prévenir Amalberge.

Mais à peine avait-elle enfilé sa chemise d'accouchée, sur le devant de laquelle était cousue la prière destinée à préserver des gésines laborieuses qu'elle perdit les eaux. Décontenancée, mais sans trop s'inquiéter, elle s'essuya rapidement et pensa aller s'étendre.

Avant qu'elle ait pu gagner le petit lit de sangles affecté aux enfantements, et dressé à l'avance dans un coin de la chambre, une contraction plus violente se produisit, lui déchirant le ventre.

Elle poussa un cri strident. À sa profonde stupéfaction, elle sentit alors l'enfant sortir d'elle, glisser le long de ses jambes, dans un flux de sang.

Il serait tombé sur le sol jonché des hautes herbes odorantes de juin si elle ne l'avait retenu dans les plis de sa chemise et, un peu affolée, reçu, gluant et gigotant, entre ses mains.

— C'est un garçon ! lança-t-elle à la sage-femme qui entrait sur ces entrefaites. Il semble solide et bien membré.

— Dieu tout-puissant ! Il est déjà né ! s'écria Margiste qui suivait la ventrière en portant des brocs d'eau chaude, des langes, de petits vêtements de toile.

— Pourquoi m'avoir fait prévenir si tard, dame ? demanda Amalberge en s'emparant de l'enfant qui criait.

— Je vous ai appelée dès que les douleurs sont devenues

insistantes, comme je le fais toujours, dit Isambour. Mais tout s'est ensuite passé fort rapidement. Je n'ai jamais accouché si vite !

Amalberge coupa le cordon ombilical, le noua avec soin, enveloppa, après l'avoir essuyé, le petit corps tout agité dans un linge propre, le tendit à Margiste afin qu'elle le baignât.

Elle procéda ensuite à la délivrance d'Isambour qui s'était allongée sur la couche prévue à cet effet, puis se mit en devoir de la laver et de la parfumer.

Pendant ce temps, Margiste frottait de sel l'enfançon qui se débattait et poussait des cris de putois, le plongeait dans le cuvier servant d'ordinaire à Doette, le savonnait avec un morceau de savon au miel. Mais il ne semblait aucunement apprécier cette façon de faire et protestait de plus belle.

Après l'avoir séché, elle le frictionna à la poudre de racine d'iris, ce qui parut plaire au petit garçon qui se calma. Enfin, elle lui passa autour du cou un mince collier de grains d'ambre pour qu'il ne souffrît ni de coliques, ni de convulsions.

Après en avoir terminé avec la mère, Amalberge revint vers l'enfant. Elle lui versa dans les yeux quelques gouttes de vinaigre rosat apporté par Sancie, et lui banda le nombril en le compressant à l'aide d'une ceinture de lin.

Une chemise de toile fine et une brassière molletonnée l'habillèrent. Il ne restait plus à la sage-femme qu'à emmailloter le nouveau-né dans les langes blancs qu'elle maintint par des bandelettes entrecroisées afin qu'il gardât les jambes droites.

Margiste et Sancie avaient installé pendant ce temps Isambour dans le grand lit dont elles avaient changé les draps. Deux gros oreillers la tenaient presque assise.

– Il vous faut boire à présent l'infusion d'alchémille que je vous fais prendre à chacune de vos couches, dit Amalberge. Margiste va vous la préparer.

– Je n'ai mis au monde aussi aisément aucun de ses frères et sœurs, remarqua la nouvelle accouchée. C'est à peine si j'ai souffert !

– Dame, rétorqua la sage-femme, j'en ai vu de bien des sortes depuis que je fais ce métier, mais presque jamais je ne suis arrivée après que tout a été fini ! J'en reste encore saisie, éberluée... et même un peu vexée !

Elle se prit à rire en ouvrant bien grand sa bouche d'ogresse.

– Enfin, le principal est que vous ayez un beau garçon. Il convient d'en remercier le Seigneur.

– Pour un bel enfant, c'est un bel enfant ! assura Sancie penchée sur le berceau où elle avait couché le nourrisson.

– Donnez-le-moi, dit Isambour. Je l'ai à peine vu.

Sancie souleva l'enfantelet et le porta à sa mère.

– Vierge Sainte ! Il ressemble à Hendri ! s'écria la nouvelle accouchée. On jurerait que c'est Hendri revenu parmi nous !

Des larmes lui montaient aux yeux.

– Mon petit, mon petit, murmura-t-elle en le serrant avec précaution contre sa poitrine. Mon petit que je retrouve !

Pendant un instant, une joie poignante la submergea, puis elle pensa que Bernold ne partagerait ni cette joie ni cette émotion. Pour la première fois, il se trouvait absent lors de la naissance d'un de ses enfants. Absent pour longtemps, sans doute pour toujours. Le petit garçon connaîtrait-il jamais son père ?

– Comment allez-vous l'appeler ? s'enquit Margiste qui revenait avec un plein gobelet de tisane fumante.

– J'ai pensé à Ogier, répondit Isambour.

Elle n'osa pas avouer que Bernold lui avait dit une fois aimer ce nom. C'était celui d'un héros du pays d'où, jadis, étaient venus ses ancêtres.

– Va pour Ogier ! dit Amalberge qui faisait un paquet des draps et des linges ensanglantés dont elle s'était servie. Ce n'est pas courant. Il ne risquera pas de rencontrer beaucoup d'autres galopins portant le même patronyme que lui !

Isambour achevait de boire l'infusion d'alchémille.

– Il faut faire prévenir ma tante, Basilie, la prêtresse et la dame du château, recommanda-t-elle à Margiste. Elles ne me pardonneraient pas de les laisser dans l'ignorance d'une telle nouvelle. Quant aux voisines, je ne doute pas qu'elles viendront d'elles-mêmes dès que la chose sera sue !

Le défilé des commères du voisinage était inévitable. Malgré l'éloignement relatif des villages les plus proches, il y avait aux alentours deux ou trois fermes avec lesquelles Isambour entretenait de bonnes relations... et puis le départ de Bernold aiguisait les curiosités...

Perrine s'extasia avec d'autant plus de conviction qu'Aveline avait fait savoir à ses parents qu'elle commençait une grossesse.

– Pourvu qu'elle ait un fils, elle aussi ! dit-elle avec élan.
Si jamais c'était une fille, Gervais en ferait une autre
maladie !

L'épouse du curé de Saint-Lubin, qui était une petite
personne infatigable, remplie d'énergie, proposa de prendre
chez elle Philippa et Aubin durant la quinzaine de jours où
leur mère garderait le lit. Isambour la remercia, mais déclina
l'offre. Elle préférait conserver ses enfants auprès d'elle.
Margiste et Sancie s'en occuperaient.

De la part de Gildas, qui ne pouvait pénétrer dans la
chambre d'une femme alitée, puisqu'il n'était ni son père,
ni son mari, ni son frère, Basilie annonça à leur amie l'échec
des recherches entreprises pour retrouver Bernold. En dépit
de l'acharnement apporté par certains à la poursuite des
coupables, aucune trace n'avait pu être relevée. Il devenait
évident que le maître verrier et sa concubine avaient quitté
la région.

– Merci pour cette nouvelle, dit Isambour. Je serai
désormais moins inquiète du sort de Bernold. Malgré tous
les torts qu'il a envers moi, et le mal qu'il m'a fait, il n'en
demeure pas moins mon mari. Je ne puis supporter l'idée
de le savoir pourchassé comme une bête malfaisante.

– C'est bien parce qu'il ne l'ignorait pas que Gildas a tenu
à ce que je vous mette au courant des résultats, assura
Basilie. Vous connaissez l'amitié qu'il a pour vous.

– Ne pourrait-il aussi chapitrer Aliaume ? reprit Isambour. Mon pauvre garçon crie toujours vengeance, mais il
me semble que sa fureur est un peu retombée. En lui
montrant combien nous avons besoin de lui à la verrerie
pour la poursuite du travail, peut-être Gildas parviendrait-il
à lui faire entendre raison. J'ai si peur des excès de son âge !
Le bon sens d'un homme rassis pourrait avoir une excellente
influence sur lui.

– Si vous le souhaitez, vous pouvez être certaine que mon
mari s'y emploiera, affirma Basilie.

– De toute façon, j'ai l'intention de demander à Aliaume
de rester ici jusqu'à mes relevailles. Ce nouveau délai de
quarante jours contribuera peut-être à le calmer. Il ne
pourra pas me refuser aide et protection durant le temps
où je suis tenue de demeurer enfermée dans la maison.

Assise sur son lit, soutenue par une pile d'oreillers, ses
lourdes nattes soigneusement tressées tombant sur ses

genoux et encadrant son visage amaigri, Isambour paraissait rajeunie. Cependant, ses yeux gris, remplis de tristesse, n'avaient jamais retrouvé leur éclat depuis le départ de Bernold.

— Une fois ce délai passé, que comptez-vous faire, mon amie ? demanda Basilie.

— Tout dépendra de la décision d'Aliaume...

Le baptême du petit Ogier, qu'Amalberge n'avait pas jugé utile d'ondoyer, tant il était robuste, eut lieu trois jours plus tard.

Selon la coutume du diocèse de Blois, il fallait deux parrains et une marraine pour un garçon. L'inverse pour une fille. Haguenier et Rémi furent les parrains. Philippa, très émue, la marraine.

De sa chambre, Isambour entendit le carillon que le vent du nord lui apportait. Le son en était différent des autres, car l'usage voulait que le carillonneur utilisât pour les baptêmes un maillet de bois garni de cuir, avec lequel il frappait le rebord de la cloche, suivant un rythme particulier à chaque paroisse...

Le repas qui suivit réunit famille et amis proches dans la salle, mais Isambour ne put y assister. Ce fut Aliaume qui présida le dîner où ni le père ni la mère du nouveau-né ne se trouvaient présents.

Les grâces à peine dites, les femmes de l'assemblée quittèrent la table pour rejoindre Isambour dans sa chambre où Sancie lui avait servi les meilleurs morceaux pour compenser son isolement forcé.

— Votre nouveau fils est fort réussi, ma nièce, remarqua Perrine. C'est une bénédiction qu'un aussi bel enfant ! Par ma foi, le Seigneur vous a fait là un merveilleux présent. J'y vois le signe qu'Il ne vous abandonne pas et veille sur vous ainsi que sur votre descendance.

— Nous en avons bien besoin, soupira Isambour.

Le quarantième jour accompli, la cérémonie des relevailles put se dérouler.

Vêtue d'un bliaud de toile blanche, un voile de lin immaculé sur les cheveux, la mère de famille se rendit à l'église en compagnie de la sage-femme qui l'avait accouchée. Aliaume, Philippa, Aubin, les serviteurs et les ouvriers du Grand Feu, Perrine, Gervais, Gildas, Basilie, suivaient.

Amalberge donna l'eau bénite à Isambour, qui, n'étant

pas encore purifiée, ne pouvait tremper directement ses
doigts dans le bénitier.

Après la messe entendue par la postulante à l'entrée de
la nef, le curé de Saint-Lubin vint la chercher pour
l'accompagner à l'autel. Une miche de pain dans une main,
un cierge allumé dans l'autre en signe de purification,
Isambour reçut la bénédiction du prêtre avant de s'incliner
pour baiser la pierre sacrée sur laquelle s'était déroulé le
Saint Sacrifice.

Quand elle sortit de l'église au bras de son fils, elle était
sanctifiée. Le pain bénit qu'elle tenait entre les doigts en
portait témoignage.

Désormais, elle pouvait reprendre sa place au foyer et
retrouver ses occupations habituelles.

Juillet se terminait. On moissonnait partout. L'odeur de
la paille fraîchement coupée flottait au-dessus de la vallée,
des coteaux. Il faisait chaud et sec.

Peu après la cérémonie des relevailles, Gerbaut-le-maisné
vint trouver Isambour. Les ateliers avaient fermé leurs
portes, le soir approchait.

Du Loir, montait jusqu'à la cour de la verrerie une senteur
fade d'eau tiédie par le soleil, de glaise humide, de
nénuphars. Des remugles puissants émanaient des étables
et de l'écurie. Des fumets de friture s'échappaient de la
cuisine.

Assise sur le banc de bois circulaire qui cernait le tilleul,
Isambour allaitait Ogier.

— Dame, dit le souffleur de verre, il faut que je vous cause.

— Qu'y a-t-il donc, Gerbaut ?

Le gros homme remonta d'un geste ample son énorme
estomac qui débordait considérablement de sa ceinture de
cuir.

— Par Dieu et ses saints, reprit-il, ce que j'ai à vous dire
n'est guère facile.

Il renifla un bon coup.

— Voilà, continua-t-il, Rémi et moi voudrions savoir si
votre fils a l'intention de continuer à travailler avec nous.

— Pourquoi ? A-t-il parlé de vous quitter ?

— Non pas, mais il est si distrait, si indifférent à tout ce
qui se fait...

L'homme soupira comme un bœuf.

— Depuis le départ du maître, il n'est plus le même. Il
n'a de goût à rien.

– Il est pourtant allé monter à Francheville les vitraux de l'église neuve de Saint-Martin, que son père n'avait pas eu le temps de mettre en place.

– Par Dieu oui ! Il le fallait bien. Le prieur nous devait une grosse somme. Mais à présent il musarde et il ne fait plus grand-chose de bon.

Isambour dégagea avec douceur la pointe de son sein droit de la petite bouche avide qui la pressait et, avant de changer l'enfant de côté, le tint un moment à bout de bras devant elle. Il n'avait pas deux mois, mais promettait déjà d'être fort et plein de vie comme jadis Hendri.

– Vous ne l'avez pas raté, votre petit gars, remarqua le souffleur de verre qui, de toute évidence, se souciait d'Ogier comme d'une guigne.

Isambour tendit au nourrisson son second mamelon d'où sourdait le lait.

– Vous savez la peine que j'ai eue à retenir Aliaume ici, dit-elle à Gerbaut, qui, gêné, regardait ailleurs. Si je l'avais laissé faire, il nous aurait quittés depuis longtemps. Il m'a fallu ruser pour parvenir à mes fins. De là à connaître ses intentions, mon pauvre ami, il y a loin. J'ignore tout de ses projets.

– S'il nous quitte, il n'y a plus qu'à fermer les ateliers, jeta le gros homme avec rancune. Rémi et moi ne pouvons y suffire. L'absence du maître nous met déjà assez dans l'embarras !

– Je sais, Gerbaut, je sais, soupira Isambour. Vous avez pourtant bien fait de venir me trouver. Je parlerai à mon fils.

Le souffleur de verre s'en alla.

Parmi les branches du tilleul, au-dessus de la tête de la jeune mère, une nuée d'oiseaux pépiaient, sifflaient, piaillaient, à l'approche du soir. Perchée sur le toit de l'étuve, une tourterelle roucoulait. On entendait les coups de sabot que les chevaux donnaient dans leurs bat-flanc...

« Tout, ici, serait paix et douceur, songea Isambour, sans la trahison, la félonie de Bernold ! Par sa faute, Aliaume est comme fou, la verrerie menacée de fermer, nous allons nous trouver sans ressource... et moi, je n'en peux plus de chagrin... »

Des larmes l'aveuglaient.

Gorgé de lait, Ogier s'endormait contre le sein de sa mère.

« Celui-ci sera mon dernier petit, continua Isambour. Je

n'aurai pas d'autre enfant... plus d'homme près de moi...
plus jamais d'amour... M'y habituerai-je un jour ? Me ferai-je
à cette affreuse situation de femme abandonnée ? »

Elle s'essuya les yeux d'un revers de main.

« Me voici à présent avec le souci du lendemain à assurer
pour tous ceux qui dépendent de moi... Comment faire ?
Mon mari, mon fils, notre subsistance... vais-je tout perdre
en même temps ? »

Elle referma son bliaud, se leva, Ogier endormi entre les
bras, pour regagner sa maison.

« Je ne sais plus comment m'adresser à Vous, Dieu
Seigneur, car j'ai tant de peine que mon âme en est comme
bâillonnée... Aussi, je ne Vous demande rien, Dieu de pitié,
rien, si ce n'est la force de ne pas tomber dans le pire des
péchés, le péché de désespérance. »

VII

– Je ne pouvais plus vivre au Grand Feu après le départ d'Aliaume, dit Isambour. Son absence et celle de son père ont vidé la maison.

Aubrée serra la voyageuse dans ses bras.

– Vous êtes ici chez vous, amie, dit-elle. Je suis si contente qu'en cherchant du secours, vous vous soyez tournée vers moi ! Nous disposons de beaucoup de place sous ce toit, vous pourrez vous y installer à votre guise.

– Que ferais-je sans vous ? Je me sens tellement perdue... Dieu merci, Aveline m'a trouvé du travail. Grâce à elle, je vais entrer dans l'atelier de broderie de la comtesse Adèle, reprit Isambour. Avant mon mariage, j'ai déjà fait partie, à Fréteval, d'un ouvroir du même genre et la comtesse s'est toujours montrée fort bonne pour nous.

Aliaume s'en était allé après la fête de la Dormition de la Vierge. Craignant sans doute que sa mère réussît, encore une fois, à le retenir, il s'était sauvé durant une nuit de pleine lune, chargeant Rémi d'annoncer aux siens le lendemain matin, qu'il avait décidé de prendre la route de Normandie... qu'il travaillerait là-bas comme ouvrier verrier...

Au lieu d'abattre Isambour, cette nouvelle désertion lui avait produit l'effet d'un coup de fouet.

Elle s'était soudain résolue à organiser son infortune.

Gerbaut-le-maisné et Rémi partiraient pour Fontevrault. Un certain Robert d'Arbrissel venait d'y fonder une abbaye nécessitant une importante main-d'œuvre.

Amalberge et son fils Haguenier étaient tous deux trop nécessaires à la vallée pour la quitter. Ils y resteraient.

Les ateliers du Grand Feu fermés, Perrot, Margiste, Bernarde et Constance demeureraient sur place, vivant sur le domaine, gardant la maison, soignant les bêtes, entretenant jardin et cultures.

– Je compte retourner chez moi de temps en temps, expliqua Isambour à Aubrée. Je tiens à ce que rien ne se détériore...

Elle avait amené avec elle ses enfants et Sancie.

– Il me faudra engager une autre servante qui s'occupera d'Ogier et de Doette pendant que je serai à l'ouvroir...

Descendus de charrette après elle, Philippa et Aubin se voyaient accaparés par Grécie qui, une fois sa mère embrassée, semblait uniquement préoccupée de les retrouver.

De passage avec Mayeul à Morville durant le mois d'août, Aveline avait confié à Isambour que sa fille aînée ne paraissait pas bouleversée par le départ de son père.

– Je ne sais comment vous dire, avait soupiré Aveline, mais Grécie m'a donné l'impression de ne guère compatir à ce qui venait de vous arriver. Elle en était surprise, bien sûr, mais peu affectée. Je me suis peut-être trompée, mais j'ai eu le sentiment qu'elle n'en souffrait pas autant que nous l'avions redouté.

Pendant que deux valets de la riche demeure déchargeaient les coffres de cuir cloutés où étaient serrées les affaires des voyageurs, Isambour, qui s'entretenait avec Aubrée, observait Grécie.

Elle ne l'avait pas revue depuis de longs mois, à un moment où les adolescentes se transforment très rapidement.

Âgée tout juste de quatorze ans à présent, la jeune fille n'offrait plus rien d'enfantin. Dotée du corps délié qui avait été celui de sa mère à son âge, elle était pourvue d'une taille mince, de hanches élégantes, de petits seins haut placés. Le côté intact de son visage offrait tant d'attraits que c'était une pitié que de regarder l'autre...

Tenant Philippa et Aubin par la main, elle s'approcha de Sancie qui portait Ogier.

– Voici donc mon dernier petit frère, dit-elle en se penchant vers le nourrisson. C'est vrai, par Notre-Dame, qu'il ressemble à Hendri !

Remarquant que l'attention d'Isambour était tournée vers ses enfants, Aubrée lui posa une main sur le bras.

– Que Dieu me voie, amie, reprit-elle, mais votre Grécie jouit d'une intelligence hors du commun. C'est une créature remplie de dons ! Elle chante à merveille, peint fort bien, compose des poèmes ravissants. Depuis que vous me l'avez confiée, je l'ai fait instruire comme ma propre fille. Ses maîtres admirent la facilité avec laquelle elle retient ce qu'ils lui enseignent.

– Je n'en suis pas surprise, admit Isambour. Pour s'initier à l'instruction religieuse, elle a appris à lire et à écrire avec notre curé bien plus vite que ses deux frères aînés. Aubin sera comme elle.

– Si elle n'avait pas subi ce malheureux accident, vous auriez pu envisager de la marier à un riche marchand...

– Hélas, mon amie, il ne peut en être question.

Les coffres étaient enfin descendus de la lourde charrette qui avait amené les voyageurs. Tout le monde entra dans la maison.

Septembre commençait. Une lumière de miel lustrait les toits de tuiles et les clochers des églises.

– Dès que j'ai reçu votre message, j'ai fait aménager la partie de notre maison que nous n'habitions pas. Cette demeure est bien trop vaste pour nous ! remarqua Aubrée avec élan. C'est une grande satisfaction pour moi de me dire que ces pièces inoccupées vont enfin servir à loger quelqu'un !

Parvenue à la cinquantaine, Aubrée gardait son corps sans graisse, mince et racé, mais, si elle n'avait pas pris de poids, son dos s'était voûté. Sous un voile violet, entre ses nattes blanches, ses traits, marqués de rides, conservaient un charme étrangement émouvant parce qu'on le sentait sur le point d'être détruit. Elle évoquait un fruit ayant dépassé son point extrême de maturité...

En pénétrant dans la maison de son amie, Isambour retrouva l'impression d'opulence qu'elle avait ressentie la première fois qu'elle y était venue.

En ce temps-là, son état d'esprit était tout autre. Quand Bernold l'avait amenée jadis à Blois, ils vivaient tous deux les débuts mouvementés de leurs amours, les croyaient éternelles, se sentaient portés par leur désir l'un de l'autre comme par un vent d'orage... Depuis, elle était souvent retournée chez la femme du monétaire, mais toujours en compagnie de son époux, ou, tout au moins, dans la certitude de le retrouver sans tarder...

Que restait-il de ce passé si proche ?

– Je devine vos pensées, amie, dit Aubrée. Ne vous laissez pas ronger par le regret de ce qui n'est plus.

Les enfants suivaient Grécie qui, derrière les porteurs des coffres, les emmenait visiter leur nouvelle installation. Berçant Ogier, Sancie leur emboîta le pas.

Isambour se laissa tomber sur un siège à pieds croisés.

– Dix-huit ans pendant lesquels nous avons tout partagé. Tout. Peines et joies, murmura-t-elle d'une voix enrouée. Dix-huit ans de bonheur, somme toute... Pensez-vous qu'on puisse les oublier ? Croyez-vous que leur souvenir me laisse un instant de repos ? Oh ! vous qui nous avez reçus chez vous au début de ces temps heureux, vous devez, mieux que quiconque, comprendre ce que je ressens !

Debout devant son amie, Aubrée posa ses mains sur les épaules recouvertes d'un pan du voile pourpré qui enveloppait la tête inclinée d'Isambour.

– Comprendre n'est pas toujours se lamenter avec ceux dont on devine la souffrance, dit-elle avec une ferme douceur. Mon amitié pour vous doit vous aider à sortir de votre peine, non pas à vous y enfoncer davantage.

Elle accentua sa pression sur les épaules lasses.

– Je veux vous soutenir dans le combat que vous aurez à livrer contre vous-même, mon amie, contre les autres, aussi et surtout, contre l'amollissement de la tristesse. Vous savez que je vous suis entièrement dévouée. Mais l'appui que je vous offre ne comporte ni connivence, ni attendrissement. Je tiens à devenir votre sauvegarde, à vous délivrer de la tentation du laisser-aller, qui est une des plus pernicieuses.

Elle se pencha, posa ses lèvres à la racine des cheveux d'Isambour, là où la raie médiane les divisait.

– Si vous l'acceptez, je serai pour vous comme une mère, termina-t-elle. Mais une mère de roc, pas de cire molle. C'est de solidité que vous avez le plus besoin.

– Soyez bénie, Aubrée, dit Isambour. Il fallait que quelqu'un me prît par la main pour me maintenir sur le chemin où, toute seule, je risque de me perdre. C'est un si rude sentier !

– Courage, amie, courage ! reprit la femme du monétaire. Vous avez déjà prouvé dans le passé que vous étiez capable de vaillance. Je sais que le départ de Bernold est pour vous la plus dure des épreuves. Depuis que j'en ai été informée par Aveline, je n'ai pas cessé de prier Dieu pour qu'Il vous vînt en aide. Mais le Seigneur secourt de préférence ceux qui ne se laissent pas aller au découragement. Luttez ! Armez-vous contre le désarroi ! Battez-vous contre l'adversité !

Isambour eut un sourire navré.

– Vous me parlez comme à un preux partant à l'assaut, remarqua-t-elle. Je n'ai, hélas, rien d'un chevalier...

– Vous vous trompez, ma chère fille ! protesta Aubrée. Que défend le chevalier ? La veuve et l'orphelin. Vous êtes sans mari, vos enfants n'ont plus de père ! En combattant pour eux, pour vous-même, vous faites la même chose qu'un paladin !

– Si je ne me sens pas capable de venir à bout de ma tristesse, dit Isambour en se redressant, je suis néanmoins décidée à élever le mieux possible les cinq innocents que Bernold m'a laissés. Je me refuse à ce qu'ils deviennent à leur tour victimes de sa folie. Pour eux, je travaillerai. Je m'efforcerai de recréer autour de nous un vrai foyer.

– Vous voyez bien qu'il y a en vous beaucoup de ressources ! L'amour maternel soutiendra votre énergie... Croyez-moi, Isambour, en perdant un homme, vous n'avez pas tout perdu !

Aubrée s'assit à côté de son amie.

– Je ne vous apprendrai rien en vous déclarant que mon mari m'a souvent trompée, murmura-t-elle tout en fixant amèrement ses mains maigres sur le dos desquelles commençaient à apparaître quelques taches brunes. Sous ses airs tranquilles, il cache un penchant sans retenue pour les filles follieuses... J'en ai terriblement souffert quand je m'en suis aperçue. A présent, j'y suis accoutumée. Je suis presque reconnaissante à Garin de sauver les apparences...

– Vous ne l'aimez plus !

– Le sais-je seulement ? Aimer, ne pas aimer... la frontière entre nos sentiments me semble bien indécise... Je lui demeure attachée... nous avons nos souvenirs. Il m'a chérie autrefois... Lors de nos malheurs, il n'a jamais cessé de me soutenir.

Isambour considérait maintenant Aubrée d'un air compatissant.

– Vivre auprès d'un homme plein de duplicité et de mauvais désirs serait, je crois, au-dessus de mes forces, dit-elle en secouant la tête.

– Si Bernold revenait un jour vers vous, même après des années d'abandon, lui fermeriez-vous votre porte ?

– J'y pense souvent... Pour être tout à fait franche, j'ignore ce que je ferais...

– Bien sûr. Rien n'est simple...

Les deux amies demeurèrent un moment silencieuses.

Le retour des enfants, leur agitation, leurs bavardages, mirent fin à un tête-à-tête durant lequel Isambour s'était sentie plus proche d'Aubrée qu'elle ne l'avait jamais été.

– Occupons-nous du plus pressé, dit la femme du monétaire en se levant. Je vais vous conduire à présent à votre nouveau logis que tout ce petit monde a déjà visité. A partir d'aujourd'hui débute une vie nouvelle !

Dès lors, Isambour trouva auprès de cette femme qui savait se montrer forte sans rudesse, aimante sans complaisance, l'aide dont elle éprouvait un si impérieux besoin.

Aubrée commença par installer chez eux son amie et ses cinq enfants.

Composé d'une salle flanquée d'une cuisine, au rez-de-chaussée, de deux chambres au premier, le bâtiment qu'elle leur céda était relié à sa propre demeure par un passage en torchis à pans de bois. Derrière les deux constructions, un jardin de ville, étroit et feuillu. Sur le devant, la cour close cernée par les ateliers de monnayage où le bruit des coups de marteaux résonnait tout le jour, les écuries et les resserres.

Meublée avec simplicité, mais agrément, la grande pièce où se réunissait la famille, aussi bien que les chambres, comportait de solides meubles de chêne cirés et d'épaisses tentures accrochées aux murs pour aider au maintien de la chaleur. L'herbe des jonchées était renouvelée chaque matin.

Des bouquets de fleurs ou de feuillage répartis dans des pots de grès ou de cuivre éclairaient le bois sombre.

En plus de ses effets personnels, de ceux de ses enfants, Isambour avait apporté avec elle des peaux de mouton et de castor, des coussins, des couvertures fourrées pour les lits.

Sans joie, mais avec acharnement, elle s'efforça de rendre son nouveau domicile le plus confortable possible afin que les siens y retrouvent la chaude intimité perdue.

Une jeune servante, fille du cuisinier d'Aubrée, ronde

comme une caille, fort débrouillarde, et répondant au nom de Bathilde, vint rejoindre Sancie qui s'occupait de l'entretien du logis et des enfants quand leur mère était absente.

Grécie se chargea de l'éducation de Philippa et d'Aubin auxquels, le matin, elle donnait des leçons de lecture, d'écriture, d'instruction religieuse, de dessin, de musique. L'après-midi, c'était elle qui recevait les enseignements des maîtres choisis par Aubrée.

Grâce à l'entremise d'Aveline qui dirigeait l'atelier du château, Isambour fut à même de prendre la place laissée vacante par une des brodeuses qui venait de mourir en couches.

Après les avoir assistés au moment de leur mariage, puis pourvus d'une terre pour s'installer, la comtesse ne s'était jamais désintéressée de Bernold et d'Isambour. Outrée par l'abandon du maître verrier, elle saisit l'occasion qui lui était offerte de venir en aide à l'épouse délaissée par le Normand. Isambour fut aussitôt engagée par elle à l'essai.

Avec une certaine ostentation, mais beaucoup d'énergie, Aveline s'était instituée le mentor de sa cousine pour tout ce qui touchait à la reprise d'un métier qu'elles avaient appris ensemble autrefois et où elle-même excellait.

Entre la fille du vavasseur, tentée de tout régenter, mais à l'affection inébranlable, et Aubrée, plus fine, plus discrète, tout aussi décidée à l'empêcher de sombrer, l'exilée entama une nouvelle tranche de son existence.

Elle avait déjà vécu à Blois. Seulement, en ces débuts passionnés de sa vie conjugale, comme elle ne respirait que dans l'ombre de Bernold, elle n'avait pas eu l'occasion d'approcher souvent la cour comtale.

Désormais, elle allait y passer ses journées, découvrir un monde bien différent de celui auquel elle était accoutumée.

Si le comte Étienne de Blois, Chartres et Meaux, héritier d'une des plus puissantes maisons suzeraines de l'époque, était reconnu par tous comme un fort grand seigneur, un des hommes les plus riches qu'on pût voir, il n'en restait pas moins vrai que c'était la comtesse Adèle le premier personnage de la comté.

Le prestige de son père, Guillaume le Conquérant, devenu grâce à sa valeur roi d'Angleterre, celui de sa mère, la reine Mathilde, dont chacun louait le caractère et les vertus, y étaient, certes, pour quelque chose. Mais la personnalité de la comtesse elle-même n'avait pas cessé de s'affirmer depuis que son époux, en 1089, succédant à son père, Thibaud III, avait pris le pouvoir.

Adèle était le principal objet des conversations blésoises. Isambour entendait parler d'elle à tout bout de champ, aussi bien dans le quartier, quand elle faisait ses achats, que chez ses hôtes.

On disait que, continuant à entretenir d'étroits rapports avec le duché de Normandie, doté d'institutions plus évoluées que celles du reste du royaume ainsi que d'une excellente administration, la comtesse s'était inspirée de cet exemple pour instituer une véritable chancellerie à sa cour. De grands officiers et des juristes secondaient, à l'émerveillement de leurs sujets, le comte et la comtesse dans l'exercice de leur pouvoir, tandis que des prévôts, des vicomtes, d'autres hommes liges encore, les représentaient auprès de la population des campagnes.

Isambour devait vite s'apercevoir que les qualités d'organisation de la comtesse Adèle n'étaient pas ses seuls talents.

Aveline, en effet, à l'instar des gens qui l'entouraient ne tarissait pas d'éloges sur la châtelaine. Elle n'avait, au fond, que deux sujets importants de conversation, Mayeul et la comtesse. Quand elle abandonnait l'un, c'était pour reprendre l'autre.

Son mari et elle avaient été logés à l'intérieur de l'enceinte castrale, dans la basse cour du château, là où habitaient, en plus des chevaliers et des clercs, les artisans nécessaires à l'édification, à l'entretien, à la décoration des nombreux bâtiments de la forteresse.

C'était un petit univers clos où tout le monde se connaissait, où les racontars et les nouvelles se répandaient à une vitesse inouïe, mais où beaucoup révéraient Adèle de Normandie.

Du comte, on s'entretenait avec prudence. Sa fuite de Palestine avait fortement entamé son prestige. Si on ne se laissait aller à le critiquer qu'à mots couverts, c'était davantage par respect envers son épouse que par considération pour lui.

— Comment un seigneur de si haut parage a-t-il pu, à un moment décisif, quitter le camp des soldats de Dieu dont il était le chef élu ? soupirait Aveline. Pour une femme de la trempe de notre comtesse, une pareille félonie est une terrible épreuve.

Au contact des familiers de la cour et, aussi, depuis son mariage, la fille du vavasseur s'était transformée. Elle avait gagné en épanouissement ce qu'elle avait perdu en agressivité. Elle s'efforçait de s'adapter aux usages de la cité des comtes ainsi qu'aux façons d'être de Mayeul. Éprise de son époux autant qu'il était possible, elle vivait sa passion avec toute la violence de son cœur entier, étranger à la modération tout autant qu'au simulacre.

— La première fois qu'il m'a embrassée sur la bouche, je me suis évanouie, avait-elle confié à sa cousine d'un air triomphant. Je ne me féliciterai jamais assez d'avoir su me garder pour lui pendant de si longues années... Il est seulement dommage d'avoir perdu tant de lustres !

Elle avait alors caressé son ventre qui commençait à s'arrondir, avant de conclure :

— Dieu merci, nous nous rattrapons comme il faut de ce retard ! Je puis vous garantir, ma colombe, que le petit qui est là est un véritable enfant de l'amour !

S'apercevant, en dépit de son manque d'intuition qu'un tel sujet mettait Isambour au supplice, elle en revenait bien vite à chanter les louanges de la comtesse Adèle.

Les huit premiers jours de l'installation d'Isambour à Blois s'écoulèrent de la sorte. Ce fut une période d'initiation à des façons d'agir, à des modes, à des pratiques bien différentes de celles du Grand Feu.

En dépit de l'amitié d'Aubrée, de l'affection d'Aveline, de la présence auprès d'elle de cinq de ses enfants, il arrivait souvent à l'exilée de se sentir affreusement dépouillée de tout ce qui avait constitué sa vie jusqu'alors.

L'attitude de Grécie lui était un tourment de plus. Au lieu de venir loger avec sa famille, l'adolescente avait préféré rester chez Aubrée où elle profitait de la chambre vacante d'Helvise. Prétextant l'exiguïté du local où vivaient les siens, elle ne s'y rendait que pour s'occuper de ses frères et sœurs, mais s'arrangeait pour ne jamais se trouver seule avec sa mère. Autant elle semblait se plaire avec les petits, autant elle fuyait celle-ci avec soin.

« Au fond, elle se comporte ici comme elle le faisait chez nous, se répétait Isambour. Ce qui rend ses manières plus difficiles à supporter pour moi, vient de ce que je vis dans

cette ville en étrangère, que l'espace me manque, que le
départ de Bernold a fait de moi une écorchée vive ! »

Certains soirs, quand la jeune femme se retrouvait seule,
enfants et servantes une fois couchés, elle connaissait des
moments d'affreuse détresse.

Aubrée lui avait bien proposé de venir passer toutes ses
soirées chez elle, mais comment accepter de figurer à ces
veillées durant lesquelles l'épouse du monétaire recevait
souvent beaucoup de monde ? Isambour préférait demeurer
seule. L'idée des conversations à soutenir, des petits jeux
à partager, lui était insupportable. Son chagrin solitaire lui
était encore moins difficile à endurer que les réjouissances
en commun.

Assise devant sa porte ouverte sur le jardin que la nuit
d'automne envahissait, elle laissait sa quenouille tomber sur
ses genoux pour évoquer sans fin son bonheur perdu, s'en
remémorer les douceurs envolées, pleurer sur sa condition.
Son âme asséchée ne lui permettait toujours pas d'avoir
recours à la prière, ce dont elle souffrait à la manière des
pèlerins perdus dans le désert et qui meurent de soif tout
en rêvant d'eau pure...

En plus de ces causes d'affliction, elle se sentait misérable,
loin des lieux où elle avait toujours vécu, déracinée. Sa
maison, son domaine, la vallée du Loir dont chaque écho,
chaque sentier, chaque reflet du ciel dans le courant de la
rivière, lui étaient fraternels, ce coin de terre rassurant,
comme il lui paraissait inaccessible !

Des bruits de rires, de musique, de chants, de causeries,
lui parvenaient de la grande maison où les hôtes d'Aubrée
se divertissaient... Il semblait à Isambour qu'on tournait
là-bas sa peine en dérision.

L'épouse du monétaire soupçonna cet état de choses et
s'en alarma. Au bout de quelques jours, elle décida de sortir
son amie, de lui faire découvrir le nouveau visage de Blois.

– Je vous emmène, lui dit-elle un après-midi. Allons nous
promener en ville.

Elles sortirent. Seul un valet les accompagnait.

La cité était en pleine transformation. Avec la participa-
tion des habitants, exemptés pour ce faire de certaines
corvées par le comte et la comtesse, on édifiait, sous la haute
autorité de Mayeul, des remparts de pierre pour remplacer
les anciennes fortifications de bois.

Des maçons, aux mains protégées des brûlures de la chaux par d'épais gants de cuir, dirigeaient leurs ouvriers mêlés aux simples particuliers. A même le sol, des plâtriers préparaient du plâtre ou gâchaient du mortier. Ailleurs, des aides remplissaient d'un mélange de cailloux, de fibres ligneuses et de ciment les intervalles compris entre les rangées de pierres. Perchés sur des échafaudages de planches, d'autres poseurs élevaient jusqu'à eux, au moyen d'une poulie, des chargements de briques. Au sommet d'une tour presque achevée, deux hommes marchaient à l'intérieur d'une grande roue en bois autour de laquelle s'enroulait une corde permettant de hisser de lourds blocs préalablement taillés qu'on destinait aux créneaux.

— Bernold avait raison d'affirmer que la venue des Normands allait bouleverser l'existence de ce pays, dit Isambour.

— Il est certain que la comtesse Adèle est arrivée ici avec de grands projets, des hommes capables de les réaliser et assez de ténacité pour amener son époux à partager ses vues, reconnut Aubrée.

A l'intérieur de la ville, des maisons en pierres, en pisé ou en torchis remplaçant les anciens logements en bois, se multipliaient au milieu des églises, chapelles, monastères aux murs tout blancs, à peine achevés.

Étroites et escarpées, les rues de la cité grimpaient des rives de la Loire vers le château, en suivant la pente abrupte du coteau pour parvenir à l'éperon couronné par la forteresse. Resserrées entre le fleuve et le rocher, les demeures s'étageaient les unes au-dessus des autres. Leurs toits s'imbriquaient comme les écailles d'une pomme de pin.

Des trois bourgs distincts qui s'étaient érigés au fil des ans le long des berges, la nouvelle enceinte ne faisait plus qu'une seule et même agglomération. Le Bourg Saint-Jean à l'est, le Bourg-Moyen, au centre, le Fiscus, quartier dépendant du fisc royal, à l'ouest, s'étaient fondus et reliés. Des clos, des logements, des jardins suspendus en terrasse, des rues, des édifices religieux, les unissaient.

Si certains quartiers offraient encore des îlots de tranquillité, les voies commerçantes grouillaient de monde.

— Venez, Isambour, venez. Passons par la rue des dinandiers, la rue des orfèvres, la rue des drapiers et la rue des ferronniers ! C'est une si bonne idée d'avoir ainsi regroupé les artisans qui font le même métier !

Elles se faufilèrent à travers la foule.

Des charrois de pierres, de madriers ou de tuiles, des ménagères, des mulets dont les bâts débordaient de briques, des chevaliers suivis de leurs écuyers, qui se frayaient un chemin à grands cris, des maçons poussant de lourdes brouettes de sable, des mendiants, des charpentiers portant de longues planches sur l'épaule, des moines au capuchon rabattu, des mires [1] sur leurs mules, des clercs moqueurs, des marchands d'eau, de salades ou de volailles, se bousculaient entre les étals des boutiques où l'on vendait à fenêtres ouvertes.

Quelques porcs errant à la recherche de détritus, des chiens qui leur disputaient leurs trouvailles, achevaient d'encombrer la chaussée de terre battue.

– Quand il pleut, dit Aubrée, la pluie ruisselle le long des pentes, ce qui lave le sol, mais, par temps sec, la poussière est souvent gênante.

Il faisait encore chaud en ce début de septembre. Des odeurs de mortier, de crottin, de sciure, des bouffées vineuses, des relents d'ail et d'oignon, se mêlaient aux exhalaisons des eaux grasses coulant sous les planches jetées en travers des rues pour permettre d'enjamber les caniveaux.

– Savez-vous, dit Aubrée qui tenait le bras d'Isambour, que des tanneurs et des foulons se sont installés au confluent de la Loire et de la petite rivière appelée Arrou ? Pour le feutrage du drap, me croirez-vous ? les foulons utilisent de l'urine recueillie par des concessionnaires spécialement commis à cet office ! Mais cette industrie, comme celle des tanneurs, sent mauvais. Aussi a-t-on eu l'idée d'assigner aux malheureux qui exercent ces deux métiers le quartier le plus exposé au vent d'ouest !

Elle riait. Isambour s'efforçait de paraître amusée.

Elles passaient devant des porches d'où s'échappaient des chants liturgiques, devant des logis d'où fusaient des criailleries.

Dans les boutiques étroites où l'on voyait travailler côte à côte maîtres et apprentis, s'entassaient, selon les endroits, des épices, des denrées diverses, des tissus, des poteries,

1. *Mires* : médecins.

des objets en cuir repoussé, des tas de vaisselle en bois ou en étain, des bijoux d'argent ou d'or, des instruments de fer, des parchemins roulés ou en cahiers, des selles, des harnais...

– Par tous les saints, que de tentations dans une ville comme celle-ci ! remarqua Isambour. Nous ne connaissons rien de semblable, dans nos villages !

Depuis le temps qu'elle vivait à Fréteval, elle avait oublié l'agitation et les richesses des grandes cités.

– Quand nous revenions à Blois, c'était toujours à l'occasion de quelque fête ou d'une foire, reprit-elle. Je finissais par penser qu'il fallait des occasions exceptionnelles pour voir étaler tant de marchandises !

En réalité, elle n'avait envie d'aucune de ces choses offertes à la convoitise des passants. Elle soupirait après le calme de la vallée du Loir.

Lasses, soûlées de tumulte, les deux amies rentrèrent chez Aubrée à la fin de la journée. Ce fut avec soulagement qu'elles retrouvèrent la fraîcheur et la paix du logis.

Pour se désaltérer, elles se firent servir dans la salle du lait d'amandes et de l'hydromel.

Le soleil couchant allumait des reflets étincelants sur les aiguières, les bassines de cuivre, sur les plats, les coupes d'argent, posés à même les coffres et les bahuts, éclairait d'un rayon une tapisserie, en laissait une autre dans l'ombre...

– Dieu vous garde toutes deux ! lança soudain une voix d'homme.

– Vous arrivez bien, mon ami ! dit Aubrée. Boirez-vous avec nous une coupe d'hydromel ?

Maître Garin-le-monétaire vint s'asseoir près de son épouse. Il souriait benoîtement, mais ses yeux marron demeuraient attentifs et observateurs comme ils l'étaient toujours.

De taille moyenne, lourd, le nez tombant, l'air endormi sauf quand il relevait ses épaisses paupières pour lancer un regard rapide sur ce qui l'entourait, le monnayeur était un être secret dont Isambour ne savait trop quoi penser.

Comme il passait ses journées dans son atelier, parmi des lingots d'argent qui, sous sa surveillance, se transformaient en oboles, deniers, sous et livres, elle ne le rencontrait que rarement.

– Nous sommes allées musarder en ville, expliqua Aubrée. La presse y était grande.

– Plus il y a de monde, plus il y a d'échanges, et mieux les marchands vendent, répondit le monétaire. Par Salomon, nous avons tous intérêt à ce que Blois ne cesse de s'accroître.

Il but lentement, en le goûtant avec gourmandise, le contenu de sa coupe.

– Un pèlerin de ma connaissance, qui rentre de Jérusalem, reprit-il ensuite, vient de me donner des nouvelles de notre fille.

– Par la croix de Dieu, mon ami, que vous a-t-il dit ? s'écria Aubrée en reposant si brusquement le hannap qu'elle tenait à la main qu'un peu de liquide en gicla sur le sol.

– Helvise se porte bien. Elle nous adresse son filial souvenir et nous fait savoir qu'elle a trouvé la paix dans la cité sainte. Elle nous prie également de ne plus nous tourmenter à son sujet.

C'était bien dans la façon de cet homme d'énoncer avec un tel détachement une information dont il connaissait l'importance pour sa femme.

– Vous ne savez rien de plus ?

– Le pèlerin n'a vu notre fille que fort peu de temps. Ils se sont rencontrés chez la veuve d'un chevalier franc qui a ouvert à Jérusalem une maison d'accueil pour les filles seules et sans appui.

– Pense-t-elle revenir un jour ?

– Vous m'en demandez trop ! Helvise ne connaissait pas ce pèlerin. Elle lui a fort peu parlé.

Le monétaire déposa sa coupe et se leva.

– Je vais me préparer pour le souper, dit-il. A bientôt.

Il sortit de son pas lourd.

– Vous voyez, Isambour, soupira Aubrée, Garin ne me tient au courant de rien ! Nous vivons l'un près de l'autre sans partager grand-chose. Il a sa vie, j'ai la mienne. Nous nous rencontrons de temps en temps...

Isambour comprit l'amertume de son amie, mais elle songea que ces relations conjugales distendues étaient encore préférables à l'absence de l'époux...

Le lendemain matin, après la messe quotidienne que toute la maisonnée entendait dans la chapelle de l'hôpital voisin, la jeune femme se rendit chez Aveline qui devait la conduire à l'atelier où elle allait commencer à travailler.

Non sans un nouveau déchirement, il lui avait fallu quitter ses enfants, et, tout spécialement le petit Ogier qui s'éveillait chaque jour un peu plus à la découverte de ce qui l'entourait. Elle ne pourrait allaiter son dernier-né durant la journée. Sancie lui donnerait à boire du lait de chèvre au moyen d'un petit pot de grès muni d'un bec à versoir auquel était fixée une toile très fine à travers laquelle le liquide tiède coulerait aisément. Serait-ce aussi bon pour l'enfant que le sein maternel qu'il ne retrouverait plus que matin et soir ? Isambour se le demandait avec inquiétude tout en se dirigeant vers la forteresse.

Le logis d'Aveline et de Mayeul était constitué d'une grande salle située au premier étage d'une maison communautaire où s'étaient regroupés les maîtres des principaux métiers du bâtiment appelés au château de Blois par la comtesse Adèle. La basse cour de la forteresse en contenait plusieurs du même genre.

Décorée de tentures brodées par Aveline, encombrée de lourds meubles de chêne, la pièce était ordonnée autour d'un vaste lit, objet manifeste de tous les soins de sa propriétaire. De nombreux coussins, des couvertures de laines vives doublées de peaux d'agneaux, une courtepointe abondamment galonnée, décoraient la couche conjugale qu'encadraient un lourd coffre à rangement et une perche horizontale fixée au mur pour y déposer les vêtements.

Lorsque Isambour entra, Aveline, accroupie devant la cheminée de pierre à hotte conique qui occupait un des coins de la salle, achevait de recouvrir de cendres l'âtre où rougeoyait un tas de braises.

– Je suis prête, ma colombe, dit-elle. Le feu va couver sous la cendre jusqu'à mon retour ou celui de Mayeul. Le premier rentré le relancera.

Fort économe, la fille du vavasseur n'avait pas pris de servante à son service. Une femme attachée à la maison communautaire faisait le ménage du petit logement deux ou trois fois par semaine.

Les deux cousines sortirent en se tenant par le bras pour gagner l'atelier où, désormais, elles travailleraient ensemble.

Située dans la haute cour, la longue bâtisse consacrée aux ouvrières de la toile, du lin, de la laine et de la soie, était divisée en plusieurs ouvroirs de filage, tissage, couture, broderie.

Avant de parvenir au premier étage où on les attendait, Isambour, précédée de son mentor, traversa, au rez-de-chaussée, la salle des couturières dans laquelle une dizaine d'apprenties et une maîtresse taillaient, ajustaient, cousaient, montaient les vêtements du comte, de la comtesse, de leurs cinq fils et de leurs deux filles.

Elle fut frappée par la qualité et la diversité des tissus, par leurs coloris éclatants, vert, blanc, violet, rouge, jaune, par la quantité de galons, d'orfroi, de tresses en soie, de parements brodés, qu'on y appliquait.

— La comtesse Adèle est fort attentive à la façon dont se vêt chacun des membres de sa famille, remarqua Aveline. Ils sont tenus de donner à sa cour l'exemple du bon goût et du raffinement.

Tout le monde savait dans la comté que, depuis son union avec Étienne de Blois, Adèle de Normandie avait à cœur de se montrer comme l'exemple à suivre si l'on voulait affiner les anciennes mœurs, jugées par elle trop frustes.

En onze ans de pouvoir, elle était déjà parvenue à obtenir un assez bon résultat. La transformation des comportements blésois frappait plus particulièrement Isambour que sa vie à Fréteval avait détournée d'une évolution suivie de trop loin pour l'avoir intéressée.

Dans l'atelier où elle pénétra enfin, sept brodeuses s'installaient à leurs places habituelles.

Aveline les présenta une par une à sa cousine. Contrairement à ce qu'avait imaginé celle-ci, les ouvrières n'étaient pas toutes jeunes. Leur âge s'échelonnait de dix-huit à cinquante ans.

Avec sa haute taille, ses formes opulentes dont son bliaud vert ne dissimulait pas les rondeurs, illuminée par un bonheur tout neuf, l'œil clair, la tête haute, Aveline prenait soudain, parmi ses compagnes, une importance nouvelle. Elle parlait avec autorité, veillait à tout, conseillait, tranchait, réprimandait.

— Voici votre place, ma cousine, dit-elle à Isambour. Je vous ai mise près de moi.

Par trois fenêtres étroites, la grande pièce donnait sur une partie herbue de la haute cour et sur les arrières du palais qui avoisinait le donjon. Comme il faisait encore beau, ces fenêtres étaient ouvertes.

Isambour regardait autour d'elle.

Poussée contre un des murs de l'ouvroir, une lourde table était recouverte de toutes sortes d'objets : un dévidoir sur lequel était tendu un écheveau de lin blanc, des tambours à broder de tailles diverses, des écheveaux de soie moulée d'or dont l'éclat blond s'échappait d'enveloppes de toile mal fermées utilisées pour leur protection, des bobines aux riches nuances variées, des broches portant fils d'or et fils d'argent, des peaux de mouton poncées servant à dessiner les motifs à reporter sur l'étoffe, des toiles à patron, des canevas, du cordonnet, des ganses, des lacets...

À un râtelier de bois étaient suspendus de petits marteaux, des crochets, des poinçons, des ébauchoirs de buis servant à modeler les fils, des ciseaux de toutes tailles, des emporte-pièces, des navettes, et beaucoup d'autres instruments indispensables aux brodeuses.

Deux métiers en bois de châtaignier occupaient le centre de la salle.

Les ouvrières étaient assises sur des sellettes de chêne recouvertes d'un rembourrage de crin.

– Tenez, Isambour, voici votre corbeille. Elle contient tous les outils dont vous aurez besoin.

Aveline tendait à sa cousine un corbillon d'osier tressé contenant un doigtier d'ivoire, deux dés, de longues aiguilles très fines en bronze et en fer, des ciseaux pointus, une pelote de cire, des pinces.

– Par ma foi, amie, reprit la fille du vavasseur, si vous avez un tant soit peu perdu la main depuis le temps où nous travaillions ensemble, ce n'est pas bien grave. Après quelques jours d'entraînement, l'habileté vous reviendra vite au bout des doigts !

Assise à la gauche d'Isambour, une femme d'une quarantaine d'années, au visage coloré, aux lèvres épaisses, et à la poitrine rebondie, approuva de plusieurs hochements de tête.

– C'est comme l'amour, dit-elle d'un air gourmand. quand on l'a fait, par Dieu ! on ne l'oublie plus jamais !

Elle riait, en portant à sa bouche une main qui tenait une aiguillée enfilée d'or à passer.

– Voulez-vous bien vous taire, Audouarde-la-beaupignée ! protesta une fille d'une vingtaine d'années dont les tresses rousses tombaient jusqu'au sol de chaque côté de son siège. Est-ce que ce sont les réflexions à faire devant une nouvelle ?

Son visage rond était parsemé de taches de rousseur comme si on lui avait jeté en pleine figure une poignée de son.

— Bien parlé, Gilète ! approuva une troisième brodeuse qui était dans les âges d'Isambour. Si nous voulons suivre les traces de la comtesse Adèle, nous devons apprendre à tenir notre langue. Mauvais discours et mauvaises manières vont de pair.

Celle-là était blonde, nette, soignée, avec un bliaud fraîchement repassé, des cheveux nattés sans une seule mèche qui dépassât, un voile éclatant de blancheur sur la tête.

— Oh, vous, Béatrix, lança la première qui avait parlé, l'amour ne doit pas vous laisser beaucoup de souvenirs mémorables... Vous êtes bien trop sage !

— Paix, cria Aveline. Ces babillages sont déplacés. Pour débuter, je vais donner à Isambour une bordure à compléter. Elle s'y fera la main en soulignant au point de tige les contours des motifs dessinés. Allons ! A l'ouvrage !

On commença par travailler en silence, puis Gilète, qui paraissait vouer une admiration sans borne à la comtesse Adèle, se mit en devoir de décrire à Isambour la façon dont cette femme de goût avait meublé et décoré les salles du château.

— Tout cela est vrai, reprit Aveline au bout d'un moment, mais la réussite des réussites reste bien sa propre chambre.

— Vous pouvez le dire ! s'écria Audouarde-la-beaupignée. Par tous les saints, on n'a jamais rien vu de si beau !

Parler de la chambre d'Adèle mit tout l'atelier en effervescence. Chaque ouvrière voulait rajouter un détail.

— Sur deux des murs, dit Béatrix, il y a des tentures brodées par notre ouvroir, qui représentent la création du monde, le paradis terrestre, le déluge et certains passages de l'Ancien Testament. C'est là un travail qui nous a pris plusieurs années. Il est d'une précision dans les détails dont vous n'avez pas idée.

Une femme d'une cinquantaine d'années, toute en os, avec des cheveux gris clairsemés qui, sous un voile lie-de-vin, lui faisaient deux petites nattes maigrelettes, intervint à son tour. Elle ressemblait à une chèvre dont elle avait la face longue et étroite, la mâchoire inférieure pendante, la voix bêlante. Dans son visage ingrat, deux larges prunelles dorées, bombées, brillantes, accentuaient cette ressemblance.

– Sur le troisième mur, dit-elle tout en continuant à broder sans désemparer, on peut admirer un autre de nos ouvrages qui représente des scènes de la soi-disant existence d'anciens dieux païens...

– Il s'agit des dieux grecs, coupa Aveline d'un air entendu. C'est Dom Renaud, le chapelain de notre comtesse, qui l'a dit devant moi. Je croyais que vous le saviez, Erembourge.

– Sur le plafond, continua celle-ci, sans se laisser démonter, sont peints des signes du zodiaque environnés d'étoiles. C'est une merveille !

– Le sol est recouvert d'une marqueterie de marbre composée de fleurs, d'animaux fabuleux ou familiers et de paysages de montagnes, récita sans perdre haleine Gilète dont le visage roux s'enflammait d'enthousiasme.

– Par ma foi, il ne faut pas oublier le fameux lit de sa seigneurie, reprit Aveline qui entendait mener la conversation. Il est en bois sculpté, avec des pieds d'ivoire les plus élégants du monde. A sa tête, sont représentés les arts libéraux et notre comtesse a composé elle-même des devises savantes qui sont gravées tout autour... Vous ne pouvez, ma colombe, imaginer sans l'avoir vu l'enchantement dont on est saisi en pénétrant dans cette chambre incomparable.

– Elle sera tout à fait parfaite quand l'ouvrage auquel nous travaillons maintenant sera terminé, dit une petite femme maigre et brune qui n'avait encore rien dit jusque-là.

– C'est bien pourquoi, Mahaut, vous avez raison de tirer l'aiguille sans bavarder, approuva Erembourge. Nous n'avons pas de temps à perdre !

Par Aveline, Isambour savait l'importance de l'ouvrage entrepris.

Afin d'ajouter à tant de merveilles une note de dévotion filiale, la comtesse avait confié à ses brodeuses le soin de confectionner un nouvel ouvrage auquel elle attachait la plus grande importance : un baldaquin relatant, sur une toile d'une extrême finesse, les étapes de la conquête de l'Angleterre par Guillaume le Conquérant, son illustre père. Il s'agissait là du raffinement suprême. Aussi les moyens n'avaient pas été épargnés pour faire de ce travail d'aiguilles une véritable œuvre d'art.

– Songez, ma cousine, reprenait la fille du vavasseur, songez que, seuls des fils d'or, d'argent, ou de la soie la plus pure, ont été jugés dignes de retracer les principaux événements d'une pareille épopée ! On y ajoute même, par endroits, des perles et des pierres fines !

– Il s'agit, paraît-il, en plus luxueux, de la copie de la fameuse tenture narrative d'église exposée chaque année, quinze jours par an, dans la cathédrale de Bayeux, expliqua Béatrix penchée sur le tambour dont elle se servait pour tendre le fin tissu qu'elle parsemait de fleurs de soie. Vous comprenez de quelle responsabilité nous sommes chargées là ! Il nous faut faire preuve de la plus grande attention, de la minutie la plus scrupuleuse si nous ne voulons pas décevoir la comtesse.

Isambour se dit que le culte entretenu par les brodeuses autour de la personne d'Adèle magnifiait leur labeur. Le sentiment qu'elles éprouvaient d'être les instruments d'une personne si incomparable poussait chacune d'entre elles à se surpasser. L'enthousiasme manifesté par Aveline n'était que le reflet de la vénération dont la plupart des ouvrières de l'atelier entouraient leur suzeraine. Cependant, elles ne devaient pas toutes partager ce zèle. Dans un coin, silencieuses, ne levant pas le nez de leur ouvrage, deux sœurs jumelles brodaient côte à côte, l'air fermé, échangeant entre elles des regards excédés.

– Eh bien, moi, dit tranquillement Isambour dont la première aiguillée de soie moulée d'or fin venait de casser, moi, je ne suis pas près de me sentir digne de participer à un tel chef-d'œuvre ! Je ne suis même pas certaine d'en être un jour capable !

– Il ne faut jamais partir perdante ! s'exclama une grosse femme au teint de suif auquel l'embonpoint empêchait de donner un âge.

Placée près d'une des fenêtres, elle travaillait à une portion du baldaquin dont la longueur correspondait à celle d'une des peaux de mouton sur lesquelles le dessinateur de la cour traçait les scènes à reproduire avant de les mettre au net sur la toile.

Soudain, la porte de l'atelier s'ouvrit. Un homme d'une trentaine d'années entra. Une large ceinture en cuir serrait à la taille son bliaud de serge bleue. Une tablette de cire et un stylet y étaient suspendus.

– Voici Jehan, le secrétaire de notre comtesse, souffla
Gilète. C'est un de ses familiers. Elle ne s'en sépare pas
davantage que de son chapelain !

Un groupe de personnes richement vêtues apparaissaient
à leur tour derrière une dame de taille moyenne, à la peau
blanche, aux yeux clairs.

Les brodeuses esquissèrent un mouvement pour se lever.

– Restez assises, je vous prie ! lança Adèle de Normandie.
Vous savez bien que je ne veux pas vous voir bouger quand
j'entre ici. Sur mon âme, je m'en voudrais de vous faire
manquer un seul point !

Isambour revoyait toujours avec intérêt cette femme du
même âge qu'elle, dont l'existence semblait, à l'image des
travaux qu'elle faisait exécuter, tissée d'or et de soie.

Sur une longue tunique à fleurs et à rinceaux multicolores,
elle portait ce jour-là une gipe [1] d'étoffe gaufrée, fort
ajustée, qui dessinait ses formes déliées. Ses larges manches,
évasées à partir du coude, garnies de broderies d'argent,
descendaient presque aussi bas que son bliaud. Enroulée
deux fois autour de sa taille, une ceinture d'orfroi retombait
jusque sur de fins souliers de cuir mosaïqué. Un voile
transparent recouvrait ses cheveux blonds dont les nattes
étaient surmontées d'un bandeau orné de pierreries.

– Voici donc notre Isambour installée en bonne place,
dit la comtesse en se dirigeant vers sa nouvelle ouvrière.
Soyez la bienvenue parmi les femmes de mon ouvroir. Vous
savez combien je suis satisfaite de vous compter dorénavant
au nombre de mes brodeuses.

– Fasse le ciel, dame, que je ne vous déçoive pas !

– Je vous fais confiance. D'ailleurs, Aveline ne cesse de
louer votre adresse... et puis j'ai déjà eu l'occasion, voici
fort longtemps, il est vrai, de la constater par moi-même.

Elle avait un sourire un peu moqueur qui la rajeunissait,
mais, dans son regard, affleurait une sorte d'exigence intime,
de force contenue et ombrageuse.

Isambour se souvint de tout ce qu'on racontait sur le
comte Étienne, sur la honte éprouvée par son épouse depuis
son retour précipité de Terre sainte.

Ainsi donc, cette princesse, elle aussi, dont le destin

1. *Gipe* : justaucorps féminin très ajusté.

semblait si éclatant, connaissait opprobres et tourments à cause de la conduite déshonorante de son seigneur !

Y avait-il quelque part des fruits dont un ver ne rongeait pas le cœur ?

Les personnes de la suite demeuraient près de la porte pendant que la comtesse allait et venait d'une ouvrière à l'autre, complimentant ici, faisant là une remarque précise, toujours justifiée.

Pendant ce temps, Jehan-le-secrétaire s'approcha d'Isambour.

— Par saint Clair, patron des brodeuses, voici bien la plus avenante de toutes les manieuses d'aiguilles que j'aie jamais rencontrées ! dit-il à mi-voix en se penchant sur l'épaule de la jeune femme. Ne craignez-vous pas d'abîmer ces beaux yeux en les fatiguant à de pareils travaux ?

— Je craindrais bien davantage de laisser mes enfants mourir de faim si je ne gagnais pas de quoi les nourrir ! répondit Isambour en continuant son ouvrage.

— Si je comprends aisément celui qui vous les a faits, je ne comprends pas, en revanche, qu'il vous laisse le soin de subvenir seule à leurs besoins.

L'aiguillée d'or à passer se rompit une seconde fois entre les doigts qui venaient de l'enfiler.

— Ne soyez pas si nerveuse, douce amie, dit Jehan.

Il riait. Il était beau, sûr de lui. Il exaspéra Isambour.

— Laissez-moi travailler en paix, je vous prie, dit-elle en égratignant d'un ongle rageur l'or qui recouvrait le fil de soie.

— A votre aise, ma belle, acquiesça-t-il en saluant bien bas. Mais il faudra nous revoir.

Isambour haussa les épaules.

— Je n'en vois pas la nécessité.

A quel jeu s'amusait cet homme ? Comment pouvait-il croire qu'elle s'y prêterait ? En avait-elle le temps, l'envie, la possibilité ?

La comtesse s'éloignait. Sa petite troupe la suivit.

— Jehan, venez-vous ?

— Me voici, dame !

Il rejoignait le groupe, mais son parfum de musc s'attarda derrière lui.

— Eh bien ! pour une première journée ce n'est pas si mal, chuchota Audouarde-la-beaupignée à sa voisine. Vous avez reçu des paroles aimables de la comtesse Adèle et vous avez séduit son secrétaire !

Isambour ne répondit pas. Elle brodait avec une application excessive la bordure qu'on lui avait confiée.

— Par ma tête, avec ses yeux bleus et ses cheveux bruns, ce Jehan est un joli garçon ! reprit Audouarde dont le teint était soudain encore plus coloré, les prunelles plus brillantes. S'il me recherchait, moi, je ne saurais rien lui refuser, à ce beau museau !

— Taisez-vous, babillarde ! ordonna Aveline. Qui bavarde à tort et à travers, travaille mal. Nous avons mieux à faire qu'à pérorer.

Le soleil se couchait quand les brodeuses quittèrent l'atelier.

Isambour avait mal au dos, ses seins alourdis lui causaient des élancements en dépit de la large bande de toile avec laquelle elle s'était comprimé la poitrine afin de la maintenir et de retarder la montée de lait. Son corps ignorait ses nouvelles conditions de vie, avait ses habitudes ; il protestait à sa manière contre le changement de régime auquel il était soumis.

— La journée m'a paru bien longue, confia-t-elle à sa cousine en traversant la basse cour.

— Vous vous y ferez, assura Aveline. Notre travail n'est pas sans intérêt et les brodeuses sont de bonnes filles.

Aveline avait décidé de raccompagner Isambour jusqu'à son domicile avant de rentrer chez elle.

Après avoir franchi la poterne qui permettait aux habitants de l'enceinte castrale d'entrer et de sortir sans passer par la grande porte sévèrement gardée, les deux jeunes femmes se trouvèrent devant le spectacle offert par le crépuscule qui envahissait sous leurs yeux l'immense vallée de la Loire.

En une dégringolade de toits dont les tuiles reflétaient les teintes sanglantes du couchant, les demeures de la cité s'imbriquaient jusqu'au fleuve que franchissait un pont de bois.

Sur l'autre rive, fief distinct de la ville, l'île de Vienne, bande de terre comprise entre la Loire et un de ses bras morts, tel un bateau noyé dans la brume, s'enfonçait avec ses maisons et son église, dans une grisaille indistincte.

Au-delà, de vastes prairies, des champs cultivés, des vignobles, des villages disséminés dans la campagne, de lointaines forêts enfin s'étendaient jusqu'à l'horizon coloré de feu. Cette incandescence s'adoucissait peu à peu en de savants dégradés qui parvenaient à atteindre le mauve rosé des colchiques.

Cependant, bousculés comme des troupeaux de moutons noirs, d'épais nuages dissimulaient des pans entiers de ciel. Cerné par ses berges d'encre, de cendre, d'ombre, le fleuve, dont l'eau tranquille roulait des flots d'ardoise, se vêtait de reflets rutilants qui s'étiraient tout au long de son cours.

Par endroits, le flot était comme laqué de garance, ailleurs, il appartenait déjà à la nuit.

— A-t-on jamais rien vu de plus magnifique ? demanda Aveline.

Immobiles, éblouies, les deux cousines se sentaient éclairées, illuminées, comme glorifiées par cette apothéose.

— Je dois admettre que, comparé à une telle splendeur, notre Loir paraît étriqué entre ses collines, reconnut Isambour. Pourtant, même devant une semblable merveille, je ne le renierai pas. Moins grandiose, il est plus à ma taille.

— Décidément, ma colombe, vous et moi, chacune à notre manière, nous sommes fidèles avant tout ! jeta Aveline en s'emparant du bras d'Isambour pour l'aider à redescendre vers la ville.

VIII

Isambour écoutait tomber la pluie sur les tuiles du toit et sur le gravier des allées du jardin.

On devait être à peu près au milieu de la nuit. Contre l'épaule gauche de la jeune femme, Doette, blottie dans la chaleur maternelle, dormait du profond sommeil des enfants fatigués de jouer. Une légère odeur fauve se dégageait des cheveux roux et de la peau laiteuse de l'enfant.

Tournée du côté du mur, Philippa semblait faire des rêves agités. Elle remuait beaucoup, des bribes de phrases lui échappaient par instants.

Dans son berceau, posé près du lit où la mère et ses deux filles reposaient, Ogier, croyant téter, et tout en dormant, suçait son pouce avec ardeur. Isambour entendait le bruit mouillé des lèvres obstinées du nourrisson.

Installé dans un cabinet attenant à la chambre principale, Aubin était également tout proche.

Sancie et Bathilde se partageaient la seconde chambre de l'étage.

Percevoir autour d'elle tout son monde endormi et confiant pendant qu'elle veillait procurait autrefois à la mère de famille un sentiment aigu de satisfaction. Elle aimait alors se sentir responsable de la bonne marche de sa maisonnée, du destin de chacun de ses membres. C'était avec assurance qu'elle supportait en ce temps-là une charge qui ne l'écrasait pas.

Désormais, l'angoisse avait remplacé la sérénité. Comment parvenir à élever, à éduquer ses enfants ? Comment les guider dans leur jeune âge, leur adolescence, les choix essentiels de leurs vies ? À certains moments, une peur affreuse transperçait Isambour. Si elle était à présent admise de façon définitive parmi les brodeuses de la comtesse Adèle, ce qui assurait sa subsistance et celle des siens, pourraient-ils toujours continuer à loger chez le monétaire où ils ne payaient pas de loyer ? Cette situation restait précaire, un peu humiliante... Et le Grand Feu ? L'entretien des bâtiments et des terres se révélait fort lourd...

Sans le soutien de Bernold, l'existence de chaque jour n'était plus que difficultés, tourments...

De crainte de réveiller les enfants, Isambour bougeait le moins possible. Cependant, lasse de demeurer immobile dans le noir, à ressasser sans fin mêmes appréhensions et mêmes alarmes, il lui arrivait parfois de se lever. Avec précaution, elle sortait du lit, passait une chaisne ¹ molletonnée qui lui servait aussi au sortir du cuveau où elle se lavait chaque matin, et allait s'accouder à la fenêtre.

Ce mois d'octobre avait encore des nuits point trop froides. Isambour respirait longuement les senteurs de feuilles jaunissantes qu'exhalait le petit jardin. Si elle n'y trouvait pas de véritable consolation, car tout lui était réminiscences et blessures, la fraîcheur nocturne lavait comme une eau bienfaisante son esprit endolori, lui permettait ensuite de s'endormir sans trop de peine.

Mais il n'y avait pas que les soucis et les chagrins pour l'obséder... De plus en plus souvent elle devenait la proie d'autres harcèlements.

Sevré d'étreintes depuis des mois, son corps n'acceptait plus une privation qui le suppliciait. Affamé, il n'était plus qu'appels, que désir...

Entre les bras d'Adelise, Bernold se souciait-il encore de la femme esseulée qu'il avait laissée derrière lui ? Imaginait-il tant soit peu les maux qu'elle devait supporter à cause de lui ?

Isambour constatait un peu plus chaque nuit que, si son cœur était parvenu à souffrir avec dignité, il n'en était pas de même de sa chair dont les besoins ne s'embarrassaient pas de scrupules.

1. *Chaisne* : long vêtement faisant parfois office de robe de chambre.

« Dieu saint ! gémissait-elle, je recèle un animal en rut qui réclame son dû ! Il trouble mes pensées et me rend mauvaise... Il glisse en moi la tentation du péché. Il ignore le sacrement qui me lie... Féroce envers celui qui m'a trahie, il me pousse à rejeter notre alliance, à me libérer des liens qui m'attachent à Bernold... Entre ses griffes, je ne suis plus en état de trouver des excuses à mon mari, je le maudis et même, par moments, vais jusqu'à le haïr ! »

Comme elle ne parvenait toujours pas à recouvrer l'élan nécessaire à l'offrande de son âme, que la prière continuait à ne lui être d'aucun secours, elle se sentait condamnée à. devenir la proie du Malin. Une proie terriblement vulnérable... faible, si faible...

Une fois de plus, cette nuit-là, le désir la tenait. Comme sur un gril, elle se tournait et se retournait sans pouvoir espérer d'apaisement. Faute de recevoir la satisfaction qu'ils réclamaient, ses sens la torturaient. La chaleur du lit ne lui était plus supportable...

Elle rejeta le drap mais n'éprouva aucun bien-être. Trop vive était sa fièvre... Elle décida de se lever.

Sa rancune envers Bernold s'aggravait du poids humiliant de la honte qu'à cause de lui elle s'infligeait à elle-même.

Elle enfila à la hâte la chemise de jour roulée sous son oreiller et sortit de la chambre.

Après avoir sans bruit traversé la salle, elle gagna le jardin sur lequel il pleuvait sans répit depuis des heures.

Dehors, l'odeur de la pluie, de la terre détrempée, des feuilles mortes jonchant le sol, l'assaillit. Elle se trouvait transportée au centre d'un univers liquide dont le bruit crépitant empêchait d'entendre autre chose que son écoulement monotone.

Les yeux fermés, la tête renversée en arrière, presque nue sous le ruissellement que le ciel déversait sur elle, Isambour demeura un moment, comme une statue au porche d'une cathédrale, les mains ouvertes le long des cuisses, immobile, offerte...

Sur son visage où gouttes de pluie et larmes, étroitement mêlées, coulaient, l'eau douce s'unissait au sel amer. Le long des nattes brunes encadrant le visage de noyée, des perles fugitives glissaient avant de tomber sur le gravier de l'allée.

« Ô Bernold, qu'avez-vous fait de moi ? »

Combien de temps resta-t-elle ainsi, frissonnante de froid bien que consumée d'ardeurs ?

Au fond du jardin, une petite porte qui ne servait guère s'ouvrit soudain avec précaution. Une lourde silhouette masculine entra, referma le battant, se dirigea vers la maison. À travers l'obscurité pluvieuse, la lueur balancée d'une lanterne éclaira soudain la femme debout dans une des allées.

— Vous ici, Isambour ! A cette heure ! Vous allez prendre mal !

Elle ouvrit les yeux pour apercevoir, enfoui sous le capuchon de sa chape pluviale, le visage étonné de Garin-le-monétaire que la chiche lueur jaune éclairait de bas en haut.

— Par le Dieu tout-puissant, que faites-vous sous l'averse, toute seule, au milieu de la nuit ? demanda-t-il.

— Je ne pouvais dormir.

L'époux d'Aubrée posa sa main libre sur le bras d'Isambour.

— Ne restez pas ainsi. Venez. Rentrons.

D'une ferme pression, il la décida à bouger, à se diriger avec lui vers le logis où elle habitait.

Ils pénétrèrent ensemble dans la salle. La tiédeur du feu s'y attardait.

Comme une draperie mouillée, la chemise trempée collait au corps de la jeune femme, épousant et révélant ses formes. Garin s'empara d'une courtine pliée sur un siège, la déposa sur les épaules d'Isambour.

— Voulez-vous que je réveille une de vos servantes pour qu'elle descende vous frictionner ? s'enquit-il.

— Non. Merci. Je le ferai moi-même.

— Il faudra aussi vous sécher les cheveux avec soin, reprit le monétaire. Ce sera le plus long, mais n'y manquez pas. On s'enrhume souvent pour avoir eu la tête mouillée.

— Merci de vous soucier à ce point de ma santé, dit Isambour. Vous devez penser que je suis devenue folle.

L'homme rejeta en arrière son capuchon dégoulinant.

— Dieu m'en garde ! reprit-il de sa voix calme, un peu traînante, j'ai suffisamment vécu pour savoir reconnaître un véritable chagrin d'une lubie. Je sais ce qu'il en est et je peux comprendre plus de choses que vous ne le croyez.

Il secouait sa grosse tête grisonnante.

— Le malheur ne m'a pas, non plus, fait défaut, continua-t-il, le front penché, sans relever les paupières. Qui n'entend qu'une cloche n'entend qu'un son... Seule Aubrée vous a parlé de nous, de notre couple...

— Elle m'a décrit vos épreuves et affirmé qu'aux pires moments, vous lui aviez toujours été secourable, rectifia Isambour, tout en resserrant autour d'elle l'étoffe rouge qui ne parvenait pas à la réchauffer.

— Sans doute, sans doute... mais elle n'a certainement pas manqué de vous laisser entendre que j'avais des goûts dépravés, que je courais les filles faciles...

Il releva avec brusquerie son lourd visage pour jeter à la femme ruisselante qui se tenait debout près de lui un de ces regards aigus dont il avait le secret.

— Eh bien ! Soit ! admit-il avec une sorte de rage pleine de rancune, soit ! Je vais en effet chercher là où je peux les trouver les satisfactions que me refuse une épouse plus froide que cette nuit d'automne et pour laquelle l'amour est une abominable corvée !

Isambour tressaillit.

— Allez vous sécher, soupira Garin. Vous n'êtes pas en état de m'entendre. Je ne sais pourquoi je me confie à vous !

— Parce qu'il faut bien parler à quelqu'un..., murmura Isambour.

— Nous sommes tous, vous et moi, victimes du même gâchis ! jeta entre ses dents le monétaire, tout en rabattant son capuchon. Le Mal est partout. Il embrouille nos vies à plaisir. Il corrompt sans jamais se lasser l'œuvre du Créateur. À nous d'essayer de nous en tirer... de sauver, si nous le pouvons, nos chances de salut !

Il se baissa, reprit la lanterne qu'il avait posée sur un coffre en entrant, et sortit afin de regagner le logis qu'il fuyait plusieurs fois par semaine pour aller s'étourdir ailleurs.

Isambour alla tirer le verrou, revint vers le feu, rejeta la courtine, se dépouilla de la chemise qui lui collait à la peau, puis se mit en devoir de se frictionner avec un des langes d'Ogier, posés, pour les tenir au chaud, sur deux tréteaux, devant la cheminée.

Quand elle se fut séchée, elle regagna sa chambre où elle s'enveloppa dans la chaisne molletonnée de ses veillées solitaires avant d'aller se pencher sur le berceau de son petit garçon.

Assise au pied du lit où Doette et Philippa dormaient toujours, elle défit d'abord ses nattes alourdies, avant de se frotter vigoureusement la tête avec une épaisse serviette de toile tirée du grand coffre où elle rangeait son linge.

Comme l'avait prévu le monétaire, il lui fallut du temps pour parvenir à sécher ses longs cheveux.

Tout en maniant le peigne et la brosse, elle se disait que Garin s'était bien conduit à son égard. Elle aurait à réviser l'opinion qu'elle avait de cet homme. Jusqu'à présent, elle ne l'avait vu qu'à travers des rencontres conventionnelles ou les récits d'Aubrée. S'il était vrai que celle-ci ne témoignait à son mari que froideur et rebuffades, on pouvait lui trouver des excuses. L'ironie du sort voulait qu'elle fût la confidente d'une femme incapable de répondre aux désirs de son époux...

Pour ne pas retomber dans les affres dont elle n'était sortie qu'à grand-peine, Isambour préféra penser à autre chose... Elle se dit qu'elle pouvait être reconnaissante au monétaire de ne pas avoir profité de la situation insolite où il l'avait trouvée. Bien d'autres, à sa place...

Cette constatation l'amena à songer au secrétaire de la comtesse.

Depuis un mois qu'elle était entrée à l'ouvroir du château, Jehan avait imaginé mille prétextes pour la revoir et venir tourner autour d'elle. Un intérêt subit à l'endroit du travail effectué par les ouvrières d'Adèle de Blois lui servait d'excuse. Les compagnes d'Isambour en riaient et brocardaient entre elles ce changement d'attitude.

Sans se permettre jamais un geste aventuré, un mot de trop, le jeune homme assiégeait la nouvelle brodeuse d'attentions, de menus présents, d'allusions transparentes.

— Quand je me souviens de la manière dont Bernold s'est emparé de moi, avait dit un soir Isambour à sa cousine qu'elle ne pouvait tenir dans l'ignorance d'assiduités aussi affichées, je ne comprends rien aux façons de ce garçon. Il ne se comporte pas comme les hommes le font d'ordinaire. On dirait qu'il craint de passer à l'attaque. Serait-il impuissant ?

— Certainement pas, avait répondu Aveline en riant. Ce sont là des modes mises au goût du jour par la comtesse elle-même. Au château, on ne vit pas comme ailleurs, ma colombe, vous n'êtes pas sans le savoir. On ne s'y comporte pas selon nos anciennes habitudes. Par ma foi ! Adèle de Blois s'est mis en tête de changer les hommes en pigeons roucouleurs et les loups en agneaux !

On savait à la cour comtale que, sans jamais faillir, la suzeraine entretenait des échanges épistolaires variés, nombreux, remplis de bienveillance avec des adorateurs déclarés, mais platoniques, comme Geoffroi de Reims, Hildebert de Lavardin, évêque du Mans, ou Baudri, abbé de Bourgueil. Celui-ci se piquait de faire œuvre poétique. Il adressait à la comtesse des vers enflammés mais toujours respectueux qui enchantaient leur destinataire. Le comte Étienne n'avait pas à prendre ombrage d'une correspondance ou de visites connues de chacun, et, de toute évidence, parfaitement innocentes.

— Il est vrai que notre comtesse cultive les belles-lettres, attire maints poètes, savants ou historiens au château, compose elle-même des poèmes, avait ajouté Aveline. Elle a su se faire, à juste titre d'ailleurs, la réputation d'une femme d'esprit ainsi que de grand savoir. À son contact, choses et gens évoluent à vive allure !

Occupée à refaire ses nattes, Isambour songeait qu'il était peut-être possible en effet d'amener les hommes à se comporter avec plus de respect envers les femmes, mais qu'on ne transformerait pas leurs instincts. Que Jehan, un jour ou l'autre, s'enhardirait à son endroit.

Que ferait-elle quand il ne se contenterait plus d'oublier auprès d'elle un bouquet, un gant, un anneau de corail ? Qu'il demanderait davantage qu'un sourire, qu'un mot aimable ?

Recoiffée, elle quitta son vêtement de nuit avant de se remettre au lit.

Nue devant sa couche, elle passa lentement ses mains sur ses seins marqués des deux grains de beauté où s'étaient si souvent attardées les lèvres de Bernold, sur ses hanches qu'il emprisonnait naguère entre ses paumes, sur son ventre qui avait toujours porté avec fidélité, assurance et quiétude les semences confiées par l'époux durant leur commun plaisir...

Faudrait-il donc renoncer pour toujours aux caresses d'un homme ?

L'idée d'abandonner simplement ses doigts à Jehan lui avait, jusqu'à présent, été désagréable. En dépit de tout, elle continuait à aimer, à attendre Bernold, ce qui la préservait de la tentation. Mais si son corps parlait plus haut que ses sentiments ? Si sa chair l'entraînait à elle ne savait quelle compromission ?

Par la faute d'un renégat, serait-elle amenée à se parjurer, à renier ses serments les plus sacrés, à perdre son âme ?

Autrefois, elle se serait jetée à genoux pour implorer aide et secours de Dieu et de Notre-Dame. Ils ne l'auraient pas abandonnée en un si grand péril... Mais elle ne savait plus Les prier. L'aridité dont elle souffrait depuis le départ de son mari avait desséché en elle la rosée de la grâce. Vers qui se tourner ? À qui demander secours ? Où trouver appui ? Tout lui manquait à la fois.

Elle dormit peu et mal. Des rêves l'assaillirent jusqu'à l'heure du lever...

Le lendemain, à l'ouvroir, quand elle vit entrer sur les pas de la comtesse Adèle le jeune secrétaire dont les yeux la cherchèrent aussitôt, elle se troubla et sut qu'elle ne pourrait pas lutter sans fin contre son désir. Un jour arriverait où le premier galant venu ferait l'affaire. Elle le sut, mais une honte brûlante l'empourpra...

Le dimanche suivant, après la grand-messe, elle se rendit avec Grécie et Philippa chez Aveline où elles avaient l'habitude, toutes trois, de dîner chaque semaine. Aubin, Doette et Ogier restaient sous la garde de Sancie.

Il ne pleuvait plus, mais, du ciel gris, une haleine maussade et froide soufflait sur la vallée, à travers les rues de Blois.

Dans la salle de la maison commune, un bon feu flambait, léchant les flancs d'une marmite d'où s'échappait un fumet appétissant de perdrix en capilotade. Enfoui dans les cendres chaudes de l'âtre, un pot de grès devait contenir du bouillon aux gousses d'ail. Deux poêlons mijotaient sur les braises chaudes contenues dans les récipients creux terminant les grands landiers de fer qui supportaient les bûches.

Devant la cheminée, une table recouverte d'une longue nappe blanche avait été dressée.

L'odeur de cuisine, de pain grillé, de feu, de linge propre, restait liée à ces réunions du dimanche qui apparaissaient à Isambour comme les uniques moments de son existence où les douceurs de la complicité familiale retrouvaient un peu de leur pouvoir.

Quand Mayeul remonta de la cave où il était allé quérir du vin frais, il montrait un air préoccupé qui n'échappa nullement à Isambour.

Aussi ne fut-elle pas surprise, une fois dit le bénédicité, lorsqu'il s'adressa à elle tout en entamant un pâté d'anguilles.

— Il faut, ma cousine, que je vous apprenne une nouvelle. Une nouvelle d'importance ! Je sais depuis peu où se trouve Bernold !

Ce fut comme si une poigne sans pitié étreignait brutalement le cœur de la jeune femme, ainsi qu'on serre sous ses plumes le col d'un pigeon pour l'étouffer.

— Dieu ! souffla-t-elle. Est-ce possible ?

— Vous voilà toute pâle, ma perle ! s'écria Aveline. N'allez pas vous pâmer, au moins !

Isambour secoua la tête comme on chasse une mouche.

— Où est-il ? demanda-t-elle.

— En Angleterre. Nous pouvions toujours le chercher en Normandie... Il n'a fait qu'y passer.

— Qui vous a renseigné ?

— Un maître charpentier rencontré hier matin dans notre basse cour. Il arrivait de Douvres où il a longtemps séjourné. D'après lui, Bernold semble s'être fixé dans cette ville. C'est sur le chantier de construction d'une église où ils travaillaient tous deux qu'il a connu votre mari puis s'est lié d'amitié avec lui. Ils ont parlé ensemble. Mon nom a été cité. C'est pourquoi cet homme m'a abordé et salué de la part de Bernold.

— Allait-il bien quand ce charpentier l'a quitté ?

— Fort bien. Sa réputation de verrier est, semble-t-il, déjà grande outre-Manche.

Il y eut un silence. Isambour considérait sans le voir le morceau de pain tranchoir posé devant elle. Pour la première fois depuis qu'il s'en était allé, elle entendait parler de Bernold comme d'un être vivant, non comme d'un disparu. Il se trouvait ailleurs, voilà tout. Il travaillait, mangeait, dormait, riait, aimait... loin d'elle... mais, enfin, il prenait à nouveau corps. Ce n'était plus ce fantôme insaisissable dont elle venait parfois à se demander s'il existait toujours... Il y avait un endroit du monde où son rire éclatant résonnait encore de temps à autre...

Aveline surveillait sa cousine d'un œil inquiet. Philippa fixait sur sa mère un regard rempli d'amour et d'interrogation. Grécie jouait avec la pie apprivoisée qu'elle avait apportée dans une petite cage d'osier et qui se tenait maintenant sur son épaule.

– Mon père était-il seul ? demanda soudain l'adolescente sans cesser de caresser la tête penchée de l'oiseau.

– Voyons, ma petite fille..., protesta Aveline.

– Elle a raison, dit Isambour. Il est normal que je sache où et comment vit mon époux.

– Il n'est pas seul, répondit sobrement Mayeul.

Venant du logement voisin, on entendait des éclats de voix avinées, des refrains de chansons à boire.

– Ce n'était donc pas une simple liaison passagère, murmura Isambour dont la gorge était nouée comme par un garrot. Il ne reviendra pas.

Alertée par le ton avec lequel sa cousine avait prononcé ces derniers mots, Aveline leva les sourcils. Elle ne comprenait pas comment une femme bafouée avec une telle impudence pouvait, au fond d'elle-même, espérer le retour de l'infidèle. Dans un cas semblable, elle n'aurait songé qu'à se venger, à tuer sa rivale...

Mayeul essuyait avec soin la lame de son couteau sur une bouchée de pain.

– Par Dieu, ma cousine, reprit-il, le départ de Bernold est trop récent pour en tirer des conclusions définitives. Il n'y a qu'un peu plus de six mois que cette folie l'a pris. Ce n'est guère long. Laissez-lui le temps de se fatiguer d'une aventure dont il devrait assez vite avoir épuisé les charmes.

Grécie déposa la pie sur le banc à côté d'elle et se leva pour aider Aveline à apporter sur la table, après le pâté d'anguilles, le plat de perdrix en capilotade avec les deux poêlons. L'un contenait des navets aux châtaignes, l'autre de la purée de fèves.

– Si mon père revenait au Grand Feu, lui pardonneriez-vous, ma mère ? interrogea l'adolescente. Accepteriez-vous qu'il revienne vivre avec nous ?

– Le sais-je ? soupira Isambour. Le sais-je seulement moi-même ?

– De toute façon, l'Église punit sévèrement l'homme qui a enlevé la pucelle promise à son fils. Si vous accusez Bernold d'adultère et de rapt devant notre évêque, on lui infligera sept ans de pénitence, trancha Aveline qui servait ses convives en versant dans leurs écuelles viande et légumes. Vous pourrez toujours, par la suite, si vous le souhaitez, réclamer la séparation.

Isambour repoussa vers Mayeul l'écuelle qu'elle partageait avec lui. Elle n'avait plus faim. Sa gorge restait nouée, un tremblement qu'elle ne pouvait maîtriser l'agitait.

– Je ne demanderai jamais la séparation. Je ne porterai non plus aucune plainte, dit-elle d'une voix lasse. Je ne veux pas mêler l'Église à notre différend. Si Bernold revient un jour, je ne sais pas ce que je ferai, mais je sais ce que je ne ferai pas...

Elle s'interrompit. Ses doigts pétrissaient machinalement une boulette de mie de pain.

– Le sacrement de mariage lie l'homme et la femme à jamais, reprit-elle avec un peu plus d'assurance. Rien ne peut, par la suite, les séparer. Rien, ni personne. Même pas la faute de l'un deux. Bernold et moi resterons pour l'éternité unis devant Dieu. Pris de folie, il peut l'avoir oublié. Pas moi.

Autour de la table, chacun mangeait en silence.

– Vous avez raison, affirma Mayeul au bout d'un moment. Séparation, répudiation ou divorce ne rompent que les liens charnels. Aucun pouvoir humain ne parviendra jamais à dénouer les liens spirituels. En échangeant de plein gré, tous deux, vos consentements et vos anneaux, vous avez consacré votre union et, du même coup, l'avez rendue indissoluble.

On entendit alors la voix légère de Philippa :

– Moi, je ne me marierai pas avec un homme. Je serai l'épouse du Seigneur Jésus-Christ !

Isambour se pencha vers l'enfant, l'embrassa sur le front.

– Ce serait certainement le meilleur des choix, ma petite fille, dit-elle tendrement. Mais nous avons tort de parler devant vous de ces tristes choses. N'allez surtout pas vous imaginer qu'il n'y a que des mariages manqués. Il y en a d'heureux. Regardez Aveline et Mayeul, par exemple.

– Ils ne sont pas mari et femme depuis bien longtemps ! remarqua Grécie. Il faut attendre davantage pour savoir à quoi s'en tenir.

Aveline partit d'un rire un peu forcé.

– Eh bien ! Au moins, vous ne vous payez pas de mots, ma chère enfant ! s'écria-t-elle. Par ma foi, vous n'êtes pas de ceux à qui on peut en faire accroire !

– Je jouerais cependant volontiers mon salut sur la solidité et la durée de leur union, répliqua avec fermeté Isambour à sa fille. Les dix-huit années pendant lesquelles ils se sont attendus ont coulé entre eux un mortier aussi solide que celui des remparts de Blois !

Aveline adressa un regard de gratitude à sa cousine pour cette profession de foi.

La conversation dévia. On parla des habitants de la ville qui se plaignaient des transformations apportées à leur cité, et n'acceptaient qu'à contrecœur de la voir s'agrandir.

— Il y a des grincheux partout, dit Mayeul. Les gens se méfient toujours des changements qui modifient leurs habitudes.

— Peut-être, mais il y a beaucoup de mécontents, affirma Isambour qui faisait effort pour se mêler à la conversation. Hier, à l'ouvroir, on parlait d'une délégation d'artisans du Bourg-Moyen qui seraient venus présenter leurs doléances au comte Étienne à ce sujet. Il les a reçus, mais, après leur départ, on assurait qu'il était furieux !

— C'est pourtant un seigneur calme et pieux, qui ne se met pas souvent en colère, objecta Aveline.

Avec l'aide de Grécie et de Philippa, elle retirait les récipients vides pour les remplacer par une jatte de crème au vin, décorée de poires cuites.

— Depuis son peu glorieux retour de Terre sainte, certains ne cessent pas de le dénigrer, reprit-elle, une fois sa tâche terminée. C'étaient les mêmes, autrefois, qui louaient sa générosité, sa modestie, sa bienveillance envers ses sujets !

— Que voulez-vous, amie, le pape Urbain II (que Dieu ait son âme !) a trouvé bon, avant sa mort, d'excommunier tous les déserteurs. On peut donc à juste titre se demander si le comte Étienne ne fait pas partie de ceux qui se voient rejetés vers les ténèbres extérieures !

Mayeul souriait. Sa joie de vivre reprenait le dessus.

— Ne plaisantez pas avec les choses saintes, mon ami ! répliqua Aveline. Il est déjà assez triste de voir en même temps le royaume de France frappé d'interdit, et notre propre comte en situation difficile avec le Saint-Siège !

— Les affaires des hommes coïncident rarement avec celles de Dieu, murmura Isambour.

Le repas se terminait par des fromages de chèvre et de brebis. Mayeul fit circuler un pichet de vin cuit additionné de miel et d'aromates.

— On ne parle plus au château que d'une grande fête qui devrait avoir lieu pour l'Épiphanie, annonça soudain Grécie, au milieu d'un silence. On insinue même qu'une nouvelle d'importance y serait annoncée aux Blésois.

– Je ne serai plus loin de mon terme, à ce moment-là, remarqua Aveline en adressant à son mari un regard de connivence amoureuse qu'il lui rendit d'un air amusé et attendri à la fois.

– Comment savez-vous ces choses-là ? demanda Isambour à sa fille.

– Chez Aubrée, tout le monde sait tout sur tout, répondit l'adolescente en vidant à petites gorgées le contenu de son gobelet d'étain. Et puis, on aime les fêtes. Celle des vendanges, à la Saint-Rémy, a beaucoup fait jaser. Il paraît qu'on y a trop bu de vin nouveau.

Isambour se dit que Grécie avait quatorze ans, qu'elle était à l'âge des premières amours, que son destin devenait chaque jour plus cruel. Pendant les veillées auxquelles elle ne manquait jamais d'assister chez le monétaire, elle devait entendre bien des propos légers. Qu'en pensait-elle ? Comment envisageait-elle son avenir ? N'avait-elle encore été attirée par aucun garçon ?

Jamais la jeune fille ne se confiait à sa mère. À personne d'autre, non plus... Elle conservait ses sentiments enfouis au fond de son cœur. Quelques mots, un regard désabusé, une expression railleuse, lui échappaient parfois... Qu'en conclure ?

À sa propre malchance, était à présent venue s'ajouter la disparition de son père sans qu'elle ait laissé voir ce que ce nouveau malheur lui inspirait.

Isambour aurait aimé prendre entre ses bras l'enfant éprouvée pour l'aider à porter son fardeau. La pudeur farouche de Grécie s'y opposait. Pas plus qu'on ne peut frôler un blessé grave sans le faire souffrir, on ne pouvait s'intéresser ouvertement à l'adolescente sans provoquer de sa part un sursaut de défense ou un mouvement de fuite.

Emmurée de son côté dans sa douleur, sa mère pouvait-elle lui être du moindre secours ? Depuis des années, elles ne savaient plus parler l'une avec l'autre. Leur double infortune allait chacune son chemin, comme des sentiers forestiers qui partent du même carrefour pour ne plus cesser, par la suite, de diverger...

Quelques jours après ce dimanche d'octobre, un valet envoyé de Morville par Gervais vint annoncer à Aveline la mort de Richilde, la mère du vavasseur.

À plus de quatre-vingt-cinq ans, la vieille femme était

tombée de l'échelle qui conduisait à la chambre du haut. Elle s'était cassé une jambe et avait dû garder le lit. Une mauvaise fièvre s'était déclarée.

— Elle toussait à se déchirer la poitrine, expliqua Martin-Rougegonelle, le valet. Aucune boisson aux simples, aucun cataplasme, aucune relique, n'a pu en venir à bout. Elle a passé dans la nuit. On l'enterrera demain.

— Je l'aimais bien, dit Aveline en se signant. Dieu la reçoive en son paradis ! Je vais prévenir la comtesse ; elle ne me refusera pas un congé pour aller assister aux funérailles de ma grand-mère. Nous partirons demain matin avec la charrette, mon mari, vous et moi.

Le soir tombait. La fille du vavasseur rentrait de l'ouvroir. Mayeul n'était pas encore revenu de son chantier.

— Il faut aussi avertir ma cousine, reprit Aveline. Elle est des nôtres. Rendez-vous chez elle tout de suite pendant que je vais au palais. À votre retour, vous souperez avec nous, après quoi, vous coucherez ici. Je vous installerai une paillasse devant la cheminée.

Prévenue, Isambour décida d'accompagner ses cousins. Par le valet, elle fit demander à Aveline d'informer la comtesse de la nécessité où elle se trouvait de s'absenter et de l'en excuser. Elle rejoindrait le lendemain matin les voyageurs au lever du soleil.

Adèle de Blois accorda deux journées de liberté à ses brodeuses.

Mayeul s'inquiéta de savoir son épouse sur les routes alors qu'elle en était à son sixième mois de grossesse, mais Aveline l'assura de sa bonne santé, de sa prudence, et ajouta qu'en sa compagnie elle se sentait à l'abri de tout risque.

Ce fut donc une charrette accompagnée d'un cavalier qui franchit, à l'aube suivante, les remparts en construction, pour s'éloigner de Blois.

Il faisait gris. Sous un brouillard léger, le plateau de la petite Beauce étendait en alternance ses grasses terres brunes, fraîchement labourées, parcourues par des semeurs au pas lent, leur sac de grains sur le ventre, et des parcelles en jachères, ou des vignes vendangées depuis peu. Des boqueteaux de châtaigniers, déjà jaunis, de hêtres, commençant à roussir, de chênes, à peine touchés par l'automne, se dressaient entre les champs.

— Les vanneaux ont déjà regagné les guérets, remarqua Martin-Rougegonelle qui conduisait la charrette.

Le bruit des roues de la voiture écrasant, dans un nuage de poussière, les graviers de la route, couvrait en partie la voix du valet. Assise à côté, les genoux enveloppés d'une chaude couverture de laine, bien emmitouflée dans sa chape fourrée, Aveline se souvint que certains oiseaux, qui fréquentaient les bords de Loire en été, avaient coutume de revenir chaque hiver nicher sur le plateau.

— Si ce n'était mon chagrin, dit-elle à Isambour qui se tenait à sa gauche sur la banquette à dossier, je ne serais pas mécontente de ce petit voyage. Vous savez combien j'aime me retrouver à Fréteval chaque fois que je le peux. Nous y avons tant de souvenirs, ma belle cousine...

Isambour approuva de la tête.

— Encore plus que vous, amie, j'ai laissé là le meilleur de ma vie...

Retourner dans la vallée du Loir, retrouver les odeurs de brouillard, de terres labourées, de feux de broussailles, de forêt automnale, qui faisaient lever dans son cœur tant de fantômes, était à la fois pour elle nostalgie, déchirement, appel...

Mayeul lançait son cheval en avant, piquait un galop, et revenait vite s'informer de l'état de santé d'Aveline.

Les dix lieues du trajet se passèrent sans incident. Très fréquentée, la route n'était cependant pas assez encombrée pour entraver longtemps la marche de la charrette.

On croisait des chariots remplis de barriques, des chasseurs suivis de leurs chiens et armés d'arcs, de carquois, de filets ou de frondes.

Revenant de gauler les noix, de cueillir des champignons, ou de ramasser des châtaignes, des enfants et des femmes rentraient chez eux, portant de lourds paniers.

Sur les talus à l'herbe piétinée, des moines, vêtus de leurs coules noires aux capuchons rabattus, allaient, par deux ou trois, en égrenant entre leurs doigts des chapelets de buis poli.

Des troupeaux de moutons, pour lesquels l'heure du changement de pacage était venue, encombraient subitement la chaussée, en dépit des protestations véhémentes des voyageurs, et leur coupaient la voie.

Martin-Rougegonelle grognait, puis saluait du geste des bûcherons de sa connaissance qui gagnaient la forêt de Silva Longa, avec, sur l'épaule, leur cognée dont le tranchant miroitait.

En sens inverse, des serves chargés de fagots s'en revenaient des bois.

Mêlés à tout ce va-et-vient, des groupes de pèlerins marchaient en chantant des cantiques vers Notre-Dame-de-Chartres où ils allaient adorer la Sainte Tunique que portait la Vierge le jour de l'Annonciation. Dans leur sillage, de pauvres malades, entourés de parents ou de voisins, progressaient péniblement vers le puits des Saints-Forts, qui se trouvait dans la crypte de la cathédrale. Ses eaux possédaient de miraculeuses vertus curatives.

Isambour et Aveline joignaient leurs voix à celles qui psalmodiaient et le trajet leur paraissait plus court.

Vers l'heure de sixte, la voiture entra dans la cour de Morville.

Partagée entre la joie de revoir Aveline et Isambour plus tôt que prévu, et la nécessité d'afficher un deuil de convention, Perrine reçut les trois arrivants moitié souriant, moitié pleurant. Elle n'avait jamais beaucoup aimé une belle-mère qui, à son gré, conservait trop de pouvoir sur l'esprit de Gervais.

Le vavasseur, en revanche, véritablement atteint, priait à genoux au pied du lit de toile qu'on avait dressé dans la salle. Il ne se releva pas pour accueillir les voyageurs, mais se contenta de leur adresser, à distance, un bref salut, avant de reprendre ses oraisons.

À la tête de la couche mortuaire, deux pleureuses, dont c'était l'office, se lamentaient, arrachant leurs cheveux épars, s'égratignant les joues en signe d'affliction.

Aux coins de la paillasse sur laquelle la défunte, pour manifester son humilité, avait demandé qu'on répandît des cendres, quatre cierges brûlaient. Leur odeur de cire chaude se confondait avec celle des rameaux de buis qui jonchaient le sol et avec les relents louches de la mort.

Vêtue d'une chemise blanche, ses cheveux dissimulés sous un linge soigneusement enroulé autour de son crâne, Richilde paraissait encore plus chétive que de son vivant. Son visage détendu était sans âge, et son corps décharné semblait s'être rétréci aux dimensions de celui d'un enfant. Tout en l'aspergeant d'eau bénite, Isambour songeait qu'on ne savait plus si cette dépouille était celle d'une très vieille femme ou celle d'une pauvre petite fille.

Privée de ses défenses, la créature autoritaire, possessive, qu'avait été la mère du vavasseur, n'était plus qu'une maigre enveloppe blafarde dont seules les lèvres minces et ravalées indiquaient la volonté tenace. Hors du temps, elle donnait à présent l'impression d'avoir admis la vanité de toute lutte. On pouvait espérer qu'elle avait enfin trouvé la paix.

Un sanglot sec arracha Isambour à ses pensées. Dans un coin de la salle, assis sur un escabeau, la tête inclinée sur sa poitrine, Frémin-le-tord pleurait sa sœur partie rejoindre leurs ancêtres au royaume de Dieu.

Isambour s'approcha du vieil homme, l'appela doucement. Il leva vers elle un visage déformé par le chagrin.

– Un chrétien ne devrait pas se lamenter sur le retour au Père d'un de Ses enfants, murmura-t-il tristement. Je sais bien que Richilde connaît maintenant le bonheur de la Présence Ineffable, mais que voulez-vous, elle était mon aînée ! Elle a emporté avec elle les souvenirs de notre commun passé...

La parenté et une partie des gens de Fréteval qui connaissaient depuis toujours la famille du vigneron, arrivèrent peu après.

On reçut le baron Salomon et son épouse pendant que les servantes entouraient le cadavre de larges bandes de toile qui l'enserraient étroitement.

« Les morts et les nourrissons sont traités de semblable manière, se dit Isambour. On les enroule dans des linges, on les lie de toute part, comme pour mieux les isoler, les préserver du dangereux contact du monde... »

Dès que le curé de Saint-Lubin fut arrivé, Gervais, Mayeul, Gildas et Martin-Rougegonelle soulevèrent sur leurs épaules le brancard où venait d'être déposé le corps de Richilde enveloppé de ses bandelettes.

Derrière le seigneur de Fréteval et dame Agnès qui menaient le deuil, le convoi funéraire s'ébranla.

Précédé de deux clergeons, et revêtu de ses vêtements sacerdotaux violets, le curé marchait en tête du cortège. Les pleureuses le suivaient immédiatement.

Durant l'office des morts, Isambour sentit des larmes couler sur ses joues. N'éprouvant en réalité qu'une affection assez tiède pour Richilde, elle n'aurait sans doute eu qu'un chagrin raisonnable si Bernold s'était tenu aux côtés de Mayeul, à la place qui aurait dû être la sienne et que Gildas occupait au titre de meilleur ami de la famille.

Les chants liturgiques, les parfums d'encens, de cire, de feuillages tressés en couronnes et posés par terre autour du brancard, réveillaient chez tous les assistants un cortège de réminiscences.

Frémin pleurait sa sœur, Gervais sa mère, Perrine pensait à la sienne, disparue depuis longtemps, Isambour se déchirait aux épines du souvenir. Ses parents, Hendri, ses trois enfants morts en bas âge, justifiaient une douleur que l'absence de Bernold, la fuite d'Aliaume, l'infortune de Grécie alimentaient également.

Aveline, qui se tenait près de sa cousine, lui prit le bras, le serra avec force.

C'était dans cette même église, au printemps précédent, qu'avaient eu lieu leurs noces, à Mayeul et à elle. Aussi, malgré l'émotion que lui causait la disparition d'une aïeule dont le caractère était très proche du sien, sa peine s'estompait-elle devant son bonheur tout neuf et ses espoirs de maternité. Cette constatation provoquait un certain trouble, un peu de gêne, dans son cœur honnête. Pour s'en défaire, elle se répétait que Dieu peuplait son royaume en puisant dans son peuple terrestre, que la vie qu'elle portait serait une nouvelle victoire sur la mort, que, depuis la création du monde, ce prodigieux renouvellement n'avait jamais cessé. Simple semeuse d'avenir dans l'immense cohorte de celles qui l'avaient précédée, de celles qui la suivraient, elle ne pouvait en retirer ni gloire ni remords...

Voyant Aveline prier près d'elle avec ferveur, Isambour tenta, une fois encore, de retrouver l'élan capable d'arracher son âme inerte à sa passivité. Comme le prêtre élevait l'hostie sainte pour la présenter aux fidèles, en l'offrant en leur nom au Seigneur, elle souhaitait tendre son esprit vers le Ressuscité. Cet effort spirituel lui demeura impossible. Peut-on rassembler et ériger le sable qui vous coule entre les doigts ?

Lassée d'elle-même, Isambour promena ses regards sur l'assistance. Parmi les hommes qui entouraient Gervais, elle remarqua soudain Daimbert, l'ancien fiancé d'Aveline. Demeuré célibataire, il continuait à défrayer la chronique. On disait qu'il changeait de femmes comme on change de braies...

En l'apercevant, elle ressentit l'impression désagréable qu'elle avait toujours éprouvée à l'approche de cet individu aussi coureur que dénué de scrupules.

Mécréant s'il en était, il se désintéressait de l'office et lorgnait tout autour de lui. Ses yeux rencontrèrent ceux d'Isambour. Aussitôt, une lueur paillarde et moqueuse éclaira ses prunelles. Ce fut elle, la première, qui détourna la tête.

On ensevelit Richilde à même la terre, dans la simple fosse creusée sous une des dalles du chœur, à côté de celle où reposait son mari, mort longtemps auparavant d'un accident de chasse.

Après une dernière bénédiction, les invités retournèrent à Morville où le vavasseur leur offrait un repas funéraire.

Isambour se félicita que Daimbert, appelé ailleurs par sa charge de garde forestier, ne pût y assister.

La nourriture fut copieuse mais sans apprêt. Si on but moins qu'à une noce, bien des convives repartirent néanmoins la mine colorée, s'entretenant de tout sauf de la défunte. Les pleureuses ne se montrèrent pas les moins assoiffées...

En compagnie de Perrot, de Margiste, de Bernarde, d'Amalberge et d'Haguenier, qui avaient tous assisté à l'enterrement puis au dîner, Isambour quitta la table dès qu'elle le put, afin de se rendre au Grand Feu.

Elle y revenait pour la première fois depuis son départ pour Blois. Ses retrouvailles avec un passé englouti lui furent si pénibles qu'elle s'attarda le moins possible en un endroit où tout lui était déchirement. Les chiens de Bernold eux-mêmes, par leur façon de l'accueillir tout en cherchant autour d'elle une autre présence, ne cessaient d'évoquer le disparu.

Les serviteurs entretenaient le domaine le mieux qu'ils pouvaient. Si Isambour remarqua quelques erreurs ou manquements, elle n'en dit rien et se contenta de s'assurer que l'essentiel était fait.

Elle passa la nuit à Morville, dans la chambre du haut, dont elle partagea le grand lit avec Perrine et Aveline.

– Je ne reviendrai pas ici avant mon terme, dit, une fois couchée, Aveline à sa mère. Mais je tiens à vous avoir auprès de moi quand je serai en mal d'enfant. Aussi, j'aimerais que vous vous installiez chez nous, à Blois, au début des calendes de janvier. Pourquoi ne viendriez-vous pas nous rejoindre au moment des fêtes de l'Épiphanie ? Je serais plus tranquille.

– Gervais se fera bien un peu tirer l'oreille, répondit Perrine, mais il est si désireux d'avoir un petit-fils qu'il en passera, pour une fois, par où je voudrai. Vous pouvez compter sur moi, ma colombe. Je ne vous ferai pas défaut en un pareil moment !

Le lendemain matin, les voyageurs reprirent la route en direction de Blois.

Le vent d'est avait soufflé durant la nuit et dissipé les nuages. Au-dessus de la vallée du Loir parée de toutes les rousseurs, de toutes les blondeurs de l'automne, le ciel était parfaitement bleu. Mais la bise restait aigre. Les premières gelées blanches ne tarderaient plus.

On fit un crochet par Fréteval pour embrasser Roland, lui demander quelques pots d'onguent, certaines tisanes destinées à soigner fièvres et toux, puis on repartit.

La charrette parvenait près d'un lieu-dit Le Pâtis-au-Lard, quand des cris se firent entendre.

Débouchant d'un chemin creux, une trentaine de paysans aux vêtements déchirés et sanglants, firent soudain irruption sur la route. Ils gémissaient, vociféraient, semblaient éperdus. Mêlées aux hommes, des femmes traînaient des enfants effarés, accrochés à leurs bliauds. Des marmots hurlaient.

– Par Dieu, que se passe-t-il ? demanda Mayeul qui chevauchait près de la voiture.

Il s'adressait à un laboureur barbu qui paraissait conduire les fugitifs.

– Ils brûlent tout, nos chaumières, nos granges, nos récoltes ! cria l'homme, tout en se signant.

Il s'arrêta. Ceux qui le suivaient l'imitèrent.

– Qui donc brûle tout ? Qui donc ? répéta Mayeul.

– Les maudites gens du comte de Vendôme ! répondit le paysan.

– Ils n'en sont pas à leur premier coup ! lança une femme. Que Dieu me pourfende si je ne dis pas la vérité !

Ils parlaient tous à la fois.

Véhéments ou éplorés, ils disaient que, partis de Lignières qui dépendait du comté voisin, des gens d'armes étaient arrivés à l'aube au Breuil pour voler bœufs et brebis.

Devant la résistance des habitants du hameau qui appartenaient au baron de Fréteval, ils étaient devenus furieux, avaient commencé à frapper de leurs lances ceux qui se trouvaient à portée.

Pourvus de fourches et de bâtons, d'autres serfs étaient alors sortis de chez eux.

La mêlée était devenue générale. Des deux côtés, on se battait avec frénésie.

Après avoir tué ou blessé plusieurs de leurs adversaires, les gens d'armes, qui avaient aussi perdu deux des leurs, commencèrent, par mesure de représailles, à incendier les chaumières. À cause du vent, le feu s'était propagé à vive allure. La petite agglomération brûlait tout entière. Il n'y avait plus eu qu'à s'enfuir devant les flammes, les épées et les lances.

– C'est souvent que ceux de Vendôme viennent nous piller ! dit un garçon dont l'épaule, transpercée, avait saigné jusque sur ses chausses.

Confectionné avec un pan de chemise déchirée, un bandage de fortune laissait encore suinter un peu de sang.

– Que le diable les grille tous dans sa fournaise ! hurla une femme qui sanglotait tout en se griffant le visage. Ils ont forcé ma fille avant de l'achever !

– Vite, courez à Fréteval trouver le baron Salomon pour lui demander aide et protection ! lança Mayeul. Il vous logera dans sa cour et fera soigner vos blessés avant d'aller avec ses gens reprendre vos bêtes aux Vendômois.

– C'est bien ce que nous comptons faire, admit le barbu. Tels que vous nous voyez, nous nous rendons au château. En attendant de reconstruire nos chaumines, nous ne pouvons trouver refuge que là-haut.

– Les femmes qui portent des nourrissons vont monter dans la charrette, dit Aveline. En nous serrant, nous parviendrons à tenir tous ensemble.

Elle se pencha vers Martin-Rougegonelle.

– Retournons d'où nous venons, ordonna-t-elle. Il n'est pas possible d'abandonner ces pauvres gens sur le bord du chemin.

Isambour se leva de la banquette, descendit de voiture.

– Voilà toujours une place pour une mère et son enfant, dit-elle. Je marcherai avec les autres.

Fréteval était à peine à une demi-lieue. On y parvint sans encombre.

À l'ouest, par-delà un pan de forêt roux et or, une épaisse fumée noirâtre s'élevait dans le ciel bleu.

IX

Dans une des forêts proches de Blois, le comte Étienne fit faire, la veille de l'Épiphanie, une grande battue suivie d'une chasse aux loups.

Il faisait froid. Gainés de givre, les arbres et les buissons dressaient leurs chevelures glacées sur un ciel de cendres.

Dès la fine pointe de l'aube, dans un vacarme de hennissements, de sabots ferrés, d'interpellations, d'ordres et d'aboiements, le comte, ses veneurs et leurs meilleurs limiers, les seigneurs de la suite, les écuyers, ainsi qu'un grand nombre d'invités franchirent la porte ouest de la ville. L'ivresse de la chasse les tenait tous. Dans un même élan, ils piquèrent vers la campagne blanche que des rabatteurs avaient parcourue avant eux.

Armés de lances en bois de frêne surmontées de fers taillés en losanges, ou d'arcs faits de branches d'if dont les cordes de soie étaient plus résistantes, plus cinglantes aussi, que les cordes de chanvre, les chasseurs portaient, suspendus au cou, des carquois remplis de flèches aux pointes acérées. De fortes épées, ou bien des dagues moins lourdes, pendaient à leur côté gauche. Pour soutenir les lances, certains prenaient appui sur leurs larges étriers.

De toute la journée, ils ne descendirent pas de cheval.

À l'abri des remparts de Blois, les citadins purent entendre, plusieurs fois de suite, les trompes de chasse qui cornaient la quête, la vue, la prise, la mise à mort.

Grâce à ses sonneries, les brodeuses, dans leur atelier, pouvaient, elles aussi, suivre les péripéties de la poursuite.

Au crépuscule, la troupe exultante et fourbue rentra dans

la cité. Témoignant de la réussite, mais aussi de la nécessité d'une telle entreprise, six gros loups au poil gris, éventrés, sanglants, suspendus à des perches que des valets portaient sur leurs épaules, suivaient les cavaliers.

Les habitants firent un accueil enthousiaste au comte et à ses hôtes. Un banquet, puis un bal clôturèrent la journée.

Le lendemain, on fêtait la Tiphaine en célébrant dans la plus grande pompe l'anniversaire de l'arrivée à Bethléem des Rois mages venus d'Orient à la suite d'une étoile resplendissante, pour adorer le fils du Très-Haut.

Garin-le-monétaire, Aubrée, Isambour, ses enfants, et les serviteurs, tous vêtus avec recherche ou avec soin de vêtements de couleurs vives, sortirent dès le lever du jour afin de se rendre à l'office.

À travers les rues décorées de courtines, de guirlandes en feuillage, de bouquets de houx, de touffes de gui, les Blésois et beaucoup de paysans des alentours, entrés dans la ville à l'ouverture des portes, s'acheminaient hâtivement vers la cathédrale Saint-Solenne.

Il s'agissait d'être dans les premiers au sanctuaire si l'on voulait avoir une bonne place pour ne rien perdre de la cérémonie.

Sur le parvis, parmi les fidèles attendant parents ou amis, Isambour aperçut Perrine, arrivée de Fréteval la veille, dans la suite du baron Salomon, ainsi que Mayeul qui donnait le bras à Aveline, enceinte à pleine ceinture. Les deux groupes se réunirent pour pénétrer ensemble dans le sanctuaire.

Une lourde odeur d'encens flottait sous les voûtes peintes et entre les murs épais, couverts eux aussi de fresques représentant des scènes du Nouveau Testament. Le blanc, le rouge, l'ocre et le vert y alternaient en bandes innombrables.

Garin parvint à caser tout son monde non loin du chœur, devant un pilier décoré, comme tout l'édifice, de motifs aux tons accentués. Aveline pouvait s'y appuyer.

La foule s'épaissit vite autour d'eux. Des habitants des trois bourgs réunis à présent par une même muraille, d'autres venus de la rive gauche du fleuve, des marchands, des artisans, des paysans, se coudoyaient, échangeaient des nouvelles, morigénaient les enfants qui se glissaient entre les grandes personnes, s'entretenaient du temps, des récoltes, de leurs affaires, de la guerre qui se déroulait outre-mer, ou bien parlaient d'amour...

Une haute cathèdre surmontée d'un dais pourpre brodé de croix d'or attendait l'évêque qui apparut, précédé d'enfants de chœur, de petits clercs, de diacres, de chanoines et de plusieurs prêtres. Il s'assit pendant que l'orgue, tout nouvellement installé, rugissait ou murmurait tour à tour.

Ses soufflets en peau de taureau chassaient l'air vers des tuyaux d'airain qui produisaient des sons inhabituels que chacun écoutait avec recueillement.

Le comte et la comtesse, leurs fils, leurs filles, suivis des principaux seigneurs de leur cour ainsi que de leurs gens, survinrent enfin et prirent place sur des chaires tendues de tapisseries.

L'office pouvait commencer. Au son des lyres, harpes, cors et flûtes, cymbales et cithares, qui formaient l'orchestre de la cathédrale concurremment avec l'orgue, la liturgie de l'Épiphanie se déploya.

Isambour aimait l'éclat, le faste des grandes cérémonies religieuses. Mais elle en goûtait aussi le sentiment de communauté fraternelle, de joie partagée, qui rapprochait alors les fidèles. Parmi les flots de musique et la fumée des encensoirs, ils éprouvaient ensemble, au même moment, la certitude de participer à une œuvre immense. Unis par l'émerveillement de leurs âmes, ils l'étaient également par l'humble et joyeuse acceptation de leurs esprits.

Justes ou fausses, leurs voix s'élevaient toutes ensemble vers les voûtes bleuies d'encens. C'était aussi d'un même élan qu'ils s'agenouillaient, se signaient, courbaient le front ou répondaient au célébrant.

En dépit de la morne tristesse qui glaçait sa foi, comme le froid l'eau des ruisseaux, Isambour se disait que, même sans le recours de la prière, l'office auquel elle assistait lui apportait fraternité et réconfort.

Devant elle, Grécie, Philippa et Aubin suivaient avec ferveur et avidité le spectacle sacré qui leur était offert.

Avant l'Évangile, la célébration de l'Épiphanie prit corps.

Précédés d'un diacre portant un lourd chandelier d'argent où brûlait un arbre de cire, suivis de serviteurs tenant des coupes remplies de grains d'encens, de pièces d'or, de résine odorante, trois chanoines apparurent dans la nef inférieure. L'un était revêtu d'une dalmatique blanche, le second d'une dalmatique rouge, le dernier d'une dalmatique noire. Une palme dans une main, un flacon de parfum dans l'autre, une couronne dorée sur leurs cheveux bouclés, soigneusement enduits de suie pour les rendre sombres et brillants, ils avançaient avec majesté.

Tombant jusqu'à terre, de longues capes d'étoffe diaprée recouvraient leurs épaules.

Après plusieurs stations dans les différentes chapelles du pourtour, ils parvinrent au maître autel, puis montèrent sur le jubé afin d'y entonner l'Évangile.

Quand ils en furent aux mots : « L'or, l'encens et la myrrhe », ils déposèrent avec un bel ensemble leurs présents sur les marches de l'autel.

Le premier roi proclama alors : « Voici l'étoile ! » Une étoile d'argent apparut, glissa, s'arrêta, suspendue, à l'entrée du chœur. Comme frappés de stupeur, les Rois mages la montraient du doigt à l'assemblée.

La foule participait pleinement. On riait, on prenait ses voisins à témoin, on chantait avec les mages. L'air ravi, Aubin filait des notes hautes et pures.

— Je n'ai jamais rien vu d'aussi beau ! chuchota à sa mère Philippa, dont les yeux dorés brillaient comme les flammes des cierges.

Soudain, une main pressa le bras d'Isambour.

— Que Melchior, Gaspard et Balthazar vous gardent tous trois en personne, ma belle amie ! murmura une voix à son oreille.

Elle tourna la tête pour découvrir Jehan, le secrétaire d'Adèle de Blois, qui la dévisageait d'un air galant.

— Que faites-vous ici ? Votre place n'est-elle pas auprès de notre comtesse ? demanda dans un souffle la jeune femme, tout en cherchant à se donner une mine sévère.

— Elle n'a que faire de mes services en ce moment !

Le regard bleu pouvait être doux et câlin comme celui d'un enfant.

— Moi non plus, je n'ai pas besoin de vous, Jehan, reprit tout bas Isambour. Ne sommes-nous pas réunis en ce saint lieu pour prier Dieu ?

— Je ne suis pas venu vous soustraire à vos dévotions, amie, assura le secrétaire. Je veux simplement obtenir de vous la promesse de danser avec moi, ce soir, au bal du château.

– Je ne sais si je m'y rendrai.

– La comtesse compte sur votre présence, à défaut de celle de votre cousine...

Grécie tourna la tête, jeta un rapide regard à sa mère et à Jehan, puis revint à la célébration liturgique qui se poursuivait. L'épais voile de lin blanc qui lui couvrait les cheveux dissimulait en partie son profil droit.

Isambour posa un doigt sur ses lèvres.

– Je ne peux rien promettre, dit-elle dans un murmure.

Une nouvelle pression sur son bras lui fit comprendre que, selon sa méthode, Jehan considérait comme acquise une acceptation qu'elle hésitait à donner, puis le secrétaire s'éloigna.

Durant la fin de l'office, Isambour ne fut que distraction. Les approches sans cesse renouvelées de Jehan la troublaient dangereusement. Si, jusqu'à ce jour, elle était parvenue à éviter les pièges qu'il lui tendait avec une ténacité inlassable, elle savait bien que ses propres défenses faiblissaient. Sans complaisance, elle mesurait les progrès accomplis dans sa pensée par les tentations dont il semait sa route...

Fidèle à sa manière d'être, Jehan ne se départait jamais du respect qu'il lui témoignait depuis leur première rencontre. Néanmoins, il accentuait peu à peu son emprise sur l'esprit de la brodeuse.

À la cour d'Adèle, les hommes et les femmes se piquaient d'entretenir entre eux des rapports plus délicats que partout ailleurs. On échangeait des œillades, des poèmes, des rubans. On écoutait de la musique ensemble, on allait dîner sur l'herbe à plusieurs, on s'entretenait de l'amour, mais on ne le faisait pas hors mariage. Du moins le prétendait-on. La comtesse Adèle donnait le ton et tenait avant tout à ce que ses familiers prissent modèle sur sa propre façon de se conduire.

Pour Isambour, qui ne fréquentait le château qu'au titre d'ouvrière, ces nouvelles subtilités du cœur n'avaient guère de sens. Elle ne respirait l'air de la cour que de loin.

Cependant, soit dans l'ouvroir où il se rendait fort souvent, soit lors de rencontres aux abords de la forteresse ou bien dans les rues de Blois, Jehan enfermait la jeune femme dans un réseau de manœuvres si habiles, si obsédantes, qu'elle y songeait plus qu'il n'aurait fallu.

Durant les nuits douloureuses où il lui fallait combattre sa sensualité insatisfaite, l'image du jeune secrétaire le poursuivait de plus en plus souvent.

« Si je voulais, se disait-elle, si je voulais... »

Elle se répétait encore une fois, ce matin-là, au sortir de l'office, qu'elle n'aurait qu'un geste à faire... ce qui lui procurait en même temps remords et excitation.

La coutume voulait que la journée de la Tiphaine fût réservée à la fête.

Après la messe, une cavalcade était organisée à travers toute la ville. Déguisés en rois ou en évêques, des jeunes gens parcouraient Blois en chantant et en interpellant les promeneurs. Ils réclamaient du pain, du vin, de la chandelle. Des vociférations, des chants licencieux, fusaient de leur troupe, étaient repris par certains passants, gagnaient de rue en rue jusqu'aux portes de la cité.

Protestations ou connivences les environnaient de leur tumulte. En certains endroits, on s'empoignait ; en d'autres, on fraternisait.

D'un genre bien différent, une autre manifestation se déroulait pendant ce temps-là au château.

À grands sons de trompes, le comte Étienne avait fait savoir depuis plusieurs semaines qu'il réunirait le matin de l'Épiphanie, après la messe, une cour plénière en la haute salle neuve de son palais. Ses principaux vassaux y étaient convoqués.

Aussi, vers l'heure de tierce, une foule parée d'étoffes aux teintes vives se pressait-elle dans la pièce imposante qu'une rangée de colonnes centrales divisait en deux nefs distinctes. Un plafond lambrissé en plein cintre, composé d'étroites lames de châtaignier assemblées avec une ingéniosité qui faisait l'admiration de tous, épousait la double forme d'un bateau renversé.

Décorés, selon le goût du comte et de la comtesse, de fresques ou de tapisseries, les murs racontaient la geste des seigneurs de Blois.

Issus du sang de Charlemagne par leur aïeule, Leutgarde de Vermandois, épouse de leur ancêtre Thibaud-le-Tricheur, les hauts et puissants sires de Blois tiraient gloire et prestige de cette illustre parenté. La décoration murale en faisait foi.

De son côté, Adèle avait tenu à ce que sa famille fût

dignement représentée. Plusieurs toiles brodées illustraient l'existence mouvementée du Conquérant et de la reine Mathilde.

En pénétrant avec Garin, Aubrée, Aveline, Mayeul et Perrine dans la pièce somptueusement ornée, Isambour remarqua, parmi d'autres, suspendu en bonne place, l'ouvrage façonné de laines multicolores auquel elle avait travaillé, jadis, à Fréteval, sous l'œil critique de dame Hildeburge.

Le rappel de ces temps lointains de son adolescence, alors que Bernold n'était pas encore entré dans sa vie, l'attendrit. Aussitôt, les lieux solennels dans lesquels elle se trouvait lui parurent moins impressionnants.

Assis sur un siège de parade, large et lourd, garni de hauts bandeaux et de coussins à glands d'or, Étienne de Blois présidait l'assemblée. Près de lui, également sur une chaire à tapisseries, Adèle l'assistait.

Beaucoup de prestance, un air d'urbanité et de noblesse, caractérisaient le comte. Le nez long, le grand front, les yeux bruns, bombés et veloutés comme ceux des cerfs, la bouche ferme aux dents superbes, un sourire nuancé d'ironie douce, l'avaient longtemps fait passer pour l'homme le plus séduisant de sa cour, pour le modèle des chevaliers. Depuis son retour sans gloire d'Antioche, beaucoup avaient changé d'opinion. Il ne restait à ses laudateurs qu'à se rabattre sur la bienveillance ou l'équité dont il faisait preuve envers ses sujets.

Ses proches célébraient son esprit, sa culture, sa piété. Les femmes de son entourage comprenaient l'amour que lui portait Adèle. Certaines la jalousaient.

Les filles et les fils du couple comtal se tenaient un peu en retrait, sur des sièges plus bas, moins riches que ceux de leurs parents.

— Parce qu'il est né bègue et contrefait, Guillaume, le fils aîné de la famille, ne pourra jamais succéder à son père, souffla Aveline à sa cousine. Comment le comte et la comtesse qui sont si beaux ont-ils pu engendrer un avorton pareil ?

— Le plus charmant est le plus jeune, constata Aubrée. On dit qu'il est le préféré de sa mère.

Autour de l'estrade armoriée, les grands personnages de la cour avaient pris place. Le sénéchal, le chancelier, le chambellan, le bouteiller, le connétable, les médecins d'Étienne et d'Adèle, leurs chapelains respectifs, leurs écuyers, leurs secrétaires, des juristes dont ils ne savaient plus se passer, et de nombreux clercs se trouvaient là.

Vêtu d'un bliaud de samit de soie à rayures violettes et blanches, bordé de larges bandes de broderies ton sur ton, Étienne de Blois portait un grand manteau pourpre retenu sur la poitrine par un fermail d'or, carré, massif, incrusté de pierres fines. Ses chaussures en cuir doré arboraient des pointes agressivement dressées selon la récente mode lancée par feu Guillaume-le-Roux, un des frères d'Adèle, qui avait été roi d'Angleterre après le Conquérant.

Tué cinq mois plus tôt, au cours d'une chasse, et honni de tous, ce prince tyrannique, violent, débauché, n'avait laissé que peu de regrets. En revanche, il avait influencé les goûts vestimentaires du moment et légué à ses contemporains ces chaussures nommées pigasses, qui provoquaient l'engouement des uns, les moqueries des autres, sans parler des invectives du clergé.

Sur les cheveux châtains du comte de Blois, qui commençaient à grisonner, un large cercle d'or, rehaussé de gemmes, luisait et accrochait la lumière des torchères fichées dans les murs. Chaque fois qu'Étienne tournait la tête, des reflets étincelants s'y allumaient.

Adèle ne brillait pas moins. Le manteau qui recouvrait son bliaud de cendal vermeil, enrichi de broderies, était tout semé d'or et d'orfroi. Un bandeau tressé d'or et d'argent la couronnait.

— En les voyant tous deux, ainsi que leurs enfants, on comprend pourquoi, nous autres brodeuses, avons tant d'importance en cette cour ! dit en riant Aveline à Isambour.

— Ils ne pourraient certes pas se passer de nous, répondit la jeune femme. Notre avenir est assuré !

— Avez-vous reconnu Baudri-de-Bourgueil ? demanda Guérin à Perrine qui contemplait avec avidité les fastes d'une assemblée où Gervais lui avait rarement permis de venir.

— Je ne connais pas grand monde ici, avoua l'épouse du vavasseur. Que voulez-vous, je suis une campagnarde. Qui est donc ce Baudri-là ?

— Un abbé qui est aussi poète et adresse à notre comtesse poème sur poème, expliqua Aubrée.

On parlait beaucoup à la cour et dans la ville du soupirant

platonique d'Adèle. Il la chantait avec un lyrisme qui amusait, mais faisait aussi un peu jaser... À ses yeux, aucune femme ne pouvait être comparée à sa protectrice. Il l'égalait aux neuf muses réunies puisque, non contente d'encourager les arts, elle composait elle-même des vers d'un goût aussi sûr que raffiné. Arbitre incontesté, mécène d'une générosité sans bornes, érudite dénuée de pédanterie, intelligence rayonnante, épouse modèle, mère admirable, tels étaient les termes qu'il employait pour parler de son idole. Comme il louait aussi sa beauté, en disant qu'elle était belle à faire tourner toutes les têtes, il y avait de mauvaises langues pour affirmer que c'était spécialement celle de Baudri qui était concernée...

— Je le croyais plus jeune, remarqua Isambour.

— Il a largement dépassé la cinquantaine, mais n'en continue pas moins à se comporter comme un jouvenceau amoureux ! répondit Aubrée.

— Sans jeunesse et sans grand charme, comment peut-il faire ?

Le monétaire, qui avait entendu la réflexion, se pencha vers Isambour.

— Le cœur, seul, compte dans un cas comme le sien, non le visage.

— Le cœur, bien sûr, mais aussi le corps, murmura la jeune femme. Cet abbé possède peut-être un bel esprit, puisque vous le dites, mais on voit surtout sa vilaine figure !

— Nez tordu et face mal taillée n'ont jamais empêché un homme de plaire, assura Garin. Il y a beaucoup de femmes dans ce palais, croyez-moi, qui ne demanderaient qu'à être à la place de la comtesse afin de se voir pareillement adulées. Baudri sait parler d'amour comme peu d'entre nous en seraient capables.

— En parler, en parler...

— On ne lui demande rien de plus ! intervint Aubrée. Son rôle se borne à rimer, à louer, à vénérer notre suzeraine. Pas davantage.

— Il ne franchira jamais le seuil de la chambre qu'il a décrite avec tant de talent, du moins pour ce que vous pensez, conclut le monétaire. Cette pièce où vit sa déesse doit lui demeurer un paradis inabordable...

Sa phrase fut interrompue par une sonnerie de trompettes.

Dans un déploiement d'étoffes chatoyantes, le comte se levait pour s'adresser à l'assistance.

— Seigneurs, amis, féaux, mes bons vassaux, et, vous aussi, ma dame, sachez, qu'avec l'aide de Dieu, notre sire, qui tient tout en sa main, j'ai été amené à prendre une grave décision. Après avoir demandé conseil aux meilleurs esprits de ma comté, j'ai choisi de me croiser une seconde fois, de repartir vers la Terre sainte afin de venir en aide à ceux qui, en combattant les sarrasins, luttent pour que rayonne sur terre la lumière du Christ Roi.

— La comtesse l'a emporté ! chuchota Garin à sa femme.

Chacun devait en penser autant, car tous les regards convergèrent d'un seul coup vers Adèle.

La mine modeste mais satisfaite qu'arborait en cet instant la fille du Conquérant traduisait une approbation doublée d'une fierté personnelle que chacun, dans la salle, comprenait.

— Je reprendrai donc la croix dès le début du printemps, reprit Étienne de Blois. D'ores et déjà, je peux vous dire que le frère du roi de France, Hugues de Vermandois, fera route en ma compagnie. Le comte de Bourgogne et le duc d'Aquitaine, Guillaume IX de Poitiers, se joindront également à nous.

Le murmure flatté de l'assistance souligna la qualité de ce triple compagnonnage.

— Durant mon absence, continua le comte, je remettrai la régence de mes possessions à ma très chère épouse, la comtesse Adèle, qui a déjà démontré à quel point elle pouvait être apte à gérer et à administrer nos domaines. En outre je la nomme tutrice de nos enfants durant leur minorité.

Des vivats fusèrent.

— Les qualités de fermeté et d'organisation de notre comtesse ne sont plus à prouver, glissa Aveline à Isambour. Cette femme-là gouverne et administre aussi bien qu'un homme !

S'il y eut quelques réserves dans l'assemblée, nul ne s'en aperçut.

On vit alors la princesse Mathilde, aînée des filles d'Étienne, se lever pour marcher vers son père. Elle tenait à la main une croix de soie rouge brodée par ses soins. Avec une révérence, elle l'offrit au futur croisé qui embrassa en souriant la petite fille dont les longues nattes blondes tombaient presque jusqu'à terre, puis attacha l'emblème sacré sur son épaule gauche.

– Par ce deuxième départ, j'espère acquérir la rémission de mes pénitences, reprit le comte. Je fais ici appel solennellement à toutes les bonnes volontés présentes pour réunir autour de moi une solide troupe de loyaux compagnons. En plus des grâces divines, ils bénéficieront, eux aussi, d'une remise de pénitence, de la protection assurée de leur famille et de leurs avoirs durant leur absence, de l'immunité, du droit à l'hospitalité de l'Église, de l'exemption de toutes taxes ou péages, enfin de la sauvegarde effective de leurs biens contre la saisie. Je ne fais mention que pour mémoire de la suspension des poursuites judiciaires !

Il y eut des rires. Certains calculaient déjà les sommes qu'ils pourraient tirer de la vente d'un troupeau, d'une terre, voire d'un fief, afin de payer équipement et voyage.

– Je connais bon nombre de prêteurs qui ne vont pas tarder à s'enrichir ! murmura Garin à Mayeul.

– Lors du précédent départ du comte, voici six ans, dit à mi-voix le maître d'œuvre, beaucoup de monastères ont avancé des fonds à ceux qui en avaient besoin. Ils leur prêtaient sur gages. Leurs domaines s'en sont trouvés, par la suite, agrandis d'autant !

– Le voyage coûte cher. Le retour aussi ! approuva le monétaire. Par Dieu ! On se ruine plus aisément qu'on ne s'enrichit, en Terre sainte !

– Voulez-vous bien vous taire ! protesta Aveline. Ce n'est pas pour faire fortune que tous ceux-ci songent à partir. C'est dans le but de se rendre à Jérusalem, sur le tombeau de Notre-Seigneur ! Pour en assurer la défense !

Pendant ce temps, une grande animation régnait parmi les vassaux groupés devant l'estrade. Désireux de suivre le comte dans son expédition expiatoire, ils n'en ressentaient pas moins une vive appréhension devant le saut à accomplir. Il y avait les fiers-à-bras qui ne parlaient que de pourfendre les Infidèles, et les prudents qui soupesaient les avantages et les inconvénients d'une semblable entreprise. Ceux qui n'avaient pas suivi Étienne la première fois se montraient les plus tentés, mais ils ne possédaient pas toujours les moyens de mettre leur projet à exécution. Les autres se souvenaient... Pas mal d'entre eux ne se montraient guère chauds pour reprendre la route. S'endetter demeurait le souci primordial, mais soigneusement caché, de la majorité.

Seuls les plus fortunés envisageaient avec insouciance les frais qui allaient leur incomber. Aussi ne manifestaient-ils que mépris pour les tergiversations de leurs voisins, qui, en retour, cherchaient à paraître dégagés de ces préoccupations mesquines. Il était depuis toujours de bon ton chez les barons de n'attacher aucune importance aux sordides questions d'intérêt. L'unique pensée reconnue devait être la sauvegarde des Lieux saints. Le Royaume franc de Jérusalem avait besoin d'aide : sans s'arrêter à rien d'autre, il fallait donc s'y rendre !

— En la personne de leur suzerain, ils veulent tous se reconnaître dignes de porter la croix, remarqua Mayeul. C'est une question d'honneur.

— Par tous les saints, qui ne les comprendrait ? dit Garin. N'est-ce pas là le meilleur moyen de lui témoigner leur joie et leur approbation pour la décision qu'il vient de prendre ? Chacun l'attendait depuis si longtemps !

— Il est vrai que la honte était des plus cuisantes pour tous ceux qui s'en étaient sentis éclaboussés à travers lui, admit Aubrée. À présent qu'il a décidé de réparer ses erreurs passées, ses vassaux vont redoubler d'attachement à son égard. Au-delà du devoir vassalique, l'estime retrouvée va tisser entre eux tous de nouveaux liens.

Dans le bruit des conversations, exclamations, interjections que les paroles du comte avaient suscitées, sous le coup du soulagement ressenti, tout le monde s'exprimait librement et sans fard.

— Ce jour est un jour solennel, reprit Étienne de Blois après que les trompettes eurent de nouveau sonné pour apaiser le tumulte. J'ai donc également résolu, afin de me ménager les faveurs célestes et de mériter le pardon de mes fautes, de procéder sur l'heure à l'affranchissement de dix de mes serfs.

On vit alors s'avancer au milieu de la foule des seigneurs, des dames, des familiers de la cour comtale, six hommes et quatre femmes vêtus de simples tuniques de bure serrées à la taille par d'épaisses ceintures de cuir. Les hommes portaient des braies tenues par des bandelettes, de grosses chaussures et des capuchons. Les femmes avaient noué un voile sur leurs cheveux.

Le comte étendit la main droite vers le groupe intimidé qui se tenait debout au pied de l'estrade.

– Moi, Étienne, comte de Blois, Chartres et Meaux, je prends à témoin de l'acte suivant le Seigneur Dieu tout-puissant : j'affranchis et libère à perpétuité de tout joug de servitude les hommes et les femmes que voici. Jusqu'à aujourd'hui, ils étaient miens. Devenus libres, ils transmettront cette liberté à leurs fils et filles déjà nés ou à naître. Dès à présent, ils auront pleine liberté et pouvoir d'aller où et quand il leur plaira, de disposer de leurs biens comme des hôtes libres. J'accompagne cet acte d'affranchissement d'un don en terre pour chacun d'eux afin qu'ils s'établissent. En compensation, une taxe exigible en deniers ou en gâteaux de cire sera perçue, par tête, sur chacune des parcelles ainsi distribuées.

Le comte s'interrompit un instant pour considérer les nouveaux affranchis qui demeuraient devant lui, immobiles et muets.

– En fils obéissant de l'Église, reprit-il au bout d'un instant, je me soumets par cet acte à son désir de libération des serfs chrétiens qu'elle considère comme une œuvre pie et éminemment charitable. Que le Seigneur Dieu en reverse le bénéfice sur toute ma descendance !

Un écuyer apporta alors au comte un panier rempli de mottes de terre et de fétus de paille.

En témoignage de ce que des terrains allaient changer de possesseur, Étienne de Blois remit une motte et quelques fétus entre les mains de chacun des hommes et des femmes à présent libres qui défilaient l'un après l'autre devant lui.

Bien qu'à distance, Isambour remarqua que certains d'entre eux tremblaient d'émotion en recevant ces dons symboliques.

La cour de justice, durant laquelle le comte avait à juger plusieurs affaires, se tint aussitôt après.

– Je me sens lasse, souffla Aveline à Mayeul. J'aimerais m'asseoir.

– Voulez-vous sortir, mon amie ? demanda le maître d'œuvre.

– Attendons encore un peu, répondit la jeune femme en s'appuyant plus lourdement au bras de son mari. Je suis encore vaillante, en dépit de mon tour de taille !

Étienne de Blois en termina enfin avec ses jugements. Il

procéda ensuite aux distributions de cadeaux qui clôturaient toujours les cours plénières : chevaux, faucons, armes, vêtements de prix, manteaux fourrées, furent offerts aux vassaux qui se pressaient autour de l'estrade suivant leur rang et leur importance.

Puis la foule des invités se dispersa.

Certains retournèrent en ville. D'autres demeurèrent au palais pour partager avec la famille du comte et ses gens repas de fête et galettes traditionnelles.

Après avoir été saluer le baron Salomon et dame Agnès, qui faisaient partie des commensaux de la maison comtale, Isambour, Aveline, Perrine, Mayeul, Aubrée et Garin se retirèrent.

En quittant le château, ils croisèrent une troupe de jongleurs et de musiciens ambulants qui venaient divertir les convives.

Pour célébrer de leur côté la Tiphaine, le monétaire avait invité à sa table un de ses amis, changeur de son état ainsi que sa femme et ses enfants, en plus du maître d'œuvre et de sa famille.

Le repas se déroula avec l'opulence familière qui était de mise chez lui.

On s'entretint du second départ du comte qui ne manquerait pas de restaurer son prestige aux yeux de ses sujets, bien que tout le monde sût à quoi s'en tenir sur l'instigatrice de cette affaire.

Ce fut l'occasion pour Garin et Aubrée de se chamailler, l'une soutenant qu'Adèle venait de se comporter comme la conscience incarnée du comte qui, sans elle, se serait à jamais discrédité auprès de la postérité ; l'autre estimant qu'elle avait outrepassé ses droits en intervenant ainsi dans la destinée de son époux et que ce n'était pas faire montre de véritable amour que de renvoyer le pauvre homme s'exposer une seconde fois à la mort.

La discussion s'apaisa à l'arrivée de la galette. Ce fut Mayeul qui trouva la fève et sa femme qu'il couronna.

L'après-midi se passa ensuite en jeux de société : échecs, osselets, devinettes, charades. Les plus jeunes firent de la musique. Grécie chanta avec Philippa et une autre jeune fille tandis qu'Aubin les accompagnait avec sa flûte.

Tout en écoutant aubades et virelais, ou en participant par politesse aux jeux qui l'ennuyaient, Isambour songeait à Jehan qu'elle avait aperçu, durant la cérémonie du matin, debout derrière le siège de la comtesse. Elle se demandait si elle se déciderait à le rejoindre au bal, le soir venu.

Aveline, que la longue station debout avait fatiguée, souhaita rentrer chez elle assez tôt. Sa mère et son mari se joignirent à elle. Les autres invités s'en allèrent peu après.

– Nous allons souper rapidement et nous faire belles pour nous rendre au palais où nous sommes conviés au bal de l'Épiphanie, dit Aubrée à la tombée du jour.

– Je ne sais si j'irai avec vous, répondit Isambour. Danser ne me tente plus guère...

– Par Dieu, amie, il n'est pas bon pour une femme toujours jeune et belle de vivre comme une nonne ! s'écria le monétaire. Un peu de divertissement ne vous fera pas de mal, croyez-moi.

Il n'eut pas de peine à convaincre Isambour. Ainsi qu'une plante aux racines fouisseuses, la tentation ne cessait de croître au fond d'elle-même.

– Viendrez-vous également danser avec nous ? demanda Aubrée à Grécie, occupée à nourrir, sur un coin de coffre, sa pie apprivoisée de débris de viande et de pain.

– Je préfère rester, répondit-elle.

– Pendant nos veillées, vous dansez pourtant avec plaisir, ce me semble.

– Il est vrai, mais ici, on est habitué à mòi. Il n'en est pas de même au château.

Isambour s'approcha de sa fille, entoura de son bras les épaules graciles.

– Il faudra bien, ma petite enfant, que vous affrontiez le monde, dit-elle avec le plus de douceur possible. Pourquoi ne pas commencer ce soir ?

– Parce que je ne suis pas prête à le faire. Dans cette maison, je me sens à l'abri. Au palais, je serais trop exposée aux regards.

Isambour se pencha et posa ses lèvres sur la nuque flexible, à la peau nacrée. Partagés par une raie médiane parfaitement nette, les cheveux de Grécie étaient nattés en deux tresses lisses qui laissaient voltiger à leurs racines quelques menues mèches blondes. Si une parcelle de son corps déjouait la farouche volonté de réserve et de refus qui caractérisait son attitude depuis son accident, c'était bien celle-là. Fragilité, grâce, souplesse, blondeur, s'étaient

réfugiées en cette étroite colonne de chair sur laquelle la
détermination de l'adolescente n'avait pas prise.

– Il en sera fait comme vous voudrez, ma chère fille,
murmura Isambour. Dieu me garde de jamais vous contraindre pour une chose pareille !

La nuit était tombée lorsque Aubrée, Isambour et Garin,
escortés par trois valets porteurs de torches, sortirent pour
se rendre au palais des comtes.

Vêtues toutes deux de laines finement tissées et décorées
de galons brodés, les deux amies, enveloppées dans des
chapes à capuchons doublés de castor, suivaient aussi vite
que possible le monétaire qui avançait à grands pas.

La nuit était brumeuse et froide. Les haleines fumaient
dès qu'on ouvrait la bouche. Les torches en écorce de
bouleau grésillaient sous l'effet de l'humidité.

Illuminé par des centaines de flambeaux de cire vierge,
le palais leur apparut comme un lieu de délices.

Des airs joyeux accueillirent les arrivants dès qu'ils eurent
pénétré dans la grande salle où avait eu lieu l'assemblée
du matin. Ornée de houx, de gui, de bruyère, de fleurs
d'ellébore, l'estrade où s'était tenu le comte servait à présent
aux musiciens. Harpes, flûtes, tambourins, bombardes,
musettes, clochettes, cornemuses, timbres et castagnettes
en os, rivalisaient d'entrain.

D'un côté de la rangée de colonnes, on dansait. De
l'autre, autour de la famille comtale, des groupes s'étaient
formés entre l'immense cheminée où brûlaient plusieurs
troncs d'arbres amoncelés, et une longue table couverte
d'une nappe blanche sur laquelle s'entassaient des
victuailles.

Parmi les invités, circulaient des valets qui offraient sur
de larges plateaux du vin herbé ou pimenté, de l'hydromel,
de l'hypocras. Des coupes d'argent décorées d'émaux, des
gobelets ciselés ou des hanaps en verre sertis d'argent, y
étaient également empilés.

Le monétaire connaissait beaucoup de gens. Il en présenta
plusieurs à Isambour que tout ce bruit et ce luxe
étourdissaient.

Les danses se nouaient, se dénouaient...

Le comte, la comtesse, les personnes de leur suite,
installées sur des banquettes à coussins, en un espace
délimité par des courtines, suivaient de loin ces ébats.

De temps en temps, Étienne de Blois se levait de son siège pour prendre la main d'Adèle ou d'une des dames présentes, et la conduire parmi les danseurs auxquels ils se mêlaient un moment. Les invités faisaient de même.

Habillés de soie ou de laine fine, ils étaient tous couverts de broderies, d'orfroi, de joyaux en or, argent et pierreries. Sur leurs têtes, des bandeaux de métal précieux, ciselés avec art, imitaient les fleurs que l'hiver avait, pour une saison, supprimées.

– En ce jour de la Tiphaine, chacun tient à porter couronnes à l'imitation des trois mages, dit en riant Aubrée à Isambour.

Elles se trouvaient toutes deux mêlées à un groupe d'amis du monétaire et de sa femme. On bavardait, on buvait, on s'amusait de tout.

Vibrante et rythmée, la musique entraînait têtes et cœurs dans son tourbillon de joie un peu folle.

Dans la cohue, Isambour aperçut soudain Jehan qui contournait les assistants et se dirigeait dans sa direction.

Avec sa taille bien prise, serrée par une large ceinture de cuir blanc sur laquelle blousait la souple serge bleue de son bliaud, il lui parut particulièrement à son avantage. Elle pensa qu'il avait raison de ne se vêtir que de cette couleur qui était celle-là même de ses prunelles. Elle lui seyait à merveille.

Dès qu'elle l'eut vu, la jeune femme sut qu'elle l'attendait. Un trouble fait de désir et de gêne lui fit monter le sang aux joues.

– Comme vos yeux brillent, belle douce amie, dit le secrétaire de la comtesse en l'abordant. Ils ont l'éclat et les reflets argentés de nos plus fines lames...

Il se pencha vers elle :

– La blessure qu'ils ont faite à mon cœur ne peut être pansée que par vous !

– Vous me parlez comme à une de ces dames de la cour auxquelles vous avez l'habitude de vous adresser, alors que je ne suis qu'une simple brodeuse, protesta Isambour.

– Tissage et broderie ne sont-ils pas considérés tous deux comme des arts nobles ? Les femmes qui s'y adonnent ne font-elles pas souvent elles-mêmes, partie des familles de nos plus valeureux barons ? répliqua Jehan en souriant.

– Je ne suis pas de celles-là !

– Cessez donc d'être si modeste, belle amie. Ce soir, et parée comme vous l'êtes, vous pouvez rivaliser avec n'importe laquelle des femmes présentes qui entourent notre comtesse.

Il prit la main droite d'Isambour et la baisa. La jeune femme s'empourpra.

– Le cramoisi vous va bien, affirma le secrétaire.

D'un rouge profond, le bliaud d'Isambour était décoré de galons blancs rebrodés de soie carminée...

– Par la merci Dieu, ne tardons plus à aller danser, lança Jehan. Ne m'avez-vous pas promis de m'accorder rondes et farandoles ?

Garin intervint dans la conversation.

– Ne vous faites pas prier, amie, dit-il. Profitez de cette soirée sans remords. La vie est courte et notre sire Dieu ne nous demande pas de refuser certains plaisirs. Se vouloir trop austère peut être préjudiciable à l'âme. Pour qu'elle s'épanouisse, il faut de la gaieté à cette belle plante de paradis, tout comme les fleurs de nos jardins ont besoin de soleil pour fleurir !

La complicité du monétaire, dont les goûts lui semblaient sujets à caution, ne plut guère à Isambour, mais quelques danses n'engageaient pas à grand-chose. Elle suivit Jehan.

Les ménestrels venaient d'attaquer une estampie [1] gaie et rythmée. L'air en était si plaisant que les assistants ne tardèrent pas à le scander en battant des mains.

Emportée par une sorte de joie violente, amère, Isambour se livra à la musique. Jehan lui serrait les doigts...

Ils dansèrent, burent de l'hypocras traîtreusement doux, dansèrent de nouveau...

Autour d'eux, d'autres couples répétaient comme eux, sans se lasser, jusqu'au vertige, les pas, toujours les mêmes, indéfiniment repris...

Caroles, trèches [2], espingueries [2], rondes se succédèrent.

– Il doit être fort tard, dit soudain Isambour. Je vais rentrer.

– À votre gré, ma belle. Je vous accompagne, déclara Jehan avec empressement.

– Non pas. Mes amis y suffiront.

1. *Estampie* : danse trépidante du temps médiéval.
2. *Trèche, espinguerie* : danses vives et bondissantes.

– Je ne les vois plus. Ils doivent être partis de leur côté depuis longtemps.

– Partis sans moi ! protesta la jeune femme avec surprise.

Était-ce par trahison qu'Aubrée et Garin s'en étaient allés sans la prévenir, ou, plutôt, n'était-ce pas par une sorte de complicité affectueuse ? Ils devaient juger qu'elle avait besoin de s'amuser, d'oublier, peut-être même, de refaire sa vie...

La connaissaient-ils si mal ?

Autour du couple qu'ils formaient, Jehan et elle, la foule des danseurs commençait à se clairsemer.

Isambour en prit seulement conscience. Une gêne indicible lui serra le cœur.

– Ils n'ont sans doute pas voulu vous arracher à la fête, dit Jehan qui conservait la main de sa danseuse emprisonnée dans la sienne.

– Je ne peux pas revenir toute seule à travers les rues, en pleine nuit ! murmura la jeune femme comme si elle se parlait à elle-même.

– Par tous les saints, il ne saurait en être question ! s'écria le secrétaire. Si je vous laissais faire une chose pareille, je serais le dernier des rustres !

Après avoir franchi la poterne du château, on plongeait dans l'obscurité et le froid. Isambour frissonna.

– Votre chape n'est pas assez chaude, douce amie, dit Jehan.

Il passa son bras autour des épaules recouvertes de castor et serra sa compagne contre lui.

Comme ils n'avaient pas demandé de valet pour les accompagner, le jeune homme portait dans sa main gauche une lanterne qui éclairait faiblement leur marche.

L'heure était tardive. Quelques légers flocons de neige voletaient au-dessus des toits pentus puis venaient s'évanouir sur le sol.

À cause de la fête nocturne, on avait accordé aux invités du comte la permission de sillonner les artères de la ville après l'heure habituelle du couvre-feu. Aussi une patrouille de sergents du guet qui survint au coin d'une rue laissa-t-elle passer le couple sans aucune des vérifications auxquelles étaient d'ordinaire soumis les promeneurs attardés.

– Si vous le vouliez, vous qui me plaisez tant, chuchota Jehan contre le capuchon fourré, quand le guet se fut éloigné, si vous le vouliez, je pourrais être, cette nuit, le plus heureux des hommes.

« Voici donc le moment venu ! » songea Isambour.

Elle tremblait.

– Taisez-vous ! dit-elle sans conviction.

Ils avançaient épaule contre épaule dans les ténèbres que rayaient les blanches mouches de janvier. Jehan se serrait toujours davantage contre sa compagne.

Parvenus devant la porte d'une maison neuve, rue des Trois-Clefs, le secrétaire de la comtesse s'arrêta.

– Je loge ici, souffla-t-il. Pour l'amour de Dieu, acceptez de venir terminer la nuit chez moi !

– Jamais !

Jehan se baissa, posa sa lanterne par terre, puis, se retournant, attira d'un geste brusque Isambour contre lui.

– Vous voilà seule, abandonnée, sans homme pour vous aimer, et, pourtant, si désirable, dit-il avec une sourde véhémence. Pourquoi vous refuser les plaisirs que votre jeunesse réclame ?

– Parce que je ne vous aime pas ! lança Isambour en se rejetant en arrière.

Elle pensait que cette réponse découragerait le garçon. Il n'en fut rien. Violemment, il la ramena contre lui. Ses lèvres écrasèrent la bouche dédaigneuse.

Le baiser qu'il lui imposa fut si brutal que leurs dents se heurtèrent.

Ce ne fut pourtant pas cet emportement qui révulsa Isambour. Ce fut, en un éclair, la comparaison avec d'autres embrassements dont le goût lui revint, la transperça, lui fit prendre en horreur un contact subi et non pas désiré.

D'instinct, elle gifla Jehan à toute volée, puis, profitant du désarroi du secrétaire, elle se libéra de son étreinte, et se mit à courir sur la chaussée bourbeuse, au milieu du tourbillonnement grêle des quelques flocons qui s'acharnaient.

Le jeune homme s'élança sur ses traces, la rejoignit.

– Je n'avais pas l'intention de vous offenser, dit-il quand il se trouva à sa hauteur. Dieu le sait ! Mais j'ai tant envie de vous !

– Je vous croyais moins grossier que les hommes de nos campagnes, jeta Isambour tout en continuant sa course. Je vois qu'il n'en est rien !

Jehan lui saisit à nouveau le bras pour l'arrêter. Elle glissa sur le sol verglacé et serait tombée s'il ne l'avait retenue.

– Sur mon âme, je vous aime et ne vous forcerai jamais, dit-il sans la lâcher, mais sans la reprendre contre lui. Vous savez bien que je vous respecte.

– Alors, conduisez-moi devant ma porte, et laissez-moi !

Ils parvinrent sans plus mot dire à la demeure du monétaire.

– Pour être de ceux qui tentent de suivre les directives amoureuses de la comtesse, reprit Jehan en voyant Isambour prête à rentrer chez elle, je n'en suis pas moins follement épris de vous. Ayez pitié de moi. Ne vous fâchez pas pour un simple baiser. Il y a si longtemps que j'attendais ce moment !

– Bonne nuit ! lança Isambour, avant de s'élancer dans la cour dont elle referma avec précipitation la porte derrière elle.

Mais elle avait les larmes aux yeux en entendant le pas de Jehan s'éloigner... Sous ses paupières fermées, elle revoyait un cavalier au court mantelet rouge qui galopait vers elle et l'enlevait sur sa selle.

X

– Venons-en au fait, dit Gildas. Par saint Lubin ! je n'ai pas parcouru le chemin de Fréteval à Blois pour vous parler de la pluie et du beau temps !

« Que va-t-il encore m'apprendre ? se demanda Isambour. Décidément, il a une vocation de messager, mais ses nouvelles sont rarement bonnes ! »

Remontant à quatre jours, la fête de l'Épiphanie avait laissé à la jeune femme, qui n'avait pas revu Jehan depuis lors, une impression désagréable, vaguement inquiétante.

S'il lui fallait, en plus de ses relations troubles avec le secrétaire de la comtesse, faire face à d'autres complications, comment allait-elle s'y prendre ?

Ce dimanche matin, en rentrant de la messe, Isambour et ses enfants avaient trouvé le meunier de Fréteval qui les attendait dans la salle de leur logis.

Il avait maigri. Son nez n'en paraissait que plus agressivement aquilin.

En devisant de choses et d'autres, il avait partagé leur premier repas de laitage, d'œufs, de tartines, puis Philippa, Aubin et Doette étaient allés jouer dans le jardin pendant que Bathilde couchait Ogier.

Le temps s'était radouci. Un soleil de janvier, décoloré et sans chaleur, se faufilait entre les hauts toits de tuiles tandis que, dans la pièce jonchée de foin, un feu vif flambait en pétillant.

– Aliaume est de retour, annonça Gildas.

Une onde de soulagement parcourut Isambour.

286 LE GRAND FEU

– Enfin ! s'écria-t-elle. Je vais le revoir ! Dieu soit béni ! Mais pourquoi n'est-il pas ici lui-même ?

– Parce qu'il n'ose pas. La façon dont il s'est enfui de chez vous lui fait redouter vos reproches.

– Il me connaît bien mal ! soupira la jeune femme. À quoi servirait de récriminer ? Il est revenu, voilà le principal ! Comment va-t-il ?

– Bien... quoiqu'il ne se console pas d'avoir échoué dans ses recherches.

– Il n'a donc pas retrouvé son père ?

– Dieu ne l'a pas voulu. Ce n'est pourtant pas faute, si j'en crois ce qu'il m'a dit, d'avoir battu en tous sens la campagne normande !

– Le pauvre garçon pouvait toujours se démener ! Bernold vit à présent de l'autre côté de la Manche.

– En êtes-vous certaine ?

– Tout à fait. Mayeul a rencontré dernièrement un maître charpentier qui revenait d'Angleterre où il avait travaillé avec mon mari.

Il y eut un silence. On entendit les enfants qui criaient dans le jardin, et le tintement acharné des marteaux maniés par les ouvriers monnayeurs, de l'autre côté de la cour.

Dans l'atelier du monétaire, on frappait monnaie tout au long du jour.

– Bernold vous a-t-il donné de ses nouvelles depuis son départ ? s'enquit au bout d'un moment Gildas d'un air gêné.

– Jamais. Il veut sans doute nous signifier par son silence que nous avons cessé d'exister pour lui... Voyez-vous, Gildas, je n'ai plus d'époux !

– Mon amie, ma pauvre amie... je voudrais vous dire...

– Je sais, Gildas, je sais...

Isambour se leva de son siège, s'empara d'une paire de pincettes et se mit à tisonner le feu sans nécessité.

Tout en lui tournant le dos, elle reprit, en s'adressant à l'homme dont l'honnête regard ne la quittait pas :

– Votre dévouement et votre amitié me sont acquis depuis toujours, je ne l'ignore pas, mais personne ne peut se mettre à ma place ni souffrir pour moi !

Elle se redressa, reposa les pincettes, demeura debout devant le foyer.

– Le destin d'une femme abandonnée est plus pénible qu'on le pense, continua-t-elle, la tête inclinée sur sa poitrine. On n'y songe guère d'habitude, ou bien, juste en passant, pour la plaindre et s'apitoyer sur son sort. La vérité vécue est que tout manque en même temps. Il ne reste qu'une alternative : se résigner ou bien lutter.

Elle s'interrompit, releva la tête, regarda enfin le meunier qui l'écoutait toujours avec la plus profonde attention.

— Après des mois d'effondrement et d'incertitude, j'ai choisi de lutter, continua-t-elle. Je ne veux plus me laisser abattre. Ce serait la fin de toute vie familiale. Mes enfants me mépriseraient. Pour eux, mais aussi pour l'idée que je me fais de moi-même, je dois surmonter cette épreuve et cesser de me considérer comme perdue parce que mon mari est parti avec une autre ! Les miens, mes amis, mon travail, me permettront, si Dieu a pitié de moi, de continuer à élever ceux dont je demeure l'unique soutien.

Gildas avait croisé les mains sur ses genoux.

— Je vous savais vaillante, dit-il, les yeux attachés à ses ongles aux lunules incrustées de farine, mais tout de même pas à ce point ! On voit que vous êtes de bonne race...

— Je n'ai pas un cœur de serve ! jeta fièrement Isambour en avançant le menton d'un air résolu. Si je veux reconstruire ma vie, le moment est venu de me ressaisir !

Gildas se frotta longuement le nez en signe de réflexion.

— Cela veut-il dire que vous avez déjà rencontré un autre homme ? finit-il par demander d'une voix incertaine.

— Une femme ne peut-elle vivre seule, en paix, avec ses enfants, sans qu'on imagine aussitôt qu'elle ne rêve que de s'attacher à nouveau le licol autour du cou ? lança avec impatience son interlocutrice. Allons, mon ami, ce sont là idées toutes faites ! Me voici libre. Ce n'est pas pour déposer aussitôt cette liberté en d'autres mains !

— Par la Croix du Christ ! je ne peux que vous en féliciter, croyez-le bien ! approuva le meunier. Faites à votre guise, vous ferez ce qu'il faut !

Il se leva à son tour du banc où il était assis.

— Quel conseil donner de votre part à Aliaume ? demanda-t-il.

— Celui de rouvrir les ateliers de verrerie, de reprendre un apprenti et un souffleur, de remettre les fours en marche. Il est jeune. Il a un bon métier. Son chemin est tout tracé.

— Parviendra-t-il jamais à oublier son infortune ?...

— Avec ou sans oubli, il doit penser avant tout à son

avenir ! trancha Isambour. À son âge, tout est possible. Que
Dieu me pardonne, mais, à sa place, je cesserais de me
ronger pour une infidèle. Je chercherais une belle fille sans
fâcheux passé et je ne tarderais pas à l'épouser !

— Comme vous avez changé, amie, remarqua Gildas. Vous
étiez encore si meurtrie quand je vous ai vue à l'enterrement
de votre grand-tante... voici que, soudain, vous vous
montrez revigorée et combative comme je ne l'aurais pas
cru possible.

— En passant, le temps transforme faits et gens, reconnut
Isambour en détournant les yeux. La vie m'aura au moins
appris deux choses : d'abord à ne pas m'apitoyer sans fin
sur mon propre sort ; ensuite, qu'il est bon de prendre les
événements comme ils se présentent, sans rechigner, en
s'acceptant et en acceptant les autres tels que Dieu les a
faits.

« Que m'arrive-t-il ? se demanda-t-elle quand elle se
retrouva seule, une fois le meunier reparti. Pourquoi ai-je
parlé de la sorte à Gildas ? Je me suis laissée aller à lui faire
des déclarations que je ne m'étais encore jamais permises
au plus secret de mon âme. Sa présence m'a incitée à adopter
une manière d'être dont je ne me croyais pas capable voici
seulement une heure ! Pourquoi ? Suis-je en train de devenir
une autre ? »

Le front appuyé au manteau de la cheminée, Isambour
observait la danse échevelée des flammes qui consumaient
les bûches entrecroisées. Dans un brusque éclatement,
comme un essaim de guêpes fauves, des étincelles en
jaillissaient pour retomber ensuite sur le pavé, et s'éteindre
aussi rapidement qu'elles avaient surgi.

« Les assiduités de Jehan ne sont-elles pas, en réalité,
la cause de cette espèce de griserie qui s'est tout d'un coup
emparée de moi ? Gildas ne s'y est pas trompé... Suffit-il
donc à un cœur rempli d'amertume d'un témoignage
d'amour pour se sentir allégé de son mal ? Sommes-nous
si versatiles ? Suis-je une créature aussi légère que ces
femmes qui passent d'homme en homme sans jamais
paraître y laisser la moindre part d'elles-mêmes ? En me
faisant trouver des excuses à un prochain abandon qu'il
désire, espère, prépare malgré moi, ne serait-ce pas encore
mon corps qui me joue ce tour ? »

Isambour alla à la fenêtre, l'entrouvrit, regarda ses enfants qui, ayant enfourché des bâtons terminés par des têtes de chevaux sculptées dans le bois, s'amusaient à se poursuivre.

Elle referma la fenêtre et revint à pas lents vers le métier à tapisser sur lequel un ouvrage l'attendait.

« Décidément, l'air de Blois ne me vaut rien, songea-t-elle. Les villes sont des chaudrons lucifériens où le Mal se déchaîne en toute impunité. Il s'y trouve bien plus à l'aise qu'à la campagne. La nature ne cesse pas, en effet, de nous montrer Dieu à l'œuvre dans sa Création. Les astres, l'eau, les nuages, les arbres, les plantes, sont sans péché, puisque innocents... Ils témoignent de l'ordre du monde et de l'attention que le Seigneur y porte. Les cités, au contraire, tiennent leurs habitants enfermés entre des murailles closes pour mieux les séquestrer et les tenir éloignés de la simple liberté des champs... Leurs plaisirs sont frelatés, les tentations y rôdent... »

– Qu'avez-vous donc, ma mère ? demanda Philippa qui rentrait toute seule du jardin, ainsi que son caractère indépendant la poussait souvent à le faire. Avez-vous du chagrin ?

– Non pas, ma colombe, non pas, répondit Isambour. Bien au contraire. Gildas vient de nous apporter une bonne nouvelle : votre frère aîné est de retour au Grand Feu.

– Aliaume est revenu ! s'écria l'enfant en joignant les mains d'un air extasié. Quel bonheur ! Quand le verrons-nous ? Va-t-il venir ici ? Ou allons-nous le rejoindre là-bas ?

– Je ne sais pas encore...

Philippa se jeta dans les bras de sa mère et se suspendit à son cou.

– Oh ! Partons, partons, je vous en prie ! Retournons chez nous !

– Hélas, ma petite fille, ici j'ai du travail et je gagne de quoi nous faire vivre convenablement.

– Mais puisque Aliaume est rentré, il rouvrira la verrerie ! Tout va recommencer comme avant !

– Ce n'est pas si simple, soupira Isambour. J'ignore ce que votre frère compte faire. Demeurera-t-il à Fréteval ou préférera-t-il repartir ailleurs ? Se remettra-t-il au travail dans nos ateliers ou bien cherchera-t-il un autre endroit pour un autre ouvrage ?

– Si vous lui dites de ne pas nous quitter une seconde fois, il vous obéira, ma mère ! Vous savez comme il vous écoutait.

290 of 448 LE GRAND FEU

– Rien n'est plus pareil, maintenant..., soupira Isambour. Enfin, nous verrons, nous verrons... En attendant, il faut nous occuper du dîner.

L'attitude de Philippa donna à réfléchir à la jeune femme. Contrairement à la petite fille, elle ne tenait pas tellement à se retrouver au Grand Feu. La présence d'Aliaume ne suffirait pas à remplir la place vide... trop de souvenirs nichaient aux bords du Loir...

Peut-être, aussi, l'attente, redoutée et espérée en même temps, du dénouement de son aventure avec Jehan l'incitait-elle à ne pas s'éloigner de Blois ?

Le lundi matin, à l'atelier, les brodeuses remarquèrent les traits tirés et les yeux cernés d'Aveline, parvenue à son terme. Elle se traînait.

– Vous ne pouvez pas continuer à venir ici ni à travailler dans l'état où vous voilà, lui dit Béatrix, qu'en tant que seconde ouvrière, tout le monde considérait comme sa remplaçante désignée. Retournez chez vous et reposez-vous. Pendant votre absence tout se passera bien. Soyez tranquille. J'y veillerai.

– Pour attendre mon heure, je suis aussi bien ici, parmi vous, qu'à la maison où je tourne en rond comme un ours en cage ! s'écria Aveline, qui préparait un ouvrage en cousant des pièces de vélin sous la toile fine afin de lui donner du relief. Et puis je n'aime pas m'écouter. Il sera toujours temps, aux premières douleurs, de regagner mon logis.

– À moins que vous n'accouchiez au milieu des soies et des orfrois ! remarqua Isambour tout en maniant avec délicatesse un tambour de petite taille utilisé pour la broderie au crochet. Pour Ogier, j'ai été prise de court. Il est venu au monde en moins de temps qu'il n'en faut pour le dire !

– Vierge Mère et Sainte ! Je vois à l'avance la tête de Gilète et celle des jumelles si vous nous faites un marmot à même le plancher, tout à trac ! s'esclaffa Audouarde-la-beaupignée, debout devant son dévidoir chargé d'un écheveau de soie jaune chamois qu'elle enroulait.

Occupée à broder de petites feuilles d'or pâle sur un tronc d'arbre d'or rouge, Gilète lui fit une grimace moqueuse et protesta avec véhémence.

– Sur mon âme ! je ne me démonterai pas pour si peu,

assura-t-elle gaiement. Voir naître un enfant n'a rien de bien étonnant pour moi. N'oubliez pas que je suis l'aînée de huit frères et sœurs, et que ma mère en a mis douze au monde !

Les jumelles, qui faisaient toujours bande à part dans leur coin, furent les seules à se taire. Penchées sur leur ouvrage, elles exécutaient avec application, au point de tige, des inscriptions explicatives au-dessus des personnages déjà façonnés. Lèvres serrées, regards indifférents, elles laissèrent les autres s'entretenir avec excitation de leurs propres couches. Vieillissant sans qu'aucun homme ait jamais été tenté de partager leur vie, elles en gardaient rancune aux femmes pourvues de maris et de progéniture.

— Tout cela est bel et bon, trancha enfin Béatrix, en train de composer un fond de fils d'argent nuancés de soie verte pour le court manteau d'un cavalier, mais nos histoires ne changent rien à la réalité du moment. Nous devons aviser. Au nom de chacune d'entre nous, je vous demande, Aveline, de repartir chez vous sans tarder et de vous mettre au lit sous la garde de votre sainte femme de mère !

— Bien parlé ! approuva Mahaut, qui s'exprimait toujours avec un minimum de mots afin de distraire le moins de temps possible de son labeur de fourmi.

Sa mince tête noiraude demeurait sans cesse inclinée sur les broderies d'une exquise finesse que ses doigts criblés de trous d'aiguille réussissaient à points menus.

Aveline finit par céder. Elle repartit vers son logis en admettant que ses jambes enflées et le poids de son ventre suffisaient à la fatiguer. Ils justifiaient son départ.

L'atelier retrouva son calme.

Une pluie froide de janvier cinglait la façade du bâtiment, crépitait sur les tuiles du toit, transformait la cour en bourbier.

Ce fut après que les cloches de la chapelle des comtes eurent sonné l'interruption du travail, qu'Erembourge, l'ouvrière qui ressemblait à une chèvre, s'approcha d'Isambour. Celle-ci achevait de démêler plusieurs aiguillées d'or qui s'étaient mélangées.

Un retard s'ensuivait. Les autres brodeuses sortaient déjà.

— Nous n'avons guère le temps de faire ici plus ample connaissance, dit la femme. Ne trouvez-vous pas que c'est dommage ? Nous travaillons ensemble toute la journée, et, pourtant, nous restons des étrangères les unes pour les autres.

– Il est vrai, admit Isambour. Que voulez-vous, entre les heures passées à l'ouvroir et les obligations de mère de famille qui m'attendent à la sortie, je n'ai, hélas, pas le temps de lier amitié avec qui je le souhaiterais !

Les gros yeux bombés d'Erembourge semblaient taillés dans une agate dorée.

– On trouve toujours le moyen de faire ce qu'on désire vraiment, répondit-elle d'un air entendu. J'ai envie de vous connaître davantage, figurez-vous. Eh bien ! je suis certaine d'y parvenir. Voulez-vous, par exemple, venir demain, après souper, passer la veillée chez moi ?

– Je ne sais si ce sera possible...

– Je suis veuve et mes enfants se trouvent dispersés loin de moi, continua Erembourge. Mon isolement me pèse. Soyez bonne, rendez-moi visite... Je demanderai à une ou deux voisines de se joindre à nous.

Isambour n'éprouvait pas de sympathie particulière pour cette brodeuse plus âgée qu'elle, dont l'esprit railleur la déconcertait souvent. Mais elle connaissait suffisamment le poids de la solitude pour compatir et comprendre le besoin de compagnie que pouvait ressentir son interlocutrice.

– Je tâcherai de me rendre libre demain soir, promit-elle en rangeant les fils d'or enfin démêlés dans les enveloppes de parchemin qui les contenaient. Je vous apporterai des pâtes de coing.

Ce fut en effet avec une écuelle d'étain bien remplie de friandises et recouverte d'un linge blanc qu'Isambour se présenta le lendemain soir chez sa nouvelle amie.

Erembourge habitait au quatrième étage d'une maison déjà ancienne, coincée entre deux constructions récentes.

La pièce où elle introduisit sa visiteuse était peu et mal meublée. Trois chandelles l'éclairaient. La plus grosse était posée sur l'unique coffre que semblait posséder la pauvre femme, la seconde brûlait au chevet d'un lit recouvert d'une courtepointe rougeâtre et usagée. Fichée dans un chandelier de fer, la troisième avait été mise sur une petite table nappée de toile et poussée devant la cheminée.

Deux pichets de terre, quelques gobelets de buis, un plat de bois rempli de beignets à la sauge, y étaient disposés.

Après avoir débarrassé son invitée de sa chape, Erembourge la conduisit devant un siège proche du maigre feu qui grignotait une bûche à demi calcinée.

— Asseyez-vous, mettez-vous à l'aise, lui dit-elle. Grand merci pour vos pâtes de coing. J'en suis gourmande !

Elle plaça l'écuelle d'étain près du plat de beignets.

— J'ai demandé à deux de mes amis de venir nous rejoindre, expliqua-t-elle ensuite. Je pense qu'ils ne vont pas tarder.

On frappa. Une femme âgée, dont les nattes aux mèches jaunies battaient les gros seins mous, fit son entrée dans la pièce.

— Ysanne est une de mes plus chères voisines, assura Erembourge. Connaissant les vertus des simples, elle me confectionne des breuvages qui me soignent le mieux du monde !

On se mit à parler de l'effervescence causée dans la ville par le second départ du comte pour Jérusalem. Ce n'était que chevaliers et hommes d'armes, la croix rouge sur l'épaule, soucieux de mettre leurs affaires en règle avant de s'en aller.

— Commençons à boire et à manger en attendant le retardataire, proposa la veuve au bout d'un moment. Il ne nous en voudra pas d'avoir goûté avant lui à ces bonnes choses.

Le vin de mûres était assez fort, les beignets excellents.

Isambour vida plusieurs fois son gobelet, tout en savourant, tièdes et enduits de miel, les gâteaux parfumés à la sauge.

La porte fut de nouveau heurtée à petits coups.

Erembourge alla ouvrir. Jehan entra.

Il rejeta son capuchon, se défit de son manteau, et salua les trois femmes qui le considéraient d'un œil bien différent mais tout aussi attentif. Complices, curieux, surpris, les regards convergeaient vers lui avec un bel ensemble.

— Dieu vous garde, amies, dit-il en se dirigeant vers la cheminée. Je suis bien aise de vous voir.

Que faire ? Que dire ?

Isambour sentait son cœur cogner et ses genoux se dérober.

Très à l'aise, Jehan prit sur la table un gobelet, le remplit, s'approcha de la jeune femme.

— Accepterez-vous de trinquer avec moi et de boire à nos santés réciproques, belle douce amie ? demanda-t-il en se penchant vers elle.

Comme toujours, il était vêtu de bleu ; comme souvent, il souriait, mais ses yeux clairs étaient assombris par une expression de défi toute nouvelle.

Isambour se dit qu'il ne servirait à rien de s'indigner, qu'au fond elle n'était qu'à moitié étonnée de ce qui lui arrivait, que de toute façon...

Ils devisèrent un certain temps, tous quatre, en agitant les potins qui occupaient la cour et la ville.

Ysanne ne tarda pas à se plaindre de l'estomac et pria Erembourge de la reconduire chez elle.

— Je ne loge pas bien loin, dit-elle en manière d'excuse. Je ne retiendrai que très peu de temps notre hôtesse hors d'ici !

La porte se referma bientôt sur les deux voisines.

— Pourquoi vous être donné le mal de monter cette farce ? demanda Isambour au jeune homme. Elle est indigne de vous !

— Parce que vous aviez refusé de venir chez moi quand je vous en ai priée !

Il se leva, vint se planter devant elle.

— La docilité et la patience prônées par la comtesse ayant échoué, je me suis dit qu'il restait la ruse, puisqu'il ne pouvait être question de la force entre nous. N'avais-je pas raison ?

— La tête me tourne, souffla Isambour. Ce vin de mûres est aussi traître que vous !

Jehan éclata de rire.

— S'il vous rend moins farouche, c'est déjà une bonne chose !

— Je vous croyais loyal. Je constate que je me suis trompée.

— Est-ce donc être déloyal que de vous amener à faire ce dont vous mourez d'envie ?

Isambour se leva.

— Je ne trahirai jamais la foi jurée ! assura-t-elle, tout en s'apercevant que ses jambes la portaient avec peine, tant elles tremblaient.

— Jurée à qui ? À un homme qui vous a trahie, abandonnée, bafouée ! Est-il digne d'un pareil sacrifice ?

— Quel sacrifice ? Il n'y en a pas, puisque je ne vous aime pas !

Elle se trouva brusquement saisie, enlacée, pressée, par des bras impérieux.

— Le sacrifice de votre plaisir, ma belle amie, n'est-ce donc rien ?

Le visage de Jehan se penchait vers le sien. Elle se rejeta en arrière.

— C'est vrai que j'ai soif d'amour, reconnut-elle simplement. C'est chose naturelle à mon âge. Mais l'acte charnel est pour moi acte d'importance, grave, presque sacré, parce qu'il prend sa source au sang des cœurs ! Ce ne sera jamais ni un divertissement ni une passade !

— Mais, enfin, je vous aime !

— Je parlais d'amour partagé !

— Eh bien ! nous le partagerons !

L'amabilité empressée que reflétait d'ordinaire la physionomie de Jehan avait fait place à un masque avide griffé par le désir.

— Je vous veux ! lança-t-il en ramenant contre la sienne, d'un geste autoritaire, la tête aux nattes brunes.

Puis, essayant de desserrer les lèvres obstinément closes, il l'embrassa de force... La résistance opiniâtre qu'il n'attendait pas acheva de ruiner les apparences policées qu'il se donnait par ailleurs tant de peine pour étaler.

— Viens, dit-il d'une voix rauque. Viens !

Il cherchait maintenant à entraîner Isambour vers le lit à la courtepointe rouge. Une lutte silencieuse s'ensuivit. Mais la jeune femme n'était pas de force à maîtriser son assaillant. Elle se retrouva jetée malgré elle sur la couche douteuse de sa mauvaise hôtesse.

Tout en la maintenant d'une poigne rageuse, tandis que son autre main explorait le corps étendu sous lui en tentant de retrousser le bliaud et la chemise, Jehan l'embrassa une seconde fois avec tant de voracité qu'elle en perdit le souffle.

Allait-elle se laisser prendre comme une fille qu'on culbute sur le premier matelas venu ?

L'odeur de cet homme lui déplaisait, le goût de sa salive lui répugnait...

D'un mouvement brusque, elle releva une de ses jambes, et envoya un furieux coup de genou dans le bas-ventre de son agresseur.

Avec un cri, il roula sur le côté, plié en deux et geignant.

D'un bond, Isambour se redressa, courut vers la porte, s'élança dehors.

Sans chape, son voile flottant derrière elle, ses nattes lui battant les hanches, elle courut comme une perdue à travers la nuit d'hiver que balayait un glacial vent du nord.

Mais elle ne se préoccupait pas du froid. Son cœur cognait à lui en faire mal, le sang lui battait dans la gorge... Qu'importait tout cela !

L'homme qui, par félonie, avait cherché à la faire sienne ne l'avait pas soumise !

Cette victoire, remportée sur son propre trouble autant que sur Jehan, la grisait soudain. Avec une confiance retrouvée en ses possibilités de défense, elle lui rendait le sentiment de sa dignité, de son intégrité préservée.

C'était sans doute un amer exploit, mais c'était un exploit !

Sans avoir rencontré grand monde, elle parvint enfin devant la demeure du monétaire, traversa la cour, gagna son logis.

En refermant sa porte, elle jeta un coup d'œil derrière elle et vit que la fenêtre de la chambre de Grécie était encore éclairée. À travers le châssis en bois tendu de feuilles de parchemin poncées et huilées, la lueur de bougies toujours allumées frissonnait.

Isambour savait que sa fille dessinait, lisait, étudiait une partie de ses nuits, et elle l'approuvait.

Afin de ne pas attirer l'attention de l'adolescente, elle s'appliqua à rabattre l'huis sans faire de bruit.

Une fois dans sa chambre, elle se laissa glisser à terre près du berceau où dormait Ogier et posa son front sur le bois ouvragé du petit lit. L'odeur de l'enfant l'enveloppa. Elle en éprouva une sorte d'apaisement mélancolique.

Ainsi donc, au plus profond de son cœur, l'amour si puissant qu'elle avait conçu vingt ans plus tôt survivait en dépit de tout ! Il venait de prouver sa permanence.

Ce n'était pas un sursaut de vertu qui l'avait arrachée aux bras de Jehan, c'était une évidence : elle ne pouvait pas se donner à cet homme-là, alors qu'elle en aimait un autre !

Contrairement à ce qu'elle avait cru, le premier venu ne faisait pas l'affaire. Si, en des moments de détresse intime, elle était parvenue à s'en persuader, elle s'était trompée. Plus fort que ses défaillances, son instinct s'y refusait.

Bien que son corps, affamé d'étreintes, souffrît durement d'une chasteté qui lui était à charge, n'importe quel passant ne pouvait pas le satisfaire. Un seul y parviendrait.

Bernold !

Secouée de frissons, traversée d'élancements douloureux dans tous ses os transis, Isambour découvrait que, pour elle, la fidélité n'était pas choix, non plus que résolution ou morale, mais conséquence irréfutable d'un lien si étroitement serré qu'aucune main étrangère ne saurait le dénouer.

Parce que, malgré ses torts, elle persévérait à aimer avec assez d'intensité son époux absent pour ne pouvoir envisager l'amour charnel sans lui, elle n'avait pas supporté le contact sur sa peau d'un autre épiderme que le sien...

Les caresses de Jehan lui répugnaient. Entre elle et lui, une barrière s'était dressée. Obstacle infranchissable, le dégoût les séparait.

C'était aussi simple que cela. Son corps ne voulait connaître qu'un amant, n'en admettrait pas d'autres... La trahison, l'abandon ne changeaient rien à une vérité bien trop essentielle pour être entamée par eux.

Elle était de celles qui ne se donnaient bien qu'à celui qu'elles aimaient. Or, un seul avait su l'émouvoir et elle persévérait à n'aimer que lui...

« Que faire, mon Dieu, que devenir ? Si je ne puis avoir recours à des aventures passagères, comment traverser les nuits, les mois, les années, qui m'attendent ? Comment vivre sans Bernold, avec le désir planté comme une lame dans ma chair ? »

Elle s'aperçut seulement au bout d'un très long moment que le malaise qui la tenait et la faisait grelotter n'était pas uniquement dû à ses tourments.

Elle claquait des dents, se sentait glacée et fiévreuse à la fois, souffrait de violents maux de tête.

Elle retourna dans la salle où un chaudron de cuivre, suspendu à la crémaillère, au-dessus des braises, conservait de l'eau chaude durant la nuit. Elle remplit un cruchon de grès qu'elle revint glisser dans son lit. Philippa et Doette y dormaient l'une près de l'autre, parties vers leurs rêves d'enfants, inconscientes, tranquilles.

Isambour se déshabilla aussi vite que possible, et se coucha à côté de ses filles.

Prenant garde à ne pas réveiller les petites, elle continua, en dépit du cruchon tiède qu'elle avait sous les pieds, à se sentir agitée de tremblements.

« J'aurai pris froid en courant à travers les rues », se dit-elle. Ses membres n'étaient plus que courbatures.

À l'aube, une fièvre violente se déclara.

Les obsessions qui ne l'avaient pas quittée traversaient les brumes douloureuses et brûlantes qui l'envahissaient, ne cessaient de la hanter.

Réveillée par sa mère, Philippa alla chercher Sancie.

— Prépare-moi une tisane...

De Fréteval, Isambour avait apporté avec elle des sachets de plantes médicinales séchées et dosées par Roland. S'en servant souvent pour soigner ses enfants, elle en connaissait parfaitement les propriétés.

Sur ses indications, la servante mélangea des fleurs de bourrache, de sauge, de souci, de genêt, de pensée sauvage, avec des feuilles de saule, en fit une infusion adoucie au miel et l'apporta à sa maîtresse.

— Je ne prendrai rien d'autre de toute la journée, dit celle-ci. Je voudrais guérir rapidement. Il ne faut pas que je traîne ici si je veux faire tout le travail qui m'attend à l'ouvroir...

Il fallut pourtant demander à Aubrée d'envoyer un valet prévenir l'atelier d'une absence dont on ne pouvait à l'avance fixer le terme.

Bathilde et Sancie lavèrent, habillèrent, nourrirent les enfants, puis les conduisirent à la messe.

Sa pie apprivoisée perchée sur une épaule, Grécie pénétra peu après dans la chambre.

— Comment vous sentez-vous, ma mère ? s'enquit-elle en s'approchant du lit où Isambour somnolait.

— Fort lasse. Je suis rompue. La fièvre me brûle.

— Vous aurez pris mal cette nuit.

Ce n'était pas une suggestion mais une affirmation.

— Sans doute...

Trop mal en point pour interroger l'adolescente sur ce qu'elle savait, la malade ferma de nouveau les yeux.

— Je ne suis bonne qu'à dormir, souffla-t-elle afin de ne pas avoir à s'expliquer.

En fin de matinée, une voisine d'Aveline vint annoncer que l'épouse de Mayeul avait ressenti à l'aube les premières douleurs de l'enfantement. Les choses ne se présentaient pas trop bien.

— Mon Dieu ! gémit Isambour, mon Dieu ! Il faut que cela arrive alors que je gis dans ce lit, incapable de me lever, d'aller l'assister ! Bonne à rien !

– Ne vous tourmentez pas, mon amie, dit Aubrée qui se trouvait là parce que ce n'était pas un de ses jours d'hôpital. Aveline a sa mère, une sage-femme et plusieurs commères à son chevet. Je connais nos Blésoises : elles doivent avoir envahi sa chambre ! Elle en sera quitte pour mettre son enfant au monde sans vous, voilà tout !

Isambour secoua sur l'oreiller sa tête aux joues enflammées par la contrariété autant que par la fièvre.

– Vous oubliez que nous sommes comme des sœurs, toutes les deux ! protesta-t-elle. Je lui avais promis de ne pas la quitter en ce moment critique... Et puis, je dois être la marraine du nouveau-né. Si je suis retenue ici par la maladie, comment m'acquitter de ce devoir ?

– Pour l'amour du Ciel, calmez-vous ! répliqua Aubrée. La première chose à faire est de vous guérir. Ensuite, nous aviserons. De toute manière votre futur filleul est encore à naître ! Attendons qu'il soit là pour envisager la cérémonie de son baptême !

Le mécontentement aggrava l'état de la malade, ce qui décida Aubrée à lui poser des sangsues aux pieds.

La journée fut noyée pour Isambour dans des brumes fébriles.

La scène de la veille au soir, son avenir incertain, le retour de son fils, l'absence de son mari, les couches d'Aveline, composaient dans sa tête appesantie une sorte de ronde obsédante, coupée d'assoupissements.

Peu après vêpres, Mayeul passa pour dire que les douleurs ne paraissaient pas porter sur l'enfant, qu'Aveline faisait preuve du courage qu'on pouvait attendre d'elle, mais que l'épreuve risquait de se prolonger.

Il ne vit pas Isambour et repartit au plus vite.

– Berthe-la-hardie, qui est sage-femme de la comtesse, est venue épauler la ventrière de votre cousine, annonça Aubrée à son amie après le départ de Mayeul. C'est elle qui a mis au monde tous les héritiers de la maison de Blois. Elle n'a pas sa pareille pour masser les ventres en mal d'enfants et compose elle-même ses onguents. Sa réputation est grande dans toute la comté.

Isambour dit qu'elle s'en réjouissait, mais qu'elle donnerait un an de sa vie pour être auprès de sa cousine, pour lui apporter les secours de son expérience en un pareil moment.

– Heureusement que j'ai pensé, voici déjà deux mois, à lui faire don des petites statues en bois taillé de sainte Britte et sainte Maure, qui ont toujours présidé à mes propres couches, dit-elle. Elles aident aux heureuses délivrances.

– Je suis également allée, ce tantôt, mettre un gros cierge à la chapelle voisine, reprit Aubrée. Ne vous inquiétez pas. Votre cousine sera protégée.

Pour être certaine que la malade dormirait, la femme du monétaire lui fit boire du lait dans lequel elle avait versé quelques gouttes de suc de pavot.

Il fut aussi décidé que Sancie coucherait sur un matelas, dans la chambre de sa maîtresse, tandis que Philippa et Doette partageraient son propre lit avec Bathilde.

Le berceau d'Ogier avait également changé de pièce. Grécie l'avait pris avec elle.

Le lendemain matin, la fièvre était un peu moins forte.

Isambour continua à vider de nombreux gobelets de tisane et des sangsues lui furent remises aux pieds.

– A-t-on des nouvelles d'Aveline ? s'enquit-elle plusieurs fois au cours de la matinée.

– Un valet est parti aux renseignements, répondait Aubrée. Il n'y a rien de nouveau. Elle peine toujours...

En dépit de sa fermeté, l'hôtesse d'Isambour parvenait difficilement à cacher son inquiétude.

– C'est qu'elle n'est plus très jeune, finit-elle par murmurer, le front soucieux. Par tous les saints ! pourquoi avoir tant attendu pour se marier ! Quand on accouche pour la première fois à seize ou dix-sept ans, tout se passe beaucoup mieux !

– Elle est solide, répétait avec entêtement Isambour. Je ne l'ai jamais vue malade. Durant notre enfance, j'avais des maux de ventre, de gorge, des migraines, des fièvres... Aveline n'avait rien. Il ne lui est arrivé que des accidents. Elle s'est cassé un bras, est tombée d'une charrette, ce qui lui a démis le genou, a même été jetée contre un mur par un cheval emballé. Chaque fois, elle s'est rétablie très vite...

– J'ai entendu parler d'une femme qui use de sortilèges dans certains cas, souffla Aubrée, assise sur le pied du lit de son amie. Si les choses traînent trop en longueur, j'irai la trouver.

Grécie, qui donnait le biberon à son petit frère, à côté de sa mère, leva les yeux.

— Vous croyez aux sortilèges, vous ? demanda-t-elle avec curiosité.

— Ils produisent parfois de bons résultats, assura la femme du monétaire. Pour être tout à fait honnête, on est bien forcé de reconnaître que d'autres échouent...

— L'Église ne les interdit-elle pas expressément ? interrogea l'adolescente.

— Bien sûr que si ! Mais ne faut-il pas tout tenter quand une vie est en danger ?

— Pourquoi forcer le sort ? murmura Grécie. N'est-il pas plus sage de s'en remettre à Celui qui a créé toutes choses ? Il y a des fois où la mort est plus accueillante que la vie.

Isambour ferma les yeux. Le silence emplit la chambre. On n'entendit plus que le très faible bruit de succion que faisait Ogier en buvant son lait.

La nuit était tombée depuis longtemps quand on frappa à la porte de la rue. Un valet alla ouvrir. Mayeul entra. Il demanda Aubrée, qui le reçut dans la salle où elle se trouvait seule.

En le voyant paraître, pâle, les yeux rougis, les vêtements tachés de sang, elle craignit le pire. Il le comprit, étendit une main qui tremblait encore.

— Non, rassurez-vous, dit-il, elle vit ! Mais elle est brisée. Il lui faudra du temps pour se remettre. On l'a sauvée de justesse.

— Et l'enfant ? demanda timidement la femme du monétaire.

— Elle va bien.

— Une fille !

— Par Dieu ! Oui ! Elle a failli coûter cher à sa mère !

Il y avait de la rancune dans la voix du nouveau père. Il en prit conscience, secoua la tête.

— Je n'ai pas encore eu le temps de penser à elle, dit-il pour s'excuser. Depuis des heures, je n'ai songé qu'à ma femme. J'ai cru la perdre...

Sur les traits creusés d'anxiété et de fatigue, on pouvait déchiffrer les traces du combat qu'il venait de livrer aux côtés d'Aveline.

Si la présence d'un homme dans la chambre où une femme accouchait était, en général, jugée indésirable, il y avait cependant des circonstances où on l'admettait.

— Étiez-vous auprès d'elle ? demanda Aubrée.

– Au début j'ai attendu chez une voisine. Puis elle m'a demandé. J'y suis allé... J'ai vécu son supplice avec elle... Jamais je n'aurais imaginé qu'il fallait tant souffrir pour mettre au monde un enfant... Elle hurlait et m'enfonçait ses ongles dans la main à chaque retour des douleurs... J'étais heureux de pouvoir partager tant soit peu ses tortures, mais je me rendais bien compte de l'effrayante disproportion de ce que nous endurions, elle et moi ! C'était une impression abominable que de la voir se débattre contre un mal sur lequel je restais sans aucun pouvoir... Il a fallu aller chercher l'enfant dans son ventre d'où il ne voulait pas sortir... Une vraie boucherie. Il y avait du sang partout ! Quand la petite est née, nous étions tous à bout de forces. La sage-femme titubait de fatigue, Aveline avait la face grise, le nez pincé, les épaules, les joues, marquées de points rouges à cause des terribles efforts qui avaient fait éclater les veines de sa tête et de son cou...

– N'y pensez plus, conseilla Aubrée. Elle se remettra vite. Pour la naissance d'Helvise, j'ai eu, moi aussi, des couches laborieuses. Trois jours après, j'étais rétablie. Aveline est solide. Ces épreuves ne seront bientôt plus pour vous deux qu'un mauvais souvenir.

Elle tendit à Mayeul une coupe d'hypocras.

– Buvez, dit-elle. Vous en avez besoin.

– Je vais retourner chez nous, dit le maître d'œuvre après avoir bu. Prévenez, je vous prie, Isambour de ma part.

– Elle a tellement déploré de ne pouvoir seconder votre épouse pendant qu'elle était en gésine !

– Qu'aurait-elle pu faire de plus que Berthe-la-hardie ? Que les autres femmes qui étaient présentes ?

– Pas grand-chose, sans doute, mais vous connaissez leur attachement !

– Annoncez-lui la nouvelle. Insistez sur le fait que nous attendrons son rétablissement pour baptiser notre fille qui peut attendre, car elle est bien constituée et semble robuste.

– Comment l'appellerez-vous ?

– Jeanne. C'était le nom de ma mère.

Il s'enveloppa dans sa chape, et, pour la première fois depuis son arrivée, eut un léger sourire.

– Elle ne sera point sotte, lança-t-il avec un peu de sa gaieté retrouvée. Elle est née les yeux ouverts !

Sans plus tarder, Aubrée fit part à Isambour de la naissance de sa filleule.

– Une fille ? s'écria la malade. Seigneur ! Mon oncle va en faire une jaunisse !

La nuit s'écoula ensuite sans incident. Le jour suivant, l'état d'Isambour s'améliora.

Les enfants reçurent la permission de venir embrasser leur mère et Philippa lui fit don d'une couronne de rubans qu'elle avait tressée pour elle.

Grécie lui proposa de chanter à son chevet en s'accompagnant de la harpe portative qui ne la quittait guère plus que sa pie apprivoisée.

Le jour passa. Une nouvelle nuit survint.

Prise de pitié envers Sancie, Isambour assura Aubrée qu'elle n'avait plus besoin de garde. La jeune servante put aller retrouver Bathilde et les deux petites filles dans l'autre chambre.

Vers l'heure de matines, la porte du fond du jardin, qui servait aux escapades du monétaire, s'entrouvrit en silence. Deux hommes la franchirent.

– Vous voilà à pied d'œuvre, dit tout bas le plus âgé. Il ne vous reste plus qu'à tenter votre chance, mon ami.

– Soyez béni pour votre aide, maître Garin ! Sans vous, je n'avais aucun moyen de la revoir avant longtemps.

– Dites-vous bien, Jehan, que c'est autant pour tirer cette charmante femme du malheur où elle s'enlise que pour vous secourir que j'ai fait tout ceci, reprit en chuchotant le monétaire. Que Dieu me pardonne si je me trompe, mais je ne crois pas mal agir en vous permettant de la rejoindre !

La nuit était humide et froide. Sans plus rien dire, les deux hommes se séparèrent. L'un gagna la grande demeure, l'autre se dirigea vers la petite maison.

La clé que lui avait confiée le maître du lieu permit au secrétaire de la comtesse de pénétrer sans difficulté dans la salle, puis de gagner la pièce suivante.

Enfouie sous ses couvertures, Isambour reposait.

Accrochée par des chaînettes à la tête de son lit, une lampe à huile éclairait faiblement la dormeuse, ses draps froissés, les deux gros oreillers qui la soutenaient. Une bande de toile blanche, nouée autour de sa tête, la protégeait du froid. Cette coiffure austère épurait ses traits, accusait leur modelé, révélait le côté vulnérable d'un visage qui, d'ordinaire, savait taire ses faiblesses.

Une phrase dite un jour devant lui par la comtesse revint

à l'esprit de Jehan : « Dieu doit nous aimer quand nous dormons, avait-elle murmuré. Nous sommes alors abandonnés, nous sommes livrés, les armes nous sont tombées des mains... »

Dans une cassolette d'étain, des branches de romarin achevaient de se consumer, combattant de leurs senteurs aromatiques les odeurs de la maladie.

Troublé, le jeune homme demeura un moment immobile, se demandant comment il allait être accueilli.

Avait-il eu raison de tant insister auprès du monétaire, soucieux de complaire à l'un des favoris de sa suzeraine, afin d'obtenir son assistance ? N'était-ce pas prématuré ?

Seul le souvenir de leur dernière entrevue et de son aboutissement l'avait occupé jusque-là. Il lui fallait cette femme qui s'était si prestement dérobée à lui. Pour se la procurer, toutes les manœuvres lui paraissaient justifiées.

Des doutes l'assaillaient à présent...

Ravivé cependant par la scène qu'il avait sous les yeux, son violent désir l'incita à rejeter des scrupules trop tardifs pour porter leurs fruits.

« Au diable les hésitations, se dit-il. Affaiblie par la fièvre, ma petite brodeuse ne pourra plus se défendre avec la même vigueur que l'autre nuit... Et puis je suis certain qu'elle se languit de caresses... »

En prenant soin de ne rien heurter, il avança vers la couche. Sous ses pas, les brindilles de foin jonchant le sol et le bois du parquet craquèrent traîtreusement.

Le sommeil d'Isambour ne devait pas être aussi profond qu'il semblait à son visiteur. Elle ouvrit les yeux.

– Par tous les saints ! ne criez pas ! ordonna Jehan en s'élançant vers elle. Songez à tous ceux qui pourraient vous entendre !

Parvenu au bord du lit, il se pencha vers le visage empreint de stupeur.

Ne sachant pas encore si elle était la victime d'un rêve ou bien si, pour extraordinaire que la présence de cet homme à pareille heure, dans sa chambre, pût lui paraître, elle avait véritablement affaire à lui, Isambour hésitait.

Ce fut le mouvement d'air soulevé autour d'elle par sa présence, l'odeur de drap humide dégagée par les vêtements du jeune homme qui achevèrent de la renseigner.

– Qui vous a permis... ? commença-t-elle.

Des paumes dominatrices pesèrent sans explication sur ses épaules, des lèvres encore froides du dehors écrasèrent sa bouche.

Elle voulut se débattre.

Mal réveillée, encore engourdie par la chaleur du lit, fatiguée par la maladie, Isambour était loin de posséder les mêmes ressources d'agressivité que lors des précédentes initiatives de Jehan.

Une mêlée confuse s'ensuivit.

Hardiment, les mains avides écartaient le drap, les couvertures fourrées de peaux d'agneaux, découvraient, au creux tiède du matelas, le corps nu aux beaux seins offerts, gonflés et doux, marqués, chacun, de leur grain de beauté jumeau, le ventre blanc...

Avec une exclamation étouffée, Jehan s'abattit de tout son poids sur la femme qui cherchait, toujours en vain, à le repousser...

C'est alors que la porte de la chambre s'ouvrit soudain, livrant passage à Grécie.

L'adolescente se jeta vers le lit où les deux adversaires confondus luttaient aussi farouchement l'un que l'autre. Comme un chat sauvage, toutes griffes dehors, elle attaqua l'agresseur de sa mère.

Tiré, bousculé, égratigné, martelé de coups, Jehan se redressa pour se débarrasser de l'intruse. En se retournant, il aperçut la face mutilée de Grécie qu'il ne connaissait pas. Saisi, il suspendit un instant son geste défensif. Avec une promptitude imparable, elle en profita pour tirer de sa manche des ciseaux à broder qu'elle y avait cachés, et en porta un coup violent à l'épaule gauche du jeune homme. Le tissu de laine de la chape amortit le choc. L'arme improvisée ne pénétra que très superficiellement dans le gras du bras.

Sous l'effet de la stupéfaction autant que sous la morsure du métal, Jehan poussa un cri, tâtant de sa main droite sa légère blessure. Une seconde fois, l'adolescente frappa. Les ciseaux atteignirent cette fois l'avant-bras du secrétaire.

— Pour l'amour de Dieu, ma fille, arrêtez ! cria Isambour.

Elle sortit du lit avec précipitation, s'enveloppa dans la courtepointe froissée, immobilisa le poignet de Grécie avant que celle-ci ait eu le temps de recommencer.

Abasourdi et mortifié, Jehan essaya maladroitement de désarmer l'adolescente. Elle lui échappa.

— Vous êtes bien bonne de vouloir ménager un tel félon !
lança-t-elle à sa mère en venant se poster près d'elle.
L'aurait-il fait, ce bouc, si je n'étais pas intervenue ?

Mais elle remit ses ciseaux dans sa manche.

La honte et la fureur avaient remplacé chez l'agresseur
d'Isambour le désir insatisfait. Il recula vers le mur le plus
proche, s'appuya contre un coffre de voyage en cuir clouté
qui se trouvait là, et, la mine offensée, enroula un pan de
sa chape autour de son bras ensanglanté.

Puis, sans un regard pour les deux femmes qui suivaient
sa retraite en se tenant par la main, il marcha vers la sortie.
Sur le seuil, il se retourna.

— Vipères ! lança-t-il entre ses dents. Vous êtes deux
vipères !

Puis, d'un pas rageur, il quitta la pièce.

On l'entendit traverser la salle, s'éloigner. La porte
d'entrée claqua derrière lui.

Isambour se laissa retomber sur sa couche.

— Par Notre-Dame, comment, ma chère fille, avez-vous
pu savoir que ce garçon s'était introduit dans ma chambre
avec l'intention de me forcer à lui céder ? demanda-t-elle
sans pouvoir maîtriser le tremblement nerveux qui l'agitait.

— Vous allez reprendre froid, ma mère, dit Grécie.
Recouchez-vous, je vous en prie.

Elle aida la convalescente à s'étendre de nouveau, tira sur
elle draps et couvertures, la borda avec soin.

— Sur mon âme, cessez de trembler ! reprit-elle avec un
mélange d'agacement et de passion contenue. Respirez
lentement. Calmez-vous. Cette méchante affaire est
terminée.

Avec son sang-froid coutumier, elle tira à elle un escabeau
pour s'asseoir au chevet du lit maternel.

— Depuis que ce larron d'honneur vous a si effrontément
abordée pendant la messe de l'Épiphanie, je m'étais promis
de ne pas le laisser vous importuner davantage, expliqua-t-
elle enfin. J'entendais souvent parler de lui aux veillées où
je me trouvais. Ses assiduités auprès de vous ne sont pas
longtemps demeurées secrètes, vous devez vous en douter.
Vos compagnes d'atelier se sont empressées de jaser. Le
bruit m'en est revenu.

Elle serra les lèvres comme le faisait Isambour, mais, au
lieu de signifier souci ou réflexion, cette habitude, chez elle,
témoignait volonté et audace.

– Je savais que vous ne l'aimiez pas, continua-t-elle d'un air résolu. Vous ne pouviez pas vous être laissé prendre à ses manigances, puisque vous ne cessez d'attendre et d'espérer le retour de mon père... Aussi, tout à l'heure, alors que je venais de souffler ma bougie, quand j'ai entendu des pas sur le gravier du jardin, j'ai entrouvert ma fenêtre. J'ai vu ce damné chien. J'ai deviné qu'il allait chercher à profiter de votre état pour s'imposer à vous...

Elle s'empara d'une des mains de sa mère et la baisa avec ferveur.

– Je l'aurais tué s'il l'avait fallu, avoua-t-elle tout bas. Tué ! Jamais je ne vous aurais laissée vous défendre seule, affaiblie comme vous l'êtes !

– Ma fille, ma petite fille... vous m'avez sauvée de quelque chose de pire que le déshonneur, murmura Isambour. Vous m'avez sauvée du mépris de moi-même !

Doigts enlacés, elles demeurèrent un moment silencieuses.

– Si vous le voulez bien, ma mère, je resterai avec vous jusqu'à la fin de cette nuit, proposa l'adolescente au bout d'un moment. Je ne serais pas tranquille si je vous quittais après ce qui vient de se passer ici.

– Reste, reste, mon enfant tant aimée ! répondit Isambour avec élan. Il y a si longtemps que j'attends cet instant.

Grécie quitta la chaisne molletonnée qu'elle portait et rejoignit sa mère dans le grand lit.

Depuis combien d'années n'avaient-elles plus dormi ensemble ?

Bouleversée de sentir sa fille étendue à ses côtés, d'entendre son souffle devenir petit à petit profond et régulier, Isambour demeura immobile sans parvenir à retrouver le sommeil.

La scène qu'elle venait de vivre lui semblait irréelle, folle, mais son dénouement, le rapprochement inespéré intervenu entre elle et Grécie, lui procuraient un tel réconfort que la satisfaction l'emportait sur l'inquiétude dans son esprit pacifié.

Qu'allait faire Jehan ? Chercherait-il à se venger ? Mais comment le pourrait-il ? Étant dans son tort, il aurait sans doute la prudence de se taire et de ne pas attirer l'attention de la comtesse sur une conduite qui ne pouvait que la révolter. Par crainte de perdre un appui dont il n'était pas en état de se passer, il serait contraint au silence... Pour le jeune homme comme pour sa victime, il était préférable de ne rien ébruiter des événements de la nuit...

Isambour finit par sombrer dans une somnolence tardive en se répétant que le pire avait été, par deux fois, évité, que le secrétaire s'était à jamais discrédité auprès d'elle, que les tentations qu'il avait pu éveiller ne survivraient pas à sa déloyauté...

Le lendemain matin, il fallut cependant mettre Aubrée au courant de l'agression de Jehan et de l'intervention de Grécie.

– Ce garçon est devenu fou ! s'écria la femme du monétaire. Lui qui passait pour un modèle d'urbanité et que notre comtesse ne cessait de louer pour ses excellentes manières !

– Eh bien, voilà au moins la preuve que toutes les belles paroles débitées à la cour de Blois ne changent rien à la nature humaine ! s'exclama Isambour. En dépit des illusions qu'on cultive autour de la comtesse Adèle, l'animal qui loge en chacun de nous reste toujours aussi présent ! Les poèmes de votre Baudri de Bourgueil n'y peuvent mais.

– On dirait que vous vous en réjouissez, mon amie, fit remarquer Aubrée, qui, en l'absence de Grécie occupée par ses frères et sœurs, aidait la convalescente à boire, pour se fortifier, un gobelet de vin d'écorce de saule. Il est pourtant fort triste de constater que les tentatives faites pour venir à bout de nos instincts échouent si lamentablement.

– Un homme restera toujours un homme, soupira Isambour. Corps et âme mêlés. C'est perdre son temps que de le nier. Il nous faut nous en accommoder et compter avec notre nature tout comme avec notre esprit... L'alliance de la bête et de l'ange. C'est là notre double héritage. Si nous ne voulons pas nous tromper gravement sur notre pauvre destinée, nous devons accepter ce constat et nous faire une raison.

Seule après le départ de son amie, la convalescente se prit à songer aux derniers mois qu'elle venait de vivre.

Bien au chaud dans son lit, et bénéficiant de la lucidité qui succède souvent aux faiblesses de la maladie, elle récapitula les événements qui s'étaient déroulés depuis son arrivée à Blois. Ils ne la satisfaisaient pas.

« Puisque Aliaume est revenu au Grand Feu, pourquoi

ne pas y retourner à présent ? se demanda-t-elle. Les souvenirs de mon bonheur détruit ne me poursuivront pas davantage là-bas qu'ici. J'ai également vécu avec Bernold dans cette ville, et notre passé m'attend partout au coin des rues... Philippa souhaite rentrer. Je suis persuadée qu'Aubin et Doette seraient ravis de retrouver les libres espaces de notre vallée. Mon fils aîné a certainement besoin de secours, besoin de moi... Il serait bien préférable pour nous tous de nous regrouper sous le toit familial... Aliaume prendra la place de son père. Je recommencerai à diriger nos serviteurs, à m'occuper avec eux de la maison, du jardin, des animaux... Seule Grécie souhaitera peut-être demeurer ici. Il faudra que je lui en parle. A présent qu'elle a recouvré confiance en moi, il n'est pas impossible qu'elle consente à revenir à Fréteval... »

Ce projet l'occupa tout le jour. Elle préféra cependant ne s'en ouvrir encore à personne et décida d'attendre son complet rétablissement pour aviser.

La nuit suivante, elle fit un rêve...

Devenue la Marie-Madeleine du vitrail exécuté naguère par Bernold, elle se trouvait enchâssée dans un des murs de l'église où il avait été monté. Vêtue de la chape vermeille qui évoquait le manteau de ses noces, elle s'avisait soudain que ce n'était plus le Christ qui se tenait auprès d'elle, mais une femme pâle, petite et maigre, dont les cheveux noirs, tressés de perles blanches, tombaient sur une tunique de laine immaculée.

– Venez avec moi, lui dit la femme.

Elles se détachèrent ensemble du vitrail et gagnèrent une grande salle occupée par une table fort longue. Une foule de convives y avaient pris place.

Isambour-Marie-Madeleine se retrouva assise en face de la dame blanche et à côté d'un jeune garçon.

En tournant la tête pour lui adresser la parole, elle eut un coup au cœur. Son voisin n'était autre qu'Hendri, son second fils, mort depuis des années ! Il lui sourit d'une façon extraordinairement gaie, confiante. Un sourire de joie pure. Puis il posa sa main sur celle de sa mère, qui reposait sur la nappe.

Sa main, à lui, était chaude et souple, alors que celle d'Isambour était raide et glacée !

La femme en blanc quitta alors son siège pour s'approcher

d'eux. Avec une expression énigmatique, elle glissa à l'annulaire droit d'Isambour une bague dont le chaton, en forme de trèfle, ne comportait plus que deux rubis...

– Il n'y en aura pas de troisième, dit-elle en fixant d'un air entendu ses prunelles d'un noir scintillant sur le visage de son interlocutrice. Jamais. Souvenez-vous-en...

Isambour se réveilla.

Elle était dans sa chambre.

Philippa et Doette avaient repris leur place à ses côtés.

Heureuses de ce retour à leurs habitudes, elles dormaient paisiblement.

Tout était silence. On devait être au cœur de la nuit.

Il semblait, néanmoins, qu'une nuée blanche, irradiante, emplissait la pièce d'une sorte de rayonnement mat et enveloppant.

Une présence s'imposait. Invisible mais certaine. Attentive, aimante, patiente... si forte, si réconfortante, qu'Isambour en éprouva un émerveillement muet, une extase indicible, un bouleversement poignant, éperdu, qui était également allégresse et gratitude...

– Dieu est là, dit-elle. Il me fait don de Sa grâce ! Je L'ai retrouvé.

Elle se leva, revêtit sa chaisne, s'agenouilla au pied de son lit, fit avec ferveur les trois signes de croix dont on lui avait dit dans son enfance qu'ils ouvraient les portes de l'oraison et que la Vierge s'y complaisait, puis elle se mit à prier.

XI

Arrachée à ses songes, Adelise ouvrit les yeux dans l'obscurité familière de la pièce où la nuit s'attardait, et soupira.

Couché sur elle, la tête reposant entre ses seins, Bernold ronflait. Le poids de cet homme, le bruit discordant de sa respiration l'avaient tirée d'un rêve dont le souvenir évanescent lui laissait un goût de nostalgie... Elle chercha à repousser le grand corps blond étendu de tout son long en travers du matelas, mais ne réussit qu'à provoquer un grognement indistinct du dormeur.

Elle ne parviendrait pas à se défaire de l'encombrant compagnon de lit qui l'écrasait, au plus profond de son sommeil comme à l'état de veille, d'un amour trop possessif pour ne pas être accablant. Il la tenait à sa merci.

Quelle heure pouvait-il être ?

Depuis dix-sept mois que le couple fugitif s'était installé à Douvres, il avait appris à reconnaître, au bruit tout proche et fracassant des vagues, le moment où la mer achevait sa montée diurne ou nocturne.

Adelise se trompait souvent dans les horaires des marées, mais elle crut se souvenir qu'un marin avait parlé devant elle de l'heure de prime pour l'étal de la marée haute. Le flux viendrait alors battre le pied des hautes falaises crayeuses qui encadraient le port. Le silence et le repos tiraient donc vers leur fin... Avec son cortège habituel d'agitation, de tintamarre, le jour n'allait pas tarder à se lever. Le premier jour de septembre...

L'année précédente, à cette même date, Adelise faisait une

fausse couche qui devait la laisser dolente durant des mois. Sans grand regret pour la perte d'un enfant qu'elle ne souhaitait pas voir arriver si tôt, elle n'en conservait pas moins un fort mauvais souvenir de toute cette affaire.

Affolé par le danger que courait son amie, Bernold n'avait pas cessé de lui prodiguer les marques d'un attachement tellement abusif qu'elle s'était inquiétée, pour la première fois depuis leur fuite de France, de l'avenir qui l'attendait.

Si l'amour d'un homme fait, parvenu à une grande notoriété dans son art, l'avait flattée et éblouie au début de leur liaison, l'excès même de l'ardeur qu'il lui témoignait l'avait remplie de malaise dès leur première nuit, dans la forêt de Silva Longa.

Sur la paille de l'abri forestier où Bernold la prenait avec une fougue qui la déconcertait plus qu'elle ne la séduisait, l'adolescente pleurait sans bruit après chacun des assauts trop souvent renouvelés de son amant.

Bien différent des agaceries auxquelles l'avaient habituée les jeunes gens qui la courtisaient jusque-là, ce délire sensuel lui faisait peur.

Elle s'y était pourtant accoutumée. La fascination du pouvoir exercé et la contagion d'une aussi folle passion avaient à la longue touché l'objet de tant de ferveur.

Adelise ne s'était plus contentée de se laisser adorer. Son cœur était trop neuf pour ne pas se montrer, un jour ou l'autre, sensible aux témoignages constants des transports qu'il inspirait.

Bernold avait enfin reçu la récompense de ses soins.

Le printemps et l'été de leur installation à Douvres gardaient pour les amants l'odeur de leurs incessantes étreintes, mêlée à celle de la marée et du goudron.

Puis, à la suite d'une chute faite sur le pavé gras du port, la future mère avait été victime de l'accident qui l'avait en même temps délivrée d'une grossesse qui la contrariait et condamnée à la sollicitude maladroite du maître verrier.

Si ses sens s'étaient éveillés durant les derniers mois, elle n'en était pas devenue autre pour autant et continuait à préférer les prémices de l'amour à ses accomplissements.

Durant sa convalescence, elle était parvenue à esquiver tout rapport charnel avec Bernold, mais cet état de choses n'avait pu s'éterniser. Il lui avait bien fallu se soumettre de nouveau aux entreprises, trop emportées pour son goût, d'un homme à l'avidité sans cesse renaissante.

Ces plaisirs immodérés, joints à la crainte continuelle où elle vivait de se retrouver enceinte, et à son manque naturel de tempérament, l'avaient insensiblement éloignée de son ami.

Quand elle avait tout quitté pour le suivre, elle espérait connaître une existence bien différente de celle dont elle devait s'accommoder dans ce damné pays.

Avec l'inexpérience de ses quinze ans, elle avait imaginé une suite de moments délicieux pendant lesquels elle verrait à ses pieds un soupirant disponible et décidé à accepter ses moindres caprices.

Elle oubliait sottement que le maître verrier aurait à gagner leur pain, à assurer leur vie commune. Levé dès l'aube, il se lavait dans le cuveau de bois loué aux étuves du port, prenait en hâte le premier repas qu'elle lui avait préparé et la quittait pour de longues heures.

Parfois, il revenait en coup de vent pour le dîner ; le plus souvent, il n'en trouvait même pas le temps.

Fatigué et couvert de poussière, il rentrait le soir pour se laver à nouveau, souper, recevoir quelques compagnons. Ils s'entretenaient ensemble de l'église à laquelle ils travaillaient tous, du nouveau roi d'Angleterre, Henri 1er Beauclerc, quatrième fils du Conquérant, ou, le plus fréquemment, de la Normandie, du royaume de France...

Selon les saisons, Adelise filait, cousait, raccommodait, près du feu ou devant la fenêtre ouverte, en se disant tout bas qu'elle perdait ses plus belles années dans l'ennui d'une aventure sans éclat.

Le petit logis loué à leur arrivée donnait sur le port et n'avait rien d'un palais. La salle en était étroite. Le lit, où elle se remémorait à présent le déroulement de ses déceptions, en occupait une bonne partie. La cheminée lui faisait face. Très peu de meubles pouvaient s'y loger. Les relents du poisson qu'une marchande vendait à longueur de journée sous leur unique fenêtre imprégnaient la pièce, les vêtements, jusqu'à la nourriture qu'Adelise s'efforçait de cuisiner à la française.

« En somme, se répétait la jeune femme pour la centième fois, en somme, Bernold ne sait faire que ses vitraux et l'amour ! Un homme plus jeune aurait aimé danser, comme moi, faire de la musique. Nous aurions eu des amis de notre âge... Lui ne sait pas s'amuser ! Il est persuadé que ses baisers et ses caresses suffisent à me combler d'aise... Il ne connaît pas au monde d'autre divertissement que l'accouplement ! Sur ma tête, ce n'est pas pour croupir dans un endroit comme celui-ci que j'ai fui ma famille et un amoureux qui me convenait, au fond, bien mieux que son père ! J'en ai assez de me morfondre chaque jour à attendre le retour d'un ami qui, pour tout arranger, se montre plus jaloux qu'il n'est permis et suspecte le moindre de mes gestes ! »

Comme le ménage de l'étroit logis et la couture, qu'elle accomplissait à contrecœur, n'occupaient pas tout son temps, Adelise avait décidé de sortir le plus souvent possible pour s'en aller, chaque fois qu'elle le pourrait, promener en ville.

Principale cité maritime des Cinq Ports, qui comprenaient Hastings, Hythe, Romney, et Sandwich, point de départ de la grande route de Londres, porte naturelle de l'Angleterre vers le continent, Douvres était un centre des plus animés. Une foule de marins, de soldats, de marchands, de moines, de clercs, y grouillait.

Adelise avait noué des relations amicales avec la fille de leur voisine du dessus ; elle était gantière et travaillait chez elle. Cette jeune Emma, qui avait seize ans, lui plaisait beaucoup. Moqueuse et gaie, elle s'amusait d'un rien. Sortir avec elle était devenu un besoin pour la jeune femme. Elles se rendaient ordinairement sur le port pour assister à l'arrivée ou au départ des bateaux, à leur chargement, leur déchargement, à l'embarquement des passagers. Elles se divertissaient toutes deux des propos, remarques, apostrophes et quolibets que leur présence suscitait parmi les passants et y répondaient parfois assez vertement.

Il leur arrivait aussi d'aller se promener sur les falaises pour contempler la mer...

Si Bernold apprenait jamais à quel genre de passe-temps son amie consacrait ses après-midi, il était à craindre qu'il ne prît mal la chose...

Adelise tenta une nouvelle fois d'écarter le corps étendu sur le sien, mais ne parvint qu'à réveiller son compagnon.

Sa bruyante respiration s'interrompit, changea de rythme, il soupira, redressa la tête.

— Vous ne dormez plus, mon cœur ? demanda-t-il

— Comment le pourrais-je ? Vous me cassez les oreilles à longueur de nuit !

– Je vous ai déjà dit de siffler pour me faire taire.

– Siffler me tient tout aussi éveillée que les bruits que vous faites !

– Par Dieu ! Il doit bien y avoir un moyen de ne pas importuner pendant son repos la femme qu'on aime ! Comment donc font les autres ?

– Je l'ignore. N'oubliez pas que vous êtes le premier homme dont je partage la couche !

– Je le sais, ma belle, et en suis bien aise !

Redressé sur un coude, il suivait d'un doigt les tendres formes de son amie.

Elle avait une taille incroyablement fine, qu'il pouvait emprisonner sans peine entre ses deux mains, des hanches rondes, des jambes bien faites, des seins durs et pommés dont les larges pointes roses se dressaient dès qu'on les touchait.

– Jamais je ne me lasserai de vous, dit-il de la voix ardente qu'elle ne connaissait que trop. Ma faim de votre corps est insatiable...

Ses caresses se firent plus insistantes, plus précises...

Une fois encore, Adelise subit le déferlement d'une passion qui évoquait pour elle, depuis leur installation à Douvres, la fureur des flots déchaînés quand ils se ruaient contre les blanches falaises...

Mais elle ne fit que se prêter aux violents jeux d'amour qui lui étaient imposés. Fatiguée de leur fréquence, la chair indifférente et le cœur à la dérive, elle mima le plaisir pour complaire à son amant, tout en lui en voulant de la contraindre à un semblable simulacre.

Quand Bernold retomba sur elle, après un dernier gémissement, elle attendit un moment, puis reprit la conversation interrompue.

– Comment faisiez-vous donc, avant de me connaître, lorsque vous couchiez avec votre femme ? demanda-t-elle d'une voix têtue. Vous arrivait-il de la tirer de son sommeil aussi souvent que vous le faites pour moi ?

Elle savait que Bernold détestait entendre parler de son passé, de sa famille, et, tout spécialement, de son épouse.

– Ma foi, je n'en sais plus rien, grommela-t-il. N'êtes-vous pas mon unique sujet de préoccupation ? Le reste est oublié.

Il se redressa, s'étira, s'assit.

– Allons, le jour se lève, remarqua-t-il. Il me faut sortir de ce lieu de délices pour aller travailler.

Debout près du lit, il lui parut immense. Sa carrure remplissait toute la chambre.

– J'irai vous attendre ce soir, sur le chantier, dit la jeune femme. Du moins, s'il ne pleut pas !

– Fasse le ciel qu'il n'y ait pas une seule goutte de pluie ce jourd'hui ! s'écria-t-il tout en versant l'eau de trois grands seaux dans le cuvier de bois posé au pied du lit.

Pendant qu'il se lavait, Adelise tirait d'un placard situé sous la fenêtre de leur chambre du pain, du fromage, du lait caillé et deux tranches de pâté en croûte.

Revêtue d'une simple chemise flottante, ses cheveux blonds argentés comme les feuilles du saule dénoués ainsi que les aimait Bernold et glissant sur ses épaules, petite, mince, souple, avec des gestes légers, l'adolescente préparait le simple repas du matin avec une grâce innée.

Bien qu'il se frictionnât, le maître verrier la suivait des yeux, ne perdait aucun de ses mouvements, s'en délectait.

« Tant qu'à avoir transgressé la loi de Dieu, tant qu'à savoir mon âme en péril à cause du corps de cette femme enfant, qu'au moins je profite au maximum des plaisirs offerts par sa beauté ! songeait-il avec fatalisme. Que je me perde au mieux, puisque je me perds ! »

Ils déjeunèrent l'un en face de l'autre, puis Bernold s'en fut.

Jadis, comme le bon chrétien qu'il était, il allait chaque matin à la messe. À présent, il ne s'y rendait plus que le dimanche, avec son amie. Les sacrements leur étant désormais interdits, ni l'un ni l'autre n'avaient pu approcher de la sainte table depuis leur départ de Fréteval.

Le verrier en souffrait dans son âme honnête et dans sa foi. Il ne ressentait pourtant aucune velléité d'amendement. Quitter Adelise était inimaginable. Le moindre déhanchement de la jeune femme le bouleversait. Il aurait préféré mourir plutôt que de renoncer à la tenir entre ses bras.

« J'ai besoin d'elle comme on a besoin de nourriture et de sommeil, pensait-il tout en se rendant à son chantier. Elle est mon pain et le sel de ma vie ! Si je lui ai sacrifié ma famille, ce qui me fait peine, je dois cependant reconnaître, pour rester franc avec moi-même, que son seul contact me paie de tout ! »

Comme il l'avait pressenti avant de l'enlever, elle était sa jeunesse retrouvée, sa revanche sur le temps...

Autour de lui, la ville entamait une journée nouvelle. Les étuviers criaient que leurs bains étaient chauds, des marchands ouvraient leurs échoppes, des femmes balayaient devant leur porte, les porcs partaient à la recherche des détritus dont ils s'engraisseraient, des marins entraient dans les tavernes pour s'y rincer le gosier.

Au-dessus des toits agglutinés à ses pieds, du port où se pressaient des navires venus de tous les pays voisins, une lourde forteresse saxonne, dont les défenses de terre avaient été renforcées par les Normands, dominait la cité et l'horizon houleux dont les premiers rayons du soleil dissipaient les pans de brume.

Bernold huma avec sensualité l'air salin dont les senteurs d'iode et de varech lui rappelaient son pays natal.

Après avoir aimé Adelise, il se sentait toujours incroyablement allègre, dispos.

Mouettes, goélands, hirondelles de mer, planaient, pêchaient en se laissant tomber comme des pierres jusque dans le creux des vagues, rasaient les voiles repliées des navires, se posaient en brochettes sur les mâts, flottaient entre les coques peintes, ou se disputaient les détritus informes jetés par les marins par-dessus bord.

Leurs cris gutturaux emplissaient l'air.

C'était à la construction d'une église dédiée à la Vierge Marie que Bernold et son équipe travaillaient.

Enclos de palissades, interdit aux profanes, le chantier débordait d'activité quand le maître verrier y pénétra.

Pendant qu'un appareilleur traçait les lignes de coupe sur des pierres, des plâtriers, dans un coin, gâchaient pour les maçons plâtre et mortier. Des carriers, des sculpteurs, des imagiers coupaient, martelaient, façonnaient tympans, chapiteaux et statues. Des charpentiers sciaient des planches, des manœuvres transportaient sur des brouettes, des charrettes ou sur leurs épaules, des seaux, des blocs de pierre, des troncs d'arbres.

L'architecte qui dirigeait le chantier n'était pas encore arrivé ; Bernold salua le parlier [1] qui contrôlait et administrait les travaux exécutés, puis gagna sa loge.

Chaque corps de métier disposait d'une petite bâtisse élevée sur le chantier pour ses besoins propres.

---

1. *Parlier :* contremaître.

Construite en bois, comme toutes les autres, la loge du verrier ne pouvait pas contenir les fours qui se trouvaient un peu plus loin, sous un abri en pierres. Elle était encombrée du fouillis habituel d'esquisses, de caisses remplies de morceaux de verre rangés par coloris, de craies répandues un peu partout, de fioles contenant des sels de fer ou de plomb, de la poussière de zinc, des oxydes de cuivre et de fer pulvérulents, du vinaigre, du fiel de bœuf, de l'urine, ainsi qu'une grande quantité de baguettes de plomb.

Une longue table de planches supportait comme au Grand Feu des agrandissements de maquettes exécutés à la craie délayée, des pinceaux en poils de martre, d'écureuil, de chat ou bien de crinière d'âne, et des pinces plates, les grugeoirs.

L'apprenti, un jeune Normand du nom de Théophile, était occupé à étendre, à l'aide d'une brosse fine, de la peinture grise au revers d'un morceau de verre, quand son maître entra.

– Dieu vous garde, sire Bernold ! J'attendais votre arrivée avec impatience, s'écria le garçon. Vous ne m'avez pas dit hier au soir quelle nuance de grisaille je dois poser ici. La plus foncée, l'intermédiaire, ou la plus claire ?

Il avait une quinzaine d'années, une face ronde, un nez retroussé, une tignasse couleur de chanvre. De petits yeux vairons le singularisaient.

Bernold se pencha sur la vitre où il avait scellé avec de la cire et en bonne position les principaux fragments du vitrail qu'il était en train de composer.

– Celle-ci est trop sombre, décida-t-il aussitôt. Il faut trouver une teinte plus douce, plus perlée... Tâche de te souvenir des nuages qui couvraient le ciel, la semaine passée au-dessus de la Manche...

Brusquement, il revit les yeux d'Isambour, leur précieux gris argent, leur éclat quand elle était heureuse... Son cœur se serra.

« Que n'ai-je pu conserver l'épouse que j'avais, tout en caressant une autre femme ! songea-t-il pour la millième fois. Pourquoi devoir choisir ? »

Peu après, la porte de la loge s'ouvrit. Un homme d'une cinquantaine d'années, grand et gros, pénétra à son tour dans le local. Dans son visage sanguin, ses yeux à fleur de tête ressemblaient à ceux d'un veau.

Entre ce maître d'œuvre saxon et le Normand, la sympathie n'existait guère. Bernold se méfiait de lui plus qu'il ne l'estimait.

— Pourquoi diable ne parvenez-vous pas à trouver le fameux bleu qu'emploient les ouvriers de France ? demanda le nouveau venu après avoir brièvement salué son interlocuteur. On me rebat les oreilles d'une découverte qui promet, paraît-il, de faire merveille. Seriez-vous moins capable qu'eux ?

— Le bruit court qu'ils broient des saphirs afin d'obtenir cette couleur céleste, répondit Bernold. Ils doivent être plus riches que nous pour pouvoir se permettre une telle dépense. Si j'en juge d'après la parcimonie qui règne ici, jamais vous ne serez à même de financer d'aussi coûteuses trouvailles.

— Ce bruit est sans doute faux, dit le gros homme en haussant les épaules. A-t-on jamais vu utiliser des pierres fines pour colorer du verre ? Il est bien plus vraisemblable qu'ils ont découvert un nouveau procédé secret, dont ils défendent jalousement les composantes, en faisant courir des rumeurs flatteuses pour eux. Ils comptent sur ces légendes pour donner à leurs œuvres une renommée immense qui se répandra à travers toute la Chrétienté !

— Elle leur reviendra de droit s'il est vrai qu'ils sont arrivés à imiter le ciel du plus bel été !

— Par le ventre de la Vierge ! J'entends que mes vitraux soient aussi beaux que les leurs ! Il s'agit tout simplement de se procurer la formule d'une fabrication entourée de mystère, mais sûrement plus simple qu'on le dit !

— Si on pouvait les convaincre de nous la communiquer...

— Vous rêvez, mon compère, vous rêvez ! Par saint Georges, je préférerais avoir affaire à des hommes habiles et malins plutôt qu'à des rêveurs !

— J'ai connu en France un vénérable maître verrier d'un grand savoir et d'une profonde sagesse, qui n'ignorait sans doute pas, lui, quels ingrédients il fallait employer pour obtenir ce fameux bleu, dit Bernold. Il y a fait deux ou trois fois allusion devant moi, mais n'a jamais répondu à mes questions quand je cherchais à en savoir davantage...

Une fois l'architecte parti, le verrier se remit au travail. Mécontent de lui et des autres, il en voulait furieusement à son visiteur de ses paroles méprisantes...

Le soir s'annonçait lorsque Adelise, qui l'attendait depuis un moment, vit son amant sortir du chantier.

Les épouses des autres compagnons pénétraient librement sur le lieu de travail de leurs maris, alors que les concubines n'y étaient pas admises. Certaines règles de conduite étaient en effet appliquées dans les confréries de bâtisseurs. Nul ne pouvait se permettre de les enfreindre.

Sous la responsabilité du maître d'œuvre, chaque membre de la confrérie était tenu d'observer une tenue décente, de suivre régulièrement les offices religieux, de donner une somme calculée d'après ses revenus pour la caisse de secours servant à aider les malades, les veuves, les orphelins ; et de ne pas jouer aux jeux de hasard.

– Si nous allions nous promener un peu sur la falaise avant le souper ? proposa Adelise. Il devrait y avoir ce soir un magnifique coucher de soleil. C'est en septembre qu'ils sont les plus beaux !

– Va pour la promenade, ma belle amie, répondit Bernold, incapable de refuser un plaisir à sa compagne. Par saint Georges ! comme on dit dans ce pays, j'ai besoin de me changer les idées !

Une fois parvenus sur la hauteur située à l'est du port, là où le roi saxon Harold s'était décidé le premier à faire élever une citadelle, le couple reprit haleine.

L'air était doux, le ciel clair encore. À l'ouest, le soleil se drapait de pourpre. La mer glauque s'en trouvait parée au loin de reflets somptueux.

La courtine [1] de la forteresse ne parvenait pas jusqu'au bord de la falaise. Entre les deux, un espace couvert d'une herbe maigre et rase demeurait libre.

Un bras passé autour des épaules d'Adelise, Bernold parvint avec elle à l'extrémité du terrain.

– Je n'ai jamais mieux senti qu'en cet endroit combien je suis issu d'une race de voyageurs et de marins, dit-il en respirant à pleins poumons. La vue de la mer m'exalte, me donne des envies d'aventure...

L'adolescente fit la moue.

– Quoique Normande, moi aussi, je puis vous assurer, mon ami, que je ne partage en rien votre point de vue, avoua-t-elle. Les grands voyages ne me tentent pas.

---

1. *Courtine* : mur de fortification situé entre deux bastions.

— Ne seriez-vous point heureuse de partir vers d'autres contrées, inconnues de nous, qui nous permettraient de découvrir des gens, des sites nouveaux ?

— Nullement...

Elle appuya son front sur l'épaule de son amant.

— Tout au contraire, reprit-elle d'une voix enjôleuse, je souhaiterais regagner la France. J'en ai assez de ce pays où je m'ennuie !

Bernold secoua la tête.

— Vous savez bien que c'est impossible, belle douce amie. Là-bas, nous serions pris et jugés comme fornicateurs et adultères. Le châtiment serait à la mesure de nos fautes !

— Il suffirait de nous rendre dans une région où personne ne nous connaît !

— Vous vous y trouveriez, alors, aussi isolée qu'ici.

— Du moins, autour de moi, on parlerait une langue compréhensible ! Et puis, je n'aime pas ces Saxons !

Elle frotta son front contre l'étoffe brune du bliaud que Bernold portait pour travailler.

— Si nous partions pour Paris, reprit-elle, ne serait-ce pas une bonne idée ? Tout le monde assure que c'est une belle ville et fort joyeuse.

— Par tous les saints, qu'y ferions-nous ?

Elle se mit à rire.

— Des vitraux et l'amour, mon ami ! N'est-ce pas vos deux occupations favorites ?

Le verrier l'enlaça plus étroitement.

— Mon plus cher désir est de vous contenter, reprit-il. J'essaye de vous le prouver chaque fois que je le peux, mais Dieu me damne si je consens jamais à retourner vers le royaume de France ! Au coin de la première rue venue, il suffirait de tomber sur un de nos Blésois pour être aussitôt dénoncés et châtiés ! Avez-vous donc envie d'être mise durant sept ans au ban de la société ?

— Le Seigneur m'en préserve ! Mais à Paris nul ne nous remarquera si nous savons rester prudents...

Sachant d'expérience combien Adelise pouvait se montrer tenace, entêtée, obstinée, n'ignorant pas, par ailleurs, la faiblesse dont il était capable à l'égard d'une fille qui lui enflammait aussi facilement le sang, Bernold préféra parler d'autre chose.

— Regardez, ma belle, reprit-il en manière de diversion,

regardez les navires qui regagnent le port avant la nuit.
Leurs voiles ressemblent à des ailes géantes que teinterait
le feu du ciel !

Elle ne répondit pas.

– Ne boudez pas, amie, je vous en supplie...

– Je ne boude pas. Je suis triste.

Bernold accusa le coup, soupira, promena des yeux
anxieux sur le paysage environnant.

Au sud de la plate-forme où se dressait le puissant donjon
bâti par les Normands, mais plus près du rivage, s'élevait
au-dessus des flots une tour octogonale construite pour
servir de phare aux temps lointains de l'occupation romaine.
Une église avait été édifiée contre elle.

– Si nous demeurons encore un peu ici, nous n'allons pas
tarder à voir des flammes sortir de la tour, assura le verrier
d'un ton engageant. Depuis plus de mille ans, on continue
à y allumer, durant la nuit, des feux qui signalent aux
bateaux l'entrée du port. C'est un très curieux spectacle.

– Rentrons plutôt, répliqua Adelise qui ne désarmait pas.

... Dans les jours qui suivirent, elle eut l'habileté de ne
pas revenir sur un sujet qui déplaisait à son amant. Toute
son attitude témoignait cependant de sa lassitude et de son
insatisfaction.

Dans le courant des ides de septembre, au moment des
grandes marées d'équinoxe qui fracassaient avec furie tout
ce qui se trouvait sur leur passage, la jeune femme s'aperçut
qu'elle était de nouveau enceinte. Cette découverte ne la
surprit pas. Depuis des mois, elle la redoutait et ne se faisait
pas d'illusion sur la durée du répit qui lui avait été accordé.
Seulement, puisqu'il fallait en passer par cette épreuve, elle
décida de l'utiliser afin d'amener le maître verrier à faire
enfin ce qu'elle voulait.

Pour lui annoncer la nouvelle, elle attendit donc un
moment où il ne pourrait rien lui refuser.

Un soir, après le souper, comme ils se mettaient au lit,
alors qu'elle lui voyait les yeux luisants de désir, elle fit
semblant de se pâmer.

L'inquiétude que manifesta aussitôt Bernold l'incita à
prolonger assez longtemps sa défaillance.

Quand elle jugea son réveil opportun, elle profita de la
sollicitude qui lui était témoignée pour aborder la question
qui lui avait inspiré ce stratagème.

– Eh oui ! mon cher seigneur, me voici de nouveau grosse de vos œuvres, murmura-t-elle avec une confusion qui ravit le verrier. Nous aurons l'an prochain un enfant à nous... si toutefois, notre espoir n'est pas déçu une seconde fois !

Elle fit la moue et se blottit contre la poitrine nue de l'homme qui la considérait avec une émotion attendrie.

– Vous savez comme nous sommes, nous autres femmes, reprit-elle d'un ton câlin, nos grossesses nous donnent des envies qu'il est mauvais de contrarier sous peine de voir, plus tard, nos petits en pâtir...

– Je suis si heureux de ce que vous venez de m'apprendre là, ma bien-aimée, que je ferai l'impossible pour vous complaire, assura Bernold. Vous n'avez qu'à me dire ce que vous voulez.

Adelise secoua la tête.

– Vous m'avez déjà refusé ce à quoi j'aspirais plus que tout au monde...

– Par mon saint patron ! Comment ai-je pu rejeter une de vos demandes et ne point m'en souvenir ?

Elle hésita, posa ses lèvres au creux de l'épaule de son amant, avant de murmurer d'une voix plaintive :

– Vous m'avez défendu de vous reparler de notre retour en France...

Bernold serra les mâchoires.

– Vous voyez, continua-t-elle avec une expression chagrine. Vous voyez bien que vous vous opposez toujours à mon souhait le plus cher !

– Je vous ai déjà expliqué les raisons qui nous empêchent de remettre les pieds sur le sol d'un pays où on nous considère comme parjures, fornicateurs et adultères ! s'écria le verrier irrité. Mais vous ne voulez rien comprendre ! Croyez-vous donc que je ne partage pas votre envie ? Que je n'aimerais pas, moi aussi, retrouver ma vallée et mes ateliers ?

– Il ne s'agit pas du Blésois, protesta vivement l'adolescente. Je sais tout aussi bien que vous que nous ne pourrons jamais y retourner. En revanche je ne vois vraiment pas ce qui nous empêche d'aller nous installer à Paris !

La discussion s'envenima. Pour la première fois de leur liaison, Bernold, à bout de patience, gifla son amie.

Mortifiée, suffoquant de dépit, Adelise, se refusant farouchement à toute réconciliation, se tourna vers le mur.

Elle ne se tint pas cependant pour vaincue. Dès le lendemain, elle multiplia insinuations et sous-entendus.

Ce fut donc un homme déjà ébranlé que vint trouver, un brumeux matin d'automne, un ancien compagnon normand qui arrivait de France.

À l'aide d'un fer à diviser chauffé au rouge, Bernold achevait de découper des morceaux de verre suivant des patrons en carton placés dessous, dont il avait, auparavant, reproduit par transparence les formes à la craie.

Son apprenti étant sorti faire une course, il se trouvait seul quand la porte s'ouvrit.

— Que Dieu vous ait en Sa sainte garde ! dit le nouveau venu en entrant. C'est déjà un effet de Sa bonté, me semble-t-il, que de vous avoir trouvé sans trop de mal dans une cité si peuplée ! Par chance, vous êtes déjà bien connu à Douvres.

Du temps de leur jeunesse, ils avaient travaillé tous deux dans l'atelier du vieux maître de la forêt de Silva Longa. En dépit des années écoulées, Bernold reconnut aisément son condisciple de jadis. Il était toujours aussi maigre et noir que du temps de leur compagnonnage.

— Benoît Chaucebure ! s'écria-t-il. Par tous les saints, que devenez-vous ? Je suis heureux de vous revoir !

— Hélas, dit l'autre, la raison qui m'a poussé à venir vous chercher au-delà des mers n'est pas des plus gaies ! Quand vous la connaîtrez, vous vous réjouirez moins de nos retrouvailles !

Dans l'odeur du plomb fondu et de la peinture, le voyageur expliqua que leur vénéré maître se mourait.

Son âge avait eu raison de sa forte constitution. Alité vers la fin de l'été, il ne se relèverait plus, le savait, l'acceptait.

Ses forces déclinaient. Aucune maladie n'étant venue à bout de sa robustesse, il ne lui restait plus qu'à mourir de vieillesse.

— Seulement, il ne veut pas s'en aller vers la Lumière de Dieu sans avoir confié à qui de droit certain secret de fabrication qu'il tient lui-même de son propre père...

— M'aurait-il choisi? Serait-ce possible ? demanda Bernold bouleversé.

— Il affirme que vous avez été le meilleur de ses élèves, que vous demeurez son disciple préféré, qu'en dépit des erreurs que vous avez pu commettre par ailleurs, vous vous êtes imposé comme le plus grand des verriers de sa connaissance.

— Vous a-t-il donc chargé de me transmettre un document ?

— Non point. Vous savez qu'il ne fait confiance à personne dès qu'il s'agit de son art.

— Alors ?

— Alors, il vous réclame et vous demande instamment de ne pas tarder à venir recueillir de sa bouche ce qu'il tient à vous dire avant d'expirer.

Bernold posa sur la table de planches le fer à diviser qui se refroidissait.

— Dans la situation où je me trouve, il m'est fort difficile de me rendre là-bas, murmura-t-il en essuyant d'un geste du poignet la sueur qui coulait de son front. Je risquerais gros si on me savait de retour !

— Le maître y a songé, assura Benoît Chaucebure, dont la face, marquée de rides qu'on aurait cru dessinées au fusain, traduisait la gêne. Il est persuadé que si vous arrivez chez lui par des chemins forestiers et ne demeurez que peu de temps à son chevet, vous ne courrez aucun risque.

— Vous-même, qu'en pensez-vous ?

— Que les bois sont discrets... que le désir d'un maître mourant est sacré !

La porte s'ouvrit à nouveau. Théophile entra en sifflant. Il s'interrompit brusquement en découvrant le visiteur.

— Allons, conclut Bernold pour clore la conversation, allons, venez donc ce soir souper à la maison, Benoît, nous y parlerons de nos projets.

En lançant cette invitation, il savait déjà que le sort en était jeté : il regagnerait un pays où l'attendaient mille dangers... L'appel de son vieux maître venant s'ajouter aux supplications de son amie lui retirait toute chance de s'en tenir à un refus que seule la plus élémentaire prudence lui conseillait !

La joie que manifesta Adelise, quand elle sut à quoi s'en tenir, adoucit un peu l'amertume du verrier et lui donna le courage de dissimuler à la jeune femme son appréhension.

Mais ce fut à un homme au cœur enténébré qu'elle se donna cette nuit-là. L'emportement avec lequel il la posséda tenait autant de l'immolation consentie que de la fougue amoureuse.

Afin de se conformer aux deux volontés qui le poussaient à agir contre son gré, Bernold accepta de se rendre à Paris, une fois menée à bien son entrevue avec son ancien maître.

Le couple régla ensuite ses affaires à Douvres. Il ne reviendrait plus en Angleterre.

Loué dix-huit mois plus tôt à la poissonnière, le logement du port lui fut rendu. Un remplaçant s'installa dans la loge du chantier de construction.

Théophile versa quelques larmes et jura qu'il n'oublierait jamais l'enseignement reçu ni celui qui le lui avait fourni.

Les adieux de la future mère et de son amie Emma se déroulèrent plus fraîchement. Cette amitié de rencontre n'était pas destinée à durer. La joie manifestée par Adelise au moment du départ refroidit beaucoup les témoignages de regret que sa compagne de promenade s'était promis de lui prodiguer.

Le surlendemain de l'arrivée de Benoît Chaucebure, les trois voyageurs s'embarquèrent pour la France sur une nef à voile qui avait accepté de les prendre à son bord.

La traversée fut mauvaise. Les marées d'automne secouèrent impitoyablement la coque de l'embarcation. Adelise ne cessa pas d'être malade tout au long de la traversée.

Entre deux haut-le-cœur, elle s'emportait contre un pays qu'on ne pouvait atteindre ou quitter que par voie d'eau, jurait qu'elle n'y remettrait jamais les pieds.

Le ciel se montra aussi maussade que la mer, et la pluie accueillit les arrivants sur la terre de France.

Heureusement pour eux, Benoît Chaucebure avait organisé leur retour. Ils trouvèrent des chevaux qui les attendaient au couvent où, sans leur poser de question, des bénédictins les hébergèrent pour une nuit, dans la maison des hôtes.

Il leur fallut douze jours pour atteindre leur but.

Ils mangeaient rapidement au pied d'un arbre, au bord d'une rivière, dans les réfectoires où ils dormaient aussi.

Octobre se montra, cette année-là, plus clément que septembre. Il cessa de pleuvoir au bout de deux journées. Dès lors le soleil succéda chaque matin aux brumes de l'aube.

Après avoir longé la côte un certain temps, les voyageurs empruntèrent les routes normandes, franchirent sur un pont de bois la Seine à Rouen, puis traversèrent forêts, marais, et prés verts du pays d'Ouche.

Pour éviter certains péages trop onéreux, mais aussi pour fuir les grandes voies, si fréquentes qu'il était toujours possible d'y rencontrer, en déplacement, quelque carrier, maçon, charpentier ou verrier de connaissance, le trio emprunta de préférence chemins creux et sentiers forestiers. Le risque de s'y trouver affronté à des malfaiteurs parut à Bernold moins redoutable que celui de tomber sur des amis...

Si Adelise, ravie de se voir exaucée, prenait du bon côté les incidents du voyage, il n'en était pas de même pour le maître verrier. L'angoisse grandissait en lui à mesure que diminuait la distance qui le séparait du but de son voyage.

Son humeur s'en ressentait. Sombre et nerveux, il réprimandait son amie, comme une enfant dissipée, pour la moindre peccadille... Elle protestait, il insistait, ils se chamaillaient sans fin.

Bernold surprit plusieurs fois, posé sur lui, le regard étonné de Benoît Chaucebure. Ce n'était sans doute pas ainsi que le messager du vieux maître s'était imaginé les rapports de ceux qui avaient choisi de vivre leur amour loin des contraintes familiales.

« Tant de gâchis, pour aboutir à des disputes de vieux ménage, semblaient dire aux amants les yeux réprobateurs et narquois de leur compagnon de route. Dieu me pardonne, ce n'était vraiment pas la peine de tout saccager pour en arriver là ! »

Le verrier devinait les sentiments qu'éprouvait Benoît. Son irritation s'en trouvait accrue.

Après Chartres, ils coupèrent à travers la plaine de Beauce.

C'était le temps des vendanges et des labours d'automne.

En voyant les vignes envahies par les vignerons, leurs femmes, leurs enfants, Bernold se souvenait du temps où ses parents et lui, aidés de leurs serfs, vendangeaient. Il se revoyait, tranchant à petits coups de serpette les grappes poissées de jus sucré ou recouvertes d'une buée bleutée, et s'en gorgeant, quand on ne les regardait pas, avant de les laisser tomber dans les seaux de bois posés entre les ceps. L'odeur miellée du raisin mûr, celle des filles échauffées qui retroussaient leurs chemises de toile le plus possible, les âcres effluves de la sueur des hommes chargés de lourdes hottes attachées sur leur dos, lui remontaient aux narines.

Comme dans son enfance, des chariots attelés de bœufs patients attendaient à l'extrémité des rangs que soient remplies les futailles qu'ils contenaient.

C'était, ailleurs, des paysans penchés sur le manche poli de leur charrue à roues et à versoir, tellement plus utiles que les araires du passé, qui lui rappelaient le pas lent, appuyé, des laboureurs normands suivant la marche puissante de leurs bœufs attelés l'un et l'autre par un joug frontal.

Dans son souvenir, ces travaux des champs comportaient une part de sensualité qui venait sans doute des senteurs vigoureuses dégagées par les feuilles de vigne froissées ou par celles de la terre grasse que le soc de la charrue ouvrait comme un ventre...

L'effort fourni par les corps dénudés et suants que le soleil avait hâlés jusqu'à les noircir, évoquait vaguement pour l'enfant élevé dans les chambres communes des donjons de bois, d'autres efforts, nocturnes ceux-là, accomplis non loin de lui dans les lits où garçons et filles se rejoignaient subrepticement pour se livrer à d'ardentes besognes...

À Bonneval, les trois cavaliers rencontrèrent le cours du Loir.

La couleur de bronze de la rivière, les aulnes et les saules penchés qui ombrageaient ses bords, le glissement ondoyant de son eau sur les algues molles qui en peuplaient le fond, réveillèrent chez le mari d'Isambour d'amères réminiscences. Tout ce paysage portait pour lui le sceau indéfinissable de ce qui demeurait à jamais lié à dix-huit ans de sa vie...

Il ne restait plus aux voyageurs qu'à suivre le courant pour gagner la forêt de Silva Longa.

Quand ils se retrouvèrent sous les frondaisons des grands chênes, des hêtres aux fûts lisses comme des colonnes de marbre verdi, ils éprouvèrent tous une sensation de soulagement. La plaine cependant ne leur avait pas été néfaste. Mais, à l'abri des dômes feuillus, loin des regards curieux des paysans, ils ressentirent d'instinct le sentiment de protection que procure la sylve à ses familiers.

L'angoisse de Bernold s'atténua. Il aimait les bois.

Durant son adolescence chasseresse, le galop de son cheval l'avait entraîné au plus profond des halliers normands. À une époque plus récente, son métier de verrier l'avait obligé à se loger à la lisière d'une forêt où il trouvait les bûches de bouleau et de hêtre dont il avait besoin. Lavées, séchées à la fumée, puis calcinées, elles devenaient cendres avant qu'il ne les mêlât au sable de la rivière pour fabriquer le verre de ses vitraux.

Comme ses ancêtres, il conservait au fond de lui l'amour des arbres dont le bois, l'écorce, les fruits, les feuillages leur avaient donné au cours des âges charpentes, murs, palissades, charrettes, roues, tonneaux, et aussi chauffage, cuisson des aliments, éclairage, nourriture, plantes salvatrices ainsi que beaucoup d'autres présents.

La mousse, la fougère procuraient des couches moelleuses et parfumées. Les alises, les prunelles et les airelles sauvages, les champignons, les noisettes et les châtaignes, complétaient leurs repas, quand ils ne les composaient pas.

Avec ses réserves innombrables de gibier, avec l'ombrage et la pâture, la litière et le fourrage qu'elle offrait aux animaux domestiques de tous poils, la forêt demeurait, pour Bernold, comme pour chacun de ceux qui vivaient hors des villes, la mère nourricière par excellence.

Mais c'était une mère mystérieuse. Un univers de sortilèges et de légendes où des présences invisibles frôlaient les simples mortels de leurs approches bénéfiques ou maléfiques... Sous les hautes branches de ses arbres, flottait un air plus odorant, plus balsamique, mais aussi plus étrange, qu'à découvert. Tout le monde y était sensible. En passant devant un amoncellement de rochers moussus aux formes de géants terrassés, Adelise se signa.

Pour la villageoise qu'elle était, ces immenses étendues boisées, majestueuses et fraîches, mais également enchevêtrées ou obscures, représentaient l'abri, le cheminement protégé, aussi bien que le domaine de puissances surnaturelles, souvent inquiétantes, quand ce n'était pas le repaire de rôdeurs, détrousseurs et vagabonds de toutes sortes.

Heureusement, beaucoup de gens moins redoutables y circulaient et y vivaient.

À la lisière de la forêt de Silva Longa, les cavaliers croisèrent des pâtres en train de surveiller leurs troupeaux, des enfants cueillant le houblon sauvage pour en manger les tendres grelots verts ou les mettre à fermenter afin d'obtenir de la cervoise, des paysannes qui ramassaient les faines tombées qu'elles écraseraient pour en tirer de l'huile.

Plus loin, ce furent des bûcherons, maniant la hache avec application, des charbonniers, dont la réputation n'était pas trop bonne à cause de la mine noire que le charbon de bois leur donnait ; des arracheurs d'écorce qui en broyaient les lambeaux prélevés sur les troncs pour en extraire le tan utilisé dans le tannage des peaux ; des chasseurs d'ours et de loups ; des sabotiers en quête de bois dur ; des bigres, éleveurs d'essaims d'abeilles capturés à l'état sauvage, puis entretenus par leurs soins, dans le but d'en revendre la cire et le miel...

— S'il n'y a pas ici autant de monde que sur les routes, on est cependant loin d'y être seul ! remarqua Bernold. Prenons garde. Les rencontres fâcheuses y sont également à redouter.

— On n'a pas affaire aux mêmes gens, dit Benoît Chaucebure. Les habitués des sous-bois sont moins bavards que les vignerons ou que les laboureurs. Le silence des futaies doit être contagieux !

— Fasse Dieu que nous ne croisions pas de sergents forestiers ! reprit le maître verrier. Ils fouinent partout, interrogent, suspectent et forcent souvent les boisilleurs ou les essarteurs à leur raconter ce qu'ils ont pu apercevoir.

Tout en parlant, Bernold songeait qu'Isambour n'avait sûrement pas porté plainte, mais que le vavasseur et les parents d'Adelise ne devaient pas y avoir manqué...

La fin du voyage se termina pourtant sans incidents. Seuls des cerfs suivis de leur harde, des daims bondissant, plusieurs laies guidant leurs marcassins, des envols de faisans, de perdreaux ou de coqs de bruyère, ainsi que les courses échevelées des lièvres, ponctuèrent le passage des chevaux.

Le vieux maître habitait avec les deux ou trois fidèles qui lui restaient dans les locaux en mauvais état de sa verrerie.

Situés au cœur de la forêt, au bord d'un étang d'où naissait un ru, les ateliers et les maisons avaient été construits sans ordre, selon les besoins. Comme il s'était trouvé, autrefois, un grand nombre de compagnons pour recevoir l'enseignement du maître, plusieurs logements inoccupés maintenant se détérioraient peu à peu, envahis par les mauvaises herbes, les ronces et les orties. Des toitures s'effondraient, des murs tombaient en ruine.

Dans l'unique pièce dont il se contentait désormais, celui

que tant de verriers avaient révéré et écouté avec le plus profond respect gisait sur une paillasse. Des draps, qui n'avaient pas été lavés depuis longtemps et une couverture râpée recouvraient son corps usé par les ans.

— Vous voici enfin, Bernold ! dit le vieillard en reconnaissant son visiteur. Dieu soit béni ! J'avais peur de vous manquer. Il ne me reste sans doute plus beaucoup de temps à vous consacrer, mais j'ai encore toute ma tête et ce que j'ai à vous confier m'est parfaitement présent à l'esprit.

Accoté à plusieurs oreillers aussi douteux que le reste de sa couche, le vénérable verrier avait un visage d'ascète que l'âge avait raviné sans en altérer l'ordonnance. De longs cheveux blancs recouverts d'un bonnet de toile ainsi qu'une barbe opulente lui donnaient l'aspect d'un patriarche de l'Ancien Testament. Ses prunelles décolorées voyaient encore assez bien. Les mains aux veines saillantes, qui reposaient sur le revers taché du drap, restaient puissantes.

Comme il avait consacré toute son existence à la recherche de la perfection de son art, il n'avait pas eu le temps de prendre femme. Aussi vivait-il en vieux célibataire insoucieux de propreté et d'ordre domestique.

Sachant combien l'impatience du malade devait être vive, combien il devait brûler du désir de révéler ses secrets à Bernold, Benoît Chaucebure entraîna Adelise hors de la pièce où les deux hommes demeurèrent seuls.

Le compagnon de route de la jeune femme lui présenta un vieux souffleur de verre désœuvré qui s'ennuyait, et le dernier disciple du maître. Plus très jeune lui non plus, celui-ci répondait au nom de Pierre Marchegai, sans doute parce qu'il riait à tout propos et paraissait posséder, en dépit de tout, un fort joyeux caractère.

Il offrit à la voyageuse une galette, du fromage de chèvre, un gobelet de lait et des noix fraîches.

— Comme nos ateliers sont fermés et que je n'ai plus de verre à sertir, je me suis transformé en maître queux ! expliqua-t-il d'un air jovial. Fours pour four, j'ai troqué ceux des vitraux contre celui du pain !

— Vous n'envisagez décidément que le bon côté des choses, ami, soupira Benoît. C'est une grande grâce que d'être né comme vous, avec la bonne humeur au cœur. Pour ma part, j'aurais plutôt tendance à me ronger les sangs...

Assis sur un banc de planches, les pieds dans l'herbe, sur

l'étroite bande de terre séparant la maison de l'étang, Adelise et les trois hommes devisaient tout en regardant le soleil baisser derrière les branches. Des grenouilles coassaient, des sauvagines glissaient vivement entre les roseaux et les joncs. Au loin, des ramiers s'appelaient...

« Les eaux dormantes et les arbres centenaires de nos forêts possèdent seuls le pouvoir d'apporter tant de paix, pensa la jeune femme. La mer me fatiguait par son incessant mouvement, sa rumeur... À présent, je retrouve le calme dont j'ai besoin. Un court séjour loin des villes nous sera profitable à tous deux. Il me reste à m'arranger pour que Bernold accepte de demeurer quelques jours ici. »

Pour la première fois depuis longtemps, elle se sentait tranquille, les nerfs en repos.

Les secrets que le mourant avait confiés à son disciple préféré devaient être d'importance, car le verrier sortit de la chambre du vieillard avec une mine concentrée, mais aussi triomphante, qui en disait long sur sa jubilation. De petites lueurs joyeuses dansaient dans ses prunelles.

– Par mon âme ! J'aurais, à partir de ce jour, de quoi prouver aux maîtres d'œuvre étrangers que je suis devenu le contraire d'un novice ! s'écria-t-il en s'approchant de son amie et de ses compagnons. Je ne regrette plus d'avoir rejoint une contrée où m'attendait une telle révélation !

– Que je suis donc heureuse de vous voir si bien disposé, mon ami ! s'exclama Adelise en lui prenant une main pour le forcer à s'asseoir près d'elle. On est à son aise ici. Sans avoir les mêmes raisons que vous de me féliciter de notre séjour, je le goûte néanmoins à ma façon !

Elle désigna d'un geste la pièce d'eau dont la surface lisse semblait celle d'un miroir d'étain poli où se seraient reflétés le soleil, la prairie qui l'encerclait, les beaux arbres éployés qui lui composaient une couronne frissonnante.

– C'est un endroit comme je les aime...

Bernold passa un bras autour de la taille encore mince.

– J'y ai beaucoup travaillé, jadis, dit-il en souriant, mais ne suis pourtant jamais demeuré indifférent au charme qu'il dégage. Je suis content de voir que vous vous y plaisez comme moi. C'est un lieu paisible.

– Dès que j'ai vu l'étang, je me suis sentie rafraîchie, pacifiée, reprit la jeune femme. Aussi ai-je eu une idée. Votre maître souhaite certainement vous conserver près de lui jusqu'à ce qu'il s'en aille. Vous ne pouvez pas vous dérober au dernier désir d'un mourant. Demeurons ici et tenons-lui compagnie aussi longtemps que Dieu en décidera.

— Dieu l'a-t-Il donc décidé ? demanda Bernold d'un air amusé. Ne serait-ce pas plutôt vous ?

— Ce que femme veut..., souffla Pierre Marchegai.

Surprise, mais satisfaite de constater que son ami en passait si volontiers par où elle l'en priait, Adelise décréta que la chose était arrêtée, qu'il n'y avait plus à y revenir.

Une semaine de rémission, étrangement suspendue entre la vie et la mort, entre le passé et ce qui devait arriver, s'écoula ensuite pour les amants.

L'automne commençait à dorer ou à roussir les arbres. Les nuits se faisaient fraîches, brumeuses. Les matinées s'étiraient entre nuées et soleil, mais les journées se paraient d'un éclat blond qui alanguissait la clairière.

La santé du vieux maître déclinait lentement. Il s'affaiblissait un peu plus chaque jour. Cependant, son enveloppe charnelle recélait sans doute encore assez de ressources dernières pour retarder une fin inéluctable. Son âme en repos attendait avec sérénité le prochain face à face...

Si Bernold estimait de son devoir de tenir compagnie au mourant autant que celui-ci le souhaitait, il le quittait pourtant dès que la fatigue avait eu raison de la résistance précaire du vieillard, pour aller se promener avec Adelise.

Sans jamais beaucoup s'éloigner, ils parcouraient ensemble les combes, les éboulis, les clairières, les sentiers forestiers, s'initiaient à la vie foisonnante de la forêt, participaient de tous leurs sens à la fête automnale qui s'y déroulait.

Récriminations et bouderies avaient pris fin entre eux. Un regain d'amour les tenait. La jeune femme elle-même se prêtait de bonne grâce aux désirs de son ami dont elle semblait partager mieux qu'auparavant les ardeurs. En cette clémente demi-saison, une sorte de lune de miel renouvelée leur était accordée... Grisés par les violentes senteurs d'humus et de fougères, il leur arrivait de s'aimer sur la mousse au hasard des alcôves rencontrées sous les ramures.

Ce vendredi-là, après s'être longuement abandonnés aux bras l'un de l'autre, ils demeuraient enlacés à l'abri du feuillage d'un hêtre déjà roux, quand un grand rire et des jurons paillards les arrachèrent à leur bien-être.

– Par ma barbe ! Les voilà ! cria quelqu'un. Regardez !

– Voici donc notre Normand fornicateur en train de forniquer ! s'écria une voix grasse, tandis que Daimbert, suivi de deux gardes forestiers, écartait les branches. On ne nous a pas menti ! reprit-il d'un air railleur. C'est bien pour courir la gueuse que ce voleur de filles a quitté femme et rejetons !

Sûr de lui, il se campa sur ses courtes jambes, une main sur le manche de sa dague. Dans l'autre, il tenait un gourdin en bois de houx. Ses hommes étaient armés comme lui.

– A force de vous chercher partout, il fallait bien finir par vous trouver ! constata le premier garde.

– J'en connais un qui va être content, à Morville ! ajouta l'autre.

– J'ai fait prévenir Gervais et les siens dès que j'ai été averti moi-même, dit Daimbert d'un air important.

Sa première stupeur dissipée, Bernold s'était relevé, puis avait aidé Adelise à en faire autant.

Il se plaça devant elle.

– Avez-vous reçu mission de m'arrêter ? demanda-t-il d'une voix sèche.

– Oui, par tous les diables ! De vous prendre et de vous ramener mort ou vif ! Pour inceste, rapt et adultère ! lança le second garde.

Daimbert lui fit signe de se taire et se rapprocha du verrier.

– Avant de vous livrer à la justice, chien de Normand, nous allons régler tous deux un vieux compte qui n'a que trop traîné ! jeta-t-il d'un air menaçant. Votre damné ami m'a volé jadis ma fiancée ! Vous l'avez soutenu dans son forfait ! Si on ne vous en avait pas empêché, vous m'auriez même volontiers occis, si j'ai bonne mémoire... Il va falloir payer tout ensemble, le passif et l'actif !

Son rire gouailleur éclata comme un hallali.

– Au nom du Christ ! Je vous en supplie, laissez-nous aller ! gémit Adelise en tombant à genoux sur la mousse. Ayez pitié de nous !

Une lueur salace traversa le regard du sergent fieffé.

– Je m'occuperai de vous plus tard, ma belle catin, ricana-t-il. Mais il me faut d'abord...

Bernold se rua sur lui, il ne put achever.

Avec une fureur et une haine mutuelles, les deux hommes s'empoignèrent.

Plus grand, plus souple, le verrier parvint à tordre le bras gauche de son adversaire, tout en immobilisant le droit. Le gourdin roula sur le sol.

Adelise, qui était toujours agenouillée, s'en empara aussitôt, le tendit à son ami. Celui-ci fit un bond en arrière, se saisit du bâton avant que les autres aient pu l'intercepter, et le brandit en le faisant tournoyer au-dessus de sa tête.

Voyant Daimbert dans l'impossibilité d'utiliser sa dague, les deux gardes attaquèrent alors le verrier avec leurs propres gourdins.

Les coups sourds des triques de houx résonnèrent sinistrement dans l'air léger, rayé de soleil et blondi par l'automne.

Bernold maniait son arme avec tant d'énergie qu'il brisa celle d'un de ses assaillants qui se trouva soudain, près de lui, un court morceau de bois entre les mains. Avant qu'il ait pu se rejeter en arrière, il fut atteint de plein fouet par un des furieux moulinets du Normand. Sa tête sonna comme un boisseau qui éclate. Il roula sur le sol, assommé.

– Sus ! Sus ! cria Daimbert. Chargeons-le comme un loup !

Le combat reprit entre les deux forestiers et l'amant d'Adelise.

Celle-ci s'était un peu reculée. Les mains jointes, les yeux élargis, elle suivait d'un air épouvanté une lutte qui ne pouvait plus être que mortelle.

Bernold continuait à se défendre avec emportement, mais le garde qui avait conservé son gourdin était un colosse, et le sergent, rendu enragé par sa première défaite, chargeait son ennemi ainsi qu'aurait pu le faire un sanglier furieux.

Chaque coup échangé était assené pour tuer. Tous trois le désiraient.

Pendant un temps, le sort demeura indécis.

Puis Daimbert, atteint à l'épaule par une terrible volée, s'écroula sur le sol en hurlant.

Sans s'en occuper, Bernold continua de se battre avec le garde.

Le cri de son amie ne l'alerta pas assez vite.

D'un geste précis de chasseur, le sergent, après avoir rampé jusqu'à lui, trancha d'un coup de dague le tendon d'Achille de l'homme qu'il haïssait.

Déséquilibré, le verrier s'écroula à son tour comme un arbre sous la cognée.

Avec une sourde exclamation, le colosse se jeta sur lui pour l'achever.

– Attends, attends ! ordonna Daimbert, triomphant, la lame de son arme appuyée à présent sur la gorge de celui qu'il venait d'abattre. Tranche-lui seulement le tendon de l'autre pied. Je vais le maintenir pendant que tu opéreras. Attache-lui aussi les mains derrière le dos avec sa ceinture. Je ne veux pas qu'il puisse se déplacer en prenant appui sur ses avant-bras, mais il ne faut pas non plus qu'il meure tout de suite. Nous l'expédierons après... Auparavant, il assistera au spectacle que nous allons lui offrir...

Adelise avait compris. D'un bond, elle se releva de sa position implorante pour s'élancer vers le sous-bois.

Le garde n'eut qu'à lui jeter son gourdin dans les jambes pour la faire tomber à terre. Il marcha vers elle...

– Moi le premier ! commanda Daimbert. Tu auras ton tour ensuite !

Perdant son sang, entravé par ses blessures et ses liens, cherchant vainement à se traîner vers le tas de feuilles sèches sur lequel le sergent renversait Adelise, Bernold grondait comme un animal qu'on va égorger.

Plaquée au sol par la poigne du garde, la jeune femme se débattit autant qu'elle le put pour échapper aux deux brutes qui la maintenaient. En vain.

Giflée, troussée, forcée, elle fut contrainte de subir, sous les yeux de son amant, la concupiscence de Daimbert. Ivre de lubricité et de haine, l'ancien fiancé d'Aveline se vengeait enfin de ses humiliations passées, tout en assouvissant son inlassable appétit de jouissance.

Des bruits de branches cassées et de course, des appels retentirent, tout proches.

Haletant, une épée nue à la main, Aliaume émergea d'entre les troncs de hêtres.

Décoiffé, le visage griffé par les branchages, les vêtements déchirés, il avait l'air d'un fou.

Devant la scène qui s'offrait à lui, il s'immobilisa un instant.

Daimbert se rajustait. Le garde s'étendait sur Adelise dont le bliaud déchiré, retroussé et souillé, laissait voir les cuisses blanches.

Avec un gémissement de désespoir, le jeune homme se précipita vers le sergent et lui assena un si violent coup d'épée sur la tête, que le crâne chauve éclata sous le choc.

Lentement, le corps trapu s'écroula auprès de sa victime.

D'un bond, le colosse se redressa et se rua vers la futaie où il se perdit bientôt.

Aliaume ne le poursuivit pas.

Comme statufié, il regardait agoniser à ses pieds l'homme qu'il venait de frapper avec une sauvagerie qu'il ne se connaissait pas.

Le temps parut s'arrêter sous les feuillages immobiles qu'aucun souffle n'agitait.

Enfin, sans un coup d'œil vers la femme qui, rabattant sur ses jambes chemises et bliaud, se relevait en chancelant, Aliaume se dirigea vers son père.

— Je tenais à parvenir près de vous le premier, dit-il d'une voix tremblante. Aussi ai-je devancé mon oncle et sa troupe. Je voulais me venger, nous venger tous, du mal que vous nous avez fait... Je voulais vous châtier... Mais je ne vous aurais pas mutilé ! Nous nous serions battus en loyal combat, sous le regard de Dieu !

Il se pencha vers l'homme abattu qui le dévisageait sans paraître le reconnaître, d'un regard halluciné, et lui délia les mains.

Bernold se souleva sur un coude.

— Adelise ! râla-t-il. Adelise !

Aliaume se retourna. Une forme pâle disparaissait en courant dans le sous-bois.

— La laisserez-vous ! jeta rageusement le jeune homme. La laisserez-vous enfin !

— Mais il faut la retenir ! cria le verrier avec une sorte de sanglot sec qui lui déchira la poitrine. La retenir !

Il retomba en arrière et perdit connaissance.

Arrachant des pans de sa propre tunique, Aliaume se mit en devoir de bander les chevilles sanglantes de son père.

Il prit ensuite le corps inerte sous les aisselles et tenta de le soulever. Mais il ne put y parvenir tant Bernold était lourd.

Le jeune homme songea alors aux compagnons du vieux maître qui logeaient avec lui non loin de là.

Par un bûcheron qui renseignait Daimbert sur ce qui se passait dans ce coin de forêt, les gens de Fréteval avaient été prévenus du retour du couple adultère. On avait également su où il s'était réfugié...

Il fallait aller demander secours à la verrerie de l'étang...

Après s'être assuré que, des trois corps à terre, seul celui de son père respirait encore, Aliaume s'éloigna en courant.

De vengeur, il était devenu meurtrier ! Ce n'était plus par vindicte personnelle qu'il avait tué, mais pour mettre fin à une situation intolérable, et par pitié pour celui qu'il croyait ne plus aimer...

Pleurant sur tout cet abominable gâchis, il se dirigea pourtant sans perdre de temps vers l'habitation du vieux maître. Il y trouva Benoît Chaucebure et Pierre Marchegai occupés à écaler des noix.

Mis au fait de la tragédie qui venait de se dérouler dans la forêt, ils déclarèrent disposer d'un brancard de branches entrelacées sur lequel ils sortaient parfois le mourant.

Portant cette civière de fortune, ils repartirent tous trois dans la plus grande hâte, et en se lamentant, vers l'endroit où gisait Bernold.

Ce fut Benoît qui remarqua un vol de corbeaux tournoyant en cercle au-dessus des arbres.

– Ces maudites bêtes sont des suppôts de Satan, dit-il sombrement. Elles se disputent les âmes de ceux qui défuntent en état de péché mortel !

– Regardez ! s'écria Aliaume. Ils se posent sur le sommet de ce chêne !

C'est alors qu'ils aperçurent, pendu par sa ceinture à une grosse branche de l'arbre, un corps de femme vêtu d'un bliaud couleur de mousse.

A demi dissimulé par le feuillage et par la chevelure dénouée dont les vagues argentées lui voilaient la face, le cadavre n'avait pas de visage.

Chaussés de fins souliers de cuir fauve, aux bouts pointus, ses pieds, petits et cambrés, se balançaient avec mollesse.

TROISIÈME PARTIE EN MANIÈRE D'ÉPILOGUE

LA CHAPE DE GLACE
Janvier 1102 – Mai 1103

I

Grécie tira derrière elle la porte de l'atelier qui claqua, et traversa en se hâtant vers la maison la cour balayée par un rude vent du nord.

Le froid durait depuis l'Avent. Ce mois de janvier se terminait sans que le gel cédât.

Enveloppée dans un manteau d'épais drap de laine fourré de peaux de taupes, la jeune fille en retenait les plis lourds contre elle d'une main crispée. De l'autre, elle serrait les brodequins de son père.

Elle grimpa en courant les degrés conduisant à la logette si accueillante à la belle saison, et qui précédait la salle. En cette journée d'hiver, personne ne se trouvait sous l'auvent de tuiles. Seule la bise glacée l'occupait en sifflant.

Dans la pièce où l'adolescente pénétra, la chaleur, qui rayonnait de la cheminée circulaire jusqu'à la tenture calfeutrant la porte, s'alourdissait d'une buée assez dense.

D'épaisses volutes s'élevaient d'un chaudron de cuivre accroché à la crémaillère, au-dessus du feu vif. Un liquide rutilant y bouillonnait.

Debout au milieu des vapeurs dégagées par la décoction des racines de garance, le dos courbé, Isambour teignait en rouge des braies neuves pour Aliaume et tournait avec application, à l'aide d'un long bâton, la teinture violemment colorée.

En entendant entrer sa fille, elle se retourna. Sur les traits creusés de tourments, lustrés de sueur, Grécie retrouva l'expression d'anxieuse interrogation qu'elle avait l'habitude d'y déchiffrer à chacun de ses retours de l'atelier.

La souffrance inexprimée contenue dans les yeux cernés de bistre la poignait chaque fois autant. Qu'attendait Isambour ? Quel message guettait-elle de la part de l'unique témoin admis dans son antre par le maître verrier mutilé ?

La jeune fille quitta sa chape et l'accrocha près de la porte, à la barre de bois munie de têtes de béliers sculptées sur lesquelles on posait les vêtements.

Le regard d'Isambour se fixa sur les brodequins aux hautes tiges renforcées que Grécie tenait toujours à la main.

Margiste sortit alors de la cuisine, suivie par Doette. La petite fille, dont les nattes rousses atteignaient à présent la poitrine, suçait une pâte d'amandes d'un air gourmand. La grosse servante portait Ogier pour lequel elle avait une prédilection parce qu'il ressemblait de plus en plus à Hendri qu'elle avait beaucoup aimé.

En dépit de ses dix-huit mois, et bien qu'il marchât parfaitement tout seul, l'enfant profitait de la faiblesse qu'on lui témoignait pour continuer à se faire dorloter.

En voyant sa maîtresse qui tournait toujours les braies, afin de les aider à prendre une coloration uniforme, Margiste se décida à poser Ogier à terre.

— Vous voilà en nage, dit-elle d'un air de commisération bougonne. Par ma tête, vous allez prendre mal. Laissez-moi donc touiller à votre place. Je n'ai rien de bien pressé à faire à présent.

Isambour lui tendit le bâton enduit de garance jusqu'à mi-hauteur, puis se dirigea vers sa fille.

— Votre père est-il parvenu à se mouvoir un peu, ce jourd'hui ? demanda-t-elle tout en s'essuyant le visage avec le devantier de toile qui protégeait son bliaud des éclaboussures.

Grécie secoua tristement le front.

— Malgré les tiges très élevées de ses brodequins, il ne peut guère se déplacer qu'en traînant les pieds, répondit-elle en soupirant. Et encore, à grand-peine !

Isambour rabattait sur ses avant-bras les manches de sa chemise blanche qu'elle avait roulées.

— Pourquoi, Seigneur, pourquoi ne puis-je aller lui tenir compagnie ? murmura-t-elle d'une voix tremblante. Il me semble que je pourrais l'aider...

Depuis que le vavasseur et ses gens avaient retrouvé Bernold blessé, près de son vieux maître agonisant, à la verrerie de l'étang, trois mois s'étaient écoulés.

Transporté à Blois afin d'être jugé à la cour comtale dont il relevait comme vassal, le maître verrier avait été placé à l'hôpital du château en attendant son procès. On l'y avait soigné. Ses plaies s'étaient cicatrisées. Il n'en demeurait pas moins infirme, sans espoir d'amélioration. Ses tendons tranchés lui interdisaient à l'avenir toute marche normale.

Régente durant l'absence du comte, reparti pour la Terre sainte, Adèle de Blois avait tenu à présider elle-même, fin décembre, la cour de justice chargée de statuer sur le cas de Bernold. Ce n'était pas tant le meurtre d'un garde forestier qui lui était reproché, puisque en le tuant il avait seulement défendu sa vie, que d'avoir été surpris en flagrant délit d'adultère avec la promise de son fils.

Son état avait cependant apitoyé la comtesse. Les juges avaient suivi. Les suppliques nombreuses de ses amis, et tout spécialement celle de Mayeul, ne devaient pas non plus être étrangères au jugement rendu. Estimant qu'il avait été suffisamment puni par une mutilation définitive, on s'était contenté de lui appliquer la pénitence prévue par l'Église dans un cas semblable. Sept ans de jeûne au pain et à l'eau durant les trois carêmes (avant Pâques, avant la Saint-Jean-Baptiste, pendant l'Avent) plus les mercredi, vendredi et samedi de chaque semaine. L'obligation de continence était imposée durant ces mêmes jours.

Mais le Normand s'était, de son propre chef, contraint à une bien plus sévère discipline.

Au moment de regagner le Grand Feu, après la Noël, il avait demandé qu'on avertît les siens du vœu de silence et de solitude qu'il s'était engagé vis-à-vis de Dieu à observer durant ces sept années de mortification.

Il logerait dorénavant dans son atelier de croquis, seul, sur un lit de toile, et n'ouvrirait la bouche que pour les nécessités du travail qu'il comptait reprendre.

En dehors de ces échanges indispensables, il n'adresserait la parole à personne et vivrait comme un reclus.

C'était rejeter Isambour et ses enfants.

L'unique personne admise à pénétrer dans le local qu'il ne quittait jamais avait été Grécie. Elle portait à son père nourriture, bois, vêtements, remèdes et tous objets dont il avait besoin. Il la remerciait d'un geste ou l'embrassait parfois sur le front.

Par cette existence ascétique, Bernold entendait-il racheter ses fautes, expier ses responsabilités dans l'affreuse fin de son amie, ou bien se consacrer jalousement à des souvenirs qu'il n'accordait à quiconque le droit de venir troubler ?

Isambour ne cessait de se le demander. Tout en vaquant à son labeur quotidien, elle ne pouvait s'empêcher d'y songer et suppliait le Seigneur de l'éclairer sur les motifs d'un comportement qui lui importait plus que tout.

La joie de retrouver le domaine longtemps quitté était loin, à présent ! Le retour de Bernold n'avait apporté que recrudescence de peine et d'amertume.

Si l'épouse trahie avait cru, jadis, pouvoir intervenir, poser ses conditions à une éventuelle reprise de vie commune avec son mari, elle s'était lourdement trompée ! Elle n'avait rien eu à dire. Les événements avaient entraîné un état de fait qu'il n'était donné ni à elle ni à nul autre de modifier...

– Dieu me pardonne, ma nièce, vous auriez aussi bien fait, dans votre jeune temps, d'épouser Gildas plutôt que votre Normand ! lui avait dit alors Perrine dont la tranquille affection et le bon sens s'étaient révélés fort précieux depuis la réinstallation à la verrerie. Avec un brave garçon comme lui, vous n'auriez pas connu tant de vicissitudes !

– J'aimais Bernold, ma tante, et, sur mon âme, je l'aime toujours, avait répondu Isambour. À ce qu'il faut croire, l'amour, chez moi, est indéracinable !

Si Perrine faisait tout ce qui était en son pouvoir pour porter secours au ménage brisé, le vavasseur, lui, ne se manifestait que rarement.

Déçu de se retrouver sans héritier mâle après la naissance d'une fille chez Aveline, dépité d'avoir vu sa vengeance familiale anéantie, Gervais se consolait en chassant quand il ne pouvait s'occuper de ses vignes.

À la suite du baron, ou seulement en compagnie de quelques compères, il parcourait plaine et sous-bois sans désemparer. On l'entendait sonner de la trompe en amont puis en aval du Loir...

Isambour en reconnaissait le son entre tous...

La porte s'ouvrit à nouveau. Aliaume entra.

– La nuit tombe, dit-il. On ne peut plus travailler aux ateliers. J'ai renvoyé Rémi et Gerbaut-le-maisné chacun chez soi.

L'ancienne équipe des verriers s'était reformée. Dès que

l'on avait su que le Grand Feu allait, malgré tout, rallumer ses fours, les anciens compagnons avaient voulu revenir.

C'était Aliaume, maintenant, qui dirigeait la petite équipe. C'était lui qui se déplaçait pour aller reconnaître les chantiers, qui établissait les relevés, prenait les mesures exactes des futurs vitraux, prévoyait la position des meneaux, celle des feuillures des fenêtres à décorer, proposait les devis.

Son père se contentait de dessiner, d'après les renseignements fournis par le jeune homme et que lui communiquait Rémi, des esquisses sur parchemin, à partir desquelles il traçait sur sa table de planches une ou plusieurs maquettes. Mais, surtout, il se consacrait à la fabrication du fameux bleu dont il avait payé si cher la mystérieuse formule.

Aliaume et lui ne se voyaient ni ne se parlaient jamais.

– Le souper ne va pas tarder à être prêt, dit machinalement Isambour. Nous en avons presque terminé avec la teinture de vos braies, mon fils.

Un candélabre de fer à trois branches à la main, Sancie entra à son tour dans la salle que le feu seul éclairait. Avec elle, une clarté plus vive pénétra dans la pièce. Elle déposa le chandelier sur un coffre et s'en alla.

Aliaume vit que sa mère tenait à la main les brodequins de Bernold.

– Cessez donc de vous faire du mal, dit-il avec irritation. À quoi bon pleurer sur ce qui est sans remède ?

Depuis le mois d'octobre précédent, le caractère du fils aîné s'était durci. Le jeune homme se refusait à exhiber ses souffrances. Mais elles l'oppressaient.

Adelise morte, Bernold estropié pour toujours, demeuraient pour lui des sujets interdits. Il se refusait à en évoquer l'horreur devant qui que ce fût.

Contrairement au maître verrier, il n'était pas passé en jugement pour avoir tué Daimbert. En prenant la défense de son père, il avait accompli un devoir sacré. Qui aurait pu le blâmer d'avoir exercé son droit à la vengeance privée ?

Comme le sergent forestier était orphelin, sans parenté connue, l'enchaînement fatal des règlements de compte familiaux n'était pas à redouter. Par ailleurs, la paillardise, la brutalité du personnage ne laissaient de regret à personne. Bien des maris trompés et des filles mises à mal devaient même se réjouir en secret de la disparition de leur tourmenteur.

Après avoir payé sa dette envers le disparu en versant à sa paroisse le prix du sang, Aliaume avait tout simplement repris sa vie et son travail de verrier.

Afin de réunir la somme nécessaire à ce rachat d'une faute jugée par chacun respectable entre toutes, Isambour s'était vue contrainte de vendre un de ses champs. Son fils n'en avait été que mieux considéré.

Cette transaction, cependant, ne réglait que l'aspect matériel de l'affaire.

Si, en apparence, le cours des jours avait repris comme avant la tuerie de la forêt, l'âme droite et sincère d'Aliaume en demeurait marquée au fer rouge. Quelque chose en lui s'était rompu, avait cédé, sous l'excès du malheur. Sans qu'il y fasse jamais la moindre allusion, tout dans sa façon d'être trahissait une transformation intime irrémédiable et muette.

La fuite des deux amants l'avait déjà atrocement blessé. Les cruels événements qui avaient entouré leur retour et leur expiation lui avaient apporté un intolérable surcroît de désolation.

Il se réfugiait dans un travail qui lui permettait de fréquenter les seuls lieux où il trouvait un peu de paix : les églises et les monastères. Il s'y attardait plus qu'il n'était nécessaire pour oublier dans la prière ou la méditation les sombres agissements du monde.

Mais le choc était encore trop récent pour qu'il fût aisé au fils de Bernold de demeurer longtemps pacifié. À tout bout de champ, sa révolte se réveillait.

— Chaque fois que je vois ces brodequins, le cœur me fend, soupira Isambour. Je ne peux les toucher sans frémir...

D'un geste furieux, Aliaume arracha à sa mère les chaussures montantes, pour les jeter avec rage loin de lui.

Ogier qui jouait avec Doette dans un coin se mit à crier.

— Je vous ai connue plus courageuse, s'écria le jeune homme d'une voix vibrante. Vous avez su faire face à l'abandon et à la gêne ; ne pouvez-vous accepter un châtiment qui frappe le responsable de tous nos maux ?

Les cris firent sortir Philippa de la chambre où elle s'appliquait à recopier un livre d'heures en compagnie d'Aubin. Elle avait plus de neuf ans en ce mois de janvier privé de joie.

Elle entra, inspecta d'un coup d'œil la salle et ses occupants, puis se dirigea tranquillement vers les brodequins échoués contre un des coffres de chêne luisant. Elle les ramassa, les considéra un instant, puis sans rien dire, les emporta à la cuisine.

– Elle a raison, observa Grécie. Il n'y a rien là d'autre que des souliers à graisser.

En silence, Isambour et Margiste sortaient les braies teintes du bain garance. Pour ne pas se brûler, elles utilisaient de longues pinces de fer à l'aide desquelles elles saisissaient les pièces d'étoffe colorées avant de les déposer, en attendant qu'elles refroidissent, dans un baquet de bois. Il ne resterait qu'à les rincer à l'eau claire et à les étendre au grenier pour les faire sécher.

– Après le souper, je vous demanderai, ma mère, l'autorisation de monter au château, glissa Grécie à Isambour comme celle-ci se dirigeait vers Ogier pour le nourrir. Haguenier et deux de ses amis musiciens vont y jouer de la flûte pendant la veillée.

Les sourcils froncés, Isambour se retourna vers sa fille. La lumière des chandelles éclairait le côté intact, si pur, du jeune visage. Le refus, prêt à jaillir, s'en trouva différé. Grécie avait seize ans depuis l'automne. Pouvait-on la priver bien longtemps des pauvres et rares joies qu'elle connaîtrait jamais ?

Depuis le retour à Fréteval, l'adolescente avait organisé le soir, tantôt chez elle, tantôt chez les uns ou les autres, des réunions fréquentes. On y contait des histoires, on y récitait des chansons de geste, on y jouait de quelque instrument de musique. Parfois, on y dansait.

C'étaient, bien entendu, les soirées de Blois qui lui en avaient donné l'idée. Au lieu de se réunir seulement pour bavarder, boire du vin herbé, manger des gâteaux tout en filant ou en cousant comme auparavant, Grécie avait décidé qu'il fallait mettre à profit ces moments de loisir pour amener les habitants de la vallée qui le voudraient bien à s'intéresser à autre chose qu'à leurs minces affaires quotidiennes.

Son initiative n'avait pas été mal accueillie par les marchands et les artisans des alentours ; non plus que par quelques laboureurs à l'aise qui étaient fiers de voir leurs rejetons fréquenter les gens de la verrerie que protégeait la comtesse de Blois.

La baronne, de son côté, n'était pas mécontente d'assister,

sur ses terres, au développement de certaines coutumes citadines. Tout ce qui venait de la cour comtale et reflétait tant soit peu les goûts d'Adèle était prisé au plus haut point dans son entourage. Aussi ouvrait-elle volontiers, quand le baron y consentait, la salle de son donjon aux jeunes gens que réunissait, autour de ses propres enfants et de leurs familiers, l'amour de la musique et du divertissement.

Les malheureux événements du mois d'octobre avaient, un temps, interrompu ces habitudes. Le moment était sans doute venu de les reprendre.

– Vous ne pouvez pas vous rendre seule au château, répondit cependant Isambour pour se donner le temps d'aviser. Je doute que votre frère consente désormais à vous y accompagner.

– Par Dieu ! Je n'ai pas le cœur à rire, lança Aliaume en levant les épaules. Je ne comprends même pas...

Grécie frappa ses mains l'une contre l'autre.

– Eh bien, je n'ai pas, moi, les mêmes raisons que vous de me priver des seules distractions qui me sont octroyées ! s'écria-t-elle avec vivacité. À chacun ses épreuves !

Aliaume ouvrit la bouche pour répondre, mais il se ravisa et sortit de la salle en claquant la porte.

– Au nom du ciel, mes enfants, ne vous faites pas de mal les uns les autres ! protesta Isambour. Nous avons assez de soucis sans que vous alliez encore vous quereller !

– Ne vous tourmentez pas pour nous, ma mère, dit Grécie. Aliaume et moi nous aimons bien. Vous le savez.

Elle posa un baiser léger sur la joue qui conservait encore un peu de la chaleur des flammes auxquelles elle avait été exposée et sourit.

– Laissez-moi aller à cette veillée, je vous en conjure, reprit-elle doucement. J'ai besoin de me divertir... Tout est si triste, ici, depuis trois mois !

Isambour soupira.

Ogier se cramponnait à ses jupes et tirait sur son devantier pour qu'elle s'occupât de lui. Elle se baissa, prit l'enfant dans ses bras, se redressa en le serrant contre elle.

– Sur mon âme, ma fille, je ne vous blâme pas de vouloir échapper un moment aux ombres qui assombrissent cette maison, assura-t-elle. Mais je ne puis vous laisser partir seule en pleine nuit.

– Rémi et Haguenier m'escorteront. Ils ne demandent que ça !

Il était vrai que l'apprenti et le musicien aveugle se disputaient le privilège de tenir compagnie à Grécie. Si les autres garçons du pays semblaient fuir les occasions d'approcher l'adolescente défigurée, ces deux-là, du moins, lui demeuraient fidèles.

— Eh bien ! Faites donc à votre guise, ma fille, murmura Isambour à bout d'arguments, et que Dieu vous garde !

Entre la femme bafouée et l'adolescente qui demeurait l'unique et fragile lien capable de rapprocher, peut-être un jour, les époux désunis, une connivence d'une qualité très subtile avait renforcé l'entente retrouvée.

— Ce soir nous serons nombreux à la veillée, expliqua Grécie. Juliane et Damien seront des nôtres en plus de la mesnie et des commensaux du baron.

— Gildas peut se féliciter de ses enfants adoptifs, reconnut Isambour. En les prenant sous son toit, il s'est montré, une fois de plus, bien inspiré.

Depuis le retour de la famille du verrier au Grand Feu, le meunier et les siens n'avaient cessé de témoigner à ceux qui se réinstallaient la plus attentive amitié. Toujours prêts à leur venir en aide, ils avaient contribué pour beaucoup à la reprise d'une existence dont les débuts étaient difficiles. Des rapports incessants s'étaient institués entre le moulin et la verrerie.

Juliane, qui n'avait qu'un an de moins que Grécie, s'était tout de suite signalée par son désir de nouer amitié avec elle.

Avant le départ pour Blois, les deux petites filles ne se voyaient que fort peu. Blessée par la moindre marque d'attention, Grécie ne se prêtait en rien aux tentatives de rapprochement tentées par cette fille pleine de gaieté et d'allant qu'était Juliane.

Le séjour chez Aubrée, à Blois, la réconciliation avec Isambour, et l'âge aussi, avaient apprivoisé, adouci, l'enfant en révolte contre le sort douloureux qui lui était échu.

La fille adoptive du meunier avait enfin pu lui témoigner une affection qui ne demandait qu'à se manifester.

La personnalité si singulière de la sœur d'Aliaume, son intelligence, ce qu'il y avait de cruel dans sa destinée, exerçaient en effet sur ceux qui l'approchaient attirance ou répulsion, mais n'en laissaient presque aucun indifférent. Belle, saine, enthousiaste, généreuse de nature, Juliane

éprouvait pour Grécie un sentiment où il entrait à la fois
de la fascination et un profond désir de porter remède à
tant d'infortune. Si elle avait fréquenté Adelise pendant le
bref passage de la jeune Normande à Fréteval, elle n'avait
jamais ressenti pour elle, trop habile, trop coquette à son
gré, la même attirance qu'envers sa nouvelle amie.

Isambour se félicitait d'une amitié qui offrait à sa fille aînée
l'occasion de s'attacher à quelqu'un de son âge.

Le frère de Juliane, Damien, n'avait encore qu'un peu plus
de treize ans, grandissait comme un baliveau et faisait preuve
envers ceux du Grand Feu d'une bonne volonté maladroite
qu'on jugeait tour à tour touchante ou exaspérante selon
les moments.

Ce soir-là, contrairement à ce qu'avait prévu Grécie,
Juliane et Damien passèrent la prendre ainsi que Rémi et
Haguenier avant de monter au château. Mais ils n'étaient
pas seuls. Gildas les accompagnait.

– Le froid est vif, expliqua le meunier, et j'ai craint que
cette jeunesse ne prît du mal dehors par un temps pareil.
J'ai donc fait atteler la charrette. Je vais conduire tout mon
monde là-haut, à l'abri de la bâche et des couvertures de
laine.

– Je vous remercie, mon ami, dit Isambour. Je m'inquié-
tais de savoir ces enfants cheminant sans protection par ce
soir de gel. Les loups sont affamés, ces temps-ci. On les
entend hurler chaque nuit.

Le meunier approuva.

– Je le fais autant pour les miens que pour les vôtres,
termina-t-il rondement. Vous n'avez pas à m'en remercier.
Je vous ramènerai votre fille et ses compagnons sains et saufs
après la veillée.

– Vous y assistez donc ?

– Sans doute. Le baron Salomon m'honore de sa
protection. Il ne déteste pas me compter parmi ses invités...
Par saint Martin, patron des meuniers, la considération d'un
haut et puissant seigneur est toujours bonne à prendre !
Allons, partons ! Ne vous inquiétez pas, belle amie, vous
nous verrez revenir avant le couvre-feu.

Quand le bruit de la charrette se fut éloigné, Isambour
se dirigea vers la cheminée. Philippa et Aubin faisaient
griller des châtaignes sur les braises, devant le foyer, près
de Margiste et de Sancie qui filaient la quenouille au coin
du feu.

– Pourrons-nous boire du cidre nouveau ? demanda le petit garçon dont les doigts étaient noircis et la figure barbouillée de suie. C'est ce que je préfère avec les marrons.

– Je vais aller en quérir un pichet à la cave, dit Perrot, le jardinier, en se levant. J'en boirai bien un coup, moi aussi.

Aliaume et lui confectionnaient des filets en cordes de chanvre. Ils s'en serviraient le lendemain matin pour dresser des embûches dans les haies et les taillis avoisinants. La chance aidant, ils y prendraient peut-être quelque gibier qui se transformerait en rôt pour le souper. La forêt proche et les landes du plateau de Beauce regorgeaient de bêtes noires ou rousses.

Deux chiens courants, tachetés de feu et de blanc, dormaient aux pieds du fils aîné de la maison. Depuis son retour à la verrerie, il les avait dressés pour la chasse au cerf, au chevreuil, au renard ou au lièvre, suivant les occasions. Ils descendaient de ceux qui avaient jadis appartenu à Bernold et dont on avait été obligé de se défaire en partant pour Blois. Donnés à des laboureurs des environs, ils avaient eu de nombreuses portées dont ceux-là étaient issus.

« Comme tout est calme, songea Isambour en reprenant sa place devant la cheminée, sur la banquette garnie de coussins. En nous voyant ainsi rassemblés autour de l'âtre, qui pourrait croire qu'une tornade a dévasté nos vies ? »

Elle soupira et se remit à son ouvrage. Entre deux étoffes de laine verte, elle cousait des peaux d'écureuil pour confectionner un pelisson bien chaud. Philippa le porterait sous son bliaud comme gilet protecteur contre le froid. Durant l'hiver, tout le monde se matelassait ainsi la poitrine et le ventre.

« Dieu Seigneur, je Vous donnerais dix ans de ma vie pour que Vous m'accordiez en échange le moyen de pénétrer dans l'atelier de Bernold, pria Isambour. Que fait-il durant ces longues soirées solitaires ? À quoi occupe-t-il son temps ? À qui pense-t-il ? Le savoir si proche et, pourtant, aussi éloigné de moi que lorsqu'il habitait Douvres, me tord le cœur. Mon amour, mon cher époux, pourquoi vous être imposé une pénitence qui me châtie autant que vous ? N'avez-vous donc point songé à moi le moins du monde ? Ne reste-t-il dans votre mémoire aucun souvenir des temps heureux où nous étions tout l'un pour l'autre ? Avez-vous oublié notre passé ? »

Elle avait pris l'habitude de ces litanies qui ponctuaient ses travaux, ses prières, ses veilles, ses songes. La présence voisine mais interdite de celui dont rien n'était parvenu à la détacher l'obsédait. Elle paraissait s'occuper, comme autrefois, de ses enfants, de la maison, du domaine, mais, en réalité, elle agissait par habitude. Son esprit était ailleurs, au seuil de l'atelier où se terrait l'homme mutilé dont le destin la déchirait et qu'elle ne cessait d'imaginer, de visiter en pensée, de secourir.

Si la fin sans merci d'Adelise, sa sépulture hâtive hors de la terre bénie, la brièveté de son existence ne pouvaient que lui faire pitié, Isambour se devait pourtant d'admettre en son for intérieur, avec lucidité et confusion, que cette mort lui était soulagement.

Dans quel abîme d'horreur, de remords, avait-elle dû, en revanche, plonger l'amant dépossédé, responsable de cet abominable gâchis ? Son amie pendue n'était-elle pas damnée, damnée par sa faute ?

Quels sentiments, quel repentir, quelle contrition, pouvaient bien occuper les insomnies, les méditations sans complaisance de l'ermite coupable qu'était devenu l'époux adultère ?

Privé de celle qui l'avait ensorcelé, affolé, conduit au péché, passait-il son temps à la pleurer, à se reprocher de l'avoir amenée à sa perte, ou bien ressassait-il des souvenirs que sa conscience déplorait ?

Que regrettait-il le plus : d'avoir si gravement fauté avec elle, ou de ne plus pouvoir le faire ?

Vers laquelle des deux femmes qu'il avait successivement aimées et enlevées allait à présent son cœur ? La morte ou la délaissée ?

Isambour inclinait son front barré de deux rides soucieuses sur le pelage lustré de l'écureuil dont l'odeur rousse l'enveloppait.

« Une fois son deuil accepté, sa douleur moins dévorante, il se souviendra de nos amours, se répétait-elle en poussant son aiguille avec acharnement. Dieu juste ! Il n'est pas possible que dix-huit ans de vie tendrement commune, sensuellement commune, ne finissent par l'emporter sur quelques mois de démence ! »

Quand elle avait été avertie de la présence du couple adultère à la verrerie du vieux maître, elle avait, d'abord, été suffoquée d'indignation. Quoi ? Bernold était venu avec sa catin s'installer à quelques lieues du toit familial ? Les défier tous ? La plus élémentaire des pudeurs ne l'avait-elle donc pas retenu ? Une telle provocation lui avait paru intolérable. Elle en avait oublié d'avoir peur pour lui.

Sa tante, qui était aussitôt accourue, partageait son irritation.

Mais lorsqu'elles avaient su toutes deux de quel prix le couple venait de payer son forfait, elles avaient pleuré ensemble et s'étaient tues.

Dans le cœur d'Isambour, l'amour avait, sans trop de peine, surmonté la rancune.

Nulle pitié, cependant, pour l'homme souffrant qui était revenu. Elle l'aimait trop pour jamais rien éprouver de semblable à son endroit. Mais un espoir renaissant, silencieux, têtu s'était insinué en elle depuis que, de nouveau, le maître du Grand Feu logeait chez lui, chez eux, à deux pas d'elle...

Si seulement il lui était permis d'approcher Bernold, de renouer les fils cassés de la trame de leurs jours, elle saurait bien guérir, consoler et reprendre ce mari que les ruses de l'Adversaire avaient fourvoyé dans les ronces du péché...

Repus de châtaignes et de cidre, les enfants étaient allés se coucher, emmenés par les servantes.

Une fois leurs filets achevés, Aliaume, ses chiens sur les talons, et Perrot, se retirèrent à leur tour.

– J'attendrai Grécie en cousant, dit Isambour à son fils. Plutôt j'aurai fini ce pelisson, mieux ce sera.

Restée seule, elle reprit le cours de ses pensées.

Lèvres serrées, profil penché sur son ouvrage, elle offrait à la lueur mouvante du feu et des trois chandelles l'image même de la ténacité, de la volonté sans faille, qui l'habitaient.

Cet homme qu'on lui avait pris, c'était le sien. Elle saurait le reconquérir. Au plus profond de son être, l'amour vivant, le respect de son état d'épouse, la certitude inébranlable des pouvoirs attachés au sacrement qui les liait l'un à l'autre, étaient aussi solidement enracinés qu'un enfant à naître. Elle était décidée à tout tenter pour retrouver un compagnon qui demeurait à ses yeux le seul désirable. La mutilation même qu'il avait subie, en lui interdisant dorénavant toute nouvelle équipée, offrait à Isambour la possibilité de redevenir la seule femme, l'unique intermédiaire entre l'amour et lui.

Si son cœur, à elle, saignait en évoquant son bel ami estropié, sa lucidité lui répétait qu'elle saurait l'aider à survivre, à surmonter l'horreur, à condition qu'il acceptât de s'en remettre à ses soins. Leur réunion deviendrait la seconde victoire d'un attachement qui défiait l'adversité !

... Comme Gildas l'avait promis, Grécie fut de retour avant le couvre-feu. Devant les braises amoncelées, Isambour cousait toujours, avec opiniâtreté. Les yeux qu'elle leva vers sa fille étaient fixes, ardents.

— Vous voici donc, dit-elle. Je n'ai pas vu le temps passer.

— Moi non plus, Dieu merci ! s'écria l'adolescente. La veillée était si gaie ! Nous avons chanté, fait de la musique, joué à la main chaude...

Elle retira sa chape, vint embrasser sa mère.

— Vous ne m'en voulez pas de vous l'avouer ? s'enquit-elle avec un peu d'inquiétude.

Isambour plia le pelisson, le rangea à côté d'elle, dans un panier, se leva.

— Si on ne se divertissait pas à votre âge, quand le ferait-on ? dit-elle tendrement.

Elle posa ses mains sur les épaules de Grécie et l'embrassa sur le front.

— Je ne vous reprocherai jamais de savoir saisir les occasions de joie qui se présentent, ma fille, affirma-t-elle. Il n'est pas bon de goûter à la vie du bout des lèvres. Nous devons, au contraire, y mordre à pleines dents. Puis avoir assez de courage, de confiance aussi, pour avaler ensuite tout le gâteau, miel et fiel confondus !

Elle sourit.

— Un chrétien doit être gai, continua-t-elle avec allant. Oui, sur mon salut, il le doit ! N'a-t-il pas l'Espérance ?

Grécie dévisageait sa mère.

— Vous semblez transformée, remarqua-t-elle. Que s'est-il donc passé, ce soir ?

— Je ne sais trop... Une grâce, sans doute, vient de m'être accordée : celle qui aide à persévérer en dépit de tout !

Venue des tréfonds, une onde lumineuse se répandit sur les traits amaigris.

— Vous voici éclairée du dedans comme par une lampe, dit Grécie. Il y a longtemps que je ne vous ai pas vu l'air aussi déterminé... et, en même temps, apaisé.

– Espérons que cette paix ne s'évanouira pas avec la nuit bénie qui me l'a rendue, murmura Isambour en s'emparant du chandelier. Allons nous coucher à présent. Il est tard.

En dépit du gel et du vent tranchant, elle décida, le lendemain matin, d'aller rendre visite à son frère, dans son monastère.

Roland demeurait pour elle un soutien précieux par le calme et la sagesse dont il ne se départissait jamais. Si ses potions ou ses onguents lui rendaient toujours le plus grand service, ses avis affectueux, les encouragements qu'il lui prodiguait comptaient encore bien davantage.

Elle le trouva dans l'infirmerie. Il préparait une éponge narcotique avant de procéder à l'amputation de la main gangrenée d'un blessé couché dans un des lits voisins.

Un tronc brûlait dans la grande cheminée de la pièce. Des vapeurs au fumet aromatique s'exhalaient d'un chaudron pendu à la crémaillère. Sur la bûche enflammée, une lame nue, fixée à un manche de bois, attendait qu'on s'en servît pour cautériser la plaie au fer rouge.

– Que Dieu vous garde, ma sœur. Je ne puis interrompre mon travail, dit Roland. Voulez-vous vous asseoir près du feu ? Quand j'en aurai terminé avec ce pauvre homme, je serai tout à vous.

En parlant, il trempait l'éponge dans une écuelle remplie d'une mixture sombre. Isambour savait que le mélange de jusquiame, de pavot et de mandragore utilisé par son frère dans des cas comme celui-ci était dosé selon des proportions que le moine tenait secrètes. Après l'avoir imprégnée de ce liquide, Roland poserait l'éponge sous le nez de son patient qui ne tarderait pas à sombrer dans un sommeil profond. Les souffrances de l'amputation lui seraient, de la sorte, épargnées.

– Je vais plutôt passer chez le savetier de la rue basse auquel j'ai donné une paire de houseaux [1] à ressemeler, dit Isambour, peu désireuse d'assister à l'opération. Je reviendrai dans un moment.

Comme elle sortait du monastère, elle croisa Damien qui y pénétrait en courant. Il paraissait affolé. Pour le forcer à s'arrêter, elle saisit le fils adoptif de Gildas par le bras.

1. *Houseaux* : bottes de cuir.

— Vous avez l'air bien pressé, petit, remarqua-t-elle. Pourquoi tant vous dépêcher ?

— Ma mère a glissé sur une plaque de verglas en sortant du moulin. Elle est tombée dans le bief ! s'écria Damien en pleurant. C'est terrible... Mon père et son apprenti ont eu beaucoup de mal à la retirer de l'eau à moitié prise par la glace...

— Est-elle toujours en vie ? demanda Isambour en se signant...

— Elle était sans connaissance quand je suis parti, mais elle respirait encore... Dieu saint ! Pourvu qu'elle ne meure pas !

— On la sauvera, j'en suis sûre ! Allez demander de l'aide aux moines. Ils sauront la soigner. Moi, de mon côté, je cours là-bas !

Situé à l'extrémité ouest de Fréteval, après le pont de planches qui reliait le village au pied de la falaise surmontée du donjon, le moulin montrait un haut toit pentu et une façade à pans de bois.

Dans la salle ébranlée par le bruit de la roue et celui de la meule, Basilie était étendue sur le vaste lit qu'elle partageait d'ordinaire avec son époux. Ses vêtements ruisselants avaient été jetés par terre. Ils gisaient auprès de la couche, à même le sol couvert de foin.

Gildas, Juliane et deux servantes étaient penchés sur le corps inanimé qu'ils avaient recouvert de couvertures fourrées.

Des voisins, des voisines, emplissaient la pièce et parlaient à voix basse.

Saluant au passage ceux qu'elle connaissait, Isambour s'approcha du lit.

Le masque blafard de la noyée semblait déjà celui d'une morte. Ses nattes pâles, raidies par l'eau, mouillaient le drap.

Isambour s'immobilisa près de Gildas qui se retourna.

— Par tous les saints, comment avez-vous si vite su ?...

— J'ai rencontré Damien au sortir du moustier...

Le meunier hocha la tête.

— Avant de choir dans l'eau glacée, elle est tombée sur la berge rendue glissante par le gel, souffla-t-il. Sa tête a cogné le sol durci avec tant de rudesse que nos servantes l'ont entendu d'ici. Elle semble assommée... Nous ne parvenons pas à la ranimer...

— L'avez-vous frictionnée avec du vinaigre ?

— De toutes nos forces... et Juliane lui a glissé deux briques chaudes sous les pieds...

— Dans les cas de pâmoison prolongée, Roland introduit quelques gouttes d'un élixir de romarin entre les mâchoires du malade, dit Isambour. Voulez-vous que j'aille en quérir ?

— Damien devrait revenir incessamment, répondit Gildas. Il en rapportera peut-être...

L'enfant et un des aides de Roland survinrent en effet peu après. Mais en dépit des soins prodigués, Basilie ne revint pas à elle.

Raidie, les yeux clos, la peau du visage devenue grise sous la bande de toile qui lui enserrait la tête, elle aurait paru sans vie si un léger souffle n'avait pas continué à lui soulever la poitrine.

L'heure passant, les voisins se retirèrent un à un.

— Je ne vais pas vous laisser en un moment pareil, décida Isambour. Faites prévenir chez moi. Je ne rentrerai pas tant que Basilie n'aura pas repris ses sens.

Gildas s'empara d'une des mains de la visiteuse qu'il baisa doucement. Il paraissait très ému.

— Entre mon vieux père paralysé et ma femme sans connaissance, me voici en piteux équipage, dit-il en s'efforçant de sourire. Heureusement qu'il me reste enfants et amis !

La journée s'écoula.

Après un repas hâtif, Juliane vint s'asseoir à côté d'Isambour qui lui avait demandé une quenouille pour s'occuper les mains.

Avec son teint éclatant, ses larges yeux bruns, pleins de chaleur et d'entrain, sa bouche charnue faite pour sourire, elle semblait encore plus pitoyable que le reste de la famille. Il y avait discordance entre son apparence de santé, de jeunesse, de pétulance, et les larmes qui coulaient, sans qu'elle cherchât même à les essuyer, jusque sur son bliaud qui en était tout détrempé sur la poitrine.

Autour de la pièce où le ronflement familier du feu et les bruits sourds du moulin étaient les seuls qu'on entendît, la vie avait repris son cours. Gildas et Damien étaient retournés à leurs meules. Les sacs de grains à moudre ne pouvaient pas attendre.

Un relent de poussière farineuse flottait sous les solives

épaisses du plafond, en dépit de l'odeur du romarin et des bûches incandescentes. Le battement de la grande roue secouait tout l'édifice, scandait le temps de façon monotone, obsédante. « Il est impossible d'oublier un instant qu'on se trouve dans un moulin », songeait Isambour, tout en se disant que, si elle l'avait voulu, elle aurait été chez elle dans ce logis qui lui plaisait bien moins que le sien...

— Dieu notre sire permettra-t-Il que la mère s'en aille si jeune encore ? murmura Juliane au bout d'un moment. Je ne peux le croire. Nous avons tant besoin d'elle !

Isambour jeta un regard au corps immobile comme un gisant.

— Rien n'est perdu, dit-elle. Je connais des gens qui ont stagné des jours dans l'état où voilà Basilie, pour se relever un beau matin, tout à fait guéris. Votre mère est une femme nerveuse dont la fragilité apparente dissimule une force réelle. Elle ne se laissera pas mourir sans lutte, croyez-moi. La volonté de vivre est ce qui compte le plus, après l'aide divine. Je suis certaine qu'elle ne manque ni de l'une ni de l'autre.

En dépit des assurances prodiguées, Basilie resta jusqu'au soir ainsi qu'on l'avait sortie de l'eau. Inerte.

Les servantes qui avaient passé la journée à ravauder des draps dans la chambre du haut où demeurait Benoît-le-mangeur devenu impotent descendirent préparer le souper.

Quand il ne recevait pas quelque vieil ami comme le vavasseur ou le curé de Saint-Lubin, le vieillard, paralysé, exigeait auprès de lui la présence constante de ces filles jeunes qu'il forçait à lui parler sans cesse, à lui raconter les moindres événements survenus dans la vallée. Il vieillissait mal, se complaisait dans la saleté, injuriait son fils quand il voulait le laver, tyrannisait son entourage sans la moindre vergogne. Seule Basilie était parvenue, jusqu'à présent, à se faire respecter de lui.

Son travail interrompu au coucher du soleil, Gildas remonta voir comment allait sa femme. Couvert d'une fine poussière blanche, les traits tirés, il demeura un moment debout au chevet du lit.

— Elle semble entre la vie et la mort, murmura Isambour. Son âme paraît s'être éloignée... Pourtant, elle respire toujours.

— Hélas, dit le meunier, il y en a qui restent ainsi !

Il proposa ensuite à leur amie de la reconduire chez elle. Demeurer indéfiniment de garde auprès de ce corps privé de conscience était inutile. Personne ne semblait à même de porter remède à l'étrange syncope qui isolait Basilie du monde des vivants.

– Il ne fait pas encore tout à fait nuit. Je peux rentrer seule... Mais comptez sur moi : je reviendrai demain, promit Isambour.

Ni le lendemain, ni le jour suivant, l'état de la malade ne changea.

Les frictions renouvelées, pas plus que les élixirs de Roland ou que les prières adressées à saint Martin, patron des meuniers, ne parvinrent à la tirer de son absence.

Yeux clos, narines pincées, face décolorée, Basilie offrait aux regards anxieux de ses proches une figure aveugle que rien ne paraissait pouvoir ranimer.

Appelée à la rescousse, Perrine se souvint que la comtesse Adèle, atteinte, cinq ou six ans plus tôt, d'une fièvre dont aucun des médecins ne venait à bout, avait été guérie après être restée deux nuits étendue sur la châsse de saint Agil, au monastère de Rebais, en Brie. Mais la distance à parcourir, vu la faiblesse de Basilie, parut un obstacle insurmontable à Gildas...

Chaque jour, Isambour venait prendre des nouvelles de son amie. Elle demeurait plus ou moins longtemps auprès d'elle, en compagnie des commères du voisinage qui se relayaient à son chevet.

Grécie accompagnait souvent sa mère. Sa propre expérience du malheur l'aidait à deviner comment réconforter au mieux Juliane. Les deux adolescentes se rapprochèrent beaucoup durant ces heures d'attente.

Gildas passait, se penchait sur le lit, soupirait, échangeait quelques mots avec les voisines et venait s'asseoir un moment à côté d'Isambour. Il lui parlait de son travail, du moulin, de ses enfants adoptifs, puis repartait comme il était venu.

Le troisième jour, Basilie s'agita faiblement, ouvrit les paupières, les referma, balbutia quelques mots incohérents, et sombra de nouveau.

Ce fut un événement. Les femmes qui la gardaient appelèrent le meunier à grands cris. Accouru, il ne constata aucun changement apparent dans le maintien de son épouse, mais voulut bien croire les commères sur parole.

Venue seule après le dîner, car Grécie s'occupait de son
père, Isambour assista au second réveil de Basilie. La malade
promena un regard vague sur ceux qui l'entouraient,
murmura une phrase indistincte, referma les yeux.

– Amie, dit Isambour en s'inclinant vers elle, amie, par
la Croix de Dieu ! revenez à vous !

Alerté une seconde fois, Gildas entrait vivement dans la
pièce, allait au lit où gisait le corps dolent de son épouse.
Le sentit-elle ? Elle releva les paupières. Lentement. Comme
si elle accomplissait un épuisant effort.

– Basilie, ma petite Basilie, chuchota le meunier en
contenant sa voix, m'entendez-vous ? Je suis là. Près de vous.
Vous allez guérir. À présent, c'est certain...

Troubles comme une eau à demi prise par la glace, les
prunelles de la noyée restèrent un moment fixées sur le
visage maculé de farine qui s'interposait entre elle et le reste
du monde. Une lueur de discernement y brilla furtivement.
Les lèvres molles murmurèrent « Gildas », une ombre de
sourire les distendit.

– Elle vous a reconnu ! dit Isambour. Dieu soit loué ! Elle
est sauvée !

Courbés tous deux sur le lit de la malade, ils se trouvaient
aussi proches que possible l'un de l'autre, épaule contre
épaule.

Gildas tourna la tête. Sa lèvre supérieure était agitée d'un
léger tremblement.

– C'est une femme plus solide qu'on ne pourrait le croire,
remarqua-t-il avec un pauvre sourire. Elle ne manque pas
de résistance.

Rentrant de Fréteval, Juliane pénétra dans la pièce à son
tour.

– Réjouissez-vous, ma colombe, dit Isambour. Votre mère
revient à la vie pour de bon !

Une des voisines décréta qu'il ne fallait plus tarder à
nourrir Basilie, à jeun depuis trois jours.

– Nous avons justement du brouet de chapon ! s'écria une
servante.

– Puis-je lui en donner ? demanda Juliane.

– On peut toujours essayer, répondit Gildas avec
fatalisme.

L'adolescente eut beaucoup de mal à faire absorber un
peu de liquide à la malade qui retombait sans cesse dans

son état de torpeur et laissait couler le bouillon hors de sa bouche, sans l'avaler.

— Il faut qu'elle repose à présent, conseilla Isambour qui avait aidé la jeune fille. Il est inutile de la tourmenter davantage. Dès qu'elle aura faim, elle s'arrangera bien pour le faire savoir.

La nuit d'hiver était déjà là.

— Cette fois-ci, je ne vous laisserai pas rentrer toute seule jusqu'au Grand Feu, déclara Gildas. Le froid dure depuis des semaines. Les loups deviennent dangereux.

Il n'eut pas beaucoup à insister. Isambour appréhendait un retour solitaire, plus tardif que de coutume. Elle savait combien la faim rend les fauves hardis.

Elle grimpa donc sans protester dans la charrette bâchée que le meunier avait fait atteler. Une épaisse couverture de laine leur enveloppait les genoux à tous deux.

Avant de s'asseoir et de prendre les rênes, Gildas déposa contre son siège, à portée de la main, une hache à lame nue et un javelot de frêne.

La lune était pleine. Sa clarté sans chaleur argentait la nuit, l'éclairait de reflets d'opale. Le paysage familier semblait fardé de céruse. Des traînées de givre scintillaient sous les ombres cendreuses des arbres, sur les talus à l'herbe recroquevillée. La plaine, ses vignes et ses champs, ses vergers et ses prés, baignaient dans une transparence bleuâtre. Le long du Loir que suivait la charrette, l'odeur fade de la rivière se mêlait à celle, piquante, du gel. Sous le ciel clair, l'eau, pas encore entravée par la glace, glissait comme une lourde coulée de poix scintillante.

À Fréteval, dans les maisons calfeutrées, chacun devait se tenir au plus près du foyer. Personne ne traînait dehors.

Les seules lumières visibles étaient celles des torches enflammées que les guetteurs de la forteresse avaient fichées dans les murailles épaisses du parapet, tout en haut de la tour, pour éclairer le chemin de ronde. Ces lueurs fauves piquaient de leur éclat oscillant les parements de silex revêtant le donjon.

Massive, dressée au sommet de son éperon rocheux, dominant la vallée, la haute silhouette vigilante de la bâtisse neuve se découpait puissamment sur l'horizon nocturne.

— Je repars plus tranquille, dit Isambour. Votre femme sera bientôt debout.

– Si Dieu en a décidé ainsi...

Le silence s'installa. Encadrant le devant de la voiture, les lanternes de fer ne projetaient, à travers leurs volets garnis de fines plaques de corne translucide, qu'un maigre halo jaune sur la croupe grise du cheval, les ridelles, et, de chaque côté, sur un étroit espace de la route caillouteuse.

À l'abri de la bâche et de la couverture rêche, Isambour se savait protégée du froid ainsi que des dangers de la nuit. Cependant, une sensation de gêne l'envahissait peu à peu.

L'attitude de Gildas, d'ordinaire assez loquace, n'était pas naturelle. Il se taisait comme s'il craignait soudain de livrer ses pensées. Le bruit des sabots ferrés résonnait seul dans le calme glacé.

– Votre mari se refuse-t-il toujours à vous voir ? demanda-t-il tout d'un coup, en s'arrachant à sa rêverie.

Le ton était presque brutal.

– Toujours.

C'était la première fois que quelqu'un d'étranger à la famille osait interroger ainsi Isambour. Depuis que Bernold avait fait savoir aux siens qu'il était décidé à couper les ponts entre eux et lui, tout le monde s'ingéniait à ne pas aborder de front ce sujet douloureux.

Au début, en raison de son intimité avec sa nièce, Perrine s'était crue autorisée à lui en parler. Devant le refus ferme et net de condamner le coupable auquel elle s'était heurtée, elle n'avait pas récidivé.

Ce n'était pourtant pas faute de clabaudages ! La conduite du maître verrier était fort souvent évoquée durant les veillées, à Fréteval ou dans les environs. Évoquée et jugée ! Sa fuite avec une pucelle, leur retour, le désastreux aboutissement de leur aventure, n'avaient pas fini de faire marcher les bonnes langues du cru.

Odon-le-tapissier, sa femme, les deux filles qui leur restaient, étant repartis un an plus tôt cacher en Normandie leur honte et leur chagrin, ne pouvaient pas joindre leurs propres malédictions aux critiques acerbes des gens de la vallée. Mais ils n'auraient guère pu être plus sévères.

On s'abstenait cependant de jaser devant les enfants, les compagnons, et, tout spécialement, devant l'épouse du réprouvé. Par respect pour elle. À cause de la façon dont elle s'était comportée après avoir été si cruellement délaissée.

Pour sa dignité.

Si Gildas et Basilie n'avaient pu éviter, parfois, devant elle, de faire allusion à ce qui s'était passé, eux non plus n'avaient jamais cédé au désir de l'entretenir ouvertement d'un malheur trop grand pour que l'amitié fût en mesure d'y apporter un quelconque adoucissement.

Pourquoi donc le meunier rompait-il, sans que rien l'y forçât, la loi du silence que chacun observait ?

Tête baissée, front alourdi, il semblait plongé dans de sombres réflexions dont sa compagne ne suivait plus le cours. C'est alors qu'elle décida, pour faire diversion et rompre cet inexplicable silence, de lui faire part d'un projet qu'elle envisageait depuis quelque temps.

– L'accident de Basilie m'a permis de mieux connaître votre Juliane, commença-t-elle d'un ton résolu. Par ma foi, vous possédez là une charmante fille !

– Sans doute.

– Avez-vous déjà songé à l'établir ?

– Basilie m'en a parlé peu de jours avant de tomber à l'eau.

Isambour approuva.

– Elle a eu raison.

Chaque fois qu'on ouvrait la bouche, une vapeur épaisse s'en échappait. L'encolure du cheval qui tirait la charrette était, elle aussi, environnée de la buée grise sortie de ses naseaux.

– J'ai pensé que cette enfant ferait une bonne épouse pour mon fils aîné, continua Isambour. Elle est courageuse, saine, vive, gaie...

Un rire amer l'interrompit.

– Par le cœur Dieu ! voilà qui est admirable ! s'écria Gildas avec une sorte d'ironie farouche. Marier Aliaume et Juliane ! Quelle bonne idée !

Isambour leva les sourcils.

– Je ne vois pas en quoi ma proposition vous semble si surprenante, dit-elle. N'est-il pas habituel, entre familles unies comme les nôtres par d'anciennes et loyales relations d'amitié, de penser à nouer des alliances ?

– C'est la chose la plus normale du monde. Mais encore faut-il que la fille et le garçon soient d'accord. L'un et l'autre. Ce qui n'est pas toujours le cas. Tant s'en faut !

– Vous croyez que Juliane...

— Ce n'était pas à elle que je faisais allusion.

Isambour soupira.

— Je sais que mon fils s'est, une première fois, lourdement trompé dans son choix...

D'une main crispée par le froid, elle resserra autour d'elle les plis de sa chape.

— Il ne faut pas en conclure qu'il ne s'intéressera jamais plus à une autre pucelle. Grâce à Dieu, il est encore jeune. À cet âge, on oublie vite peines et déceptions.

— Il est des attachements dont on ne parvient jamais à se déprendre.

— Espérons que ce ne sera pas le cas d'Aliaume !

La voiture parvenait devant le portail du Grand Feu.

Le meunier tira sur les rênes. Le cheval s'arrêta.

— Grand merci pour votre conduite, mon ami, dit Isambour. Nos sires loups jeûneront encore ce soir sans m'avoir dévorée !

Elle s'efforçait de rire, mais la mine fermée de son compagnon ne se dérida pas.

— Je constate que mon projet vous déplaît, reprit-elle. Par tous les saints, je ne m'y attendais pas ! Il me semblait qu'une pareille union ne pouvait que vous convenir...

— Il ne s'agit pas de moi, ni de mes sentiments, répondit Gildas, mais de ceux de nos enfants. Vous les ignorez tout autant que moi. Votre fils reste enfermé dans son deuil et Juliane ne paraît pas se soucier des garçons. Il est prématuré de s'occuper d'une affaire à laquelle, apparemment, personne ne songe que vous.

Il descendit de voiture, la contourna, vint tendre la main à sa passagère pour l'aider à descendre.

Comme ils portaient l'un et l'autre de gros gants de cuir doublés de peaux de chat sauvage, leurs doigts engourdis manquèrent leur prise, et, l'appui manquant, Isambour, déséquilibrée, serait tombée si le meunier ne l'avait rattrapée à pleins bras.

Il la remit debout, la repoussa, lui cria au revoir et sauta d'un bond dans la charrette dont il fouetta aussitôt le cheval.

Isambour suivit un instant des yeux l'attelage qui s'en allait, rabattit le plus possible sur son front le capuchon de sa chape, parce que le froid lui paraissait soudain plus mordant, puis elle rentra chez elle.

II

— Dieu de gloire ! s'écria Aveline, si ce second enfant est encore une fille, mon père ne s'en consolera pas !

Appuyée aux genoux de sa mère, la petite Jeanne, insouciante des rancœurs que sa naissance avait entraînées, jouait avec les fines lanières de chamois blanc qui terminaient la ceinture de cuir tressé du bliaud maternel. Enroulée plusieurs fois autour de la taille, des reins, puis des hanches d'Aveline, la tresse de peau était si longue que ses extrémités frangées seraient tombées par terre si l'enfant ne les avait pas empoignées.

— Je crains bien que mon oncle ne vous pardonne que difficilement, en effet, une deuxième déception, admit Isambour. Il désire si fort un héritier mâle, son caractère reste tellement entier, qu'il est capable, sans petit-fils, de se fâcher avec vous !

De toute évidence, cette éventualité ne tourmentait guère la future mère. Elle caressa les cheveux bruns de Jeanne, qui ressemblait beaucoup à Mayeul, et sourit.

— Sur mon âme, il m'importe assez peu qu'il nous boude un temps. Ne suis-je pas sa fille unique ? Il sera bien forcé de se raccommoder avec moi s'il veut connaître mes enfants à venir.

Son mari ayant été envoyé à Meaux par la comtesse Adèle afin d'y étudier le projet d'une nouvelle église, Aveline avait profité de son absence pour venir passer la mi-carême avec ses parents.

Tout en elle respirait l'assurance et la félicité.

— Si, cette fois-ci encore, je ne lui donne pas le garçon

souhaité, eh bien, tant pis ! reprit-elle en redressant à sa manière provocante son menton volontaire. Ce sera pour la prochaine fois !

Son œil clair se fit plus dur.

— N'ayant pas été lui-même capable de procréer le fils tant désiré, il n'a rien à redire au fait que nous n'y réussissions pas mieux ! lança-t-elle d'un ton agressif.

Isambour sourit.

— Vous ne changerez jamais, ma batailleuse ! remarqua-t-elle, tout en guidant avec dextérité la navette de son métier à tisser entre les fils tendus de la trame. Et c'est très bien ainsi.

Installé dans une pièce située sous la salle du Grand Feu, à côté de la resserre à vivres, sur un sol de terre battue afin que soit maintenue l'humidité nécessaire à la solidité des fils, le vieux métier en bois de châtaignier fonctionnait en grinçant de toute sa lourde carcasse.

Avec la fin de l'hiver, l'époque du tissage revenait. On avait besoin de draps. Aussi profitait-on du radoucissement de la température pour descendre dans le local sans chauffage où l'on devait travailler. On y fabriquait de solides pièces de toile avec le lin récolté l'année précédente sur les terres du domaine.

— Si, pour ma part, je grossis, reprit Aveline, vous, en revanche, amie, sœur, avez beaucoup maigri. Votre mine n'est guère brillante...

— Comment pourrait-il en être autrement ? Je me ronge les sangs !

D'un geste nerveux, Isambour actionnait du pied les pédales de buis servant de levier pour former l'ouverture de la chaîne.

— J'ai beau avoir accepté de temporiser, continua-t-elle en lançant la navette une seconde fois, je me sens, par moments, à bout de patience !

— Tout le monde ici admire votre courage...

— Ce n'est pas du courage ! Dieu le sait ! C'est la volonté de parvenir à mes fins. C'est le désir de retrouver un homme qui est le mien, par sacrement librement échangé, un homme auquel je n'ai jamais renoncé et qui se trouve maintenant à ma portée.

Elle s'immobilisa un instant.

— Je ne pense qu'à lui. Il me faut le reprendre. Le savoir si proche est pour moi torture et espérance...

Aveline se pencha vers sa cousine.

— Tiendrez-vous sept ans ? demanda-t-elle avec emportement. Il est permis d'en douter en vous voyant minée comme
vous l'êtes par l'épreuve que Bernold vous impose. Vous
ne pourrez jamais supporter un si long temps de pénitence !
Au nom de quoi, d'ailleurs, Dieu juste, vous contraindre à
une pareille mortification ?

L'indignation lui enflammait les pommettes.

— Ce n'est certes pas à moi d'y aller, continua-t-elle avec
sa fougue coutumière, mais, à votre place, ma perle, je
forcerais la porte qui m'est interdite. J'irais crier à mon mari
que, malgré sa conduite indigne, je l'aime toujours, que
j'entends vivre de nouveau avec lui !

— Il s'est engagé devant le Seigneur à se vouer au silence
et à la solitude, soupira Isambour en rabattant d'un
mouvement sec le long peigne de bois qui resserrait la
tissure. C'est pour lui un devoir sacré qu'il ne peut rompre
à la légère... Toutefois, si quelqu'un d'autre l'y amenait...

Lèvres serrées, elle travailla un moment sans plus rien
dire. Les craquements du métier à tisser meublaient seuls
le silence.

— Quand je pense, reprit-elle ensuite, avec une sorte de
violence contenue, quand je pense que Bernold ne connaît
même pas son dernier fils ! Il loge de l'autre côté de cette
cour mais n'a jamais vu Ogier !

— Vous êtes bien bonne de vous soucier encore d'un
homme aussi égoïste, déclara Aveline de son ton péremp-
toire. Le vœu a bon dos ! Par ma foi, s'il l'a prononcé, c'est
qu'il l'a bien voulu ! On ne lui en demandait pas tant ! Allez,
ma colombe, il ne mérite pas que vous vous tourmentiez
ainsi pour lui !

Elle prit sur ses genoux sa fille que ses éclats de voix
semblaient inquiéter et la berça pour l'apaiser.

— Je ne vois pour vous que deux solutions, dit-elle au bout
d'un instant. Forcer votre mari à reprendre la vie commune,
ou bien l'abandonner à son mauvais sort ! Le laisser ruminer
tout son soûl souvenirs, remords et péchés confondus !

Le battement du métier fut seul à lui répondre.

Isambour travaillait avec acharnement.

Pour la distraire, Aveline entreprit alors de lui parler de
l'atelier de broderie qu'elle dirigeait toujours à Blois, des
ouvrières qu'elles y connaissaient toutes deux, de la perfide
Erembourge, de Jehan-le-secrétaire.

– Depuis peu, il s'est amouraché d'une des suivantes de notre comtesse, annonça-t-elle. Il renouvelle avec cette fille les manœuvres employées à votre égard.

– Il a bien tort ! assura Isambour. Pour se faire aimer d'une femme, on n'a pas besoin de tant de manigances !

Et elle relança sa navette.

... Les paroles de sa cousine firent cependant leur chemin en elle, devinrent son principal sujet de méditation. Pendant plusieurs jours, elle les tourna, les retourna, pesant le pour et le contre, s'interrogeant sans fin.

Aveline repartit pour Blois avec sa fille, mais le ferment qu'elle avait déposé dans l'esprit d'Isambour ne cessa pas pour autant de faire son œuvre.

Les conseils donnés coïncidaient si parfaitement avec les aspirations de celle qui les avait reçus, traduisaient si clairement ses propres sentiments, qu'ils lui parurent bientôt la sagesse même et l'unique marche à suivre. Naturellement, elle n'en avait retenu que la suggestion qui lui convenait.

Avec le retour du printemps, ses sens se réveillaient, la troublaient de nouveau. Elle en était d'autant plus tourmentée que celui qui aurait pu les apaiser se trouvait à présent séparé d'elle par un espace dérisoire... Il dormait à quelques toises de sa chambre, non loin de la couche où elle se languissait. N'en était-il donc pas de même pour lui ? En pleine force de l'âge, remis de ses blessures et en dépit d'une infirmité qui ne pouvait le gêner au lit, soumis à une continence fort éloignée de son tempérament, ne subissait-il pas, dans sa solitude, les assauts d'un désir comparable à celui qui la poignait dans la chambre conjugale ? Malgré ses résolutions ascétiques, ne brûlait-il pas de retrouver des étreintes dont le souvenir ravageait son épouse ?

Après une dernière nuit d'hésitation et d'insomnie, Isambour se décida.

Ce matin-là, au retour de la messe, elle s'arrêta dans la cour, auprès du puits, fit signe à ses gens de regagner le logis, prit Ogier dans ses bras.

– Cet enfant ignore jusqu'au visage de son père ! s'écria-t-elle en s'adressant à Grécie qui la considérait avec surprise. C'est là une situation révoltante qui ne doit pas durer ! Je vais y remédier !

– Dieu vous assiste, ma mère, dit l'adolescente. Que comptez-vous donc faire ?

— J'ai mon idée, assura Isambour. Rentrez, ma fille, rentrez à la maison avec Philippa, Aubin et Doette. Faites-les déjeuner. Je vous rejoindrai plus tard.

Sans répliquer, Grécie entraîna son frère et ses sœurs vers l'habitation dont la cheminée fumait dans l'air matinal.

Appuyée de la hanche à la margelle du puits, Isambour les suivit des yeux.

Il n'y avait pas de vent. Tout était calme. Dans le ciel laiteux, le soleil, encore pâle au sortir de l'hiver, tiédissait les premiers bourgeons. Une brume légère, enrobant arbres et toits, estompait les lointains, les rendait flous.

« Allons ! se dit Isambour en prenant une profonde inspiration, allons ! J'ai assez patienté comme cela. Que Dieu me garde ! Que Notre-Dame me protège ! »

Sur son front, ses lèvres, sa poitrine, elle fit un triple signe de croix, assura l'équilibre d'Ogier sur son bras gauche, et se dirigea vers les ateliers.

Aliaume avait déjà regagné le sien, Rémi et Gerbaut-le-maisné le leur.

À travers les fenêtres ouvertes, on entendait le ronflement familier des fours...

Isambour poussa le battant de bois derrière lequel se terrait celui qu'elle allait affronter, et entra.

Assis devant sa table de planches, tournant le dos à la porte, Bernold écrasait à l'aide d'une sorte de pilon appelé porphyre une poudre noire sur un morceau de verre qui lui servait de palette. Devant lui, un godet rempli d'eau additionnée de gomme d'arbre fruitier séchée et pulvérisée attendait qu'il délayât à l'aide de ce liquide la poudre finement broyée.

Au bruit que fit l'huis, il se retourna.

Il y avait deux pleines années que les époux ne s'étaient plus trouvés face à face... deux ans...

— Je suis venue vous présenter Ogier, votre plus jeune fils, dit précipitamment Isambour. Il aura bientôt vingt et un mois. N'est-il pas temps que vous fassiez sa connaissance ?

Les cheveux de Bernold avaient beaucoup blanchi. La barbe qu'il se laissait à présent pousser était, elle aussi, plus blanche que blonde...

Après s'être, tour à tour, posé sur la femme, puis sur l'enfant, le regard clair vacilla. Le maître verrier ferma les yeux. Pas un mot ne sortit de sa bouche.

Il demeura ainsi, sans bouger, détourné de son travail, les paupières closes, offrant à Isambour un masque douloureux, creusé de rides nouvelles qu'elle ne lui connaissait pas.

– Bernold ! cria-t-elle. Bernold !

Il secoua la tête. Elle vit des larmes qui coulaient des yeux fermés.

D'abord médusé, Ogier s'agitait maintenant dans les bras maternels. Il tendait les mains vers les pinceaux, les craies, les bâtons de cire posés sur la table où son père s'appuyait.

– En nous l'envoyant, le Seigneur nous a envoyé un second Hendri, reprit Isambour d'une voix tremblante. Il est aussi fort que lui et lui ressemble trait pour trait...

Ces derniers mots furent balbutiés...

Au profil de l'homme assis en face d'elle, se superposait soudain, de manière hallucinante, le visage désespéré d'un des disciples de Jésus, incliné vers le corps du Christ, au moment de la mise au tombeau. La fresque reproduisant la scène de l'ensevelissement se trouvait à Blois, dans la chapelle de l'hôpital proche de la demeure du monétaire. Isambour avait eu maintes fois l'occasion de la contempler.

Sur le visage de Bernold, comme sur celui de l'apôtre qui soutenait le Crucifié, la douleur s'aggravait d'une expression d'impuissance et, en même temps, de culpabilité, qui déchira l'âme de l'épouse épouvantée.

– Je vous aime toujours ! cria-t-elle. Quoi que vous ayez fait, quoi que vous fassiez, je ne cesserai jamais de vous aimer !

Ainsi que les jeunes faucons enfermés à Morville dans des cages à armature d'osier, contre lesquelles, affolés, ils se jetaient pour tenter de s'échapper, le cœur d'Isambour cognait comme un fou dans sa poitrine.

Une sorte de sanglot rauque répondit, seul, à son aveu.

Apeuré, Ogier se mit à pleurer.

– Que Dieu me voie, reprit Isambour. Qu'Il me juge ! En venant vous trouver, j'étais certaine d'agir selon la loi des époux. Il faut que vous le sachiez, Bernold, votre femme, vos enfants, sont malheureux sans vous !

Serrant son fils contre elle, elle s'élança alors vers la porte et sortit.

Une fois dehors, elle chancela, faillit tomber. Que venait-elle de faire ? Qu'avait-elle osé ? Et pour quel résultat ?

– Venez, dame, dit alors auprès d'elle la voix d'Amalberge. Venez. Je vais vous donner à boire un cordial de ma
façon. Vous vous en trouverez bien.

La sage-femme sortait de l'atelier où l'on soufflait le verre.
Elle avait dû y porter quelque remède à son mari,
Gerbaut-le-maisné, qui souffrait de plus en plus des yeux.

Comme beaucoup de gens au Grand Feu, elle révérait
Isambour.

Retirant Ogier des bras de sa mère, elle le posa à terre.

– Allez, petit, dit-elle, allez trouver Margiste. Elle a
sûrement pour vous du lait chaud, du miel et des galettes.

L'enfant s'éloigna de la démarche maladroite des tout-
petits.

– Vous voilà bien pâle, dame, dit encore la grosse
ventrière. Êtes-vous en état de venir jusqu'à mon logis ?

– Mais oui, mais oui, assura Isambour. Je ne suis tout de
même pas comme cette pauvre Basilie qui ne tient plus
debout depuis son accident !

L'épouse du meunier ne se remettait pas bien de sa chute
dans l'eau du bief. Si elle avait recouvré la parole, elle n'en
était pas moins sujette, de temps à autre, à d'inquiétantes
défaillances de mémoire, et n'avait pas encore la possibilité
de se mouvoir comme avant. Elle ne commandait plus
qu'assez mal à ses jambes qui se dérobaient sous elle et
demeuraient sans cesse flageolantes.

– Sur mon chef ! je suis soucieuse des suites de cette
affaire-là, grogna Amalberge. Il y aurait là-dessous quelque
diablerie que ça ne m'étonnerait guère !

– Qui pourrait lui en vouloir ? Elle est bonne comme le
bon pain !

– Meuniers et meunières ne sont point aimés, par ici,
dame, vous le savez bien !

Elles arrivaient à la maisonnette de la sage-femme.

Assis près de la porte, sur un banc de pierre, Haguenier
jouait du pipeau.

– Je m'entraîne pour la prochaine veillée, dit le musicien
aveugle quand il eut reconnu les voix des arrivantes. Elle
doit avoir lieu au Grand Feu, paraît-il. Il s'agit de bien
recevoir les invités auxquels Grécie a demandé de venir.

« C'est vrai, songea Isambour. Je l'avais oublié. J'ai
d'autres sujets de préoccupation qu'une veillée ! »

Mais elle ne fit pas de remarque, but le cordial que lui

offrait Amalberge, et repartit ensuite en prétextant un travail
qui la réclamait.

Il lui fallait être seule un moment.

Elle contourna la maison où les enfants devaient avoir
achevé leur repas, gagna le jardin, traversa le pré, descendit
au lavoir qu'elle savait trouver vide, s'y assit sur la paille
laissée par Margiste et Sancie depuis la dernière lessive,
puis, emprisonnant ses genoux entre ses bras, se mit à
réfléchir.

Elle aimait ce bord d'eau où, mêlée à celle du Loir et de
la cendre froide, flottait l'odeur de la saponaire dont on
faisait bouillir feuilles et racines afin d'obtenir une mousse
savonneuse qui décrassait le linge. Le cours tranquille de
la rivière, son glissement immuable entre les branches
frôleuses des aulnes ou le déploiement argenté des saules,
parvenaient assez souvent à l'apaiser. Elle se laissait fasciner
par le miroitement et le murmure liquide de son courant,
la molle ondulation des plantes qui peuplaient son fond,
le vol des insectes, les saccades des araignées d'eau...

Mais, cette fois-ci, le charme n'opéra pas.

Une à une, les larmes de Bernold tombaient sur son cœur.

Jamais elle ne l'avait vu pleurer. Pas même sur la tombe
fraîchement refermée d'Hendri, le jour où on avait porté
en terre leur second fils, pas même après l'accident qui avait
à jamais défiguré sa fille préférée...

Pour qu'il en fût arrivé là, il fallait que son mari eût été
atteint au plus intime de son être, à une profondeur telle
qu'aucune défense, aucune pudeur, aucun respect humain
n'y eussent accès... dans le lieu obscur où l'on saigne,
désarmé, nu, offert à la pointe acérée du malheur...

Un homme comme lui, un Normand de bonne race,
n'aurait jamais consenti, autrement, à laisser voir couler ses
pleurs...

Ainsi donc, ils avaient été, tous deux, blessés à la source
vive de leur existence, tous deux avaient connu le froid
tranchant du couteau qui partage l'étoffe, pourtant solidement tissée, de la destinée...

Au début de l'aventure qui le lui avait arraché, elle
l'imaginait grisé, heureux, triomphant. Par la suite, amer,
endeuillé, peut-être repentant, mais, à aucun moment, elle
n'aurait songé à se le figurer rompu au point de ne pas même
chercher à dissimuler ses plaies.

Face à cette constatation, les anciennes interrogations, lancinantes, revenaient : sur qui, sur quoi, pleurait Bernold ? Sur la jeune pendue, morte et damnée par sa faute ? Sur la fin de sa passion démente ? Sur lui ? Ou bien pleurait-il sur l'affreux désordre où il avait entraîné les siens, sur le mal accompli, sur sa famille reniée, sur les ravages causés par son égarement ?

Était-ce un homme torturé par d'inavouables regrets, ou travaillé par la grâce fécondante du repentir, qu'elle venait de revoir ?

Comment s'en assurer ?

Ce manquement à un engagement sacré qu'elle avait été amenée à commettre pour le rejoindre, aurait-elle jamais le courage et la possibilité de le renouveler ?

Pris une première fois par surprise, Bernold ne se garderait-il pas mieux, désormais ? Il pourrait fermer sa porte à clé, ne l'ouvrir qu'après s'être assuré que seule Grécie se trouvait sur le seuil...

Saisie par leur trouble à tous deux, Isambour n'avait pas su tirer parti du désarroi de celui qu'elle venait relancer dans sa retraite. Sa propre émotion, la confusion de son esprit, l'en avaient empêchée.

Trouverait-elle encore la force de violenter à la fois les consignes de Bernold et ses propres scrupules ? Pour quoi faire ? Pour quoi dire ? Et pour obtenir quoi ?

Avant d'agir, tout lui avait paru clair. Après l'action, plus rien ne l'était...

Isambour s'en trouvait là de ses réflexions, quand elle entendit un bruit de voix. D'instinct, parce qu'elle avait conservé de sa jeunesse le goût de la solitude, elle souhaitait éviter toute rencontre intempestive et songea à se dissimuler.

Le lavoir ne lui en offrait pas le moyen. En poussant la porte de planches mal jointes qui le fermait, on la découvrirait sans difficulté.

Mais c'était du côté de l'eau, non de celui du pré, que lui parvenaient les échos entendus...

Elle se glissa au fond de l'étroit local, contre le mur opposé à la rivière, pour se tapir dans le coin sombre situé derrière les tréteaux et le grand cuveau de bois retourné.

Du Loir, on ne pouvait la voir.

Une barque à fond plat apparut alors.

Grécie y avait pris place en compagnie de Juliane et de deux garçons.

Isambour les reconnut pour un des fils du boucher et celui du tonnelier de Fréteval.

Ils conversaient tous quatre, avec ce mélange de provocations, de railleries, de timidité, qui est le propre des adolescents.

Inclinée vers le courant dans lequel elle laissait pendre une main, Grécie s'était placée de façon à présenter à ses compagnons de promenade le côté intact de son visage. L'épais voile blanc qui lui enveloppait les cheveux et les épaules cachait en partie son autre profil.

Sur les traits de sa fille, Isambour découvrit avec étonnement une sorte d'animation inhabituelle, un émoi fait d'excitation et de plaisir, qu'elle n'y avait jamais vus.

Grécie allait-elle enfin connaître autre chose que l'exclusion due à sa mauvaise fortune ? Un des deux garçons qui l'accompagnaient dans la barque serait-il assez avisé pour reconnaître, sous la face à demi détruite, les qualités de la jeune fille ?

L'embarcation, environnée des gouttes d'eau soulevées par les rames, passa devant le lavoir, puis s'éloigna.

Les brumes matinales s'étaient dissipées. Une lumière allègre ravivait les couleurs, parait les prés de sa verte jouvence, lustrait les bourgeons pleins de sève. La brise apportait avec elle, acides et gaies, des bouffées d'air qui embaumaient l'herbe nouvelle.

En dépit des avances du printemps, Isambour ressentait une impression de gêne, de malaise, qui n'était pas uniquement due à l'échec de sa tentative auprès de Bernold. L'attitude de Grécie sur l'étroit bateau lui donnait aussi à penser...

« Par Notre-Dame ! se dit-elle, mon chagrin déteint sur tout ce que je vois. Il assombrit les plus innocentes rencontres. Qu'y avait-il là d'autre que quatre jeunes gens qui s'entretenaient en badinant de la prochaine veillée dont ils espèrent de bons moments ? Je devrais même m'en montrer plutôt satisfaite... »

Elle ne l'était pourtant pas et regagna soucieusement son logis.

Ce ne fut qu'au moment du dîner qu'elle revit Grécie. Il lui sembla retrouver, sur les traits de l'adolescente, le reflet de la fièvre qu'elle y avait décelée le matin, au bord de l'eau.

Elle hésita à mettre sa fille au courant de sa présence dans le lavoir. Mais s'en abstint cependant. En dépit de tout ce qui la rapprochait de nouveau, Isambour savait combien Grécie tenait à son indépendance et se méfiait de la moindre intrusion dans sa vie personnelle.

Comme pour lui donner, du reste, l'exemple de la discrétion, la jeune fille n'interrogea pas sa mère sur la visite faite au maître verrier. Un seul coup d'œil, dès son entrée dans la salle, lui avait sans doute suffi pour comprendre que rien n'était changé entre ses parents, que l'audace de l'une n'avait pas provoqué chez l'autre le geste attendu.

Une dizaine de jours plus tard, la veillée eut lieu.

On était en carême. Le dimanche soir avait donc été choisi comme le seul jour disponible dans la semaine. Depuis la veille, chacun s'affairait, tant pour cuisiner que pour tout préparer. Des guirlandes de verdure décoraient la salle dont Margiste avait longtemps battu et brossé les courtines, tandis que Sancie faisait reluire meubles, étains et cuivres. Isambour avait fabriqué des flambeaux de cire accolés avec quatre mèches de toute la longueur de la bougie, avant de veiller personnellement au bon état des bliauds, des chausses et des voiles. Les enfants s'étaient occupés des jonchées d'herbe fraîche.

Parce qu'elle en grillait d'envie et n'était pas loin de ses dix ans, Philippa assisterait à la veillée. C'était un événement dans sa jeune existence. Pourtant, malgré la fébrilité qu'elle ne parvenait qu'imparfaitement à cacher, elle sut éviter des manifestations de joie dont elle sentait qu'elles auraient été déplacées.

La situation si particulière dans laquelle se trouvaient Isambour et Bernold faisait de cette réunion, la première depuis le retour au Grand Feu du maître verrier, une bien étrange soirée. De toute évidence, certains invités n'avaient accepté d'y venir que par curiosité.

En plus des enfants du baron Salomon en âge de sortir, de quelques-uns de leurs amis ou parents proches, des gens de la verrerie et du domaine, on vit arriver des marchands et des artisans de Fréteval, accompagnés de leurs épouses, fils ou filles.

Haguenier et trois de ses compagnons habituels jouaient

de la flûte, de la vielle, du chalumeau, de la cornemuse et frappaient des tambourins sonores.

En dépit du peu d'entrain qu'elle y apportait, Isambour avait tenu à ce que ses hôtes fussent bien reçus.

Installés en cercle autour de la cheminée, les convives de la veillée buvaient de l'hydromel, de l'hypocras, des vins herbés, tout en dégustant beignets, boules de pâtes cuites dans du lait, bâtonnets de crème de noix frits et roulés dans des épices, galettes, gaufres, crêpes, dragées.

Habitée par une sorte de frénésie, Grécie allait des uns aux autres, inventait des jeux nouveaux, lançait l'idée d'un concours de sifflets, proposait une farandole, incitait le tonnelier, dont la mémoire était célèbre dans la vallée, à réciter de longs passages de la *Chanson de Roland* ou bien de celle de Guillaume d'Orange. Elle avait l'œil à tout.

Encouragées, plusieurs femmes entonnèrent soudain des chansons de toile dont l'assemblée reprit en chœur les refrains...

L'état de Basilie ne lui permettait pas de participer à ce genre de réunion. Aussi Gildas était-il venu seul pour accompagner Juliane et Damien. Il avait pris place à la droite d'Isambour, contre laquelle, de l'autre côté, se blottissait Philippa, très attentive à tout ce qui l'entourait.

— Votre Grécie étincelle, ce soir, glissa-t-il à l'oreille de sa voisine. Je ne l'ai jamais vue aussi allante.

— Il est vrai, ami, qu'elle est pleine d'entrain. Depuis quelque temps, déjà, je la trouve différente...

Le meunier eut un sourire entendu.

— Une fille amoureuse est toujours plus à son avantage qu'une autre, déclara-t-il tranquillement.

Isambour lui saisit le bras.

— Par le Dieu de vérité, que voulez-vous dire ?

— Le bruit court que le second fils de notre boucher ne lui serait pas indifférent...

— Croyez-vous, ami, que lui-même puisse s'intéresser à elle, malgré...

Elle fut interrompue par toute une agitation. Plusieurs invités insistaient pour que Grécie acceptât de chanter. Sans se faire prier, elle leur donna satisfaction.

Gildas mit un doigt sur ses lèvres. Isambour se tut.

Cultivée à Blois, la voix de Grécie avait appris à se modeler, à s'affirmer, à se poser. Son répertoire était bien plus varié que celui des autres filles de la vallée et plus original. Aux réceptions d'Aubrée, elle avait emprunté lais, descorts [1], chansons à danser, refrains de pastoureaux.

Vêtue d'un bliaud de fine toile verte galonné de rouge et de blanc, d'où émergeaient le col et les poignets brodés d'une chemise immaculée, voilée d'une mousseline de lin rabattue si adroitement sur le côté de son visage qu'on ne le distinguait qu'à peine, la jeune fille au corps souple, aux nattes blondes brillant comme fils d'or, parvenait presque à faire oublier son infortune.

« Dieu Seigneur ! Faites que le garçon qui a transformé ma fille par sa seule attention possède suffisamment de jugement et d'amour pour l'aimer telle qu'elle est, à demi belle seulement, mais accomplie, ardente, capable de se donner comme bien peu sauraient le faire ! Faites qu'elle découvre par lui les joies pour lesquelles, de si manifeste façon, Vous l'avez créée ! »

Emportés par le rythme joyeux de ses chants, les auditeurs de Grécie frappaient à présent tous ensemble dans leurs paumes, en scandant certains passages qui leur plaisaient.

Au bout d'un moment, la chanteuse alla prendre Juliane par la main, puis, souriante, l'attira auprès d'elle, au centre du cercle amical. Elles entamèrent alors ensemble une chanson à deux voix où il était question d'une princesse faisant lancer à son ami, par la sentinelle de la plus haute tour du donjon paternel, une lettre attachée à une flèche... Ainsi prévenu, le jouvenceau se déguisait pour enlever sa belle...

Pendant que les deux adolescentes détaillaient leur poème musical, Isambour observait le fils du boucher de Fréteval.

Debout derrière les personnes assises, il faisait partie d'un petit groupe de jeunes gens entourant les enfants du baron Salomon.

De taille moyenne, brun, le teint coloré, les épaules larges, il avait, sous d'épais sourcils, des prunelles d'un bleu si cru qu'on cherchait d'abord à quoi les comparer : la gentiane ? le bleuet ? la bourrache ? Qu'importait... Seul comptait ce que cachait un regard si remarquable. La mâchoire puissante, le cou solide, indiquaient force et volonté. En

----

1. *Descorts* : couplets.

revanche, les cheveux plantés bas sur le front pouvaient signifier entêtement ou esprit borné. Mais Grécie aurait-elle pu distinguer un sot ? Sûrement pas...

Le chant à deux voix achevé, les jeunes filles rejoignirent les compagnons de leur âge.

Isambour songeait que si Bernold ou Aliaume s'étaient trouvés là, ils auraient pu, l'un ou l'autre, s'entretenir avec le fils du boucher de Fréteval, le faire parler... Mais Aliaume s'était réfugié ce soir-là dans le moûtier de son oncle Roland, et Bernold demeurait étranger à la vie de sa famille...

— Je connais bien le père de ce garçon, reprit Gildas. Il est de ceux que Névelon II, notre jeune baron, avait autorisés, avant de partir pour la Terre sainte, à s'établir dans le bourg, avec plusieurs autres marchands. C'est un travailleur et un honnête homme. Le fils revient de Chartres où il est allé apprendre le métier de sellier. Il n'est que le cadet. Son frère aîné reprendra plus tard la boucherie paternelle où il travaille déjà. Elle n'est pas assez importante pour les nourrir tous.

— Que savez-vous de lui ?

— Pas grand-chose. Il est resté longtemps absent. Le délai d'apprentissage pour la sellerie est fixé à huit ans, vous savez. Il a beaucoup changé durant ce temps. Avant son départ, c'était un enfant batailleur et casse-cou comme ils le sont presque tous.

— Quel est son nom ?

— Raymondin. On l'avait surnommé Fripe-écuelle quand il était petit, tant il se montrait vorace.

Isambour sourit.

— Ce n'est guère joli !

— Bah ! Le nom n'est rien. L'homme est tout !

Le fracas d'un écroulement, puis des hurlements venus du dehors les interrompirent.

— C'est Aubin ! cria Philippa.

Isambour se précipita vers la logette qui précédait la salle. Gildas et plusieurs invités la suivirent.

Ils découvrirent, sous l'auvent de tuiles, le petit garçon en larmes qui lançait de furieux coups de pied à des tréteaux écroulés autour de lui.

— Par tous les saints, mon fils, que vous arrive-t-il ? demanda Isambour en attirant dans ses bras Aubin dont la lèvre supérieure saignait, pendant qu'une énorme bosse poussait sur son front.

— Il voulait écouter la musique ! expliqua Philippa d'un air compréhensif. Alors, il a grimpé sur tout un échafaudage qu'il avait monté pour pouvoir regarder et entendre par la petite fenêtre ouverte...

— Vous semblez bien au fait, ma fille, remarqua Isambour. N'auriez-vous pas été dans le secret ?

Philippa rougit et baissa la tête. Ses nattes de miel glissèrent sur ses joues. Elle sourit de sa façon discrète, puis coula vers sa mère un regard où l'amusement se nuançait d'inquiétude.

— Un petit peu, souffla-t-elle.

Tout le monde se mit à rire.

— Votre curiosité et votre désobéissance n'ont pas tardé à être punies, jeune fou, reprit Isambour en s'adressant à son fils. Après vous avoir couché, je vous avais défendu de vous relever. Vous m'aviez promis de rester tranquillement au lit.

— J'ai pas pu résister, grogna le petit garçon.

— Par le grand saint Nicolas, qui protège les enfants, vous auriez pu vous casser un bras, une jambe ou même la tête, dit Gildas. Vous avez eu de la chance de vous en tirer à si bon compte !

Isambour qui ne pouvait oublier la mort d'Hendri, serra farouchement Aubin contre elle.

— Un malheur comme celui-là suffit dans une famille ! s'exclama-t-elle avec véhémence.

Puis, se tournant vers ceux qui étaient sortis de la salle à sa suite :

— Ne vous occupez plus de lui. Rentrez, conseilla-t-elle. Je vais aller soigner ce garnement et je reviens.

Philippa et Gildas furent seuls à l'accompagner dans sa chambre où elle étendit Aubin sur son lit avant de lui laver la lèvre et le front à l'eau fraîche.

Elle demanda ensuite à sa fille d'aller quérir dans le petit bâtiment des étuves un sachet de feuilles séchées de la plante nommée « bec-de-grue ».

— J'en confectionnerai une compresse que j'appliquerai sur cette grosse bosse, expliqua-t-elle au jeune blessé. Et vous me ferez le plaisir de la conserver en place, sans bouger, jusqu'à demain matin !

— J'admire toujours combien vous savez garder votre calme dans les situations les plus inattendues, observa

Gildas. Dieu sait que, depuis vingt et des années, les
occasions de m'en apercevoir ne m'ont pas fait défaut !

– Hélas ! soupira Isambour. Hélas ! ami, il est vrai que
la vie nous malmène !

Debout auprès du lit où elle avait déposé Aubin, elle
tournait le dos au meunier.

Elle voulut se retourner pour lui sourire, mais, tout d'un
coup, elle eut le sentiment qu'il était préférable de s'en
abstenir. À travers le voile qui recouvrait ses cheveux, son
cou et ses épaules, elle sentait le souffle de Gildas, tout
proche d'elle. Ce souffle, rien de plus... Pourtant, elle sut
que quelque chose de singulier était en train de se produire.
Qu'au moindre mouvement qu'elle amorcerait vers lui,
l'homme qui se tenait derrière elle agirait.

Que ferait-il ? Elle l'ignorait et ne voulait pas le savoir,
mais l'état de leurs rapports amicaux basculerait. Elle le
sentait et suspendit son geste...

Quelques instants s'écoulèrent. Personne ne bougeait.
Aubin avait fermé les yeux et, de l'autre côté de la couche,
Ogier dormait dans son berceau.

Philippa ouvrit la porte.

– Voici le sachet, dit-elle.

Le sortilège fut rompu...

Mais cette nuit-là, une fois la veillée terminée et chacun
rentré chez soi, quand elle s'étendit enfin pour dormir,
l'épouse délaissée de Bernold évoqua la scène qui s'était
si discrètement déroulée un moment plus tôt au bord de
ce même lit où elle reposait à présent. Sans que rien ait
été exprimé, un événement s'était produit, qui demeurerait
à jamais enfoui dans le mystère des choses informulées, mais
qui n'était pas sans importance. La violence du trouble
ressenti par Gildas avait été si intense, si proche de l'acte,
qu'elle en avait subi le choc comme s'il l'avait touchée...

Qu'aurait-elle fait, si son ancien amoureux n'avait pas su
se taire plus longtemps ?

Il l'aimait donc toujours... Les années passées n'avaient
rien détruit, rien entamé dans ce cœur fidèle... Il ne
dépendait que d'elle, une fois encore, de rendre un homme
heureux en trouvant dans ses bras la paix des sens...

Elle rêva un moment, puis chassa de son esprit des
pensées qui ne débouchaient sur rien. Son amour pour
Bernold était un bouclier de bronze qui la protégeait

d'elle-même et des autres, qui la gardait, à l'abri de son disque frappé d'une croix...

Sa pensée se détacha enfin de Gildas pour se tourner vers Grécie et le jeune sellier qui la faisait briller comme une torche...

De ce côté-là non plus, rien ne fut dit.

L'adolescente allait, venait, aidait sa mère, faisait lire, écrire ou chanter ses frères et sœurs, mais ne parlait pas de ce qui lui tenait à cœur, ne mentionnait jamais le nom du garçon qui semblait l'émouvoir.

Au demeurant, elle n'avait pas besoin de se confier à qui que ce fût. Son attitude suffisait.

Sa façon de rire à propos de tout et de rien, de bousculer gaiement ses cadets, de s'extasier sur les charmes renaissants du printemps, de veiller avec minutie aux soins de son corps ainsi qu'à ses atours, tout la dénonçait.

Ce fut Perrine, une fois de plus, qui entra dans le vif du sujet.

Le vieil oncle bossu, Frémin-le-tord, avait reçu un coup de pied de cheval dans le ventre et ne s'en remettait pas. Les compresses, les baumes, les saignées demeuraient sans effet. On cherchait en vain comment le soulager.

Stoïquement, sans phrases inutiles, il s'acheminait vers sa fin, le savait et faisait tout ce qui était en son pouvoir pour que cette issue inéluctable causât le moins de dérangement possible à ceux de Morville.

Isambour lui rendait presque chaque jour visite.

Couché dans la salle, près du feu, car il ne parvenait plus à se réchauffer, Frémin-le-tord demandait seulement qu'on ne tînt pas compte de lui. Ainsi qu'il l'avait toujours fait, il se souciait des autres plus que de lui-même, prétendait n'être qu'un vieux bonhomme peu intéressant et préférait entendre parler de ce qui était advenu aux gens qu'il connaissait plutôt que de ses maux.

Tout en filant sa quenouille en compagnie de Perrine assise à côté d'elle, Isambour, installée auprès de la couche où gisait le vieillard, se laissait aller à raconter ce qui la préoccupait. C'est ainsi qu'elle en vint à faire mention de l'intrigue supposée entre Grécie et le jeune sellier de Fréteval.

— Puisque vous abordez ce sujet, ma nièce, dit Perrine, autant vous avouer tout de suite que je suis au courant. Par ma foi, c'est à croire que ce qui se passe au Grand Feu concerne tout le village ! Durant ma visite quotidienne à Basilie ce matin, on s'entretenait avec passion des chances d'un mariage entre votre fille et ce Raymondin.

— Déjà ! s'écria Isambour. Alors que je ne suis moi-même sûre de rien !

— Vous savez à quel train vont les langues ! soupira la femme du vavasseur. On jase, on jase...

L'oncle Frémin approuva de la tête. À cause de sa bosse, il devait rester couché sur le côté. On ne voyait dépasser de la couverture de laine bourrue doublée de peaux de lièvre teintes en rouge que sa face maigre, surmontée d'un linge blanc noué autour de son crâne chauve.

— La simple charité voudrait que personne n'intervînt dans une histoire de ce genre, dit-il de la voix essoufflée et rauque qu'il avait depuis son accident. Votre Grécie a déjà eu assez d'épreuves dans sa courte existence sans que la première commère venue se mêle de ce qui lui arrive !

— On n'empêchera jamais les gens de clabauder, soupira Perrine. Mais là n'est pas ce qui me tracasse.

Elle cala plus fermement sa quenouille au creux de son bras gauche et se tourna vers sa nièce.

— Sur ma vie, je ne voudrais pas raviver votre peine, ma colombe, mais enfin, y a-t-il des chances pour que ce garçon accepte de faire sa vie avec une fille défigurée ? Tout est là.

— Je le sais bien, ma tante ! Mais que voulez-vous que je fasse ? Aller trouver le père de Raymondin pour lui demander les intentions de son cadet ?

Isambour enroulait en pelote la laine déjà filée. Ses doigts s'activaient nerveusement.

— Que Dieu nous aide ! continua-t-elle. Qu'il me donne le don de discernement. Cette histoire ne fait que commencer et je ne pense pas qu'il soit bon de trop vouloir hâter les choses. Si je n'en ai pas déjà entretenu Grécie, c'est que je suis persuadée que ces tourtereaux n'en sont encore qu'aux prémices...

Perrine se leva pour aller remettre une bûche dans le feu. Le vavasseur avait emmené les servantes dans les vignes où on avait besoin de tous les bras disponibles pour les tailles de printemps.

La froidure qu'on avait crue partie faisait un retour offensif. Un vent aigre s'insinuait sous les portes.

– Il ne faudrait pas que votre fille, émue par les premiers témoignages d'attention qu'un jeune mâle lui porte, et le renouveau aidant, se laissât tourner la tête, continua-t-elle en reprenant sa place d'un air préoccupé. Fêter la Pentecôte avant Pâques n'est pas bien grave pour la plupart des pucelles, et le malheur est alors aisément réparable, mais pour Grécie, ce serait bien différent.

– À qui le dites-vous, ma tante ! J'y songe sans cesse. Cette enfant est si imprévisible, si peu semblable aux autres. À la fois plus violente et plus vulnérable...

– Si Raymondin s'en amusait un temps pour l'abandonner ensuite, je n'ose envisager ce qu'elle serait capable de faire !

– Moi non plus, reconnut Isambour tristement. Moi non plus. Que le Seigneur nous préserve d'un tel méchef !

Une fois rentrée chez elle, les propos de sa tante la poussèrent à essayer d'obtenir auprès de Grécie des renseignements précis sur ses relations avec Raymondin. En dépit du respect qu'elle avait toujours ressenti pour les secrets d'autrui, il lui parut que, cette fois, elle se devait de passer outre. Y voir plus clair était devenu nécessité.

Le soir même, après le souper, alors qu'elle se trouvait dans sa chambre en compagnie de sa fille aînée qui venait de coucher Philippa et Doette, Isambour jugea le moment venu.

Elle interrogea donc Grécie sur les différents mariages qui étaient envisagés dans la vallée pour les mois à venir.

L'adolescente se mit à rire :

– Votre projet d'union entre Juliane et Aliaume tient-il toujours ? s'enquit-elle d'un air amusé. Je crains bien, ma pauvre mère, que mon frère soit à mille lieues d'y songer... ou, alors, il cache bien son jeu !

– Peut-être, en effet, me suis-je avancée un peu à la légère en mettant Gildas au courant d'une idée qui ne vient que de moi, mais...

Grécie coupa la parole à Isambour en lui disant que le meunier devait avoir bien d'autres préoccupations en tête que ces histoires d'épousailles. L'état de Basilie semblait stagner de façon alarmante. Juliane avait avoué à son amie qu'on se demandait à présent si l'esprit de la noyée n'était pas définitivement obscurci. Si elle n'allait pas sombrer dans une sorte d'apathie sans remède.

Il ne fut plus possible ensuite de ramener la conversation

vers un sujet que, de toute évidence, la jeune fille souhaitait éviter.

Isambour préféra attendre une autre occasion plus propice pour solliciter des confidences qui se révélaient encore prématurées.

Si elle n'insista pas davantage, ce fut aussi parce qu'en dépit de l'anxieuse tendresse qu'elle vouait à sa fille, une autre obsession l'habitait.

D'après ce qu'en disaient Rémi et l'adolescente elle-même, Bernold n'allait pas bien. Sombre, tourmenté, il se nourrissait mal et se laissait aller. Son travail en subissait le contrecoup. Le maître verrier ne semblait plus y apporter le soin ni l'exigence qui avaient jusque-là étaient siens.

Comme ce changement coïncidait avec l'irruption de sa femme dans sa retraite, Isambour ne pouvait manquer de s'interroger sur la conduite à adopter dans les semaines à venir.

Retourner voir Bernold ? Tenter une seconde fois de l'arracher à l'isolement qui ruinait peu à peu ses forces et son talent ? Ou bien se conformer à ses instructions, ne plus l'importuner, accepter une existence de veuve à quelques toises de l'époux muré dans sa détresse ?

Son cœur, son corps, se révoltaient contre une telle éventualité.

La nuit, elle écoutait le vent souffler autour de la maison ou la pluie tambouriner sur les tuiles, et elle pleurait en silence. Ou bien elle se retournait jusqu'à l'aube sur sa couche au risque de réveiller ses deux plus jeunes filles endormies à ses côtés.

De cette double torture, elle ne parlait à personne. Ni à sa tante, ni aux femmes de son entourage. Si Aveline s'était trouvée là, si Aubrée avait été à portée, peut-être aurait-elle cherché conseils et soutien auprès de l'une ou de l'autre. Mais elles étaient loin...

Son unique recours demeurait la prière. Depuis qu'elle avait retrouvé le chemin de la confiance en Dieu, elle se livrait, à n'importe quel moment de la journée, à de brèves mais intenses oraisons. C'était, entre elle et Celui dont nous savons si peu de chose sinon qu'Il est toute attention, une sorte d'entretien sans cesse interrompu, sans cesse repris. Elle s'adressait à Dieu comme à un confident, à un guide, à l'unique ami sûr. Elle lui faisait part de ses difficultés du

moment, Le remerciait pour une fleur, la beauté du monde
ou un regard d'enfant, et Lui demandait de lui venir en aide
chaque fois qu'elle se tourmentait plus qu'à l'ordinaire...
Une force intime naissait en elle de ce contact immatériel.
C'était là qu'elle puisait son endurance.

Mars se terminait. Le carême parviendrait bientôt à son
terme. On approchait de Pâques fleuries...

Par un matin où la bourrasque redoublait de virulence,
emportant dans sa course fétus de paille, plumes d'oisons
ou de canards, brins de laine arrachés aux ciseaux des
tondeurs, pendant que les nuages se bousculaient dans le
ciel comme des troupeaux de moutons noirs, Amalberge
frappa à la porte de la salle.

Assise devant une petite table de chêne ciré, Isambour
établissait les comptes de la verrerie à l'aide d'un abaque.
Jadis, c'était Bernold qui s'occupait des sommes à faire
rentrer comme de celles à sortir, des frais du ménage, des
revenus du domaine.

Depuis deux ans, ces responsabilités incombaient à celle
sur laquelle il s'était déchargé de tous ses devoirs.

— Par ma tête, dit Amalberge, je vous dérange !

— Ma foi non. J'en ai presque terminé.

D'un mouvement rapide des doigts, Isambour faisait
glisser les boules de différentes couleurs sur la planchette
rectangulaire où elles étaient alignées. Il y avait vingt-sept
cases sur trois colonnes. Une colonne pour chaque série de
neuf chiffres : une pour les unités, une pour les dizaines,
une pour les centaines. Comme chaque chiffre avait, selon
la colonne où il était inscrit, une valeur différente, les calculs
étaient sans difficulté et se réduisaient à quelques gestes.

— Quand je vous vois travailler de la sorte, reprit la
sage-femme, je me dis qu'avoir délaissé une dame telle que
vous est folie !

Sur une ardoise, à l'aide d'un bâton de craie, Isambour
inscrivit un dernier chiffre, puis elle fit signe à sa visiteuse
de s'asseoir.

— C'est ce que je pense aussi, admit-elle avec un sourire.
Hélas, ça ne change rien à la réalité !

Amalberge prit un air mystérieux.

— Voudriez-vous, justement, si c'était possible, y changer
quelque chose ?

— Comment donc ?

Les deux femmes se dévisagèrent un instant en silence. Puis Amalberge tira de la large manche de sa tunique une petite fiole d'étain, soigneusement bouchée.

— Si vous mélangiez sept gouttes de votre propre sang au contenu de ce flacon, dit-elle en baissant les yeux, et si vous amalgamiez le tout à une sauce accompagnant un plat du souper de votre mari, vous sauriez bientôt ce que je veux dire. J'ai pensé à sa pénitence, mais nous sommes samedi. Vous lui donnerez ceci demain, dimanche, jour où il lui est loisible d'améliorer un peu son ordinaire de pain et d'eau. Il faut qu'il mange le tout. Par les cornes du diable ! Vous n'aurez plus qu'à aller le trouver ensuite... Il ne vous repoussera pas !

Saisie, Isambour demeurait immobile.

— Ce sont là pratiques interdites par l'Église, remarqua-t-elle.

— Sans doute, sans doute, mais les prêtres ne sont pas dans le secret de la Création, que je sache, et Notre-Seigneur Jésus n'a jamais interdit à une épouse fidèle de tout tenter pour reprendre son mari volage. N'est-il pas défendu de séparer ce que Dieu a uni ? Alors, pourquoi serait-il mauvais de vouloir le réunir ? Et puis, nul ne le saura...

— Ce liquide peut être néfaste pour la santé...

— Sur la tête d'Haguenier, mon cher fils, je puis vous jurer qu'il est sans danger. C'est un mélange de simples, cueillis une nuit de pleine lune, de carapaces d'écrevisses broyées, de sève de myrte, de buis et de mandragore, sans parler de quelques autres ingrédients dont je vous réponds.

— L'avez-vous déjà essayé ?

— Souventes fois ! Toujours avec de bons résultats !

On entendit la voix d'Aubin qui grimpait l'escalier en chantant.

Sans un mot de plus, Isambour tendit la main, prit la fiole, la glissa à son tour dans sa manche.

— Que le Seigneur nous pardonne, murmura-t-elle en se signant.

Amalberge sourit de sa bouche d'ogresse.

— Il aime ceux qui s'aiment, souffla-t-elle au moment où Aubin ouvrait la porte. Il protège ceux qui se sont unis par sacrement de mariage !

Puisque l'occasion lui en était offerte, Isambour décida de ne plus tergiverser et, sans plus attendre, de faire, dès le lendemain, l'essai du breuvage de la sage-femme. Si elle n'obtenait pas l'effet escompté, tant pis pour elle. En revanche si elle parvenait à ses fins, ce serait la preuve qu'elle n'avait pas mal agi puisqu'elle serait exaucée...

De toute manière, elle irait se confesser à la fin du carême, époque de continence obligatoire aussi bien pour elle que pour Bernold.

« Mon carême à moi dure depuis deux ans, se dit Isambour. Dieu me pardonnera d'écourter le sien ! »

Le lendemain soir, après avoir commandé une sauce à l'ail capable de dissimuler éventuellement le goût du liquide contenu dans le flacon, il lui fut aisé de le verser dans l'écuelle d'anguilles poêlées que Margiste avait préparée pour son maître. Au préalable, la jeune femme y avait ajouté sept gouttes de son sang...

Avant que la famille prît place autour de la table, Grécie porta à son père, selon son habitude, la nourriture dominicale qui rompait avec la stricte abstinence quotidienne.

Durant ce souper, Isambour vécut dans une sorte de transe qui lui fit perdre le sens de ce qu'on lui disait. Elle se mouvait comme dans un songe. Incapable d'avaler une seule bouchée, elle se contenta de boire un peu de vin chaud au miel, en prétendant qu'elle souffrait de l'estomac.

Une fois les enfants au lit, elle déclara à Grécie et à Aliaume qu'elle avait l'intention de se préparer à la semaine sainte qui débuterait le lendemain, en procédant, ce soir-là, à de grandes ablutions. Puis elle demanda qu'on fît chauffer l'étuve et qu'on ne se souciât plus d'elle. Elle en aurait pour un bon moment.

Longuement, ensuite, elle soigna son corps, le lava, l'oignit de senteurs, le para. Puis elle défit ses nattes, brossa amoureusement son épaisse chevelure couleur de châtaigne où ne brillaient encore que fort peu de cheveux blancs et la parfuma. Sans la renouer, elle l'épandit sur la fine chemise de toile safranée qu'elle avait mise après son bain, puis quitta le petit bâtiment de l'étuve.

La nuit était épaisse. Le vent soufflait sa rude haleine à travers la cour. Il plaqua le léger tissu contre les seins, le ventre, les cuisses de la femme qui marchait vers son but, sans tenir compte de lui. Il fouetta ses cheveux dénoués qui s'agitaient furieusement et claquaient sur ses reins comme la queue coléreuse d'une jument noire.

Isambour se dirigea vers l'atelier, ouvrit la porte qui n'était pas fermée de l'intérieur, se signa trois fois sur le seuil, et entra.

Couché et appuyé sur un coude, Bernold dessinait dans son lit.

Auprès de lui, posée sur un petit fût renversé, une chandelle éclairait maigrement ses mains et le bas de son visage, mangé de barbe.

Isambour n'hésita pas.

Sans un mot, elle marcha vers l'homme qui, éperdu, la regardait venir, défit le coulissage de sa chemise, qui glissa le long de son corps pour choir à ses pieds, et, se penchant vers le visage levé vers elle, le baisa aux lèvres.

Puis elle souffla la chandelle.

III

En avril, Frémin-le-tord s'éteignit sans bruit ; en juin, Isambour fit une fausse couche provoquée par une chute dans l'escalier de sa maison ; en août, on apprit la mort du comte Étienne de Blois, tué par les sarrasins après avoir enfin accompli au Saint-Sépulcre le pèlerinage qui lui avait permis de rendre honneur et gloire à son lignage.

La comtesse Adèle fit dire des messes pour le repos de l'âme de son époux, puis, en attendant la majorité de ses fils, continua à assurer avec fermeté, adresse et justice, la régence des comtés de Blois et Chartres.

À la mi-septembre, en un moment d'égarement, Basilie s'alla noyer dans le Loir. Cette fois, çe fut pour de bon. Des pierres attachées autour de la taille, elle entra dans l'eau fraîche, vers la fin du jour, alors que, semblable aux sons de flûtes désaccordées, le chant rouillé des courlis retentissait dans l'air du soir où traînaient des fumées de feux de broussailles.

On l'enterra discrètement à Saint-Nicolas-de-Fréteval, en mettant au compte de la démence un acte de destruction qui l'aurait privée de sépulture chrétienne s'il avait été perpétré en toute lucidité.

Le plus triste, ce fut le manque de tristesse manifesté par son époux. De façon évidente, malgré ses efforts pour le dissimuler, Gildas n'endura pas de véritable peine.

Fort calme, il se comporta avec la componction qu'on pouvait attendre d'un veuf, mais personne ne le vit pleurer une femme dont la fin avait été si pénible et qui l'avait chéri autant qu'il était possible.

– Par ma tête ! les meuniers n'ont pas de cœur ! s'écria Margiste en revenant de l'enterrement.

– Il ne convient pas de parler sans savoir ! protesta Isambour. Le cœur n'est pas toujours tourné du bon côté, mais il n'en est pas moins là pour autant !

En dépit des regrets éprouvés après la disparition du vieil oncle bossu qu'elle aimait bien, et de l'horreur conçue en apprenant la façon dont Basilie avait mis fin à ses jours, la maîtresse du Grand Feu, elle non plus, n'avait été profondément touchée par aucun des deuils survenus durant le printemps et l'été.

Depuis qu'elle avait renoué avec Bernold une vie conjugale remplie d'ombres, un nouveau tourment s'était glissé en elle à la place de l'ancien. Une obsession l'habitait : faire renaître entre son époux et elle l'amour réciproque qu'ils avaient autrefois ressenti l'un pour l'autre.

Si leurs corps s'étaient en effet reconnus avec une ardeur, une complicité, sur lesquelles Isambour avait compté pour forcer la retraite du verrier, il n'en était pas de même de leurs sentiments.

Relevé de son imprudent vœu personnel par l'évêque de Blois, à la suite d'une nouvelle intervention de la comtesse Adèle, Bernold, bien que maintenu dans ses sept ans de pénitence, avait pu retrouver sa place au foyer.

Une scène très pénible, durant laquelle il avait dû solliciter le pardon de son fils, avait eu lieu au préalable entre lui et Aliaume. Le jeune homme avait pratiqué l'oubli des offenses pour que le père fautif pût revenir vivre avec les siens. Mais tout n'était pas réglé pour autant.

Si les apparences parvenaient à tromper bien des gens, elles n'abusaient aucun des principaux intéressés.

Isambour constatait à son grand dam que coucher de nouveau avec son mari ne signifiait pas posséder autre chose que son enveloppe charnelle. Les bras dont elle sortait chaque matin l'enfermaient bien dans leur chaleur, mais aucun rayon ne brillait plus pour elle dans le regard de Bernold. Tout juste un peu de tendresse usée, survivant à la tempête, s'y lisait-elle parfois, ainsi qu'une certaine reconnaissance pour le plaisir partagé au creux du lit commun.

C'était tout. Ce n'était rien.

La jeunesse obstinée de son amour à elle n'acceptait pas

cette pauvreté. Il lui fallait l'homme tout entier, corps et âme.

Inventif, tenace, son esprit cherchait jour et nuit le moyen de ranimer le feu assoupi.

De leur côté, les enfants avaient repris le plus naturellement du monde une vie de famille dont ils avaient un besoin instinctif.

Grécie continuait à servir Bernold de préférence à tout autre. Ayant senti qu'il ne convenait pas de modifier une habitude qui leur était également chère, Isambour s'y soumettait.

Philippa essayait sur son père les effets de ses charmes encore à demi enfantins, et parvenait souvent à le faire sourire.

Aubin composait pour lui des chants d'une tendresse ineffable qu'il interprétait en s'accompagnant d'une petite lyre portative que lui avait prêtée Haguenier.

Ainsi qu'une tourterelle rousse, Doette roucoulait sur les genoux paternels toutes les fois qu'on le lui permettait.

Mais le préféré était à présent Ogier. La ressemblance indéniable que l'enfant présentait avec Hendri, son fils tué, semblait envoûter le Normand. Penché sur le reflet d'un visage qu'il avait pensé ne jamais revoir, il se laissait prendre à une sorte de vertige ambigu, où les traits du disparu et ceux du dernier né se confondaient en un mirage qui inquiétait parfois Isambour.

Comme le maître verrier ne pouvait se déplacer qu'à grand-peine, au risque de tomber, Rémi et Aliaume le portaient de l'atelier à la salle, puis de la salle à l'atelier, sur un siège haut et étroit qu'ils avaient fabriqué à son intention. Voir son époux, si puissamment bâti, jadis si vif, réduit à cet état d'estropié, déchirait Isambour, mais ne changeait rien à la ferveur admirative qu'elle lui portait depuis le jour déjà lointain du rapt.

Elle l'avait aimé beau, fort, fidèle, elle continuait à l'aimer amoindri et mutilé, après qu'il l'eut trompée. À ses yeux, il demeurait l'unique, le seul homme à l'avoir jamais séduite. Elle trouvait à ses rides du caractère, à ses cheveux blanchissants l'attrait émouvant de ce qui témoigne de notre précarité, et le corps de Bernold recélait pour elle le secret de toutes les félicités charnelles.

Parfois, le soir, dans leur lit, quand il s'était endormi à

ses côtés, il arrivait à Isambour de lutter contre le sommeil en se louant de la respiration sonore qui la gardait éveillée. Elle tenait à se pénétrer de l'émerveillement qu'elle éprouvait à le sentir de retour auprès d'elle : voilà qu'il avait repris sa place, celui dont l'absence avait été insupportable !

Son poids sur le matelas, son odeur, son souffle bruyant lui-même, étaient, pour la femme qui avait connu les affres de la séparation et de la solitude, autant de signes bouleversants d'un renouveau qui l'inondait d'amour.

En avril, quand elle s'était vue enceinte une nouvelle fois, elle avait été heureuse. Un enfant de Bernold ne pouvait être qu'une bénédiction ! Elle avait pleuré en le perdant, mais s'était vite consolée en se persuadant qu'elle en porterait bientôt un autre.

Jamais on ne parlait d'Adelise. C'était comme si l'ensorceleuse n'avait pas traversé leurs vies en y semant désordres et douleurs.

Aliaume, quant à lui, semblait, au fil des jours, se guérir d'une souffrance qui reculait dans le passé. Il consentait à sortir de temps en temps avec Grécie, se montrait moins taciturne, semblait éprouver un soulagement certain à s'être réconcilié avec son père.

Tout aurait été bien si Isambour n'avait été pourvue du plus exigeant des cœurs. Le calme revenu ne lui suffisait pas. D'autant plus qu'elle conservait secrètement l'amertume d'une découverte qui la poursuivait de son dard.

La nuit de leurs retrouvailles, alors qu'ils venaient, Bernold et elle, de s'aimer avec un emportement qui l'avait leurrée, elle avait senti une pluie tiède de larmes silencieuses couler sur son épaule.

De toutes ses forces, avec passion, elle avait serré contre le sien le corps qui ne s'était pas encore retiré d'elle.

– Ne pleurez pas, ami, mon bel ami ! Je vous en conjure ! Par le Christ, ne pleurez pas !

Ces mots tendres n'avaient provoqué qu'un redoublement de douleur chez celui qu'elle enlaçait. Comme un bateau dans la tempête, il était secoué par un désespoir tumultueux dont elle ne pouvait plus ignorer la cause.

Aussi s'était-elle tue, en berçant son époux entre ses bras, comme un enfant perdu.

Mais sa détresse était immense et immense sa déception. Cette première nuit de réunion avait été baptisée de leurs pleurs simultanés mais pourtant étrangers.

Ainsi donc, aux rives mêmes du plaisir, alors que leurs chairs demeuraient confondues, Bernold se reprochait des transports arrachés à sa sensualité parce qu'ils le détournaient d'une malheureuse passion, et l'amenaient à la renier !

C'était à ce moment-là, au comble du désenchantement, qu'Isambour s'était juré de reprendre sur son mari un empire qui ne serait plus seulement celui des sens. Au lieu de l'abattre, ce nouveau crève-cœur l'avait déterminée à continuer la lutte entreprise. Elle ne serait pleinement rétablie dans son bonheur d'antan qu'après avoir amené l'infidèle à désavouer l'égarement dont elle mesurait mieux, maintenant, l'étendue.

Toutes ses pensées, toute son énergie furent, dès lors, tournées vers la reconquête d'un amour qui se dérobait au sien.

Bernold, qui n'avait jamais été bavard, parlait le moins possible depuis son retour. Leurs échanges se bornaient à l'essentiel. La vie quotidienne en faisait tous les frais. Chaque fois qu'Isambour tentait une incursion dans leur passé ou vers ses propres sentiments, le maître verrier esquivait l'entretien. Ses réponses se faisaient alors si vagues qu'il y aurait eu de quoi décourager n'importe qui de moins déterminé qu'Isambour.

Forte du premier succès obtenu grâce à sa volonté rebelle, elle se refusait au découragement. Rien ne la rebutait. Considérant à la dérobée la nuque puissante inclinée sous le poids des nostalgies ou des contritions, elle se répétait qu'il ne dépendait que d'elle de relever le courage, l'ardeur à vivre, de l'homme dont elle connaissait mieux que personne les ressources.

Cette quête inlassable détournait la mère de famille des autres sujets d'observation qui auraient dû être siens.

C'est ainsi qu'elle ne prêta que peu d'attention à la tournure qu'avait pu prendre l'aventure de Grécie et du jeune sellier de Fréteval.

Sa fille n'en disait mot. C'était qu'il n'y avait rien de décisif à signaler... Il n'était que d'attendre...

Durant l'été, Isambour avait bien constaté certains retards, quelques contradictions entre les propos de l'adolescente et la réalité, sans parler de la mort de la pie apprivoisée qui n'avait guère semblé peiner Grécie... Mais y avait-il là de quoi s'alarmer ? Elle s'était persuadée du contraire.

Ce fut un soir d'automne, alors que septembre s'achevait, qu'elle remarqua soudain la mine sombre de sa fille.

La nuit tombait. Isambour avait passé l'après-midi à confectionner de la pâte de coing en compagnie de Margiste, et toute la maison était parfumée de la forte senteur des gros fruits jaunes.

Les hommes n'étaient pas revenus des ateliers. La lueur des fours rougeoyait encore au fond de la cour.

Grécie entra dans la salle au moment où sa mère distribuait à Doette et à Ogier les débris de la pâte de fruits édulcorée au miel.

Occupée à partager aux deux enfants qui se les disputaient les morceaux poisseux et ambrés, Isambour ne remarqua pas, tout d'abord, la contenance de sa fille aînée.

Ce fut l'immobilité de celle-ci qui l'alerta.

— Que vous arrive-t-il, mon agneau ? demanda-t-elle en constatant que l'adolescente, qui s'était laissée tomber sur le lourd coffre de bois situé non loin de la porte, demeurait prostrée, les coudes sur les genoux, la tête enfouie entre les mains.

— Je reviens du moulin, dit Grécie. J'ai couru trop vite. Je suis à bout de souffle.

L'explication était si manifestement fausse qu'Isambour ne put éviter de s'en apercevoir.

— Par ma foi, vous ne soufflez guère ? remarqua-t-elle en repoussant Doette et Ogier suspendus à son bliaud. Vous voilà pâle comme un linge !

Elle alla vers Grécie, s'arrêta devant elle.

— Vous semblez bouleversée, ma chère fille, reprit-elle. Pourquoi donc ?

— Juliane ne se remet pas de la mort de sa mère adoptive. Elle souffre de voir que Gildas ne témoigne aucun vrai regret de la perte de Basilie.

— Vous êtes trop sensible, ma colombe. Il n'est pas raisonnable de se mettre en pareil état pour le deuil d'une amie.

— Je l'aime beaucoup.

— Il est vrai, et c'est très bien ainsi, mais cessez donc de vous tourmenter outre mesure. Laissez faire le temps. Il apaisera le chagrin de Juliane en lui fournissant joies et peines nouvelles. C'est encore le meilleur des médecins !

– Dieu vous entende ! souffla Grécie. Nous en avons tous besoin !

Aliaume et Rémi entrèrent alors, portant le siège sur lequel se tenait Bernold, Isambour ne fut plus occupée que de son mari.

Cependant, le lendemain matin, durant la messe quotidienne à Saint-Lubin, le bref entretien qu'elle avait eu avec sa fille lui revint en mémoire.

« Se donne-t-on tant de souci pour les malheurs d'autrui, fût-ce d'une amie très chère ? se demanda-t-elle soudain. N'y aurait-il pas, derrière cette grande sollicitude, une réalité différente, plus personnelle à Grécie ? Sa pâleur, son désarroi, tendraient à prouver qu'elle était durement touchée... Seigneur, je me suis peu attachée, ces derniers temps, aux soins de mes enfants. Je vous en demande pardon. Vous savez ce qui me hante. Ayez pitié de moi, des miens, et tout particulièrement de mon enfant défigurée. Aidez-nous ! Aidez-la ! »

Les jours qui suivirent semblèrent donner tort aux alarmes d'Isambour. Grécie avait retrouvé un comportement normal. Sa mère n'eut pas l'occasion de s'entretenir seule à seule avec elle. Sans doute la jeune fille n'avait-elle été victime que d'un dépit amoureux passager ne tirant pas à conséquence...

La vérité éclata brusquement quand Roland apprit à sa sœur que le second fils du boucher de Fréteval, ayant renoncé à s'établir au pays, s'en était allé chercher fortune ailleurs.

– Mon Dieu ! voilà donc la raison du trouble de ma fille ! s'écria Isambour. Et moi qui ne savais rien !

L'infirmier, qui dosait avec méticulosité une potion commandée par le prieur du monastère pour une de ses parentes, ne répondit pas tout de suite.

Selon son habitude, il prenait le temps de réfléchir.

Ce matin-là, il n'y avait personne dans l'herboristerie où œuvrait le moine. Le fait se produisait rarement. D'ordinaire, plusieurs malades attendaient leur tour sur les bancs fixés le long d'un des murs.

– Si ce garçon est parti, reprit Roland en se redressant, c'est, sans doute, pour une raison d'importance.

– Savez-vous quelque chose ?

– Il prétend ne pas avoir trouvé assez de pratiques par ici.

Il s'interrompit une seconde fois. Bras croisés, tête inclinée sur la bure noire de sa tunique, il demeurait debout devant la table où il avait préparé le breuvage demandé, et semblait parti dans une suite de considérations soucieuses.

— Par la Croix du Christ ! mon frère, parlez ! s'écria Isambour. Vous semblez me cacher quelque chose.

— Hier, je suis monté au donjon pour faire une saignée à dame Agnès de Guerche, l'épouse de notre baron, qui souffrait d'un flux de bile noire, reprit le moine. Je n'ai pu éviter d'entendre les propos tenus dans la chambre haute où il y avait beaucoup de demoiselles et de servantes.

Isambour sentit son cœur s'emballer.

— Alors ? souffla-t-elle.

— Il semblait ressortir de leurs bavardages que ce Raymondin aurait surtout été préoccupé de s'éloigner d'une fille dont il souhaitait se débarrasser après l'avoir mise dans une situation délicate...

— A-t-on cité un nom ?

— Aucun.

Un nouveau silence.

— Personne n'ignore au château que je suis votre frère, acheva l'infirmier en soupirant.

— Il n'est pas prouvé pour autant qu'il s'agissait de Grécie !

— Bien sûr que non, Dieu merci ! Mais vous feriez tout de même bien, ma sœur, de chercher de votre côté à savoir ce que tout cela signifie.

Isambour prit l'onguent qu'elle était venue quérir, remercia le moine, et le quitta fort inquiète.

Que croire ? Était-il possible que sa fille, dont le jugement demeurait toujours si ferme, si clair, ait pu s'amouracher de ce Raymondin au point de se laisser séduire comme une gardeuse de chèvres ? Qu'elle ait succombé à un garçon dont les agissements prouvaient assez le manque de qualité et de conscience ? Était-elle à ce point tourmentée par sa disgrâce physique qu'elle se fût précipitée dans les bras d'un jouisseur qui lui avait prêté, par habitude, un peu plus d'attention que les autres garçons de son entourage ? Comment savoir ?

S'adresser directement à Grécie paraissait impossible à Isambour. Elle connaissait l'habileté de l'adolescente à se dérober. Jamais on ne parvenait à lui faire dire ce qu'elle avait décidé de taire. Si elle n'était pas venue, de son propre chef, se confier à sa mère, c'était qu'il n'y avait rien à avouer... ou qu'elle préférait cacher à tous, y compris à celle-ci, une avanie dont elle comptait se sortir seule...

Soudain, une idée traversa l'esprit anxieux d'Isambour. Si quelqu'un savait quelque chose de toute cette histoire, ce ne pouvait être que Juliane. Il fallait aller trouver la meilleure amie de Grécie et l'amener à révéler le secret qu'elle détenait peut-être.

Rebroussant chemin, la maîtresse du Grand Feu se dirigea vers le moulin.

On préparait à Fréteval et dans la vallée la fête des vendanges fixée au lendemain, jour de la Saint-Rémi, aussi tout le village était-il en effervescence.

Les coups de maillets frappés par les tonneliers sur leurs tonneaux, barils, muids, setiers et autres futailles, retentissaient à travers rues et ruelles ; des odeurs vineuses rôdaient aux porches des demeures et des entrées de caves ; des chariots transportant de lourdes cuves de bois cerclées de fer brinquebalaient vers les pressoirs.

À l'intérieur des maisons, les femmes rinçaient pots, pintes et chopines, tandis que d'autres accrochaient des grappes à des cercles en osier, qu'elles suspendraient ensuite aux solives de leurs salles afin de conserver plus longtemps le raisin.

Sur les façades à pans de bois, on disposait des guirlandes de pampres et de feuilles de vigne, des bouquets de fleurs des champs, des courtines de couleurs, des tresses de paille piquées de soucis, de scabieuses, de colchiques, de résédas jaunes, de millepertuis, d'origan, de véroniques, ou de panicauts...

Isambour passait, saluait hâtivement, continuait son chemin.

Au moulin, elle trouva Juliane, en compagnie d'une servante, plumant des bécasses pour le dîner.

— Il faut que je vous parle sans tarder, dit-elle à la jeune fille. Pourrions-nous faire quelques pas ensemble dans votre pré ?

Juliane rougit, se troubla, se leva prestement en laissant là son travail.

— Venez, dame, répondit-elle.

Au-delà des bâtiments et du bief, Gildas possédait de vastes pâturages longés par le Loir.

Sans se soucier des mouches qui les assaillaient, des vaches y paissaient, tondant au plus près l'herbe desséchée par un été trop chaud.

— Vous êtes la seule véritable amie de Grécie à Fréteval, commença aussitôt Isambour, dès que la jeune fille et elle-même se trouvèrent loin des oreilles indiscrètes, sur un étroit chemin qui suivait la rive, à l'ombre des saules argentés. C'est pourquoi je me suis décidée à venir vous voir. Il m'est revenu des bruits déplaisants au sujet de ma fille et de ce Raymondin qui a dernièrement quitté le pays. Je dois savoir ce qui s'est passé entre eux.

Juliane baissa la tête. Si Isambour y avait pris garde, elle se serait aperçue que sa compagne paraissait plus déçue qu'embarrassée, mais elle ne le remarqua pas.

Trop occupée par ce qu'elle venait d'apprendre pour s'attacher à autre chose, elle mit sur le compte de la gêne l'hésitation de la jeune fille.

— Ne craignez pas de trahir une confidence, insista-t-elle. Il y va du bien de Grécie. Depuis quelque temps, elle est triste et abattue. J'ai besoin de connaître les raisons de ce changement pour l'aider à se tirer d'affaire.

— Si elle ne vous a rien dit, dame, c'est sans doute qu'elle préfère ne pas vous causer de nouveaux tourments.

— Ce peut être aussi par fierté, parce qu'elle croit pouvoir se passer de mon soutien, corrigea Isambour. Vous savez tout comme moi combien elle possède d'amour-propre et d'indépendance !

Juliane approuva de la tête.

En frôlant les graminées sèches qui bordaient le chemin, sa chemise blanche, dépassant d'une bonne main sous son bliaud bleu foncé, ramassait de minuscules graines adhérentes et des traînées de poussière.

— Je ne pense pas me montrer déloyale à son égard en reconnaissant qu'au printemps dernier, elle s'est en effet éprise de ce Raymondin, reconnut la fille du meunier au bout d'un instant. Elle ne s'en cachait guère et m'en parlait avec la fougue qui est dans sa nature.

Elle s'interrompit pour détacher son voile d'un souple rameau de saule qui l'avait accroché.

— Elle imaginait qu'il partageait son entraînement, alors

qu'il se montrait en réalité plus curieux qu'amoureux... du moins c'était l'impression que j'en avais, acheva-t-elle en reprenant sa marche auprès d'Isambour.

— C'est, hélas, sûrement vous qui étiez dans le vrai, soupira cette dernière.

— Grâce à ce malentendu, Grécie a pu être heureuse quelques mois. N'est-ce pas, déjà, un résultat appréciable ? J'en ai causé une fois ou deux avec Aliaume. Il partageait tout à fait cette façon de voir, je puis vous l'assurer !

En terminant sa phrase, Juliane s'était de nouveau empourprée.

Malgré son inquiétude, Isambour ne put, cette seconde fois, ignorer le trouble de son interlocutrice. Elle lui jeta un regard attentif, mais ne la suivit pas sur un terrain qu'elle se réservait d'explorer plus tard.

— Si ma fille a connu, un temps, une certaine forme de bonheur, elle ne doit en être que plus atteinte à présent, continua-t-elle fermement. Savez-vous comment les choses se sont passées ?

— Pas le moins du monde. Sur ma vie, dame, Grécie n'aime pas se plaindre et déteste apitoyer, vous ne l'ignorez pas. Elle m'a tout juste appris, voici deux semaines, que Raymondin avait décidé de partir sans esprit de retour. Comme je l'interrogeais sur la raison d'une telle résolution, elle s'est contentée de lever les épaules, en prétendant que c'était là une preuve de plus de la légèreté des hommes, qu'il n'y avait pas à s'en étonner... Pourtant, ses yeux étaient pleins de larmes !

— Par Notre-Dame, que puis-je faire pour la secourir ? Elle a dû également vous conter notre réconciliation durant le séjour que nous avons fait à Blois, mais, en dépit de tout, elle n'en demeure pas moins, fort souvent pour moi, une énigme.

— Je dois bien reconnaître que son malheur lui a forgé un caractère de fer et qu'elle se défend de toute faiblesse, admit Juliane. Il m'a fallu un certain temps pour découvrir que, derrière ce rempart, elle cachait une sensibilité d'écorchée.

— À ce que je vois, vous la jugez bien, murmura Isambour. Puisque, en plus, vous êtes de son âge, peut-être avez-vous une idée sur la meilleure façon de me comporter pour lui venir en aide sans la mortifier ?

– Je ne sais, dame, je ne sais. Nous sommes si différentes, elle et moi ! J'avais l'habitude de tout confier à ma mère... Je trouvais toujours en elle appui et réconfort... C'est pourquoi elle me manque tellement !

Sur ces mots, sa voix se cassa.

Elle se tut, détournant les yeux vers l'eau glauque du Loir qui coulait en contrebas du pré.

La sécheresse de l'été et de ce début d'automne avait sensiblement fait baisser le niveau de la rivière. Ses berges se montraient à découvert bien plus bas qu'à l'ordinaire. Les racines des aulnes et des saules qui s'y abreuvaient, ainsi que les tiges des joncs et des roseaux qui les peuplaient, étaient à nu, enrobées de vase séchée et nauséabonde.

– Cette odeur marécageuse est bien désagréable, remarqua Isambour afin de permettre à Juliane de se reprendre. Le manque d'eau devient préoccupant, cette année. On parle déjà d'épidémies, de mauvaises fièvres, dans la vallée et en petite Beauce.

– Avec l'automne, la pluie va revenir...

Juliane se tourna d'un mouvement spontané vers la mère de son amie.

– Vous devriez, dame, aborder franchement avec Grécie le sujet qui vous préoccupe, conseilla-t-elle en esquissant un pauvre sourire. Ce serait bien mieux pour vous deux !

Le long de la route qui la ramenait chez elle, Isambour songeait à la manière la plus appropriée d'interroger sa fille, quand elle s'entendit appeler.

Parvenue à la hauteur du Grand Feu, elle atteignait les maisonnettes adossées aux ateliers.

Sur le pas de sa porte, elle vit Amalberge qui la hélait. Tournant court, elle franchit le pontet enjambant le fossé surmonté de palissades qui fortifiait le domaine, et poussa le portail bas donnant accès aux dépendances.

– Si vous avez un moment, dame, j'aimerais bien vous entretenir, dit la sage-femme.

– À condition que ce ne soit pas trop long...

Le sol en terre battue de la petite salle où entra Isambour était jonché d'herbe fraîche. La plus grande propreté régnait dans l'étroit logis.

– Vous prendrez bien un peu de poiré...

Une fois assises devant la table placée auprès du lit, les deux femmes goûtèrent en silence le liquide cuivré qu'Amalberge avait versé dans leurs gobelets de buis.

– Je ne sais pas trop par où commencer, dame, vous me voyez bien ennuyée d'avoir à vous apprendre ce que j'ai à vous apprendre, grommela la ventrière. Mais je dois le faire. C'est un devoir.

– Par tous les saints, Amalberge, de quoi s'agit-il ?

– De votre Grécie.

Isambour pressa ses mains l'une contre l'autre. Elle attendit le coup.

– Hier, elle est venue me voir, reprit la grosse femme. Elle voulait savoir quelles herbes il fallait employer pour faire passer un enfant... Une de ses amies qui est en peine l'aurait chargée de se renseigner auprès de moi. Je n'en sais rien, mais j'ai préféré vous prévenir.

Assommée, Isambour était incapable de répondre. L'horreur montait en elle comme une marée grise.

– Faire passer un enfant..., répéta-t-elle au bout d'un moment. Tuer son enfant ! Dieu ! Ma fille, ma fille à moi, a pu y songer !

Sans chercher à cacher ni même à essuyer ses larmes, elle se mit à pleurer. C'était comme une blessure ouverte soudain dans sa chair et qui saignait.

– Dame, murmura Amalberge, dame, ce n'est peut-être pas pour elle...

Isambour secoua la tête, se leva, alla vers la porte, sortit.

L'air doux et blond de l'automne, un peu moite, alourdi d'odeurs de pommes mûres et de feuilles mourantes, l'enveloppa comme un suaire douceâtre.

Elle se dirigea vers la verrerie. Bernold devait encore se trouver dans son atelier.

La vue brouillée, elle croisa Haguenier sans même le remarquer.

Tâtonnant devant lui à l'aide d'un bâton de houx soigneusement écorcé et poli, l'aveugle, qui tenait sa flûte sous le bras, suivait la sente sinuant entre Fréteval et Morée, le long de la rive gauche du Loir, à travers champs, vergers, prairies.

En entendant un bruit précipité de pas, il s'arrêta un instant, perçut les plaintes étouffées d'Isambour qui s'éloignait, puis il reprit sa marche.

– Par tous les diables, que se passe-t-il donc ici, ma mère ? demanda-t-il en parvenant chez lui.

– Hélas ! mon fils, hélas ! Il nous advient un grand

402 LE GRAND FEU

malheur ! gémit-elle, en l'aidant à franchir le seuil de leur
logis.

Isambour avait continué sa route jusqu'à l'atelier de son
époux. D'instinct, c'était vers lui qu'elle se tournait...

Avec des gestes légers, délicats, Bernold lissait une couche
de peinture au vernis presque noir sur un verre enduit
préalablement de cire. Penché vers l'élément de vitrail posé
à plat devant lui, il maniait doucement une large brosse
plate, faite en poils de blaireau, tandis qu'un appui-main
soutenait son avant-bras tout en préservant la surface à
peindre.

— Ami, mon ami, par pitié, aidez-moi ! supplia Isambour.
J'ai tant de chagrin !

Elle se laissa tomber aux pieds de son mari et, posant
son front sur les genoux recouverts d'un vieux tablier de
rude toile tachée de couleurs, elle s'abandonna à sa peine.

D'un mouvement aussi précautionneux que celui qu'il
avait pour utiliser ses pinceaux, Bernold caressa la tête
secouée de sanglots qui roulait sous ses doigts.

— Au nom du Christ, qu'avez-vous, amie, sœur ? Que vous
arrive-t-il ? demanda-t-il en s'arrachant à sa propre méditation morose. Vous vous contenez mieux, d'ordinaire.

D'une voix hachée, avec des mots maladroits, Isambour
parla. Elle dit ce qui était arrivé à Grécie, ce que la
sage-femme venait de lui apprendre, sa propre détresse.

— Un enfant, répétait-elle, un enfant envoyé par Dieu et
condamné à périr par celle-là même qui était chargée de
lui donner vie !

La porte de l'atelier s'ouvrit de nouveau et Grécie entra.
Elle portait dans un panier le repas que son père prenait
souvent sans quitter son atelier, quand il avait trop
d'ouvrage.

— Vous voici donc, ma fille ! lança Bernold. Vous tombez
bien ! Oui, par la Sainte Croix, vous tombez bien !

La jeune fille posa le panier sur la table. Son regard allait
de son père à sa mère. Celle-ci leva un visage meurtri.

— Je reviens de chez Amalberge, dit-elle en manière
d'explication.

L'expression de Grécie se durcit.

— Je voulais justement vous mettre au courant de ce qui
m'est advenu, déclara-t-elle, sans laisser paraître autre chose
que de la contrariété.

Isambour se redressa. Ses genoux tremblaient sous elle.

— Dites-moi, je vous en conjure, dites-moi que vous allez garder votre enfant ! implora-t-elle. Oh ! dites-le-moi !

La jeune fille secoua la tête.

— Non pas, dit-elle. Je ne pourrais jamais aimer le rejeton d'un homme sans honneur et sans foi. Je serais même capable de le haïr ! Son félon de père m'a promis le mariage, puis m'a rejetée quand il a eu obtenu ce qu'il voulait. Dieu me pardonne ! Il s'est servi de moi comme d'une catin !

Bernold grondait.

— Si je tenais encore sur mes jambes, j'irais jusqu'au bout du monde chercher ce cadet puant et je le tuerais ! cria-t-il.

— C'est un lâche ! lança Grécie d'un air farouche. Après m'avoir abusée, et dès qu'il a été informé de mon état, il s'est enfui le plus loin possible d'ici, pour ne pas avoir à affronter la vengeance de ma parentèle !

Isambour alla vers sa fille, la prit dans ses bras.

— Laissons-le à son triste destin, conseilla-t-elle. De toute façon, il s'est déshonoré et recevra sa punition dans ce monde ou dans l'autre... Ce n'est plus lui qui importe. C'est bel et bien le petit être dont vous êtes à présent responsable. Son sort dépend de vous, de vous seule...

— Je n'en veux pas. Je ne l'ai jamais désiré ! s'écria Grécie. Je n'en ai que faire !

— Il ne s'agit pas de savoir si vous souhaitiez ou non cet enfant, reprit Isambour gravement. Il est là, dans votre corps ! Il s'agit maintenant de porter à terme, de donner le jour à une créature qui vous a été confiée par le Seigneur afin que vous la mettiez au monde où sa place est déjà marquée ! Vous y refuser est un péché mortel !

— Votre mère est dans le vrai, approuva sombrement Bernold. Vous soustraire à ce devoir sacré serait un manquement irréparable au premier commandement : « Tu ne tueras pas. » Ce serait une forfaiture.

Grécie se dégagea avec brusquerie de l'étreinte maternelle.

— Croyez-vous donc que je n'ai pas assez subi d'épreuves ? jeta-t-elle avec amertume. Qui, à ma place, pourrait souhaiter accoucher d'un monstre à ma ressemblance ?

Isambour accusa ce nouveau coup. Elle ferma un instant les yeux, demeura immobile, tremblante, aux abois.

— Votre enfant n'héritera pas de votre disgrâce, parvint-elle cependant à dire après avoir pris une profonde aspiration. J'en suis certaine. Vous étiez une merveilleuse petite fille avant votre accident. C'est cette beauté originelle que vous lui transmettrez, non les conséquences fortuites d'un méchef survenu plus tard. Quand une femme devient mère après avoir été amputée d'une jambe ou d'un bras, son petit naît entier !

— Vous avez peut-être raison, admit Grécie, mais peu importe. Je n'ai pas su me garder de l'homme, je saurai me garder du rejeton... Parce que j'ai cessé de me méfier, il m'est arrivé malheur. On ne m'y reprendra pas. Je ne désarmerai plus. Pas même devant celui qui ne serait jamais qu'un bâtard !

— Les bâtards, ma fille, trouvent place dans toutes les familles, dit Bernold. Voyez plutôt au château, chez les Meslay eux-mêmes : il y en a je ne sais combien ! Le baron Salomon n'est-il pas, Dieu me pardonne, l'héritier, lui aussi, d'une lignée illégitime ? Cela ne l'empêche pas d'avoir été choisi par le noble Névelon II comme administrateur de sa seigneurie et tuteur de son fils en attendant son retour de Terre sainte.

— Chacun les élève sans façon, avec les autres marmots de la maisonnée, reprit Isambour. Tant qu'une fille n'est pas mariée, elle est libre de ses actes. Nul ne peut lui reprocher une naissance hasardée, dans la mesure où, justement, elle n'a rien fait pour la supprimer. Seule l'épouse chrétienne doit se montrer irréprochable. Ce n'est pas votre cas.

Elle joignit les mains.

— Sur mon âme, rien ne vous empêche de conserver, de mettre au monde, puis d'élever votre petit, assura-t-elle. Vous aurez là un nouvel être à aimer, qui sera à vous, à vous uniquement ! Il vous accompagnera tout au long de votre existence. Il restera près de vous, alors que votre père et moi serons retournés au royaume de Dieu ! Ma fille, ma chère fille, au nom de la tendresse que je vous porte, je vous en supplie : revenez sur votre décision !

— Je ne veux pas de lui ! Je ne l'aurai pas ! répéta Grécie, opposant à ses parents un visage buté.

— Si vous supprimez cette semence, qui germe dans votre sein, c'est comme si vous perciez à coups de dague un de vos frères ou sœurs que vous chérissez tant ! C'est un meurtre, tout comme c'en serait un de tuer Aubin, Doette ou Ogier !... Encore que celui-ci représente pour vous bien davantage ! Il est la chair de votre chair ! Y avez-vous songé ?

En dépit des larmes qui continuaient à la suffoquer, Isambour s'exprimait avec une force singulière. Sa conviction était si puissante qu'elle la portait au-delà de la douleur.

Grécie parut enfin touchée. Sans mot dire, elle s'essuya les yeux d'un revers de main.

— Cet innocent demande à vivre, continua Isambour. Il a droit à la vie... et vous, qui l'avez conçu, vous n'avez pas le droit de le priver de ce don de Dieu qui permet à une âme de s'incarner dans votre corps. Comment pouvez-vous seulement imaginer vous dresser contre le plan de la Création ?

Bernold écoutait sa femme avec respect et approbation. Manifestement, il faisait cause commune avec elle et louait sa résistance.

— Votre mère ne vous parle pas du châtiment que vous encourriez en plus de la part de la justice humaine, ajouta-t-il quand Isambour se fut tue. Vous n'êtes pas sans savoir, ma pauvre enfant, comment sont jugées et exécutées les femmes qui se font avorter.

— Je n'ai pas peur ! jeta Grécie en relevant son visage défiguré.

— Nous connaissons votre courage, reconnut le maître verrier. Mais vous feriez mieux de l'employer à ne pas fuir la première de toutes les responsabilités qui vous sont offertes : celle de transmettre la vie. Y faillirez-vous ?

— Personne n'a besoin de moi pour sauver l'espèce ! protesta Grécie à bout de nerfs. Il ne manque pas de poules pondeuses sous la calotte des cieux ! Si je vous écoutais, je gâcherais les pauvres années de jeunesse qui me restent !

Retournée auprès de son époux, Isambour se tenait à présent derrière lui, les mains posées sur ses épaules.

— C'est, de votre part, un égoïsme mal compris, ma fille, s'écria-t-elle. Le gâchis consisterait, au contraire, à condamner à mort l'enfant qui, par sa présence, vous procurera soutien et tendresse ! Ah ! que ne puis-je le porter à votre place ! A défaut de le faire, je l'élèverai si vous ne souhaitez pas lui donner vos soins. Je vous déchargerai de ce souci. Dans cette maison, un petit de plus ou de moins ne changera pas grand-chose, et je me sens déjà prête à l'aimer.

406 *LE GRAND FEU*

— Non ! Non ! J'ai dit non ! Ce sera non ! hurla Grécie. J'en ai assez, assez !

Comme une folle, elle s'élança vers la porte et sortit de l'atelier en courant.

— Par le sang du Christ ! Elle est perdue ! gronda Bernold. Elle sera damnée !

— Faut-il, mon Dieu, qu'elle soit malheureuse pour agir de la sorte, murmura Isambour. Blessée dans son amour comme dans son amour-propre...

Elle se tenait toujours debout derrière le siège de son mari. Celui-ci se retourna vers elle et posa ses larges mains maculées de peinture sur les siennes.

— Vous vous êtes bien battue, belle douce amie, assura-t-il en reprenant, pour la première fois depuis son retour, une appellation qu'il lui donnait autrefois. Oui, sur ma vie, vous avez vaillamment lutté et avez dit tout ce qu'on pouvait dire !

— Hélas, non, puisque je ne suis pas parvenue à convaincre Grécie !

Bernold secoua la tête avec obstination.

— Vous êtes une bonne et noble femme, continua-t-il sans tenir compte de l'interruption. En vous écoutant défendre avec tant d'ardeur un petit être encore en germe, contre celle-là même qui le porte, je me disais que, décidément, vous aurez toujours été traitée sans pitié par ceux à qui vous donnez le plus d'amour... Vous ne méritez pas les mécomptes ni les déceptions que nous vous avons tous infligés... Malgré les apparences, voyez-vous, c'est un de mes sujets quotidiens de réflexion. Je ne cesse de me répéter qu'il y a grande honte pour moi à vous avoir tant fait souffrir...

— Bernold !

Sous ses doigts, le verrier sentait trembler ceux d'Isambour. Il s'empara d'une des mains abandonnées sur ses épaules, la baisa doucement.

— Si on n'en crève pas, les pires plaies finissent, un jour ou l'autre, par se refermer, dit-il enfin d'une voix assourdie. Je vous demande encore un peu de patience...

On frappa à la porte.

— Dame, dit Sancie en se faufilant dans la pièce, dame, Ogier vient de s'écorcher les genoux en tombant dans la cour. Il ne veut pas que je le soigne. Il vous réclame.

— Je viens, répondit Isambour.

Elle se pencha vers Bernold, le baisa sur la bouche, puis sortit sans se soucier de sa mine défaite ni des traces humides qui marbraient ses joues.

Elle ne savait plus bien où elle était. Un malheur peut-il porter le bonheur en croupe ?

Dehors, elle trouva Aliaume berçant entre ses bras son petit frère qui geignait pour se faire plaindre.

— Vous feriez un bon père, mon fils, remarqua-t-elle simplement, en se chargeant à son tour d'Ogier. Vous devriez songer à prendre femme.

En voyant le jeune homme se troubler sous son regard, elle sut qu'elle avait vu juste et qu'il ne restait plus qu'à mettre Gildas au pied du mur.

Elle s'en chargerait. De ce côté-là, au moins, les événements paraissaient vouloir s'arranger de la bonne façon.

Restait Grécie...

L'adolescente ne se montra pas de la journée.

Le soir, à l'heure du souper, elle fit dire par Sancie à ses parents que, souffrant d'une forte migraine, elle demeurerait couchée.

Philippa, qui partageait avec son aînée et Doette la chambre des filles, confirma l'état dolent de sa sœur.

— Je me souviens de quelqu'un d'autre qui a utilisé de prétendus maux de tête pour ruminer en paix un mauvais coup, dit Bernold en regardant sa femme d'un air de connivence. Il ne faut pas la laisser ressasser seule ses pensées.

— Dieu vous inspire, ami, répondit Isambour. Soupez sans moi, je vais aller tenir compagnie à Grécie.

Lovée au creux du large lit, l'adolescente avait les yeux rougis et cernés de mauve.

Elle considéra avec méfiance sa mère qui entrait et venait s'asseoir près d'elle.

— Comment un événement qui ne devrait apporter avec lui que joie et espoir peut-il nous conduire toutes deux à nous faire tant de mal? demanda Isambour, en posant une main fraîche sur le front fiévreux de sa fille. L'arrivée d'une nouvelle créature ici-bas demeure, en dépit des circonstances de sa venue, signe de bénédiction. C'est une bonne nouvelle. Pourquoi ne pas l'accepter humblement, sans vouloir écouter la voix de l'orgueil, qui est aussi celle de l'Adversaire ?

Provenant de la salle proche, de l'autre côté de la cloison de bois, on entendait un bruit confus de conversations.

Des chevaux hennissaient dans l'écurie.

Perché sur le faîte du tilleul, un ramier répétait sans fin son roucoulement monotone.

— L'enfant sera bien chez nous, assura Isambour. Ainsi que je vous l'ai proposé, je l'éduquerai et le soignerai, s'il en est besoin. Je pense à lui comme s'il était déjà parmi nous.

— Il n'y est pas ! souffla Grécie. Non, par ma foi, il n'y est pas encore !

— Les païens pouvaient tuer leurs filles, parfois même leurs fils, si cela leur convenait. Pas nous. Le Christ nous a enseigné le respect de la vie d'autrui. Avant toute autre chose...

Isambour parlait bas, d'une voix émue, par moments défaillante.

— Quand Aliaume est né, quand la sage-femme me l'a mis entre les bras, le premier sentiment que j'ai ressenti avant même l'amour maternel, ce fut du respect, continua-t-elle. Un respect infini pour cet être fragile, sorti à la fois de mon ventre et du néant, et qui, par la grâce de Dieu, allait vivre, vivre... pénétrer dans le grand mystère de l'existence, pour y participer... Depuis, à chaque naissance, j'ai retrouvé ce sentiment révérentiel devant le nouveau venu à qui il m'était permis de donner une chance inouïe : celle de faire son salut, afin de connaître, plus tard, la Vie Éternelle...

Elle se pencha un peu plus vers sa fille.

— Sans passage sur terre, point d'éternité, répéta-t-elle en appuyant sur les mots. A-t-on, en conscience, le droit de priver une âme de ses chances de paradis ?

Grécie fit la moue.

— Tout ce que vous me dites là est bel et bon, affirma-t-elle. Je pense que c'est vrai. Mais j'ai été trop à même de mesurer combien un père compte dans une famille pour en priver celui dont vous prenez si bien la défense. Il n'a pas besoin que d'une mère, mais aussi d'un père. Je ne veux pas d'enfant à demi orphelin !

— Vous accepteriez donc d'épouser l'homme qui se présenterait pour endosser cette paternité ?

— Sans doute. Je m'engagerais envers lui avec reconnais-

sance. De toute façon, je ne puis espérer faire un mariage
d'amour... l'expérience dont je sors me l'a bien prouvé...

— Ma chère fille, dit Isambour, ma chère fille, que je vous
suis reconnaissante de vous montrer si raisonnable !
Voyons... redites-moi que vous garderiez votre petit si vous
étiez en mesure de lui donner un protecteur...

Grécie partit d'un rire amer.

— J'y consentirais certainement, mais il reste à découvrir
un homme capable de se mettre sur les bras une femme
repoussoir encombrée d'un bâtard !

— On trouve bien des remplaçants pour effectuer des
pèlerinages en vos lieu et place, pourquoi ne se présenterait-
il pas un suppléant dans un cas comme celui-ci ? demanda
Isambour, mais, au fond de son cœur, elle mesurait les
difficultés d'une entreprise si singulière.

— Ce sera donc une question d'argent, remarqua la jeune
fille, avec son habituelle et implacable lucidité. Ma pauvre
mère, il vous faudra dénicher un acheteur... je crains bien
que vous ayez du mal à y parvenir... Encore que je ne voie
pas d'autre moyen de sortir de l'impasse, tant pour votre
futur petit-fils que pour moi...

Elle rit de nouveau, mais avec davantage de tristesse.

Plus tard, quand Isambour eut quitté sa fille endormie
pour rejoindre Bernold dans leur chambre, elle mit son
époux au courant de ce qui venait d'être dit.

— Je me rendrai demain à Morville pour la fête des
vendanges, termina-t-elle. Mon oncle y sera entouré d'un
tas de gens. Il a l'habitude d'inviter toute la vallée à défiler
chez lui ce jour-là. Parmi ses convives, je verrai si je ne peux
rencontrer celui que nous cherchons.

— Quel homme un peu droit se prêterait à un tel
marchandage ? demanda Bernold. Il est navrant de livrer
notre pauvre enfant, comme une pouliche à vendre, contre
monnaie sonnante et trébuchante... Ce projet ne me plaît
pas.

— Peut-être existe-t-il quelque part un brave garçon que
les malheurs et le reste de beauté de Grécie sauraient
émouvoir..., murmura Isambour sans y croire elle-même.
Avons-nous, d'ailleurs, une autre échappatoire ?

Comme chaque soir, elle aidait son mari à retirer ses
brodequins. Comme chaque soir, elle détourna les yeux
pour ne pas voir les deux longues et hideuses cicatrices
violacées qui lui déformaient les talons.

– Plus j'avance en âge, plus je perçois que Dieu nous laisse, ainsi que des fruits, mûrir sur l'arbre jusqu'à ce que nous ayons atteint l'exact degré de maturation nécessaire à l'accomplissement de nos destinées, dit gravement Bernold. Pour certains, il faut très longtemps, ce sont des fruits tardifs. Pour d'autres, la fleur est si belle qu'il semble préférable de la cueillir avant que sa promesse risque de se voir gâtée. Pour tous en revanche, patience et solidité sont nécessaires afin de lutter contre les intempéries et le vent mauvais qui secouent tronc et branches. Pour tenir, il faut se cramponner...

Le lendemain matin, jour de la Saint-Rémi, après que toute la maisonnée eut défilé dans l'étuve, et comme chacun s'apprêtait pour la messe des vignerons, Amalberge arrêta Isambour sous le tilleul qui commençait à perdre ses feuilles.

– Dame, dit-elle, j'ai quelque chose de fort important à vous confier.

– Le maître m'attend pour s'habiller. Je n'ai guère le temps...

– Ce ne sera pas long. Il s'agit toujours de votre fille.

Isambour dévisagea la sage-femme avec appréhension.

– Par le ciel, qu'y a-t-il encore ?

– Voilà. Haguenier vous a croisée hier comme vous me quittiez. Il a voulu savoir la cause de votre peine. Je n'ai pas su me taire et lui ai tout raconté.

– Peu importe, dit Isambour assez nerveusement. Peu importe. Tout le monde sera bientôt au courant.

– Sait-on...

– Je ne comprends pas.

– Haguenier est devenu comme fou quand il a su ce qui arrivait à Grécie. Il m'a avoué qu'il l'aimait depuis longtemps mais qu'il n'aurait jamais songé à lui en parler tant il demeurait persuadé qu'elle ne pourrait en aucune façon s'intéresser à un aveugle.

– Votre fils !

– Ils partagent tous deux le goût de la musique et il leur est arrivé de chanter ensemble. Pour lui, qui ne l'a jamais vue, elle n'est qu'une voix. Une voix d'ange...

Isambour resserra autour de ses épaules l'ample voile rayé qui lui enveloppait la tête et le buste.

– L'amour de votre fils ne change rien au sort de ma pauvre Grécie, soupira-t-elle. Elle se refuse à mettre au monde un enfant sans père.

– Justement ! s'écria Amalberge, dont la large face s'éclaira soudain. Justement ! Un père, moi, je vous en propose un : mon Haguenier. Il sait à quoi s'en tenir sur l'état de Grécie et s'offre à la prendre en charge, avec son fardeau. Il s'estimera comblé s'il peut sauver l'honneur de sa belle, lui servir de soutien, l'entourer d'affection, et l'aider à élever son petit.

Sans se soucier de son bliaud pourpre fraîchement lavé et repassé, Isambour se laissa tomber sur le banc de planches qui ceignait le tronc du tilleul.

– Sainte Vierge ! murmura-t-elle, et elle se mit à rire convulsivement, tandis que des larmes jaillissaient de ses yeux.

IV

– Touchez là, mon beau neveu, dit le vavasseur, touchez là. Le temps de la réconciliation est venu. Je commence à me faire vieux. Je ne tiens pas à me trouver encombré de rancune quand je me présenterai devant Dieu, notre sire. Ce jour de noces me semble tout indiqué pour que nous fassions la paix, vous et moi !

Bernold et Gervais ne s'étaient pas revus depuis le retour du verrier chez lui. Pendant l'année écoulée, Perrine, seule, avait assuré la liaison entre Morville et le Grand Feu.

Installé sur une cathèdre, devant la table servie, le mari d'Isambour, qui se refusait à marcher en public, serra donc la main, puis donna l'accolade à l'oncle irascible qui la lui proposait.

Ils s'exécutèrent tous deux sans chaleur excessive, mais avec le même désir d'oubli et d'apaisement.

Elle était loin l'époque où le vavasseur vouait aux flammes éternelles l'époux de sa nièce et ne parlait que de le pourfendre !

L'union de Grécie et d'Haguenier fournissait au vindicatif petit homme roux l'occasion de régler une affaire de famille reléguée par les récents événements dans un passé reculé.

– Que saint Vincent, patron des vignerons, nous protège tous ! conclut-il d'un air satisfait, en levant sa coupe d'argent finement ciselé.

Au sortir de la très simple cérémonie souhaitée par Grécie, les quelques parents et amis conviés à partager le repas de ce mariage pas comme les autres s'étaient retrouvés à la verrerie.

La semaine des vendanges terminée, et tandis que de nombreux paysans en profitaient pour chasser dans les vignes dépouillées, on avait pu songer à fixer la date du mariage.

Il fallait se hâter, tout en évitant les jours de pénitence imposés à Bernold. Aussi, choisit-on le mardi suivant la Saint-Denis, date qui convenait à chacun.

Octobre était beau et chaud. Trop chaud même, après les touffeurs estivales. Tout le monde attendait la pluie, avec impatience et une certaine anxiété.

Blond comme le vin de paille, l'air léger d'arrière-saison circulait allégrement sous un dais de ciel bleu.

La luminosité était telle qu'on distinguait, bien au-delà du Loir, aux flancs des lointains coteaux de l'autre versant de la vallée, les sillons rectilignes que traçaient des laboureurs.

Entre l'été torride et l'hiver que certains prédisaient rude, ce doux automne rappelait par sa limpidité celui de l'année précédente auquel, pourtant, on s'efforçait à la verrerie de ne pas songer...

En plus des gens du Grand Feu et de ceux de Morville, les seuls invités étaient Gildas et ses enfants adoptifs, ainsi que, venus tout exprès de Blois, Garin-le-monétaire accompagné d'Aubrée.

La marraine de la mariée avait tenu à revêtir elle-même sa filleule de la chemise de soie safranée et du bliaud en fine toile cramoisie, brodé de guirlandes fleuries, qu'elle avait fait faire à son intention et apportés en grand arroi dans un encombrant coffre de voyage.

Drapé avec art sur la tête de Grécie, un voile épais couvrait les nattes soyeuses entremêlées de rubans rouges et blancs. Il retombait assez bas pour dissimuler autant que faire se pouvait le mauvais profil de la jeune femme.

Durant la messe, les villageois et les tenanciers des environs, qui s'étaient déplacés en grand nombre, avaient bien un peu chuchoté, mais la dignité des nouveaux époux, le rapprochement poignant et insolite de leur double infirmité, avaient frappé les imaginations et mis une sourdine aux commérages.

L'épouse au visage meurtri et son jeune mari aveugle semblaient l'un et l'autre marqués du sceau des victimes. On les respectait.

Mesurant le courage nécessaire à la formation d'une pareille alliance, beaucoup d'assistants avaient préféré ne pas approfondir les causes de ces étranges noces.

Revenus au Grand Feu, parmi leurs proches, Haguenier et Grécie se tenaient à présent, de part et d'autre du siège où Bernold avait pris place, près de la table en forme d'U, dressée pour la circonstance dans la cour de la verrerie.

Porté jusqu'au chœur de l'église par son fils aîné et son apprenti, selon une habitude adoptée depuis maintenant des mois, le maître verrier avait pu assister à la messe nuptiale.

Il avait ensuite regagné son logis, en compagnie d'Isambour, dans la charrette qui le conduisait d'ordinaire aux offices.

Avant de commencer à dîner, les convives trinquaient donc en buvant à la santé du couple nouvellement uni, quand un chevaucheur en provenance de Blois se présenta au portail du domaine.

Suant et couvert de la poussière des chemins, il apportait un message de Mayeul. Au terme d'un accouchement qui avait de nouveau mis ses jours en danger, Aveline avait donné naissance, la nuit précédente, à une seconde petite fille, nommée Muriel.

– Je suis maudit ! s'écria le vavasseur en s'écroulant sur un des bancs qui entouraient la table. Maudit ! Je n'aurai jamais d'héritier mâle ! Mes vignes tomberont entre des mains étrangères !

– Grâce au ciel, notre fille est encore bien vivante ! protesta Perrine. Elle pourra toujours vous donner une autre fois le garçon que vous désirez tant !

– Taisez-vous donc ! hurla Gervais en tapant du poing avec fureur sur la table qui tressauta dans un bruit d'étains heurtés. Taisez-vous donc ! Tout comme moi, vous venez d'entendre qu'Aveline avait failli passer durant ses couches ! Elle ne pourra plus avoir d'enfant !

Isambour tenta de calmer son oncle en lui faisant remarquer que la naissance de la petite Muriel, survenue le jour même d'un mariage dans la famille, lui paraissait de bon augure ; que nul ne pouvait savoir si la santé de sa cousine avait été ébranlée au point de lui interdire tout espoir futur de maternité ; qu'enfin il n'était pas bon d'accueillir l'arrivée d'un nouveau-né en lui faisant grise mine ; mais aucun de ces arguments ne toucha le vavasseur.

Rouge comme un coq fâché, opposant une résistance rageuse aux consolations qu'on lui prodiguait de toutes parts, il ne cessa plus, pendant tout le repas, de fulminer contre la malchance qui poursuivait sa race.

Assis l'un près de l'autre, ainsi qu'il convenait, les mariés, pendant ce temps, s'entretenaient à mi-voix.

Les éclats de l'oncle Gervais ne semblaient guère les impressionner.

Entre le long garçon maigre, au regard sans vie, et la jeune femme blonde, précautionnement enveloppée dans son voile, une sorte de complicité s'installait.

Lorsque Isambour avait fait part à sa fille de la demande en mariage du musicien, celle-ci ne s'était pas récriée.

— Pour lui, au moins, je serai toujours belle, avait-elle dit pensivement. Qui d'autre qu'un aveugle pouvait, en réalité, s'éprendre de moi ?

Sans tergiverser, elle avait alors donné son accord à un projet que ses parents, de leur côté, n'envisageaient qu'avec réserve.

— Pourvu d'un père, l'enfant pourra naître et grandir normalement, avait-elle déclaré ensuite. N'était-ce pas ce que vous vouliez, ma mère ? Je ne pense pas éprouver de difficultés à témoigner de l'affection à celui qui m'aura tirée d'un aussi mauvais pas. Dès à présent, je le considère comme mon meilleur ami.

Au cours de la semaine de leurs brèves fiançailles, les deux jeunes gens parurent s'entendre à merveille. Ils parlaient souvent ensemble, toujours avec confiance. La musique et le chant, mais aussi leurs mutuelles épreuves, et surtout un avenir qui, désormais, leur serait commun, leur fournissaient bon nombre de sujets de conversation, mais aussi maintes preuves de goûts et d'aspirations partagés.

— Que voulez-vous, mon amie, dit Aubrée à Isambour la veille des noces. Que voulez-vous, il l'aime ! Si elle ne lui rend pas encore la pareille, il est bien possible qu'elle se laisse peu à peu gagner par la contagion d'un sentiment si sincère. Et puis, qui sait... Ne peut-on pas tomber amoureux de l'amour qu'un autre vous porte ! Surtout dans le cas de Grécie, trop intelligente pour ne pas reconnaître qu'il ne lui est guère possible d'inspirer d'autre attachement...

D'abord réticent, Bernold, lui aussi, avait fini par admettre que ce gendre imprévu présentait certains avantages.

En outre le monétaire et sa femme proposaient de faire entrer Haguenier dans le groupe des musiciens de la cour comtale de Blois.

Le talent et la renommée de l'aveugle plaidaient en sa faveur. Garin et Aubrée se faisaient fort de l'introduire, puis de l'imposer auprès de ceux qui gravitaient autour de la comtesse Adèle. La régente elle-même serait influencée par eux. Elle demeurait fort désireuse d'attirer dans son cercle les artistes les plus doués du Blésois.

— Au début de leur installation, ces enfants, s'ils le désirent, pourront fort bien loger sous notre toit, avait dit Aubrée. Grécie s'y retrouvera un peu comme chez elle... Au reste, sans plus attendre, ne serait-il pas possible, après le repas de noces, de repartir tous ensemble pour Blois ? Voyager en groupe est plus sûr.

— Il me sera dur de me séparer de ma fille aînée, mais je pense qu'une fois de plus vous allez lui rendre là un fort grand service, avait reconnu Isambour. Il est sans doute préférable pour elle et pour son mari de quitter le plus tôt possible Fréteval et certains souvenirs...

C'était donc de leur future existence à Blois que s'entretenaient les jeunes époux, sans trop s'émouvoir des manifestations de désappointement et de colère auxquelles se livrait le vavasseur.

En fin de compte, le repas se déroula comme prévu.

On avait fait asseoir le chevaucheur au bout d'une des tables, à la place qu'on laissait toujours vacante pour le voyageur ou le pèlerin envoyé par Dieu...

— Maintenant que voici Grécie établie, dit Isambour à Gildas qui se trouvait à sa gauche, il va falloir nous occuper d'Aliaume.

Le meunier pencha son grand nez sur le morceau de pain tranchoir qu'il avait devant lui, et ne répondit pas tout de suite.

Avant de relever un front soucieux, il absorba plusieurs morceaux de sanglier en marinade, accompagnés de châtaignes rôties.

— Par tous les saints, pourquoi faut-il que vous soyez aussi entêtée ? soupira-t-il en jetant un regard lourd de reproche à sa voisine. J'étais certain que vous finiriez, un jour ou l'autre, par revenir sur ce sujet.

— C'est qu'il me tient à cœur, affirma Isambour. J'ai pu

ces derniers temps m'assurer que notre fils et votre Juliane se plaisaient mutuellement. Voudriez-vous rendre ces deux enfants malheureux ?

— Les unir ne me semble toujours pas une bonne idée.

— Pourquoi donc ? Une alliance entre nos familles vous répugne-t-elle à ce point ?

Gildas secoua la tête. Dépit et fascination se partageaient son âme meurtrie.

Il dévisagea un instant celle qui le traitait si mal. En dépit de tout, les traits fins, les larges yeux gris, le front bombé surmonté en cette journée de fête d'un bandeau orné d'orfroi, continuaient à exercer sur lui un pouvoir que rien n'avait pu entamer. Ni les rides naissantes, ni les cheveux blancs qui filetaient d'argent les lourdes tresses brunes... Non plus que la fidélité sans faille envers un autre.

— Vous savez fort bien ce que j'en pense et pourquoi je le pense, reprit-il enfin. Oui, par saint Martin, vous le savez depuis toujours !

Autour d'eux, les conversations allaient bon train.

Aussi fiers qu'heureux d'une union qui les rapprochait de façon inespérée du maître verrier, Amalberge et Gerbaut-le-maisné parlaient avec Perrine, Bernarde et Perrot.

Rémi taquinait Sancie. Garin tentait de rasséréner le vavasseur en lui versant à boire.

Philippa, Damien, Aubin et Doette s'agitaient sur leur banc. Des fous rires irrépressibles les secouaient tour à tour. Profitant du relâchement de toute surveillance, ils se gorgeaient de châtaignes.

Bernold envisageait avec Aubrée l'avenir des nouveaux mariés, qui, de leur côté, continuaient à causer.

Juliane et Aliaume, par ailleurs, devisaient avec animation, sans se douter le moins du monde qu'ils se trouvaient au centre des propos du meunier et de son ancienne promise.

— Chassez une fois pour toutes de votre esprit les fantômes de notre jeunesse, disait justement Isambour. J'espérais n'avoir jamais à vous le signifier, mais, puisque vous y tenez, Gildas, sachez donc que vous avez toujours été le seul à imaginer certaines choses... Le seul à les espérer, le seul à y croire.

Elle posa une main ferme sur la manche de son interlocuteur.

– Oubliez, mon ami, oubliez des rêves impossibles. Revenez enfin à la réalité. Cherchez-vous une nouvelle épouse... Acceptez de donner Juliane en justes noces à Aliaume !

– Dieu me damne ! Vous avez une vocation de marieuse ! jeta le meunier entre ses dents. Eh bien ! puisque vous vous y intéressez, apprenez que je ne me remarierai jamais. Quant à Juliane, je ne suis pas pressé de la voir quitter le moulin. Elle tient comme il faut son rôle de maîtresse du logis et je ne saurais par qui la remplacer.

– Elle tiendrait encore mieux son propre ménage, affirma Isambour. Je vous croyais bon, Gildas. Ne me détrompez pas en vous montrant, pour une fois, égoïste au point de sacrifier le bonheur de votre fille à je ne sais quelle rancœur !

– Je serais peut-être bon, comme vous dites, si je n'étais pas si morfondu, grommela le meunier. Le moyen de songer aux autres quand on est soi-même mal en point !

Isambour rougit de contrariété.

– S'il fallait attendre d'être heureux pour s'occuper de ceux dont on est responsable, lança-t-elle avec force, on ne s'en soucierait pas souvent !

Elle ne put continuer, car toute la tablée réclamait à présent aux nouveaux conjoints musique et chansons de noces.

– Il faut vous exécuter, renchérit Garin-le-monétaire. Nous serons contents, ma femme et moi, de juger sur pièces les talents d'Haguenier qu'on nous a tant vantés.

On passait des pâtés de carpes, des rissoles, des tourtes aux pommes, mais quand Grécie se leva pour chanter, chacun s'immobilisa.

Ce fut dans un grand silence que sa voix pure s'éleva, accompagnée par la flûte d'argent de l'aveugle.

L'air et les paroles composés par lui faisaient preuve d'un art très sûr.

Plusieurs autres pièces interprétées soit par le musicien, soit par sa jeune femme, soit en duo, se succédèrent.

– Je me porte garant de leur succès à Blois, s'écria le monétaire. Ils plairont.

– Mon regard sera le regard d'Haguenier, et je me ferai confectionner un masque que je porterai au château, lança Grécie. Dans ce métier, il est préférable de se montrer sous son meilleur jour. Nous devons attirer la sympathie, non la compassion.

Comme le défi se mêlait à l'amusement dans le ton de la mariée, son nouvel époux lui passa un bras autour des épaules et l'attira contre lui.

Grand, maigre, sans beauté, mais les traits empreints d'une sérénité, d'une bienveillance, qui les ennoblissaient, Haguenier présentait un alliage de gaieté et de douceur assez courant chez ceux qui ne sont pas à même de voir les actions des hommes.

Ce fut sur cette vision réconfortante qu'Isambour demeura ce soir-là, après le départ pour Blois des jeunes époux, de Garin, d'Aubrée et de Perrine.

En dépit de la grogne du vavasseur, qui se refusait à faire la connaissance de leur deuxième petite-fille, sa femme avait en effet décidé de se joindre aux voyageurs. Elle désirait constater de ses yeux le rétablissement d'Aveline et aussi embrasser Muriel.

Une séparation si vite survenue, alors qu'elle ne l'avait nullement envisagée, chagrinait bien un peu la mère de Grécie, mais elle se consolait en se persuadant que la jeune femme serait mieux à sa place à la cour de la comtesse Adèle qu'à Fréteval. Un avenir prometteur semblait devoir s'ouvrir devant le couple de musiciens, l'enfant était sauvé... Ce mariage impromptu se révélerait peut-être meilleur que certaines unions longuement préparées... Et puis, elle demeurait seule pour s'occuper de Bernold, et le garder sans partage...

– Sur ma tête, mon fils et votre fille paraissent fort bien s'accorder ! constata Amalberge d'un air satisfait après que le pas des chevaux se fut éloigné. Qui aurait dit, du temps de leur enfance, que nous les marierions un jour ? La vie me surprendra toujours !

– Ce qui me frappe le plus, remarqua Isambour en refermant le portail, c'est que la rencontre de ces deux infortunes débouche sur quelque chose qui ressemble à une sorte de tendre et solide entente. Vous avez raison, Amalberge, l'existence est imprévisible. Dieu seul sait ce qui nous convient. Nous autres, pauvres créatures, nous nous égarons le plus souvent.

Six semaines plus tard, quand Perrine revint de Blois où elle avait laissé en bonne santé Aveline et sa famille agrandie de Muriel, il devint évident que la sage-femme ne s'était pas trompée.

Les nouvelles du jeune couple étaient satisfaisantes.

Bien accueillis à la cour de la comtesse, ainsi que par Adèle elle-même, Grécie et Haguenier connaissaient déjà un début de notoriété. Ils logeaient dans la demeure du monétaire, là où Isambour avait habité avec ses enfants durant leur exil. Aubrée les traitait le mieux du monde.

— Entre Haguenier et notre fille tout semble-t-il bien se passer ? avait demandé Bernold.

— Par Notre-Dame, quelle femme ne serait heureuse avec un mari comme celui-là ! s'était écriée Perrine. Il est aux petits soins pour elle et paraît sans cesse remercier le ciel de lui avoir octroyé une pareille épouse !

— Que vouloir de plus ? avait conclu Bernold en se tournant vers Isambour. Notre fille est sans doute mieux mariée que beaucoup d'autres. C'est une grande grâce que nous avons reçue en l'occurrence. Ce doit nous être un réconfort dans la situation actuelle.

L'automne, en effet, se terminait mal. Des pluies torrentielles avaient succédé à la sécheresse. Depuis de longues semaines, il ne cessait de pleuvoir. Le Loir avait débordé et s'était répandu dans les villes neuves à peine achevées, dans les champs, les vignes, les prés de la vallée.

Bien des maisons de Fréteval et de Francheville voyaient leurs celliers ou leurs caves inondés. Des taches de moisissure souillaient les murs blancs dont certaines assises étaient menacées. L'inquiétude des habitants montait avec la crue qui comblait les fossés creusés au pied de leurs fortifications en planches. Des échafaudages avaient été emportés.

Du Grand Feu, on découvrait un paysage inconnu. Le spectacle familier de la boucle de la rivière, des cultures ou des pâturages avoisinants, s'était transformé. Une sorte de lac était apparu, d'où n'émergeaient que les plus grands arbres, les maisonnettes construites par les vignerons au bout de leurs terrains, et le clocher de Saint-Lubin, dont le cimetière entourant l'église se trouvait immergé, ce qui avait forcé le curé à enterrer ses paroissiens au champ des Cercueils, hors d'atteinte de la montée des eaux.

Les serfs et les tenanciers logés dans des bâtisses inondables avaient dû se réfugier sur les toits de leurs chaumières, avant qu'on n'allât les chercher en barques.

Du haut de sa motte de terre, Morville dominait encore

ia nappe liquide, mais on n'en voyait plus que les bâtiments. Le potager, le verger, les vignobles, avaient disparu. C'était un sujet de désespoir incessant pour le vavasseur, dont l'unique consolation était que ses concurrents voyaient leurs ceps également noyés.

Située à mi-pente du coteau, la verrerie ne craignait rien, mais le pré et la chènevière reposaient, eux aussi, sous plusieurs pieds d'eau. Seul le toit du lavoir semblait flotter à la dérive.

Une odeur de fange et de marécage stagnait au-dessus des terres submergées.

L'odorat sensible d'Isambour en souffrait beaucoup. Aux soucis causés par les conséquences de ce déluge, s'ajoutaient pour elle des relents nauséeux.

Le ciel gris de novembre se reflétait tristement dans la vaste étendue ondoyante qui lui servait de miroir.

Des scintillements métalliques luisaient à perte de vue.

Au moindre souffle de vent, de courtes vagues grises s'ourlaient d'un peu d'écume.

Sous le crépitement de la pluie, une infinité de grosses bulles glauques crevaient à la surface de la lagune malsaine qu'était devenue la vallée.

Des cadavres de vaches, de moutons, de poules, de chèvres, dérivaient par endroits, ou s'accrochaient aux branches entremêlées, aux troncs flottants que survolaient de longs vols de corbeaux et d'oiseaux de proie.

— La famine guette, prédit un soir Bernold d'un air soucieux. Nous serons peut-être réduits ici même, si le diable s'en mêle, à disputer ces carcasses aux charognards !

— Nous avons des réserves, mon ami ! protesta Isambour. Nous pouvons tenir encore longtemps. La pluie finira bien par s'arrêter de tomber.

Elle estimait que son mari voyait à présent, bien plus facilement qu'autrefois, les choses en noir. Aussi s'appliquait-elle, malgré ses propres craintes, à lui présenter les faits sous leur meilleur aspect.

— Bien des pauvres gens commencent à manquer de vivres, continua le maître verrier, sans se laisser détourner de son propos. Après la sécheresse de cet été et les trombes d'eau actuelles, bon nombre d'entre eux n'ont déjà plus de provisions. Que vont-ils devenir si l'hiver se montre rigoureux ?

– Ceux qui possèdent un peu plus partageront avec ceux qui seront démunis. N'est-ce pas ce qui nous est prescrit ? J'ai commencé à faire porter aux villages neufs quelques paniers de poissons fumés ainsi que plusieurs sacs de fèves ou de lentilles. Sur ordre du baron Salomon, mon oncle approvisionne Fréteval en vin. Gildas fournit la farine.

– Il ne faudrait cependant pas que cette crue dure trop, répéta Bernold. Le spectre de la disette est un des plus affreux qui soit... La dernière est encore bien proche !

Ils se tenaient tous deux dans l'atelier du verrier où sa femme venait de plus en plus souvent le rejoindre.

Sur ces entrefaites, Rémi entra, portant sur une plaque de fer plusieurs moules à noyaux dans lesquels reposait du plomb préalablement fondu.

Sans interrompre le travail de sertissage auquel il se livrait, Bernold indiqua d'un geste à son apprenti où poser sa charge et le remercia brièvement.

Une puissante odeur de métal chauffé emplissait l'atelier.

En cette saison, bien qu'il fît plus humide que froid, la chaleur voisine des fours paraissant la bienvenue, on laissait ouvertes les portes qui donnaient d'un atelier à l'autre.

Bernold prit une baguette de plomb, l'étira, la coupa à la taille du morceau de verre coloré et peint à enchâsser, la modela à la forme voulue, la mit en place.

C'était toujours avec le même intérêt qu'Isambour assistait aux différentes opérations que le verrier exécutait avec l'habileté et la sûreté de main d'un maître.

Penché sur son établi où reposaient les pièces du panneau à composer, Bernold commençait invariablement par le centre avant de progresser vers le pourtour. Il insérait le fragment choisi dans la baguette de plomb nervurée, moulée en creux, dont il rabattait les ailes sur le verre. Il maintenait l'ensemble à l'aide de quelques larges clous de maréchal-ferrant, dont les têtes carrées présentaient le double avantage d'être aisées à manier et de ne pas détériorer le fragile assemblage. Il continuait ensuite à disposer ses autres éléments, un par un, et les mettait à leur place jusqu'à ce que le panneau fût achevé.

– Savez-vous que je suis retournée plusieurs fois à l'église de Francheville pour y admirer le vitrail où vous m'aviez représentée sous les traits de Marie-Madeleine ? dit en souriant Isambour à son époux pour lui changer les idées.

Je le revois chaque fois avec le même plaisir... et le même trouble... Je suis allée jusqu'à en rêver, une nuit, quand je vivais à Blois !

Elle avait parlé d'une traite, sans y penser.

Soudain, le songe oublié lui revint en mémoire. Elle frissonna.

Que lui avait donc déclaré la petite femme noire en lui passant au doigt cette bague en forme de trèfle qui ne comptait plus que deux rubis au lieu de trois ?

Une phrase sibylline... : « Il n'y en a que deux. Il n'y en aura plus de troisième ! Ne l'oubliez pas ! »

Elle se rappelait fort bien s'être en vain demandé ce que signifiaient les deux pierres rouges qui restaient. Que représentait ce chiffre ? Deux quoi ? Deux douzaines d'années ? Deux ans ?

Elle se secoua.

— Il faut que je retourne voir ce que font Doette et Ogier, dit-elle avec précipitation. Je reviendrai plus tard.

Elle sortit en toute hâte, comme si elle avait eu le diable aux trousses, laissant Bernold occupé à nettoyer et à frotter avec du suif les jointures qu'il s'apprêtait à souder...

Les jours suivants, la pluie se calma. Enfin, lentement, au début des ides de décembre, le Loir réintégra son lit.

La crue laissait derrière elle un fond de vase, des vignes perdues, des vergers et des jardins enlisés encombrés de débris informes, un cheptel décimé, des maisons aux murs noircis et souvent ébranlés.

— Nous devons, sans tarder, nous rendre à la rivière pour chercher du sable, déclara peu après Aliaume à son père. Nous avons épuisé nos réserves pendant l'inondation et en manquons maintenant pour la fabrication du verre.

— Allez-y donc mon fils, avec Rémi, puisque c'est nécessaire, concéda le maître verrier. Méfiez-vous, cependant, de la boue qui doit encore être épaisse par endroits. La charrette risque de s'embourber. Par Dieu ! ce m'est arrivé une fois et je puis vous assurer qu'il n'y a là rien de plaisant !

Contrairement à ce que craignait Bernold, il n'y eut pas d'enlisement, mais un accident.

Au retour, alors que la matinée s'achevait et que, chargée d'un sable souillé de vase qu'il faudrait longuement laver avant de le sécher, la charrette remontait vers le Grand Feu, l'essieu d'une des roues cassa.

Engluée dans les profondes ornières boueuses, la voiture déséquilibrée s'inclina dangereusement.

Aliaume, qui marchait de ce côté-là, voulut la retenir, l'empêcher de verser. S'arc-boutant, il tenta de résister à l'affaissement de la charretée. C'était compter sans le poids du sable et l'état du terrain. Son pied glissa, il tomba, et reçut sur lui une partie du chargement, et la ridelle en bois de frêne.

Rémi, lui, cheminait en tête, guidant le mulet par la bride. En se suspendant au harnais, il parvint à éviter que l'animal ne fût entraîné à son tour. Cependant, s'il réussit à le maintenir debout, il ne put éviter la rupture d'un des brancards.

Aux cris qu'il poussa, Perrot, qui se trouvait dans le potager et Bernarde qui soignait ses vaches, accoururent.

À eux trois, ils redressèrent la charrette renversée.

Couvert de sable noirâtre, Aliaume gisait sur le sol, sans connaissance.

– Dieu Seigneur ! Il est mort ! cria Bernarde songeant à la terrible fin de son mari, le maçon qui avait été écrasé sous la pierraille.

Les yeux exorbités, elle tomba à genoux en se signant plusieurs fois de suite.

Rémi se mit à pleurer.

– Mais voyez donc, il respire ! déclara Perrot, le seul à conserver son sang-froid. Il faut le porter à la maison.

Dès que le jardinier voulut soulever le blessé, celui-ci, rendu à la conscience par la douleur, se mit à crier.

– Ma jambe ! Ma jambe !

– Par ma foi, vous devez avoir quelque chose de cassé, reprit Perrot. Ne bougez pas, je vais chercher mon échelle. Nous vous étendrons dessus.

Quand Isambour, qui peignait du chanvre dans la salle avec ses servantes, entendit du bruit au pied de l'escalier de pierre, elle s'étonna.

– Va voir, dit-elle à Sancie.

– Que Dieu nous assiste ! s'écria celle-ci après avoir ouvert la porte. C'est votre fils qu'on ramène sur l'échelle de Perrot !

Les moments qui suivirent ne furent que confusion.

Alerté par Rémi, qui était allé le prévenir à cheval pour gagner du temps, Roland ne tarda pas à arriver, avec le coffret de cuir où il rangeait ses remèdes.

Après avoir palpé le corps meurtri de son neveu, il déclara que, par miracle, Aliaume n'avait qu'une jambe fracturée et quelques côtes froissées.

— Il vous faudra, ma sœur, mettre un gros cierge à saint Lubin, dit-il à Isambour, penchée au-dessus du lit de toile dressé à la hâte sur lequel on avait étendu le jeune homme. Votre fils s'en tire relativement à bon compte. Il aurait pu avoir les hanches broyées, ou pis encore !

— Comme vous avez bien fait, mon frère, de devenir moine ! assura Isambour. Hors des murs d'un moûtier, nos vies ne sont que tourments et dommages !

— Il y a tout de même de bons moments dans l'existence des laïques, du moins si j'en crois ce qu'il m'a été donné de constater et d'entendre au cours de mon ministère, corrigea malicieusement le moine, que rien ne semblait pouvoir détourner de son calme souriant. Vous-même, n'étiez-vous pas heureuse, voici peu, du mariage de Grécie ?

— Après combien d'angoisses et de luttes !

— Bien sûr ! Nous sommes ici-bas, ma sœur, sur la terre de la Grande Épreuve dont parle saint Jean dans son Apocalypse. Là où nous devons purifier nos vêtements, c'est-à-dire notre chair, dans le sang de l'Agneau ! Rien ne nous y est facile, cela va de soi. Le séjour des bienheureux ne deviendra nôtre que plus tard, beaucoup plus tard... Il n'y a qu'à prendre patience.

En parlant, il lavait les blessures d'Aliaume avec du vin, les enduisait d'huile, lui bandait la poitrine, posait de chaque côté de la jambe cassée deux étroites planchettes de bois comme attelles, puis les fixait solidement à l'aide de bandelettes entrecroisées.

— À propos de patience, mon beau neveu, reprit-il avec son ton d'ironie tranquille, à propos de patience, il va vous en falloir une bonne dose. En dépit de votre remuante jeunesse, je me vois obligé de vous prescrire la plus complète immobilité, et le repos, pendant un bon mois.

— Que vais-je devenir durant tout un mois ! s'insurgea Aliaume. Ne pourrais-je marcher avec des béquilles afin de me rendre à mon atelier ?

— Pour risquer de demeurer par la suite avec une jambe torte, comme l'était le dos de notre défunt oncle Frémin ? (Que Dieu lui fasse miséricorde !)

Roland secoua sa grosse tête chevelue.

– Assurer la reprise des os est indispensable. Quand ils seront ressoudés, vous pourrez utiliser des béquilles. Pas avant, acheva-t-il avec fermeté.

– Par Dieu, la malchance me poursuit ! s'écria le blessé dont la fièvre échauffait le cerveau. Rien ne me sera donc épargné !

– Buvez ce gobelet de vin de reine-des-prés. Il apaisera fébrilité et agitation, reprit Roland sans se démonter. Un peu plus tard, votre mère vous fera prendre une infusion de basilic qui vous incitera à dormir. Après quoi, nous aviserons.

Rassurée, Isambour se permit un sourire entendu.

– Je connais peut-être quelqu'un qui vous aidera à tuer le temps plus agréablement que vous ne le pensez, mon fils, dit-elle. Je vais m'en occuper.

Elle accompagna Roland jusqu'au portail, tout en l'entretenant avec animation. Quand il se fut éloigné au trot paisible de sa mule, elle se rendit auprès de Bernold afin de le tenir informé des suites de l'accident.

Après le dîner, des pas alertes franchirent les degrés menant à la salle. La porte s'ouvrit. Juliane entra.

– Dieu vous garde ! lança-t-elle gaiement en s'approchant d'Aliaume.

Étendu devant l'âtre, sur l'étroit lit de toile qui servait d'ordinaire aux couches de sa mère, le jeune homme contemplait avec amertume les flammes fauves en train de dévorer de grosses bûches noueuses.

La fièvre embrumait son esprit. Ce fut un regard à la fois trop brillant et un peu flou qui se fixa sur l'arrivante.

De l'autre côté du foyer circulaire, Philippa et Aubin, qui jouaient aux osselets, dressèrent la tête en même temps. La petite fille mit un doigt sur ses lèvres. Son frère se tut.

– Vous ! s'écria Aliaume. Vous ! Ce n'est pas possible !

– Et pourquoi donc ? demanda en souriant Juliane. Ne sommes-nous point de bons amis ?

Elle retira sa chape puis le voile épais qui lui couvrait la tête sous le capuchon rabattu.

Il commençait à faire plus froid. Le vent du nord qui soufflait avec rudesse s'insinuait sous la porte, mugissait dans la cheminée.

– Votre mère m'a fait savoir ce qui vous était arrivé, alors, je suis venue, expliqua-t-elle simplement.

Après l'air piquant du dehors, la chaleur de la salle lui avivait le teint, accentuant l'aspect sain et vigoureux qui émanait d'elle.

Peau fraîche, yeux sombres et vifs, largement fendus comme ceux des chevaux, bouche aux dents solides et éclatantes, donnaient à Juliane l'aspect d'une belle plante pleine de sève, ou d'un fier animal sauvage qu'on aurait su amadouer.

— Ma mère avait raison, je vais beaucoup moins m'ennuyer que je ne le craignais, souffla Aliaume.

— Je l'espère bien ! Je me trouve là pour vous aider à franchir les jours qui vous séparent de votre guérison. Je viendrai le plus souvent possible... du moins si mon père ne s'y oppose pas trop...

— Je saurai bien le persuader ! déclara Isambour qui sortait de sa chambre où elle venait de faire la sieste. Bien que Gildas soit aussi têtu qu'un âne bâté, j'ai pourtant espoir de l'amener à accepter votre venue ici autant qu'il vous plaira !

— Si je devais jouer mon ciel sur celui qui est le plus entêté des deux, assura Aliaume, je parierais sur vous, ma mère. Par mon saint patron, je serais certain de gagner !

— Dieu vous entende, mon fils ! De toute manière, je vais essayer.

Contrairement à ce qu'elle avait pensé, elle n'eut pas grand mal à persuader le meunier. Tourmenté par l'état de son vieux père, Benoît-le-mangeur, devenu hydropique, et par les risques de famine qui ne cessaient de s'accentuer, Gildas se contenta de lever les épaules en affirmant que les femmes manquaient de cervelle et que sa fille se conduisait comme une linotte. Il ne lui défendit pourtant pas de continuer ses visites.

L'Avent passa, puis la Noël, et l'Épiphanie.

À cause de la pénurie de nourriture, on fêta moins plantureusement qu'à l'accoutumée la naissance du Messie. La ferveur y gagna sans doute en intensité ce que les estomacs y perdirent en abondance.

Aliaume recommença à marcher avec des béquilles. Il n'en eut pas besoin longtemps. La présence fréquente de Juliane ne devait pas être étrangère à la rapide amélioration de son état.

Peu après la Tiphaine, le froid s'intensifia.

Il neigea deux jours de suite, puis, la nuit suivante, brutalement, tout gela.

De leur lit, Isambour et Bernold entendirent, en provenance du verger, des craquements, des éclatements sourds.

– Par tous les diables, que se passe-t-il ? demanda le maître verrier. D'où peut venir un bruit pareil ?

Isambour se leva, ouvrit la fenêtre.

Sous la pâle lumière de la lune, une couche glacée, qui miroitait de façon inquiétante, recouvrait la neige fraîchement tombée. Tout était silence, blancheur, luisance, froid tranchant. Seules les plaintes des arbres torturés rompaient par instants de leurs détonations soudaines le grand mutisme de la nature.

Du verger qu'on ne pouvait voir, montait un bruit auquel il n'y avait pas à se tromper. Des branches se brisaient sous l'effet du gel, des écorces éclataient, des troncs se fendaient.

– Dieu ! murmura Isambour frissonnante. Dieu ! je n'ai jamais rien entendu d'aussi impressionnant.

Elle referma la fenêtre, et, grelottante malgré la chape fourrée dans laquelle elle s'était enveloppée, revint se coucher.

Sous les chaudes couvertures doublées de peaux de mouton, la tiédeur du lit demeurait sauvegardée. Près du corps de Bernold, il faisait encore meilleur.

Isambour se blottit contre son mari, lui caressa la poitrine de sa paume fortement appuyée, tout en humant à petits coups l'odeur de leurs peaux accolées.

Il la prit dans ses bras.

– Voici donc venue cette froidure que chacun redoutait, constata-t-il. Pourvu que le tilleul résiste. Il est le roi de la cour !

Le lendemain, quand le couple s'éveilla, le silence était si présent, si total, qu'il distillait un sentiment d'angoisse.

– Voyons un peu, dit Bernold.

Comme chaque matin, Isambour aida son époux à se lever, lui mit ses brodequins et lui offrit le bras pour lui permettre de se redresser.

La mutilation du verrier lui donnait une démarche raidie, saccadée, malhabile, qui faisait toujours aussi mal à sa femme. Elle ne parvenait pas à s'y habituer, espérait sans cesse un miracle, et sentait sa gorge se serrer quand le grand corps estropié s'appuyait de tout son poids sur elle avant de se déplacer.

Au lit, ou bien assis devant sa table de travail, Bernold restait l'homme fort qu'elle était habituée à voir en lui. Dès qu'il devait bouger, tout s'effondrait. Il n'y avait plus qu'un pauvre infirme. Ce n'était pas tolérable...

Parvenu laborieusement à la fenêtre, ils l'ouvrirent et demeurèrent confondus.

La brusque chute de température avait saisi par surprise le tilleul pour l'emmurer vivant dans une carapace de glace. Comme par magie, un arbre de cristal s'était substitué à l'autre.

Sous le poids de ce revêtement luisant comme verre, une des maîtresses branches s'était rompue, détachée du tronc en le labourant, pour s'écraser sur le banc de bois qu'elle avait fracassé. Elle gisait à présent sur la neige, au pied du géant blessé qui dressait vers le ciel, bras vengeur et fantomatique, une cime déséquilibrée, dénudée, verglacée, dont les fibres pendaient, blondes et lacérées, au milieu des lambeaux d'écorce.

Bernold referma la fenêtre.

— Il est à ma ressemblance, maintenant ! dit-il sombrement. Amputé, déchu... Je vois là un mauvais signe !

— Ce n'est qu'un arbre, remarqua Isambour. Ou bien il s'en tirera et repartira au printemps prochain en donnant naissance à de nouveaux rameaux, ou bien nous en planterons un autre.

— Plus jamais il ne sera le même ! reprit Bernold en secouant amèrement la tête. Plus jamais !

— Je vous en prie, mon ami, n'attachez pas trop d'importance à ce petit malheur, dit Isambour. Il y a plus grave.

Elle s'emmitouflait dans sa chape la mieux fourrée.

— Je dois aller voir ce qu'il en est du verger, expliqua-t-elle. Attendez-moi. Je serai bientôt de retour.

Elle sortit.

Dehors, autant que l'air glacial, la beauté du décor lui coupa le souffle.

Elle n'avait plus le sentiment de se trouver dans sa cour, dans son cadre habituel, mais au royaume de l'hiver.

Tout était figé, blanc de frimas, luisant de verglas, noir, silencieux.

Isambour aperçut, seul et frileux dans cet univers pétrifié, un rouge-gorge qui sautillait le long du mur de l'écurie. Cette humble présence mise à part, pas un être vivant. Pas un bruit. Pas une odeur.

L'haleine du vent du nord avait anéanti jusqu'à la plus infime exhalaison.

Des stalactites pendaient des toits, des porches, du moindre surplomb. Comme des glaives translucides et acérés, elles brillaient aux premiers rayons du soleil.

Sur le parchemin des fenêtres, sur le bois des portes, d'étranges fleurs de givre traçaient de singuliers dessins, des entrelacs fous et pourtant rigoureux.

Isambour ressentait physiquement, dans ses membres, la pesanteur de la neige durcie qui coiffait les toits de sa demeure. Elle remarqua que les murs exposés au nord étaient enduits d'une couche glacée qui les faisait miroiter ainsi que des vitraux incolores.

Se détournant du tilleul démembré, prenant bien garde de ne pas glisser sur le sol gelé, craquant sous ses pas, elle se dirigea vers le jardin. Sous ses houseaux doublés de peaux, elle portait des patins de bois qui lui permettaient de marcher sans trop de gêne.

Quand elle tourna l'angle du mur donnant sur la plaine, le verger, le pré, elle eut un éblouissement.

Saisie et figée par le froid dans une sorte d'universel agenouillement, la nature tout entière pliait, s'inclinait, se courbait sous le joug. Un manchon transparent et beaucoup plus volumineux recouvrait chaque tige, le moindre brin d'herbe, la plus fine ramille, les sarments, les dernières feuilles mortes.

Armure étincelante, cette enveloppe-piège maintenait de force la végétation penchée, raidie et pourtant éployée, ou même couchée, et, par endroits, étendue sur le sol.

La fragilité de ce monde endiamanté se traduisait par un tintement de verrerie heurtée que produisaient les ramures en s'entrechoquant au plus léger souffle venu de l'horizon.

« Mon Seigneur et mon Dieu, murmura Isambour, la splendeur de cette chape de glace est digne de Votre paradis ! Soyez-en remercié, de quelque prix qu'il nous faille la payer par la suite ! »

Enduits de verglas, les arbres brillaient dans la jeune lumière du soleil levant comme s'ils étaient taillés dans une matière irréelle. Certaines branches pleuraient de longues larmes claires, tandis que d'autres continuaient à se dresser sur le ciel, luisantes, chatoyantes, diaprées. Dès qu'un rayon lumineux les touchait, mille reflets du prisme s'y allumaient.

Blanchie, scintillante, roide, l'herbe hérissait ses brins grossis par leur gaine de glace ainsi qu'une courte toison drue et laiteuse.

Toute cette symphonie cristalline sur fond de ciel bleu, de fûts noirs cuirassés de givre, de cimes infléchies jusqu'à toucher terre sous leurs chevelures de neige, émerveillait, emplissait le regard, absorbait l'esprit, le détournait des ravages causés par tant de magnificence.

Branches rompues sous le faix, arbres fendus, décapités, abattus, arbustes déracinés, jonchaient le terrain que leurs blessures ou leur agonie ne tachaient point de rouge, mais qu'un linceul rigide et candide ensevelissait déjà sous lui.

Clairsemées parmi cette splendeur mortelle, des flaques d'eau gelée ouvraient leurs prunelles vitreuses comme des regards éteints.

— Oh, ma mère ! chuchota derrière Isambour la voix de Philippa. Que c'est beau, mais que c'est effrayant !

Bien enveloppée dans une épaisse couverture de laine, la petite fille, dont le mince visage émergeait des plis de l'étoffe trop grande pour elle, contemplait avec un émerveillement apeuré le spectacle de la nature férocement parée qui l'entourait.

— Vous avez raison, mon agneau, soupira Isambour. Cette beauté sera, peut-être, notre perte... Mais, de ma vie, il ne m'a rien été donné de voir de plus féerique !

Philippa n'avait pas tort de se sentir effrayée. Les mois qui suivirent furent cruels.

Il fit si froid, cette année-là, que, de mémoire d'homme, on ne s'en souvenait pas de pareille. Le Loir gela. Chargés de bois ou de pierres, des convois le traversaient sans inconvénient, tant la glace était épaisse.

Après avoir dévoré rats et mulots, on en vint, en certains endroits, à abattre les chevaux pour survivre.

Rendus fous par la faim, les loups s'attaquaient aux humains, envahissaient les villages non fortifiés, dévastaient les tenures isolées.

À plusieurs reprises, il fallut organiser des battues d'où les chasseurs rentraient épuisés, traînant derrière eux sur des claies de branchages attachées par des cordes, les corps empilés et sanglants de leurs ennemis.

À l'extérieur des palissades du Grand Feu, on creusa des fosses profondes qu'on recouvrit de broussailles. Plusieurs fauves y tombèrent, qu'on entendait hurler la nuit.

En février, vint le dégel. On pataugea de nouveau dans la boue.

Quand, enfin, le printemps s'annonça, bien des pauvres gens étaient morts de froid ou d'inanition.

En dépit des secours, souvent entravés par les intempéries, et de l'entraide qui ne se démentit jamais, ce fut une population décharnée, affaiblie, qui émergea de l'hiver.

Isambour se félicita alors que Grécie s'en fût allée à Blois. Il était bien préférable dans son état de s'être trouvée à proximité de la comtesse dont la cité, ravitaillée par priorité, avait moins pâti que les campagnes. Sous le toit de l'opulent mari d'Aubrée, la future mère n'avait certainement pas eu à souffrir de la disette.

Le vieux Benoît-le-mangeur, qui avait tant d'appétit, ne résista pas à de si longues privations. En dépit de sa condition de meunier, qui lui permettait d'être moins mal nourri que beaucoup d'autres, il fut de ceux que la mauvaise saison emporta.

Gildas mena de nouveau le deuil et argua de la solitude qui le menaçait pour repousser à plus tard un mariage qui éveillait en lui trop de nostalgie.

Tant bien que mal, la vie reprit son cours.

Le père abbé de Marmoutier envoya du grain pour ensemencer les champs dont les précédentes semailles avaient été gâtées ou perdues. On replanta les vignobles détruits. On reconstruisit les maisons écroulées. On consolida celles qui branlaient un peu trop. On reconstitua le cheptel. Dans les villes neuves, on se remit à bâtir.

Au Grand Feu, une fois sa déchirure badigeonnée de poix, le tilleul, retaillé, se couvrit de feuilles nouvelles qui ne dissimulèrent néanmoins qu'imparfaitement sa déchéance.

Il fallut bien s'habituer à sa nouvelle forme, moins opulente, moins harmonieuse qu'auparavant, mais qui témoignait de sa vigueur.

— L'opiniâtreté des hommes, décidément, n'a d'égale, Dieu me pardonne, que la vitalité de la nature, dit Bernold à Isambour, un matin d'avril, en contemplant d'un œil rêveur la frondaison mousseuse du grand arbre qu'un nouveau banc de bois encerclait. Rien ne parvient à nous décourager, elle et nous !

— La vitalité prodigieuse de la création, sa ténacité, m'ont toujours émerveillée, ami, répondit Isambour. C'est un exemple qui m'a beaucoup servi.

Comme ceux du Grand Feu, ceux de Morville, chacun des habitants de la vallée, le maître verrier et sa femme étaient sortis amaigris, las, affaiblis, des épreuves hivernales. En revanche, une paix qu'ils goûtaient l'un et l'autre régnait à présent dans leurs cœurs. Les craintes partagées, la lutte en commun pour assurer la subsistance de leurs gens et de leurs enfants, la reprise d'une intimité dont ils éprouvaient tous deux le même besoin, mais, aussi, le pont jeté par les mois écoulés entre dix-huit années d'entente et leur existence présente, ce faisceau de circonstances les liait de nouveau solidement.

Dépouillée du trompeur vêtement tissé par l'habitude, leur union sortait renforcée du périlleux parcours qu'elle avait dû effectuer. Durant cette difficile traversée, elle avait subi bien des transformations. Moins assurée, moins évidente, elle conservait du temps de la détresse un sens plus aigu de sa fragilité, une attention plus grande aux dangers de la route, davantage de gratitude pour le moindre instant de bonheur rencontré.

Si voisines, les amours naissantes de Juliane et d'Aliaume aidaient Isambour et Bernold à retrouver, à travers leurs enfants, la pérennité de leur propre aventure.

« Nos sentiments ont, sans doute, moins de fougue qu'en leur commencement, moins de tranquille certitude que par la suite, songeait Isambour en considérant son fils et la fille de Gildas se contempler, éblouis, mais ils ont gagné à présent, sous l'emprise de la douleur, je ne sais quelle dimension supplémentaire, comme un reflet d'éternité... »

En mai, Bernold se plaignit de difficultés respiratoires et de brûlures d'entrailles. Comme les remèdes de Roland échouaient à le soulager et que le temps des couches de Grécie approchait, Isambour parvint à décider son mari de partir avec elle pour Blois. Il pourrait y consulter le propre médecin de la comtesse, qui était aussi celui du monétaire. Sa convalescence se déroulerait auprès du berceau de l'enfant attendu.

En l'absence de leurs parents, Aliaume et sa fiancée assureraient la bonne marche de la verrerie et celle du domaine. Ils s'occuperaient de tout comme s'ils étaient déjà chez eux.

Après avoir confié les enfants à Margiste ainsi qu'à Juliane, dont la présence quotidienne rassurait Isambour, bien qu'elle ne quittât pas sans appréhension Ogier encore si petit, on se mit en route.

Pour que le maître verrier ne souffrît pas trop des cahots, on avait installé un matelas au fond de la charrette conduite par Perrot.

En dépit de l'affreux hiver qu'elle avait traversé, la campagne était fleurie. Dans les jardins, les prés, le long du chemin, au milieu des taillis ou des sous-bois, on apercevait bien des arbres renversés, déchiquetés, rompus, mais, le plus souvent, ils étaient déjà sciés et leurs bûches empilées.

Comme toujours en temps de famine, l'abondance n'était pas revenue avec le printemps. Il faudrait attendre l'été pour cueillir fruits, légumes, céréales, confiés à la terre. Cependant, les routes étant de nouveau praticables, les régions plus riches, moins touchées par le fléau, faisaient parvenir aux autres les aliments indispensables à leur survie.

On croisait des convois de vivres, expédiés par le bailli d'Adèle de Blois ou par le père abbé de Marmoutier. Partis des bords de la Loire, ils se dirigeaient vers ceux du Loir.

— J'ai froid, se plaignit soudain Bernold.

Assise près de lui, au fond de la voiture, Isambour ramena jusque sous le menton de son mari l'épaisse couverture de laine qui le protégeait de la fraîcheur matinale.

— Il ne fait guère chaud, ami, soupira-t-elle. Il serait grand temps que le soleil se montrât davantage. Que voulez-vous, nous sommes en plein dans la semaine des saints de glace !

— Par les yeux de ma tête ! s'écria soudain Perrot, je crois bien que nous allons croiser une procession. Elle vient de Marchenoir.

— C'est vrai, dit Isambour. Ce sont les Rogations ! Elles ont commencé hier.

D'ordinaire, elle participait avec sa maisonnée et tous les fidèles de la paroisse au grand tour du territoire qui en dépendait.

Le premier jour voyait bénir les prés et les futures fenaisons ; le deuxième jour, les guérets et les moissons à venir ; le troisième, les vignes et l'espoir de fructueuses vendanges.

Fête chrétienne, mais aussi fête des prémices, des récoltes, des engrangements escomptés, les Rogations étaient pour tout le monde l'occasion de rompre la monotonie des travaux domestiques en suivant le prêtre à travers pâturages, labours et vignobles. Comme tous les enfants des environs, ceux de la verrerie s'amusaient beaucoup de ces promenades.

Durant trois jours, on se retrouvait avec plaisir pour ce vagabondage en commun, durant lequel se nouaient des amitiés. On marchait, on priait, on chantait, et on se restaurait des offrandes en nature déposées, du moins en temps normal, par les paysans tout au long du parcours.

– Les voilà ! indiqua Perrot.

Suivant un chemin qui serpentait à travers la petite Beauce, une longue file processionnaire arrivait à un carrefour que coupait la route de Fréteval à Blois.

De part et d'autre du sentier, sur un rang, chacun à la place qui lui avait été assignée, hommes, femmes, garçons, pucelles, enfants, défilaient en psalmodiant des litanies, à la suite d'un jeune prêtre, lui-même précédé de clergeons.

Tout d'un coup, le cortège s'arrêta au bord d'une longue pièce de terre.

Dans une corbeille que lui tendait un enfant de chœur, le curé prit une poignée de croisettes bénies en cire blanche destinées à conjurer la grêle, les tempêtes, les intempéries de toutes sortes, et la lança à la volée dans le champ.

– Regardez ! reprit Perrot, très excité par cette rencontre. Regardez ! Au pied de la croix du carrefour, il y a un reposoir !

Appuyé aux marches du calvaire, décoré de guirlandes, de feuillage vert, de bouquets de fleurs, se dressait en effet, un petit autel drapé de blanc, gardé par plusieurs jeunes gens.

La procession, qui était repartie, traversa la route devant la charrette immobilisée, puis se dirigea vers le grand crucifix de pierre.

Isambour et Perrot s'agenouillèrent dans la voiture au passage du prêtre, qui les bénit avant de gagner le reposoir.

Bernold avait fermé les yeux. Ses lèvres remuaient. Il priait avec tous ceux qui se trouvaient là pour demander à Dieu que l'année à venir fût moins dure que la précédente.

Après s'être incliné devant le reposoir fleuri, l'officiant prit l'eau bénite que lui présentait dans un vase sacré un de ses clergeons, et traça avec son goupillon de larges signes de croix vers les quatre points cardinaux.

Soutenu par l'aigre vent de mai, la bénédiction s'envola en direction des terres verdoyantes, porteuses de promesses en herbe, afin de les féconder et aussi de leur assurer la protection céleste.

La foule chantait les louanges du Seigneur et les besoins de ses créatures. Des jeunes filles vêtues de blanc jetaient à pleines mains des pétales d'églantines, de giroflées, ou de pervenches, qui jonchèrent bientôt le sol devant l'autel.

– Que Dieu nous donne de bonnes récoltes et qu'Il vous guérisse, mon cœur, murmura Isambour à l'oreille de son époux.

La charrette repartit.

À Blois, il y avait beaucoup de monde en prévision de la grande fête de l'Ascension qui avait lieu le surlendemain.

Il ne fut pas aisé de se frayer un passage dans la cohue.

Chez le monétaire, où Isambour retrouva le martèlement familier des maillets frappant les lingots d'argent, les voyageurs furent accueillis à bras ouverts.

Deux valets portèrent Bernold jusqu'à la chambre qu'Aubrée avait réservée à ses amis.

Prévenue aussitôt, Grécie arriva comme on finissait d'installer son père dans le large lit dont elle avait aidé la maîtresse du logis à broder la belle courtepointe galonnée.

La jeune femme ne s'était pas arrondie autant que sa mère à chacune de ses grossesses. Jamais on n'aurait deviné qu'elle approchait de son terme.

– Je vais mettre au monde dans quelques jours, après neuf mois réels de gestation, un enfant qui passera pour être né prématurément ! dit-elle à ses parents en souriant de sa manière moqueuse.

– Par Notre-Dame ! vous ne changerez jamais, ma fille ! s'écria Isambour.

Afin de mieux la voir, elle se recula un peu, éloignant d'elle, à bout de bras, une Grécie épanouie qui portait, comme elle l'avait annoncé, un masque de peau blanche qui lui couvrait la moitié du visage.

– Votre état vous va bien, constata la mère avec satisfaction. Vous paraissez heureuse.

– Je le suis, reconnut doucement la jeune femme, tout en s'approchant de la couche où Bernold était étendu. Ou, du moins, je le serais si vous n'étiez pas malade, mon cher père !

Le maître verrier fit une grimace douloureuse.

– La sensation d'avoir avalé par mégarde un peu de mon plomb en fusion n'est guère plaisante, se plaignit-il. Pourvu que le médecin de la comtesse Adèle décèle rapidement les causes de ce mal, pour m'en débarrasser !

– Il est retenu au palais ce jourd'hui et ne pourra passer vous voir que demain matin, dit Grécie. Mais il est très savant et fort écouté à la cour.

Haguenier survint sur ces entrefaites. Il venait saluer ses beaux-parents.

Il paraissait moins maigre, était vêtu avec plus de recherche, reflétait sur toute sa personne un air de prospérité sereine que ses prunelles sans regard ne parvenaient pas à démentir.

Le soir venu, après le souper, tout le monde se regroupa dans la chambre du malade. Souffrant toujours beaucoup du ventre, Bernold signala en plus à sa femme que ses mains et ses pieds devenaient gourds. Ni les cruchons d'eau chaude dont on l'avait entouré, ni les tisanes calmantes que lui administrait Isambour sur les conseils de Roland, ne lui apportaient de soulagement.

De guerre lasse, pour l'assoupir et lui permettre de se reposer un peu, elle lui fit boire une décoction de graines de pavot.

Tout en le surveillant du regard, elle alla rejoindre ses hôtes qui s'étaient installés dans le coin le plus éloigné du lit afin d'éviter de déranger le malade par trop de bruit.

On parla à mi-voix des événements de l'hiver, de ce qui s'était produit depuis les noces d'octobre.

– La famine a sévi dans bien des vallées avoisinantes, dit Garin-le-monétaire. Nous autres, Blésois, nous avons la chance de posséder la cour de nos comtes qui draine le meilleur des campagnes. Nous bénéficions également du principal port fluvial de la région. Le trafic qui se fait sur la Loire est source de richesse et d'approvisionnement pour chacun d'entre nous. Grâce à lui, nous n'avons pas manqué des principales denrées qui faisaient si cruellement défaut ailleurs.

– On raconte même, ajouta Aubrée avec tristesse, qu'on en est venu, dans certains endroits particulièrement déshérités, à manger de l'herbe. Dieu m'assiste ! Faut-il être affamé pour en arriver là !

– Je ne sais pas ce qu'il en est de l'herbe, précisa Isambour, mais je peux vous assurer que le pain dont nous sommes obligés de nous contenter chez nous est fait de raclures de blé et de seigle.

Garin inclina un front soucieux.

– On parle d'une nouvelle épidémie de feu sacré, reprit-il. Surtout dans les régions pauvres, là où la terre est mauvaise. Les manants mangent n'importe quoi et se tordent ensuite dans d'affreuses douleurs...

Il s'interrompit brusquement.

Grécie tressaillit.

– N'en a-t-on pas signalé également quelques cas par ici ? demanda-t-elle.

– Si fait, assura Aubrée. Il paraît que, sur l'autre rive de la Loire, à la maladrerie de Saint-Saturnin, il y en a un si grand nombre qu'ils s'entassent jusque dans les couloirs! Ici même, à l'hôpital où je me rends régulièrement, nous avons plusieurs de ces malheureux que tourmente le mal des ardents. C'est terrible à voir. Ils pourrissent lentement sous l'effet d'une brûlure qui consume l'intérieur de leurs corps. Leurs membres noircissent comme du charbon. La seule façon de les sauver reste de leur couper pieds et mains gangrenés... Il y en a qui se tordent, en proie à d'horribles convulsions.

– Par la Sainte Mère de Dieu ! Ne parlons plus de ces abominations! s'écria Grécie. Il est mauvais pour une femme sur le point d'accoucher d'entendre de semblables choses !

Haguenier, qui était assis à côté d'elle, posa une main à peine tâtonnante sur un des genoux de son épouse.

– Prions plutôt le bon saint Antoine qui délivre d'un mal que beaucoup, à présent, nomment de son nom, dit-il d'une voix apaisante. Depuis que ses reliques ont été transférées de Constantinople en Dauphiné, elles opèrent des miracles. Je me suis laissé dire qu'une dévotion particulière, issue du constat du grand nombre de guérisons obtenues, a conduit les moines de Saint-Antoine-en-Viennois à fonder un nouvel ordre. On les nomme les Antonites. Ils accueillent dans leurs hospices bon nombre de gens atteints de l'épidémie brûlante. Certains malades, dont l'état semblait désespéré, se sont retrouvés guéris. Parfaitement rétablis. À tel point que les hôpitaux antonites se multiplient. Il y en a même un près de Paris à ce qu'on prétend.

Grécie serrait les lèvres comme le faisait Isambour quand une idée la tourmentait.

— Vous êtes bien inspiré de parler ainsi, souffla-t-elle à l'oreille d'Haguenier. Ma mère ne semble pas, pour l'instant, faire de rapprochement entre ce qui vient d'être dit et la maladie de mon père. Fasse le Seigneur qu'elle ait raison. Pour moi, je vais prier saint Antoine...

Le médecin de la comtesse Adèle parut préoccupé, le lendemain matin, après avoir miré les urines de Bernold, pris son pouls, longuement palpé le ventre douloureux ainsi que les extrémités livides et insensibles.

— Tout cela ne me dit rien qui vaille, confia-t-il ensuite à Aubrée qui le raccompagnait, afin de l'interroger hors de la présence de ses amis. Le malade est de robuste constitution, il est vrai, mais les privations de l'hiver, survenues après sa mutilation, l'ont beaucoup affaibli. Il n'est pas impossible qu'il soit atteint du feu Saint-Antoine, qui fait de nouveaux ravages, ces temps-ci. N'en dites encore rien à personne. Je lui ai ordonné de prendre de la santonine pour l'aider à expulser le flot de bile jaune qui lui brûle les entrailles. Si nous ne parvenons pas à lui procurer un soulagement, il faudra aviser.

La nuit suivante, Bernold fut la proie de convulsions qui dessillèrent les yeux d'Isambour, l'affolèrent, et laissèrent le verrier rompu.

Rappelé, le médecin prescrivit de faire absorber au patient de l'infusion d'armoise et d'aspérule, de lui appliquer sur le ventre un pigeon vivant fendu en deux, puis de le frictionner à l'huile de camomille.

Aveline, qui était venue rendre visite à ses cousins dès le lendemain de leur arrivée, leur prodiguait conseils et affection. Mayeul la rejoignait aussitôt que son travail le lui permettait. Ils amenaient avec eux leurs deux petites filles qui n'apparaissaient que peu de temps dans la chambre de Bernold pour ne pas le fatiguer.

— Muriel vous ressemble, amie sœur, avait constaté Isambour d'un air absent. Vous avez chacun la vôtre.

Mais son cœur était ailleurs.

Il fallut l'accouchement de Grécie, survenu le jour de la Saint-Baudille, heureuse coïncidence puisque ce saint protégeait les femmes en gésine, pour tirer l'épouse de Bernold de son accablement.

Les premières douleurs prirent la future mère un peu après le souper. Aubrée fit aussitôt prévenir sa propre sage-femme, qui suivait Grécie depuis son installation à Blois.

Ce fut donc entourée d'Isambour, d'Aveline, d'Aubrée, de la ventrière, de son aide, et de plusieurs voisines, que la jeune femme donna le jour à un solide garçon de sept livres. L'enfant fit son entrée dans le monde au premier chant du coq et tout se passa bien.

— Malgré ses souffrances, votre père va être heureux, murmura Isambour en embrassant la jeune accouchée sur son front trempé de sueur. Il vous devra son premier petit-fils !

— Le mien, en revanche, va en crever de jalousie ! assura Aveline qui gardait une dent contre le vavasseur. Pensez donc, un garçon ! Du premier coup !

— Comment voulez-vous l'appeler ? demanda Aubrée.

— Bernold, répondit Grécie spontanément, et des larmes lui vinrent aux yeux.

Chacune des assistantes savait qu'en Normandie on ne donnait le nom du grand-père au nouveau-né qu'après la mort de l'aïeul. Jamais de son vivant.

Isambour se pencha sur le berceau où la ventrière venait de déposer l'enfant.

— Il sera beau, proclama-t-elle avec une amère fierté. Il mérite de porter un tel nom !

Puis, retournant vers Grécie que les femmes achevaient de laver et de parfumer, elle lui dit :

— Je vous avais bien dit, ma chère fille, que vous n'aviez rien à redouter, reprit-elle. De votre père à vous, puis de vous à votre fils, la beauté de la race s'est perpétuée, intacte ! Votre malheureux accident n'y a rien changé.

Haguenier fut enfin admis à pénétrer dans la chambre. Il se dirigea en premier vers le grand lit où il savait que reposait à présent Grécie.

Aubrée le guida à travers le désordre qui suit inévitablement un accouchement.

Parvenu près de sa femme, il chercha sa main, la trouva, s'en empara, l'embrassa avec dévotion.

— Le prochain sera nôtre, chuchota-t-il pour que personne ne l'entendît.

Puis il s'enquit à haute voix de la façon dont s'était déroulée la naissance.

Dans la nuit qui suivit, Bernold eut de nouvelles convulsions. Son corps se tordait comme s'il était possédé, de la bave coulait de sa bouche crispée, ses prunelles se révulsaient.

— Il ne peut demeurer ainsi, à souffrir comme un damné, dit le lendemain matin Garin à Isambour dont les traits défaits, l'expression épouvantée, disaient assez la détresse. Il faut faire quelque chose. Puisque la médecine se montre impuissante, il reste le recours à Dieu et à ses saints.

— J'y ai pensé, répondit-elle. Hier, je me suis renseignée et je viens de prendre une décision. L'abbaye qui conserve les reliques de saint Antoine est dans le Viennois. C'est trop loin. Nous n'avons pas le temps de nous y rendre... Mais les Antonites ont construit près de Paris un autre hôpital où a été transféré un reliquaire contenant quelques ossements de leur saint patron. Des guérisons miraculeuses s'y sont déjà produites. Il nous faut y aller !

Une détermination farouche l'animait.

Consciente à présent de la gravité du mal dont souffrait Bernold, elle se sentait capable de remuer ciel et terre, de tenter l'impossible, pour le sauver. Le perdre était ce qu'elle craignait le plus au monde... Que devenir sans lui ? Comment vivre alors qu'il ne serait plus ?

Garin fit préparer une litière qui lui appartenait, puis l'offrit à ses amis pour la durée de leur voyage.

En dépit du beau temps, car on approchait de la Pentecôte et le soleil brillait, un épais matelas, des coussins, des couvertures, y furent disposés.

Des valets armés furent mis à la disposition des pèlerins. Ils escorteraient à cheval la litière attelée de deux robustes juments grises.

Renvoyé avec la charrette à Fréteval, Perrot fut remplacé par un solide conducteur capable de se battre, lui aussi, au besoin.

Un frère bénédictin, versé en médecine, accompagnerait le malade, lui prodiguerait soins et prières.

Avant de quitter la demeure du monétaire, Bernold, qui demeurait lucide quand il n'était pas tordu par la souffrance, et manifestait un sobre courage, souhaita mettre en ordre ses affaires ainsi que sa conscience.

Il commença par son testament, légua tout ce qu'il possédait à Isambour, à charge pour elle de le distribuer quand elle le jugerait bon entre leurs enfants. Il institua cependant Aliaume son successeur et héritier principal en lui faisant don, sans plus attendre, de la verrerie.

Dépouillé de ses biens, allégé de ses avoirs terrestres, il ne lui resta plus qu'à se préoccuper de son salut.

Relevé de sa pénitence, en raison de son état, par l'évêque de Blois, il put recevoir l'extrême-onction, se confesser publiquement devant ceux de sa famille et de ses amis qui étaient présents, puis communier.

— Je tiens à implorer le pardon complet et définitif de mon épouse, pour le mal que je lui ai causé, dit-il ensuite au prêtre qui venait de lui administrer le saint viatique. Je ne serai vraiment en paix avec moi-même qu'après qu'elle m'aura accordé merci.

C'était la première fois que l'époux infidèle exprimait ouvertement son repentir.

Isambour, qui priait avec tous les autres assistants, à genoux au pied du lit, se releva.

— Il y a longtemps, Dieu le sait, que je vous tiens quitte d'un passé où vous étiez aveuglé par le démon, dit-elle en enfonçant ses ongles dans ses paumes pour ne pas hurler. Je ne vous en garde aucune animosité. Soyez en repos !

Elle se pencha sur la couche et baisa Bernold au front, là où brillait encore la trace de l'huile consacrée.

— Que le Seigneur vous absolve, comme je le fais de tout mon cœur, acheva-t-elle dans un souffle.

Bernold prit une des mains de sa femme et y appuya longuement ses lèvres, comme pour les marquer d'un sceau indélébile...

Il demanda ensuite à voir son petit-fils, le bénit et remercia Grécie de lui avoir procuré cette ultime joie.

À l'heure du départ, le lendemain matin, toute la maisonnée était réunie dans la cour du monétaire. Beaucoup pleuraient.

Isambour embrassa sa fille, salua son gendre, serra une dernière fois entre ses bras le petit Bernold qui dormait, prit congé d'Aveline et de Mayeul, aussi consternés l'un que l'autre, puis remercia ses hôtes de leur amitié jamais en défaut.

— À travers ceux qui se trouvent réunis ici en cet instant, tout notre passé est évoqué, dit-elle à Aubrée. Je ne sais ce que nous réserve l'avenir, mais Dieu soit loué pour les compagnons qu'Il a mis sur notre route !

Le bruit du lourd portail de bois se refermant derrière la litière lui glaça pourtant le cœur...

Elle se tourna vers son mari, étendu parmi les coussins. Il respirait avec difficulté. Elle lui caressa la joue et lui sourit.

Absorbé dans ses oraisons, les yeux clos, le moine infirmier, assis en face d'elle, disait son chapelet.

Il fallut du temps pour sortir de Blois. Comme à son ordinaire, la ville bourdonnait, s'affairait, s'agitait. De nouvelles constructions surgissaient un peu partout. Quand donc la cité de la comtesse Adèle cesserait-elle d'être un vaste chantier ?

Après avoir franchi les portes de l'enceinte fortifiée, on prit, vers Orléans, la route qui longeait la Loire.

Il faisait doux en cette fin d'un mois de mai qui n'avait pourtant guère été beau.

Au-dessus du large fleuve, une buée bleutée baignait les lointains. La verdure brillait de toutes ses feuilles nouvelles. Le long des talus, les aubépins étaient en fleur.

Isambour frissonna tout à coup. Une douleur brutale, cuisante, lui transperçait le ventre. Ses mains et ses pieds ne parvenaient pas à se réchauffer...

Dans le rêve qu'elle avait eu, voici plus de deux ans déjà, les doigts qu'Hendri avait posés sur les siens étaient souples et chauds, bien qu'il fût mort, alors que ceux de sa mère, vivante, demeuraient froids et raidis...

Cette sensation demeurait si présente à l'esprit d'Isambour qu'elle y pensa tout de suite.

C'était donc cela !

Elle jeta un coup d'œil vers le bénédictin. La chaleur l'avait assoupi. Tombée sur sa poitrine, sa tête encapuchonnée de noir dodelinait aux cahots de la route.

Tant mieux. Il n'était pas nécessaire de l'avertir tout de suite qu'au lieu d'un seul malade, il en aurait désormais deux à convoyer. Il serait toujours temps de le prévenir si le mal devenait insoutenable. L'important n'était pas là. Il était dans la certitude de partager jusqu'à son terme et, quel qu'il fût, le sort de Bernold.

Depuis qu'elle avait compris ce dont il souffrait, la peur d'une séparation sans retrouvailles possibles ici-bas la hantait. Privée de l'homme qui n'avait jamais cessé d'être, depuis leur rencontre, le centre de sa vie, elle se savait incapable de lutter. La découverte soudaine qu'elle venait de faire la pacifiait.

Elle était atteinte, elle aussi, du feu Saint-Antoine. À cette communauté-là, elle serait également associée...

Elle se pencha vers Bernold.

– Comment vous sentez-vous, mon cher amour ? demanda-t-elle.

Il ouvrit des yeux qui paraissaient plus grands et plus bleus que de coutume, tant sa face était amaigrie, considéra avec une violente et déchirante tendresse le visage incliné vers le sien.

– J'ai besoin de vous, dit-il. Oh ! Ma femme bien-aimée, j'ai besoin de vous !

Les mots qu'il avait prononcés après le rapt, lors de leur première étreinte. Les mêmes mots !

Comme l'avaient si souvent fait les enfants quand ils étaient malades, Bernold lui tendit alors une main, une pauvre main gangrenée, pour qu'elle la gardât entre les siennes.

C'était plus qu'un geste de confiance et d'attachement, c'était un don. Le don total d'un être à un autre être. L'abdication de toute fausse honte, de tout faux-semblant. Il s'en remettait à elle pour l'aider, le secourir, le soutenir et l'aimer. Avec sa main, il lui remettait sa personne et ce qui lui restait de vie. Sans restriction.

Tout en serrant avec précaution, de ses propres doigts engourdis, ceux qu'il lui abandonnait, Isambour songea que cette simple pression était sans doute plus absolue que les étreintes charnelles qui les avaient pourtant naguère si intimement confondus. Le retranchement du plaisir apportait comme un supplément d'âme à cette offrande.

Si un double miracle les guérissait bientôt (ils ne pourraient l'être qu'ensemble) il leur faudrait, ensuite, vivre dans la chasteté. Ne pas troubler par les violences de la sensualité la limpidité parfaite de leur nouvelle existence conjugale. Ce dur sacrifice serait, pour elle, le plus grand témoignage de reconnaissance, l'ultime renoncement offert en action de grâces.

Une plainte de son mari la tira de son rêve. Elle lui donna à boire un peu de la décoction de pavot dont le moine, qui dormait si bien dans son coin de litière, lui avait confié plusieurs petites fioles.

Soudain, la douleur la fouailla de nouveau. C'était comme si des ongles de fer rougis lui labouraient les entrailles.

Pour atténuer la brûlure qui l'incendiait, elle absorba précipitamment quelques gorgées du liquide calmant. Puis elle attendit un moment de rémission et posa doucement ses lèvres sur celles de Bernold.

« Tout est bien, se dit-elle en considérant avec ferveur son compagnon de nouveau endormi. Tout est bien. Seigneur, soyez béni ! Nous nous sommes enfin retrouvés, lui et moi, à jamais ! Vous nous avez permis d'aller jusqu'au bout de l'amour. Quoi qu'il advienne à présent, guéris ou non, morts ou vifs, nous resterons unis... liés pour toujours par Votre sacrement... en ce monde ou dans Votre royaume ! »

Si le voyage se déroulait sans incident, ils parviendraient au lieu de leur pèlerinage le dimanche même de la Pentecôte. N'était-ce pas, là encore, un signe parmi les signes ?

Née, nourrie, interrompue par le feu, leur histoire était placée sous son ardent emblème. Couronnant l'ensemble, la Pentecôte en deviendrait le dernier et flamboyant symbole...

Que disait donc Roland, citant un prophète de l'Ancien Testament ? « Il y avait en moi comme un foyer dévorant au plus profond de mon être. »

La douleur et la joie consumaient Isambour.

L'amour était embrasement, combustion, anéantissement de soi dans l'autre, fusion...

Les rayons du soleil, qui pénétraient dans la litière entre les rideaux de cuir relevés et roulés, se posaient sur la tête de Bernold et sur la sienne ainsi que des langues de feu...

Bercée par la marche égale des juments, souffrant un peu moins sous l'effet du pavot, à demi assoupie à son tour, Isambour contemplait avec émerveillement et gratitude le cours de la Loire que nimbait la lumière.

Le Platane,
le 8 septembre 1984.

NOTE

Le Feu-Saint-Antoine, le Feu Sacré, le Mal des Ardents, noms divers donnés à des épidémies dûes à l'ingestion, le plus souvent par temps de disette, de farines contaminées par l'ergot de seigle.

L'ergot de seigle est un parasite de certaines graminées qui se présente sous forme de minces bâtonnets de deux à trois centimètres de long accolés à la tige de l'épi. Il peut se trouver mêlé aux grains et être moulu avec eux.

C'est un toxique responsable au cours des temps de nombreuses épidémies. La dernière en France a eu lieu voici une trentaine d'années à Pont-Saint-Esprit, dans le Gard, en plein vingtième siècle.

Maux de ventre, convulsions, gangrène des membres, brûlures internes, se succèdent tandis que se produit une élévation, ou, au contraire, une baisse de tension artérielle.

Il n'existe pas d'antidote.

REMERCIEMENTS

Avant de clore ce livre, je tiens à exprimer ma gratitude envers ceux qui m'ont apporté leur concours amical pour la documentation historique qui m'était nécessaire. Que soient donc assurés de ma reconnaissance M. Jean Martin-Demézil, directeur honoraire des Archives du Loir-et-Cher ; la Société archéologique, scientifique et littéraire du Vendômois ; M. Pussot, président de l'Association des Amis du Vieux Blois ; Mme Martine Tissier de Mallerais, conservateur du château et des musées de Blois ; Mme Coïc, bibliothécaire et conservateur du musée de Bayeux, ainsi que son assistante, Mlle Liliane Pasquet.

Une mention particulière pour M. Jean-Jacques Danne, rédacteur aux Archives départementales de Blois, qui m'a confié son mémoire de certificat de licence sur Adèle de Normandie, le seul existant à ma connaissance sur la fille de Guillaume le Conquérant. J'y ai découvert l'importance, jamais encore pleinement mise en lumière, du rôle joué par cette princesse dans l'éclosion de la civilisation courtoise. Je l'en remercie chaleureusement.

Enfin, que M. Claude Leymarios, archéologue, directeur du chantier de fouilles du château de Fréteval, trouve ici le témoignage de toute ma gratitude et de mon amitié. Durant les années passées à composer ce livre, il n'a cessé de me fournir les renseignements les plus éclairants sur le site de Fréteval, son histoire et sur les recherches archéologiques auxquelles il s'adonne depuis plus de dix ans. Qu'il sache que ma reconnaissance est à la mesure de son obligeance.

J.B.

Achevé d'imprimer
par Maury-Imprimeur S.A.
45330 Malesherbes
Dépôt légal : février 1985
N° d'édition : 2.224
N° d'impression : K84/15797
ISBN : 2-7103-0221-7

Imprimé en France